PUEBLO SIN REY

PUEBLO SIN REY

Olalla García

Papel certificado por el Forest Stewardship Council®

Primera edición: septiembre de 2020

© 2020, Olalla García
© 2020, Penguin Random House Grupo Editorial, S. A. U.
Travessera de Gràcia, 47-49. 08021 Barcelona

Printed in Spain – Impreso en España

ISBN: 978-84-666-6813-2
Depósito legal: B-6.453-2020

Compuesto en Comptex & Ass., S. L.

Impreso en Liberdúplex
Sant Llorenç d'Hortons (Barcelona)

BS 6 8 1 3 2

Penguin
Random House
Grupo Editorial

A R. y a S.,
por acompañarme y darme fuerzas
ayer, hoy y mañana.

A mis padres,
que han luchado por mí desde siempre.

A todos los que insisten en defender la justicia,
ganen o pierdan la batalla

Prólogo

Guadalajara, junio de 1520

—Todo pueblo tiene sus virtudes. Pero ¿qué ha de hacer cuando aquellos que lo gobiernan se mofan de ellas? ¿Qué ha de hacer cuando se paga su generosidad con abusos, su honradez con agravios, su lealtad con injusticia?

El doctor Francisco de Medina habla. La ciudad le escucha. Su voz sacude hasta el último rincón de la plaza de San Gil, elevada a los cielos sobre el silencio de la multitud.

—Bien sabe Dios que los castellanos sabemos servir a nuestros reyes. Pero ahora (vosotros sois testigos), un monarca de origen extranjero, Carlos de Gante, ha llegado a nuestras tierras. Viene sin hablar nuestra lengua, sin el menor respeto hacia nuestras tradiciones. Para exigir, sin dar nada a cambio.

Todos sus oyentes pueden corroborarlo. El joven Carlos I, primogénito de la reina Juana y el archiduque Felipe de Habsburgo, se ha criado en Flandes sin pisar suelo español.

Hasta hace tres años. Entonces llegó a las tierras hispánicas para reclamarlas como suyas tras la muerte de su abuelo Fernando, el rey de Aragón. Se rumorea que mantiene a su madre, doña Juana, prisionera en Tordesillas bajo acusación de locura para no compartir con ella la corona del reino.

Una de sus primeras medidas fue introducir una nueva forma de recaudar la alcabala, lo que supuso un aumento desmesurado de los impuestos; duro golpe para las bolsas y las haciendas de los pecheros: el pueblo llano, el que se afana de sol a sol para llenar las arcas reales. La nobleza y el clero, los privilegiados, están eximidos de toda carga física... y de toda carga fiscal.

—La nuestra no es una tierra rica. Y bien sabemos todos que los últimos años han sido duros. Vivimos en un reino castigado por las malas cosechas, el hambre y las epidemias. Pero, aun así, los castellanos respondimos. Fieles a nuestro carácter, concedimos lo que el rey pidió. Todos nos enorgullecemos de servir bien a nuestro señor. Lo hacemos con la frente alta y el corazón digno. Pues la riqueza de Castilla no está en sus territorios, sino en sus gentes.

Sí, los castellanos responden. Siempre. Hoy la plaza de San Gil, repleta de vecinos, da prueba de ello. Los que no han encontrado sitio en ella escuchan el discurso desde las calles aledañas, tan angostas y desniveladas.

—¿Y qué hace el rey con nuestros dineros? ¿Los ha empleado en provecho del reino? ¿Acaso una parte de ellos, ya sea mínima, se ha destinado a nuestra pobre tierra, tan castigada, tan regada de sudor? ¡Por Dios que no! Ni un maravedí, ni una miserable blanca. Aunque todos sabemos adónde han ido a parar.

—¡A los flamencos! —vocifera alguien entre la multitud—. Ellos nos los han robado.

La plaza burbujea. Aquí y allá estallan voces agrias, fermentadas en rabia.

—¡Esos malditos extranjeros! ¡Que el diablo se los lleve!

Los consejeros del monarca, que lo acompañaban desde Flandes, se han abalanzado como alimañas sobre los altos puestos del reino. Ahora acaparan los privilegios, las rentas y el poder de decisión que siempre ha pertenecido a la alta nobleza castellana. Una afrenta que el pueblo de Castilla siente como infligida en carne propia.

—¡Fuera de nuestro reino! —La indignación golpea de un

extremo a otro de la plaza—. ¡Es nuestra tierra! ¡Dios la creó para los castellanos!

El doctor Francisco de Medina alza la voz.

—¡No os falta razón! Y, por Cristo, que el rey lo vería si se dignara concedernos una sola mirada. Pero nos da la espalda desde el principio. Ya hemos comprobado que sus ojos solo ven más allá de nuestras fronteras. ¿Qué hizo después de aumentar nuestros impuestos, de asfixiarnos con su nueva alcabala? No hace falta que os lo recuerde, ¿verdad? ¡Volvió a exigir dinero! ¡Y, de nuevo, para gastarlo en tierras extranjeras!

Entre los oyentes explotan nuevas imprecaciones, reniegos, juramentos. Todos recuerdan cómo, al año de su llegada, el nuevo monarca convoca Cortes en Valladolid. Y lo hace para reclamar un «servicio», un impuesto extraordinario.

En una nueva muestra de soberbia, desea que lo nombren emperador del Sacro Imperio Romano Germánico. Pero comprar los votos de los príncipes electores exige un desembolso de millones de ducados. Que, de nuevo, saldrán del sudor de los pecheros castellanos.

Las Cortes representan la voluntad general de Castilla. Y Guadalajara es una de las dieciocho ciudades que tiene voz y voto en ellas. Sus procuradores, como los restantes del reino, se muestran muy críticos con la actitud del joven monarca. Pero acaban concediéndole lo que pide.

—¿Y qué recibimos a cambio? ¿Cómo nos agradece nuestro rey esta nueva muestra de fidelidad y abnegación? ¡Volviendo a convocar Cortes para exigir más dinero! ¡Aún más! Porque ahora desea saldar las deudas contraídas con sus banqueros tudescos y genoveses, y organizar un fastuoso viaje por Europa, acompañado de su corte, hasta su lugar de coronación. Quiere hacerse llamar Carlos V, como emperador teutón, pues el título de Carlos I, rey de las Españas, en nada vale a sus ojos. ¿Qué tierra vasalla, por sacrificada y leal que sea, aguantaría tal injusticia, tamaña muestra de desdén? Bien sabe Dios que, si la voracidad y la arrogancia del monarca no conocen límites, la paciencia de su pueblo, sí.

Para entonces, la proverbial generosidad de Castilla se ha agotado. En Salamanca, un grupo de frailes franciscanos, agustinos y dominicos dejan de lado la tradicional animosidad entre sus respectivas órdenes monásticas para redactar un documento conjunto. Estos pliegos, que los procuradores salmantinos leerán en Santiago de Compostela, se envían también al resto de las ciudades con representación en Cortes.

En ellos se ruega a Carlos que, como legítimo monarca castellano, no abandone el reino, sino que permanezca cerca de sus súbditos; que no reclame nuevos impuestos, pues su pueblo no está en condiciones de sufragarlos; se le comunica que Castilla no desea pertenecer al Sacro Imperio Romano Germánico, por ser este un dominio extranjero, y que de ningún modo consentirá en costear los gastos asociados a este u otros territorios ajenos; y para concluir, se le advierte de que, si el rey persiste en su actitud y sigue ignorando las peticiones de sus súbditos, estos se verán obligados a tomar en sus manos la defensa de los intereses castellanos.

Los procuradores designados por Guadalajara —el regidor Diego de Guzmán y el vecino Luis Suárez de Guzmán— parten de la ciudad alcarreña con instrucciones de defender ese programa. No son los únicos. Como resultado, las Cortes compostelanas, celebradas en febrero de 1520, rehúsan acatar las reclamaciones del monarca.

Pero este se niega a aceptar esa resolución. Ya tiene organizado su paseo triunfal por Europa y no está dispuesto a cancelarlo. Así pues, vuelve a llamar a Cortes, esta vez en La Coruña. En los dos meses que median entre ambas convocatorias, consigue que los representantes de buen número de ciudades (Guadalajara entre ellas) traicionen la voluntad general de sus convecinos y rompan las promesas contraídas para con ellos. Tras las correspondientes amenazas y sobornos, en abril de 1520, la mayoría de los procuradores vota a favor del monarca. Y este, con toda pompa, se hace a la mar de inmediato, dando, una vez más, la espalda al reino.

Como postrero desaire, nombra regente al cardenal Adriano de Utrecht, uno de esos flamencos tan detestados por sus súbditos hispanos. Ha convertido a Castilla en un pueblo sin rey.

La reacción no se hace esperar. Mientras Carlos prosigue su gloriosa marcha hacia Bolonia, los procuradores castellanos regresan a sus ciudades. Muchos traen las bolsas repletas y manchadas las conciencias. No son bien recibidos.

Ante la noticia de lo ocurrido, un vendaval de indignación sacude las calles. «¡El reino antes que el rey!», claman unos. «¡Muerte a los enemigos de Castilla!», gritan otros. Unos exigen justicia; otros, venganza.

El tiempo de las palabras ha quedado atrás. Es el momento de los hechos. La nobleza y el pueblo castellano han decidido hacerse valer.

Toledo ya se ha alzado y proclamado la Comunidad semanas antes. Ahora le llega el turno a Segovia. El descontento del común, hastiado de agravios y maltratos, estalla con la violencia que solo pueden provocar mil ofensas acumuladas. Los vecinos ahorcan a dos alguaciles y ajustician en plena calle al procurador que había votado a favor del rey en La Coruña.

Al punto estalla otra revuelta en Zamora. Siguen Salamanca, Toro, Madrid... Los habitantes de los municipios se alzan en armas. Asaltan y arrasan las casas de los delegados que han traicionado su juramento en las Cortes; en algunas ciudades los cuelgan en la plaza pública. «¡Abajo los renegados! —reclaman—. ¡Justicia para Castilla!»

«¡Comunidad!» Es el grito que se extiende por todo el reino. «¡Comunidad!»

Todos los vecinos de Guadalajara lo saben. Pero no han cedido aún a la justa indignación que les hierve en las entrañas. Hasta ahora.

Hoy el discurso del doctor Francisco de Medina agita las aguas ya revueltas de un río ansioso por desbocarse.

—¿Por qué el rey Carlos insiste en ignorarnos? Porque cree que un puñado de traidores representan a toda Castilla. Que puede comprarnos, desdeñarnos, ofendernos impunemente. ¡Demostrémosle que no es así! Nuestros hermanos de Toledo y de Madrid ya lo han hecho. ¿Es que somos menos que ellos? ¡Vecinos de Guadalajara! ¡Castellanos! ¿Qué decís?

El sol abrasa sin dar respiro, pero no es eso lo que caldea la sangre de los allí presentes. Un grito restalla en una garganta:

—¡El reino antes que el rey!

Responden decenas, luego cientos:

—¡Abajo los traidores!

—¡Comunidad!

—¡Justicia! ¡Justicia para Castilla!

La plaza y las calles aledañas se encrespan como un campo de cultivo azotado por la ventisca. Las voces dispersas se van uniendo en un solo rugido, coreado al unísono:

—¡Comunidad! ¡Comunidad! ¡Comunidad!

La aclamación prosigue durante un tiempo, hasta que el doctor Medina alza las manos. Los vecinos comprenden que aún le queda algo que decir y que harán bien en prestarle atención.

—Nuestra ciudad lo ha decidido, todos sois testigos. ¡Desde hoy nos unimos a nuestros hermanos de las Comunidades! Traeremos un nuevo gobierno, uno en el que todos los vecinos tengan voz. ¡Un nuevo ayuntamiento para Guadalajara!

Todos escuchan, pues saben que en cuestión de jurisprudencia no hay hombre más experto. Francisco de Medina logró el título de doctor en leyes a muy temprana edad. Ahora, a sus casi cuarenta años, acumula dos décadas de servicio a la casa de los duques del Infantado. Tanto la nobleza como el pueblo lo tienen por varón sabio, justo e íntegro. No en vano fue enviado como procurador de la ciudad a las Cortes de Burgos, hace un lustro.

—Desde hoy, se acabó el concejo tradicional; no volveremos a aceptar que un puñado de hidalgos, siempre miembros de las mismas familias, decidan a puerta cerrada el destino de toda la ciudad. Se acabó el antiguo regimiento; no consentiremos que nuestros regidores, alcaldes y alguaciles tengan que pertenecer a los linajes nobiliarios, ni que sean designados por la Corona para defender sus beneficios privados y los intereses del rey. Desde hoy instauraremos un concejo abierto, al que todos los vecinos puedan asistir y en el que puedan participar. Nombraremos diputados entre los hombres buenos de nuestras parroquias para que voten por los asuntos que más convienen al común, al conjunto de los ciudadanos; y los elegiremos nosotros, el pueblo llano, entre aquellos que mejor nos representen.

Los asistentes corean aquellas últimas frases, arrastrados por el entusiasmo.

—Que sea aquí y ahora —grita uno de ellos—. Por Cristo, que ya hemos esperado demasiado.

La votación se realiza de inmediato. Allí mismo, Guadalajara proclama como representantes a tres de sus vecinos: el carpintero Pedro de Coca, el albañil Diego de Medina y el buñolero al que todos apodan «Gigante».

La multitud enfervorecida aclama a sus nuevos diputados. Todos tienen el corazón enardecido y las gargantas colmadas de exigencias. Se habla de tomar las armas, asaltar el alcázar, arrancar las varas a los regidores, colgar a los delegados traidores y saquear sus casas...

El carpintero Pedro de Coca se introduce en la boca los dedos índice y corazón de ambas manos. Su silbido parece rasgar el aire hasta a una legua de distancia. Las voces se acallan.

—¡Silencio, rediós! Que le confundís a uno el seso con tanto galimatías. Las cosas, bien hechas y en su orden. Decidamos primero lo primero: ¿qué se hace con el señor duque?

Se produce un profundo silencio. Llegado el momento de la primera propuesta, de tomar la primera decisión en nombre del nuevo gobierno, todos callan. Don Diego Hurtado de Mendoza de la Vega y Luna, el tercer duque del Infantado, gobierna la ciudad. E inspira entre sus habitantes un bien fundado temor.

—Del señor duque me encargo yo.

Una exclamación de sorpresa recorre la plaza. El que así ha hablado, con tono rotundo y porte orgulloso, es alguien a quien todos conocen bien. Viste ropas que lo identifican como a noble de la más alta alcurnia. Acaba de surgir de la iglesia de San Gil, a cuya puerta el buen doctor en leyes ha pronunciado su discurso.

—Yo hablaré con Su Excelencia y lo haré entrar en razón, si así lo aprueban el pueblo y sus diputados. —Deposita la mano sobre el hombro del orador, en un gesto que denota profunda familiaridad—. ¿Qué decís, vecinos de Guadalajara? Confiáis en el doctor Medina, y eso da cumplida muestra de vuestro buen criterio. ¿Confiaréis también en mí?

La sorpresa inicial se ha convertido en estupor. ¿De veras es posible? Esas frases surgen de boca de don Íñigo López de Mendoza y Pimentel, el conde de Saldaña. Nada menos que el hijo primogénito del duque del Infantado y heredero legítimo del señorío de la ciudad.

—Toda Comunidad necesita un capitán —retoma la palabra el doctor Medina—. Y ha de ser hombre curtido en el oficio de las armas. Alguien capaz de formar y dirigir tropas, dispuesto a defendernos de los peligros que se ciernen sobre nosotros. Y creedme si os digo que no serán pocos.

Don Íñigo porta al cinto su espada, como es privilegio de la nobleza. De cierto, ha aprendido desde niño a combatir, a reclutar huestes y dirigirlas en el campo de batalla.

—Necesitamos un capitán —reitera Francisco de Medina.

Toma de la muñeca al conde y eleva su brazo a las alturas—. Alguien que esté de nuestro lado, a quien podamos confiar nuestras vidas.

Por fin el pueblo reacciona. Aquí y allá se alzan las primeras aclamaciones aisladas, que enseguida son secundadas por otras. En breve las corea toda la multitud.

—¡Viva don Íñigo! ¡Viva el conde de Saldaña! ¡Viva nuestro capitán!

La plaza de San Gil vibra. Centenares y centenares de gargantas resuenan como un solo hombre, con una sola voz, un solo propósito y un solo corazón.

PRIMERA PARTE:

NO HAY LUGAR SEGURO

Agosto de 1520

Señor, las cosas de por acá son mucho más duras y peores que os las describo en mis cartas. [...] [Los principales miembros del Consejo de Castilla y el Consejo real] y aun el Comendador Mayor de Castilla son huidos para alejarse de tanto peligro. Si todos se van, en fin, seguirles he. Aunque no sé en qué lugar de Castilla podríamos estar seguros.

Carta del cardenal Adriano a Carlos I
Valladolid, 31 de agosto de 1520

Andrés de León llega sin resuello al tontín en el que se abre la puerta de Guadalajara. Aun con el frío de sus tres primaveras, lo pasa la altura correr una dista... de veinticinco pasos en un día como este. El sol de primera hora de la tarde asalta sin piedad la villa y tierra de Alcalá de Henares. Las calles están polvorientas; y los campos que la rodean... por la falda de Horna. Un reducido grupo de vecinos se ha congregado allí. Llevan los honteros bien alzados sobre las frentes, las camisas empapadas de sudor bajo los jubones sucios... y sus mangas... En su tez... como hijo de sastre, no puede evitar... figurarse... prob... los presentes usan ropa basca... Bramante... figuras... traen flaqueadas caras con... que en tela templos... más, remendados en más... una túnica.

No faltan allí los aguadores, ganapanes ni mozos de cuerda que suelen acudir a los postigos por... los visitantes solicitan de sus servicios, ni los arrapiezos que vienen en busca de limosna. Las torres de las iglesias y palacios despuntan sobre las murallas, prometiendo esplendor al viajero que se aproxima, pero es la pobreza la que acude a recibirlo a las puertas de la villa.

—Este tiene catadura de estudiante —apunta uno de los presentes—. Trae mula.

—Sí, pero sin gualdrapa —señala otro.

1

Andrés de León llega sin resuello al torreón en el que se abre la puerta de Guadalajara. Aun con el brío de sus trece primaveras, le pasa factura correr una distancia de quinientos pasos en un día como este. El sol de primeras horas de la tarde asalta sin piedad la villa y tierra de Alcalá de Henares. Las calles están polvorientas; y los campos que la rodean resecos por la falta de lluvia.

Un reducido grupo de vecinos se ha congregado allí. Llevan los bonetes bien alzados sobre la frente; las camisas, empapadas de sudor bajo los jubones desatados y sin mangas. El muchacho, como hijo de sastre, no puede evitar advertir que casi todos los presentes usan ropa blanca de cáñamo, y que se cubren las enflaquecidas carnes con paños catorcenos: tejidos toscos y, además, remendados en más de una ocasión.

No faltan allí los aguadores, ganapanes ni mozos de cuerda que suelen acudir a los postigos por si los visitantes solicitan de sus servicios, ni los arrapiezos que vienen en busca de limosna.

Las torres de las iglesias y palacios despuntan sobre las murallas, prometiendo esplendor al viajero que se aproxima, pero es la pobreza la que acude a recibirlo a las puertas de la villa.

—Este tiene catadura de estudiante —apunta uno de los presentes—. Trae mula.

—Sí, pero sin gualdrapa —señala otro.

Andrés comprende la alusión. De ser licenciado, maestro o doctor, el viajero adornaría su acémila con una cobertura, como es privilegio de los más altos grados universitarios. En una villa como Alcalá, los vecinos saben distinguir los signos que identifican a los hombres de estudios, cuyas prerrogativas los separan de la población común.

—¿Aquí dice, pues, que sois el bachiller Martín de Uceda...? —La voz del oficial de la guardia, ronca y espesa, no oculta su desconfianza.

—Eso dice. Bachiller graduado en esta villa. Y tengo prisa.

A Andrés ya no le cabe duda: aquel es el hombre que ha venido a buscar. Se abre paso entre los presentes para observarlo. Allí está, a lomos de su montura. Ambos llegan cubiertos por el polvo del camino, adherido a la piel, el pelo y las ropas a causa del sudor. Pero, aun así, su porte no desmerece ante el del capitán de la guardia, que estudia con el ceño fruncido los papeles que el recién llegado le ha presentado.

El jinete es joven, de rostro bien rasurado y algo pálido, con grandes ojos pardos y tranquilos. Andrés distingue que su indumentaria de viaje está cortada a medida, según parece, en paño dieciocheno de Toledo. Probablemente supera en calidad y precio a las mejores ropas que los vecinos allí congregados guardan en sus arcones para los días de fiesta.

—¿Y venís de Guadalajara? —Ante el asentimiento del visitante, los guardias de la puerta intercambian una mirada—. ¿Qué noticias traéis de allí?

—No soy un mensajero —responde el aludido, con el tono de quien da el asunto por zanjado. Pero sus interrogadores parecen ser de otra opinión.

—Corren tiempos agitados. En estos reinos no hay lugar seguro. Y aquí no recibimos bien a los visitantes que se presentan sin mostrar al menos un poco de buena voluntad. Tened por cierto que nuestros alcaldes y regidores...

—¡Y nuestros diputados! —interrumpe una voz anónima.

—¡Y todos los buenos hombres de la villa! —lo secunda otra voz anónima, surgida del corrillo de espectadores, que ha ido aumentando de tamaño.

Sigue un momento de tenso silencio, en el que el aire parece tornarse más denso, como cargado de vapores viciados. Los guardias han defendido ante el viajero la potestad del regimiento. Los vecinos, el de la Comunidad y sus diputados.

Ese es el conflicto que tiene desgarrado a todo el reino: elegir entre bordarse en la pechera la cruz blanca o la roja. La primera la exhiben los seguidores del rey; la segunda, los defensores de Castilla.

La adhesión de Alcalá a las Comunidades es demasiado reciente, y no todos sus habitantes la aceptan por igual. A día de hoy, es una balanza en precario equilibrio. Pero es inevitable que el peso acabe desplomándose hacia uno de los platillos.

El bachiller Uceda lo sabe. Como sabe que, cuando eso suceda, la villa complutense puede decidir el destino de las tierras circundantes. No en vano, es una frontera; un escudo alzado entre dos vecinos enfrentados, dispuestos a enarbolar las picas el uno contra el otro: al sureste, Madrid, que lucha por las Comunidades; al noroeste, Guadalajara, que defiende el poder del rey y su regimiento.

Por eso ha venido aquí. Por eso le han enviado. Aunque, por Dios y por su señor, deba mantenerlo en secreto.

—Corren tiempos agitados, a fe que sí. Bien decís: no hay lugar seguro en estos reinos —concede. Hace un esfuerzo por controlar a su montura que, sedienta y nerviosa ante la proximidad del agua, pugna por acercarse al abrevadero que hay junto a la muralla, no lejos de la puerta.

El oficial tuerce el gesto. Sin duda está habituado a la presencia de curiosos. Pero, en tiempos como estos, la cercanía de sus convecinos trae consigo ecos de amenaza; reprime el impulso de acercar la mano al pomo de la espada.

—Desmontad, señor bachiller. Llevemos esta conversación al cuerpo de guardia.

El aludido se apea. Señala con la mano a uno de los arrapiezos allí congregados.

—¡Muchacho! ¡Da de beber a mi mula! —le ordena, tras cargarse al hombro las bolsas de viaje—. Y después, llévala a casa del señor Alonso de Deza. ¿Sabes cómo llegar?

Andrés se adelanta.

—Permitidme que lo haga yo, don Martín. Soy hijo de Pedro de León, su vecino.

El arriacense le cede las riendas y le da una palmada en el hombro. Por primera vez desde su llegada, esboza una sonrisa. Aunque el gesto se le queda aferrado a los labios, sin alcanzar las pupilas.

El oficial de guardia hace una seña a sus hombres. Después indica al joven bachiller la entrada al torreón que custodia la puerta de Guadalajara. Mientras ambos desaparecen escaleras arriba, se le oye decir:

—Comprenderéis que la villa anda revuelta...

—Como toda Castilla. —Es la respuesta.

El aprendiz Andrés de León se enjuga la frente con la manga de la camisa. Tira de los arreos mientras observa cómo la mula agita las orejas para espantar las moscas. Luego levanta la vista al cielo y se persigna como buen cristiano. Sabe que está a punto de cometer pecado, pero no puede ni quiere evitarlo.

Buscará un lugar a salvo de miradas indiscretas. Y, una vez allí, registrará las alforjas del recién llegado. Es su obligación, como protector y guardián de la hermosa Leonor. Se ha jurado a sí mismo defenderla de todo peligro. Y, tal vez, si Dios así lo quiere, encuentre en aquellas bolsas algo que le permita demostrar a su dama que el bachiller que está a punto de alojarse en su casa no es hombre de fiar.

Leonor mira por la ventana enrejada. Le encanta retirarse a aquella estancia, la que ella denomina «el aposento». No es más que un modesto almacén, en el que su padre guarda los materiales más prosaicos de su próspero negocio: los paños y lienzos de peor urdimbre, las arpilleras y sogas que se usan para enfardar las telas antes de transportarlas... Los empleados de la familia lo llaman «el depósito de arriba», y no reciben con agrado la orden de acudir allí, al piso superior de esa torrecilla que supera en altura a la casa y los edificios circundantes. Para acceder a ella, hay que trepar por una empinada escalera que arranca del patio interior de la vivienda.

Pero a la joven le agrada refugiarse aquí. Desde la elevación de aquella reja otea los dominios familiares como si lo hiciera desde tierra extranjera. Todo parece distinto: el patio y las gentes que lo recorren, los relinchos que salen de la cuadra, los animales del corral, los parches de color de la huerta... y el pozo. Sobre todo ese pozo que, desde esta perspectiva, se asemeja a un dedal viejo y vacío.

—Al mirarla desde aquí, toda nuestra hacienda se me antoja más pequeña. O tal vez sea que el resto del mundo parece más grande...

Leonor dirige aquellas palabras a su acompañante, pero esta no responde. Sigue sentada en un arcón, concentrada en prensar unos bastos retales que ha traído en un cestillo; con ellos está formando pequeñas bolas de tela.

—¿Lucía? ¿Me escuchas?

—Sí. Dices que el mundo parece más grande —replica su amiga, sin levantar la vista de su labor.

—No. No es eso. Digo que parece distinto; que todo se transforma al mirarlo desde otra perspectiva.

Su interlocutora levanta los ojos. Ellas dos nunca podrán ver el mundo desde la misma perspectiva, ni aun mirándolo desde el mismo sitio. Leonor es hija de Alonso de Deza, el más rico comerciante de paños de la villa; según se comenta, su hacienda familiar asciende a más de dos millones de maravedís. Puede permitirse tocas y camisas de cambray; para las ropas, tafetanes, terciopelos dobles y hasta aceituní. Y, por si tal fuera poco, el Señor la ha dotado de todas las gracias que cautivan a los hombres. En su presencia, el mundo parece iluminarse y sonreír. Podría ser dama de cualquier caballero andante, musa de cualquier poeta.

En cuanto a ella... Lucía resulta del todo distinta. Su padre, Pedro de León, no es más que un modesto sastre. El mejor de la villa, al decir de algunos. Pero de carácter demasiado orgulloso y lengua demasiado franca como para ser del agrado de los poderosos. Eso lo condena a una clientela mucho más humilde. Su hija llevará al altar una dote de ocho mil maravedís. Viste ropas cuidadas, con buen corte y mejor remate, pero modestas: palmillas, cordellates, delantales de blanqueta... Y su aspecto tampoco recuerda al de una ninfa; seca de carnes, con cabellos demasiado oscuros y tono de tez tostado, como el de una campesina. Cuando pasa por las calles, estas ignoran su presencia. No hay en ella nada que pueda atraer miradas de admiración.

No. Por cierto que ellas dos nunca podrán ver el mundo desde la misma perspectiva. Pero es justo reconocerlo: Leonor siempre ha atribuido gran valor a las escasas cosas que ambas comparten, frente a las muchas que las diferencian.

Son vecinas desde la cuna, amigas desde la infancia. Alonso de Deza, como corresponde a su estado, mantiene casa y negocio en una de las zonas más acaudaladas de la villa. El ingreso principal de su magnífica vivienda da a la calle Mayor, que, en los últimos tiempos, parece querer hermosearse más que ninguna otra; los vecinos han ido sustituyendo las pilastras de madera que antes sostenían sus largos soportales por airosas columnas de piedra. Los antiguos entramados de madera de las fachadas se van revistiendo de piedra y ladrillo, con aparejos a soga que imitan las construcciones del recinto universitario. Se han creado ventanas en los frentes de las viviendas para abrirlas a la luz y las voces de la calle, siempre concurrida. El suelo de tierra se ha cubierto de empedrado; un lujo del que, al decir de los viajeros, pocas vías de Europa pueden vanagloriarse.

El domicilio de Alonso de Deza cuenta con entrada secundaria por la calle de los Manteros, destinada a mercancías y sirvientes. Es la que usa también la familia de su vecino, Pedro de León, cuya sastrería da a la dicha calle, junto a la cueva que hay bajo ella y que le sirve de almacén. A la vivienda, sita sobre el negocio, se accede desde el patio del próspero comerciante de paños, sobre el que tiene servidumbre de corral, huerto y pozo.

Así pues, las dos familias comparten suelo y agua, sin más quebrantos de los que suelen ser normales entre buenos vecinos.

—¿Te lo imaginas? —Aunque la frente de Leonor se apoya sobre los barrotes de hierro, su mirada navega mucho más allá—. Al mirar el mundo desde aquí, me siento como un pájaro...

—Un pájaro enjaulado —responde su acompañante, en referencia a las rejas.

—Un pájaro enjaulado conserva sus alas. Y si lo encierran es porque aún sabe cómo usarlas.

Lucía sigue enfrascada en su labor. Bajo sus dedos, ágiles y oscuros en la penumbra de su rincón, las esferas de retales van adquiriendo tamaño y consistencia.

—¿Como qué tipo de pájaro? —inquiere al cabo de un rato. Su amiga, cuya mente divaga ya por tierras muy lejanas, queda desconcertada ante la pregunta.

—¿A qué te refieres?

—Pregunto como qué tipo de pájaro te sientes.

Leonor no responde. Observa el corral, la huerta, la cuadra; todo parece adormecido, vencido por el sol sofocante de primeras horas de la tarde.

—¿Has pensado alguna vez en las gallinas? Tienen alas, pero ¿de qué les sirven? Sin embargo, un jilguero metido en su jaula aún sería capaz de llegar hasta aquí arriba, si tan solo pudiera traspasar los barrotes...

—Una vaca también podría —puntualiza Lucía—. Subiendo las escaleras, me refiero. Aunque luego no sabría cómo bajar.

Su amiga sonríe.

—De acuerdo. Para ti las gallinas y las vacas trepadoras. Yo me quedo con mi jilguero. —Observa cómo una de las sirvientas de la casa se llega al pozo, llena una cántara y regresa con ella al interior de la vivienda, resoplando—. ¿Y tu hermano? ¿No debería haber vuelto ya?

Por cierto que sí. Andrés ha salido hace rato a realizar su misión. Basta una simple petición de Leonor para que el muchacho se lance en su cumplimiento, como un caballo fogoso tocado por la espuela del jinete. Ya sea espantar un moscardón obstinado, recoger mandados o recuperar un zarcillo perdido... Nada lo arredra. Incluso estaría dispuesto a enfrentarse al fantasma de ese moro Muza que, según las leyendas, guarda la mítica mesa del rey Salomón en el monte Zulema.

Pero hoy el deseo de la joven es muy otro. Quiere saber más de ese bachiller arriacense que, de acuerdo a la correspondencia que su padre mantiene con don Diego de Esquivel, viene a alojarse en la casa familiar durante una temporada.

Las campanas de Santa María rasgan el aire de la tarde, que cubre la villa como una áspera y pesada capa de sayal. Con el último toque, Andrés hace su entrada en el patio. Trae en la mano las riendas de una mula y, en el rostro, una expresión de triunfo.

La dicha del joven Andrés de León dura poco. Tras rebuscar en las alforjas de Martín de Uceda, ha llegado a casa convencido de haber encontrado pruebas fehacientes de que el tal bachiller no es persona de fiar.

—Haréis bien en manteneros bien apartadas de él, y eso las dos —les dice, aunque en realidad, sus palabras van dirigidas a la joven Leonor, que ahora lo mira con esos ojos de hermosísimo añil, de un color tan espléndido como solo puede obtenerse de la mejor hierba pastel de Tolosa—. Porque lleva consigo muchos botecillos de ungüentos y líquidos, que no se sabe sin son medicinas o venenos, y unos cuchillines pequeños, pero tan afilados que da espanto verlos. Y, en el fondo de las sacas...

—¿Estás diciendo que has mirado en sus alforjas? —lo interrumpe Lucía, espantada.

Su hermano calla, con la boca abierta de par en par; un tinte grana le inunda el rostro.

—Yo... Se abrieron solas —balbucea, buscando una salida a la desesperada—. La mula tropezó... Y yo...

Leonor despliega su abanico de seda y comienza a darse aire con movimientos pausados y elegantes. Parece lejos de compartir la turbación de sus vecinos.

—Cosas que ocurren, ¿no? —interviene. Una extraña sonrisa juguetea en sus suaves labios—. El asunto no tiene mayor importancia.

Cuando Andrés abandona el almacén, deseoso de zanjar el tema con su marcha, Lucía se dirige a su amiga.

—¡Válgame...! ¿Vas a decirme que hurgar en bolsas ajenas no tiene mayor importancia?

—No tanta, por cierto, como hurtar algo de ellas. Y tú y yo sabemos que ese no es el caso.

—Aun así, eso no excusa...

—¿Y tú? —interrumpe Leonor, sin perder su media sonrisa—. ¿Vas a decirme que tu hermano aprobaría eso que tramas hacer con tus retales de trapo?

En efecto, al oír que Andrés llegaba por las escaleras, Lucía se ha apresurado a guardar sus labores en el cestillo, cubrirlo con una tela y ocultarlo bajo unas arpilleras.

—¡No puedes comparar una cosa con la otra!

—Podré si me dices de una vez para qué sirven. ¿A qué tanto secreto? —Y, sabiendo de qué pie cojea su interlocutora, la aguijonea con una ironía pomposa y llena de malicia—: ¿Acaso guarda relación con tu ajuar? ¿No será una sorpresa para tu valeroso prometido, partido al campo de batalla junto a mi hermano?

Su amiga parece molesta ante tales palabras. Sin responder, recoge el cestillo, lo oculta bajo el delantal y se dirige a la puerta. Parpadea al atravesarla, cegada momentáneamente por la hiriente luz del sol. Cuando sus ojos se acostumbran, distingue a su hermano. Está abajo, en el patio. Junto a él hay un hombre joven, de porte erguido, vestido con ropas de cabalgar polvorientas, pero bien cortadas. Lleva al hombro unas bolsas de viaje. Tiene a Andrés agarrado del brazo, y parece estar conversando con él en tono amistoso.

—He ahí al famoso bachiller Martín de Uceda —comenta Leonor, que ha salido tras ella y se ha situado a su lado en lo alto de la escalera—. ¿Qué te parece?

Lucía duda. No hay nada en la apariencia de aquel desconocido que la ayude a formarse una opinión.

—No lo sé. ¿Y a ti?

—No conviene fiarse de los mozos apuestos —responde su interlocutora, en ese tono risueño que tan bien sabe usar, y que nunca permite discernir si habla o no en serio—. Ni de los que saben latín.

—¡Vos, muchacho!

Cuando Andrés oye la llamada, ya es demasiado tarde. El bachiller Uceda ha debido de llegar a la casa mientras él estaba en el almacén de arriba. Lo agarra del brazo sin que el mozo tenga oportunidad de zafarse.

—Habéis dicho antes que sois hijo de Pedro de León, ¿cierto? ¿Cómo os llamáis?

—Andrés, para servir a Dios y a vuestra merced.

—¿Y ese servicio incluye registrar mis alforjas?

La voz del arriacense es indulgente y serena, como lo es también la expresión de su rostro. Sin embargo, la mano que aferra el brazo del muchacho aprieta como la soga sobre el cuello del condenado.

—Don Martín, yo no...

—Permitidme un consejo, Andrés de León, pues vamos a ser vecinos. La próxima vez que queráis curiosear entre mis cosas, tened la cortesía de pedírmelo, que yo sabré cómo facilitaros la tarea.

Así diciendo, el bachiller Uceda baja la vista hacia una de sus botas. Cuando el muchacho sigue la dirección de aquella mirada, descubre, oculta en el interior de la caña, la empuñadura de un estilete.

Lleno de espanto, intenta apartarse, pero la mano de su interlocutor sigue sujetándolo sin misericordia.

—¡Andrés! ¿Aún sigues ahí? ¿A qué esperas, chiquillo?

La voz de la hermana surte efecto como por ensalmo. Los dedos del arriacense se aflojan. Por primera vez, dirige la mirada a lo alto de la escalera, desde donde las dos jóvenes contemplan la escena. Y saluda en dirección a ambas con un movimiento galante que —Lucía lo sabe bien— no va dirigido a ella.

2

La fortaleza de Torrejón de Velasco, situada cuatro leguas al suroeste de Madrid, se recorta contra un límpido cielo azul, tan luminoso que hiere los ojos. Su grandioso torreón central, visible a muchas millas de distancia, está circundado por una poderosa muralla con nueve torres defensivas. Es un baluarte preparado para albergar a un ejército nutrido, bien pertrechado con piezas de artillería. Sin embargo, las tropas que hacia allí se dirigen no resultan demasiado numerosas ni cuentan con maquinaria; a decir verdad, ni siquiera poseen verdadera formación marcial.

Llevan la cruz roja de las Comunidades bordada en las ropas. Son, en su mayor parte, pecheros reunidos y armados a toda prisa. Artesanos, labradores, comerciantes venidos de los concejos comuneros de Madrid, Alcalá de Henares y Toledo. Todos ellos se han presentado voluntarios para la incursión. Y han caminado varias jornadas a marchas forzadas.

El joven Juan de Deza nota la garganta reseca, el torso empapado bajo la brigantina, los muslos y piernas húmedos de su transpiración y la que emana de su yegua. Es hijo del más próspero mercader de paños de la villa complutense, y está habituado a recorrer sus buenas leguas a lomos de una montura, pues así lo requiere el negocio familiar; aunque, por cierto, sin llevar a cuestas esa armadura que tanto abruma el cuerpo y fatiga el espíritu.

Pero su voluntad está forjada para sobreponerse a tales molestias, que no son más que el inicio de todas las que han de venir. La causa bien lo merece.

Un graznido le lleva a elevar la mirada hacia los cielos. Una bandada de aves carroñeras sobrevuela las alturas, ansiosas ante la inminente batalla.

—Perded cuidado, que no están aquí por nosotros, sino por ellos —comenta el jinete que marcha a su lado.

Es don Íñigo López de Zúñiga, que hoy capitanea las tropas alcalaínas. Lleva un coselete cumplido, que no debe de pesar menos de cuarenta libras; el acero que cubre su cabeza, torso, brazos y muslos centellea bajo el sol; también lo hace su rostro, de expresión concentrada y adusta, cubierto de un sudor que le impregna el bigote y la barba rojizos.

El joven Juan de Deza asiente.

—Esperemos que así sea, mi capitán.

—Así será. Antes de que acabe el día, el malnacido protector de esta villa habrá pagado muy cara su traición.

En efecto, no cabe otro modo de referirse al comportamiento de don Juan Arias de Ávila, señor de Torrejón de Velasco. Primero ha prestado pleito homenaje al concejo comunero madrileño; después, sin previo aviso, se ha levantado contra él. Así lo ha hecho al oír que se ha puesto cerco al alcázar de Madrid (cuyos ocupantes, pese a haber jurado acatar los dictámenes de los nuevos regidores, diputados y procuradores, se mantienen atrincherados y se niegan a rendir la plaza); ante tal noticia, el dicho señor ha sacado de su baluarte a ciento cincuenta caballeros, otros tantos infantes y veinte piezas de artillería gruesa para acudir en socorro de la mentada fortaleza.

Pero, al hacerlo así, ha dejado desguarnecida su propia plaza. Y, conociendo que Torrejón de Velasco está desprotegida, el concejo de Madrid ha despachado cartas urgentes a sus aliados más cercanos, Toledo y Alcalá de Henares, cuyos vecinos han tomado las armas para asaltar las posesiones del caballero Juan Arias de Ávila.

—Tened presente que estamos aquí gracias a vos. Sabe Dios que no olvidaré cómo arrugaron la nariz esos oficiales cuando propusisteis seguir un rastro de boñigas de oveja —comenta don Íñigo López de Zúñiga, con una sonrisa torcida—. Excelente idea... y apestosa, a fe mía.

La principal baza de estas huestes improvisadas estriba en su velocidad de maniobra. Es seguro que las tropas de Juan Arias se moverán más despacio a cuenta de la pesada artillería que transportan, y que necesitarán de grandes vías para su desplazamiento. Así pues, el joven Juan de Deza —a quien el capitán Zúñiga ha nombrado su cabo de escuadra— ha sugerido seguir ciertos cordeles y veredas de la región que los pastores usan para la trashumancia; esos caminos de menor anchura, asociados a la Cañada Real Galiana, pero apartados de ella, les han permitido llegar a su destino sin toparse con las temidas tropas enemigas, que ascienden hacia Madrid en sentido contrario.

De cierto, semejante itinerario no pasaría por la mente de un militar; pero sí por la de un buen comerciante de paños, que conoce los desplazamientos de las cabañas de ovejas merinas, pues de ello depende la cantidad y calidad de sus futuras lanas.

En la villa torrejonense, que se arracima a los pies de la fortaleza, las campanas han comenzado a tocar a rebato, para alertar a sus vecinos del ataque inminente.

—Bien, Juan de Deza, estáis a punto de recibir vuestro bautismo de sangre. —Don Íñigo López de Zúñiga se persigna—. Que Dios os proteja.

—También a vos, mi capitán.

La mayoría de los habitantes de Torrejón de Velasco han logrado refugiarse tras los muros de la fortaleza. Aquellos pocos empeñados en defender sus casas acaban heridos o muertos por el ímpetu del asalto.

Las tropas arrasan, saquean, prenden fuego a la villa y se retiran con tanta celeridad como han llegado. Don Juan Arias recibirá pronta noticia de lo ocurrido, y es seguro que dará media vuelta para intentar dar caza a los atacantes.

Los cielos protegen el regreso de las tropas a Madrid tanto como han favorecido su marcha hacia tierras torrejonenses. Los mensajeros, que han partido a caballo apenas concluido el conflicto, harán que la noticia de la victoria llegue a las villas implicadas mucho antes de que los combatientes regresen a ellas.

Aquella primera noche, con la efervescencia del triunfo aún burbujeando en las venas, los ojos de los hombres se niegan a cerrarse, pese al cansancio de las marchas acumuladas. El joven Juan de Deza se sienta junto al fuego en compañía de sus vecinos, comparte su vino y participa de sus bromas. Conoce a parte de ellos: al hijo del tejedor Atienza, del sastre Cevallos, del colchero Gonzalo, del zapatero Campos. Unos ríen, otros sueltan bravatas. Todos beben; tragos largos y nerviosos, para calmar la sed y la inquietud.

—Así aprenderá ese maldito señorón —lanza uno de los allí reunidos—. ¡Malhaya él y todos los traidores!

—Amén —responde el joven Miguel, hijo del zapatero Campos. Juan de Deza lo ha visto a menudo por casa de su vecino Pedro de León; es buen amigo de su hijo Andrés, y prometido de su hermana Lucía—. Solo que la próxima vez, espero que él esté ahí para verlo...

Aquellas palabras hacen que Mateo Atienza frunza el ceño.

—¿Qué significa eso? Hemos quemado sus tierras, sus casas... ¿no es suficiente?

Miguel Campos da la impresión de sonrojarse. Aunque tal vez sea solo una ilusión creada por el reflejo de las llamas.

—Sí, cierto... Sus casas y sus tierras... Aunque, en realidad, más parecían las de sus vasallos. Las casas y las tierras de sus tejedores, sus sastres, sus zapateros...

Se hace el silencio. Algunos contemplan a su compañero con gesto airado, otros apartan la vista. Juan de Deza se incorpora. No logra decidir si aquellas frases son signo de compasión o de cobardía. Pero ninguno de esos sentimientos es buen camarada de un soldado.

—Así ocurre en las guerras —asevera, con firmeza—. El pueblo menudo es siempre aquel que más sufre, aquel que más pierde. Pero ¿acaso no sucede lo mismo en la paz? Día tras día, año tras año. ¿Quién paga impuestos, quién trabaja, quién pasa hambre y fatigas? El pechero, siempre el pechero. Por eso estamos aquí, para acabar con esa situación. La nuestra es una guerra justa, una lucha santa. ¿Lo habéis olvidado?

—No, señor. —Es la respuesta. El hijo del zapatero Campos es el primero en manifestarlo así, aún azorado. El resto de los presentes lo secundan sin dudarlo.

A unos pasos de distancia, una voz rubrica:

—Bien, pues. No lo olvidéis. Ni ahora ni nunca.

Todos se levantan apresuradamente e intentan, con desigual éxito, componer un saludo marcial. El que así ha hablado es don Íñigo López de Zúñiga, que los observa con gesto severo. Su bigote y su poblada barba parecen leonados a la luz de las llamas. Hace una seña al joven Deza.

—Señor Juan, venid conmigo. He de deciros unas palabras.

Se alejan ambos del corrillo, caminando a ritmo pausado.

—Habéis hablado bien —declara el noble—. Vuestro discurso os honra. No todos serían capaces de expresarse con tal acierto y tal vehemencia.

—¿A qué os referís?

El capitán Zúñiga sonríe, como para sí. No es un gesto que denote alegría. Luego pregunta:

—¿Os habéis preguntado por qué os elegí como mi segundo oficial?

—Sí, señor —reconoce el joven. Su padre siempre dice que hay momentos para la diplomacia y momentos para la verdad, y que un buen comerciante ha de saber distinguir los unos de los otros—. Hay dos hijosdalgo en nuestra compañía, y dudo que hayan aceptado de buen talante que hayáis escogido como vuestro cabo de escuadra a un pechero.

—Tenéis razón, no lo han hecho. Pero que me aspen si me importan un comino sus quejas. Al fin y al cabo, vuestra familia mantiene caballo y armas, como la de cualquier hijodalgo, y vos mismo habéis recibido entrenamiento para la lucha, ¿cierto?

—Así es, señor. Mi padre se encargó de ello.

—¿Sabéis que, si en lugar de en nuestra villa complutense, hubierais nacido en la de Madrid, con tales requisitos seríais nombrado caballero de alarde? ¿Y que, aun siendo pechero, gozaríais de los mismos privilegios que un hijodalgo?

—Uno no elige dónde venir al mundo, señor. Pero sí dónde quedarse y dónde luchar. Alcalá es mi hogar. Y la protegeré, aunque no me conceda títulos ni alardes.

El capitán asiente. Parece complacido.

—Vuestro padre opina igual. He hablado con él en las sesiones del ayuntamiento y fuera de ellas, y puedo decir que es uno de nuestros mejores diputados, un verdadero amigo de la Comunidad. Por eso os elegí a vos. Los rangos y cargos, igual que los privilegios, debieran ser patrimonio de quien los merece, no de quien los hereda.

Paso a paso se han ido alejando del resto de la milicia. Han hecho noche en las tierras que un labriego adinerado de la zona ha puesto a su disposición. Ahora están a cierta distancia de los establos en que dormirá la tropa y la casa en la que se han preparado los aposentos de los oficiales.

—¿Sabéis, señor Juan de Deza, quién es el capitán de nuestra

Comunidad alcalaína? ¿Aquel al que nuestros vecinos nombraron el día en que declararon la libertad de nuestra villa?

—Lo sé, señor. Es don Alonso de Castilla.

—Cierto. Caballero de muy noble condición y linaje, y al que no le falta juicio... aunque sí letras. Vos sí sois letrado. ¿Me equivoco, muchacho?

—No os equivocáis.

Allí, a distancia de los hombres y sus celebraciones, los rodean las estrellas y el canto de los grillos. Don Íñigo López de Zúñiga levanta la mirada hacia el firmamento.

—¿Y si os dijera que nuestro capitán, don Alonso de Castilla, rehusaba mandar tropas en auxilio de nuestros vecinos madrileños? ¿Que hubimos de convencerlo a fuer de amenazas y gritos, pues no hubo modo de que atendiera a otras razones? ¿Y que, con todo, se negó a ponerse al frente de los hombres, aduciendo que se le necesitaba más en la villa que en estos campos de Dios?

—Os diría que ya lo sabía, don Íñigo. Y que por eso os nombraron a vos capitán, provisionalmente.

—Para que yo pudiera nombraros a vos cabo de escuadra, también provisionalmente. No es buen asunto, muchacho, que para cosas tan graves tengamos que andar con mandamientos provisionales.

—Hay modos de hacer que los negocios transitorios se tornen definitivos. Pensad, si no, en las noticias que nos llegan de Ávila.

En efecto, un par de semanas antes se han reunido en aquella catedral los procuradores de Toledo, Salamanca, Toro y Segovia, para declarar la Santa Junta. El nuevo órgano de gobierno que ha de sustituir a las Cortes castellanas para convertirse en verdadero portavoz de todo el reino; el que dará voz y poder a los súbditos, frente a la Corona y la alta nobleza. Pues se alza como único representante legítimo del común, por encima del monarca, al que considera «contratado» por el reino y al que, por tanto, puede destituirse si no cumple las funciones que en él se han delegado. Y defiende que, en última instancia, el verdadero poder político dimana del común, y no del rey.

—Dicen que allá, en estas reuniones de la Junta, ya no se hace como en las Cortes —añade Juan de Deza—. Que no hay mayores ni menores, sino que todos son iguales.

El capitán Zúñiga lo sabe. Vuelve a sonreír, y esta vez el gesto sí trae muestras de sincera complacencia. También está al corriente de que la Santa Junta del reino considera nulo el nombramiento del virrey, el cardenal flamenco Adriano de Utrecht, por ser contrario a las costumbres de Castilla. Y de que tampoco acepta la validez del actual Consejo real. Y de que ha declarado que se debe destituir a los corregidores y designar a otros que no sean elegidos por el rey, sino por los vecinos de cada villa.

—Así es, muchacho, y por eso luchamos. Pues creedme si os digo que nada de eso es definitivo, y que sostenerlo nos ha de costar aún mucho sudor, y no poca sangre.

La sonrisa se ha borrado de su rostro, que recupera su habitual expresión adusta.

—Oídme bien —añade—. El capitán don Alonso de Castilla no es el único que debiera inspirarnos dudas. Son muchos los que se han sumado a la causa sin verdadera convicción.

—¿Insinuáis que lo han hecho por conveniencia?

—Por conveniencia, por recelo, por temor... Os aseguro que se avecinan deserciones; y que tampoco habrán de faltarnos traidores. Aunque finja lo contrario, parte de la villa de Alcalá sigue siendo realista en su corazón. Y nuestros adversarios no tardarán en darse cuenta de ello, si es que no lo han hecho ya.

Juan de Deza se pasa la mano por los ojos. De pronto se siente fatigado, como si el cansancio acumulado en los últimos días hubiera estado aguardando para arrojarse sobre él sin previo aviso.

Pero algo le dice que los días que se avecinan no serán amigos del descanso. Llegan tiempos de mantener abiertos los párpados, el cuerpo erguido y el ánimo vigilante.

—Os diré algo, don Íñigo: desearía que os equivocarais.

—Yo también, muchacho. Yo también.

3

El canónigo Diego de Avellaneda no siente deseos de moverse. Aquí, en la quietud sombreada del claustro de San Justo, el aire resulta menos sofocante. Para un hombre de carnes tan nutridas como las suyas resulta fatigoso salvar (así sea a lomos de una mula) los cien pasos que lo separan del palacio; lo ha convocado allí el administrador arzobispal, don Francisco de Mendoza, para «un caso de singular importancia».

El silencio puede ser un refugio, un amigo que trae paz y sosiego; algo que, bien lo sabe, poco suele durar. Como para demostrarlo, irrumpen en el lugar dos jóvenes, que conversan con voces indignadas. Caminan a zancadas tan largas como se lo permite su atuendo: la clámide de paño buriel y con capucha de los colegiales de San Ildefonso.

—Muy ilustre señor don Diego. —Los recién llegados se detienen y saludan al prebendado. Este exige que todos se dirijan a él por su tratamiento eclesiástico.

—Maestro Rodrigo de Cueto, maestro Blas de Lizona. —El tono de Avellaneda denota cierta aspereza. Su jerarquía lo justifica. Al fin y al cabo, los colegiales son racioneros que cobran mil quinientos maravedís al año, mientras que él recibe seis mil por su canonjía—. No debiera recordaros que estos muros no son lugar para corretear ni para frívolas conversaciones.

—La nuestra no lo es. Al contrario, trata de muy graves asuntos —replica Blas de Lizona, altanero. Posee un cuerpo magro, siempre tenso, como hecho de cuero curtido—. Esos condenados castellanos han vuelto a hacer de las suyas.

—No perdonan que nuestro rector los metiera entre rejas —señala Rodrigo de Cueto, con su marcado acento cordobés; guiña ambos ojos con frecuencia, como si no pudiera soportar el esfuerzo de mirar al mundo frente a frente—. Poco castigo, a fe mía, por faltar al juramento que le prestaron el día de San Lucas.

Don Diego calla. Prefiere mantenerse al margen de las disputas entre béticos y castellanos: las facciones estudiantiles que luchan por controlar el Colegio Mayor de San Ildefonso; y, con él, toda la universidad alcalaína.

—Tras aquello, los muy renegados se negaron a seguir obedeciendo a nuestro rector Jerónimo Ruiz y quisieron nombrar en su lugar a uno de los suyos, ese Juan de Berzosa —interviene de nuevo Blas de Lizona, con el tono chirriante que le es tan propio—. ¡Hatajo de bellacos!

—¡Así les parta un rayo! Pero bien saben los cielos que pronto recibirán su merecido —remacha Rodrigo de Cueto, que dirige la mirada a las alturas, como para sellar el vaticinio.

El canónigo Avellaneda no presta atención a tales imprecaciones. Su mente divaga por otros derroteros. Si mal no recuerda, ese furibundo colegial cordobés ocupó durante el pasado año académico una cátedra de Súmulas... ¿o quizá de Lógica...? Poco importa. Como regente de Artes, debió de recibir veintiún mil maravedís de sueldo anual.

—Los muy rufianes llegaron a mandar a la corte a ese Antonio del Caño...

—Antonio de la Fuente —corrige Cueto.

—Caño, Fuente, Pilón... ¿qué más da? —prorrumpe Lizona, poco dispuesto a detenerse en semejantes nimiedades—. El caso es que el muy truhan tenía encargo de presentarse ante el propio cardenal Adriano para pedirle que enviara a un visitador...

Aquellas palabras logran captar por primera vez la atención del canónigo Avellaneda.

—¿Un visitador, decís?

Su tono denota tensión. Los cielos saben que los colegiales de San Ildefonso (las mentes más preclaras del reino, destinadas a los cargos superiores de la Iglesia y la administración regia) pueden actuar como auténticos botarates.

—¿De modo que vuestros compañeros solicitaron un visitador extraordinario... enviado por la Corona?

El cardenal Cisneros, fundador de la institución, creó la figura del visitador ordinario, para inspeccionar el Colegio y universidad y evitar posibles desmanes del rector y sus consiliarios. El cargo se elige cada curso académico entre los prebendados de la magistral de San Justo (nombrados, a su vez, entre los doctores y maestros de San Ildefonso). Y su designación causa no pocos conflictos, dependiendo de si el interventor en cuestión pertenece o no a la misma facción de poder que el rector en ejercicio.

El propio Diego de Avellaneda desempeñó esa función unos años atrás. Si bien él, como hombre de juicio y precavido, se limitó a cumplirla sin inmiscuirse en las luchas entre castellanos y béticos; cobrando, eso sí, los «diez florines de oro, que son dos mil seiscientos cincuenta maravedís» asociados al cargo, que el tesorero de San Ildefonso anotó en la partida de gastos del Colegio.

La figura del visitador ordinario ya es, de por sí, fuente de conflictos, pues tiene la facultad de destituir al rector en curso e imponer graves sanciones a la institución. Entonces, en nombre de Dios, ¿a qué solicitar uno extraordinario? Un enviado de la Corona, a quien Su Majestad podría investir de poderes aún mayores; quién sabe si el de modificar las leyes de la universidad o incluso el de clausurarla... Una petición como esa podría destruir por completo la obra del cardenal Cisneros. Y todo, a conveniencia del rey...

—Así es —confirma Rodrigo de Cueto, acompañando las frases con frecuentes guiños y un marcado acento cordobés—. Esos perros de los castellanos pidieron al cardenal Adriano un visitador de la Corona. Pero no receléis, que de eso hace ya meses y nuestro buen virrey no da muestras de querer tomar cartas en el asunto. De seguro tiene otras cosas a las que dedicarse, con tanta asonada como hay en todo el reino, y esa Santa Junta que se acaba de formar; como si esos levantiscos de las Comunidades no hubieran causado ya pocos daños...

—Imagino que los béticos —interrumpe el canónigo, sin demasiadas contemplaciones— habréis obrado con mejor juico. Que no habréis aireado aún más el asunto pidiendo la intervención de algún otro patrón...

—¿Y qué si así fuera? —replica Blas de Lizona, con su acostumbrada insolencia—. ¿Y si hubiéramos mandado una carta a Guadalajara, al duque del Infantado? Nuestro fundador también le encargó a él la salvaguarda del Colegio; en su constitución sexagésimo segunda...

—Septuagésimo primera —puntualiza Cueto.

—La que sea... El caso es que ahí lo nombra patrón y protector.

Don Diego de Avellaneda repasa con el dorso de los dedos su mórbida papada; un gesto que realiza cuando recibe noticias que suscitan su inquietud... o su enojo.

Recuerda que tres años antes, a la muerte de su insigne fundador, la universidad tuvo que superar su primera prueba de fuego. En su testamento, el cardenal Cisneros dejó como único heredero de su fabulosa hacienda al Colegio de San Ildefonso. Había creado toda una serie de disposiciones para emanciparlo, tanto jurídica como económicamente, del arzobispado de Toledo.

Pero el sucesor de Cisneros en la sede primada, Guillermo de Croy, reclamaba el control de la institución y de sus cuantiosísimas rentas, alegando que estaba ubicada en los dominios de *su* arzobispado. La universidad hubo de recurrir a un valedor que sobrepasara en poder a la mitra toledana: el joven rey Carlos, que acababa de desembarcar en tierras españolas.

—Los ilustres duques del Infantado fueron declarados protectores del Colegio, sí... —recalca el prebendado Avellaneda—. Como también los cristianísimos reyes de Castilla.

Pero la reina Juana está confinada en Tordesillas. Y su hijo Carlos se cobró bien cara su intercesión. A cambio de erigirse en protector principal de la fundación complutense, reclamó los cincuenta millones de maravedís que Cisneros tenía depositados en el castillo de Uceda, destinados a la obra universitaria y las prebendas de San Justo.

Como magra compensación, accedió a proporcionar una renta anual de tres mil ducados de oro, equivalentes a un millón de maravedís, para cada una de estas dos instituciones.

El canónigo Avellaneda fue uno de los encargados de negociar aquel acuerdo, sabiendo de antemano que se vería obligado a aceptar muy duras condiciones.

Han transcurrido apenas dos años y medio. En aquel momento estaba en juego la supervivencia de toda la obra cisneriana. Pero hoy los colegiales de San Ildefonso recurren al rey por una simple disputa interna.

Si entonces Su Majestad los desvalijó de tal modo... quién sabe qué podría hacer ahora.

La sed de oro del rey Carlos es proverbial. Podrían perderse del todo las rentas que Avellaneda logró negociar. Esas prebendas vitalicias de las que no solo dependen los mismos Cueto y Lizona, sino también las seis dignidades de la magistral de San Justo, sus veintinueve canónigos, sus veinte racioneros y sus doce capellanes.

Bien sabe él que el nuevo poseedor de la mitra toledana, el joven cardenal Croy, protesta contra la concesión de esos cargos, por la pérdida que suponen para las rentas del arzobispado. Y su tío es nada menos que el todopoderoso Chièvres, el hombre de mayor confianza de Su Majestad. Poco le costaría borrarlos de un plumazo...

Entre esos privilegios está la renta vitalicia del canónigo don Diego, la que asegura su presente y su futuro. Conseguida con tanto esfuerzo... Y ahora puesta en jaque por un puñado de colegiales majaderos.

¡Que el diablo se los lleve, a los béticos y a los castellanos! Y allá se las compongan, pinchándose unos a otros en el infierno.

—Los señores Cueto y Lizona parecen incapaces de mostrar la inteligencia que se les supone como maestros en Artes, y ni siquiera la contención que les correspondería como miembros de este cabildo —les espeta. Nota la lengua áspera y el sabor de la hiel en la garganta—. Pero espero que, de aquí en adelante, al menos sean capaces de actuar como cristianos y mantener el decoro que este santo lugar merece.

Los colegiales se miran de reojo. Y de común acuerdo, se despiden y se alejan sin más ceremonia. A la salida del recinto encuentran la mula que el canónigo Avellaneda suele emplear para sus desplazamientos, ya enjaezada y con las bridas en manos del arriero.

—Parece que don Florín sale de paseo —apunta Rodrigo de Cueto en son de chanza. Así se refieren entre ellos al prebendado don Diego, tan amigo de calcular rentas, ganancias y cambios de moneda. Se sube la capucha para cubrir sus ojos del sol; la luz intensa empeora sus parpadeos—. ¿Crees que irá muy lejos?

—Quién sabe. Quizá a tiro de piedra —replica Blas de Lizona, con gesto agriado—. Con esas carnes sebosas, el muy verraco se niega a dar dos pasos por su propio pie. Compadezco a la bestia que haya de cargar con semejante saco de manteca.

El canónigo Diego de Avellaneda pronto comprende por qué el procurador del arzobispado toledano lo ha hecho llamar. La entrevista se realiza en el despacho oficial de don Francisco de Mendoza. El ventanal de la estancia da paso a haces de luz oblicuos, que iluminan la danza de una miríada de motas formadas por polvo de piedra, ladrillo y cal. Los acompañan las voces y los golpes de los artífices encargados de remodelar el palacio. En opinión de su actual ocupante, su predecesor Cisneros ha dejado el lugar «demasiado abandonado» y «poco acorde con la dignidad de su cargo».

Don Francisco Fernández de Córdoba y Mendoza actúa en calidad de gobernador del arzobispado, junto a don Juan de Carondelet. Mientras el primero reside en Alcalá, este último (uno de esos extranjeros tan beneficiados por el rey) vive una existencia regalada, bien instalado en la corte.

El verdadero poseedor de la mitra toledana no ha pisado nunca territorio hispano, ni tiene intención de hacerlo. Se trata del joven flamenco Guillermo de Croy, sobrino de Chièvres, uno de los principales consejeros del rey Carlos. Su designación ha sido considerada un oprobio por los castellanos, pues las leyes decretan que solo puede concederse tan ilustre dignidad a un súbdito de este reino. Para soslayar el problema, el monarca se limitó a firmar un documento previo en el que nombraba al aspirante «natural de Castilla».

—Bienvenido seáis, don Diego —lo saluda su anfitrión, con tono algo distraído—. Acercaos y tomad asiento. Hay un asunto que me gustaría consultaros, pues sois hombre de gran juicio y discernimiento.

—Vuestra Ilustrísima me honra con su confianza —responde el aludido con voz obsequiosa, muy distinta a la que antes usara para dirigirse a los maestros Cueto y Lizona.

Se aposenta sobre una amplia silla de brazos, que apenas si da cabida a sus abundantes carnes. Su anfitrión ha hecho que coloquen al alcance de su mano una mesita con un refrigerio que, aun sin ser escaso, sí resulta algo exiguo para lo que demanda el estómago del visitante.

Don Francisco de Mendoza es hombre de rostro redondo, rasgos agraciados y modales plácidos, con labios carnosos, prestos a la sonrisa, y unos ojos oscuros que siempre parecen estar contemplando algo secreto y lejano. Aborda el tema sin perder el tiempo en preliminares; no porque sea hombre de acción y decisiones rápidas, sino porque desea zanjar sin demora todos aquellos asuntos que lo alejan de sus libros y sus estudios.

—Supongo que estáis al tanto de lo que ocurre en el alcázar de Madrid.

Su interlocutor asiente. En efecto, la fortaleza lleva algún tiempo sitiada. Su alcaide, don Francisco de Vargas, está ausente. Partió hace varios meses a las Cortes de Santiago en calidad de procurador de la villa y, desde entonces, su delicado estado de salud le ha impedido regresar. Su teniente, don Pedro de Toledo, juró pleito homenaje a los comuneros sublevados. Pero su negativa a entregarles la plaza permite sospechar que lo hizo sin intención de respetar el pacto. De hecho, corren rumores de que fingió adherirse a la causa insurrecta con el mero propósito de ganar tiempo hasta el regreso de su superior.

—Según se comenta, el alcázar está pronto a rendirse por la falta de alimentos —señala el canónigo Avellaneda—. Aunque también se dice que don Francisco de Vargas podría llegar a socorrerlo, y que está reuniendo tropas en su camino hacia Madrid.

El gobernador arzobispal tiene la mirada fija en la luz que se desliza a través del ventanal, en cuyo regazo bailan caprichosamente legiones de motas blanquecinas.

—Don Francisco de Vargas no ha conseguido reclutar fuerzas suficientes. Al menos, no aún.

—¿Cómo sabe tal cosa Vuestra Ilustrísima?

—Él me lo ha dicho. Está aquí. Y solicita hombres armados.

Sigue un momento de silencio en la habitación. Fuera de ella, las voces de los canteros y albañiles parecen cobrar mayor intensidad.

—Ya veo —indica al fin el canónigo. Como hombre de buen juicio y experimentado en las vías diplomáticas, sabe que, en circunstancias como estas, no hay mejor maniobra que callar e instar a su interlocutor a proseguir.

—También tengo aquí varias cartas. Dos de ellas vienen del concejo de Madrid; en la primera requieren que no se deje al alcaide reunir gente. En la segunda, anuncian la llegada... veamos... —el procurador arzobispal toma una misiva de su escritorio y cita textualmente— del «alcalde y justicia de la villa, Gregorio del Castillo, y el diputado Gonzalo de Cáceres», que vienen a parlamentar, por lo que requieren una entrevista con don Francisco de Vargas.

—¿Y nuestro propio concejo? —Bien sabe Diego de Avellaneda que, si los regidores madrileños han despachado un mensaje al gobernador del arzobispado, de cierto habrán hecho lo propio con los diputados alcalaínos.

—Nuestros buenos hombres pecheros se declaran aliados de Madrid; y exhortan a que se impida al dicho alcaide reclutar hombres y armamento.

—Ya veo —repite el canónigo, en consonancia con su declaración previa.

—Aún hay más. Mi primo, don Diego Hurtado de Mendoza, duque del Infantado, también me ha escrito a este respecto.

—Comprendo. —Es la réplica de Avellaneda, tan locuaz como las anteriores.

—Recomienda que se preste ayuda al citado alcaide «pues,

sin duda, tal es la voluntad de Su Majestad». Y me recuerda que, de ser necesario, tiene a sus hombres prestos para acudir en mi auxilio y el de la villa complutense.

Cuesta decidir si han de tomarse estas últimas palabras como una promesa de ayuda o una amenaza; conociendo la reputación del señor duque, tal vez como ambas cosas.

El obispo Mendoza cae en el silencio. Su interlocutor aguarda un tiempo prudencial antes de tomar la palabra.

—Si Vuestra Ilustrísima me permite señalarlo, nos hallamos en una situación muy delicada.

—Soy consciente, don Diego. Esa es la razón de que os haya hecho llamar.

Avellaneda recorre su papada con el dorso de los dedos. El procurador del arzobispado, uno de los dignatarios más poderosos del reino, no es hombre que sepa nadar en aguas turbulentas. Dios Nuestro Señor le ha concedido un insigne linaje, pero no le ha otorgado facultad de visión. Todo hombre que aspire a una posición de influencia debiera ser capaz de observar el paisaje en perspectiva. Si no, ¿de qué le sirve un cargo que lo eleve a las alturas?

—Cuando decís que el alcaide Vargas está aquí, ¿os referís a que lo tenéis alojado en el palacio?

El administrador arzobispal responde con un gesto afirmativo. Vuelve a tener la mirada perdida en la luz del ventanal.

—Dejadme hablar con él. Después de eso, veremos cuál es el mejor modo de resolver los demás asuntos.

Al acabar el día, la decisión está tomada. Don Francisco de Vargas tendrá sus hombres. No muchos, por cierto, ya que el asunto debe resolverse a espaldas del concejo y en el mayor secreto. Pero, por modesta que sea, la medida permite que, si en el futuro la Corona resulta vencedora en el conflicto, Mendoza pueda declararse como leal a Su Majestad, aun en el seno de una villa dominada por los rebeldes.

En cuanto al propio alcaide Vargas... Lo cierto es que el canónigo Avellaneda siente cierta piedad por ese hombre, con el ánimo desgarrado por un doloroso dilema. Alguien que ha votado en Cortes contra el monarca, y en profundo desacuerdo con el comportamiento del rey; pero, al mismo tiempo, con una arraigada lealtad a la Corona. Alguien que, de tomar el mando del alcázar y sofocar el alzamiento, deberá aplastar a aquellos que defienden las mismas ideas que él comparte; y que, de no hacerlo, será traidor a su cargo y los juramentos prestados al aceptarlo.

Y, todo ello, con un cuerpo reducido casi a los huesos, y una debilidad física que hubiera bastado para postrar a cualquier otro de ánimo menos esforzado.

Pero, así las cosas, todo cuanto el canónigo Avellaneda puede hacer es rogar a Dios por el infortunado. Y que sea el Todopoderoso quien se apiade del alcaide Vargas.

Pues él no puede hacerlo. La compasión es un lujo que un buen político no debe permitirse.

4

Las calles de Madrid son un hervidero. Se comenta que Francisco de Vargas está en Alcalá de Henares, reuniendo tropas para acudir en auxilio del alcázar. El concejo de la villa le ha enviado ya dos delegaciones para instarle a que rinda homenaje a la Comunidad madrileña, pero ninguna de ellas ha tenido éxito. Así pues, los vecinos están preparando las defensas contra un inminente ataque. Los nervios y el temor impregnan el ambiente, contagiándose a través del aire, como los vapores de una epidemia.

Juan de Deza y sus acompañantes se detienen un instante frente a la puerta del Sol. Allí se ha cavado un foso y levantado un castillete, pues es el principal punto de entrada a través de la cerca, y el acceso más probable si las huestes llegan por el camino de Alcalá.

—Como ves, estamos tomando nuestras precauciones —indica Pedro. Es hijo de Fernando de Madrid, cuya extensa y pudiente familia controla lo más granado del mercado de paños local, así como varios de sus oficios asociados. Él mismo es sombrerero y lencero, amén de caballero de alarde y cabo de escuadra de las tropas comuneras.

—Buen trabajo. —Juan de Deza repasa con mirada satisfecha la fortificación que, por sí sola, simboliza mejor que cualquier bandera o discurso el espíritu del pueblo castellano—. El alcaide Vargas no os pillará desprevenidos.

—¿Crees que tus vecinos complutenses le darán tropas? Y, si así fuere... ¿cuántas?

—Créeme: ya me gustaría saber responder a cualquiera de esas preguntas.

El caballero de alarde se vuelve hacia él. Posa sobre el hombro del alcalaíno una de sus manos recias, de uñas mordidas hasta la raíz.

—A fe mía, Juan, no sé cómo agradecerte...

—No hay por qué hacerlo. En tiempos como estos, mal haríamos en no tendernos la mano los unos a los otros.

Tras el asalto a Torrejón de Velasco, el capitán Zúñiga pernoctó una noche en Madrid para volver después a tierras complutenses. Juan solicitó licencia para quedarse unos días más en la villa vecina.

—No me agrada prescindir de mi cabo de escuadra; pero sea —concedió el oficial al mando—. No os demoréis demasiado, muchacho. Allá también os necesitamos.

En realidad, el joven Deza se queda para atender ciertos negocios que su padre lleva junto al mercader de paños Fernando de Madrid. Los varones de ambas familias son consocios y amigos desde hace muchos años. Razón por la cual la asistencia de Juan resulta bienvenida en otros ámbitos.

—Las colaciones que caen dentro de la antigua muralla están mejor protegidas, pero los arrabales... —Pedro de Madrid sacude la cabeza—. La cerca exterior no es segura; sabe Dios que necesitamos tapiarla en más de un lugar.

De hecho, su padre, el mercader Fernando de Madrid, es diputado en el concejo por la colación de Santa Cruz. Su familia tiene casas en esa zona, que, por su localización en las afueras y junto al camino de Alcalá, resulta ser la más expuesta. Buena parte de la parentela se ha trasladado provisionalmente a las viviendas de otros allegados, en los barrios interiores.

—Mi señor padre, como cambiador de nuestra Comunidad,

anda sin resuello recaudando fondos y armamento. Mi hermano está en Toledo; lo enviaron allá para reclutar más hombres con los que hacer frente a Vargas. Yo tengo mis propias tropas, apostadas junto al parapeto de las carretas, y debo quedarme con ellas.

En efecto, algo más al sur de la puerta del Sol se ha levantado también una barricada, formada por vehículos amontonados. Los vecinos ya comienzan a llamar al lugar «la calle de las carretas».

—Como ves, tenemos varios frentes abiertos —rezonga Pedro—. Demasiados. Pero esa maldita mula testaruda parece no comprenderlo.

—A fe que te entiendo, amigo. Yo también tengo una hermana. —Sus pensamientos se vuelven a Leonor, y a los desmanes que acostumbra a organizar en la casa familiar—. Y no es hembra de trato fácil, te lo puedo asegurar.

—Decir eso es quedarse corto por más de una legua. Las hay de trato difícil, y las hay intratables.

Juan de Deza se sonríe.

—Aún no he conocido a una sola mujer ingobernable. —Sabe que su porte, su aspecto y sus modales resultan del agrado de las hembras. Y llegarse a ellas con una bolsa repleta tampoco le perjudica a la hora de tratarlas; ventajas ambas que sabe aprovechar—. Todas acaban atendiendo a razones, de un modo u otro.

—Dices eso porque aún no conoces a Teresa. —El caballero de alarde le palmea la espalda—. Por mucho que te haya hablado ya de ella, no es lo mismo tener que tratarla en persona. Quedas avisado.

Reinician el camino. A los pocos pasos, el alcalaíno se gira sobre sus talones.

—¡Atienza, Cevallos, Campos! —llama, al advertir que los hombres que lo acompañan han quedado atrás. Permanecen embobados mirando la imagen del astro solar que los artesanos están aprestando en lo alto del castillete de la puerta del Sol—. ¡Apretad el paso! No tenemos todo el día.

Los muchachos echan a correr ante aquella orden, con Miguel Campos a la cabeza. Bien sabe él que tendrá que empeñarse más que los otros para recuperar el crédito perdido a los ojos de Juan de Deza, que tardará mucho en perdonarle aquellos comentarios que realizara junto al fuego, tras la toma de Torrejón de Velasco.

Sus pasos los llevan hasta una pequeña plazuela, no lejos de la puerta de Atocha. Durante el trayecto, Pedro termina de explicar a su amigo los detalles del caso. A diferencia del resto de la familia, su hermana Teresa se ha negado a abandonar su casa para refugiarse en la vivienda de sus primos, al amparo de la muralla vieja.

—Pretende quedarse aquí, sola, tan cerca de las puertas de la villa. Dice que es su hogar, que le pertenece por derecho, que no piensa abandonar el lecho de su difunto esposo y la cuna de su hija en manos de cualquier saqueador... —Se interrumpe al observar la expresión de Juan—. ¡Voto a...! No irás a decirme que comulgas con tales sandeces.

—A fe mía que son palabras ciertas y resueltas... ¿no has pensado que tal vez tenga razón?

—¿Y qué si la tiene? Eso no viene al caso.

Así diciendo, señala una de las construcciones de la plazuela: un elegante edificio de ladrillo y piedra, con ventanas enrejadas en las dos primeras alturas y espléndidos balcones en la parte superior. En la portada, de piedra caliza, destaca un airoso arco apuntado, flanqueado por pequeñas hornacinas con sendas estatuillas de santos.

Pedro de Madrid golpea los portones con el puño cerrado. Pasado un buen rato, una figura asoma al balcón central del piso superior.

El joven Deza, versado en el arte de calibrar a las hembras, estima que la dueña de la casa sumará unos tres o cuatro años más que él; aunque, por cierto, no se conserva mal. Es una mujer de complexión esbelta, de rasgos cincelados con dureza en su piel alabastrina. Viste ropas y toca de finísimo paño negro, bordadas en seda del mismo color.

—Hermana —espeta el caballero de alarde, sin más contemplaciones—, he aquí a mi amigo, el señor Juan de Deza, de quien ya te he hablado. Él y sus hombres me acompañan para sacarte de aquí y llevarte a sitio seguro.

La interpelada derrama una mirada displicente sobre ellos desde las alturas de su atalaya.

—En ese caso, señor Juan de Deza —responde, ignorando en sus palabras la presencia de su hermano—, bien haréis en volveros por el mismo camino por el que habéis venido.

—Ya basta, Teresa —exclama Pedro, perdido su último atisbo de paciencia—. Déjate de majaderías y abre la puerta. Las tropas rivales se avecinan y la guerra no es lugar para una mujer.

—¿No lo es? ¿De veras? ¿Y qué me dices de María de Lago? ¿Intentarías sacarla a ella de su alcázar con tan convincente argumento?

La mencionada no es otra que la esposa del alcaide don Francisco de Vargas. Y, según se comenta en las calles, ostenta el verdadero mando de la fortaleza, con el valor y la determinación del más recio capitán de Su Majestad.

Juan de Deza no puede evitar que sus labios se curven ante aquellas palabras; pero al instante borra la expresión por no contrariar a su amigo. Pues, al tiempo, le viene a la mente que, si aquellas mismas frases le llegasen por boca de Leonor, no vería en ellas motivos para sonreírse; muy al contrario, le causarían un profundo disgusto.

Extraña cosa son las relaciones de sangre. Pero así lo quiso Dios Nuestro Señor.

—¡Por todos los santos! ¿Cómo osas compararte con esa realista? —El caballero de alarde parece fuera de sí—. ¿No te das cuenta de la afrenta que eso supone para nuestra familia?

—Nuestra familia, sí. Piensa en ella antes de alborotar como lo haces. —Teresa de Madrid responde, como lo ha hecho durante toda la entrevista, con dureza, en tono de acero bien templado—. Cuidado, Pedro. Montar un escándalo a las puertas de la vivienda de tu hermana no es algo que quieras para nuestra casa.

Sin más, da media vuelta y regresa al interior del edificio. También su visitante se retira, guardándose diez maldiciones en la garganta. Pues, en efecto, son ya varios los curiosos que se han congregado alrededor de la escena.

—Maldita mula testaruda. ¡Que el cielo la confunda! —exclama, cuando se hallan ya a distancia segura de la plazuela—. ¿No te lo había dicho? Una buena tanda de palos, eso es lo que se merece.

Juan no responde. En lugar de eso, se detiene, y pone una mano sobre el hombro de su amigo.

—Dame licencia para volver y hablar con ella.

—¿Que volvamos ahí? Voto a Dios que...

—Tú no. Yo. A solas —añade, consciente de lo inusual de aquella petición.

Su interlocutor se queda pensando.

—¿Crees que así podrás convencerla de que salga de una vez de esa maldita casa? —rezonga, al fin.

El alcalaíno frunce los labios. A decir verdad, duda que pueda persuadirla de tal cosa. Pero tal vez haya un modo de complacer a ambos hermanos... aun sin aceptar por completo la postura de ninguno de los dos.

Ante el gesto afirmativo del caballero de alarde, Juan se vuelve hacia sus hombres.

—¡Atienza, Campos, Cevallos! Acompañad a don Pedro de

Madrid a ese parapeto de las carretas, y obedecedlo en todo como a vuestro oficial. Me reuniré con vosotros en breve.

Deshace lo andado, hasta quedar frente a los portones, que parecen ceñudos bajo el arco apuntado. Alza la vista y contempla durante unos instantes la primorosa decoración del intradós. Golpea la madera, con golpes sonoros pero pausados. Luego estira con los dedos del borde inferior de su jubón, para cerciorarse de llevarlo bien ceñido al torso.

Al poco, se abre el balcón. En esta ocasión, la viuda emplea en comparecer bastante menos de lo que ha tardado en la visita de su hermano.

—Señor Juan de Deza —saluda—, ¿por qué os obstináis en volver? De nada ha de serviros. Y habéis de saber que no me impresiona vuestra porfía.

—Ya lo siento, señora. Pues a mí sí me impresiona la vuestra.

Teresa, que ya había comenzado a girarse como si se dispusiera a poner fin a la entrevista, se detiene. Al cabo de unos instantes, recupera su posición inicial y apoya sus manos níveas sobre la barandilla del balcón.

—¿Por qué habéis sonreído? Antes, mientras hablaba con mi hermano.

—No creo haberlo hecho.

Quedan los dos mirándose durante unos instantes, sin decir palabra. Ninguno de ellos parece dispuesto a desviar la vista.

—Recuerdo que habéis mencionado a doña María de Lago. Y debo deciros, señora, que no podéis compararos a ella.

Su interlocutora alza la barbilla. Un gesto que no carece de gracia, aun a pesar de denotar enojo.

—¿Por qué razón?

—Por la simple razón de que ella cuenta con hombres a sus

órdenes. Hombres de armas, capaces de defender su plaza. Habréis de admitir que vos no estáis en la misma situación.

—Y ahora me diréis —sonríe ella, con visible ironía— que todo cambiaría si marchase a casa de mis primos.

—No, señora. En absoluto. Pero sí cambiaría si tuvieseis hombres armados en vuestra propia casa.

Teresa se inclina algo más sobre su visitante, con la mirada clavada en él. Tiene unos ojos oscuros e intensos, pero también serenos, como los cielos de una noche estival.

—Señor Juan de Deza, ¿qué estáis proponiendo?

—Quedaos aquí, tal y como vos deseáis. Pero acompañada y defendida, tal y como desea vuestro hermano. Mis hombres y yo nos encargaremos de protegeros si nos abrís vuestras puertas.

Albergar en casa a un varón que no pertenece a la propia familia... Es una proposición osada, que en tiempos de paz bien podría interpretarse como una desvergüenza. Pero estos no son tiempos de paz. Y, de cierto, la cosa podría organizarse de modo adecuado, a fin de no dar pábulo a murmuraciones.

—¿Y decís que mi hermano está de acuerdo?

—No, señora. Él no sabe palabra de lo que estamos hablando. Prefiero tratarlo con vos en primer lugar.

Es llegado el turno de que Teresa deje escapar una sonrisa involuntaria.

—Si acepto, ¿creéis que podréis convencerlo?

Ahora sí. Juan de Deza sostiene la mirada de su interlocutora con sus ojos de cielo diurno, profundos y luminosos, mientras despliega su mejor sonrisa.

—Lo intentaré. Pero ya sabéis, señora, que él es tan testarudo como vos.

Siguiendo las órdenes de don Pedro de Madrid, los jóvenes Mateo Atienza, Miguel Campos y Baltasar Cevallos se aplican a la tarea de reforzar las defensas de la puerta de Atocha. Leños, sacos, tableros, piedras o ladrillos... Cualquier material sirve cuando hay necesidad.

En plena tarea de portar un pesado madero, se topan con un par de jinetes que acaban de ingresar por la dicha puerta. Los dos vienen sobre una misma cabalgadura y avanzan con dificultad, debido a la gran cantidad de viandantes reunidos en la zona. Al pasar, empujan con la grupa de la montura a Miguel Campos, que a punto está de perder el equilibrio y caer al suelo.

Cuando el muchacho alza la vista para amonestarlos, se encuentra a la altura de los ojos con las piernas del que va a la grupa. No puede reprimir una exclamación. Reconoce el calzado. Esas botas altas de cordobán, de once puntos, con sus plantillas de tres suelas y las cañas abiertas al lado, ajustadas con sus primorosos cordones de cuero pardo, tan característicos... Y tanto que reconoce ese trabajo: ha salido del taller de su padre.

Es más, recuerda la gran discusión que se originó el día en que el cliente pasó a recogerlas por la zapatería. Pues el muy bellaco insistía en pagar seis reales menos del precio acordado, pretextando que el cordobán no era tal, sino simple cuero de caballo.

A cuenta de aquel alboroto, Miguel tiene muy presente el rostro de aquel individuo, con una gran verruga negruzca aferrada a la aleta izquierda de su nariz. Levanta la mirada hasta el rostro del jinete. Ahí está: los ojos hundidos, la verruga, el mentón huidizo... Es él. No cabe duda.

—Eh, tú, vecino —le grita—. ¿No te basta con haber intentado engañarme allá en Alcalá, que también has de intentar atropellarme con tu caballo, aquí en Madrid?

Al oír aquellas palabras, el individuo se sobresalta; aunque sigue su camino sin girar la cabeza, como fingiendo no haber oído nada. Algo que no pasa desapercibido a los acompañantes de Miguel.

—¿Los conoces? —pregunta Mateo Atienza, con ceño arrugado.

—Al de la grupa sí. Es vecino de Alcalá, y hombre de armas. Vino hace poco al taller de mi padre...

—¿Un soldado, dices? —Tampoco Baltasar Cevallos mira a los jinetes con buena cara: es evidente que van bien armados—. ¿Qué hace aquí, entonces? ¿Y por qué no va vestido como tal?

A las mentes de los tres acude la misma idea: sea cual sea la razón de su estancia en esta villa, aquellos hombres están intentando pasar desapercibidos.

—¡Eh, vecino! —vocea ahora Mateo Atienza—. ¡Sí, tú, el de Alcalá! ¡Ven acá! ¡Tú y tu acompañante!

Ante aquellas palabras, el nerviosismo del jinete a la grupa aumenta de forma visible. Susurra algo al oído del que maneja las riendas, el cual intenta acelerar el paso de la montura.

Los compañeros de Miguel intercambian una mirada. Dejan caer al suelo el madero y se lanzan en persecución de los individuos.

—¡Prended a esos jinetes! —vocifera Baltasar Cevallos—. ¡Son hombres del alcaide Vargas!

Aquellas frases desencadenan la tormenta. Llueven palos, piedras, imprecaciones. Entre gritos y golpes, la multitud se abalanza sobre los desconocidos, intentan hacerse con las riendas, derribarlos de la montura, arrebatarles las armas... En el tumulto que sigue, uno de los blancos es abatido, el otro consigue abrirse paso hasta la puerta de la cerca y huir al galope, a campo abierto.

Cevallos y Atienza pugnan por llegar hasta el hombre caído, antes de que los vecinos enfurecidos acaben con él. Miguel Campos se toma un momento para sacar el crucifijo que siempre lleva bajo la camisa y besarlo, como hombre devoto y temeroso de Dios. Encomienda a los cielos el destino del jinete y corre tras sus compañeros. Ha quedado retrasado respecto a ellos.

La villa de Madrid está de celebración. Los planes del alcaide Vargas para socorrer el alcázar han quedado desbaratados. Y las calles lo festejan.

Los rumores corren de boca en boca, de casa en casa. Circulan versiones contradictorias, algunas de ellas de todo punto inverosímiles. Poco importa. Las verdades nacen en el momento en que se creen.

Se habla de combates en la puerta del Sol; de enfrentamientos en el parapeto de las carretas (cuyos defensores habrían recibido ayuda de los enfermos del cercano hospital de San Ricardo); de que el alcaide ha intentado introducir a sus hombres en la villa por separado y que, para despertar menos sospechas, venían montados de a dos en cada cabalgadura; de que los capitanes y soldados de la Comunidad han salido a campo abierto y, sorprendiendo allí al alcaide y a sus tropas, los han hecho huir y refugiarse en Alcalá de Henares; hay quien habla de cuarenta invasores; hay quien menciona a cuatrocientos...

Mucho se dice en las calles, sin pensar que las historias de hoy serán las leyendas de mañana. Porque la gente cree lo que le pide el corazón, y no lo que la razón le dicta.

Miguel Campos, el hijo del zapatero, sonríe y saluda. Atienza y Cevallos lo llevan a hombros por las calles y plazas, contando a todo aquel que quiera escucharlos cómo su compañero ha sido el primero en desenmascarar a los invasores.

—Bien haréis en agradecérselo, muchachas —exclaman, acercándose a un grupo de jovenzuelas que los observan, risueñas y sonrojadas—. De no ser por él, a estas horas la villa estaría alzando los pendones del rey.

Miguel Campos calla, también ruborizado. Y no por satisfacción, ni por modestia. Muy al contrario. Recuerda la escena, una y otra vez. Cierto, él ha sido el primero en identificar a uno de aquellos hombres. Y, con todo, no ha sido él quien ha dado la voz de alarma.

¿Por qué no?

En el fondo de su corazón, es bien consciente de la respuesta. Ha sentido incertidumbre, incluso temor. ¿Y si sus sospechas resultasen erróneas? ¿Y si el hombre, pese a parecer sospechoso, fuera inocente? La multitud lo habría tratado del mismo modo; con rabia ciega, sin rastro de compasión...

Incluso aunque el jinete haya resultado ser enemigo, Miguel agradece a los cielos que don Pedro de Madrid apareciera en escena a la cabeza de sus hombres, a tiempo para dispersar a la multitud antes de que fuera demasiado tarde.

Tal vez él no sirva para esto de la guerra.

Es consciente de que, mañana, el resto de Madrid contará otros relatos sobre lo ocurrido; y de que, dentro de diez años, la Historia ni siquiera habrá oído mencionar su nombre. Pero hoy, los vecinos del barrio, los que estaban presentes, lo señalan y lo tratan como a un héroe.

—Vamos, muchacho, es tu oportunidad. —Mateo y Baltasar lo incitan a que se acerque al corrillo de muchachas—. No hay más que ver las miradas que te echan. Tú ve delante, como buen ariete, que nosotros te seguimos cuando hayas abierto brecha.

El héroe duda. Viendo su reticencia, sus compañeros se vuelven hacia su cabo de escuadra, que anda por allí en compañía de don Pedro de Madrid.

—Señor Juan de Deza, ¿vos qué opináis?

El aludido mira en la dirección señalada. Al instante se hace cargo de la situación.

—Opino que el hombre es hombre —responde—. Y que debe comportarse como tal.

Así diciendo, propina una palmada en el hombro al hijo del zapatero Campos, que apenas si da crédito. Esta misma mañana, su oficial lo trataba con una frialdad que bien podría tomarse por desprecio. Ahora, en cambio...

Miguel mira otra vez en dirección a las jóvenes. Y, de nuevo, desvía la vista de ellas.

—No puedo. Es pecado —declara. El recuerdo de su prometida le viene sin cesar a la cabeza—. Y, además, si Lucía se entera...

—¿Enterarse? ¿Cómo? —replica Mateo Atienza, tan animoso como de costumbre. Se diría que, para él, el futuro fuese un amigo siempre dispuesto a olvidar los yerros cometidos.

Baltasar Cevallos contempla el asunto desde otra perspectiva.

—¿Y qué si se enterase? —dice, encogiéndose de hombros—. No tendría otra que callar y perdonar, como corresponde a una mujer.

5

El zapatero Campos entra corriendo en la sastrería de Pedro de León, su amigo y futuro consuegro. Trae la voz alterada, enronquecida por la cólera.

—¿Habéis oído las nuevas que llegan de Medina del Campo?

—De eso hablábamos, compadre. Por san Justo, que tan gran villanía no ha de quedar sin castigo.

Castilla entera expresa su furia y su dolor, y con justa razón. La noticia, que corre desbocada por todo el reino, afirma que las tropas realistas han entrado a traición en Medina del Campo y la han devastado por el fuego y el acero, arrasando la villa hasta los cimientos y masacrando a la población.

—Se dice que lo hicieron por la noche, los malditos, cuando la buena gente dormía y estaba indefensa...

—Y todo porque los vecinos de allá se habían negado a darles unos cañones que el ejército del rey les exigía, para llevárselos a Segovia...

—Bien hicieron los medinenses en no entregarlos, a fe que sí...

—Obraron con honor y orgullo, como verdaderos castellanos. Que Dios los tenga en Su seno...

Por cuanto parece, con aquel acto infame las tropas realistas pretendían resarcirse de una reciente derrota. En efecto, el alcalde de Corte Ronquillo, que estaba asediando Segovia, había sido expulsado de su posición por una coalición de mil cuatrocientos infantes y ciento cincuenta jinetes, procedentes de Toledo y Madrid, bajo órdenes de los capitanes Padilla y Zapata. A ellos se había sumado el capitán de la ciudad cercada, Juan Bravo, con otros seiscientos soldados de a pie. Su acometida conjunta había obligado al sitiador a salir huyendo.

Pero el alcalde Ronquillo había recibido refuerzos enviados por el Consejo real, al mando de Antonio de Fonseca, y se aprestaba a devolver el golpe. Así pues, las fuerzas realistas se habían dirigido a Medina del Campo para abastecerse de artillería. Y allí, frustradas sus intenciones por la valentía de los buenos vecinos, habían perpetrado la horrenda masacre.

—¡Vive Dios que esto no ha de quedar así! Que esos cobardes, esos malnacidos sin decencia ni honor han de sufrir en sus carnes la furia de toda Castilla...

Una leve exclamación de dolor llega desde la trastienda. Pero los hombres, enfrascados en sus discusiones, ni siquiera la perciben.

Es Lucía, que acaba de clavarse la aguja en el dedo. Ella, junto con las dos muchachas contratadas en el taller paterno para encargarse de las tareas de costura más rutinarias, son las únicas que siguen trabajando. Su padre, su hermano Andrés y el segundo aprendiz del negocio están en la tienda, discutiendo los asuntos de las Comunidades con otros compadres y vecinos.

La joven ha seguido con oído atento las conversaciones de los varones, sin levantar la mirada de su tela. Ahora, mientras observa la gota de rojo sombrío que brota en la yema de su dedo, comprende que se ha estado cuidando más de escuchar las palabras ajenas que de atender su propia labor.

En estos tiempos son muchas las noticias que se comentan en la tienda de su padre, y todas la llenan de inquietud. Sabe que los graneros están casi vacíos y que, si Dios no lo remedia, el hambre más atroz pronto ha de rondar por las calles. Sabe que el concejo está planeando echar sisa en la carne y el pescado, elevando su precio de venta para recaudar así doscientos mil maravedís con los que contratar y armar a las nuevas tropas. Pero los informes relativos a la falta de comida y a su encarecimiento, que a ella tanto la angustian, no parecen preocupar en demasía a los varones, que siempre conceden mayor importancia a los asuntos políticos y militares.

Lucía se lleva el dedo a los labios para absorber la sangre. Luego musita una plegaria y retoma su tarea. En estos tiempos reza casi sin cesar a la bendita Virgen del Val. Le suplica que los proteja a todos, que la compasión florezca en los corazones de los gobernantes y los gobernados, que la contienda termine cuanto antes, que su fin traiga consigo el perdón y el olvido de los odios que ahora se respiran en las casas y las calles. En ocasiones se avergüenza de ansiar tanto la paz, cuando todos los hombres que la rodean (su padre, su hermano Andrés, su futuro suegro e incluso Miguel, su prometido) parecen anhelar tanto la guerra.

Pero hay algo más, un asunto íntimo que le provoca un profundo sentimiento de culpa. Leonor le ha contado (a través de las cartas que su hermano Juan envía desde Madrid) que la villa vecina acaba de salvarse de un temido ataque y que su Miguel ha jugado un papel destacado en el episodio.

—Estarás orgullosa —le dicen las muchachas del taller, las mujeres del vecindario, la familia y aquellas con las que se topa en la plaza—; ya puedes dar gracias a Dios por el varón que te ha tocado en suerte.

Ella lo hace, a fe que sí. Bien saben los cielos cuánto se alegra de que esté a salvo..., pero también de que esté ausente.

Y su propio sentimiento la atormenta. Ha aceptado, como buena hija, el marido que su padre ha dispuesto para ella. Es consciente de que debe agradecer al Altísimo que la haya destinado a un hombre joven, honrado y trabajador, al que no se le conocen vicios. Reconoce que debiera sentirse agradecida, sí, como suelen recordarle quienes la rodean.

Pero, entonces, ¿por qué no puede? Lo finge, por cierto; pero, por alguna razón, es incapaz de sentirlo así en su corazón. Dios sabe que no desea ser una ingrata, eso no... Sin embargo...

—¡Eh, señora de los trapos! —La llamada de una voz infantil la induce a levantar la vista—. ¡Eh, señora! ¡Eh!

Un chiquillo, de rostro sucio y cabellos desgreñados, acaba de asomar la cabeza por la ventana abierta. En las calles lo llaman Julianín el Roto. Parpadea mientras recorre la estancia con la mirada, como en busca de algo.

—¿Qué haces ahí, pordiosero? ¡Zape! —exclama una de las muchachas del taller, agitando hacia él las manos, igual que para espantar un moscardón.

—No te acerques, harapiento —lo increpa la otra—. ¡No vayas a mancharnos las telas de mugre!

El aludido, sordo a las imprecaciones, sigue inspeccionando el lugar, hasta que sus ojos se posan sobre Lucía. Solo cuando ella le hace una discreta seña, el niño da media vuelta y desaparece a la carrera.

—¡Habrase visto! ¡Menudo sinvergüenza...!

Mientras las empleadas siguen rezongando, Lucía se incorpora. Se alisa el delantal y, con aparente naturalidad, menciona que va a buscar un poco de agua al pozo. Sale de la estancia por la puerta que da al corral, tras recoger, con toda discreción, una cestilla tapada que ha dejado en una esquina de la estancia.

Una vez en el patio que su familia comparte con la del señor Alonso de Deza, la joven se demora unos instantes. Un par de sirvientes del mercader de paños atraviesan el lugar resoplando, portando entre ambos un pesado fardo envuelto en arpillera y atado con gruesos cordeles. Cuando entran en la casa vecina y el lugar queda vacío, ella se dirige a la entrada de los carruajes y sirvientes.

A pocos pasos, en la calle de los Manteros, espera el chiquillo, que sonríe al verla aparecer. Sus dientes mellados parecen blanquísimos en contraste con la suciedad de su rostro, manchado de forma dispareja, como un paño estropeado por un tinte falto de mordiente. Lo rodean otros arrapiezos, no menos andrajosos y sucios que él.

—¡Señora de los trapos! —la saluda—. ¿Qué traes?

—Ahora os lo enseño —responde ella, mientras mantiene oculto el cestillo a su espalda—. Pero, por última vez: no volváis a asomar por el taller. Si me descubren, se acabó, ¿lo entendéis?

Julianín asiente, con expresión ansiosa, y sus acompañantes repiten el gesto. Pero Lucía sabe que sus advertencias, como siempre, caerán en saco roto. La impaciencia infantil no entiende los dictados de la prudencia, pues no habla su lenguaje.

Pero, si su interlocutor ignora las posibles consecuencias de aquel acto, ella las tiene bien presentes. En los últimos meses, y usando parte del tiempo que debería emplear en confeccionar su ajuar, ha estado cosiendo pequeños juguetes (pelotas, figuritas de animales, muñecos) que luego regala a los niños que piden limosna por las calles. Por extraño que resulte y, aun con su boda en perspectiva, es el único proyecto que la llena de ilusión. Pero, por desgracia y con gran pesar, debe llevarlo en secreto.

Pues su padre, Pedro de León, es devotísimo creyente. Y, como tal, hombre de probada honestidad y buen corazón; aunque... bueno, suele mostrarse más avaro de lo que aconseja la cristiana caridad.

Tiene por norma que todo resto de su sastrería, hasta el último jirón, ha de revenderse. Su hija ha intentado convencerlo de que un pedazo de estameña por aquí, algo de sayal por allá, un fragmento de jerga, algún resto de cerrón o de paño pardo... son minucias que en nada pueden afectar a la hacienda doméstica; pues, de cierto, ni aun todos juntos añadirían una sola blanca al precio pagado por el trapero.

Pero su progenitor se ha mostrado inflexible. Y así, para poder llevar adelante ese proyecto tan caro a su corazón, Lucía ha debido recurrir a lo único que posee: su dote; esos bienes de los que, aun siendo suyos, solo podrá disponer hasta que contraiga matrimonio, pues en ese mismo instante empezará a gestionarlos su Miguel y ella perderá todo control sobre los mismos.

Poco a poco ha ido empleando parte de las telas que se suponían destinadas a sus paños de cocina, delantales, manteles... Hasta llegar a un punto en que la falta de material resulta demasiado evidente. Es bien consciente de que su padre habrá de caer en la cuenta, tarde o temprano, y de que entonces ella sufrirá las consecuencias... que, conociéndolo, no serán leves.

Pero hasta ese momento, no se resigna a poner fin a esto.

—Sea, pues —dice a los niños. Saca el cestillo y retira la tela que lo cubre—: aquí tenéis.

Va repartiendo el contenido entre los presentes que, tras recibir su obsequio, se alejan a la carrera, con gritos de jolgorio y gran alharaca. Cuando la canastilla queda vacía, Lucía advierte que en el lugar aún permanece una niña, que no alcanzará los cuatro años de edad. La pobre criatura, relegada por los empujones y enmudecidos sus ruegos por los chillidos ajenos, no ha sido capaz de hacerse notar por la «señora de los trapos».

—¿No hay nada para mí? —pregunta, en un hilo de voz. Ante el gesto negativo de su interlocutora, agacha la cabecita, con las pestañas húmedas.

La joven vuelve a cerciorarse de que no hay nadie en derredor. Entonces se acuclilla frente a la chiquilla.

—Vuelve dentro de una semana —le susurra—. Estoy haciendo la muñeca más hermosa que se haya visto jamás en la villa. Y será para ti si prometes cuidarla bien.

La pequeña asiente. Le da las gracias, no sin cierta torpeza. Y se aleja trotando, con los pies descalzos, las ropas deshechas y unos ojos en los que las lágrimas han cedido lugar a la esperanza.

Lucía suspira. Ahora habrá de echar mano a los pañitos con orlas de encaje que guardaba para adornar su futura sala de recibir. Y más le valdrá darse prisa con la aguja si quiere cumplir a tiempo su promesa.

El canónigo Diego de Avellaneda detesta permanecer en pie, y más aún durante largo tiempo. Bajo la vestidura clerical, sus bien nutridas carnes claman por aposentarse cuanto antes en un asiento amplio y mullido. Pero se esfuerza por mantener la compostura, pues la ocasión así lo requiere. Don Francisco de Mendoza, el procurador arzobispal, está jurando lealtad a la Comunidad de la villa alcalaína.

—Mal cumple Su Ilustrísima con el gobierno que se le ha encomendado —mascula una voz en latín, a su espalda.

Aquellas palabras, apenas musitadas, no se han pronunciado para el prebendado Avellaneda; pero, dado que Dios Todopoderoso le ha concedido un oído excepcional, él llega a captarlas.

—Bien dices, amigo. Nuestro señor Mendoza no hace honor a su cargo.

Las voces y sus marcados acentos andaluces (patentes incluso al expresarse en lengua latina) delatan que los que así susurran son los maestros Rodrigo de Cueto y Blas de Lizona, quienes, como racioneros de la iglesia de San Justo, forman parte del séquito que hoy acompaña a don Francisco de Mendoza.

—Por Cristo, que es cosa de no creer: el custodio de la fe del reino, uno de los más grandes señores de Castilla...

—... y aun de toda la cristiandad...

—... todo un Mendoza, por los cielos... ¡jurando lealtad a semejante caterva de traidores! ¡Si hasta ha colgado la bandera de las Comunidades a la puerta del palacio! Dudo mucho que, de estar aquí, el arzobispo Guillermo de Croy se hubiera prestado a una bajeza semejante.

Pero, por desgracia, su reverendísima señoría, el joven arzobispo de Toledo, no está aquí. Ni alberga intención de pisar jamás suelo hispánico. Se contenta con acompañar al rey don Carlos en su triunfal recorrido europeo, haciendo que le envíen a tierras extranjeras sus más de dos millones de reales de renta anual.

El canónigo Diego de Avellaneda frunce el ceño ante aquel pensamiento. De forma instintiva, alza el brazo para acariciar su flácida papada con el dorso de los dedos. Pero advierte el gesto y se interrumpe. Retoma su postura inicial, más decorosa, con las manos cruzadas ante el regazo.

—Y pensar que todo esto es consecuencia de lo de Medina del Campo... ¡Qué insensatez!

—Razón tienes, amigo, que de esos polvos salieron estos lodos...

—Tampoco veo yo que los rebeldes tengan ahora razón para quejarse. Que, si a los medinenses les quemaron las casas de su villa, bien que se vengaron ellos después cuando agarraron y descuartizaron a su regidor en plena calle.

—Y por eso han de pagar algún día, como que hay Dios.

—Pagarán, vaya que sí. Los de allá y los de acá.

—Pero, digo yo... si el vulgo quería enojarse tanto, ¿por qué no hacerlo al principio?

Mal que le pese, el prebendado Avellaneda no puede evitar coincidir con los dos colegiales béticos. Tampoco él comprende bien lo ocurrido. En un primer momento, ante los rumores de que los leales al rey, bajo el mando de Fonseca y Ronquillo, habían arrasado Medina del Campo hasta los cimientos, el estupor de las villas y pueblos sublevados pareció impedirles reaccionar.

Después empezaron a llegar noticias más fidedignas, anunciando que la destrucción no había sido completa: por cuanto se decía, los oficiales de Su Majestad habían dado orden de retirada, y permitido así que los vecinos sofocaran las llamas antes de que estas consumieran la villa en pleno.

Por incomprensible que resulte, fue entonces, al conocer que los daños no eran tan catastróficos como se había creído al principio, cuando se produjo la reacción. Dios era testigo de la gravedad de esta. Buena parte de las tierras castellanas que antes permanecían indecisas se habían sumado a las Comunidades insurrectas, como si aquel episodio les hubiera hecho perder el seso; según los rumores, así lo habían hecho Valladolid, Palencia, Cáceres, Badajoz, Úbeda, Baeza, Jaén, Sevilla... Y, por si tal cosa fuera poco, muchas de las villas que ya formaban parte de la sublevación se habían desviado hacia postulados más extremos.

Tal es el caso de Alcalá de Henares. Si antes el ayuntamiento y sus nuevos diputados, elegidos por el vulgo, se limitaban a pedir un consentimiento tácito por parte del representante de la mitra toledana, ahora exigen que este realice un juramento formal, y que rinda pleito homenaje al concejo «de los buenos hombres pecheros», en un acto público y solemne.

Don Francisco de Mendoza accede. Mas no por astucia y cálculo político, sino por mera y simple pusilanimidad. El prebendado Avellaneda tiene que refrenar una mueca de disgusto al pensar que el gobernador del primado de España es un hombre inepto, pero asistido por la buena fortuna; solo así se explica que haya podido realizar el movimiento más adecuado por los motivos más erróneos.

Pero la suerte de todo individuo, como bien se sabe, puede trocarse; sobre todo, si hay quien sabe cómo favorecer tal cambio...

—Juro en nombre de Dios y por la túnica de san Pedro —proclama ahora el gobernador arzobispal, con una voz tenue y el rostro más pálido de lo que en él es normal— que me hallo más unido que nadie a nuestra causa común; y que estoy dispuesto a morir por el más humilde de los vecinos, y seré el primero en dar la vida por la Santa Comunidad.

Y así, a la vista de la cruz y con la mano derecha sobre el pecho, añade que hasta el momento ha administrado el arzobispado en nombre del reverendísimo cardenal Croy; pero que desde ahora actuará también en el de la Comunidad de los buenos hombres pecheros.

—¡Que Dios nos asista! ¿Adónde iremos a parar?

—Bien dices, amigo. Es cosa de no creer...

El canónigo Diego de Avellaneda inspira una bocanada de aire con regusto a hiel. Nada le resultaría más sencillo, ni más satisfactorio, que girarse y poner en su lugar a aquellos dos botarates. Pero no lo hace, pues la experiencia le ha demostrado cuán útil resulta fingir que no se escuchan las conversaciones ajenas.

Así pues, continúa mirando frente a sí, aunque la escena no le resulte agradable. El gobernador de la mitra toledana, su séquito y los dignatarios del nuevo concejo se han reunido en el grandioso patio de ingreso a la residencia arzobispal. Y el vulgo, que de un momento a otro prorrumpirá en estruendosos vítores, se congrega fuera de las murallas del perímetro, en la plaza de Palacio.

Sí, la suerte debe cambiar. Aunque eso solo será posible cuando la administración del arzobispado y de sus cuantiosísimas rentas de ciento cincuenta y cuatro mil ducados anuales —las mayores de toda la cristiandad, después de las de la propia Roma— se encuentren en otras manos; en manos más capaces...

Pero todo plan necesita de aliados. El canónigo Avellaneda pasea la vista entre los diputados del concejo, hasta posarla en uno de ellos. Es un individuo de recia complexión, rasgos viriles y agraciados, que vigila el juramento del representante arzobispal con generosa sonrisa y gesto de visible satisfacción. Pese a tratarse de un pechero, viste como podría hacerlo un hidalgo de linaje acomodado, con ropas elegantes, de costosa factura. Es el pañero Alonso de Deza.

Don Diego de Avellaneda entorna los párpados. Es hombre bien versado en las ironías de la política. Por eso sabe que, en ocasiones, el aliado más valioso resulta ser aquel que nos favorece de forma inconsciente e involuntaria.

SEGUNDA PARTE:

EN REBELIÓN CONTRA LA JUSTICIA

Septiembre-octubre de 1520

Y hasta agora no vimos alguno que por su servicio [el de Su Majestad] tome una lanza. Burgos, León, Madrid, Murcia, Soria, Salamanca... Sepa Vuestra Majestad que todas estas ciudades son en la misma empresa, y son en dicho y hecho en la rebeldía: porque allá están rebeladas las ciudades contra la justicia, y tienen acá los procuradores en la Junta.

Carta del cardenal Adriano
y el Consejo real a Carlos I
12 de septiembre de 1520

6

El mes de septiembre llega con noticias. Tras lo ocurrido en Medina del Campo, no queda ninguna gran villa castellana que no se haya adherido a las Comunidades. Los capitanes Zapata, Suero del Águila, Padilla y Bravo han entrado en Valladolid comandando una fuerza de trescientos lanceros y cuatrocientos infantes. Han diseminado el Consejo real, e incluso arrestado a algunos de sus miembros.

—De cierto, los nuestros dominan sobre el campo de batalla, por valor y audacia —comenta el diputado Alonso de Deza en la sesión del concejo—. Las cruces rojas pronto se habrán extendido sobre todo el reino.

Aún hay más. Los representantes de la Santa Junta han dejado Ávila para dirigirse a Tordesillas. Allí se encuentra confinada doña Juana, la verdadera reina de Castilla. Tienen intención de liberarla y restituirle el trono en detrimento de su hijo Carlos, que tantos males ha causado y sigue causando a los castellanos.

Pero no son esas las únicas nuevas que alegran al pañero Alonso de Deza. Su hijo Juan ha regresado a casa. Tras semanas de asedio, el alcázar madrileño se ha rendido al fin.

—Era cosa de ver —relata el joven esa noche, durante la cena—: cómo los nuestros dejaron salir a los ocupantes del castillo sin molestarles en nada ni hacerles descortesía, pemitiéndoles llevarse todas sus pertenencias. Y cómo se liberaron los prisioneros de ambos bandos sin faltarles a la consideración.

En efecto, en el acta de capitulación de la fortaleza, firmada por el alcalde mayor de Madrid, el bachiller Castillo, y por los diputados de las parroquias, se han estipulado las más honrosas condiciones de rendición para con los vencidos. Y, entre otras disposiciones, se especifica «que se ha de hacer amistad y perdón de todas las cosas y enojos pasados entre la villa y los parientes del alcaide, y que han de quedar en mucha paz y amor y perdonarse los unos a los otros». También se declara que ninguno de los dos bandos ha de intentar vengarse del otro en el futuro, y que todos aquellos que hubiesen huido de sus casas a causa del conflicto pueden regresar a ellas sin temor, seguros de que podrán reconciliarse con sus vecinos.

—De cierto, la actuación de los madrileños da prueba de que los buenos hombres pecheros nos comportamos con hidalguía y dignidad —apunta su padre—. Esperemos que don Carlos comprenda así que los castellanos somos un pueblo digno de respeto, pues sabemos mostrarnos tan feroces en la guerra como caballerosos en la paz.

—Mucho me maravillaría que lo hiciera —comenta el sastre Pedro de León, que esta noche ha sido invitado a la mesa de su vecino para celebrar el regreso del hijo de este—. El Flamenco solo mira a su imperio de Europa. Para mí que seguirá ciego y sordo a las virtudes de Castilla.

—Pues que se quede allá entonces, que acá hemos de encontrar a quien mejor nos gobierne —interviene de nuevo el señor de la casa, que ya lleva encima sus buenos dos cuartillos de vino—. De cierto, su madre, la reina doña Juana, sí usará de otro paño con sus buenos súbditos castellanos.

Su hijo Juan, que ya ha dado buena cuenta del carnero de su plato, asiente. Le complace comprobar que, a su alrededor, todos celebran. Ha salido de Madrid con el regusto del triunfo en el corazón, y le agrada seguir paladeándolo aquí, al abrigo de su Alcalá natal.

Pero, cuando su mirada se posa sobre el último de los comensales, no puede evitar torcer el gesto. El nuevo secretario de su padre, el arriacense Martín de Uceda, come y bebe con moderación. Y él siente una intensa suspicacia hacia los individuos comedidos. La contención es prenda indispensable en una mujer; pero, en un hombre, suele ser muestra de fingimiento.

Aunque no es esa la única razón que lo lleva a desconfiar de aquel desconocido.

—Padre, no entiendo por qué habéis de traerlo a nuestra casa —dijo a su progenitor, antes de partir en campaña—. De siempre hemos atendido el negocio con Pablo Cuesta, que es buen administrador y hombre de fiar. ¿Acaso no os basta con él?

—No se trata del negocio, hijo mío. Ahora soy diputado del concejo y he de cuidar también otros asuntos; temas graves y urgentes que no conciernen solo a nuestra familia, sino a la villa en pleno.

—Aun así, ¿por qué no elegir para eso a alguien de acá? Vos y yo sabemos que en nuestras calles no faltan bachilleres. ¿Habéis de fiaros de un arriacense? Hoy por hoy, Guadalajara es tierra enemiga, y el duque del Infantado...

—Hoy por hoy, Guadalajara también es tierra enemiga para don Martín de Uceda, que es hombre comprometido con las Comunidades. No sería el primero a quien el señor duque hiciera colgar por pertenecer a nuestra causa. Esa es la razón de que su protector, don Diego de Esquivel, me lo haya encomendado. Y te aseguro, hijo, que nuestra familia tiene más de una deuda pendiente con ese gentilhombre. Harás bien en recordar que el crédito de un buen comerciante no se mide por las deudas que cobra, sino por las que paga.

Aun así Juan sigue desconfiando del bachiller arriacense. Y no ayuda en nada que, a su llegada a la casa familiar, lo haya abordado Andrés de León, el hijo de su vecino. El muchacho le ha advertido que ha de tener cuidado con el tal don Martín; quien, al parecer, posa los ojos en Leonor con más insistencia de la que el recato recomendaría.

—Vuestro señor padre no repara en ello, pero fijaos vos mismo y veréis que digo la verdad —le ha confiado el zagal.

En otras circunstancias, el joven Deza se habría sonreído. Pues es bien consciente de lo mucho que su hermana trastoca al pobre Andrés; quien, como todo necio embelesado por una hembra, ve amenazas y rivales allá donde no los hay.

Pero, en este caso, las advertencias del mozo han añadido leña a un fuego ya de por sí bien alimentado. Pues Juan es suspicaz en todo cuanto concierne a las hembras de la familia. Y su padre, pese a ser varón cauto y algo receloso, parece estar embrujado por ese desconocido, al que, en tan breve tiempo, ya considera «uno de los mejores hombres que haya tenido nuestra casa».

De cierto, no sería la primera vez que un desaprensivo abusara de la confianza de su patrón para deshonrar su hogar. Pues para ello no hace falta que el deshonor sea cosa cierta y probada; basta con que exista sospecha por fuera de los muros de la casa.

—¿Y vos, bachiller Uceda? —El joven Deza se dirige al nuevo secretario con un tono que no ahorra mordacidad—. Muy callado os veo. ¿Acaso no os alegran las nuevas que nos llegan de Madrid y Tordesillas?

—Por cierto que sí, señor Juan —responde este, con una sonrisa tan tibia como lo son su tono y el resto de sus gestos—. Pero cada hombre expresa de diverso modo su satisfacción.

—¿«Expresar», decís? —finge asombrarse el interpelado, aún con mayor sarcasmo—. No sé si esa es palabra que convenga aplicar en este caso...

—Don Martín está siendo de gran ayuda a nuestro padre, Juan —interviene con sequedad Damián, el primogénito de la familia y heredero del negocio—. Sé que tú no estás aquí para verlo, pero nuestro ayuntamiento está luchando por la villa y el reino. Es maravilla la cantidad de documentos que salen cada día de las reuniones. Todas las actas, minutas, inventarios, cartas...

El aludido no se deja engañar. De sobra sabe que su hermano mayor se siente crecido ahora que las obligaciones concejiles tienen absorbido a su padre, quien, por fin, le ha cedido las llaves del despacho familiar. Damián lleva años deseando manejar por sí solo las riendas del oficio. Ahora que al fin le ha llegado la oportunidad, sería capaz de hacer y decir cualquier cosa con tal de mantener las cosas tal como están.

Aunque eso incluya pretender que las labores del bachiller Uceda, un simple escribano acomodado tras un escritorio, son tan valiosas como las del soldado que marcha y duerme a la intemperie, acosado por el hambre, la fatiga y mil penurias, y que arriesga su sangre y su vida en el campo de batalla.

—¿Luchando por la villa y el reino? ¿Con papel y pluma? ¡Bien hecho, señor bachiller! A fe que cientos de enemigos han de caer pronto bajo el empuje de vuestro brazo.

Se hace el silencio. Sobre Juan se cierne la mirada airada de su hermano, que él ya está acostumbrado a ignorar. Su padre se limita a apuntar una leve sonrisa, mientras vuelve a llevarse a la boca el vaso de vino. El resto de los comensales fingen no haber oído tales palabras, aunque su incomodidad es tan patente que se respira en la mesa, igual que el olor de las viandas.

El secretario ha seguido masticando con parsimonia hasta tragar el bocado. Solo entonces se limpia los labios con la servilleta, apoya los antebrazos sobre el tablero y se gira hacia su interlocutor.

—Mucho os equivocáis, señor Juan, y confieso que no esperaba tal yerro en un hombre como vos —responde—. Toda guerra se libra tanto con la pluma como con la espada. Y la mejor de las causas es aquella que gana las plazas y las voluntades con cartas, no con armas.

Andrés de León ataca los postres con gesto satisfecho. No le cabe duda de que sus advertencias acerca de don Martín han quedado bien afianzadas en el ánimo del joven Deza, como un bordado cosido a conciencia a punta de cordón. No es cierto, en honor a la verdad, que aquel esté prestando una atención indebida a Leonor. Pero conoce bien a su vecino, y sabe que ese argumento es el más efectivo para lograr que Juan empiece a nutrir inquina contra el arriacense y que se mantenga alerta en su contra.

Pues bien sabe el diablo que nada bueno puede tramar un extraño que esconde en sus alforjas tan terribles mejunjes y cuchillos. Ni, aún menos, quien guarda en el interior de su bota un estilete, que, además, amenaza con usar.

Durante el banquete, las mujeres de la casa y sus invitadas permanecen apartadas, como corresponde a su condición femenina. Comen en mesa aparte, montada en la sala contigua. La señora Marta Zurita, madre de Damián, Juan y Leonor, preside la cena, y guía la conversación hacia temas cotidianos y domésticos, tal como conviene a las allí reunidas. Platican en voz baja, de forma que sus voces no molesten la conversación de los varones.

El ajuar de Lucía pronto se convierte en el asunto principal, aunque ella no parece tener gran interés en tratar el tema. Leonor, por su parte, intenta prestar oído a las exclamaciones que llegan desde el salón principal.

—Ya basta, hija —la amonesta su progenitora, con la dureza que suele emplear para dirigirse a ella, y que no se atempera siquiera en presencia de huéspedes—. Tender la oreja a conversaciones ajenas es signo de poco decoro.

—Sobre todo si se trata de conversaciones propias de varón, ¿no es cierto, madre? —responde la aludida, con la dulzura y la sonrisa candorosa de una Anunciación—. Al fin y al cabo, ¿qué nos importan a nosotras asuntos como ese, que solo se refieren al honor y la justicia, y que tienen removido a todo el reino?

La señora de la casa golpea la mesa con la palma, con tal fuerza que la vajilla y los cubiertos saltan sobre el mantel. Las insolencias de su hija le hacen brotar la hiel de las entrañas, pero poco hay que pueda hacer por corregirlas. Pues Alonso está tan engatusado por las artimañas de su hija que toma sus fechorías por errores inocentes, y sus impertinencias, por donaires. Ya ha dejado claro que él es el único facultado para disciplinarla con la vara —cosa que nunca hace—, y que su madre ni siquiera debe levantar la mano contra la muchacha.

No es que Marta Zurita sea incapaz de apreciar a su hija en lo que vale. Lleva años insistiendo a su esposo en que sus vástagos debieran concertar matrimonio con gente de nobleza; pues ella misma desciende de solar vasco, allá donde todos los pobladores son hidalgos por fuero propio. Y, de cierto, más de un gentilhombre podría estar dispuesto a desposar a una muchacha cuya figura y rostro se revelan como una de las más bellas obras del Creador, y que llevaría una dote digna de más de un señorío.

Eso sin contar con que la realeza y los principales del reino tienen a los grandes pañeros en tal alta consideración —pues, no en vano, son estos quienes los visten con las galas que reflejan el esplendor de su condición nobiliaria— que los consideran superiores a cualquier otro pechero, e incluso dignos de ocupar cargos oficiales e ingresar en órdenes militares como las de Calatrava; privilegios que, por tradición y por derecho, suelen quedar reservados solo a los gentileshombres.

Mas, por mucho que el futuro cónyuge de Leonor pueda valorarla por su hermosura y fortuna, sin duda no ha de apreciar la desfachatez en que la ha criado su padre. Y aunque este no tenga a bien corregirla a base de vara, pocos maridos dejarán de dar de palos a su esposa por palabras como esas.

—Cata, hija mía, que hay gran verdad en lo que dices —responde—. Nada de eso es de nuestra incumbencia. Justicia y honor son asuntos de hombres, y se crearon tan solo para el varón.

Su tono suena inmisericorde. Y así ha de ser, pues la vida no entiende de clemencia.

—Ellos lucharán por el reino de ahí fuera, que a nosotras nos queda lo que cabe entre los muros de casa. Venzan los unos o los otros, puedes tener por seguro que tu futuro ha de ser el mismo. Pues ahí se solventan cuestiones de varones, pero ninguna de ellas ha de cambiar nada para la mujer.

7

Septiembre avanza con paso firme. Los días se suceden como si desfilasen a ritmo marcial. Para sufragar los gastos de las tropas, el mantenimiento de la Santa Junta y sus procuradores, muchos de los nuevos ayuntamientos han ordenado el secuestro de las rentas debidas a la Corona. Ahora el rey y sus seguidores tienen motivos para aducir aún con más saña que los sublevados se han «rebelado contra la justicia».

—En Madrid incluso han requisado a los receptores las llaves de sus casas —comenta Juan de Deza. Está en el bufete que su padre ha acondicionado para despachar los asuntos del concejo, en su calidad de diputado.

En los últimos tiempos, el joven recorre con frecuencia las ocho leguas que separan Alcalá de los arrabales madrileños. Ahora que el alcázar está en manos de la Comunidad, el pulso normal de la villa vecina se está restableciendo. Se han reabierto las rutas comerciales y los vecinos que habían abandonado sus viviendas a causa del conflicto están regresando a ellas. Pero Madrid no se confía. Sus habitantes saben que las hostilidades solo acaban de empezar. Por todas partes se perciben signos de que las calles se están preparando para la contienda.

—Hemos abierto la alhóndiga de Puerta Cerrada para repartir mil fanegas de trigo entre la población —le ha informado Pedro de Madrid en la última visita.

Ha llevado a su amigo complutense a cierta taberna de la Cava de San Miguel. Su local preferido, en el que pueden paladearse caldos de calidad, y no esos vinos de mala muerte que huelen a pellejo y pez, y que bajan por la garganta como un trago de aliño rancio.

—También estamos reforzando la puerta del Sol y terminando de tapiar el arrabal —añade—. Como ya te comenté, la cerca exterior se encuentra en estado lamentable. Y se está haciendo balance de las armas del alcázar...

—No debiera dejarse cosa tan urgente en manos de escribanos —bromea Juan—. No es de extrañar que os esté llevando tanto tiempo el asunto.

—Con razón, amigo, con razón. —El caballero de alarde tamborilea con sus dedos de uñas roídas sobre el vaso—. Créeme si te digo que es maravilla lo que allí dentro se guarda. Habrá al menos cuatro mil picas, y, para tirar a distancia llegarán a doscientas ballestas y quinientas escopetas. Eso sin contar alabardas, lanzas e incluso hachas. No te digo más que, en cuanto acabe el recuento, las repartiremos entre los vecinos de la villa, y habrá para armar a la mayoría...

El joven Deza enarca las cejas.

—Fiera batalla podríais presentar con eso —comenta admirado. En Alcalá, las cosas son bien distintas. Las armas del palacio siguen en poder del administrador arzobispal, don Francisco de Mendoza; quien, pese a haber jurado lealtad a la Comunidad, se niega a cederlas al concejo, aduciendo que solo entregará el acero y la pólvora en el momento en que sea necesario.

—¿Y os fiais de un Mendoza para que os guarde las picas? —pregunta Pedro de Madrid, torvo el ceño—. ¿Acaso no es primo del duque del Infantado? ¿A cuánto os queda Guadalajara? ¿A unas seis leguas, quizá?

Demasiado cerca, admite Juan. Demasiado. Una idea incómoda que le roe el cráneo mientras, ahora, observa cómo su padre repasa ciertos papeles junto a su nuevo secretario arriacense, manteniendo la mano sobre el hombro de este.

—¿Estáis seguro de que ese Martín de Uceda es hombre de fiar? —vuelve a preguntar, en el momento en que el bachiller alcarreño abandona la sala. Ha de dirigirse a casa de Pedro de Montalvo, el escribano oficial del ayuntamiento, para contrastar ciertos datos de la última sesión del concejo.

—Tan seguro como de que hay Dios, hijo mío —responde Alonso de Deza, mientras se deja caer con un suspiro en su silla favorita, forrada de terciopelo verde—. Y tú también lo estarías si le dieras una oportunidad.

Su vástago tuerce la mandíbula en una mueca de incredulidad. Empuja con la uña un legajo que el secretario ha dejado cerca del borde de la escribanía, con el gesto de quien revisa un paño infestado de polillas.

—¿No os parece extraño lo de esos procuradores de Guadalajara? —pregunta.

—Lo es, a fe que sí. Como todo lo que sucede allí en estos tiempos.

El propio Martín les ha dado cuenta del asunto. A instancias del duque del Infantado, la ciudad ha nombrado como procuradores al regidor Juan Ortiz de Urbina, al doctor Francisco de Medina y al hidalgo Diego de Esquivel, el alcalde de padrones, que además resulta ser el protector del bachiller Uceda. Los tres se dirigen a Tordesillas para unirse a la Santa Junta.

—¿No os parece insólito que el señor duque, que dice actuar en favor del rey, accediera a llevar diputados a la Junta? Y no a tres representantes cualesquiera: don Diego de Esquivel es un arduo defensor de la causa, y el doctor Medina inició personalmente el levantamiento de la ciudad, en la iglesia de San Gil...

—Cierto es. —Alonso de Deza cruza las manos sobre el estómago, cuya curva despunta bajo el jubón escarlata y leonado, de excelente paño veintiocheno.

—Y don Diego de Esquivel (a quien, según decís, tanto debe nuestra familia) se ha convertido en uno de los principales procuradores de Tordesillas, de los que firman los comunicados y tiene acceso a la reina.

Su padre asiente. Posee un talento especial y exasperante para mostrarse más y más tranquilo cuanto más se agitan los que están a su alrededor.

De hecho, el señor Esquivel confía en el bachiller Uceda como en su propio hijo. No en vano lo ha criado en su casa. El padre del muchacho era el administrador de su hacienda, y murió joven a causa de unas fiebres, dejando viuda y dos criaturas de corta edad. El noble se hizo cargo entonces de la familia, sufragando al niño la mejor educación posible e introduciéndolo en su despacho en cuanto tuvo edad de entrar a su servicio.

En los tiempos que corren, Martín y don Diego se intercambian largas cartas cuya redacción revela profundo respeto y gran confianza. Gracias a ellas, Alonso de Deza recibe prontas noticias de cuanto ocurre en Tordesillas.

—¿Cómo es posible, padre? —insiste Juan—. El duque del Infantado se cartea con el cardenal Adriano, y hasta con el propio rey. Afirma estar a favor de la Corona, pero elige representantes que luego se presentan en Tordesillas. Ha de tener quizá más de tres mil infantes y quinientas lanzas, pero no se une a la lucha. Si sus hombres decidieran marchar sobre nuestra villa...

—El duque se mantiene a la espera. Es hombre ducho en política, y mucho más astuto de lo que nos conviene. —El señor de la casa se pone en pie y se estira el jubón. En posición erguida, su estómago ni siquiera se marca bajo la ropa—. No es tranquilizador, no. Pero, si tanto te inquieta el tema, te sugiero que lo hables con Martín. Te aseguro que él tiene mucho que decir al respecto. Aunque dudo que sus palabras sirvan para calmarte.

En la sastrería de Pedro de León se respira entusiasmo. Hay mucho que agradecer a los cielos. Las noticias que llegan de la Castilla vieja son espléndidas; y no menos soberbia resulta la jornada que el Señor regala hoy a la villa de Alcalá.

El maestro y sus aprendices han sacado la mesa y los enseres al zaguán que da a la calle de los Manteros. Hoy trabajan allí, con las puertas abiertas y el sol sacando reflejos al velarte de Cuenca, el paño dorado de Palencia y el terciopelo granadino. Miden, cortan y cosen en animada conversación con los vecinos y viandantes; los más se limitan a saludar al pasar, pero algunos han sacado banquetas del taller para tomar parte en la tertulia.

—Dicen que en las ciudades y villas castellanas se celebran festejos con música y toros —comenta uno de los allí presentes—; que toda Castilla celebra el alzamiento.

—Por cierto que hay motivos para celebrar, alabado sea Dios —responde el sastre—. Ya es pasada la época en que los esbirros de la Corona se pavoneaban por nuestras calles con sus varas de justicia. Ahora es momento de que nosotros, los pecheros, caminemos bien erguidos. —Pedro de León es hombre cuyas palabras marcan y abrasan, como una plancha puesta en las ascuas. Su lengua no entiende de contención ni disimulo—. Fijaos si no en mi Andrés, fijaos bien. Mirad su gallardía, el temple de su muñeca. Dadle una pica y os aseguro que nuestros enemigos habrán de lamentarlo.

Lucía escucha esas palabras desde el patio trasero del taller, donde se ha sentado a bordar en compañía de las costureras. No puede evitar sobresaltarse. Bien sabe lo mucho que su hermano ansía unirse a las filas de reclutas que marchan al norte de Castilla para luchar por las Comunidades. Si no lo ha hecho es porque ella le ha suplicado que se quede en la villa, junto a la familia.

—Tu lugar está aquí. En el taller, en la casa, junto a nuestra madre... ¿Has pensado en cómo tu marcha podría afectarla?

Su progenitora guarda cama desde hace tres años. Su primogénito, Bernabé, el hermano mayor de Andrés y Lucía, fue arrollado por una caballería, y murió a los pies de la bendita cruz que se alza más allá de la puerta de Madrid. El jinete, un mozalbete que compensaba su falta de bozo con su exceso de jactancia, pertenecía al estado de caballeros y escuderos. El juez, entendiendo que se trataba de un accidente «acaecido por ocasión», no decretó castigo alguno. Los hidalgos no acostumbran a pagar por la muerte de un simple pechero.

Pero la desgracia sí se cobró su tasa en el seno de la familia. Pedro de León profesa desde entonces un feroz rencor a los gentileshombres, a los que atribuye toda suerte de vicios, excesos y comportamientos impíos; y no duda en manifestarlo.

A Antonia, su esposa, los cielos le enviaron una severa crisis que la mantuvo varias semanas en cama. A consecuencia de la misma, aún se encuentra en precario estado de salud: vértigos y temblores que la llevan al desmayo, extraños sonidos que le provocan un agudísimo dolor de oídos, e incluso sordera temporal.

—Hermano, ¿qué crees que puede pasar si te alistas? —le repite Lucía, cada vez que él menciona la carrera de las armas, con los ojos brillantes de absurdos delirios de gloria—. Nuestra madre te necesita aquí. Piensa en ella...

Pero sabe que sus argumentos cada vez tienen menos peso en el corazón de Andrés. Mucho se habla en las calles de guerra, de tropas, de alistamientos. Y las alusiones de su padre no hacen sino aguijonear aún más el ánimo del muchacho.

Es entonces cuando escucha la voz de Miguel. Su prometido viene a visitarla, como cada jornada. Para no perder la costumbre, el futuro suegro lo retiene un buen rato junto a la mesa de cortar, dedicándole toda suerte de comentarios socarrones.

—Pasa, pasa a saludarla —lo invita, cuando considera que ya se ha burlado lo bastante de su azorado visitante—. No puedes aguantar un solo día sin verla, ¿eh, pícaro?

El mozo comprueba que las muchachas están trabajando en el patio trasero. Ingresa en el lugar con pasos dubitativos.

—Dios te guarde, Lucía.

—También a ti, Miguel.

Sigue un momento de absoluto silencio. El recién llegado alcanza a ver las sonrisas mal disimuladas de las costureras que, pese a mantener la cabeza inclinada sobre sus labores, no pierden ripio de la conversación.

Entonces, para su asombro, su prometida se pone en pie.

—Tengo un encargo en el almacén del señor Deza. Es pesado. ¿Vienes y me ayudas a cargar con él?

El interpelado asiente, deja sobre la mesilla de trabajo el bonete que llevaba entre las manos y sigue a la joven. Cuando han recorrido treinta pasos, esta se gira hacia él.

—Miguel, escúchame... He de pedirte algo.

El joven Campos, que va de sorpresa en sorpresa, queda un instante en suspenso. Dios sabe que Lucía nunca le ha hablado de ese modo, tan directo, con tanta... vehemencia. Al menos, no desde que los padres de ambos anunciaron su compromiso. A decir verdad, no recuerda cómo eran las cosas antes, qué tipo de relación tenían cuando ella no era sino la hermana de su mejor amigo.

—Desde que volviste de Madrid, te he oído decir... —prosigue la joven, antes de que él acierte a reaccionar—. No quieres volver a un campo de batalla, ¿verdad? No volverás a enrolarte nunca...

El mozo siente que el pulso se le acelera. Ha oído decir que muchas hembras se sienten avergonzadas de que su hombre rechace la profesión de las armas.

—Eso es cierto. Pero, Lucía... —trata de justificarse—. Eso

no significa... Por vida mía, te juro que a mi lado estarás bien protegida. No he de permitir que nadie te haga daño...

Ella lo mira como si no comprendiera a santo de qué vienen esas palabras.

—No a mí —aclara—. A él. Prométeme que lo protegerás. A Andrés.

—Por supuesto que sí —responde el joven, aún confundido—. ¿Cómo no voy a hacerlo? Es mi amigo.

La muchacha se abraza el torso, en un gesto nervioso que en nada casa con su habitual comportamiento. Al fin, como quien apuesta el todo en una última jugada desesperada, toma a su prometido de las manos.

—Júramelo —le dice—. Lo convencerás de que no debe alistarse nunca. Lo mantendrás alejado de las armas y del campo de batalla. Lo protegerás. Júramelo.

—Lo haré, sí —responde el mozo. Aquella frase acude a su boca por sí sola, sin que él la haya convocado. Está demasiado aturdido.

Pero Lucía insiste. No con palabras, sino con la humedad anhelante de sus ojos, con la presión de sus dedos sobre las manos masculinas.

Miguel la atrae hacia sí. La abraza por primera vez, sin que ella oponga resistencia. Se siente extraño, como ebrio, al sentir la calidez de la muchacha, su respiración entrecortada, ese olor agridulce que emana de su cuerpo.

—Lo juro —le susurra al oído—. Lo juro por Dios santo, Lucía. Lo protegeré. Confía en mí.

Martín de Uceda trata de respirar. En vano. Los pulmones le arden. Su corazón está a punto de desgarrarse. La garganta, aplastada, va a quebrársele de un momento a otro...

Abre los ojos. Nota el pecho sofocado, la angustia en el pulso.

Instintivamente, se lleva las manos al cuello. No hay soga. Traga aire, a bocanadas dolorosas. Respira, gracias sean dadas a Dios.

Nota en la espalda la paja del jergón, la camisa y las sábanas empapadas. Mira a su alrededor, con el espanto aún dibujado en las pupilas: una estancia de dimensiones reducidas, del tamaño de una pequeña antesala. Una modesta escribanía, con palmatoria, atril y recado de escribir. Sobre ella, abundantes papeles, algún portafolio y unos pocos libros apilados. Un taburete. Una mesilla con toalla, jofaina y aguamanil. Un baúl desgastado, con refuerzos de hierro. Un sencillo crucifijo colgado de la pared y, ante él, un reclinatorio. Un ventanuco, estrecho y encastrado en el grueso muro, deja pasar una leve claridad nocturna, en la que apenas se intuyen las vigas del techo.

Está en casa de Alonso de Deza, su nuevo patrono. Se sienta en el lecho y oculta el rostro entre las manos. Poco a poco, su respiración y sus latidos van recuperando el ritmo normal. Ha vuelto a tener *la* pesadilla. Y, como cada vez que eso ocurre, los recuerdos se le abalanzan sobre el alma, mezclados con las imágenes del sueño.

Vuelve a estar en Guadalajara, en la plaza de San Gil. La multitud corea, el doctor Francisco de Medina y el conde de Saldaña elevan los brazos al cielo. El pueblo ha elegido tres diputados: el carpintero Pedro de Coca, el albañil Diego de Medina y un buñolero, el «Gigante».

Recuerda sus rostros, sus voces, sus ropas, sus olores. Sus palabras y sus gestos. Sus expresiones, mezcladas de sorpresa, júbilo y esperanza. Tantos detalles, tan dolorosos. Dios, ¿por qué tiene que recordarlo todo?

—No podréis encontrar mejor escribano para el concejo —asegura el doctor Medina, mientras Martín les estrecha la mano—. Es joven, pero creedme si os digo que el Señor le ha concedido un talento especial. Si los cielos no lo impiden, le auguro un gran porvenir en la Casa del Infantado.

Don Diego de Esquivel y el conde de Saldaña charlan y ríen. Están a punto de construir un mundo nuevo. Pero todo nuevo entorno necesita tiempo para crearse. No así para derrumbarse.

«¡Abajo los renegados!» «¡Muerte a los traidores!» En el momento de empezar a edificar, los ánimos de la mayoría abogan por destruir. Se arrancan las varas a los alcaldes y alguaciles. Se buscan las casas de los procuradores que habían vendido a la ciudad en las Cortes de La Coruña, se derriban los muros y se siembran sus solares con sal. Pero los responsables no están en sus viviendas. Y el pueblo clama por cobrarse no solo sus haciendas, sino también sus vidas.

La multitud sospecha que pueden encontrarse en el alcázar. Se dirigen hacia allá, arrollan a la guarnición, toman la fortaleza y se hacen con el arsenal que custodia. Allí tampoco encuentran a los culpables cuyas cabezas reclaman. Deciden dirigirse al palacio del Infantado.

El conde de Saldaña, don Diego de Esquivel, el doctor Medina... intentan disuadir a la muchedumbre, sin éxito. Martín recuerda vívidamente aquella impresionante galería de poniente («el corredor del estanque», así lo llamó don Íñigo). El anciano duque, en un curioso sillón con reposapiés; la pierna alzada, aquejada de gota, el rostro contraído. Es menudo, pero, de algún modo, imponente. Y los ánimos de la multitud pierden su efervescencia al llegar ante él.

Solo el carpintero Pedro de Coca se dirige a aquel Grande de España sin bajar la frente. Exige, con tono amenazante. El señor del Infantado no da muestras de perturbación. Asegura su intención de presentar ante el rey las demandas de la Comunidad arriacense y la despide con promesas halagüeñas.

Martín y el doctor Medina, en consulta con los tres diputados, comienzan a redactar el documento que han de presentar al duque. No llegan a concluirlo.

Don Diego Hurtado de Mendoza reacciona con rapidez y

saña. Manda prender a su propio hijo, para luego desterrarlo a la casa familiar de Alcocer. Encarcela a los principales implicados. Ordena dar garrote vil a Pedro de Coca y cuelga su cadáver en la plaza de San Gil, a merced del sol y los carroñeros.

Martín recuerda. No puede olvidar ni un solo detalle. Los horrores de la prisión... El cuerpo del carpintero, descompuesto a la intemperie; su rostro, devorado por los cuervos...

El pueblo, amedrentado, se rinde a la autoridad del duque. Devuelve el alcázar, restituye las varas a los alcaldes y justicias. El señor del Infantado escribe al cardenal Adriano para asegurarle que ha aplastado a los rebeldes y que tanto él como su ciudad siguen siendo leales al rey. Entonces, como buen gobernante, vuelve a mostrar magnanimidad para con sus súbditos...

—Esto no ha acabado aún, muchacho —le dice don Diego de Esquivel el día en que ambos se despiden—. ¿Estás conmigo? ¿Y con aquel que nos dirige?

—Con vos, con él y con el reino, mi señor.

Martín se levanta de la cama. Se encamina al ventanuco, lo abre. Deja que el aire nocturno se cebe en su camisa empapada y le muerda el pecho. Luego se dirige a la escribanía, desata uno de los cartapacios y, a la luz de la luna, busca entre su contenido. Se trata de una colección de bocetos y dibujos realizados por su mano; unos, a vuelapluma; otros, con gran profusión de detalles. Extrae los retratos de una mujer madura y una joven. Están abrazadas. Sonríen, aunque con un gesto exento de toda alegría.

El arriacense acaricia el papel con las yemas de los dedos. Luego se detiene en otra escena: la misma muchacha, sosteniendo en brazos a un bebé de pocos meses.

—Magdalena... Martín... —musita.

Esos nombres hacen que su corazón sienta el peso de todo lo que ha dejado atrás. Besa la imagen y la devuelve a la carpeta.

Ahora se encuentra en Alcalá, en casa de un hombre honrado, al que, sin embargo, debe ocultar sus intenciones. Solo puede rezar por que aquella situación llegue a término cuanto antes. Por sí mismo, por su señor y por el reino.

8

Las noticias que llegan de Tordesillas hablan, por fin, de justicia. La reina Juana de Castilla ha recibido a los representantes de la Santa Junta. Y, tras varias entrevistas, se muestra de acuerdo con los principios de las Comunidades.

«Su Majestad nos ha ofrecido cumplidas pruebas de dignidad y entereza; y en esto hay quien dice que se asemeja a su señora madre, la muy llorada reina Isabel», ha escrito don Diego de Esquivel en una carta que Martín guarda a buen recaudo; pues el tenor de su contenido justifica la caída de una corona.

El doctor Zúñiga, catedrático de la Universidad de Salamanca, defiende que doña Juana es la verdadera soberana, aunque haya sido recluida y apartada por su hijo, bajo pretexto de que está enajenada. «Pero nosotros, sus súbditos castellanos, a través de nuestra Santa Junta, la hemos liberado, reconociéndola como legítima gobernante y restaurándole sus regias funciones.»

De hecho, según el redactor, doña Juana no muestra indicio alguno de esa supuesta locura que su hijo Carlos aduce para mantenerla apartada del trono y declararse soberano de Castilla.

Muy al contrario, en todas las audiencias ha mostrado cordura y buen juicio. Cosa nada fácil, habida cuenta de las nuevas que los representantes de la Santa Junta le han hecho llegar.

Pues, entre otras cosas, doña Juana desconocía aún la muerte de su padre Fernando de Aragón, acaecida más de cuatro años atrás. Ante aquella noticia, ha manifestado el más profundo pesar, e incluso reconocido que preferiría no haber tenido que oír nunca tan dolorosa nueva, con una sinceridad que ha conmovido a sus interlocutores.

—Mucho siento saber que Dios lo quiso llevar para sí —ha expresado—. Mas, pues era cosa que debía conocer, quisiera haberlo sabido antes, para remediar todo cuanto en mi poder estuviere.

Los marqueses de Denia (sus captores, designados para tal puesto por el propio don Carlos) han custodiado a la soberana sin el respeto que merece su real persona. También la han mantenido incomunicada durante años, para así gobernarla a su antojo. Ni siquiera tenía noticia de dónde estaban sus hijos, ni de cómo se encontraban, y el temor de lo que pudiera ocurrirles la mantenía inmovilizada, tanto como si la hubieran sujetado con las más recias cadenas. Tan solo le queda la pequeña Catalina, de trece años, a la que sus guardianes no han ahorrado agravios y privaciones. Pero ahora que sabe que sus otros cinco vástagos se hallan lejos de Castilla, protegidos y en posiciones dignas de su cuna, doña Juana ha reaccionado como la reina que es.

—Siempre he tenido malas compañías y me han dicho falsedades y mentiras. Pero yo quisiera estar de modo que pudiera oír y conocer las cosas que a mí tocan —ha declarado también, de modo que indica su intención de recuperar la posición soberana que por derecho le corresponde—. Pues siento gran amor por todas mis gentes y mucho me pesa que reciban cualquier daño o mal.

Como buena castellana, ha condenado a las claras los actos de los flamencos que ansían apoderarse de las riendas del reino. Y ha exhortado a la Santa Junta a proseguir sus acciones contra ellos, asegurando que está dispuesta a legitimarla.

—Cuando yo supe que los extranjeros habían entrado y estaban en Castilla, pesóme sobremanera. Y mucho me maravilló que vosotros no hubierais tomado venganza de los que tan mal habían hecho —ha añadido—. Pero ahora, mucho me huelgo con vosotros, porque entendéis ocuparos de esos yerros. Yo así os lo encargo. Y, si no lo hiciéredes, cargue sobre vuestras conciencias. Pues habéis de saber que, desde ahora, yo he de atender estos asuntos, y remediar todo cuanto esté en mi poder.

Los procuradores de las Comunidades se muestran llenos de júbilo. Y con razón. Si el príncipe don Carlos insiste en considerar a la Junta y a sus seguidores castellanos como traidores y rebeldes a la justicia, la reina los ha declarado defensores de la misma.

Así lo manifiesta don Diego de Esquivel en otra de sus cartas. Y aún añade: «Hemos empezado a redactar un Proyecto de Ley Perpetua, que en breve mandaremos a don Carlos, con el beneplácito de Su Majestad doña Juana. Y en él se contienen provisiones para remediar todos los grandes males que ahora afligen a Castilla, y que, Dios mediante, podrán subsanarse con honor y justicia».

«Rezad por que así sea, mi señor —escribe Martín, en la larga misiva en que da contestación a aquella otra, enviada desde Tordesillas—. Pues mucho me agradaría que la justicia se conquistase por el uso de buenos criterios, y no por el de las armas.» Aunque, como buenos conocedores de la Historia, ambos saben que la naturaleza del hombre tiende a apoyarse más en el uso de la fuerza que en el de la razón.

El canónigo Avellaneda ha vuelto a ser convocado en audiencia por el procurador del arzobispado toledano, don Francisco de Mendoza. Aunque es un secreto a voces que no gozará de ese título durante mucho tiempo. Sin embargo, su abandono de esa dignidad va a producirse de modo muy distinto al que el prebendado don Diego hubiera deseado.

Permanece de pie, en espera de la llegada de su anfitrión. Mientras aguarda, se apoya con las manos en el alféizar de la gran ventana central para observar cómo los canteros y albañiles avanzan en las obras de reforma del palacio. Pese a los años de incuria a los que lo ha tenido sometido su anterior beneficiario, el difunto cardenal Cisneros, sigue siendo uno de los más fastuosos y magníficos edificios de Castilla. Los arzobispos de Toledo no merecen menos. Ni siquiera aquellos que nunca vendrán a reclamar su silla a tierras hispánicas.

Aunque todo indica que comienzan a soplar nuevos vientos. Desde sus paseos por las lejanas tierras flamencas, tanto Su Majestad don Carlos como el beneficiario de la mitra toledana, Guillermo de Croy, han tomado las primeras medidas para intentar remediar el levantamiento que sacude el reino; una situación que, hasta ahora, habían ignorado.

El monarca, consciente de que la alta nobleza castellana apoya la rebelión no por convicción, sino por la molestia que le causa el haber sido despojada de los puestos de gobierno en favor de cortesanos extranjeros, ha optado por que la regencia (hasta ahora en manos del cardenal Adriano de Utrecht) sea compartida también por dos aristócratas de los más altos linajes de Castilla: el condestable don Íñigo Fernández de Velasco y el almirante don Fadrique Enríquez; ambos, con categoría de virreyes. Un hábil movimiento que, si Dios así lo quiere, podría lograr que los Grandes del reino regresen a las filas del monarca.

El problema reside en que, tal vez, Su Majestad haya esperado demasiado, y ahora ya sea tarde para que la medida resulte efectiva. Pues, en efecto, corren rumores de que el supuesto almirante se está planteando si acceder o no al nombramiento. La alta nobleza, la misma que con tanta furia ha denunciado el «robo» de las grandes dignidades que le corresponden por derecho, ahora duda de si le conviene aceptarlas.

A día de hoy, el triunfo de la causa realista no parece asegurado, ni mucho menos. Incluso hay quienes afirman más bien lo contrario...

—Bienhallado, don Diego. —Su anfitrión acaba de ingresar en la sala. Luce una amplia sonrisa. Hoy sus ojos oscuros no parecen perdidos en la lejanía, sino bien anclados al aquí y ahora—. Adelante, acomodaos.

El canónigo, con gesto de quien recibe una gran merced, toma asiento en esa silla que tan incómoda le resulta, pues mantiene apretadas sus abundantes carnes. Sabe bien el asunto que le ha traído aquí. Y, mientras el procurador del arzobispado se prepara para abordarlo, su invitado admite para sí —con un enojo que no deja asomar a su rostro— que el rey y su séquito siempre preferirán conceder los grandes honores a un Mendoza —por mucho que por su carácter resulte indigno de recibirlos— que a alguien de menor linaje, pero más dotado por la gracia de Dios para dicha posición.

De hecho, recuerda que, antes de ser designado para el puesto que actualmente ocupa, don Francisco era deán de la Iglesia de Córdoba y arcediano de Pedroche. Pero, como el gobierno del arzobispado toledano resulta incompatible con el primer cargo, renunció a él, para quedar como simple canónigo. Sin embargo, reclamó seguir cobrando las rentas asociadas a ambos cargos. Y el propio rey lo defendió así en una carta dirigida al cabildo cordobés; el cual, lejos de aceptar, reaccionó dejando de pagar al prebendado Mendoza los dichos beneficios.

Al recibir protesta del agraviado, el monarca insistió al cabildo, que, bajo la presión, accedió a pagar seiscientos ducados en concepto de rentas por las prebendas, pero no la participación en las distribuciones cotidianas que se cobran por la asistencia al coro, pues sus estatutos prohíben terminantemente pagarlas a quien está ausente. Pero aún protestaron el interesado y el propio soberano, insistiendo en que tal disposición oponía resistencia a la Corona por no adecuarse a la real voluntad.

A día de hoy, ambas partes han llevado la apelación ante el

Santo Padre, que ahora queda encargado de dirimir en Roma tan espinoso problema.

—Tengo aquí, don Diego, un mandamiento enviado por el reverendísimo don Guillermo de Croy, nuestro buen arzobispo —está diciendo ahora don Francisco de Mendoza—. Y mucho me holgaría de que fueseis vos quien lo leyera ante el cabildo, pues todos alaban vuestra excelente voz y dicción.

El aludido, sentado sobre su incómoda silla, realiza una leve inclinación de cabeza.

—Me siento inmensamente honrado de que Vuestra Ilustrísima me distinga con esa tarea.

Bien sabe lo que se contiene en aquellos pliegos. Las noticias han llegado mucho antes que la designación oficial. El joven cardenal Croy ha optado por seguir la senda que el rey ha iniciado, entregando altos puestos de gobierno a los Grandes castellanos. Así pues, ha otorgado al segundo gobernador del arzobispado, don Juan de Carondelet, otro destino en la corte; y ha ascendido a don Francisco de Mendoza a la dignidad de vicario general y único de la mitra toledana.

Los cielos saben que es tremendo error conceder tan inmenso poder a quien no sabe cómo ejercerlo. Y que el corregirlo sería prestar gran servicio a los fieles y muy devotos súbditos de los reinos hispánicos.

El canónigo Avellaneda se esfuerza por seguir sonriendo, mientras su ánimo marcha por muy distintos derroteros. Si el rey y su séquito son incapaces de alejar a su anfitrión del palacio arzobispal, habrá que buscar a quien pueda hacerlo.

Sus recuerdos regresan al día en que don Francisco de Mendoza ofrendó pleito homenaje a la Comunidad alcalaína. Recuerda la expresión de profundo orgullo que se reflejaba en el rostro de Alonso de Deza, el mercader de paños. Si el concejo sublevado sospechara que el vicario ha traicionado su juramento y está planeando traición contra la causa...

Y el diputado Deza puede ser el hombre indicado para convencerlos. Tan solo necesita tener entre sus manos la prueba adecuada.

«Cuando un hombre proyecta su futura casa, siempre piensa en sus muros, sus cámaras, sus muebles y enseres. Pero cata, hijo mío, que no tendrás buena casa si antes no has encontrado buena mujer.»

El zapatero Campos, padre de Miguel, inició así la charla en que anunciaba a su retoño que lo había prometido con la hija del sastre Pedro de León. Ahora el muchacho comienza a darse cuenta de que esas palabras encierran una gran verdad. Tras los sucesos de Torrejón de Velasco y Madrid, solo aspira a dejar a sus espaldas la crueldad de las armas y la contienda; todo cuanto desea es quedarse en su villa, en su taller, cerca de Lucía...

Lucía. No puede evitar pensar una y otra vez en lo que sintió al abrazarla. Esa llamarada que sube del estómago a la boca, el aturdimiento, la sensación de no poder respirar... Desde entonces, no hay día en que no intente repetir el gesto. Pero, cada vez que hace ademán de acercarse, de alargar la mano para tocarla, ella se retira...

—¡Demonios! ¡Que me aspen si entiendo a las hembras...!

Tras lanzar este exabrupto, Mateo Atienza se queda mirando a su amigo, a la espera de un comentario por su parte. Al ver que no llega réplica alguna, resopla.

—Ya veo lo mucho que interesa mi historia.

No hay caso. Miguel sigue concentrado en su faena, como si el mundo se redujera a suelas, badanas y corchos para chapines.

—Bien, muchacho, tú te lo pierdes. Y eso que aún te queda mucho por aprender. Bien harías en atender a las enseñanzas de tus mayores...

Así diciendo, Mateo se alza del banco de madera en el que ha estado durante un buen rato, narrando sus fracasados intentos de avance con cierta camarera de una hospedería cercana.

A falta de algo mejor que hacer, agarra un par de zapatos de la estantería en que el maestro Campos coloca el calzado ya terminado, a la espera de que el cliente venga a recogerlo.

—Mira que esos son de obra prima. De cordobán, dos suelas y siete puntos. Como me los dañes, así sea una puntada, habrás de pagarme los cinco reales y medio que valen.

—¡Pardiez, Miguel! —bufa su visitante—. ¿Qué diantres te pasa? Estás más tieso que una vara de medir. Si llego a saber lo que me espera aquí, me acerco con los otros al mesón de Carcaxena.

—¿Por qué? ¿Qué ocurre allí?

—¿No has oído lo del capitán de Buitrago?

Por primera vez su interlocutor levanta la vista del cuero que está bruñendo para unas medias botillas.

—¿Qué capitán?

—El que ha venido a reclutar tropas para la villa y tierra de Madrid.

El joven Campos deja de lado la faena, con gesto espantado.

—¿Un reclutador? ¿Aquí? ¿Cómo no me has dicho nada?

—Qué sé yo... No haces más que repetir que no quieres volver a oír mentar nada de tropas ni alistamientos...

Miguel se ha puesto en pie.

—Y entre esos «otros» que han ido a verlo... no estará Andrés, ¿verdad?

—Sí, por cierto. ¿A qué viene ese interés...?

Antes de que el oficial tejedor acabe de pronunciar la frase, su amigo ha salido corriendo como alma que llevara el diablo. Tras soltar un reniego, Mateo Atienza se lanza en pos de él. Cuando llegan frente al dichoso mesón, ambos se han quedado sin resuello.

La plaza está invadida por la multitud. Sobre el redoble de los tambores resuenan exclamaciones de júbilo.

—¡Vivan las Comunidades!

—¡Viva la reina!

—¡Viva el señor vicario!

De una de las ventanas del mesón cuelga la bandera de leva del famoso capitán, que ondea al viento como si quisiera sumarse a las aclamaciones.

—¡Por todos los diablos! —jadea Mateo Atienza—. ¿Vas a explicarme...?

Lo interrumpe un grito que se impone a la algarabía reinante.

—¡Miguel! ¡Has venido!

Andrés de León se abre paso entre el gentío, en dirección a los recién llegados. Viene seguido por Baltasar Cevallos y otros jóvenes de la misma edad.

—¡Mira lo que tengo! ¡Mira! —exclama, mostrando a su amigo un documento que, por su aspecto, debe de ser su cédula de alistamiento—. ¡Verás cuando se lo enseñe a mi padre!

Miguel Campos se siente incapaz de reaccionar. Ni siquiera respira. Su cuerpo no le responde.

«Lo juro por Dios santo, Lucía. Lo protegeré. Confía en mí.»

Eso dijo, justo eso. Y ahora... Ahora...

Cierra los ojos, menguado, con los hombros abatidos, la cabeza gacha. A los pocos instantes, se yergue de nuevo. Dadas las circunstancias, solo hay un modo en que pueda mantenerse fiel a su palabra.

Aparta a Andrés y se dirige hacia el oficial reclutador. Se lo debe a Lucía, y a sí mismo. No quiere convertirse en un hombre incapaz de cumplir sus promesas.

A principios de octubre, el Colegio Mayor de San Ildefonso vuelve a la vida. La mayoría de sus integrantes, que durante el estío abandonan Alcalá para visitar sus hogares y a sus familias, regresan en estas fechas. Muy pronto, el día de San Lucas, habrán de votar a su nuevo rector, el estudiante que regirá los destinos de la Universidad complutense durante todo un año.

Rodrigo de Cueto y Blas de Lizona se encuentran en el segundo piso del patio mayor de escuelas, a la entrada de la biblioteca. A su alrededor se concentran otros estudiantes y profesores. Entre ellos se encuentran el actual rector, Jerónimo Ruiz; los maestros Gonzalo de Carvajal, Pedro de Lagasca, Francisco Morilla; y el capellán Juan de Arabo. Todos pertenecen al bando bético. Todos murmuran. Y lo hacen en latín, como es preceptivo entre los muros del Colegio.

—A fe mía que no doy crédito —exclama furioso Blas de Lizona. Aprieta los dientes como si quisiera perforárselos, con la mandíbula aún más tensa de lo acostumbrado—. ¿Y hemos de soportar semejante desvergüenza?

En el patio inferior, entre vítores y aplausos, un grupo de colegiales pasea en hombros a un estudiante. Acaban de nombrarlo capitán de la Comunidad universitaria. El elegido es el porcionista Alonso Pérez de Guzmán, perteneciente —cómo no— al bando castellano.

Ninguna de las facciones universitarias se identifica de forma abierta con comuneros ni realistas. Aunque es cierto que la mayoría de los andaluces simpatizan con estos últimos, y que los castellanos abundan en el grupillo que ahora vitorea a los rebeldes de la Junta.

—Dicen que es el primogénito de don Ramiro Núñez de Guzmán, señor de Toral, regidor de León y uno de los cabecillas de la revuelta —comenta Pedro de Lagasca.

—Fijaos bien en quienes lo han elegido —añade el prebendado cordobés Rodrigo de Cueto, con los párpados entrecerrados.

—Antonio de la Fuente y Juan de Berzosa, como no podía ser de otro modo —apunta el rector Jerónimo Ruiz. Forma parte del grupo andaluz pese a ser natural de Soria—. Rastreros y orgullosos de serlo...

Como buen político, no solo presta atención al recuento de votos, sino también a los agravios recibidos. Aquellos dos estudiantes llevan todo el año atentando contra su rectorado; hasta el punto de que ha tenido que condenarlos a penas de cárcel.

—Sí, pero también Pedro de Lerma —puntualiza Cueto. Pocos nombres resultan más odiosos a él y a sus acompañantes que el de aquel prebendado, abad de la magistral de San Justo y canciller del Colegio—, los doctores Vázquez y Carrasco...

—Y el mal se extiende aún más allá —añade el capellán Juan de Arabo—. Imagino que vuestras mercedes habrán oído lo que dijo el doctor Ciruelo en su famosa homilía...

En efecto, pocos días antes, Pedro Sánchez Ciruelo, uno de los más famosos teólogos del reino, que regenta la cátedra de Santo Tomás, lanza desde el púlpito, a modo de comentario al salmo *Exsurgat*, una violentísima diatriba contra los flamencos, a los que presenta como «bestias entregadas a los placeres de este mundo».

—Dicen que esos bellacos de la Junta rebelde aseguran que un sermón así les es de más utilidad que un ejército de soldados —comenta Rodrigo de Cueto, persignándose.

—¡Esos perros! —exclama Gonzalo de Carvajal con su voz ronca, que supura despecho en cada sílaba—. Perjuros y renegados, todos ellos. Tienen prisionera en Tordesillas a doña Juana, la madre del rey; y, pese a que está enferma de cuerpo y mente, la maltratan, la amenazan y le obligan a firmar por la fuerza no sé qué papeles...

—Pues yo digo que hemos de actuar. —Blas de Lizona golpea la baranda con un puño cargado de furia—. Si Castilla es un nido de traidores, toda Andalucía sigue siendo fiel al rey, y es justo demostrarlo...

—No toda ella —puntualiza Cueto—. Dicen que se han alzado en Comunidad Jaén, Úbeda, Baeza...

—*Toda* Andalucía es fiel al rey —repite Lizona. Ha levantado aún más la voz para interrumpir a su compañero—; como lo somos todos los béticos de este Colegio. Y es tiempo de que lo demostremos.

En el patio mayor de escuelas, la celebración ha terminado. Tras recibir los parabienes de sus compañeros, el flamante capitán de la Comunidad universitaria, don Alonso Pérez de Guzmán, se dispone a dirigirse a su residencia. Como porcionista, no vive en el recinto de San Ildefonso, a diferencia de los colegiales, que sí reciben habitación en el edificio.

—Despabila, Cigales —le dice a su criado, un bachiller de unos treinta años que, a la voz, se apresura a trotar en pos de su señor—. Aún he de atender muchos otros asuntos antes de que acabe el día...

Al entrar en el patio de continos descubre allí a dos varones en animada conversación. Uno de ellos es Hernán Núñez de Guzmán, el catedrático de griego; quien, a decir de muchos, es el mejor conocedor de dicha lengua clásica en los reinos hispánicos, y aun uno de los más sobresalientes de toda la cristiandad. Como de costumbre, porta bordada sobre su lujoso jubón negro la encomienda de la orden de Santiago, a la que pertenece. No es de extrañar que sus estudiantes y colegas se refieran a él como «el comendador griego»; aunque también lo denominan «el Pinciano», por ser oriundo de Pincia, localidad de Valladolid.

—Albricias, don Alonso —lo felicita el catedrático. Es hidalgo de apariencia cuidada y exquisitos modales—. Se comenta por los patios que os han nombrado capitán. Es buena y sabia elección.

—Mucho os agradezco tales palabras, don Hernán —responde el interpelado, antes de dirigirse al tercero en discordia—. Y vos, maestro Hontañón, ¿no me felicitáis?

—No sé si esta es ocasión para felicitaciones —contesta su interlocutor, con la sinceridad que lo caracteriza—. Como bien sabéis, yo no he votado por vos. Igual que no votaría por ningún otro.

El maestro Juan de Hontañón viste la burda clámide de paño buriel que lo identifica como colegial de San Ildefonso. Posee un cuerpo espigado, más alto que la mayoría, de andares algo desmañados. Tiene reputación de repartir palabras francas y obras honestas; razón por la que goza de simpatías tanto entre los béticos como entre los castellanos, pese a no pertenecer a ninguno de los bandos.

—Vive Dios que no sois amigo de andaros con remilgos —replica el porcionista con un amago de sonrisa.

—Entendedme, don Alonso. Si creyera que nuestro Colegio precisa de un capitán, no os negaría mi apoyo. Pero, en esta época que nos toca vivir, lo que necesitamos es paz. Nuestra universidad debiera hacer un esfuerzo por mantenerse alejada tanto de las guerras externas como de las intestinas.

El comendador griego cruza los brazos sobre el torso.

—Discrepo —contesta, con ese latín refinado y melodioso que tan agradable resulta al oído—. La pasividad no es buena política, y menos en situaciones como esta. En los tiempos que corren, todo hombre debiera tomar partido.

—No confundáis imparcialidad con pasividad —responde su interlocutor—. La primera requiere de gran fortaleza y la segunda se nutre de la debilidad.

El capitán Alonso Pérez de Guzmán se acaricia el mentón con el pulgar, un gesto que le permite repasar el hoyuelo de su barbilla, convenientemente disimulado bajo una discreta barba.

—No os entiendo, maestro Hontañón. ¿De qué nos sirve mantenernos al margen? ¿Qué podríamos ganar con ello?

—Preguntaos más bien qué podríamos perder en caso contrario —replica el aludido—. Os responderé: podríamos perderlo todo. —Realiza un amplio gesto con los brazos, como para abarcar cuanto los rodea—. Hoy por hoy, nuestra universidad, el legado de Cisneros, pende de un hilo. Debemos obrar con cautela si queremos que sobreviva a estos tiempos.

9

De Tordesillas siguen llegando nuevas de triunfos. Allí se han reunido casi seis mil combatientes, reclutados entre Toledo, Segovia y Madrid.

—Nuestros capitanes tienen arrestos, Dios los bendiga —exclama el sastre Pedro de León a quien quiera escucharlo—. Han logrado que el hombre más poderoso del reino huya como un perro.

Tras entrar en Valladolid y desbaratar el Consejo real, la Junta trató con gran miramiento al cardenal Adriano; pues, al fin y al cabo, es un príncipe de la Iglesia. Se limitaron a presentarle un requerimiento para que dejara de intervenir en los asuntos del reino.

Algún tiempo después, el regente intentó abandonar la ciudad con un séquito de ciento cincuenta personas. Pero los capitanes Pedro Girón y Juan de Padilla ordenaron cerrar las puertas y acudieron a parlamentar al mando de tres mil hombres. Empleando a la par cortesía y firmeza comunicaron al cardenal que no se le permitía salir de Valladolid, a no ser que lo hiciera para dirigirse a Tordesillas y renunciar a todos sus poderes.

—Mal hicieron en tratar con tal hidalguía a ese demonio. Pues será obispo de Tortosa, pero es hombre taimado e impío. —Al así decir, Pedro de León esgrime sus tijeras hacia sus oyentes—.

De seguro que el muy bellaco no les pagará con la misma moneda si alguna vez les echa encima las garras.

Al final, el regente Adriano ha debido renunciar a salir de la ciudad con la cabeza alta. Mas no por ello ha desistido de sus propósitos. Ha logrado escapar de forma deshonrosa, como un fugitivo, al amparo de la noche. Y se ha refugiado en Medina de Rioseco. Desde allí ha retomado su correspondencia con don Carlos para comunicarle que, a lo largo y ancho de Castilla, los seguidores realistas son presa del más profundo desánimo.

Este año el otoño llega pronto, desplegando por doquier sus galas leonadas. Las tropas de la Comunidad madrileña y sus aliados alcalaínos atraviesan las tierras ya segadas de Castilla. Avanzan por caminos áridos, con el polvo aferrado a las botas, desluciendo las ropas, resecando las gargantas.

Miguel Campos no había imaginado que un día habría de hallarse tan lejos de casa. Su unidad se dirige a un lugar llamado Alaejos que, según les han informado, se encuentra entre Valladolid, Salamanca y Zamora. Allí se alza un castillo propiedad de don Antonio de Fonseca, el que ordenara el incendio de Medina del Campo. Como represalia, la Santa Junta ha ordenado la confiscación de todas sus villas y fortalezas. El destacamento madrileño se ha unido al toledano para dirigirse al lugar del asedio, donde ya les esperan compañías de Medina, Segovia, Ávila y Salamanca.

El joven zapatero intenta mantenerse ocupado. Tras las jornadas de marcha siempre hay suelas que fijar, calzado que remendar. Ya se ha ganado buena reputación entre sus compañeros; y, con ello, la camaradería de la tropa y la atención de ciertos oficiales.

—Hemos de hacer que te coloquen en la retaguardia, muchacho —le dice uno de ellos, en un tono de chanza, que, sin embargo, alberga seria intención—. Mal asunto sería que te arruinasen esas manos y tuviéramos que correr descalzos tras el enemigo.

Miguel se entrega con gusto a la faena. Prefiere cien veces manejar tijeras y agujas a aguantar una pica; y aun mil a esgrimirla ante otro combatiente, así sea enemigo.

Tras cierta resistencia por parte de Andrés, ha conseguido que este lo acompañe y se aplique también a arreglar desgarros, rotos y descosidos en las ropas de sus compañeros.

—¿Por qué tengo que estar haciendo eso? —protesta su amigo—. Soy aprendiz de sastre, no de ropavejero...

—Ni yo soy zapatero remendón —replica él. Pero tiene por cierto que es la ocupación que más les conviene a ambos, pues no solo les granjea simpatías y favores, sino que también los mantiene apartados del vino, el juego, las apuestas y otras actividades aún menos recomendables a las que tienen por costumbre entregarse los soldados en campaña.

De hecho, hace unas noches, entraron con otros compañeros en cierta venta a recabar provisiones. Era el propietario hombre ya entrado en años, pero recién casado con una muchacha joven y de no malas trazas. Uno de los soldados madrileños consiguió retirarla a un lugar apartado y, aprovechando la situación, probó a forzarla. Pero, alertados por los gritos, los demás acudieron a separarlo de la ventera, incluido el cabo de escuadra, que montó en cólera y juró hacer gran escarmiento al agresor.

—Por Dios, que hemos venido aquí a ayudar a estas gentes, no a cebarnos en ellas como bestias —vociferó, una vez que los tuvo formados ante sí—. ¡Es muestra de gran cobardía atacar a mujeres y a ancianos indefensos! ¡El buen soldado obedece órdenes y solo arremete cuando le mandan correr contra el enemigo!

Estas, por cierto, son cosas que Miguel evita mencionar en las cartas que dicta para Lucía. Se limita a asegurarle que él y Andrés están bien, y que pone toda su atención en cuidar del muchacho, día tras día, noche tras noche; tal y como, en fecha no muy lejana, se comprometió a hacer.

Los partidarios de las Comunidades no ocultan su satisfacción. La reina doña Juana se muestra dispuesta a gobernar de acuerdo con la Santa Junta, a reducir los tributos, dar mejores leyes a los magistrados, oír las quejas de las villas y los particulares. Quiere asegurar a su pueblo la justicia que, hasta ahora, se le ha negado. Para ello, los procuradores han redactado un proyecto de ley perpetua.

Martín de Uceda está al tanto. Su patrón arriacense, don Diego de Esquivel, se ha convertido en uno de los delegados más importantes. Casi todas las provisiones salidas de Tordesillas llevan su firma, junto a las de los representantes de Toro, Salamanca, Zamora, Toledo y Ávila. A día de hoy, es un hombre fundamental para la causa.

«Te adjunto copia del pliego que hemos enviado a Su Majestad, y que incluye nuestro proyecto de ley —le escribe a Martín en su última carta—. De seguro, te complacerá tanto a como a mí.» Pues, añade, se trata de requerimientos justos, y que han de redundar en provecho de todos los súbditos del reino.

Ya desde las primeras líneas, el bachiller Uceda detecta alguna de esas expresiones que tan caras son a su protector; prueba de que don Diego de Esquivel ha intervenido de forma activa en la redacción del documento.

«Muy soberano e invictísimo príncipe, rey nuestro señor. Las leyes de estos vuestros reinos, que por razón natural fueron hechas y ordenadas, obligan tanto a los príncipes como a sus súbditos, por el amor que estos deben tener a su señor natural. Entre otras cosas dicen y disponen que deben los súbditos guardar a su rey de sí mismo, que no haga cosa que esté mal a su ánima ni a su honra, ni daño y mal a sus reinos.»

A continuación, los procuradores de la Junta explican cómo todo cuanto ha ocurrido ha sido «por el amor que estos reinos tienen a Vuestra Majestad y le deben como a su soberano rey y señor», y a causa de «la codicia desordenada, y por las propias pasiones e intereses de los consejeros que Vuestra Majestad ha tenido», los cuales «se pueden llamar más propiamente engañadores, y enemigos de estos vuestros reinos y de su bien público, que no consejeros tales cuales debieran ser. Pues de ellos y de sus malos consejos tenemos por cierto haber venido los daños intolerables de estos reinos y su devastación». Y continúan asegurando que «sabemos y tenemos por cierto que estos daños no han procedido de Vuestra Majestad, cuya cesárea y real persona Nuestro Señor ha dotado de tanta prudencia, virtudes, clemencia y mansedumbre, y de celo de justicia del bien público, cuanto a tan alto príncipe y señor del Imperio y de tantos reinos y señoríos convenía».

Tras una larga descripción de lo ocurrido en las Cortes de Santiago y La Coruña y los sucesos que han llevado a la destrucción de Medina del Campo, explican así la participación de doña Juana: «... y como esto vino a noticia de la reina nuestra señora, mandó Su Alteza que todos los procuradores de las ciudades que estaban en la ciudad de Ávila se viniesen a esta villa, y que en su palacio real hiciesen su ajuntamiento, y que entendiesen y proveyesen en el remedio del reino, disipado y agraviado. Adonde con autoridad y mandado de Su Alteza, entienden remediar los agravios pasados, y ordenar lo que está desordenado por la mala gobernación».

Después adjuntan las disposiciones que la Junta desea llevar a cabo, y que solicitan a don Carlos en calidad de ley perpetua.

Se pide que el monarca regrese «pues no es costumbre de Castilla estar sin rey», y que aquí contraiga matrimonio; pero que lo haga sin traerse consigo a los extranjeros, de modo que todos los cargos públicos y dignidades se otorguen «a los naturales del reino, en el que hay mucho número de personas hábiles y suficientes».

Que se destituya a todos los miembros del actual Consejo real, «pues que tan mal y con tanto daño de Su Alteza y sus reinos le han aconsejado», y que se reemplacen por castellanos «cuyo servicio se conozca por su lealtad y celo, y que pospongan sus intereses particulares frente a los del pueblo».

Que todos los oficios, cancillerías y alcaldías sean temporales, y no perpetuos. Que cada ciudad pueda elegir por votación a sus procuradores a Cortes, y que estos sean tres, en representación respectiva del cabildo de clérigos, el estado de caballeros y escuderos y el estado de pecheros. Que las Cortes puedan reunirse cada tres años sin necesidad de convocatoria por parte del rey. Que Su Majestad no envíe corregidores ni otros representantes de la Corona a las villas, a no ser que estas así lo soliciten, y que ellas mismas puedan, sin embargo, nombrar cuantos alcaldes ordinarios estimen necesarios.

Que no se saque del reino moneda alguna de oro ni plata, como tampoco pan, cueros ni ganados; para que así las riquezas generadas en Castilla no se inviertan en tierras extranjeras.

Por último, los procuradores suplican que Su Alteza don Carlos (al igual que ha hecho su madre, doña Juana) entienda que las Comunidades «de las ciudades y villas de estos reinos se han hecho para remediar los agravios y exorbitancias pasadas» y que, por tanto, se provea un perdón general para todos los implicados, contra los que «ni de oficio ni a pedimiento se proceda civil ni criminalmente».

La carta concluye con las debidas muestras de respeto y homenaje del pueblo a su príncipe. «Y sobre esto enviamos a Antonio Vázquez y a Sancho Sánchez Zimbrón y fray Pablo, nuestros mensajeros. Suplicamos que, con toda la clemencia y benignidad que en Vuestra Majestad resplandecen, tenga a bien oír y conceder lo que estos reinos le suplican. Que Dios Nuestro Señor guarde la cesárea, católica Majestad de su real persona por muchos tiempos, con aumento de muchos más reinos y señoríos. Y que la traiga de regreso a estos sus reinos con brevedad y próspero viaje, como por ellos es deseado.»

Martín de Uceda abre su cartapacio, y, con el mayor cuidado, guarda en él los documentos. Suscribe las palabras de su patrón. «Es de creer que nuestros éxitos pasados y presentes son prueba de que nuestra causa es justa a los ojos de Dios. Solo queda rogar que Él siga favoreciéndonos hasta el fin del conflicto.»

El catedrático de griego Hernán Núñez de Guzmán sonríe. Hoy luce jubón nuevo, en el que aparece ya bordada la ineludible encomienda de la orden de Santiago. Cabalga en su mula con gualdrapas junto al nuevo rector de San Ildefonso, que acaba de realizar su primera inspección a las dependencias del recinto y ahora se dirige a visitar los colegios menores de la universidad, rodeado de una pequeña comitiva.

—No envidio vuestra posición, reverendo señor —declara, sin que su interlocutor logre decidir si en el empleo de aquel tratamiento oficial resuena o no un ribete de sorna—. O mucho me equivoco o vuestro rectorado ha de ser el más delicado que haya vivido nunca nuestra universidad.

El maestro Juan de Hontañón es bien consciente. Por razones que no alcanza a comprender, el voto de sus compañeros colegiales le ha entregado tan codiciado cargo; uno que, en realidad, él nunca ha deseado. Durante un año regirá las vidas de los futuros custodios de la fe hispánica. Será administrador de los ingentes bienes universitarios, su máxima autoridad académica, su juez supremo y la encarnación de su ley.

Y Dios ha querido que le llegue en las circunstancias más difíciles que imaginarse puedan. De por sí solos, los graves enfrentamientos internos entre las facciones del Colegio ya serían causa de preocupación. Pero ahora, además, el conflicto entre las Comunidades y el rey se está trasladando a las aulas y patios, cuando la única garantía de supervivencia de la universidad estriba en su condición de pilar del conocimiento, al margen de toda lucha o ideario político.

—Si el claustro os votó, algo ha de significar —interviene don Alonso Pérez de Guzmán, quien en su calidad de capitán de la Comunidad universitaria acompaña al rector en su primera visita oficial fuera de los muros del Colegio. Bien saben los cielos cuán poco le agrada ir sobre una mula, habituado como está a montar a caballo.

—Espero que signifique que todos sus miembros desean una tregua a ese conflicto sin sentido —apunta el maestro Hontañón—. Pues saben que yo no he de inclinarme a favorecer a realistas ni a comuneros, como tampoco a castellanos ni a béticos.

—Excelente programa de gobierno —responde el comendador griego; en esta ocasión, su ironía sí resulta perceptible—; sin duda, podéis contar con la ayuda incondicional de vuestro equipo para llevarlo a cabo.

Igual que se elige al rector, se vota también a los consiliarios que habrán de ayudarlo a gobernar la institución. Este año, dichos cargos han recaído sobre tres de los más celosos defensores del bando bético: los maestros Pedro de Lagasca, Gonzalo de Carvajal y Francisco Morilla.

Puesto que el rector cuenta con voto de calidad en todas las decisiones, le basta con que uno de sus adjutores esté de acuerdo. Ahora bien, si los tres se alinean en su contra, queda atado de manos...

Don Alonso vuelve a intervenir:

—Si esos malditos os dan problemas, maestro Hont... reverendo señor —se corrige—, sabed que podéis contar conmigo y con muchos fieles amigos que están de vuestra parte, y a los que nada agradaría tanto como dar su merecido a esos...

Interrumpe el discurso a un gesto del dirigente universitario, quien, tras fruncir los labios de forma apenas perceptible, se limita a responder:

—Lo sé, don Alonso. Bien lo sé, tenedlo por seguro. Pero habéis de comprender que ellos están ahora bajo mi protección, tanto como lo estáis vos y los vuestros.

El catedrático Hernán Núñez revisa el aspecto que su cruz de Santiago ofrece a la vista de los viandantes, para concluir que su apariencia es del todo satisfactoria.

—Reverendo señor, sé que se os conoce por ser hombre que dice lo que piensa, y que vos mismo os preciáis de ello —declara, con su dicción precisa y cadenciosa—. Pero ahora os debéis a vuestro cargo. Durante el próximo año, no os vendría mal cultivar algo más el arte del fingimiento; o, si ese término os repugna, podéis llamarlo «diplomacia».

En la plaza del Mercado y las calles adyacentes, los viandantes se apartan para dejar paso al nuevo rector. Si el pueblo de Alcalá muestra bien a las claras su curiosidad, tampoco se recata a la hora de expresar sus aprecios y rechazos.

—¡Por la villa! ¡Abajo el Colegio! —se oye gritar a algunas voces, dispersas aquí y allá. Probablemente sus propietarios hayan sido víctimas de algún desafuero perpetrado por un estudiante. Pero también hay reverencias, inclinaciones de cabeza, muestras de cortesía, deferencia y respeto. Incluso se escucha algún que otro vítor a favor de la universidad.

Llegando ya al final de la plaza, el capitán de la Comunidad estudiantil nota que alguien tironea de su bota. Gira la cabeza para encontrarse con un muchacho de unos trece o catorce años, que lo mira con ojos sobresaltados, mientras una gota de sudor se le escurre de la sien.

—Señor estudiante —comienza el muchacho, tras tragar saliva de forma evidente y audible. Le tiembla la voz—. Bien se echa de ver que sois porcionista y, como tal, hombre elegante.

Pues quieren los cielos que no estéis obligado a vestir siempre el buriel de los colegiales, habéis de saber que encontraréis los mejores paños de nuestra villa en la casa del señor Alonso de Deza; quien, de cierto, estará encantado de ofreceros a excelente precio contray, damasco, limiste, lienzos finos y otros géneros exquisitos que convienen a un gentilhombre como vos, para vuestra persona y vuestra casa.

Realiza una reverencia y se gira, deseoso, a todas luces, de escapar de allí. Pero entonces parece recordar algo y se vuelve de nuevo hacia el capitán.

—Y si después acudís al taller del señor Pedro de León, podéis tener por seguro que allí encontraréis al mejor sastre de la villa, y que no habréis de salir decepcionado de su casa.

Ahora sí, el zagal huye antes de que su interlocutor acierte a reaccionar. Pues, en tratándose de nobles, nunca está descartado salir de una entrevista con bofetadas o marcas de bastón.

Don Alonso Pérez de Guzmán sigue al zagal con la mirada, hasta ver que se detiene frente a un par de muchachas. Una de ellas lleva ropas de tonos sobrios. Es cenceña y se esfuerza por ocultar bajo el manto unas facciones ruborizadas por el bochorno.

La otra viste prendas más refinadas. Es, en sí misma, una visión celestial, una aparición digna de ser contemplada. Tiene tez de ninfa, rostro de ángel... y promete esconder el cuerpo de Afrodita bajo esas ropas de rosa y jacinto.

—Bien hecho, Beltrán —le está diciendo ahora Leonor al empleado de su padre—; vuelve ya a casa, antes de que Damián empiece a preguntarse por qué tardas tanto en cumplir su encargo.

—¡Válgame...! ¿Cómo se te ocurre? —protesta Lucía—. ¿Es que has perdido el juicio?

—Calla, mujer. Ya verás como este nos viene pronto a hacer un pedido. Y de seguro que tiene buena bolsa...

Al advertir que el porcionista la mira, la joven ni siquiera se azora. Se atreve incluso dedicar a su admirador una deliciosa sonrisa, antes de tomar del brazo a su amiga, dar media vuelta y alejarse de allí.

—¡Don Alonso! —lo reclama la voz del rector.

Solo entonces el aludido cae en la cuenta de que se ha quedado inmóvil, rezagado respecto al resto del séquito. Antes de hundir los talones en los flancos de su mula para alcanzar a la comitiva, se gira hacia el bachiller que le sirve de criado:

—¡Cigales! —le ordena—. Averíguame quién es esa muchacha y dónde puedo encontrarla.

Juan de Deza pasea por las calles de la colación de Santa Cruz en compañía de Pedro de Madrid. Su amigo exhibe un comportamiento aún más nervioso del que es habitual en él.

—Estamos en un brete —confiesa—. Mi padre no sabe qué hacer.

Fernando de Madrid es el cambiador de la Comunidad de la villa. Tiene a su cargo una responsabilidad vital: la de ayudar a recaudar el dinero necesario y dar cuenta de su distribución. Pero, según parece, el embargo de las rentas reales está generando problemas. A resultas de lo cual, las arcas del concejo están a punto de agotarse.

—Necesitamos más dinero para poder seguir pagando a nuestros procuradores en la Junta; y también a nuestras tropas.

De hecho, ante el retraso con que les llegan los salarios, cada vez son más los soldados que piden licencia para regresar a sus casas y sus negocios, a fin de poder mantener a sus familias.

—Mal asunto es ese —comenta Juan, al comprobar que el caballero de alarde hace una pausa.

—Por Dios que sí. Hemos tenido que pedir contribuciones a los principales señores de la villa y tierra leales a la causa. Pero, aun así, no es bastante. Y los representantes de la Junta llegarán en breve a recoger los fondos —inspira entre los dientes apretados—. Justo entonces hallamos la solución. O eso creíamos...

Había llegado a conocimiento de los diputados que cierto vecino adinerado disponía en su casa de dinero suficiente, aunque se mostraba reacio a contribuir. De modo que el concejo había escrito a Tordesillas, solicitando permiso para embargar al individuo.

Pero, de alguna manera, la noticia había acabado divulgándose entre la población. Mientras el ayuntamiento esperaba la respuesta de la Junta, un grupo de más de trescientas personas se había echado a la calle para asaltar la casa del dicho vecino. Y le habían confiscado quinientos ochenta y cinco mil maravedís, que se repartieron entre los perpetradores.

—Hubimos de volver a escribir a Valladolid para informar del hecho, y también de que nos había sido imposible recuperar el dinero...

Sus pasos los han traído ante la iglesia de la Santa Cruz. Pedro se lleva la mano de uñas roídas al sombrero, para saludar a las damas que, en compañía de sus dueñas, se arremolinan a la entrada. Su acompañante hace lo propio. Es entonces cuando advierten que una de las feligresas les hace señas para que se aproximen.

—Es Teresa. Voto a... —El gesto del caballero de alarde denota bien a las claras lo poco que le agrada tener que saludar a su hermana. Aun así, lo hace, con el rostro grave y el paso precipitado de quien tiene asuntos urgentes que atender.

—Mi amigo, el señor Juan de Deza —señala, tras los saludos de rigor—. Os conocisteis hace un tiempo, no sé si lo recuerdas.

—El señor Deza... Sí, creo que sí —replica la viuda. Su rostro altivo deja escapar, casi a su pesar, una levísima sonrisa ante la reverencia del alcalaíno—. Hace tiempo, en efecto. ¿Cuánto diríais que ha transcurrido, señor Juan? ¿Cuatro... cinco semanas, quizá?

—Mis cálculos no difieren de los vuestros, señora —responde el interpelado.

—Por supuesto que no. ¿Cómo habrían de hacerlo?

Pedro de Madrid frunce el ceño ante aquella réplica de su hermana. Esas palabras lo incomodan, sin que pueda precisar por qué. Pero, al fin y al cabo, son tantas las cosas que lo irritan en el comportamiento de Teresa...

Advierte entonces que el párroco lo requiere desde la puerta. Se disculpa ante sus acompañantes antes de dirigirse hacia el religioso.

Juan queda así en compañía de la viuda y la dueña de esta, a la sagrada sombra del templo.

—Decidme, señor Deza, ¿sois buen amigo de mi hermano?

—¿Por qué lo preguntáis?

—Porque diría que no os comportáis como tal.

A un signo de su señora, el ama se mueve, interponiéndose entre ellos y Pedro, que sigue en conversación con el párroco. Ahora que el caballero de alarde no puede advertir el gesto, la viuda se recoloca el manto, de forma que su mano enguantada roza durante un momento la manga del alcalaíno.

—A lo que veo, no le habéis mencionado que habéis pasado a visitar a su hermana. Dos veces en las últimas semanas, si la memoria no me falla...

Al retocarse el manto, Teresa ha dejado a la vista el refinado broche que lleva prendido en la pechera; la cruz de azabache y perlas que el joven Deza le regaló en su último encuentro.

En un rápido movimiento, Juan se lleva la mano al corazón. Luego dedica a su interlocutora una amplia sonrisa, en parte absolutoria y en parte maliciosa.

—Cierto, señora. No se lo he dicho. Y, a lo que veo, tampoco vos.

10

La villa de Alaejos destaca, ensombrecida de humo y ceniza, contra la inmensa llanura circundante. Su población ha logrado huir y refugiarse entre los muros de la imponente fortaleza erigida hace un siglo por el obispo Fonseca. Desde aquellas almenas han contemplado cómo las tropas invasoras saquean e incendian sus casas, sus huertos, sus iglesias.

Ahora el ejército asaltante ha puesto cerco al castillo. Traen artillería, cuyos proyectiles golpean de vez en cuando las formidables murallas, haciendo lenta mella en la piedra. La guarnición del baluarte responde también con cañones y falconetes, que, por cuanto parece, causan más daño entre los asediadores del que estos consiguen provocar en las defensas.

Mientras camina en busca de un escondite, Andrés de León comprueba el estado de su bota de vino. Está casi vacía. De cierto, los blancos de Alaejos tienen merecida fama en la región. Pero el suministro obtenido de las bodegas locales se está agotando. Y no es ese el único motivo de queja que circula entre la tropa.

Las soldadas no llegan. Al principio, había pensado que la situación afectaba solo a las tropas madrileñas. Pero no; por cuanto parece, se trata de un problema generalizado.

Y las raciones resultan cada vez más escasas. El hambre atenaza las tierras de Castilla. A los previos años de sequía se suma ahora la desolación causada por los ejércitos en liza, que asolan los campos y poblaciones. La villa de Alaejos y su territorio pueden dar buen testimonio de eso.

El muchacho suspira. A la hora del alistamiento, todo son promesas lisonjeras. Pero, llegado el momento de la verdad...

Sabe Dios que esperaba algo muy distinto de su experiencia militar. Él aspira a acción, a gloria, a una lucha frente a frente contra el enemigo, en campo abierto. No a un asedio como este, marcado por el tedio, por chinches y piojos, días de inactividad y noches de guardia. Odia la pólvora, que aquí no deja lugar al acero. Aún no ha podido participar en una sola escaramuza.

Por suerte, ha descubierto que el vino ayuda a paliar el hastío. Aunque, eso sí, tiene que beberlo a escondidas, pues Miguel atribuye al alcohol toda suerte de males.

—Pero ¿qué sabes tú de eso? —le contesta en cierta ocasión, ya harto de reprimendas—. ¿Cuándo has obrado tú de forma reprochable por culpa de la bebida? Haz cuenta de que nos conocemos de toda la vida, y nunca te visto hacer nada semejante.

Miguel parece turbarse ante tales palabras.

—Lo dicen otros que saben de estas cosas más que yo —replica, evasivo—. No hay más que oír lo mucho que el párroco lo condena desde el púlpito.

Y, como si fuera fiel discípulo del dicho sacerdote, menudos sermones suelta si Andrés hace ademán de catar vino en su presencia...

Así pues, este tiene que escabullirse para poder saborear en paz un par de tragos. O más de un par, si las circunstancias lo permiten. Todo depende del tiempo que transcurra hasta que Miguel se aperciba de su ausencia y salga en su búsqueda.

También ayuda encontrar un buen escondite, en el que su amigo tarde en descubrirlo. Por tanto, hoy se ha alejado de la zona ocupada por los alcalaínos y madrileños para venir donde las tropas de Medina del Campo. Aquí ha encontrado unos cajones de pertrechos apilados tras la tienda de un oficial.

Mientras busca acomodo tras ellos, su camisa se engancha en una gran astilla que sobresale de entre las tablas. Forcejea con el lino para liberarlo... con tan mala fortuna que acaba cayendo al suelo con estrépito, arrastrando consigo un trozo de la maldita madera desvencijada.

—Tú, muchacho. ¡En pie!

Andrés obedece, con el corazón latiéndole en las sienes. Al ruido han acudido los soldados más cercanos. Y, con ellos, un oficial de gesto hosco y sombrío, que ahora observa al mozo con el ceño adusto. Sus ojos relampaguean con ferocidad.

—¿Cómo te llamas? ¡Responde!

—Andrés de León, señor, para serviros...

—¿Por qué estás rondando mi tienda? ¿Eres acaso un espía?

Andrés nota que se le desvanece el pulso. Está blanco como una mortaja.

—¿Qué...? —balbucea, cuando logra recuperar el habla—. No. No, señor, por Dios que no. Soy vecino de Alcalá de Henares. Me alisté con el capitán de Madrid...

—¿Y qué has venido a hacer a esta zona del campamento?

—Pues, señor, yo quería... —vacila—. Buscaba un sitio para...

Incapaz de vencer el aturdimiento, se limita a esgrimir la bota de vino, esperando que aquel pobre pellejo casi vacío baste para suplir las palabras que él es incapaz de pronunciar.

Comprueba que el oficial medinense intercambia una mirada con sus soldados, alguno de los cuales amaga una sonrisa.

—¡Andrés! ¡Andrés!

En ese momento llega Miguel, a la carrera. Con una simple ojeada se hace cargo de la situación. Palidece.

—¿Conoces a este truhan? —pregunta el oficial al recién llegado.

—Señor don Fernando —responde el interpelado con la garganta seca; es evidente que conoce la identidad de su interlocutor—, ignoro qué ha hecho en esta ocasión. Pero os ruego por Dios que lo disculpéis. De ser necesario, yo pagaré por su yerro...

El oficial se vuelve ahora hacia Andrés y le pregunta:

—¿Este jovenzuelo es hermano tuyo?

—Como si lo fuera.

Aquella respuesta provoca que el tal don Fernando suelte una carcajada. Es un sonido seco y áspero, como salido de un pedernal.

—Suerte tienes, malandrín, de tener a quien se porta como tu hermano aun sin serlo. Créeme, no todos gozan de tal fortuna.

Da orden a sus hombres de que regresen a sus puestos.

—Volved a vuestras filas —ordena a los alcalaínos, con gesto desabrido—. Y tú, bribón, deja de enredar cerca de las tiendas de los oficiales. La próxima vez no saldrás tan bien parado.

Lo primero que hace Miguel, mientras él y Andrés regresan a su zona del campamento, es quitarle la bota a su amigo. Lo segundo, propinarle un buen pescozón.

—¿Cómo sabes el nombre de ese oficial? —pregunta el agredido, mientras se palpa la zona lastimada—. ¿Lo habías visto antes?

—No, por los cielos. Pero he oído hablar de él. Es uno de los procuradores de cuadrillas de Medina del Campo, el tundidor Fernando de Bobadilla.

El mozo parece perplejo ante aquella información.

—¿Un tundidor? ¿Quieres decir que no es noble? Pensaba que todos los procuradores de la Junta eran hidalgos.

—Todos menos él.

Andrés recapacita. En la jerarquía del negocio de las telas, que tan bien conoce, artesanos como aquel no ocupan un alto puesto. No en vano se dedican a igualar el paño, golpeándolo sobre unos tableros y descabezándolo con tijeras.

Lo que significa...

—Si un simple tundidor puede llegar a procurador... Entonces, un sastre...

Miguel lo sujeta por los hombros. Incluso lo zarandea un poco.

—Oye bien, muchacho. Tú no eres como él —le espeta. Parece a punto de perder el último atisbo de paciencia—. Ni, por Cristo, has de aspirar a serlo nunca. Debieras agradecer a los cielos haberlo encontrado de tan buen humor. Tú no sabes de lo que es capaz ese hombre...

Al día siguiente del incendio perpetrado por los realistas en Medina del Campo, Francisco de Bobadilla irrumpió en el ayuntamiento a la cabeza de una multitud que, al grito de «¡Mueran los traidores!», había asesinado al regidor. Así se había iniciado una espiral salvaje. Decapitaciones, ahorcamientos, muertes a cuchilladas, quemas de cuerpos en la hoguera... El tundidor gobernaba en calidad de déspota, a la cabeza de los suyos, ejerciendo tan sangrienta autoridad sobre sus convecinos que estos habían llegado a preguntarse si no eran preferibles los cómplices de su antiguo señor a los esbirros del nuevo.

La Santa Junta había condenado inicialmente las acciones de Bobadilla, recordándole que no estaba autorizado a impartir justicia por su cuenta; pero, al fin, había acabado aceptándolo en la causa y reconociendo su autoridad como uno de los actuales dueños de la villa.

Andrés atiende a la explicación con los ojos desorbitados. Solo al fin protesta, con un hilo de voz:

—Miguel... Me estás haciendo daño...

Su amigo lo suelta.

—Por Dios, si vuelves a escapar así de mí, te juro... Te juro...

Se golpea con el puño la mano abierta. Un gesto de frustración que bien vale para manifestar todo el enojo que no alcanza a expresar su discurso. Andrés suspira de nuevo. Lanza una mirada de despedida a su bota de vino y retoma el camino sin pronunciar palabra.

Martín de Uceda mira por la ventana. Ante sus ojos, el alcázar de Madrid se recorta contra un cielo de nubes pálidas. Es un edificio vasto y dispar, con su esbelto campanil, sus torres circulares de cubiertas cónicas, su diversidad de viviendas y almacenes adornados de galerías superiores, sus robustos torreones rematados por tejados a dos alturas. Da la impresión de que cada uno de los sucesivos reyes y alcaides hubiera insistido en dejar su huella personal, sin cuidarse de si esta encajaba con el legado de sus predecesores.

La puerta de la estancia se abre, y hace su entrada ese hombre a quien el joven bachiller tan bien conoce. Avanza a paso rápido, como es su costumbre. Tras él corren dos secretarios con sendos cartapacios.

—Don Martín, bienhallado seáis —lo saluda el recién llegado, con la urbanidad que siempre emplea para dirigirse a sus interlocutores—. Habréis de disculparme, porque necesito un momento para cerrar ciertos asuntos de urgencia. No tardaré.

El aludido asiente. Permanece en pie, con las manos a la espalda, mientras el delegado de la Santa Junta toma asiento, se coloca los anteojos y examina los documentos que los escribanos despliegan ante él. Firma la mayoría, corrige unos pocos y, tras aplicarles el secante, los devuelve a sus asistentes.

Cuando estos abandonan la sala, el procurador adopta un aire muy distinto. Se hunde en el sillón, cierra los ojos un instante y se masajea el puente de la nariz; gestos que solo realiza ante personas de confianza, y a los que su visitante responde con una leve sonrisa.

—¿Un día difícil, don Diego?

—Un mes difícil, más bien. Y Dios quiera que el próximo no se presente aún peor.

—Decidme qué puedo hacer para ayudaros.

Ante estas palabras, el alcalde de padrones don Diego de Esquivel se incorpora, se dirige al joven y le pone las manos sobre los hombros.

—Mi querido Martín —responde, con un tono muy diferente al que ha empleado cuando los secretarios estaban presentes—, lo que ya estás haciendo, ni más ni menos. —Le propina una cordial palmada en la espalda, antes de añadir—: ¿Sabes? Tengo la garganta seca.

Regresa a su asiento y deja que su protegido sirva dos copas del excelente blanco de San Martín de Valdeiglesias que hay sobre el aparador.

—Dime, ¿te trata bien tu nuevo patrón?

—Don Alonso de Deza sabe tratar bien a quienes bien le sirven —responde el joven—. Él mismo me dio licencia para venir a veros cuando supo que os dirigíais a Madrid.

No es ningún secreto que la Santa Junta ha enviado aquí a dos de sus principales procuradores —el arriacense Diego de Esquivel y el conquense Fernando de Alcocer— para recoger los fondos que la villa del Manzanares debe a Tordesillas.

—En Alcalá no se revisan las cartas, ¿me equivoco?

—No. Allí no hacemos como en Madrid.

En la villa del Manzanares, por mandato del concejo, debe retenerse toda la correspondencia de los particulares. Solo se permite su circulación una vez que el alcalde Castillo confirma que su contenido no supone riesgo alguno para la Comunidad.

—¿Estás teniendo cuidado? —pregunta el anfitrión—. Sabes que si te descubren...

Martín asiente en silencio. Bien sabe que, en tal caso, le espera la horca. En los tiempos que corren, ni el pueblo ni quienes lo rigen muestran misericordia al juzgar palabras o actos que puedan tomarse por deslealtad o cobardía; y, mucho menos, por traición.

—Recemos por que el secreto nunca salga a la luz, muchacho. Y, si hubiere de hacerlo, que sea una vez que ya estés a salvo, fuera de los muros de Alcalá.

—Dios os oiga. —El bachiller tiende a su protector la ansiada copa de vino. Este bebe un largo trago, antes de depositarla sobre el tablero y apoyar la cabeza sobre el respaldo de su sillón.

—Hay asuntos que ni yo mismo me atrevo a comentar en las cartas que te escribo; opiniones que podrían... malinterpretarse. —El hidalgo va girando con los dedos el pie de la copa, como si buscase estudiar su contenido desde todos los ángulos—. ¿Sabes? Las cosas se están complicando en Tordesillas...

Martín, en ademán de llevarse su vino a los labios, interrumpe el movimiento.

—¿A qué os referís?

—Nuestra buena reina, doña Juana, rehúsa firmar cualquier documento que, en su opinión, comprometa la soberanía de don Carlos.

Su Majestad desea remediar la triste situación del reino; y, para ello, está dispuesta a tomar parte activa en la política castellana. Pero no a costa de su hijo. Rechaza relegarlo a la condición de príncipe heredero, como insisten en hacer los procuradores de la Junta. Así pues, se niega a rubricar los acuerdos que estos le presentan.

—Sabe que, a día de hoy, aún no se ha declarado una guerra oficial entre los dos bandos. Pero teme que una firma suya pueda bastar para que eso suceda.

—Y no le falta razón.

Ante estas últimas palabras de Martín, su interlocutor realiza un gesto afirmativo. Luego añade:

—Si la situación no se remedia, es mal indicio de lo que está por venir. —Se masajea de nuevo el puente de la nariz—. Pero aún hay más.

El bachiller duda un instante. Luego posa su copa sobre el aparador, sin darle siquiera un sorbo. El vino no es buen consejero cuando se trata de analizar noticias importantes.

—Como sabes, la reina nombró general de sus ejércitos al capitán toledano Juan de Padilla. Eso ocurrió hace casi dos meses. Muchas cosas han sucedido desde entonces.

—¿Significa eso que no lo creéis hombre adecuado para tal puesto?

—Todo lo contrario. —Su anfitrión alza la mirada hacia la cubierta de casetones que engalana la estancia—. El capitán Padilla ha liderado el movimiento desde el principio. Su compromiso con la causa resulta incuestionable; goza de gran prestigio entre las tropas y de excelente reputación entre el pueblo. Además, su habilidad táctica y militar está fuera de toda duda.

—Según creo, no sois el único que lo piensa así.

—No, por cierto. El problema estriba en que parte de la Junta no estima que esas sean virtudes suficientes para mantener el cargo. Y esta opinión se ha visto reforzada por la insistencia de ciertas partes interesadas. Por ejemplo, la de su excelencia el obispo de Zamora.

—¿El obispo Antonio de Acuña? ¿El que ha formado el batallón de clérigos?

—No te llames a engaño, muchacho. —El tono del hidalgo denota una absoluta seriedad—. Serán hombres de Iglesia, pero también soldados implacables. Y siguen ciegamente a su obispo.

De hecho, trescientos de estos sacerdotes armados forman el grueso de la guarnición apostada en Tordesillas, con órdenes de velar por la reina y la Junta. Y Acuña no bromea en lo referente a la disciplina marcial.

—El obispo de Zamora ha decretado que los religiosos que aún siguen en su diócesis oficien cuantas misas diarias sean necesarias para mantener bien atendidos a los feligreses —informa don Diego, que, por fin, se decide a vaciar su copa—. Aunque a aquellos otros que lo han acompañado a Valladolid los castiga con la mayor dureza si los sorprende leyendo el breviario.

—Pero Acuña no ha obtenido la capitanía general de los ejércitos, ¿cierto?

—Cierto, y no porque él no lo haya intentado. Al fin se decidió confiar al cargo a Pedro Girón de Velasco. Y no sin gran alboroto y discordia en el seno de la Junta, puedo asegurártelo.

De hecho, parte de los diputados habían estado a punto de llegar a las manos. Y las consecuencias de tal decisión habían resultado desastrosas. Los representantes de Zamora habían abandonado la Junta; los de Toro se habían dividido. Juan de Padilla, indignado al verse arrebatado de su cargo, se estaba retirando a tierras toledanas, arrastrando consigo a todas sus tropas y a las de sus más cercanos aliados: Madrid y Alcalá de Henares.

Martín se sienta en su silla, cierra los ojos y se acaricia los párpados con las yemas de los dedos.

—¿Por qué? —pregunta, con una voz que, sin perder del todo su flema, sí manifiesta un notorio abatimiento—. ¿Qué aprovecha a la Junta el nombrar a don Pedro Girón?

—Él es el noble de más alto rango de todos cuanto integramos el movimiento. A decir verdad, el único representante de la alta nobleza. —No en vano es heredero del condado de Ureña, que lleva aparejado el título de Grande de España—. Bien sabes que los realistas alegan que las Comunidades están formadas tan solo por «gente menuda».

Lo que, en la mente de muchos, equivale a decir escoria, lo peor del populacho. La Junta espera así demostrar que también la alta nobleza puede abrazar la causa. De hecho, esperan atraerse a parte de la aristocracia que permanece dubitativa, por su natural repugnancia a cualquier movimiento integrado por «lo más bajo».

—Aunque, si el capitán Padilla se retira a Toledo —apunta Martín, cuya mente ya está empezando a analizar todas las posibles ramificaciones de la situación—, al menos podemos estar seguros de que no abandonará el movimiento. Todos los territorios de la Castilla nueva podríamos vernos beneficiados.

—En detrimento de los del norte, que es donde ahora se concentran los poderes políticos. —La Junta, en Tordesillas; el condestable, en Burgos; el cardenal Adriano, en Medina de Rioseco...—. Y, en general, muchacho, nunca es buena estrategia dispersar las fuerzas.

Su protegido asiente:

—Divide y vencerás.

—Sea como fuere, no todo está perdido. Y aún hay esperanzas de que el capitán Padilla cambie de parecer. La Junta le ha pedido que regrese.

—¿Y creéis que lo hará?

Don Diego se limita a alzar su copa vacía. Uno de esos gestos con que suele desviar la conversación de una pregunta que prefiere no responder.

El bachiller Uceda se alza y vuelve a servir vino a su protector. Luego se decide a probar por fin el suyo propio. Buen caldo, a fe que sí. Aunque en estos momentos no se siente del humor adecuado para paladearlo como se merece.

—Tengo algo para vos —dice entonces. Saca un papel de su cartapacio y lo pone en manos del hidalgo.

—Mi querido muchacho... —Aunque este no es hombre dado a expresar vulnerabilidad, no puede evitar que un atisbo de emoción tiña su voz—. Dios te bendiga...

Es uno de esos dibujos que Martín traza con tanta maestría. Representa un patio de piedra y madera, con sus columnas solariegas, su voladizo de vigas oscuras, su sobrio zócalo, sus balcones de barandas forjadas. Y un pedazo de cielo propio —limitado y, aun así, infinito— que eleva el espíritu y lo sitúa en vecindad con el Altísimo. Es la imagen que don Diego de Esquivel contempla desde el despacho de su casa, su hogar de Guadalajara. Aquellos trazos forman más que una simple imagen; traen consigo olor a flores, música, sombra acogedora. Guardan secretos y anécdotas. Tienen alma e historia.

Y allí está todo, con su belleza y sus defectos. Capturado por el ojo de un espectador capaz de aprehender hasta el más ínfimo rasgo de aquello que contempla. Y, por tanto, de reflejar una miríada de detalles concretos, valiosos y delicados, que hacen vivo el recuerdo y alientan la nostalgia.

—El Señor te ha concedido una memoria prodigiosa. —Prodigiosa, sí, para captar mil y un pormenores que pasan desapercibidos al común de la gente.

Por eso Martín es el único capaz de llevar a cabo la misión que se le ha encomendado. Por eso la ha aceptado; aun sabiendo que, al hacerlo, se pone a sí mismo en grave peligro.

Sobre los campos sin sembrar de Alaejos se extiende un cielo silencioso y sereno. Pero entre las fuerzas que asedian la fortaleza reina un ambiente turbulento. Los oficiales de Toledo, Madrid y Alcalá han hecho formar a sus milicias.

—Como hay Dios, que van a decirnos que este mes tampoco recibimos soldada —susurra a oídos de su compañero más cercano el joven de hombros cargados que hay delante de Miguel Campos.

—Como sea así, juro por Cristo que pido licencia —responde aquel, en el mismo tono.

Pero las noticias son de tenor muy distinto. Hay que comenzar a recoger tiendas, munición, provisiones, pertrechos... Se levanta el campamento.

—¿Adónde vamos, señor? —Se alza una voz. Otros cuerpos más curtidos, como los veteranos de Djerba, acatarían las órdenes sin protestas ni preguntas. Pero los campesinos, asalariados y artesanos que forman las tropas de leva carecen de tal disciplina marcial.

—¿Y por qué ahora? —inquiere otro—. La fortaleza aún resiste...

—Eso a nosotros nos tiene sin cuidado. Volvemos a casa.

Cunde el desconcierto. Hay muestras de regocijo, de duda, de disconformidad. El oficial lanza una maldición que invoca los atributos masculinos de san Pedro.

—Basta de alboroto, soldados. Son órdenes del propio capitán Padilla. ¡Obedeced!

Andrés de León es uno de esos que evidencian su contrariedad ante el mandato.

—Estarás contento —rezonga en dirección a Miguel, como si este tuviera la culpa de lo ocurrido. Están cargando entre ambos un carro de suministros—. Por fin nos vamos. Y sin haber combatido una sola vez.

La retirada dista mucho de ser una maniobra honrosa. Les llueven los insultos y abucheos de los hombres de Segovia, Ávila, Salamanca, Medina del Campo... La Castilla nueva es tratada de cobarde y desertora por su vecina del norte.

—Callaos, que estos traidores no merecen siquiera que gastéis saliva en ellos —grita una voz hosca, en la que Miguel reconoce al tundidor Bobadilla—. Bastante castigo tienen con cargar a cuestas con su deshonor.

Ni siquiera la noticia de que la peste se cierne sobre Aquisgrán ha logrado convencer al joven rey Carlos de trasladar su acto de coronación a otro lugar. Ha de ser declarado emperador en el trono de Carlomagno, el que lleva su nombre. Y así sucede, a día 23 de octubre, en presencia de los grandes señores de Europa.

Poco importan allí las noticias que llegan desde Castilla.

Ocho días después, el cardenal Adriano declara oficialmente la guerra a la Santa Junta. Es el momento de intentar que la alta nobleza castellana confirme su adhesión al rey. Por todas partes corre la noticia de que los procuradores y capitanes de la Comunidad se encuentran divididos.

TERCERA PARTE

PETICIONES Y SÚPLICAS

Noviembre-diciembre de 1520

... quiera Su Majestad otorgar y conceder todo lo que por estos reinos le fuere pedido y suplicado, pues que esto será en su servicio y bien público destos reinos, y acrecentamiento de su patrimonio real y causa muy necesaria para pacíficamente imperar y reinar. Pedimos y suplicamos [...] de ansí lo hacer, y procurar por estos reinos.

Carta de la Santa Junta a Carlos I
20 de octubre de 1520

11

Es el momento de la verdad.

Lucía sabe que no puede postergarlo más. Por eso acude hoy a la sastrería con el corazón apretado y la vista baja, no sin antes encomendarse a la bendita Virgen del Val.

Ninguno de los varones allí presentes le presta atención. Están cerrando el negocio, con la apetencia y la mente puestas en la cena humeante que pronto tendrán en la mesa.

—Padre —dice—, debo hablaros.

—¡Ingrata! ¡Insolente! ¡Robadora! ¡Impía!

Los gritos de Pedro de León resuenan por toda la vivienda. Tanto es así que incluso su esposa Antonia, que lleva varios días sin abandonar su habitación a causa de los mareos, baja alarmada a la sastrería.

Su esposo está apaleando a Lucía con una vara. Andrés observa espantado, intentando en vano apaciguar a su progenitor.

—Padre —ruega—, calmaos, por Dios santo...

Con pasos vacilantes y unas manos que buscan apoyo en muebles y paredes, Antonia avanza hasta su marido. Al verla, este suelta un voto airado y contiene el siguiente golpe.

—Esposo mío... —Al igual que su cuerpo, la voz de la mujer también está aquejada de temblores—, dime, ¿qué ocurre?

—Esta desagradecida... Esta sinvergüenza que Dios me dio como hija... Me ha estado robando...

—No, no, eso no, Virgen misericordiosa... —solloza la muchacha, que se ha refugiado en brazos de la recién llegada—. Yo nunca haría eso...

La madre observa con mirada pesarosa a su pequeña Lucía. Luego se dirige a Andrés:

—Hijo, acompaña a tu hermana a la cocina y que Tomasa la vea... Dile que vaya triturando perejil para hacer cataplasmas, y que prepare infusión de romero. Yo iré en cuanto pueda.

Una vez se queda a solas con el señor de la casa, la buena mujer palpa la silla más cercana. Se sienta en ella con cautela, cuidando de no perder el equilibrio.

—Pedro, esposo —musita—, ¿qué ha hecho nuestra hija para enojarte así?

Conoce al hombre con quien se casó y sabe que es varón devoto y temeroso de Dios; pero que el corazón le hierve con suma facilidad. En tales casos, conviene hacerle hablar. Pues cuando la cólera se filtra en palabras, a menudo se enfría, y todos los asuntos acaban pareciendo menos graves.

Deja que su interlocutor, trayendo a colación a demonios y otras criaturas malévolas e impías, grite durante un buen rato.

—Mal asunto es ese —concede, pasado un tiempo prudencial. Por cuanto parece, Lucía ha «hecho trizas» su ajuar; aunque, a juicio de la madre, el episodio dista de ser tan terrible como su marido lo presenta. Pero sabe que todo aquel que se siente afrentado se tranquiliza cuando se le da la razón—. Habrá que pensar en cómo arreglarlo.

—¿A qué viene hablar ahora de arreglos, mujer? ¿No me escuchas? Te estoy explicando cómo esa insolente ha atentado contra mi hacienda... ¿Qué te parece? ¡La muy bellaca...!

—Bien dices, es cosa seria, y Lucía no debió obrar así. Pero, querámoslo o no, está hecho.

El señor de la casa suelta un bufido. Entonces advierte por primera vez que su interlocutora se está frotando los brazos, cruzados sobre el torso. En estos días, el frío de noviembre empieza a abrirse camino hacia el interior de la vivienda. Acerca una manta y cubre con ella las rodillas de Antonia.

—¿Has pensado, esposo mío, que tu hija puede no ser esa robadora desagradecida e insolente que pregonas? —observa ella—. ¿Y si no hubiera obrado con malicia? Al fin y al cabo, la criatura no ha tomado nada tuyo, sino unos pocos paños de su ajuar. Cosas que por derecho le pertenecen...

—¿Que le pertenecen? ¡Por Dios que no! Solo el día en que salga de mi casa para ir a la de su esposo. Hasta entonces, su dote aún forma parte de mi hacienda. ¡Y esa insolente no tiene derecho a destrozarla!

—Razón tienes. Pero piensa que ella no lo entiende así —insiste la madre, dispuesta a emplear en defensa de su hija los argumentos más convincentes, por injuriosos que resulten—. No es de extrañar que las leyes y detalles de tanta enjundia se dejen a los varones, pues las hembras no tenemos cabeza para interpretarlos.

Extiende la mano hacia su interlocutor, quien, tras un titubeo, la toma y la aprieta entre las suyas.

—Pedro, marido, bien conoces a nuestra Lucía. ¿Atentar contra tu hacienda? ¿De veras la crees capaz de semejante fechoría? Puedes estar seguro de que la pobrecilla jamás habría obrado así de haber sabido lo que acabas de decirme. Cabría reprocharle falta de juicio, cierto que sí, pero no maldad —reitera—. Además, ¿a qué alterarse tanto por unos paños cuyo valor no llegará a medio real?

—Igual me da que valgan medio maravedí. Aquí no se trata de dinero, mujer —replica el sastre, aunque es de todos conocida su tacañería—. Hablamos de honestidad, de conciencia, del respeto debido a la autoridad.

—Pero, esposo mío, esas son muy grandes palabras, que no sé si tienen cabida aquí. Más vale emplearlas, como bien sueles, para referirte al gobierno de un reino, y no al de una casa.

Por un instante, Pedro de León tiene la impresión de que aquellas frases de su mujer acortan la distancia entre él y el hombre que se tiene a sí mismo por soberano de las Españas.

En efecto, él es el cabeza y jefe de familia, el señor de su hogar. Pero su forma de administrarlo no admite comparación con el modo en que ese detestable Carlos de Gante está tratando a Castilla. El flamenco es un déspota altanero e iracundo, que maltrata a quienes está obligado a proteger; alguien que se niega a escuchar los argumentos de los buenos súbditos a los que gobierna; un tirano que comete atropellos e injusticias.

No, de cierto no hay ninguna semejanza entre ellos. ¿En qué seso cabría semejante bobada?

—Mujer, ¿qué sandez es esa? Hablas de asuntos que no entiendes. Hay cosas que no pueden compararse.

—Claro que no —replica ella, aun sabiendo que acaba de hacerlo.

Pues es consciente de que esa idea, por sí sola, ha de calar más hondo en el ánimo de su esposo que cualquier otro argumento.

Lucía realiza su labor en silencio. Los varazos de su padre aún magullan su carne. Pero hay otra cosa, más penosa e inconfesable, que le lacera el alma.

—¿*Qué quieres que te traiga por San Esteban?*
—*Una libra de lana para la rueca.*

Las costureras del taller entonan la famosa cancioncilla mientras trabajan. Pero ella, contra su costumbre, mantiene la mente en otros asuntos, con los labios apretados.

El día de su boda se acerca. A su regreso de las guerras de la Castilla vieja, Miguel insistió en adelantar la fecha.

—¿Qué prisa tienes? —protestó ella—. No hay razón para tal urgencia. Además... ¿qué pensará la gente?

—¿Qué han de pensar, sino que quiero protegerte? El rey ha declarado la guerra, y dicen que los grandes señores pronto empezarán a unírsele. ¿Y si mañana (Dios no lo quiera), el duque del Infantado decide marchar contra nuestra villa?

Lucharían para defenderla, cierto. Pero las tropas del señor del Infantado son soldados de profesión, mientras que las milicias alcalaínas están formadas por asalariados y artesanos. Por eso —añadió— el mismo día de la boda piensa firmar un poder para que Lucía pueda llevar de forma legítima la casa y el negocio, en caso de que él llegue a faltar.

—Quedarías protegida, y en situación acomodada. —Y, bajando la voz, se había acercado más a ella—. Además, quiero que nuestra vida de casados comience cuanto antes. ¿Por qué tú no?

Miguel lo ha comprendido. Lucía debe admitirlo, no sin sonrojo. Ella no desea el inicio de su convivencia matrimonial.

—¿Qué quieres que te traiga por San Juan?
—Una artesa nueva para hacer pan.

Pero, por supuesto, la decisión no depende de ella; ni siquiera hay nada que pueda objetar al respecto. El padre de la novia, el prometido y el futuro suegro han acordado adelantar la fecha para dentro de cuatro semanas.

Por eso Lucía ha aceptado los varazos sin intentar evitarlos. En su fuero interno, sabe que los merece. No por la falta de que su padre la acusa, eso no. Pero sí por tener un corazón ingrato; hacia la Voluntad divina, hacia su progenitor, hacia su futuro esposo. Por no querer aceptar lo que los cielos han dispuesto para ella...

—*¿Qué quieres que te traiga por San Miguel?*
—*No me traigas nada, que venga él.*

Las costureras entonan la última estrofa entre risas, dirigiendo una mirada de soslayo a la hija del patrón. Ella sigue cosiendo, sin pronunciar palabra.

El segundo gobernador del reino, el condestable don Íñigo Fernández de Velasco ha hecho su entrada triunfal en Burgos. «Ha recuperado su feudo familiar para unirlo a las filas reales —escribe desde Tordesillas don Diego de Esquivel—. Para ello, ha usado de halagos y promesas que, mucho me temo, no piensa mantener. Veremos entonces si nuestra ciudad hermana no admite su error y se vuelve a la Junta.»

El condestable es conocido por su intransigencia hacia las Comunidades, a las que, según afirma, se debe aniquilar a sangre y fuego. A su alrededor se han reunido los Grandes del reino que comparten tan implacable postura.

En Medina de Rioseco la situación es distinta. Allí, el virrey y cardenal Adriano mantiene un planteamiento algo más flexible. El mismo que, por cuanto parece, defiende el señor de la ciudad, don Fadrique Enríquez, a quien el rey Carlos ha ofrecido —de eso hace ya semanas— el cargo de tercer virrey y almirante de Castilla.

Don Fadrique, que en el momento del nombramiento se hallaba en Cataluña, ha estado retrasando su regreso a su feudo medinense. Según los rumores, ha puesto a Su Majestad ciertas condiciones a cambio de aceptar el almirantazgo; medidas que, a no dudarlo, han de ser duras, habida cuenta de lo que la Corona está tardando en responder.

«El rey busca que la alta nobleza castellana combata contra las ciudades y villas de las Comunidades, pero sin ofrecer nada a cambio del riesgo y las pérdidas que, sin duda, han de sufrir —añade don Diego de Esquivel en su última carta—. Intuyo que don Fadrique lo ha comprendido, y que desea obtener a cambio parte de ese poder que don Carlos se resiste a ceder.»

Pero don Fadrique Enríquez no solo ha hecho peticiones a la Corona. También ha solicitado parlamentar con la Junta. «Propuso venir aquí; pero hemos aceptado reunirnos con él en su feudo de Torrelobatón, a mitad de camino entre Tordesillas y Medina de Rioseco —explica don Diego de Esquivel, antes de añadir que él es uno de los tres delegados designados para llevar a cabo tal embajada—. Tal vez sea nuestra última oportunidad de conseguir justicia y paz, antes de que una lluvia de acero se abata sobre toda Castilla. Quiera Dios que podamos aprovecharla.»

—Reverendo señor, esto es inadmisible. —Aunque el consiliario Pedro de Lagasca es hombre de ideas vehementes, acostumbra a expresarse con más mesura que sus correligionarios del bando bético. Ahora, sin embargo, su tono está alterado por la indignación—. Esta vez, el Pinciano ha ido demasiado lejos.

—Hay que poner fin a la situación de inmediato —afirma Gonzalo de Carvajal. Tiene un rostro lleno de aristas, con pómulos salientes y nariz tajante, cuya ferocidad se acentúa por unas cejas oscuras y pobladas—. Y si el rector no se ocupa, no me extrañaría que los colegiales se encargaran de hacerlo.

Juan de Hontañón distingue la amenaza implícita en tales palabras. De cierto, el maestro Carvajal es el más conflictivo de sus tres consiliarios; o, al menos, el que contesta de forma más evidente y categórica las decisiones de su rector; se opone sistemáticamente a toda medida que no ayude a reforzar la posición de la facción andaluza. Algo que, a diferencia de su predecesor Jerónimo Ruiz, el nuevo regente universitario no está dispuesto a hacer.

—Tomaré las medidas oportunas. Hablaré ahora mismo con nuestro catedrático de griego —declara. Y, al ver que sus adjutores se disponen a sentarse para acompañarlo, añade—: A solas.

Los consiliarios abandonan la sala. No parecen satisfechos. Gonzalo de Carvajal es el más desafiante de los tres; pero al rector le preocupa más Pedro de Lagasca. Se rumorea que es familiar de la Inquisición, y que informa al Santo Oficio de cuanto ocurre en el Colegio.

Es un personaje peculiar. Pese a su baja estatura, se impone sin dificultad a compañeros que lo superan por mucho en envergadura y tamaño. No en vano, y pese a ser natural de Ávila, se ha convertido en cabecilla de la facción andaluza.

Una vez a solas, el maestro Hontañón cierra los ojos y suspira. Sus consiliarios yerran en ciertos aspectos. Pero debe reconocer que en otros no les falta razón.

En los tiempos que corren, un rector no se debe solo a apaciguar los ánimos entre béticos y castellanos. Su principal misión estriba en mantener al Colegio al margen de la guerra que aniquila el reino. Aunque, a título personal, los estudiantes y profesores manifiesten su adhesión a uno u otro bando, la institución debe mantenerse imparcial.

Desde que tomó posición de su cargo, Juan de Hontañón no ha cesado de despachar cartas a los dirigentes de las fuerzas en conflicto: al virrey Adriano, a la Santa Junta, al cabildo toledano, al duque del Infantado; a todos aquellos que pueden influir en el futuro de la universidad. La palabra «neutralidad» suena harto sospechosa en los tiempos que corren. Así pues, en lugar de invocarla, ha optado por otra estrategia.

Ha asegurado al cardenal Adriano que el Colegio de San Ildefonso no se ha alineado —ni lo hará— con las Comunidades; y a los procuradores de la Junta, que no lo hará con los defensores del rey. Ha reverenciado al duque en su calidad de protector del Colegio; y al cabildo de Toledo, por ser cabeza del arzobispado a cuyo señorío pertenece la villa de Alcalá. Comienza a comprender que, si quiere seguir siendo fiel a la verdad, en muchos casos tendrá que conformarse con verdades a medias.

Aunque de poco servirán sus esfuerzos si los estudiantes y profesores del Colegio insisten en seguir lanzando arengas y alegatos, cada vez más encendidos, a favor de cualquiera de las partes en conflicto.

—Cosme —indica a su fámulo—, ve a buscar al catedrático Hernán Núñez y tráelo aquí.

Observa cómo el sirviente se aleja con sus andares pesados y torpes. Da la impresión de que sus miembros deban hacer un formidable esfuerzo para mover tan enorme cuerpo. «La Mole», así lo denominan algunos colegiales y porcionistas. Y no es el menos cordial de los apodos que le dedican.

Cosme Osuna ha logrado su puesto de sirviente tras sufragio entre los colegiales, tal y como establecen las constituciones cisnerianas; aunque lo ha ganado gracias a los votos de la facción bética. Corre la voz de que es pariente lejano de alguno de sus integrantes; hablilla que algunos consideran carente de fundamento, por ser el implicado natural de Ávila.

El caso es que, ya fuere por razón fundada o por mero despecho, ciertos miembros del grupo castellano murmuran que el elegido no tiene «sangre limpia», sino que cuenta con ancestros hebreos; rumor que, con base real o no, puede acarrear graves consecuencias en estos reinos.

Ya lo declararon así Isabel y Fernando, abuelos del actual monarca: «Hay en los territorios hispánicos dos géneros de nobleza. Una mayor, que es la hidalguía; y otra menor, que es la limpieza de los que llamamos cristianos viejos. Y aunque es honra tener la primera, mucho más afrentoso es faltar a la segunda: porque en España más estimamos a un hombre pechero y limpio que a un hidalgo que no tenga limpieza».

Los estatutos de limpieza de sangre se aprobaron en el claustro hace poco más de un año, a fin de garantizar que el Colegio de San Ildefonso quede «sin mancha». De momento afecta a colegiales, capellanes y a los frailes de San Pedro y San Pablo. Pero ya hay muchas voces que exigen que se extienda también a los porcionistas y oficiales.

De hecho, algunos integrantes del bando castellano ya han venido a exigir que el rector despida a «tan sospechoso individuo»; aducen que cada vez son más los prebendados, capellanes y porcionistas que se niegan a que el interfecto los asista, o siquiera a que limpie sus cámaras.

Dadas las circunstancias, el rector Juan de Hontañón ha optado por retirar al muchacho del servicio común. Pero no lo ha despedido; muy al contrario, lo ha convertido en su criado personal. Bien sabe Dios que no se arrepiente. Difícilmente hubiera podido encontrar a alguien más digno de confianza que ese mocetón corpulento, tan silencioso y honesto como leal.

Poco tarda el fámulo en reaparecer, trayendo consigo al catedrático de griego; quien, por cierto, llega con una actitud más despreocupada de lo que cabría esperar, dadas las circunstancias.

—Doctor Hernán Núñez —señala el regente universitario, tras los saludos de rigor—, me han llegado noticias de que pregonáis en las aulas «enseñanzas muy nocivas para la fe y la salud del reino».

—Mal os han informado, reverendo señor —responde el interpelado, con absoluta tranquilidad—. No estaría de más que, en lo sucesivo, eligierais mejor a vuestras fuentes.

—¿Es eso cierto? ¿Acaso no habéis comentado que «os tornaréis moro si dentro de un año no están abatidos todos los Grandes y queda alguno que aún tenga de cien mil maravedís para arriba de renta»?

—Si he pregonado tal cosa, de cierto podéis estar seguro de que no ha sido en las aulas. Y quien tal os haya dicho, anda muy confundido.

—Hablemos, pues, de vuestras lecciones. ¿Acaso no habéis declarado, en relación a la *Política* de Aristóteles, que todos los gobernantes tendrían que ser cargos electivos y temporales? ¿O que los ricos, al estar «dominados por la codicia», son incapaces de pensar en el bien común, y que lo mismo sucede también a los pobres, al estar «atados a la necesidad»? ¿No habéis dicho que solo el «mediano estado» posee las cualidades éticas necesarias para llevar a cabo el buen gobierno?

—No son ideas mías, reverendo señor; podréis encontrarlas en el *In politicorum libros Aristotelis commentarii* de Fernando de Roa, que fue catedrático de Prima de Teología en la universidad salmantina; y aun nuestro gran Alonso de Madrigal, «el Tostado», defiende en su *De Optima Politia*, que «la democracia resulta ser el régimen más conveniente para la ciudad, porque no es sedicioso, ya que la autoridad reside en todo el pueblo y todos los ciudadanos gobiernan por igual».

Don Juan de Hontañón dirige a su interlocutor una larga mirada que, sin resultar agresiva, penetra con determinación en el ánimo del comendador griego.

—No ignoráis que nuestro fundador, el reverendísimo Cisneros, dejó el Derecho Civil y la Política para las aulas de Salamanca, estipulando que las nuestras se centraran en la Teología y las lenguas sagradas. —El rector recalca con firmeza cada una de sus palabras—. Y vos lo sabéis, pues estuvisteis con él desde el principio. Os hizo llamar para acompañarle en su gran proyecto, la Biblia Políglota de nuestra universidad; en la que, según se dice, trabajasteis con enorme pasión, quedándoos muchas noches en vela. Nuestro fundador os tenía en gran estima (que, me consta, era mutua), y os hizo depositario de su confianza, convencido de que defenderíais su legado. Decidme, doctor Núñez, ¿de veras creéis que nuestro llorado cardenal aplaudiría que pronunciéis esas frases entre los muros de su Colegio? Poco importa que os escudéis en el argumento de que provienen de Roa o «el Tostado». ¿De veras creéis que vuestras palabras honran al reverendísimo Cisneros, o a su universidad? Sed sincero. —Su inflexión se suaviza un poco al añadir—: Bien sé que vuestro corazón está con nuestra institución. Y que tenéis entendimiento de sobra para saber qué la daña y cómo protegerla.

El interpelado no responde. No cabe duda de que su interlocutor cuenta con mayor destreza política de la que le había supuesto. De cierto, posee buena retórica y pulsa con habilidad la fibra sensible. Pero la argumentación, por acertada y razonable que sea, es arma insuficiente en los tiempos que corren.

Pues, a la luz de lo que ocurre en el reino, bien puede decirse que estamos en el umbral de una nueva era. Una que, sin duda, el reverendísimo Cisneros no aprobaría; pues, aun siendo él un hombre adelantado a su tiempo en ciertos aspectos, los postulados de las Comunidades resultan mucho más visionarios y audaces de lo que él estaría dispuesto a aceptar. Ya que no solo sacuden los fundamentos del Estado, sino también los de la propia sociedad.

Y eso es algo por lo que merece la pena luchar. Aún más: algo por lo que todo hombre, en conciencia, *debiera* luchar. Aunque con ello destruya la obra a la que ha dedicado la mayor parte de su vida.

—Bien decís, reverendo señor. Nuestro Colegio me es muy querido, más de lo que podáis imaginar —responde—. Pero, aun así, estamos en una era de perturbación, de lucha y sacrificios. Ya os lo expliqué en cierta ocasión: en los tiempos que corren, todo hombre debe tomar partido.

Como cada jornada, el bachiller Martín de Uceda se dispone a revisar la correspondencia. Las comunicaciones oficiales para el ayuntamiento llegan a casa del pañero Alonso de Deza, que las lee y las cataloga antes de presentarlas a la asamblea; y también se redactan en su despacho las cartas enviadas por la Comunidad local. Aunque, por cierto, no es él quien realiza estas funciones, sino su secretario.

—Debiéramos hacer como en Madrid —argüía ayer mismo el vecino Cereceda en la reunión del concejo—, y revisar todo documento que entre y salga de la villa. Pues en ellos puede haber muy gran perjuicio para todos nosotros, y justo es que podamos decidir qué atraviesa las murallas y qué no.

En efecto, en Madrid se ha decretado que toda carta ha de pasar antes por el despacho del alcalde. Solo tras proceder a su lectura y asegurarse de que el contenido no representa amenaza alguna contra la Comunidad se envían a sus correspondientes destinatarios. La palabra escrita es fuente de grandes bendiciones, pero también manantial de miserias y terribles males.

—De poco servirá inspeccionar las cartas de los buenos pecheros mientras el Colegio de San Ildefonso y la magistral de San Justo sigan siendo nidos de intrigas. Y qué decir del palacio arzobispal... —protestó el hidalgo don Íñigo López de Zúñiga, el que fuera capitán de la expedición a Torrejón de Velasco.

Pues ninguna de esas instituciones se encuentra bajo jurisdicción del ayuntamiento alcalaíno. Y todas ellas generan una cuantiosa correspondencia, a cuya revisión, por supuesto, se negarían.

—Pues yo digo que nos apostemos a sus puertas y no dejemos que pase carta sin mirar —apuntó el vecino Cereceda, que acostumbra a plantear las propuestas más extremas—. ¿No tenemos acaso nuestras milicias, que bien pueden guardar las entradas y salidas?

—Tenemos hombres, cierto; vigor y arrojo no faltan entre

los pecheros de nuestra villa —fue la respuesta de don Íñigo—. Pero carecemos de picas y lanzas con que armarlos.

—¿Y a qué esperamos para tomarlas del palacio arzobispal? —exclamó Cereceda—. Repitamos lo que ya hicieron en Madrid con el alcázar. ¡Arranquémosle al vicario esas armas y repartámoslas entre los nuestros!

Ciertas quejas se repiten cada vez más; y no solo en las sesiones de la asamblea municipal, sino también en las calles: la carestía, que está llevando a un peligroso aumento del precio de los cereales; la indefensión de la villa ante la amenaza que supone la proximidad del duque del Infantado, y aun ante un posible asalto de las tropas arzobispales; todo ello, debido a la falta de armamento entre la población...

No cabe duda de que se está abriendo una brecha. Frente al sector moderado, que lidera Alonso de Deza, se alzan voces más extremas, como la de López de Zúñiga y la de Cereceda, que cada vez parecen contar con mayor número de adeptos.

Quizá en respuesta a aquellos ánimos cada vez más exaltados, el vicario arzobispal don Francisco de Mendoza ha fortalecido su comunicación con el concejo alcalaíno; una muestra de confianza y respeto con la que, posiblemente, intenta fomentar la imagen de una colaboración más activa con la asamblea municipal y sus buenos hombres pecheros.

—Veamos qué nos llega hoy de palacio —comenta Alonso de Deza con un deje de ironía—. Espero que el contenido resulte tan apasionante como siempre.

Mientras Martín extrae los legajos de la talega que ha traído el mensajero, el pañero observa por la ventana el tránsito de la calle Mayor. Espera un cargamento de telas de Cuenca y Toledo que se está retrasando más de lo habitual.

Los caminos no son seguros, pese al regreso del capitán don Juan de Padilla y de todas sus huestes. Hay en la región nobles adeptos al rey —como don Juan Arias de Ávila, señor de Torrejón de Velasco, o el prior de la orden de San Juan, don Antonio de Zúñiga— que siguen suponiendo una amenaza para los caminos... y para las mercancías y hombres que los transitan. El diputado Alonso de Deza recorre con la mirada la larga calle porticada. Su apoderado le ha mandado aviso de que hoy, a más tardar, su cargamento ha de llegar a la villa.

Al girarse de nuevo hacia su secretario advierte que el joven examina con gesto extrañado el interior de la talega.

—¿Qué ocurre? Decidme...

—Veo aquí un añadido... Una especie de bolsillo oculto. Y parece que hay algo dentro.

El mercader se acerca a echar una ojeada. En efecto, alguien ha cosido un discreto doble fondo a la bolsa. Pero algunas puntadas se han soltado lo bastante como para revelarlo.

—Abridlo —ordena—. Veamos qué contiene.

En su interior hay un documento doblado y sin lacrar. Ante el gesto afirmativo del señor Alonso, el licenciado arriacense lo despliega y comienza a leerlo.

—¡Por vida de Cristo! —exclama.

—¿Qué hay? —pregunta su patrón, sobresaltado. La reacción de Martín, siempre tan comedido, muestra que ha de tratarse de un asunto de gravedad.

—Traición —revela su secretario, mientras le tiende el escrito—: un ofrecimiento para abrir las puertas de la villa y rendirla al duque del Infantado.

12

—Vive Dios que esto es maná caído del cielo. —Juan de Deza sigue sin apartar los ojos de la carta. La observa con la expresión de quien ha hallado una reliquia—. Es justo lo que necesitábamos: la prueba fehaciente de que don Francisco de Mendoza está conspirando para entregar la villa a su primo, el duque del Infantado...

—No sabemos si eso lo ha escrito el propio vicario —tercia su padre—. Como ves, el documento es anónimo. No lleva firma, ni sello. Ni siquiera está fechado...

—¿Y quién otro podría haberlo escrito? «Podéis contar para esta empresa con la ayuda de nuestros hombres y el arsenal que guardamos en nuestro palacio.» ¿Quién podría hacer tales promesas, sino el señor de la fortaleza arzobispal? —Inclinado sobre la mesa, el joven mantiene las manos abiertas y firmes a ambos lados de la carta—. Por Cristo, padre, llevad esto mañana a la reunión del concejo, y os aseguro que el palacio temblará hasta la última piedra. Me encargaré de avisar al capitán don Íñigo para que asista...

—Eso es lo que me preocupa, hijo. La reacción del capitán Zúñiga, la de Cereceda, la de aquellos que los siguen. Mostremos esto y es seguro que acabará corriendo sangre. Eso es lo que intento evitar.

Juan dirige a su progenitor una mirada incrédula. Por un momento se siente como si estuviera contemplando a un desconocido.

—Santo cielo, decidme que no estáis pensando en ocultarlo... No hablamos solo de una grave amenaza; hablamos de traición. Eso os convertiría en cómplice...

Alonso de Deza dirige la vista hacia los anaqueles de la pared, en los que se apilan carpetas y documentos. Pero su mirada resbala sobre ellos. Está contemplando alguna otra cosa; algo que anida en su interior.

—Os contaré algo, padre. Ocurrió en Madrid, hace ya varias semanas. —El joven cambia de postura. Toma asiento en una esquina de la mesa, frente a su interlocutor. Su tono se ha suavizado—. En la puerta de Valnadú, los centinelas interceptaron una carta. Era también anónima, y en ella se pedía que el rey firmara una cédula para conceder al alcalde, el bachiller Castillo, un oficio según su calidad, y el perdón para él y otras pocas personas. Con tal documento se intentaría convencer al alcalde de que traicionara al concejo y entregara el alcázar. —Se interrumpe y se pasa la mano por los ojos. El recuerdo de aquel suceso le causa una extraña fatiga—. Decidme: ¿creéis que quienes lo descubrieron decidieron guardarse para sí la noticia? Por Dios que no. Asuntos así no deben mantenerse en secreto.

—Una cosa no puede compararse a la otra, Juan —responde su oyente. También él ha suavizado su inflexión—. Las posibles consecuencias son muy distintas.

—Eso, padre, solo Dios lo sabe. —Se inclina hacia delante y murmura—: Escuchadme bien: si aún dudáis en llevarlo al concejo abierto, consultadlo al menos con el resto de los diputados. Pero, por lo que más queráis, no lo guardéis solo para vos.

—No estoy de acuerdo, señor Alonso —interviene el bachiller Uceda, que hasta ese momento se ha mantenido al margen de la conversación—. Algo no cuadra en este caso. Resulta demasiado fácil, demasiado... oportuno.

El joven Deza se incorpora con el rostro ensombrecido.

—¿Oportuno, decís? —Su entonación denota rigidez—. Curioso parecer el vuestro, a fe mía. Tal vez podáis explicarnos qué os induce a pensar eso.

Como si no hubiese percibido la provocación implícita en tales palabras, el aludido se limita a responder:

—Me cuesta creer, señores, que el nuestro haya sido en realidad un descubrimiento fortuito. Pensar tal cosa sería una ingenuidad.

Prosigue enumerando lo que, en su opinión, resulta una sucesión de «increíbles casualidades»: una costura demasiado evidente, y parcialmente rasgada; bajo ella, un legajo cuya presencia salta a la vista; con un contenido que resulta ser nada menos que «maná caído del cielo».

Juan entorna los ojos ante aquellas últimas palabras. Para su mayor enojo, su padre ignora la insolencia contenida en ellas y se limita a preguntar:

—¿Y qué pensáis del redactor de la carta?

—Que es hombre de recursos y estudios. Un alto eclesiástico; o, a lo menos, un escribano versado en los usos cancillerescos.

—El secretario Uceda se aproxima más a su patrono, hasta quedar hombro con hombro, y levanta el escrito para dejarlo ante sus ojos—. Usa letra bastarda. Fijaos, por ejemplo, en la diferente presión de la pluma según en el trazo; o en los bucles de los astiles; o en el triángulo que forman el cuerpo de la «v» y la «d».

—Se parece a vuestra caligrafía.

—En efecto. Como os digo, es hombre de estudios. De otro modo, emplearía la redondilla que se aprende en las casas de lectura o las escuelas parroquiales.

El señor de la casa medita el alcance de todo lo dicho. Luego declara:

—Don Martín está en lo cierto. —Palabras que, de nuevo, dejan pasmado a su hijo—. Me temo que alguien se ha esforzado mucho para que encontremos sin dificultad ese escrito; alguien que confía en que le demos uso, sacándolo a la luz.

—Razón de más para que os planteéis si conviene hacerlo —remacha el arriacense—. Revelad el documento y una multitud enfurecida se lanzará a asaltar el palacio; que es, probablemente, lo que el autor de la carta desea.

Aquella misma noche, aprovechando la ausencia del irritante secretario, Juan retoma la conversación. Él y su padre están solos, junto al brasero de la salita superior. Las lámparas de bronce situadas en los aparadores arrojan luces tenues sobre el tapiz, en el que un Mercurio esbelto y lampiño, de aladas sandalias y túnica al viento, señala la silueta de una ciudad diluida en la distancia.

—Padre —dice—. No confío en ese bachiller Uceda. Y creo que vos tampoco deberíais.

—¿Aún sigues con eso, hijo? —pregunta su progenitor, sin dirigirle la mirada. Mantiene las pupilas sobre la perezosa incandescencia de las ascuas.

—¿No os parece una «increíble casualidad» que, siendo él arriacense, os pida que ignoréis una posible invasión del duque del Infantado? Sospechosa actitud, a fe mía.

—¿Sospechosa? ¿Por qué? —inquiere su interlocutor, con un tono que no denota demasiado interés en la conversación.

—Porque más parece que se interese por favorecer al señor de Guadalajara que por ayudar a nuestra villa. Pensadlo, padre, y decidme si no creéis que quien obra así pueda ser, en el fondo, un espía al servicio del duque del Infantado.

Alonso de Deza se incorpora y, sin decir palabra, se alisa el jubón. Sus gestos revelan un cansancio no achacable solo a la dureza de la jornada.

—Déjame aclararte algo, hijo mío: no creo, ni creeré nunca, tal cosa. Y si emplearas un poco de tu tiempo en conocer a Martín, tampoco tú lo harías.

Juan besa la mano que su interlocutor le tiende antes de retirarse. Queda a solas en la estancia, meditando en la penumbra sobre aquel condenado asunto. Por san Justo, que más de uno podría creer que es cosa de maleficio. Han transcurrido apenas tres meses desde que aquel molesto bachiller llegó a la casa. ¿Y su progenitor, siempre tan prevenido y cuidadoso frente a los extraños, piensa que es tiempo suficiente para penetrar en el alma de un desconocido?

Así sea. Puesto que su padre necesita una prueba para empezar a desconfiar de Martín, él se encargará de encontrarla.

—¿Quieren vuestras mercedes que mantenga el rey los privilegios ancestrales de Castilla? Nosotros también. ¿Que guarde las leyes del reino? Nosotros también. ¿Que facilite todo lo necesario para el bien de la república y el servicio de Sus Majestades? Nosotros también. ¿Que limite las leyes que dañan al reino? Nosotros también. —Pese a no haber aceptado aún los cargos de almirante y virrey de Castilla, don Fadrique Enríquez actúa y habla con la autoridad de quien ya está en posesión de ambos—. Pues si en todo estamos conformes con vosotros, ¿por qué no nos ponemos de acuerdo en la forma de pedirlo, para que tenga fuerza lo que se otorgare?

Los embajadores de Tordesillas se limitan a escuchar los argumentos del representante real; pues, al no estar reconocida la Santa Junta por la Corona, carecen de autoridad para responder. Pero justo es reconocer que su anfitrión los trata con cortesía y respeto. El encuentro se realiza en Torrelobatón, feudo de la familia Enríquez, que ha recibido a sus interlocutores de la Comunidad con nutrida escolta y gran despliegue de banderas y gallardetes en las almenas de su imponente fortaleza.

La villa desborda prosperidad. No en vano controla el paso de la principal riqueza castellana: esa lana de cuyo precio depende la valía de la moneda del reino. Su baluarte domina el tramo de la Cañada Real Leonesa oriental que une el norte del Duero con Medina del Campo, donde, en tiempos de paz, se celebran las más grandes ferias de toda Europa.

Ahora, alojados en la impresionante torre del homenaje, don Diego de Esquivel y sus acompañantes observan por doquier muestras del esplendor de los Grandes de España. El procurador arriacense nota la misma sensación que experimentó la primera vez que puso pie en el fastuoso palacio del Infantado: una cosa es ser testigo de los lujos que el poder exhibe en los fastos oficiales; y otra, muy distinta, verlos desplegados en el mismo vientre de la bestia.

—Sin duda persiguen vuestras mercedes cosas justas y loables, pero yerran en la forma de solicitarlas. Pues gran equivocación es realizar imposiciones a Su Majestad, en lugar de postrarse de hinojos y, con toda humildad, hacer peticiones y súplicas —insiste don Fadrique—. Mirad que con esas formas se deshace el buen propósito que habéis puesto en perseguir los remedios. Pues estos no tienen fuerza si no son otorgados por mano del rey.

Don Diego de Esquivel escucha con atención. En la próxima sesión, los representantes de Tordesillas habrán de responder a las palabras que hoy pronuncia su interlocutor. Lo harán por boca de fray Pablo de León, el portavoz de la legación. Así pues, ahora han de emplearse en aprehender los argumentos, a fin de poder rebatirlos.

—Mala cosa fue que la Junta empezara reclutando un ejército, cuando debiera haber planteado sus peticiones con cartas y ruegos. Y también que ahora anuncie que no está dispuesta a licenciar a sus tropas si el condestable no hace lo mismo; aún más, si este y el cardenal Adriano no renuncian a sus puestos de virreyes. Y todo porque se trata de «gobernadores que no han sido puestos a contento del reino». —Aun sin abandonar su cordialidad, el gesto de don Fadrique muestra lo inaceptables que se le antojan tales palabras—. Ahora bien: vuestras mercedes yerran también en esto, pretendiendo erróneamente representar al reino todo. Pues ni Andalucía ni Galicia ni Asturias ni las Vascongadas están incorporadas a vuestras filas. Razón por la cual debierais, señores, limitaros a decir: esto lo pedimos fulano y fulano, procuradores de tales ciudades, que aquí nos juntamos. Y no llamaros firmemente «procuradores de todo el reino».

Los representantes de Tordesillas intercambian una mirada. Bien saben ellos que cuentan con catorce de las dieciocho ciudades con voto en Cortes. Pese a lo que puedan argumentar sus adversarios, eso les permite considerarse legítimos representantes de la mayoría del reino, y, por tanto, portavoces de la voluntad general.

—Recia cosa es que digáis que los oficiales que el rey nombra son desobedientes si no dejan los oficios cuando vosotros lo mandéis. Eso es presuponer que el reino gobierna al rey, y no este al reino; cosa que jamás fue vista. Pues en nuestras tierras hemos tenido de antiguo esta trinidad sagrada que forman Dios, rey y reino, y que tan concebida tengo en mi corazón. —Hace una pausa, como buscando la aquiescencia de sus oyentes; pero esta no le llega ahora, ni ha de llegarle—. A no ser, claro, que la Junta pretenda instaurar una de esas formas de gobierno republicano que mantienen ciertas ciudades italianas. Proyecto utópico y absurdo; pues nosotros, los castellanos, necesitamos un rey que detente la autoridad, como siempre ha sido.

Don Diego de Esquivel desvía la mirada hacia el estrecho ventanuco, a través del cual se percibe un retazo de las tierras llanas y ocres del valle del Hornija. Esa es la Castilla que unos y otros luchan por defender, pero desde posiciones tan alejadas que es imposible lograr un acercamiento.

Acaba de rendirse a la evidencia, tan abrumadora que le aplasta el pecho como una losa fúnebre: el entendimiento es imposible. Ni siquiera con alguien como don Fadrique Enríquez, que representa a la facción menos extrema del bando realista.

Él mismo acaba de enunciarlo: «que el reino gobierne al rey es cosa que jamás fue vista». Algo imposible de aceptar por los Grandes, e incluso por parte de la gente menuda, en los tiempos que corren. Algo tan novedoso que derriba las estructuras de un mundo anclado en un pasado que muchos quieren convertir en futuro. No es de extrañar que esos muchos lo consideren sinónimo de devastación.

—Tengo que enseñarte algo. Ven luego a la entrada del aposento.

Así ha dicho Leonor, con esa forma tan suya de formular una invitación cual si de una orden se tratara. Y, por supuesto, Lucía acude.

Encuentra a su amiga en el tramo superior de las escaleras que llevan al almacén de la torrecilla, bajo el sol manso de finales del otoño. La hija del comerciante de paños ha extendido sobre los escalones un pedazo de estopa y está sentada sobre ella, con un libro en las manos y un puñado de castañas asadas a los pies. De no ser por el hecho de que el patio está invadido por las voces y el ajetreo de la calle principal de la villa, daría la impresión de encontrarse en una merienda campestre.

—No vas a creerlo —dice, cuando la recién llegada toma asiento a su lado—: tengo aquí cartas de un estudiante.

Por cuanto parece, le llegan por mediación de Justina, la hija del librero Baltasar de Castro, quien suministra al señor Alonso de Deza los libros de registro y de cuentas tan necesarios en su casa, amén de alquilarle algún que otro título de lectura.

Según la mediadora, el tal estudiante —de teología, nada menos— es joven de noble estirpe y elevado espíritu, de aspecto gallardo y probada valentía, elegido capitán de la Comunidad universitaria por los colegiales.

—Cuando ella lo mentó, zanjé el tema diciendo que un hombre que se precie de serlo no se presenta a sí mismo mediante palabras ajenas, sino con las suyas propias. Pocos días después, me hizo llegar su primera carta.

—¿La primera? ¿Es que hay más de una?

Leonor se acerca más a su amiga y abre el pequeño volumen devocional, el *Libro de la experiencia*, de Ángela de Foligno. Vistas ambas desde el patio, da la impresión de que estuviera leyendo a Lucía algún pasaje. Cosa que no es de extrañar, pues, de hecho, así lo hace en ocasiones. Solo que hoy, en lugar de las páginas y su piadoso contenido, le muestra ciertos billetes ocultos entre ellas.

—Aquí declara que se huelga de poder dirigirse a una joven tan instruida, pues es muy rara joya el que una mujer domine las artes de la escritura...

—¿Cómo sabe él eso? —protesta su interlocutora—. Virgen santa, no se te habrá ocurrido responderle...

—¿Por qué no? ¿Qué mal hay en contestar con honestas y comedidas razones? —replica la interpelada con una sonrisa en la que, por cierto, no hay el menor rastro de comedimiento—. Atiende, que ahora viene lo mejor. Dice que soy «lucero entre las estrellas»; que, siendo él señor de tantos, no aspira más que a convertirse en mi servidor; que bastaría una sola mirada mía para poner fin a su dolor...

—Pues, ¿qué le duele?

Leonor se echa a reír.

—Nada, mujer, tú no hagas caso. Son cosas que se dicen. Discursos con que los hombres intentan deslumbrar, ya sabes...

—Ah, claro... —responde su amiga, sin tener muy claro el concepto. Por su parte, no se imagina a Miguel intentando deslumbrar con discursos semejantes—. ¿Y el resto? ¿También son... de esas cosas que se dicen?

—Hasta la última frase. Por eso no hay que creer palabra. Los señores bachilleres usan de estas fórmulas con la misma facilidad con que recitan un paternóster. Don Alonso Pérez de Guzmán habrá de esforzarse más si quiere impresionarme.

Cierra el libro y lo deja sobre su regazo. Luego alarga el brazo, agarra las castañas asadas y se las ofrece a su amiga.

—No sé si te lo he dicho alguna vez. Los cielos saben el gran esfuerzo que mi madre puso en enseñarme a leer y escribir...

—Y lo poco que tú le facilitaste la tarea.

—Muy cierto, sí. Porque ella no dejaba de repetirme que el cultivo de la lectura y el de la buena caligrafía conviene a toda mujer que, siendo pechera, aspira a encontrar marido en el estado de caballeros. Cosa que ansía ella, no yo... —Baja la vista hacia el volumen de a octavo que descansa en su regazo—. Pero déjame decirte algo: no hay cosa que más le agradezca en el mundo.

Pues, a diferencia de su progenitora, ella no estima las letras como una prenda en beneficio de un futuro marido, sino como una riqueza que debe aprovechar en el suyo propio. Una mujer leída adquiere la capacidad de volar mucho más allá de los estrechos límites de una casa; mucho más allá de esa jaula en la que le toca vivir. Y es mucho menos dada a dejarse engañar por las argucias de cualquier cazador.

«Dios se presenta íntimamente en mi alma. Y entonces entiendo que Él está presente en toda criatura o cosa: en el demonio, en el buen ángel, en el Infierno, en el Paraíso, en el adulterio, en el homicidio y en las buenas obras; tanto en las cosas bellas como en las repulsivas.»

Eso señala la beata Ángela de Foligno en un reciente pasaje. Palabras como esas abren a Leonor los ojos y el alma; tal vez, incluso más de lo que su autora pretendiera...

—¿Sabes, Luci? Yo podría enseñarte a leer y escribir, si tú

quisieras. No tienes por qué resignarte a pasar la vida atrapada entre agujas y fogones...

Su interlocutora sacude la cabeza. Le cuesta comprender por qué su amiga insiste tanto en el tema. ¿Cuántas veces le ha hecho ya esa misma propuesta? Su respuesta seguirá siendo siempre la misma: ella está destinada a otro mundo; uno ocupado por labores de hilo, plancha, escoba y estropajo.

—Olvídalo, no hay caso —replica, antes de llevarse a la boca una castaña—. Sería esfuerzo perdido. Eso de las letras no es para mí.

Don Alonso Pérez de Guzmán, capitán de la Comunidad universitaria, lee con impaciencia el billete que le entrega su criado. Al punto arruga el papel y el ceño.

—¡Voto a...! —exclama. El enojo le invade la voz—. ¿Qué mal viento le ha dado a esa hembra?

—Mejor dejarlo estar, señor —sugiere el sirviente—. Parece que esta os ha salido bachillera...

¿Dejarlo estar? Nunca. No combatir hasta el último aliento es signo de desidia y cobardía. Además, las fortalezas más duras de conquistar son aquellas cuya posesión más se disfruta.

—Cigales —ordena—, ve ahora mismo a la biblioteca y tráeme el *Cancionero general de todas las obras en romance*. —Si mal no recuerda, hay un ejemplar en la sala segunda, en la pared de la izquierda—. Me da a mí que esta condenada no es de las que se rinden con la prosa. Habrá que asediarla en verso. Y, por vida mía, que ha de caer; sea bajo el embate de un poema o de cuarenta.

Adriano de Utrecht es, sin duda, uno de los más poderosos dirigentes de la cristiandad: obispo de Tortosa, inquisidor general de los reinos de Aragón y de Castilla, cardenal de la santa Iglesia católica; y ahora también virrey de Su Majestad. Pero Dios pone a prueba a todas sus criaturas. Incluso los más poderosos dirigentes pueden verse derrotados por las adversidades de este mundo.

Siempre ha desconfiado de los nobles de alta cuna. Pero vive entre ellos, y ha de comportarse como si compartiera su alcurnia. Cosecha reverencias y odios, pues la envidia ajena siempre acompaña al afortunado y al poderoso. Y él es ambas cosas.

Ahora vive en los palacios de la más alta aristocracia. Aunque no siempre fue así. Vino al mundo hace sesenta y un años, como hijo de un modesto carpintero. Pero Dios Todopoderoso tuvo a bien dotarlo de excepcionales cualidades; y quiso, además, que estas no pasaran desapercibidas.

Protegido por la princesa Margarita de Austria, gobernadora de Flandes, pudo cursar los más altos estudios. Tanto destacó en el ejercicio de las letras y las virtudes que su valedora lo nombró tutor personal de su sobrino, el joven Carlos de Gante, a quien el doctor Adriano instruyó durante diez años, hasta que aquel alcanzó la mayoría de edad. Si bien logró transmitir a la ambiciosa e inquieta mente del príncipe sus inquietudes teológicas, no logró inculcarle el interés por las letras; algo que debiera ser gema de gran valía en la corona de todo monarca.

Hoy el cardenal Adriano de Utrecht toma pluma de cisne y papel de Génova. Ha de escribir a su señor, el flamante emperador Carlos V, y reconocer su fracaso. No es digno de la confianza que Su Majestad ha depositado en él; por tanto, su conciencia le insta, no sin gran dolor, a renunciar a su cargo de virrey de Castilla. Pues los cielos no le han concedido el don de gobernar lo ingobernable.

Lleva cinco años en estos reinos, que compensan su magra producción de mieses, vino y aceite con una abundante cosecha de ingratitud. Poco importan los muchos desvelos que ha consagrado a estas tierras; o que, en su corazón, se haya jurado a sí mismo gobernarlas con justicia y rectitud. Poco importa que, en correspondencia privada, defienda ante Su Majestad los dañados intereses de sus súbditos y le aconseje gobernarlos con mayor benevolencia; aunque luego, de cara a estos, deba emplear todo el rigor que el monarca insiste en aplicar.

No. Nada de eso parece importar. Tan solo interesa que él es natural de Flandes, no castellano de nacimiento; y eso le hace merecedor de la animadversión de quienes sí lo son.

Siempre ha desconfiado de los nobles de alta cuna. Y, de cierto, los Grandes de Castilla no contribuyen a mitigar sus recelos; más bien al contrario.

Aquí, en Medina de Rioseco, la situación resulta insostenible. La Junta rebelde ha realizado otro de sus audaces movimientos militares. Ha apostado al grueso de sus tropas a una legua de distancia, en la localidad de Villabrágima.

—Nueve mil infantes y novecientas lanzas, acompañados de artillería, al mando de Pedro Girón. —Tal es el cómputo que el cardenal Adriano presenta hace unos días a los Grandes del reino que se han reunido aquí, en el feudo del futuro almirante de Castilla—. Nosotros contamos con unos seis mil quinientos hombres de a pie y dos mil doscientos caballeros. La situación está clara.

Ante él se hallan los condes de Benavente y de Altamira, el marqués de Astorga, el conde de Miranda, el hijo del duque de Nájera, el marqués de Falces, el conde de Haro, el conde de Salinas, el de Luna... Representan a un total de diez y seis señores de salva, sesenta caballeros de uno o dos cuentos de renta y muchos otros de tres: la flor y nata de la aristocracia castellana.

—Bien clara está, a fe que sí —replica don Juan de Manrique, hijo del duque de Nájera, en representación de los presentes—. Y vuestra reverendísima señoría, como hombre de Dios, bien ha de saberlo. La divina Voluntad está de nuestra parte. Los cielos no han de asistir a un hatajo de perjuros, desleales a su legítimo rey. Así pues, ¿a qué acudir a su encuentro? Dejemos que ellos solos se lancen a su perdición.

—¿Esperar aquí, sin hacer nada? —repone él—. ¿Es ese el consejo de los Grandes de Castilla? Tenemos más de dos mil caballeros, frente a novecientos suyos. Y la llanura de Rioseco, que juega a nuestro favor. Es el momento de tomar la iniciativa. Marchad contra ellos y demostradles de una vez por todas el poder de los verdaderos señores del reino.

Sus frases no logran el efecto deseado. De nada sirve apelar a ese orgullo castellano que con tanto ahínco enarbolan los sublevados. Para la aristocracia del reino, el interés privado prevalece sobre el general; la sórdida ganancia personal, sobre las necesidades del reino.

—Cierto es que nos superan en infantería —añade, dispuesto a agotar todos los argumentos—. Pero ¿acaso no se trata de artesanos y campesinos sin preparación militar? ¿No se ha dicho ya, en esta misma mesa, que no son sino «peones faldudos que no valen cuatro reales»?

Tal es la apreciación de don Fadrique Enríquez, señor de Medina de Rioseco y futuro almirante de Castilla; quien ahora, sin embargo, es quien más se opone a presentar batalla, pretextando peregrinas dificultades tácticas. A nadie se le oculta que, en realidad, lo que pretende es mover el conflicto más allá de su feudo; evitar que sean sus tierras las que se vean devastadas por la inevitable destrucción que sigue al choque entre dos grandes ejércitos.

La realidad de la situación resulta evidente: los Grandes nobles no desean luchar. Se sienten cómodos en su actual posición. Ahora mismo, el rey los necesita; y ellos pueden representar estar del lado de la Corona sin sufrir el menor riesgo ni menoscabo. Una ofensiva abierta contra las Comunidades podría cambiarlo todo; pondrían en peligro sus bienes, a sus hombres, quién sabe si incluso sus propias vidas. Incluso se arriesgarían a que las ciudades y villas bajo sus dominios reaccionaran en su contra y se sumaran a la rebelión. Demasiados riesgos en perspectiva, y ninguna ganancia a la vista.

Pero Adriano de Utrecht no está dispuesto a aceptarlo. Él se debe a defender los intereses del rey, los del reino, por encima del egoísmo de los grandes señores. Como resultado, la situación se deteriora más y más a medida que los días transcurren.

—Vuestras señorías olvidan el interés mayor, que es el del propio Estado —llega a argumentar el cardenal en una sesión—. Ha de ponerse fin a este conflicto, y cuanto antes. Su Majestad no está en condiciones de mantener por tiempo indefinido un ejército inactivo y que cuesta a sus arcas más de mil quinientos ducados diarios.

Tales palabras hieren a los presentes en su más profundo amor propio; y, por cierto, los afrentados no se abstienen de clamar ante la gravedad de la ofensa.

—Buena cosa es que nosotros vayamos al campo de batalla y perdamos allá las cabezas —exclama uno, a viva voz—, para que Su Majestad ahorre dineros.

—Buena cosa es, sin duda, que la nobleza de Castilla esté usando las arcas reales para satisfacer sus particulares intereses —replica él, aún con mayor dureza— y defender sus posesiones con las tropas y el erario de la Corona.

A partir de ahí, la violencia de las mutuas acusaciones va incrementándose.

—Vuestras señorías no desean poner fin a esta guerra; antes bien, querrían que se prolongase, y cuanto más, mejor —denuncia el cardenal. Mientras dure el conflicto, el rey los necesita. Mas los nobles castellanos temen que, cuando la lucha acabe, el monarca se desentienda de ellos y no les permita seguir tomando parte activa en la vida política. Por eso buscan alargar esta guerra, a fin de exprimir al máximo la actual situación—. Da la impresión de que los Grandes y los caballeros del reino desean que el triunfo de Su Majestad les venga sin que ellos deban mover un dedo; y que tampoco llegue pronto.

A tal punto llega el enfrentamiento que Adriano de Utrecht se retira de la sesión con el firme propósito de presentar su dimisión ante el emperador. Se sienta ante su escritorio abrumado por un sentimiento de inmensa frustración.

Pero es en los momentos de peor trance cuando la divina voluntad revela sus caminos. Unos golpes en la puerta interrumpen su tarea. Tras recibir el pertinente permiso, su camarero personal ingresa en la estancia y realiza un saludo ceremonial.

—Reverendísimo señor —dice—, algo ocurre. Las tropas enemigas se marchan de Villabrágima.

La noticia se confirma al día siguiente. Hoy, a tres de diciembre, don Pedro Girón abandona su posición para dirigirse al oeste.

—Corre la voz de que marcha hacia Villalpando —anuncia el futuro almirante don Fadrique, sin ocultar su satisfacción. La villa en cuestión es feudo del condestable de Castilla, que no se cuenta entre los allí reunidos. Por fin podrán presentar batalla al enemigo en territorio que no comprometa a ninguno de los participantes.

El cardenal Adriano asiste en silencio a las deliberaciones de los presentes. Se impone la estrategia de dirigir las tropas a Castroverde y, desde allí, liberar Villalpando. Una vez más, la alta nobleza castellana se apresta a defender los intereses particulares de uno de los suyos, incapaz de percibir que el provecho general del reino se encuentra en otra dirección.

—Vuestras señorías parecen olvidar algo —apunta, con voz gélida—. La victoria más rápida se logra dirigiendo el golpe al corazón del adversario. Con su marcha, don Pedro Girón ha dejado libre la ruta del sur: el camino que lleva a Tordesillas.

13

—Como todos sabéis, nos enfrentamos a una seria amenaza, tan grave que, si Dios no lo remedia, podría poner fin a nuestra existencia.

Así habla el rector Juan de Hontañón; y nadie rebate sus palabras. El claustro del Colegio Mayor de San Ildefonso está reunido. Acaba de recibir un comunicado que confirma los peores presagios posibles.

Se trata de una cédula firmada por Su Majestad don Carlos que ratifica el nombramiento de un visitador de la Corona, designado para actuar como juez y reformador.

«Se nos ha informado por parte del rector, el deán y doctores de la facultad de Teología de esta Universidad...»

Aquel inicio ha provocado murmullos de incredulidad e indignación entre los presentes. El maestro Hontañón lo ha sentido como una bofetada asestada en carne propia. Así pues, la denuncia ha partido del corazón del mismo claustro, de entre aquellos que han jurado, por Dios y por los santos evangelios, defender la universidad...

«... que, tras el fallecimiento de su fundador, el reverendísimo cardenal don Francisco Jiménez, se han producido perturbaciones, debido a la negligencia de las personas encargadas de gobernar la dicha Universidad y sus colegios...»

Los cielos son testigos de que aquello es cierto. Solo Dios sabe lo mucho que el maestro Hontañón ha debido esforzarse para no cambiar el gesto ante tales palabras. El actual estado de cosas ha sido provocado por los rectores y consiliarios que lo han precedido, dispuestos a abusar de sus cargos, a desgarrar la institución y a traicionar el espíritu de sus leyes por una absurda y enconada pugna entre béticos y castellanos.

Aquellos causaron el problema, a él le toca remediarlo si es que, Dios mediante, tal cosa es aún posible...

«... la dicha Universidad y sus colegios mucho se han deformado en el ejercicio de las letras, en los actos escolásticos, en la observación de las santas y buenas constituciones que el cardenal dejó establecidas, en las distribuciones de sus rentas y frutos, y, según se dice, aun en las buenas costumbres y virtudes que deben adornar a los varones letrados; de lo cual se sigue gran escándalo entre los vecinos de la villa, y un grave detrimento a nuestra república de España, ha de ser enseñada y adoctrinada por esta insigne Universidad...»

Para corregir tal estado de cosas, la Corona ha nombrado «un juez reformador de la dicha institución *in capite et in membris*, al que damos tanto poder y tan completo como Nos mismo tenemos, para que haga las ordenanzas que viere necesarias para la buena gobernación de la dicha Universidad».

El elegido es el dominico fray Miguel Ramírez, doctor en Teología, predicador real tanto del rey Fernando de Aragón como de su nieto, el actual rey y emperador. Él mismo se ha encargado de leer en alta voz el documento de su designación, en medio del silencio sepulcral del claustro universitario.

«... queremos que los estatutos de nuestro juez reformador tengan el mismo vigor y fuerza que si Nos los ordenásemos de nuestra propia persona; pues, de no ser así, la dicha Universidad podría en breve tiempo verse abocada a su total destrucción.»

No es una advertencia sutil; sin duda, Su Majestad ha querido transmitir el mensaje de forma inequívoca.

Ahora, retirado fray Miguel Ramírez, el claustro universitario debe deliberar cómo responder a aquella orden del monarca. Elección harto difícil, cuando la ruina del Colegio puede depender tanto de su aceptación como de su oposición a la misma.

—Lo primero que hemos de averiguar es quiénes son esos traidores, esos «rector, deán y doctores de la facultad de Teología que han informado» —exige el consiliario Gonzalo de Carvajal—. Hay que despojarlos de sus prebendas de colegiales y castigarlos de la forma más severa.

La mayoría de los integrantes del bando bético secundan la propuesta con grandes voces. Se oyen insultos y graves amenazas que, a su vez, solivantan a los integrantes de la facción castellana.

El rector Juan de Hontañón se alza de su asiento. Consigue imponerse al tumulto a costa de lastimarse la garganta.

—¡Silencio! ¡Silencio, he dicho! No es momento de señalar culpables. Eso en nada nos ayuda ahora.

El bando bético intercambia miradas de recelo ante aquellas palabras.

—¿Estáis diciendo que no ha de hacerse justicia? —protesta Rodrigo de Cueto, con su marcado acento cordobés—. ¡Eso es inaceptable!

—Debemos castigar a los culpables. Y yo digo que lo hagamos sin más demora —interviene su amigo Blas de Lizona—. Podría deciros ahora mismo quiénes son esos perjuros. Es un secreto a voces que...

El rector lo interrumpe. En su tono hay tanta frialdad como firmeza.

—Se aplicará justicia, tenedlo por seguro. Se abrirá investigación, buscaremos y hallaremos a los responsables, y habrán de pagar por sus actos. Pero se hará conforme a nuestras constituciones. Y eso, maestro Lizona, no incluye juicios sumarios basados en rumores ni secretos, por mucho que sean a voces.

Sus frases provocan un silencio tan tenso que podría rasgarse con la más leve presión de una pluma de escribir.

—Se hará justicia, llegado el momento. Pero ahora tenemos asuntos vitales, y mucho más urgentes, que requieren de toda nuestra atención. Debemos dar respuesta a la cédula de Su Majestad. Y debemos hacerlo juntos.

Repasa con la mirada a todos los miembros del claustro, uno por uno. A los béticos, a los castellanos, a los pocos que no se decantan de forma clara hacia ninguna de las facciones. Poco importan las razones que los separan. Es tiempo de escudarse en aquellas que los unen.

—Hemos llegado a esta situación a causa de nuestras divisiones. Si queremos luchar, hemos de hacerlo bajo una misma bandera. Este es un camino que hemos de recorrer unidos.

Aquella misma noche, un pequeño grupo se reúne en la habitación del capellán Juan de Arabo; por estar junto a la sacristía de la iglesia, se encuentra más retirada del patio de escuelas, donde se hallan los dormitorios de los colegiales, y, ofrece, por tanto, mayor privacidad.

Forman la partida los consiliarios Pedro de Lagasca, Gonzalo de Carvajal y Francisco Morilla; los racioneros Rodrigo de Cueto y Blas de Lizona, y el antiguo rector Jerónimo Ruiz.

—Todos comprendemos lo que está ocurriendo aquí —declara este último—. El maestro Hontañón bien puede fingir que obra por el bien del Colegio. Pero, en realidad, todo cuanto hace está encaminado a apoyar a los castellanos.

—Así es, en efecto. —El consiliario Pedro de Lagasca se ha acomodado en la única silla de la estancia; su diferencia de altura con respecto al resto de los presentes parece mitigarse al estar sentado—. ¿Qué ocurrió cuando le advertimos de que el doctor Ciruelo proclama en sus homilías que la Comunidad es «muy santa cosa»? ¿Y cuando le avisamos sobre las atrocidades que pregona nuestro catedrático de griego? Prometió ocuparse del problema. Y nada se ha hecho.

—Muy al contrario —espeta Blas de Lizona—, puesto que ahora están empezando a extender su ponzoña por fuera de la universidad. Se dice que Florián de Ocampo anda alborotando las calles de la villa, y que se presenta en las reuniones del concejo para azuzar a la plebe contra Su Majestad.

Su compañero Rodrigo de Cueto asiente. Al igual que ellos dos, el mentado es racionero de la magistral de San Justo, donde su actitud agitadora no pasa desapercibida.

—Hemos de hacer algo —retoma la palabra Jerónimo Ruiz—. Ese visitador, fray Miguel Ramírez, se entiende sin duda con Antonio de la Fuente, pues ambos son predicadores reales y, por cuanto se dice, se conocen bien.

Todos los presentes comprenden lo que aquello significa. De la Fuente fue el visitador ordinario durante el reciente rectorado de Jerónimo Ruiz, quien, aduciendo la enemistad existente entre ambos, intentó destituirlo. Cuando el canciller se negó a deponerlo, el rector Ruiz lo mandó encarcelar, junto a otros agitadores del bando castellano.

—Esa es la verdadera razón de que hayan pedido que venga un juez de la Corona. Lo demás no son sino pretextos. De la Fuente y sus amigos castellanos usarán al visitador para cobrarse venganza contra mí... contra todos nosotros.

Blas de Lizona siente un insoportable hormigueo. Todos los músculos de su cuerpo están excitados por la indignación. De buena gana echaría a andar para mitigar esa sensación, pero el entorno no se lo permite. Las estancias del Colegio se asemejan a una estrecha celda monacal, donde apenas hay cabida para una cama de madera, una mesa con su silla y un escaño. Exiguo espacio para tantos invitados y tanta rabia.

—A ese dominico lo han traído los castellanos —bufa—. Y el rector se niega a investigarlo porque es uno de ellos. ¿Necesitáis más pruebas? Él también forma parte de esta maquinación.

El consiliario Francisco Morilla, que se mantiene encogido frente a la puerta, es el único que se atreve a objetar:

—Pero el maestro Hontañón ha dicho que ese reformador es una amenaza para todos; que debemos estar unidos; que una alianza es el único modo de evitar esa «total destrucción» de que habla la cédula de Su Majestad...

—¿Una alianza? ¿Nos toman por estúpidos? —exclama el antiguo rector—. Pura palabrería, con la esperanza de que permanezcamos con la guardia baja mientras ellos arremeten contra nosotros. Vive Dios que no hemos de caer en tan burda trampa.

—Muy cierto —corrobora el consiliario Gonzalo de Carvajal. La luz de la vela cincela profundas sombras en su rostro anguloso—. Hemos de contraatacar de inmediato. Con todas nuestras fuerzas.

—Pedro Girón nos ha traicionado. Los cielos saben que os lo advertí.

El obispo Antonio de Acuña dirige a los procuradores de la Junta una mirada cargada de dureza, mientras se coloca el casco para presentarse ante las tropas. Las campanas de Tordesillas tañen desesperadas, estremeciendo el aire gélido de la mañana. De las calles de la villa llegan gritos de angustia.

—Lo hecho, hecho está —responde uno de los interpelados, aunque la zozobra de su tono socava la firmeza de tales palabras—. Ahora es tiempo de lucha, no de recriminaciones.

—Es tiempo de ambas cosas, señores míos. —Con armadura

militar sobre sus vestiduras eclesiásticas, el obispo de Zamora se asemeja a un espíritu vengador surgido de tiempos pasados; uno de esos caballeros cruzados dispuestos a atravesar selvas, mares y desiertos para propagar la Voluntad del Señor a sangre y fuego.

Hoy será día de acero y de estragos. Don Diego de Esquivel lo sabe; se apresura a despachar sus últimas cartas antes de que las tropas enemigas ocupen el puente y cierren todos los accesos de la villa.

La avanzada de las tropas realistas comienza a tomar posiciones. Sumarán tal vez unos doscientos hombres. El grueso del ejército, al mando del conde de Haro, se divisa ya en el horizonte. No bajarán de cinco o seis mil combatientes, entre caballeros e infantería. Estarán aquí antes del mediodía.

—Poca esperanza nos queda, señor —le susurra el doctor Francisco de Medina. La Junta y la reina tienen por toda defensa una guarnición de ochenta lanzas y cuatrocientos infantes; trescientos de ellos son los sacerdotes guerreros del obispo Acuña.

Don Diego de Esquivel asiente ante tales palabras. A su mente acude una escena ocurrida seis meses antes. Una plaza y una iglesia, en Guadalajara. El sol inmisericorde. La multitud congregada. Los gritos aunados de mil gargantas, con sed de agua y de justicia. La voz de Castilla.

—¿Recordáis esa mañana, en la plaza de San Gil? —pregunta a su interlocutor—. Vos liderasteis el alzamiento, doctor Medina. Yo estuve allí, junto a nuestro pueblo; junto a nuestro señor, el conde de Saldaña...

Don Íñigo, el hijo primogénito del duque del Infantado, al que los vecinos proclaman capitán de la Comunidad arriacense. Don Íñigo, desterrado por su padre a Alcocer; apartado del poder que le corresponde por derecho; relegado, condenado a la soledad y al olvido...

Así ha sido siempre, hasta ahora. La autoridad lucha por mantenerse inamovible, a cualquier precio: silenciando a los grandes, aplastando a los pequeños. Pero ha llegado el tiempo de cambiar las cosas. Ahora, la fuerza de los muchos, de la gente menuda, también puede combatir. Y, con la ayuda de Dios, devolver a su lugar a los condenados al silencio; a quienes son símbolo y voz de un futuro mejor y más justo.

—El conde de Saldaña, sí. Lo recuerdo... —El doctor Francisco de Medina compone una media sonrisa. El gesto de un hombre anciano que, contra todo pronóstico, se resiste a ceder a la resignación que le aconsejan sus muchos años.

Él y don Diego de Esquivel alzan la vista hacia la torre de la fortaleza. Esos muros de tiempo, piedra y olvido han sido, durante años, prisión de doña Juana, la legítima reina de Castilla; condenada por su esposo Felipe, por su padre Fernando, por su hijo Carlos; silenciada, para los tiempos que corren y para la historia que ha de venir, bajo alegaciones de una supuesta locura.

—Poca esperanza nos queda hoy, cierto —comenta el hidalgo arriacense, volviendo los ojos y el ánimo al patio de armas, en el que el obispo de Zamora arenga a las tropas—. Mas, por escasa y débil que sea, aferrémonos a ella. Mucho es lo que depende de nosotros.

Antonio de Acuña pasea ante sus hombres guiando con precisión las riendas de su montura. Sus palabras crean pequeñas nubes de vaho en el gélido aire matutino.

—¡Aquí, mis clérigos! —lanza, con voz poderosa. Es su famoso grito de batalla, el que ha sembrado el pavor en los campos y ciudades enemigos de Castilla—. El Todopoderoso está con nosotros. Somos Su cruz, Su escudo y Su espada.

—¡Hágase Su voluntad! —responden sus sacerdotes, al tiempo que alzan al cielo sus armas.

El obispo de Zamora asiente con gravedad. Tiene unas facciones tensas, surcadas por una miríada de arrugas. Su cuerpo acumula más de sesenta años de edad, pero parece conservar el vigor y la firmeza de un joven de veinticinco.

—Combatid sin freno, sin temor, sin misericordia; pues aquel que lucha en el nombre del Señor, nunca incurre ni en vergüenza ni en pecado.

Don Diego de Esquivel se arrebuja en su manto. Aquellas frases le provocan un escalofrío en lo profundo de las vísceras.

—Venid, amigo mío —indica al doctor Medina—. Acompañadme a buscar mi armadura y mi espada. Cuando nuestros adversarios caigan sobre nosotros, nos encontrarán preparados.

«Hemos ganado Tordesillas, tras ardua lucha. Nuestro valor y sacrificio ha recuperado tan preciada plaza de manos de los rebeldes. Su Majestad doña Juana se encuentra de nuevo protegida y a salvo, bajo los cuidados del marqués de Denia, como es deseo de nuestro rey y emperador.»

Las fuerzas del conde de Haro, que pensaban encontrar una villa desprotegida y dispuesta a la rendición, se topan con una resistencia enconada. Inician la ofensiva hacia las tres y media de la tarde, bajo un intenso fuego de artillería. Les lleva una hora de encarnizado combate abrir la primera brecha en las murallas.

En las calles tienen que entregarse a una lucha aún más feroz. El enemigo va prendiendo fuego a las casas vecinas, lo que les obliga a combatir en medio de un humo intenso, bajo el repique enloquecido de las campanas. Los rebeldes se defienden como poseídos por algún espíritu demoníaco, en rabiosas peleas cuerpo a cuerpo.

Paso a paso, los sublevados son reducidos. La victoria se produce caída ya la noche, iluminada por la danza de luces y sombras de la villa en llamas. Entonces la soldadesca, con la sangre inflamada por el ardor de una lucha mucho más sangrienta de lo que esperaba, se lanza a un violento pillaje. Incluso el personal de la reina Juana sufre la brutalidad de los asaltantes, que llegan a robar la montura de la infanta doña Catalina. Los conventos e iglesias son los únicos que se salvan de tan salvaje agresión.

Los altos nobles castellanos que han tomado parte en la ofensiva ofrecen una débil justificación al cardenal Adriano, aduciendo que les ha resultado imposible contener a sus tropas. Tan solo el conde de Benavente sanciona a algunos de sus soldados más vehementes y se compromete a compensar a sus víctimas; aunque, eso sí, a expensas de las arcas reales, no de las suyas propias.

Adriano de Utrecht recibe con prontitud los informes. Dios sabe que los lee con gran satisfacción, pero también con el juicio crítico de quien se enfrenta a un ejercicio de retórica. En efecto, no deja de llamarle la atención el hecho de que, según los capitanes, entre sus tropas solo se hayan producido cincuenta bajas. Muy escaso número para tan enconada batalla como describen en sus cartas.

Se pregunta si, en el fondo, la dureza del episodio no ha sido magnificada por los narradores, para convertirla en una gesta mucho más digna de merecer la gratitud y el favor real.

Pues el cardenal, como hombre bien informado, sabe que el almirante don Fadrique y el conde de Benavente han enviado ya una crónica a Su Majestad, en la que se incluyen los nombres de todos los grandes señores implicados en la operación: el conde de Haro, el de Benavente, el de Alba de Liste, el de Luna, el de Miranda; marqués de Astorga y el de Denia, don Diego de Rojas; don Juan Manrique, hijo del duque de Nájera; don Beltrán de la Cueva, primogénito del marqués de Aguilar, don Pedro Osorio; don Pedro de Bazán; don Juan de Ulloa; don Francisco Enríquez, adelantado de Castilla y hermano del almirante; don Diego Osorio; don Luis de la Cueva...

Los altos aristócratas de Castilla desean que el rey se sienta en deuda; que, a su regreso, el flamante emperador los recompense por sus servicios. Anhelan más, siempre más; mayores rentas, más propiedades, mejores cargos...

Pero Adriano de Utrecht conoce el carácter del joven Carlos. Los redactores corren el riesgo de que el monarca interprete la misiva de forma muy distinta: como una clara muestra de que los Grandes castellanos no actúan por obligación, ni por lealtad, sino tan solo en aras de sus propios intereses. Y de que en modo alguno son dignos de los honores que ellos creen merecer.

Sobre la villa de Alcalá se ha extendido una noche turbia y sombría. Una luna macilenta domina el cielo, preñada de malos presagios.

—Tordesillas ha caído. Es día de duelo para toda Castilla.

El pañero Alonso de Deza observa a sus convidados, a los que ha hecho servir un buen tinto de Arganda. De ordinario, ese caldo obra como medicina cordial contra la melancolía; pero hoy trae consigo regusto a hiel.

—Mal juicio aconseja a aquel que abandona sus raíces para rendir pleitesía a un extranjero —sentencia su hijo Damián—. Y al mal juicio suele seguirle la mala conciencia...

—Los señores debieran mirar por los vasallos de sus feudos, como el rey por sus súbditos; pero solo velan por sí mismos —interviene Juan, poco amigo de andarse por las ramas—. El triunfo de los Grandes trae consigo la derrota del reino.

El sastre Pedro de León vacía su vino de un trago, como hombre poco dado a apreciar sus sutilezas. Si la familia Deza se enorgullece del excelente contenido de sus bodegas, su vecino parece capaz de trasegar el mejor néctar de Ribadavia como si se tratase de una vulgar mistela.

—¿A qué extrañarse? Su reino no es el nuestro. Nunca lo ha sido. —Vuelve a llenarse el vaso hasta el borde—. Esta es nuestra lucha, la de los pecheros; una lucha santa, justa, bendecida por los cielos. Y os digo que no ha de acabarse hoy. —Da otro largo sorbo, sin respirar, con el que apura la mitad del líquido—. Seguiremos adelante. No necesitamos a la reina; igual que no necesitamos a su hijo el flamenco. Y como hay Dios que no necesitamos a los Grandes.

Todos conocen sus opiniones al respecto, pues bien se encarga él de propagarlas a los cuatro vientos. Esta es la batalla de la gente menuda, de los hombres de a pie; si los clérigos o los hidalgos desean tomar parte en ella, habrán de hacerlo como socios, y no como señores.

El bachiller Uceda no ha aportado nada a la conversación. Desde que llegaron las noticias de Tordesillas se muestra más taciturno de lo que es normal en él. Estudia su vaso, que aún no se ha llevado a los labios, como si encerrase un enigma que hubiera que descifrar.

—Los pecheros no podemos afrontar esta lucha con nuestras solas fuerzas —declara entonces, como si hablase consigo mismo—. Necesitamos el apoyo de todos los estados que integran nuestras villas: nuestras iglesias, nuestros hidalgos... y sí, también de los Grandes dispuestos a unirse a nuestras filas. Cuantos más, mejor.

—¡Vive Dios que no! —exclama el sastre, sulfurado ante la idea—. Esos altos señores son la peor lacra de Castilla, sanguijuelas y ladrones impíos. Más nos valdría acabar de una vez con sus feudos y privilegios, incluso exterminándolos a todos si llegara el caso...

—No hablaréis en serio —tercia Juan en dirección al arriacense, ignorando esta última intervención de su vecino—. ¿Confiar de nuevo en un grande, por mucho que afirme su adhesión a la causa, después de lo que ha hecho Pedro Girón? Ha traicionado a las Comunidades, llevándose a sus tropas para que así las huestes del rey tuvieran libre la ruta a Tordesillas.

—¿Traición, decís? ¿Cómo estáis tan seguro? Acusar a un

hombre de tal vileza es grave cosa —replica el aludido—; a no ser que el denunciante conozca las razones que se ocultan en el corazón del acusado. ¿O acaso sabéis, mejor que cualquiera de nosotros, la intención que había tras la maniobra del capitán Girón?

Ante tales palabras se hace un silencio cargado y opaco, como un cielo con oscuras promesas de tormenta.

—A fe mía, don Martín, que no conozco a muchos que se atrevan a mostrar en público tal opinión —interviene al fin el señor de la casa, con un esbozo de sonrisa que en nada se ajusta a la gravedad del ambiente. Levanta el vaso hacia su secretario—. Brindo por los que pregonan con franqueza sus ideas, por aborrecidas que resulten.

Su hijo Juan accede a secundar el gesto, por respeto a su progenitor. Luego toma un sorbo de su vino, con semblante adusto. De cierto, la actitud del arriacense se le antoja harto sospechosa. ¿A qué ese interés por seguir defendiendo a los nobles de alta alcurnia, cuando todo el reino comienza a alzar la voz contra ellos?

—Desengañaos, señor bachiller —responde. Su inflexión muestra el sello de la fatalidad—. Ha pasado el tiempo de confiar en los principales de Castilla. Bien haréis en aceptarlo, y cuanto antes. Desde el asalto a Tordesillas, los Grandes son el enemigo.

A solas en su habitación, Martín de Uceda se arrodilla en el reclinatorio. Entrelaza las manos y aprieta los labios contra ellas. «Ten piedad de él, Señor —suplica en silencio, con el fervor de la desesperación—. Te lo ruego, ten piedad.»

Sabe que don Diego de Esquivel se encontraba en Tordesillas. Lo conoce lo bastante para adivinar que habrá presentado fiera batalla a sus oponentes. Si ha sobrevivido, su destino depende del rey. Y no caben dudas respecto al juicio que la Corona emitirá contra los procuradores de la Junta. Se les acusará de incontables delitos, de rebeldía, deslealtad y traición.

Conoce la sentencia que acompaña a tales imputaciones: confiscación de bienes y pública deshonra, seguidas de la pena de muerte.

Tiene grabadas a fuego en el alma las últimas palabras que su mentor le envió, en una nota garabateada a toda prisa; probablemente, uno de los últimos escritos que los mensajeros sacaron al galope de la villa, antes de que las comunicaciones fueran cortadas por el enemigo.

«Adiós, querido muchacho. Me temo que mi camino llega hoy a su fin. Pero tú debes seguir adelante. Nunca olvides aquello por lo que luchamos.»

Martín siente que la angustia le estrangula el corazón. Cierra los ojos y, sin poder contenerse, rompe a sollozar.

La luz mortecina de la mañana confiere una pátina grisácea a las calles de la villa. Miguel Campos observa a los viandantes que transitan frente a la puerta de la zapatería.

En estos momentos, ni su mente ni sus dedos pueden concentrarse en el trabajo. Corren rumores de que la Junta se reorganizará; de que se buscarán reemplazos para los que cayeron en Tordesillas; de que podrían arrebatar el mando supremo de las tropas a Pedro Girón; de que, si tal cosa ocurriera, el capitán Padilla saldría de Toledo para reclamar el puesto: se dirigiría de nuevo al norte de Castilla, llevando consigo a sus hombres, junto a los de Madrid y Alcalá...

Rumores, cierto; pero todo aquello se le antoja tan inevitable como si ya hubiera ocurrido.

Baja la vista hacia sus manos, inmóviles sobre el tablero de tundir. Al menos, su boda tendrá lugar en pocos días. Si Dios

Todopoderoso desea enviarlo de nuevo al campo de batalla, así sea. Pero no quiere partir sin antes haber convertido a Lucía en su esposa, y recibirla como a tal en su casa y en su lecho.

—Miguel...

La voz le llega de la calle. Al dirigir la mirada hacia la puerta, el joven nota una sacudida en el estómago. Por un momento, cree ser presa de una alucinación.

Allí, ante él, hay una muchacha de carnes magras, piel macilenta y enormes ojos temerosos, cubierta por un manto diez veces remendado. Al notar sobre ella las pupilas espantadas del mozo, se encoge sobre sí misma.

—¿Es él? —pregunta una mujer que la acompaña. Tendrá sus sesenta años, que no ocultan una fisionomía firme, estrecha y huesuda. Viste de un negro severo y ominoso. Al comprobar que su acompañante no reacciona a su pregunta, la zarandea sin miramientos.

—Responde, condenada: ¿es él? —repite.

La interpelada asiente con un débil movimiento de cabeza. Su ánimo confuso y apocado parece incapaz de dar otra contestación.

El zapatero Campos dirige a su hijo una mirada cargada de recelo.

—Miguel, ¿quiénes son estas mujeres? ¿Las conoces?

—Y tanto que sí, señor mío —replica la anciana, antes de que el joven acierte a responder—. Ese desvergonzado se llevó la virginidad de mi nieta y la ha dejado preñada.

14

Todo ocurrió cuatro meses antes, el día en que el pueblo de Madrid evitó que el alcaide Vargas entrase en la villa para acudir en socorro del alcázar.

Aquella fue una noche de júbilo desbordado. Los compañeros de Miguel lo paseaban en hombros, como a un héroe. Lo arrastraron a beber, a bailar en las hogueras, a brindar con los soldados, a acercarse a las muchachas... Había ingerido mucho vino, demasiado. Por sus manos habían pasado incontables jarras de ese maldito alcohol, que adormece el juicio y la conciencia...

Y, por Cristo, que no ha dejado de lamentarlo desde entonces.

A la mañana siguiente despertó con la sensación de que unas gigantescas tenazas le prensaban la cabeza. Pero eso no era lo peor. Un terrible remordimiento le ensombrecía el pecho. Tan solo deseaba olvidar por completo los recuerdos de la noche anterior. O, al menos, poder fingir que aquello nunca había ocurrido, y dejarlo atrás para siempre...

—Pardiez, ¿cómo se puede ser tan bobo? Parece que aún te chorrea el agua del bautismo —le reprocha Mateo Atienza, que ha sido el primero en acudir a casa del afectado, apenas recibida la noticia—. Pues, ¿no sabes que a esas mozas nunca hay que darles el verdadero nombre de uno? Que luego a las muy tunantes les da por venir a buscarte y pasan estas cosas...

—Yo no le di mi nombre. Fuiste tú.

El aludido carraspea. En efecto, ahora comienza a recordar ciertos detalles... En vista de lo cual, estima más conveniente mudar de argumento.

—Pero, escucha, ¿tú estás seguro de que esa chiquilla era virgen cuando te la encontraste?

—¿Y cómo demonios voy a saber eso?

Mateo Atienza, más avezado en tales lides, cae en la cuenta de que, probablemente, su amigo tenga tan poca experiencia en ese campo como la propia muchacha.

—Estás en un buen lío, compañero —se limita a decir.

—¡Habráse visto desvergüenza! Mira que venir a alborotar así una casa decente. ¡Y en vísperas de una boda...!

Hoy las costureras empleadas por el sastre Pedro de León no prestan demasiada atención a sus faenas. Se han quedado solas en el taller y han abandonado hilos, aguja y telas sobre la cesta de labores.

—Dicen que la moza no abrió boca. Pero la vieja montó escándalo suficiente por toda una cuadrilla. Tuvieron que echarla, poco menos que a escobazos. Y la muy bribona todavía se fue dando voces y diciendo que había de traer a los alguaciles...

—Que ha de traer... Los justicias no entran en danza para cosas como estas, a no ser que se les convenza con unos buenos reales. Y esa carraca no tiene trazas de llevar encima ni dos blancas.

Callan ambas. Un ruido proveniente del patio las ha sobresaltado. Pero nadie aparece a la puerta de la estancia. Sintiéndose de nuevo a salvo, retoman la conversación.

—Razón no te falta. Además, que la muy bruja no es vecina de la villa ni tiene acá conocidos que den fe de ella.

—No solo eso: ni siquiera se ha traído a un varón que pueda valerla. ¿En qué cabeza cabe querer presentar pleito sin que medie un hombre?

Su compañera responde con un bufido.

—Más vale que se vuelvan por donde han venido, que acá no hay sitio ni acomodo para mujerzuelas de su clase.

—Bien dices. Mucho atrevimiento tiene esa buscona para aparecerse por aquí. Se merece que el zapatero la expulse de su casa, y aun de la villa, con palos y piedras.

—Y después, si quiere, que vea qué hacer con el niño... Si es que en verdad es suyo... A saber por cuántos bailes ha pasado la mozuela...

—¡Qué dices, muchacha! ¿Hacerse cargo de una criatura? Pues están los tiempos como para meter en casa más bocas que alimentar...

Junto a la puerta del patio, Lucía da un paso atrás. Aprieta contra el pecho cinco varas de paño doceno que se disponía a llevar a la trastienda. Pero las voces de las costureras la han hecho detenerse en seco. Da media vuelta y se aleja a paso apresurado, con la garganta ahogada en un mar de sollozos.

Al recibir la noticia, el sastre Pedro de León irrumpe en casa de su futuro consuegro, rugiendo como un aluvión.

—¡Tú...! ¡Tú! ¡Miserable! ¡Malnacido! —grita, en dirección a Miguel—. ¡Blasfemo! ¿Cómo te atreves a romper una promesa sagrada? ¿Cómo te atreves a hacerle esto a mi hija?

El zapatero Campos se interpone entre su primogénito y el recién llegado, consciente de la facilidad con que este tiende a pasar de las palabras a los puños.

—¡Renegado! ¡Le diste palabra de desposarla! —clama el zapatero, fuera de sí. Esgrime sus tijeras como si tuviera intención de usarlas, y no precisamente para cortar lienzo—. ¡Y, como hay Dios, que vas a cumplirla! No permitiré que conviertas a mi familia en el hazmerreír de la villa.

—Calma, compadre. —El señor de la casa mira a su esposa, que ya ha corrido a cerrar puertas y ventanas—. Este no es problema que se arregle vociferando delante de los vecinos.

—Nos diste tu palabra; a ella, a mí —repite el ofendido, con voz ronca. De sobra sabe que el rumor corre ya por las calles, y que cada palabra que contribuya a acrecentarlo daña más y más la reputación de su hija—. Y estoy aquí para asegurarme de que la cumples. ¡De lo contrario, te juro por Dios que...!

—No admito amenazas en mi casa. Y tampoco blasfemias —advierte el maestro zapatero, cortante. Sabe que su vecino es tan devoto como él mismo. Pero la rabia puede hacer perder a los hombres más piadosos todo decoro.

Apelando a la decencia, señala el crucifijo que cuelga, bien visible, en la pared de enfrente. Por si aquello fallara, también tiene martillos y punzones al alcance de la mano.

Miguel se coloca junto a su padre. Aunque su rostro denota cierta lividez, habla con firmeza.

—Este no es lugar ni momento para discordias, maese Pedro. Todos queremos lo mismo.

Agarra la muñeca con que el zapatero sujeta las tijeras y lo obliga a bajar el brazo. De reojo, advierte que su madre se santigua y aferra el rosario que pende de su cinto.

—Escuchadme: todos buscamos el bien de Lucía —añade—. Vos y yo somos los responsables de su tranquilidad y de su honra. Tenéis razón: le di mi palabra. Y pienso cumplirla. Ella no merece otra cosa.

A pesar del frío que empaña las calles, son muchos los que han acudido hoy a la reunión del concejo alcalaíno. Sentado junto al resto de los diputados, Alonso de Deza observa los rostros de sus convecinos. Lee en ellos inquietud y ansiedad. El aire está plagado de murmullos, dispuestos a convertirse en fragor bajo el más leve acicate. La afluencia le recuerda a la corriente del Henares, cuando baja revuelto y turbio tras las lluvias de otoño.

—Es hora de reaccionar si no deseamos que la masacre de Tordesillas vuelva a repetirse aquí. Estamos más indefensos que nunca frente a los ejércitos sanguinarios de los grandes señores del reino. —El vecino Cereceda ha tomado la palabra con su habitual furor. Su discurso, cargado de vehemencia y exageración, cada vez gana más adeptos entre los habitantes del municipio—. Todos sabéis lo que ocurre en Guadalajara...

—Nadie sabe lo que ocurre en Guadalajara —lo corrige el diputado Deza—. El duque del Infantado no se comunica ni con nosotros ni con la Junta.

Tras la terrible derrota de Tordesillas, la Santa Junta se ha reconstituido. Ha cambiado su nombre al de Junta General del Reino en Cortes, como muestra del cambio de rumbo que desea tomar el movimiento.

Todos sus partidarios son conscientes de haber sufrido un durísimo golpe. Trece diputados han caído en manos de las huestes realistas. Aquellos que lograron huir se han reunido en Valladolid, donde han asentado su nueva sede. Su primera gestión ha sido lanzar un llamamiento a las ciudades hermanas para que envíen representantes en sustitución de los caídos.

Pero no todas han respondido. Solo diez de las catorce que se reunían en Tordesillas parecen dispuestas a seguir adelante. Guadalajara, que ha perdido a sus tres procuradores en la reciente batalla, no se ha dignado contestar. Todo parece indicar que el duque del Infantado se dispone a tomar una posición más clara en el conflicto. Con toda probabilidad, al lado de los Grandes, a los que pertenece.

Por añadidura, la región está a punto de perder a muchos de sus combatientes. Las tropas de leva de Toledo, Alcalá y Madrid han recibido orden de movilizarse. El capitán Padilla se dirige de nuevo a la Castilla vieja.

—Nadie sabe lo que ocurre en Guadalajara, cierto. He ahí el problema —reconoce Cereceda. No parece importarle utilizar la premisa contraria a la que ha esgrimido hace un instante. Sea con uno u otro argumento, su discurso ha de llegar a la misma conclusión—. Por eso hemos de estar preparados. Pero ¿cómo, mientras sigamos desarmados e indefensos?

Alonso de Deza percibe claras muestras de tensión entre sus compañeros; los alcaldes y regidores, el procurador, el alguacil, los restantes diputados... Todos sienten, como él, que las aguas están a punto de desbordarse.

—Pero no tenemos por qué seguir desarmados —prosigue el orador, entre crecientes gritos de aprobación—. No tenemos por qué seguir asustados, ni indefensos. Amigos y vecinos, contamos con armas de sobra, a pocos pasos, en el palacio arzobispal. ¡Yo digo que vayamos allí y las tomemos!

—¡Al palacio! ¡Al palacio! —empiezan a corear los asistentes. Si alguien no lo impide, el día de hoy acabará teñido en sangre.

El pueblo está asustado. Y eso lo convierte en fácil presa de los delirios del fanatismo. Nada espolea tanto el corazón humano como el miedo.

—¡Deteneos! —El diputado Deza se ha alzado, al ver que ningún otro está dispuesto a intervenir. Sabe lo mucho que se juega. Si la riada se desmanda, las iras de sus convecinos podrían volverse contra él, su casa y su familia—. El vicario ha jurado pleito homenaje a nuestra Comunidad. No es nuestro enemigo. Sus hombres y sus armas están aquí para protegernos...

—¡Mentira! ¡Abajo el vicario! —clama una voz anónima, que enseguida encuentra coro entre la masa de los presentes—. ¡Abajo los Mendoza!

—¡Expulsemos a los grandes señores! —rubrica Cereceda—.

Es hora de recuperar lo que nos han quitado. ¡Esas armas nos pertenecen!

Los asistentes más cercanos a la puerta empiezan a girarse. Otros los empujan desde más atrás, también deseosos de alcanzar la salida.

Pero alguien se interpone, aun arriesgándose a ser arrollado.

—Necesitamos armas, sí —exclama—. Y, por Cristo, que vamos a conseguirlas.

Es Juan de Deza, el hijo del diputado. Parece dispuesto a impedir que los primeros vecinos accedan a la plaza. Y estos, como impelidos a retroceder por el ímpetu de aquellas palabras, se detienen.

—Necesitamos armas —repite, alzando más la voz—. Pero no así. Hay otros modos. ¡Pensadlo!

La multitud sigue encrespada. Por un momento, Alonso de Deza teme por su hijo. Pero entonces otro de los asistentes se abre paso entre la concurrencia, para situarse junto a Juan.

—Silencio, vecinos. —Es don Íñigo López de Zúñiga, el capitán que dirigió las tropas alcalaínas en el asalto a Torrejón de Velasco. Sus intervenciones, como las de Cereceda, suelen ser fogosas; contribuyen, y mucho, a caldear los ánimos. Pero, en este momento, parece más bien dispuesto a templarlos—. Escuchemos lo que este joven oficial tiene que decir.

El aludido extiende las manos en un gesto apaciguador pero firme, para acallar las últimas protestas.

—No estamos solos —asevera—. Y eso es algo que nunca debemos olvidar. La fuerza de nuestras Comunidades se basa en la unión; en el vínculo entre hermanos. Hemos jurado asistirnos unos a otros en momentos de necesidad. Y Dios es testigo de que estamos en esa tesitura.

—¿Y quién va a venir a ayudarnos? —pregunta alguien, invisible en el corazón de la sala.

—Madrid. —Es la respuesta—. Tiene armas, miles de ellas,

sacadas del alcázar. Pidamos que nos cedan las necesarias. Me comprometo a ir a buscarlas y traéroslas.

Los murmullos vuelven a enseñorearse de la concurrencia. El capitán Zúñiga alza la mano.

—¿Qué dice el concejo a esto? —pregunta—. ¿Está dispuesto a escribir a nuestros hermanos de Madrid?

El tapiador Martín Sánchez, procurador del ayuntamiento, consulta con la mirada al resto de los representantes.

—Lo haremos —ratifica—, si esa es la voluntad de nuestros vecinos.

—Yo diría que lo es —afirma el capitán don Íñigo. Aunque suele confundir sus preferencias con el deseo general, hoy ambas cosas concuerdan, como lo prueban los numerosos gritos de asentimiento que se alzan desde diferentes puntos de la sala.

Concluida la reunión, don Íñigo López de Zúñiga se reúne con el joven Deza en la plaza de la Picota.

—Bien hecho, muchacho —lo felicita—; conseguidnos esas armas, y con ellas podremos asaltar de una vez el condenado palacio. —Sonríe y alza la vista hacia los cielos—. Y cuando nos hagamos con los aceros que el Mendoza custodia allí, le llegará el turno a la fortaleza de Santorcaz. Por Dios, que entonces estaremos en condiciones de plantar cara al mismísimo duque del Infantado.

En ese momento, Juan comprende por qué su antiguo capitán se ha puesto de su lado. Ve aquella medida como un primer paso hacia un conflicto cada vez más amplio, cada vez más cruento; una visión que el joven Deza no está seguro de querer compartir.

—Alcalá, Santorcaz, Guadalajara... —Su mente nunca ha ido tan lejos. Su intención es procurar auxilio a los vecinos de la villa; defenderlos contra lo que pueda venir; mantenerlos en sus casas bien seguros y protegidos, no lanzarlos al asalto de enemigos imposibles—. Habláis como si ese fuese un camino inevitable.

—Porque lo es —ratifica su interlocutor—. Necesario, imparable... inevitable, como bien decís; como el recorrido del sol hacia el anochecer: nos dirigimos al ocaso de los señoríos, de todos los antiguos privilegios. —Señala hacia el cielo, que hoy parece de un azul poderoso e infinito—. Esto es algo grande, muchacho; lo más grande que han visto los tiempos pasados, y quizá los futuros. Y Dios nos ha concedido el privilegio de formar parte de ello.

La toma de Tordesillas lo ha cambiado todo, añade. Los Grandes creen haber cosechado una gran victoria; pero, en realidad, representa el principio de su fin.

Esa ha sido su última ofensa, la gota que desborda el vaso. Así lo piensa el reino, que ahora no se alza solo contra el rey y sus flamencos, sino también contra los altos señores de Castilla. Pues han traicionado al pueblo que los apoyaba, mostrando que solo les mueven sus propios y mezquinos intereses.

El movimiento se inició persiguiendo, sobre todo, nuevas exigencias en las formas de gobierno. Ahora comienza a adentrarse en aguas más profundas. Reclama la abolición de los fueros y privilegios, las bases que sustentan la propia sociedad. Aspira a renovar la composición del reino y sus gentes, desde sus mismas raíces.

—Las grandes familias son ahora el adversario. Pero, por alguna razón, vuestro padre parece no entenderlo —concluye el capitán Zúñiga, con los brazos cruzados sobre el pecho. Alza su mano derecha para repasar con ella su barba rojiza—. Bien haría en cambiar la dirección de sus pasos. No son tiempos para mostrarse tan amigo de los Mendoza. Aseguraos de hacérselo entender.

Juan nada contesta a tales palabras. De cierto, las sospechas de don Íñigo responden a las suyas propias. Pero, como buen hijo, debe lealtad a su padre. Por eso ha actuado en el concejo del modo en que lo ha hecho; si bien él mismo hubiera sido el primero en lanzarse contra las puertas del palacio arzobispal.

Sobre todo, después de ese maldito anónimo que su progenitor insiste en mantener en secreto. De no haberlo hecho así, no cabe duda de que el resultado de la reunión de hoy habría sido muy distinto...

—El contenido de esta carta se limita a mostrar algo que todos sabemos —adujo el joven Deza al descubrir la condenada misiva, tres semanas ha—. ¿De veras creéis que el vicario no está dispuesto a aliarse con su primo el duque? Por Dios santo, lo más probable es que ya lo haya hecho...

—Es lo más probable, a fe que sí. —Fue la respuesta del bachiller Uceda—. Pero no sería correcto, ni aceptable, presentar como verdad algo que solo se sostiene en mentiras y medios deshonestos.

Juan se despide de su antiguo capitán. Dirige una última mirada a la magistral de San Justo y regresa al ayuntamiento. Cierto, en los últimos tiempos su padre parece estar tomando decisiones que lo acercan de forma sospechosa hacia las posiciones de los Mendoza: la del vicario, la del duque del Infantado y su sitial de Guadalajara. Y él sabe bien a quién atribuir la culpa.

Bajo la luz cenicienta, el almacén superior parece aún más pequeño. En el silencio plomizo, Leonor observa cómo Lucía, escudada en su dedal y armada de tijeras y aguja, arremete contra unos retazos de lienzo.

—¿No es eso parte de tu ajuar? —pregunta.

Su amiga no parece oírla. Ataca las telas como si fueran culpables de alguna ofensa. Cada poco se enjuga con el dorso de la mano la humedad que empaña sus mejillas.

Leonor siempre ha querido creer que aquí, en «el aposento», no hay cabida para las traiciones y agravios del mundo exterior. Hoy comprende que no es así.

Se encamina a la ventana y contempla el brocal del pozo. Visto así, desde las alturas, resulta tentador imaginar que es un camino que conduce a un lugar secreto; quizá a uno en el que las promesas nacen para cumplirse y no hay lugar para la mentira...

—Me pregunto si algo de esto es culpa mía... —oye musitar a Lucía. Tiene la voz bañada en lágrimas.

—Por supuesto que no. —Leonor se gira hacia ella, indignada—. ¿Cómo se te ocurre pensar tal cosa?

Su interlocutora no contesta. No puede dejar de rumiar que albergaba el secreto deseo de no estar prometida a su futuro esposo. ¿Y si todo lo ocurrido no fuese sino un castigo de los cielos por su ingratitud?

—Mi padre dice que todo está arreglado; que Miguel es hombre de bien, y actuará como tal; que debo perdonarle sus errores, como corresponde a una buena esposa...

Se interrumpe. En su corazón se arremolinan decenas de preguntas para las que no tiene contestación.

¿Puede un hombre de bien dejar de serlo? ¿Cuántos pecados necesitaría para ello, cuántas faltas? ¿Y de qué calibre? ¿Puede una sola culpa borrar años de integridad y honradez?

Levanta la vista al techo desconchado, como si, a través de él, los cielos pudieran hacerle llegar las respuestas. Pero, por supuesto, el firmamento permanece en silencio, como es su privilegio y su costumbre.

—¿Tú qué crees? —pregunta entonces, en dirección a su acompañante.

—Que no se dan las mismas exigencias para todos. Un varón puede seguir siendo un buen hombre por cosas que no se le admiten a una buena mujer.

Lucía detecta algo extraño en las frases de su amiga; aunque no le es posible precisar qué... Entonces, sin que comprenda la razón, la asalta un pensamiento que ni siquiera la había rondado con anterioridad.

—Esa... muchacha... la de Madrid... —dice, sin saber muy bien cómo referirse a ella—. ¿Todavía está aquí, en la villa?

—Así parece. He oído que la abuela sigue armando bullicio: se presenta todos los días ante el concejo e insiste en que no se irá hasta que no se les haga justicia.

Lucía vacila. Le cuesta admitir ante sí misma lo que está a punto de decir.

—¿Crees que podríamos...? No sé... ¿ir a buscarla?

Leonor se la queda mirando, con una expresión de sincera sorpresa en sus profundos ojos azules.

—¿Buscarla? ¿Para qué, si puede saberse?

—No estoy segura. Me gustaría... verla.

Su amiga despliega una resplandeciente sonrisa. Un gesto que sabe emplear con facilidad y maestría; aunque, para sorpresa de Lucía, esta vez llega acompañada de algo nuevo: un centelleo de orgullo en la mirada.

—Vayamos, entonces. Diré a Beltrán que nos acompañe. —De entre los sirvientes de la casa, aquel muchacho es el que mejor se presta al caso. Compensa la poca sal de su mollera con su predisposición a obedecer sin reparos a la hija del patrón—. Por lo que cuentan, encontrar a esa muchacha no ha de resultar difícil.

El canónigo Diego de Avellaneda interrumpe a su hombre con gesto seco. Una vez más, el concejo de la villa se ha reunido sin decidirse; al menos, sin alcanzar el resultado que él espera. Dios sabe que el comportamiento ajeno rara vez muestra estar a la altura de sus expectativas.

—Las sospechas y la agitación han llegado a cotas peligrosas, muy ilustre señor —le ha confirmado su informante—. Ha habido grandes amenazas y aspavientos, y a punto ha estado la turba de lanzarse al palacio contra el vicario.

A punto. Pero, en el momento postrero, alguien ha logrado contener el tumulto en ciernes. El prebendado Avellaneda repasa con el dorso de los dedos la colgante carne de su papada. De cierto, ha errado al juzgar a la familia Deza. De nada ha servido hacerles llegar a ellos esa carta espuria que, en manos de cualquier otro diputado del concejo, habría desencadenado un levantamiento popular. Lejos de instigar a la plebe contra don Francisco de Mendoza, el pañero y su hijo siguen contribuyendo a que este se mantenga en su puesto.

Pero el canónigo no es hombre que se rinda con facilidad. Debe de haber un modo de aprovechar la situación en provecho propio. El pueblo clama contra los grandes señores; en las calles ya se grita que hay pecheros e hidalgos que, pese a su inferior nacimiento, poseen méritos más elevados que cualquier aristócrata. Algo que, sin duda, se aplica a su situación y conviene a sus aspiraciones.

Sustituir a un Mendoza por un Avellaneda. He ahí el propósito. Falta hallar el medio de convencer a los vecinos de que tal cosa se ajusta a los intereses de la villa.

El prebendado remueve con gesto pensativo los rescoldos de su brasero. Tal vez haya estado orientando sus esfuerzos en la dirección errónea. En lugar de intentar hostigar al ayuntamiento alcalaíno contra el vicario, quizá convenga recorrer el camino inverso. Es hora de predisponer a don Francisco de Mendoza contra el municipio y sus habitantes.

—Quiero que tú y los tuyos sigáis yendo a las reuniones del concejo —ordena a su agente—; continuad como hasta ahora.

—Lo haríamos de buen grado, muy ilustre señor —responde el aludido, uno de los maestros carpinteros empleados en las obras de reforma del palacio—, pero mis hombres comienzan a espantarse. Como os he dicho, la situación se está tornando peligrosa, mucho más de lo previsto...

El artesano inclina la cabeza con un fingido servilismo que, con todo, no oculta los rasgos de la codicia. El prebendado se limita a mirarlo sin pestañear. Su rostro se ha convertido en una máscara de mármol.

—Andaos con cuidado, maese Ruiz. La cuerda que os sostiene es muy fina. Bien podría acabar rompiéndose. Y no es corta la caída desde lo alto de un andamio.

El carpintero esboza una sonrisa nerviosa. No consigue decidir si debe interpretar tales palabras de forma figurada o literal.

—He debido de expresarme mal, muy ilustre señor don Diego —se excusa, al fin—. No pretendía...

—Hay otra cosa —lo interrumpe el canónigo Avellaneda, sin el menor miramiento. Acaba de comprender cuál es el modo más efectivo de ejercer sobre el vicario la influencia que busca—. Contadme más sobre el hidalgo Zúñiga. Y sobre ese otro, el pechero, ese tal Cereceda.

—Miguel, hijo, ven un momento.

Sorprendido, el joven zapatero abandona la tarea sobre la mesa de trabajo y sigue a su madre el interior de la vivienda. Su asombro va en aumento al advertir que su padre se encuentra en la sala, conversando con un sacerdote.

—¿No es don Eustaquio? —pregunta. No acierta a entender la razón de que este se haya presentado en casa sin previo aviso. Aquel religioso ferviente, gran defensor de la santa lucha de las Comunidades, es su párroco y confesor. También el de su prometida. Y oficiará como celebrante de la boda entre ambos.

Pero su interlocutora no lo conduce hacia allí, sino al saloncito de las mujeres, donde lo aguarda una visitante muy distinta.

—¡Lucía! —exclama, sin comprender—. ¿Qué ocurre?

La joven lo espera en pie. Por alguna razón, no se ha acomodado en los cojines colocados sobre el estrado de madera. La acompaña la hija del pañero Deza, que sí está sentada, con un librito abierto sobre el regazo.

—Miguel —responde la interpelada. Tiene la voz rígida, y los brazos cruzados sobre el torso, como si con ellos quisiera mitigar un frío que surgiera de su interior—, he venido a explicar por qué no voy a casarme contigo.

En un primer momento, su oyente no acierta a reaccionar. El estupor lo ha dejado de una pieza. Luego frunce el ceño. ¿A santo de qué viene ahora este absurdo?

—¿De qué hablas? Esa es una decisión que no te corresponde tomar a ti.

—Eso dice el padre Eustaquio.

Así es, en efecto. Como mujer, su destino está en manos de los varones destinados a llevar las riendas de la familia: su padre, su suegro, su futuro esposo. Es a ellos a quienes incumbe tomar las grandes decisiones que definirán su vida.

—Entonces, no hay más que decir. Abrígate, que hace frío, y vuelve a casa de tu padre.

—Antes de eso, te explicaré por qué no voy a casarme contigo —insiste ella, frágil pero inamovible—. Y luego tú irás a explicárselo a él.

15

—Pensad que no es pequeña cosa lo que se arriesga en este caso. Está en juego el destino de dos almas.

En la sala de recibir, el padre Eustaquio lleva un buen rato hablando con el zapatero Campos, que lo escucha con atención y respeto, como hombre temeroso de Dios.

El visitante ya le ha explicado que Lucía ha acudido a su sacristía «movida por la caridad», mostrando gran «piedad y nobleza».

—No niego que la muchacha quizá haya obrado con cierto... atrevimiento —reconoce, en un tono que mitiga en mucho la gravedad de tal rasgo en una hembra—. Pero no cabe duda de que actúa guiada por las cristianas virtudes. Cuando la conciencia llama, el buen creyente no debe ignorar sus dictados.

En el estrado de las mujeres, la responsable del episodio se enfrenta a una conversación mucho más difícil. Miguel no se muestra tan dispuesto a aceptar los razonamientos de la que, a todos los efectos, considera ya su legítima esposa.

—No puedo creerlo —protesta—. ¿Me estás diciendo que has estado trotando por las calles como asno de aguador? ¿Y justo ahora, cuando tu nombre anda de boca en boca? ¿Qué quieres, convertirte en la comidilla del barrio?

—Si su nombre anda de boca en boca no es, por cierto, culpa

suya —apunta Leonor, capaz de prestar atención tanto a la lectura propia como a la conversación ajena—. Y si ha salido a la calle ha sido, justamente, a fin de remediar la situación.

Con una mueca de disgusto, Miguel se aparta al otro lado de la estancia, llevando del brazo a su prometida.

—¿Remediar la situación? No hablarás en serio. Ya me he encargado de eso...

—¿De remediarla? ¿Para quién? De cierto, no para la persona que más lo necesita...

—Lucía, lo único que quiero es asegurarme de que tú estés bien. Te hice una promesa, y voy a cumplirla. ¿No lo entiendes?

—¿Y tú? ¿No entiendes que ya es demasiado tarde para eso?

El joven zapatero queda como petrificado ante aquella respuesta.

—¿A qué te refieres?

Su interlocutora siente deseos de sollozar. Pero se obliga a contenerse. En lugar de lágrimas, brota de su pecho una oleada de palabras; con franqueza, sin riendas, sin reflexión.

Desde la niñez ha oído hablar de mujeres así, deshonradas por un hombre, siempre retratadas como criaturas perversas, corrompidas, portadoras de horrendos vicios... Pero la muchacha a la que ha conocido no se ajusta en nada a esa descripción.

—Se llama Luisa. Luisa. ¿Lo sabías? Es tan joven... Y está asustada, y ha llorado tanto... Ella no quería hacer mal a nadie. Todavía no entiende qué ha ocurrido, ni cómo...

Miguel la ha soltado. Traga saliva.

—Lucía, por Dios... No digas eso...

—Su abuela la echará a la calle si no se deshace del niño. Dice que, si se lo queda, todos sabrán que es una... —Se interrumpe, incapaz de seguir por ese derrotero—. Esa muchacha solo quiere una vida cristiana, ¿no lo entiendes? Para ella y para la criatura que lleva en su vientre... Y solo tú puedes dársela.

Su interlocutor se gira, sin decir palabra. Es evidente que cada una de esas frases le resulta más dolorosa que la anterior.

—El padre Eustaquio dice que de esta decisión puede depender el destino de dos almas. Supongo que él piensa en Luisa y en su criatura. Pero yo creo que... que hay otras que también dependen de esto. —Hace una pausa—. Tal vez incluso la mía...

—No, de ningún modo —replica él, tajante—. Tú no tienes culpa...

—¿Y tú? ¿La tienes? Dime con toda sinceridad si no crees que el destino de tu alma pueda depender también de esto, Miguel.

El joven zapatero niega con la cabeza, en un gesto que denota el más profundo desconsuelo.

—Lucía, tú me conoces... No quiero hacerte daño. Ni... ni a ella... Nunca he sido un mal hombre...

La aludida baja la vista al suelo. Pocas cosas resultan tan desgarradoras como las palabras que está a punto de pronunciar.

—Tienes razón, no lo eres. Y por eso sé que tomarás la decisión correcta.

La villa de Madrid ha respondido. Confirma su hermandad con sus vecinos complutenses y les concede en préstamo un cargamento de armas que se entregarán en el plazo de dos días a Juan de Deza, el emisario del concejo alcalaíno.

—Sé el enorme esfuerzo que esto os supone —reconoce Juan aquella tarde, ante su amigo Pedro de Madrid—. Te aseguro que los buenos hombres pecheros de mi villa y tierra os lo agradecen de corazón. Espero que algún día podamos corresponder a tan gran favor.

—Pues yo espero que no sea necesario —responde su interlocutor con un tono que, pese a sonar jocoso, no oculta un serio trasfondo—; aunque, si tanto tenéis a gala el retribuir, de buen grado consideraríamos saldado el primer pago de la deuda a cambio de ciento cincuenta mil maravedís.

La situación de las arcas madrileñas es poco menos que desesperada. El caballero de alarde bien lo sabe, puesto que su padre es el cambiador de la Comunidad municipal y todas las cuentas pasan por sus manos.

—Hemos tenido que embargar los bienes del viejo don Francisco de Vargas, el tío de nuestro antiguo y querido alcaide —le ha explicado a Juan. El mentado no solo actúa como tesorero general del emperador Carlos, sino que también acumula más de una treintena de oficios en la casa real. Su palacio, uno de los más esplendorosos de la villa, acapara buena parte del costado oriental de la plaza de la Paja. Corren rumores de que es uno de los cortesanos más corruptos del reino... lo que no es poco decir—. Pero, hasta que los escribanos y alguaciles averigüen su valor no podremos hacer uso de ellos. No nos queda otra que seguir intentando conseguir préstamos particulares... y recaudar impuestos extraordinarios.

Al joven Deza no se le escapa la ironía de la situación. Según recuerda, el alzamiento se produjo precisamente a causa de esos «servicios» especiales que don Carlos exigía para sufragar sus gastos.

—Nuestros hombres ya han empezado a salir hacia Valladolid. El capitán Zapata partirá en breve, al mando de las últimas cinco escuadras. —Pedro sonríe con orgullo; dos de ellas marchan bajo las órdenes de su hermano Rodrigo y su primo Alonso—. Y, por Dios, que hemos de hacer cuanto sea necesario para que no les falten sus dineros y provisiones. Don Juan Arias ya ha reclamado veinte mil maravedís...

—¿Te refieres al Juan Arias de Torrejón de Velasco? —pregunta el alcalaíno. No puede evitar arrugar el gesto. Recuerda su bautismo militar, aquel día en que se respiraba fuego y polvo, atacando el feudo del dicho señor—. Pues, ¿no se os declaró hostil, y estuvo arrasando las tierras de la comarca durante semanas?

Pedro parece tan poco satisfecho como su interlocutor.

—Durante meses —corrige—. Pero qué vamos a hacerle, amigo mío: las tornas cambian. Estamos en tiempos de lealtades cambiantes.

—No permitiré que olvides a quién debes fidelidad. Tu lealtad ha de estar, ante todo, con tu familia.

Así diciendo, el consiliario Pedro de Lagasca golpea con las manos abiertas el pecho de su interlocutor. Pese al embate, este se mantiene inamovible. No en vano es hombre de formidables dimensiones.

—No olvido que conseguí entrar al servicio de la universidad gracias a vos y a los vuestros, primo —responde. Es Cosme Osuna, el fámulo que el maestro Juan de Hontañón ha asignado a su servicio personal—. Pero también es cierto que sigo aquí gracias al favor del rector.

—¿Crees que le debes algo? Te equivocas. —Pese a su baja estatura, el consiliario abulense no parece amedrentado por el gran tamaño de su oyente. Este no es más que un pariente lejano, muy por debajo de la rama principal de la familia, a la que él sí pertenece. Ningún hidalgo que se precie retrocedería ante un inferior—. Sus amigos castellanos son quienes se encuentran tras esas acusaciones de que por tus venas corre «sangre sucia». Si él no los favoreciera, no se mostrarían tan arrogantes, ni se atreverían a inventar tales falacias.

—A decir verdad, no creo que él los favorezca... —replica el sirviente. A día de hoy, es el habitante del Colegio más próximo al rector. Lo acompaña durante gran parte de la jornada como mudo testigo de sus actos y palabras—. En realidad...

—¡Qué importa lo que creas! —lo interrumpe Pedro de Lagasca—. Tan solo nos interesa lo que veas y oigas. Y, por supuesto, lo que nos cuentes.

Los integrantes de la facción andaluza necesitan de todas las armas a su disposición para hacer frente al ataque de los castellanos, que ahora cuentan con su famoso visitador del rey, llegado con cédula y sello de Su Majestad.

El claustro ha objetado que la figura del reformador de la Corona es contraria a las instituciones cisnerianas. Por el momento, al tal fray Miguel Ramírez no se le permite proceder con sus pesquisas hasta que el rector no reciba respuesta escrita a tan espinosa cuestión de manos del propio cardenal Adriano. De hecho, el maestro Hontañón ha solicitado que el virrey retire al dominico, aduciendo que el Colegio está en paz; que ni él ni su predecesor en el cargo han solicitado un visitador, pese a que así se alega en la cédula de Su Majestad; y que, por tanto, todas esas supuestas causas que han originado la venida del pesquisidor resultan ser «una manifiesta falsedad».

—Como si eso fuera a servir para algo —había rezongado el antiguo rector Jerónimo Ruiz ante sus compañeros del grupo bético; al igual que él, todos eran de la opinión de que la medida les concedería unos pocos días de respiro, y nada más—. ¡Voto a tal! De aquí a un par de semanas tendremos al dominico husmeando en nuestros asuntos como un perro de presa.

—Que es, precisamente, lo que los castellanos buscan —había corroborado el consiliario Gonzalo de Carvajal—. Pero, si ellos tienen de su parte a un cardenal y virrey, nosotros acudiremos a quien pueda hacerle callar a él... y aun al mismísimo emperador.

Como primera medida, han acudido a un alto cargo de la corte: don Carlos de Mendoza, el maestrescuela de la magistral alcalaína, que también es deán de la catedral toledana. Este les ha prometido que ordenará al rector y al claustro que cierren las puertas al visitador real, y que luego se presenten en Toledo para que se les investigue allí. Y añade que ha de castigar con la excomunión a todos los que se nieguen a obedecer.

Pero eso es solo el principio. Pues también han enviado un breve a Roma, dirigido a Su Santidad, el papa León X. En él solicitan que el pontífice se declare sumo protector de la universidad y, como tal, exima de jurisdicción al visitador dominico y al propio rector del Colegio.

—Y una vez que el maestro Hontañón quede expulsado de su cargo, ya veremos qué hacer con él —había sentenciado el racionero Rodrigo de Cueto—. Por de pronto, arrojarlo a una celda cargado de grilletes. Y luego pensaremos en el mejor modo de hacerle pagar por todos sus abusos.

Esta noche, Juan de Deza vuelve a llamar a esos portones que ya se le han abierto varias veces, bajo el dintel de un arco apuntado. A sus espaldas, las sombras se agazapan en los recovecos de la pequeña plaza madrileña.

Se ha despedido hace un rato de su amigo Pedro, que insistía en abrir una última botella de licor de San Martín.

—Desearía quedarme, pero no me es posible. Debo hacer una visita.

—¿Una visita, a estas horas? —ha recalcado el caballero de alarde, no sin intención—. Ya veo. Presenta mis respetos a la dama.

De cierto, no habría pronunciado palabras tan ligeras de saber que la referida no es otra que su hermana Teresa.

Este pensamiento, que antes provocaba a Juan una sonrisa maliciosa, ahora le pesa en el ánimo. Y Dios sabe lo mucho que cuesta mantener el porte erguido sintiéndose así de abrumado.

En el fondo, nada ha habido de deshonesto en sus encuentros con la viuda, dejando aparte el hecho de que se produzcan de forma intempestiva y furtiva... que es, precisamente, lo que les confiere su atractivo.

El hecho de que sus reuniones se realicen de manera imprevista es consecuencia de la particular situación de estos tiempos. Dado el interés de ambos por proteger el secreto, no les es posible mantener correspondencia, pues esta se inspecciona al entrar y salir de Madrid. Juan ha de contentarse con mandar un billete cada vez que llega a la villa, cuando ya se encuentra dentro de sus muros.

Pero en estos días algo ha cambiado: el modo en que la villa vecina ha respondido a la llamada de Alcalá y sus gentes; la forma en que le están tratando en casa de Fernando de Madrid; sus últimas conversaciones con Pedro... Comienza a sentir un vínculo distinto con aquellas calles y sus habitantes, y con sus anfitriones, que lo han acogido en su hogar con el corazón y los brazos abiertos.

En su interior, los considera ya como parientes cercanos, especialmente estimados. Y un hombre de honor no debe actuar nunca —nunca— a espaldas de la familia.

Sin embargo, cuando trata de explicárselo a Teresa, ella endurece el rictus.

—¿Revelar a mi padre y mis hermanos que venís a visitarme? ¿Por qué, señor Juan? ¿Por qué querríais hacerme eso?

—No hay razón para tales palabras. Pensadlo: ¿qué mal cabría esperar?

Al fin y al cabo, nada inconveniente hay en sus reuniones. ¿Por qué seguir ocultándolas, cuando consisten en agradable e ingeniosa conversación?

—Mucha osadía tenéis para venir a mi casa a proponerme algo que redundaría en mi perjuicio y en provecho para vos.

—Creedme, señora. Entre mis destrezas se cuenta la de saber descubrir beneficios. —Juan se acomoda aún más en su silla—. Os aseguro que eso no os traería pérdida ninguna, y sí ganancia para todos.

La anfitriona se alza de su asiento. Aquel gesto provoca que el negro implacable de sus ropas parezca aún más intenso.

—No finjáis no entenderlo. La ingenuidad no concuerda con vuestro carácter. De sobra sabéis que la casa de mi padre no aceptaría de buen grado una situación que suscitará comentarios maliciosos y habladurías sobre la familia. Justificarme ante ellos habría de provocarme muchos enojos. —Mantiene los brazos cruzados, inmóviles como los de una estatua. Las manos níveas se acentúan sobre el sombrío terciopelo—. Insistirían, y mucho, en convertir nuestro trato en algo más «honesto». Eso os convendría, ¿cierto?

El joven Deza no responde. No de inmediato. Repasa con los dedos el brazo de su silla, recorriéndolo en una lenta caricia.

—Extraña forma de mencionar un casamiento. ¿Tan horrendo os parecería?

—¿Creéis ser el primero que lo intenta? Otros hombres ya me han pretendido; incluso más gallardos, más resueltos, más pudientes, de más alta cuna que vos. —Ahora su rostro es impasible y frío, como el de una esfinge—. Os digo lo mismo que les dije a ellos. No consentiré que un varón adquiera derecho a administrar mi hacienda, mi casa y mi negocio; ni a decidir mi futuro y el de mi hija.

Juan repasa con la mirada la cruz de azabache y perlas prendida del pecho de su interlocutora. Parece palpitar al mismo ritmo al que respiran las llamas de las velas.

Es cierto, vive Dios que sí. La mujer que tiene ante sí es llave de acceso a una vida de mayor poder, de gran riqueza, a los privilegios de la caballería de alarde —esa curiosa institución de que goza la villa de Madrid.

Privilegios que corresponden, en gran medida, a los de ese estado de hidalguía que a él se le ha negado en la cuna y que su madre le insiste en conseguir por matrimonio.

No se engaña a sí mismo. Sabe que la condición y la riqueza de su anfitriona forman parte de los alicientes que lo han llevado a acercarse a ella. Pero ¿acaso cabe reprochárselo? Tales son las costumbres del mundo.

—¿No es eso lo que buscáis? —insiste ella, despiadada—. Al menos, tened el valor de reconocerlo.

Su huésped invoca una ligera sonrisa.

—Tendréis que decidiros, señora. ¿Vais a acusarme de tener mucha osadía o de falta de valor?

Teresa se acerca un paso. Luego otro. Su silueta, delgada y cubierta de sombras huidizas, se asemeja a una aparición.

—¿Decís que estáis aquí por mí, y no por mi posición ni por mi hacienda? Bien. Jurádmelo.

Ahora está muy cerca. Juan no desvía la mirada. Asomarse a esos ojos oscuros produce la misma desazón, la misma sensación de vértigo que inclinarse sobre un abismo.

—No lo haré, Teresa —se oye decir a sí mismo—. No soy hombre de juramentos. Ni creo que vos estéis dispuesta a dejaros convencer por mis palabras.

Ella esboza una sonrisa ácida, con sabor a desprecio.

—Lo imaginaba, señor Juan de Deza. En tal caso, es mejor que no sigáis malgastando vuestro tiempo y haciéndome perder el mío.

No se aparta cuando él se incorpora. El visitante pasa rozándola, en su camino a la salida.

—Os lo advierto: si os vais así, no se os ocurra volver a llamar a mi puerta.

Juan se detiene. Sus entrañas son campo de batalla. Haga lo que haga, ha de salir derrotado.

Su buen juicio lo incita a partir. De sobra sabe que Teresa es inexpugnable ahora mismo. Su única esperanza consiste en que, al igual que cualquier otra fortaleza, empiece a desmoronarse con el tiempo y el abandono.

Pero su corazón desea quedarse. Más de lo que él mismo desearía admitir.

Extiende la mano hacia el picaporte, lo roza. Duda, interrumpe el movimiento. Al fin se decide. Abre la puerta y se marcha; con el alma dolorida, pero sin mirar atrás.

La boda se celebra con discreción y premura. Las milicias alcalaínas han sido convocadas para salir hacia Tordesillas. El padre Eustaquio oficia la ceremonia que unirá para siempre a los contrayentes, en esta breve vida y para la eternidad.

—Ve tranquilo, hijo. —El zapatero Campos realiza la señal de la cruz en la frente de Miguel—. Luisa y el niño estarán bien cuidados.

El cabo ha convocado a sus hombres en la plaza de Santiuste. Allí les ordena formar para hacerlos marchar hacia la puerta de Madrid.

La familia del sastre Pedro de León ha acudido para despedir a Andrés. También se halla presente una delegación del concejo y buen número de vecinos. Arropada por las campanas de San Justo, la muchedumbre vitorea a los valientes que parten a combatir, por la villa y por el reino, a las tierras de la Castilla vieja.

—No te me acerques —rezonga Andrés, al ver que Miguel se llega a él con la mano extendida—. No quiero volver a cruzar palabra contigo en lo que me queda de vida.

—No digas bobadas. Estamos en la misma escuadra. —El joven zapatero baja la mano. Les esperan muchas leguas de marcha, muchas noches de posada común. Tiempo habrá de remendar ese agujero, con la ayuda de Dios—. Además, prometí a Lucía que te protegería.

—Valiente majadería. También le diste palabra de desposarla. Creo que todos sabemos cómo cumples tus promesas.

16

Es Nochebuena. La villa complutense se esfuerza por recordar que, en esta fecha, Dios nace para traer paz a los hombres. En los tiempos que corren, esa palabra parece haber quedado desterrada de los labios y los corazones.

El salón de Alonso de Deza se engalana con espléndidas alfombras y tapicerías. Sobre la mesa tintinean la cristalería fina y la mejor porcelana. El pañero no repara en gastos para agasajar a la familia y sus invitados. Ni siquiera faltan a los comensales sus buenas raciones de besugo, aunque la carestía de este año obligue a pagarlo en el mercado a cincuenta maravedís la libra.

Tras los hojaldres y turrones, se retira la mesa para dar paso a los villancicos. Mientras las mujeres supervisan la distribución de la sala, los varones se retiran a una esquina, vaso en mano, para darse a la conversación.

—¡Menuda la ha montado el capitán Padilla en Valladolid! —señala Damián, que nunca ha mostrado simpatía por los hombres de armas y, menos aún, por sus oficiales—. Pues ¿no dicen que lo metieron a hombros donde los procuradores, como hace el vulgo con los comediantes en el teatro?

Tras lo ocurrido en Tordesillas, la nueva Junta General se reúne por primera vez en la iglesia de San Pablo. Allí acuerdan destituir a Pedro Girón y otorgar el mando general de las tropas al toledano Pedro Laso de la Vega. Al conocer la noticia, las masas indignadas irrumpen en el templo con gran algarada, llevando en volandas a Juan de Padilla y reclamando a gritos su nombramiento.

—El pueblo ha encontrado a su paladín —replica Juan—. Y a fe que no le falta razón. Reto a cualquiera a hallar mejor capitán para la causa.

No en vano, Padilla ha sido protagonista de las más grandes gestas logradas por las Comunidades, las alcanzadas en los meses de agosto y septiembre. Si hay alguien capaz de revivir aquellos días gloriosos, sin duda es él. Y este pensamiento provoca tanto entusiasmo entre los seguidores de la causa como inquietud en el bando enemigo.

—Bien pudiera ser. Aunque la Junta parece tener diferente opinión al respecto —apunta el bachiller Uceda; quien, según Juan, posee la facultad de hacer comentarios tan gratos como un dolor de muelas.

—Dicen que su esposa María Pacheco le incita a perseguir grandes logros —señala Damián, con el tono de quien se considera bien informado—. Que, como hija que es del conde de Tendilla, esperaba un matrimonio con un noble de tan alto linaje como el suyo, y no se holgó de que su padre la casara con el hijo de un regidor de Toledo, un hidalgo de mucha más baja condición. Por eso instiga a su esposo a que con sus triunfos consiga honores, beneficios y cargos que lo alcen por encima de su cuna.

—Un hombre bien puede casarse con una dama de más alta posición. Debieran ser su carácter y sus méritos, y no su nacimiento, lo que defina su valía —replica Juan—. Y, por cierto, que no es necesario atribuir a la ambición de una mujer méritos que corresponden a la audacia de un varón.

El tono en que ha pronunciado tales palabras deja entrever que ha tomado las declaraciones de su hermano casi como si encerraran un agravio personal.

—¿Han oído vuestras mercedes mentar la nueva pragmática de Carlos de Gante? A ese flamenco impío no le tiembla la mano —interviene el sastre Pedro de León, mudando de tema. En efecto, el flamante emperador ha firmado en Worms una orden real por la que condena a muerte nada menos que a doscientos cuarenta y nueve miembros destacados de las Comunidades; entre ellos se cuentan los más firmes defensores de Castilla: diputados, procuradores y oficiales militares de todo origen y condición. Los acusa, a ellos y a quienes los apoyen, de «traidores desleales, rebeldes e infieles»—. Y, por cierto, que el primero de la lista no es otro que nuestro reverendo Acuña.

Así es. Tras liderar la defensa de Tordesillas, el obispo de Zamora logró abrirse paso entre las huestes invasoras a la cabeza de su batallón de clérigos. Ahora ha comenzado a sembrar en la zona de Palencia el espíritu de las Comunidades. Por cuanto parece, su fervor arrastra a las gentes y logra enormes contribuciones para las arcas de la Junta.

—Dicen que el rey ha ordenado prenderlo y ajusticiarlo como si no fuese hombre de Iglesia —añade Damián, con profunda indignación.

Los religiosos, en virtud a su particular fuero, tan solo pueden ser retenidos y juzgados por un tribunal eclesiástico. Y en modo alguno se les puede ejecutar como a seglares —ya sea en la horca o el garrote vil propios de los pecheros o mediante la decapitación reservada a los miembros del estamento nobiliario.

Pero, aunque el emperador respeta tales derechos para los demás clérigos incluidos en su famosa lista, en el caso concreto del obispo Acuña insiste en hacer una sacrílega excepción.

—Como hay Dios que eso ha de traerle muy graves problemas con la Santa Sede —vaticina el sastre—. Como poco, tal impiedad es causa de excomunión...

El señor de la casa nota una mano en su brazo.

—Ya basta, Alonso...

Su esposa se ha aproximado a él para susurrarle al oído estas palabras. En Nochebuena no parece apropiado tratar ciertos temas, sobre todo si implican algaradas en iglesias, excomuniones, clérigos sanguinarios o ejecuciones de obispos.

La velada da paso a los villancicos. Maese Pedro de León nunca ha gustado de músicas en su propio hogar. Sin embargo, no pone impedimento cuando el anfitrión invita a Lucía a que cante ante todos la primera tonada. No será él quien objete a cualquier cosa que redunde en alabanza del Altísimo. Y, de cierto, su hija tiene una voz digna de los coros celestiales, aunque en casa rara vez tenga oportunidad de exhibirla.

Escucha a su pequeña con el ceño fruncido, mientras da buena cuenta de uno de esos vinos de una oreja que su vecino atesora en su bodega. Andrés es para él motivo de orgullo. Siempre ha acatado sin protesta los dictámenes paternos, y ahora marcha por las lejanas tierras del norte de Castilla en nombre de Dios, de la justicia y la libertad, cumpliendo el mayor sueño de su progenitor.

Lucía, sin embargo...

—Tomad la vara después, si creéis que lo merezco —le dijo la muy descarada el día en que se llegó al taller a contarle la que había organizado en casa del zapatero Campos, mientras este y su hijo Miguel esperaban en el zaguán de la casa para discutir el asunto—. Aceptaré cualquier castigo que tengáis a bien aplicarme, padre. Pero, antes de nada, deshaced mi matrimonio.

Su tono de entonces mostraba emociones que, aun hoy, su padre no acierta a reconocer; pero, a buen seguro, no había en él rastro de contrición.

Pedro de León vuelve a llenarse el vaso, cambiando ahora del blanco de Ocaña al tinto de Toro. Todavía se pregunta por qué entonces no molió a palos a esa deslenguada; ni por qué al mirarla ahora nota, junto a esa mezcla de furia y despecho que le bulle en las tripas, otra sensación que no logra identificar.

Tal vez se deba a que aquel día el padre Eustaquio le aseguró que Lucía era «una criatura cercana a Dios». Oyéndola cantar, bien podría creerse.

Es Nochebuena. Las tropas al mando de Padilla y de Zapata han alcanzado hoy Medina del Campo. Partieron de Madrid con intención de retomar Tordesillas, pero los planes cambiaron durante la marcha. Se dirigieron a Ávila, donde descansaron una jornada.

La ciudad causó honda impresión a Miguel Campos. Resulta muy diferente a su Alcalá natal. Tiene un aire más austero y antiguo, más severo y orgulloso. Como era de esperar, frente a las calles estrechas y las casas populares destacan las iglesias y los grandes edificios señoriales. Algunos de ellos, erigidos con esa hermosa piedra a la que allá dan el nombre de «caleña», de tonos anaranjados y rojizos.

Durante su breve estancia, le sorprendió comprobar que, de algún modo, aquella ciudad comparte el mismo espíritu que se respira en las calles complutenses.

—Hay algo aquí que me recuerda a estar en casa —había comentado a su oficial—. No son las calles, es... algo en el ambiente. Me hace sentir que, aunque son distintas, la Castilla nueva y la vieja tienen la misma alma.

—La tienen, muchacho, no lo dudes —había respondido su interlocutor—. Y aún más en los tiempos que corren. Lo notarás cuando lleguemos a Valladolid, Zamora o Palencia.

Para entonces, Miguel Campos ya formaba parte de la comitiva de su cabo de escuadra. Es este un hombre ya entrado en años, de escasos cabellos y una barba poblada no muy acorde a la moda de los tiempos. El carácter agrio que muestra en las tareas de instrucción se atempera no poco al final de la jornada, una vez acabadas las tareas militares. Se llama Melchor Hoces, y ya se había asegurado de tener cerca al zapatero alcalaíno durante la campaña de Alaejos.

—No es mal cambio este de reposar los pies —brindó el oficial, levantando su vaso en una taberna abulense de ambiente ruidoso y enrarecido, donde sirven jarras de vino malo a buenos precios—. Por vida de Cristo, que no he de extrañarme si uno de estos días me encuentro los dedos convertidos en témpanos.

Habían atravesado caminos y cañadas que discurren junto a campos escarchados, con las severas montañas como vigías. Aquella breve jornada de descanso no había logrado borrar de sus pies el dolor y el aterimiento.

Luego habían reemprendido la ruta. Y, tras cinco días de marcha, hoy alcanzan Medina del Campo, que aún conserva el rostro desfigurado y ennegrecido tras el brutal incendio perpetrado por las tropas del rey, cuatro meses ha. Sus torres todavía exhiben banderas y pendones de luto.

Sin embargo, la villa se vuelca en recibirlos. El capitán Padilla tiene allí nombre de héroe y aureola de gloria. Las casas de los principales y vecinos se honran en dar el mejor alojamiento a sus tropas.

El cabo Melchor Hoces y sus dos asistentes —uno de los cuales es el joven Miguel Campos— son recibidos en casa de un maestro albañil. La cena navideña, con su poco de abadejo y sus varios embutidos y quesos de la tierra, no resulta tan abundante ni bien surtida como lo hubiera estado en tiempos de paz. Con todo, su anfitrión no deja de alabar los muchos esfuerzos que la ciudad está empleando para reconstruirse de las cenizas.

—En el sitio de Alaejos tuvimos el honor de conocer a un insigne vecino de esta villa —comenta el cabo Hoces durante los postres, frente a una fuente de esponjosas torrijas—: uno de vuestros procuradores, el tundidor Fernando de Bobadilla. Imagino que, en estos momentos, estará brindando junto a nuestros capitanes...

Se hace el silencio. El señor de la casa baja la vista con rostro sombrío. Luego se aclara la garganta y responde:

—Fue muerto en Alaejos. Durante una de sus incursiones, el enemigo cayó sobre él y sus hombres. Lo llevaron preso a la fortaleza. Y allá lo ajusticiaron sin abrirle proceso, como el rey ha ordenado hacer con todos los que apoyan a las Comunidades. —El maestro albañil realiza una pausa. Resulta evidente que aquel episodio lo afecta en lo más hondo—. Lo ahorcaron y luego colgaron su cuerpo de las almenas, para que fuera bien visto de las tropas que aún seguían poniendo cerco al castillo.

El cabo Hoces se santigua con gesto sentido. Después alza su vaso:

—Por los héroes caídos. Para que su ejemplo nos guíe a nuevas conquistas y nuevas hazañas.

Todos los presentes responden al homenaje. Miguel hace lo propio. A nadie menciona el encuentro que él y Andrés tuvieron en su día con el tundidor, ni las graves advertencias que entonces hiciera a su amigo, ordenándole alejarse de aquel oficial con fama de feroz y sanguinario.

Todos cuanto hoy le rodean parecen tener una opinión muy distinta sobre Fernando de Bobadilla.

Miguel bebe su vino en silencio. Con razón dicen que solo Dios acierta en Sus dictámenes. El joven zapatero, por su parte, no puede dejar de preguntarse hasta qué punto es fiable el corazón humano cuando se decide a juzgar la valía del prójimo.

Juan de Deza repasa los documentos que se encuentran sobre el escritorio. No ha venido aquí con intención de entregarse a lecturas, pero, dadas las circunstancias, no se le ocurre mejor modo de emplear el tiempo.

Sin embargo, su mente tiene dificultad para analizar las letras y cifras. No está acostumbrado a los remordimientos. Ni, aún menos, a repetirse a sí mismo que no debiera sentirlos.

En estos días, cuando tendría que estar concentrado en asuntos de mayor enjundia, el recuerdo de su último encuentro con Teresa lo asalta sin cesar.

Parte de él insiste en que es preferible mantenerse alejado de ella. Pero otra parte anhela volver a visitarla cuanto antes. Dios, cómo la echa de menos. Mucho más de lo que había esperado...

—No deberías hacer eso, ¿sabes?

Esas palabras lo sobresaltan. Alza la vista del escritorio y se encuentra frente a Leonor, que lo observa con expresión maliciosa.

Juan se yergue y se alisa el jubón. La recién llegada lo ha sorprendido revisando los papeles colocados en la mesa del bachiller Uceda.

—¿Qué haces, hermana? Bien sabes que no debieras estar aquí.

Por toda respuesta, la joven se acerca a una silla de brazos y se acomoda en ella. La seda de su saya, de un azul brioso como sus ojos, susurra en cada uno de sus movimientos.

—Leonor, no tientes tu suerte. Padre no tardará en llegar. Y este no es tu sitio.

—Por lo que parece, tampoco el tuyo.

Su interlocutor toma asiento en el tablero de la mesa y cruza los brazos sobre el pecho. Los cielos le han concedido el don de responder con gallardía e ingenio a las hembras; a todas excepto a su hermana.

—Aquí no hay nada para ti. Y no te conviene mezclarte en cosas de hombres. Mejor harías en volver a tus habitaciones y a esos libros que tanto te gustan.

Ella realiza un mohín de hastío.

—Y yo que esperaba una réplica inteligente... ¡qué decepción! —suspira—. Desde que volviste de tu viaje andas algo aturdido, hermano. Diría que te han sentado mal los vítores.

La tarde en que Juan regresó de Madrid con un carro cargado de armamento, el júbilo se desató en las calles. Una multitud acudió a recibirlo a la puerta de la villa y celebró su llegada con grandes aclamaciones.

Mucho se ha hablado en casa del suceso, que madre y padre narran con evidente orgullo. Pero lo cierto es que Juan parece haberse traído de la villa vecina alguna preocupación que, desde aquel día, no cesa de rondarlo.

—Déjame decirte algo, hermanita: no hay forma más fácil de quedar en ridículo que el hablar de temas de los que no entiendes.

—Ah, pero yo sí entiendo de ciertas cosas; más de lo que te gustaría. —Ahora es ella quien exhibe una sonrisa que, por cierto, nada tiene que envidiar a las que él sabe emplear cuando conviene—. ¿Padre te ha pedido venir a su despacho y luego lo ha olvidado? No es la primera vez, ¿verdad?

En efecto, Juan lleva un buen rato esperando. Por cuanto parece, el señor de la casa está demasiado ocupado para recordar que ha citado a su hijo hoy a mediodía. Se habrá marchado a atender algún otro negocio en compañía de su secretario arriacense. Y, como recalca Leonor, no es la primera vez.

—Nuestro padre es un hombre ocupado; como lo somos Damián y yo. Y, por cierto, a ti no te vendría mal emplearte también en tareas de provecho.

—Y lo hago, vaya que sí. Pues, ¿qué crees, que andar por la casa con los ojos y oídos bien abiertos no es provechoso? Así es como he venido a saber que llevas ya un tiempo haciendo averiguaciones entre el servicio. ¿Qué te ha hecho el pobre bachiller Uceda para que busques información sobre él con tanto empeño?

Juan no puede evitar una expresión de sorpresa; algo que, bien lo sabe, ha de complacer a Leonor. Nada hay que le guste tanto como causar asombro. Y, por cierto, se da buenas mañas para conseguirlo.

—Como te he dicho, hermanita, no es algo que te incumba. Se trata de un asunto serio, demasiado para las simplezas de una chiquilla.

—Y, dime, ¿has averiguado algo de interés? —prosigue ella, como si no le hubiera escuchado. Sabe que las indagaciones de Juan no lo han conducido más que a callejones sin salida, por mucho que él se niegue a reconocerlo—. Porque podría darse el caso de que, en una de esas tareas de poco provecho que realizo, yo sí hubiera encontrado algo...

Su interlocutor dirige una mirada a la puerta del despacho. Se levanta, camina hasta allí y la cierra. Luego regresa junto a la joven y se inclina sobre ella, apoyando ambas manos en los brazos de la silla.

—De acuerdo. Ya que tanto parece importarte, cuéntame qué has encontrado. Yo decidiré si tiene interés o no.

Leonor sostiene la intensa mirada de su hermano sin pestañear.

—No. Antes de eso, cuéntame tú. ¿Qué temes? ¿Que pueda estar robando dinero? ¿Desvelando información? ¿Que ande en negocios turbios? ¿Qué daño crees que está haciendo a nuestra familia?

Juan sigue con los ojos clavados en los de su hermana. Bucea en ellos durante largo rato, antes de decidirse a confesar:

—No solo a nuestra familia. A toda la villa. Y, si me apuras, aun al reino entero.

Leonor se esfuerza por contener su entusiasmo. Bien sabe que su hermano espera de ella una reacción de espanto ante tales palabras. Pero lo cierto es que le provocan una emoción muy distinta.

Vaya, vaya. De repente, el bueno del bachiller Uceda se le antoja mucho más interesante.

El día último del año, las escuadras procedentes del sur de Castilla llegan a Valladolid.

—Aquí la tienes, muchacho —comenta el cabo Hoces en dirección a Miguel, al avistar aquellas murallas recias, azotadas en vano por el viento y el hielo—: la nueva sede de la Junta; el lugar que se ha convertido en corazón y voz de nuestra Comunidad.

Desde la distancia ya se advierte que los vallisoletanos poseen sangre ardiente y gargantas ruidosas, y que están deseosos de dispensar a sus aliados una atronadora bienvenida. Atrás quedan los insultos lanzados cuando Toledo y sus socios abandonaron Alaejos. Tal desprecio parece haberse olvidado como si el episodio nunca se hubiese producido. Nada hay más sabio entre buenos vecinos que enterrar malos recuerdos.

El capitán Padilla hace su entrada en la ciudad a la cabeza de dos mil hombres. Mil quinientos proceden de Toledo. Los restantes, comandados por Juan de Zapata, se han reclutado en Madrid; junto a estos vienen los voluntarios de Alcalá.

Las calles son una explosión de júbilo. Las campanas resuenan, difundiendo sus sonoras aclamaciones de bronce sobre los tejados y los campos nevados. Centenares de hachas encendidas jalonan el recorrido de las tropas. Hay reposteros y pendones, salvas de artillería. La Junta recibe al regidor toledano con tan magna ceremonia como correspondería a un Grande de Castilla.

El pueblo también se ha lanzado a las calles para dispensarle su recibimiento, menos solemne, más clamoroso: vítores, ovaciones, pañuelos, papelillos que revolotean por los aires. Las gentes gritan, saltan, bailan, se santiguan.

—¡Bendito sea el capitán Padilla!

—¡Aleluya!

—¡Viva nuestro salvador!

También el joven Miguel Campos se persigna con tres cruces, aunque por causas muy distintas. La ciudad parece poseída por una extraña exaltación religiosa... como si celebrase la llegada del mismo Mesías.

Quiera Dios que no hayan de pagar en el futuro por tal atrevimiento, que a él se le antoja casi un sacrilegio.

CUARTA PARTE:
CON ALEVOSÍA Y A TRAICIÓN

Enero-febrero de 1521

... por la presente mandamos (pues los delitos, rebeliones e traiciones hechas por las dichas personas son públicas) que, sin esperar a hacer contra ellos proceso formado, los declaréis rebeldes, aleves y traidores, infieles y desleales a Nos y a nuestra corona...

17

Leonor no es amiga de mentiras. Las considera artimañas propias de espíritus torpes. Toda persona realmente sutil debe ser capaz de presentar los hechos a su conveniencia sin que una sola de sus palabras resulte insincera.

—¿No has pensado nunca —le preguntó una vez a Lucía— que la verdad no siempre está reñida con el engaño?

Su amiga se había tomado unos instantes para considerar aquella idea que, a juzgar por su expresión, se le antojaba de lo más peregrina.

—No veo cómo —respondió al fin.

Tal vez lo habría entendido de estar presente en el último encuentro que Leonor había mantenido con su hermano. Tras conseguir que Juan le confesara sus sospechas sobre el bachiller Uceda, llegó el turno de que ella revelara su descubrimiento: el secretario arriacense consumía una inusitada cantidad de velas; lo que invitaba a pensar que se entregaba a extrañas actividades nocturnas.

—¿Ese es tu gran hallazgo? —La reacción de su hermano dejaba ver bien a las claras lo irrisorio que se le antojaba aquello—. ¿Velas? A fe que es algo en lo que solo pensaría una mujer...

—Y tanto que sí. —Tales detalles pueden pasar desapercibidos al escrutinio de un varón, pero no tanto al de una hembra, siempre atenta a los pormenores de la intendencia doméstica—. Mas no por eso debieras tomarlo a la ligera. Las ideas más ingeniosas pueden venir de donde menos se espera. ¿No dices siempre lo mucho que tu capitán Zúñiga alabó el invento de que guiases a sus tropas por esos caminos de ovejas en los que solo pensaría un pañero?

Tal y como ella esperaba, la comparación había provocado que su interlocutor se enderezase. La había estudiado desde su posición erguida, mientras ella permanecía acomodada en la silla.

—La diferencia, Leonor, es que yo sí tengo ideas ingeniosas. Porque reconozco qué detalles son importantes, y qué otros resultan tan nimios que no conducen a nada.

—Hermano... No me negarás que un pequeño detalle puede ser también un gran indicio. Esa estrechez de miras no parece propia de ti.

Lejos de mostrar enojo, el aludido se había limitado a sonreír.

—¿En serio? Veamos qué importantes indicios ofrece esa información. Padre repite hasta la saciedad que, en los últimos tiempos, no da abasto a todas sus obligaciones como diputado del concejo. Voto a tal, que ha de parecerle harto sospechoso que su secretario trabaje hasta la madrugada para sacar adelante la tarea. —Volvió a inclinarse hacia la joven y le puso la mano sobre la cabeza—. Sin duda, has hallado el mejor modo de lograr que padre empiece a recelar de su hombre de confianza. La próxima vez, piénsalo un poco, hermanita.

Aprovechó para desarreglarle la toca antes de apartar los dedos; algo que, como él bien sabe, la irrita sobremanera. Había movido, como al descuido, el alfiler para el cabello que Leonor siempre lleva prendido, desde que el propio Juan se lo regalara, cinco años atrás.

Ella se había alzado sin perder un ápice de dignidad, como si esos mechones desgreñados que ahora le caían sobre el cuello y la frente no la afectaran en absoluto.

—No, hermano —le había contestado, mientras se dirigía a

la puerta con sus pasos silenciosos y decididos—. Piénsalo tú; un poco o mucho... lo que necesites.

En aquella conversación, Leonor no había dicho más que verdades. Sin embargo, no había sido sincera. Pues se había reservado para sí parte de la información: un único dato... aunque crucial, eso sí.

De cierto, el bachiller Uceda consume una notable cantidad de velas. Pero no las incluye en los gastos de la casa —como sí hace con las que emplea en el despacho de padre—, sino que las paga de su bolsa; y a escondidas, además. Eso implica que dedica las noches a otras tareas que prefiere mantener en secreto; tanto como para procurar no añadir un sospechoso consumo de luz al presupuesto doméstico.

De seguro, este detalle habría bastado para provocar una reacción muy distinta por parte de Juan. Pero, en el momento en que él hubiese recibido esa información, habría tomado las riendas. Leonor no habría tenido oportunidad de proseguir por su cuenta con esta indagación, gracias a la cual la casa parece haberse convertido, por arte de encantamiento, en un lugar nuevo y desconocido, lleno de desafíos, emociones y misterios.

Ahora que su hermano dirigirá su mirada en otra dirección, ella tendrá vía libre para seguir tirando del hilo. Intuye que, al final del mismo, le espera algo realmente fascinante.

—... por cada paño dieciseiseno estambrado: blanco, 6.268 maravedís; pardillo, 7.620 maravedís; azul, 8.668 maravedís; verde, 9.218 maravedís; morado, 9.218 maravedís; negro, 10.368 maravedís. Por cada paño veintidoseno estambrado: pardo, 11.000 maravedís; verde, 12.620 maravedís; negro, 14.645...

A medida que Pablo Cuesta, el administrador de la familia Deza, avanza en la lectura del documento, la expresión de Damián parece cubrirse de nubes de tormenta. Llegado este punto, suelta un reniego. Se levanta de su asiento y comienza a recorrer el despacho de un lado a otro, con la impotencia de un perro atado a la argolla.

—Por cada paño veinticuatreno estambrado: turquí, 16.200 maravedís; velarte de orilla colorada, 21.957 maravedís; berbí de orilla colorada, 23.957 maravedís...

Juan estudia el rostro de su padre, sentado inmóvil y silencioso tras la escribanía. Su gesto revela una profunda preocupación.

—Si sumamos los costes desglosados aquí —concluye el administrador—, el precio total del cargamento asciende a la cantidad que ya os he indicado. Y a eso hay que añadir los gastos diarios que genera el almacén en que se guardan las telas.

Alonso de Deza despide a su empleado y queda a solas con sus hijos. Cuando la puerta se cierra, Damián comienza a lanzar una retahíla de blasfemias.

Juan, que se ha levantado para hacerse con el documento, lo repasa con el ceño arrugado. Las cifras, sin duda, son exorbitantes.

—Si la situación no se remedia, esto puede ser nuestra ruina —prosigue su hermano—. Hemos de hacer algo, cuanto antes.

—¿Y qué propones, hijo mío? —replica su padre—. Al fin y al cabo, tuya es la culpa de que nos hallemos en este brete. Dime, ¿qué piensas hacer para solucionarlo?

El aludido, que sigue recorriendo la estancia a grandes pasos, se para en seco.

—¿Culpa mía? —protesta—. ¡Por todos los santos! ¿Cómo iba yo a saberlo? Todo esto es consecuencia de la guerra. De los ejércitos del rey, de los de la Junta... ¡Culpadlos a ellos! Si solo...

Pero la mirada de su progenitor provoca que las últimas palabras se le ahoguen en la garganta. Traga saliva y baja la vista al suelo.

Es consciente de ser responsable de una transacción que, en su momento, se le antojó ingeniosa y audaz, pero que se ha revelado como una auténtica insensatez. El comercio lanero con Burgos se encuentra casi interrumpido a causa del conflicto, y los paños procedentes de allí se cotizan a elevadísimo precio. Así pues, sin consultarlo con su padre, Damián decidió invertir una cuantiosa suma —demasiado, dado el actual estado de cuentas del negocio familiar— para adquirir un voluminoso cargamento de género. Soñaba con ganancias colosales, y con que las bestias que transportarían la carga encontrarían la ruta franca y segura, puesto que las operaciones bélicas se concentraban más al oeste, en Tierra de Campos, y al sur de esta, entre Valladolid, Medina de Rioseco y Tordesillas.

Para su mala fortuna, los capitanes de la Junta han decidido cambiar de estrategia y lanzar una de esas ofensivas inesperadas que tan efectivas les han resultado en el pasado.

Burgos, que en noviembre se había rendido al condestable seducida por las ofertas de este, se encuentra al borde del alzamiento, dado que ninguna de las promesas del Grande de Castilla se ha cumplido. Aprovechando la ocasión, los ejércitos de las Comunidades se han lanzado sobre la ciudad en un movimiento de tenaza, esperando que sus habitantes se rebelen ante su llegada. El capitán Padilla y el obispo Acuña se dirigen a la ciudad desde el sur con un ejército de cuatro mil hombres, mientras que su aliado el conde de Salvatierra marcha hacia ella desde el norte, al mando de sus huestes.

La ciudad representa un objetivo de primera magnitud. A día de hoy, y por voluntad de Su Majestad, dos de los tres virreyes —el condestable de Castilla y el cardenal Adriano— residen allí.

A consecuencia de lo anterior, las rutas que parten de las murallas burgalesas se encuentran clausuradas. Por tanto, el cargamento adquirido por Damián se halla retenido allí. Y si las calles —tal y como la situación hace presagiar— se convierten en campo de batalla, es más que probable que acabe reducido a cenizas.

—Padre —interviene Juan— si perdemos esos paños...

La mirada del aludido le confirma, sin necesidad de palabras, que su hermano no exagera demasiado al pronosticar la ruina.

Inspira una bocanada con regusto a vino agriado. Sabía que, en los últimos tiempos, las operaciones familiares han sufrido ciertos reveses, pero no imaginaba que la situación resultase tan crítica.

—En tal caso, alguien debe ir allí e intentar remediar la situación.

Esas palabras provocan que la expresión de Damián se transforme en pavor. Se deja caer sobre la silla más cercana con una expresión que recuerda a la de un pez recién sacado del agua.

Solo vuelve a respirar con normalidad cuando comprende que ni su padre ni su hermano están pensando en él para llevar a cabo esa misión temeraria.

—Recordad mis palabras: este año ha de traernos grandes cosas.

Doña Catalina de la Torre observa con suficiencia a sus invitadas. Como de costumbre, ninguna osa contradecirla. La señora de la casa es la esposa del regidor Francisco de Baena. Ambos, marido y mujer, pertenecen a esas familias que desde tiempos inmemoriales gobiernan la villa complutense en nombre de Su Majestad, repartiéndose los cargos del regimiento.

Con la llegada de la Comunidad se han producido ciertos cambios, como es inevitable. Ahora las sesiones del concejo están abiertas a todos los vecinos, en lugar de celebrarse a puerta cerrada. Y se han creado nuevos cargos, esos diputados elegidos sobre todo entre la gente menuda, que ahora son mayoría a la hora de tomar decisiones. Pero ni el vulgo ni sus representantes han cometido la irreverencia de arrojar de sus puestos a los hidalgos elegidos por orden de la Corona; el corregidor, los justicias, el escribano... todos mantienen sus oficios y prebendas intactos. Como debe ser.

—Graves sucesos se avecinan —prosigue la anfitriona. Es mujer ya entrada en años, a la que el tiempo no ha tratado con benevolencia. Suple la escasez de atractivos naturales con gran opulencia en el vestir, igual que compensa su baja estatura con altas miras—. Pero yo os aseguro que ninguno de ellos ha de hacer estragos en esta casa.

—Que así sea, Dios mediante —conviene una de las asistentes, arrancando gestos de asentimiento a las demás.

Doña Catalina repasa con los dedos el rosario de azabache que siempre pende de su cintura. Sabe que su marido no se limita a esperar de brazos cruzados los dictámenes de la Providencia. El regidor Baena trabaja sin descanso para que la buena fortuna siga visitando su hogar y acompañe a su familia; más aún en estos tiempos de incertidumbres y peligros.

—La naturaleza del hombre es belicosa. Siempre habrá bandos y conflictos —acostumbra a aleccionar a su esposa e hijos, aunque no es algo que repita fuera de casa—. Lo importante es saber sacar provecho de ellos tomando partido por el vencedor.

A día de hoy, eso significa apoyar a la Comunidad. Pero si mañana las tornas cambian, convendrá mudar de conducta y discurso.

—Ya sabéis cómo obrar en tal caso —les ha instruido—. Decid siempre que hubo graves amenazas contra vuestras personas y familias, que se os obligó a actuar así con violencia. No importa que nada de eso sea cierto ahora. Llegado el caso, aparecerán muchos que presentarán la misma versión. Y una invención cien veces repetida acaba convirtiéndose en verdad.

Por supuesto, hay otros —gente necia y obcecada— que insisten en uncirse a un carro y tirar de él aun en las condiciones más adversas, por mucho que su carga los arrastre al precipicio.

Tal es el caso de Pedro de León, ese sastre zafio y alborotador que tanto desagrada al regidor Baena. Doña Catalina, sin embargo, tiene por muy cierto que no hay quien mejor maneje la aguja en toda la villa y tierra. Por tal razón, sigue encargando a su taller la confección y arreglos de su vestimenta; aunque, eso sí, tiene vedado que el susodicho entre en su casa. Las visitas que requieren pruebas y medidas corren a cargo de su hija, que sí es un ejemplo de modestia y recato.

—No sé si habréis oído —comenta, ahora que el recuerdo le viene a la mente— la historia de esa pobre muchacha, la hija del sastre León.

—No estoy muy al tanto de la historia. Chismes como esos resultan más propios de cuadras y cocinas —responde una de sus invitadas—. Aunque se dice que su prometido la abandonó el mismo día de la boda.

—Desdichada criatura... —apunta una contertulia—. A esa ya no le saldrá quien la lleve al altar.

—Maravilla sería que alguno se prestara a tomarla por esposa, con esa historia a sus espaldas.

—La pobre niña ha de quedarse para vestir santos. Eso si es que, dado su estado, no aparece alguno que la arrastre a cosas más deshonestas.

—No siempre hay que hacer caso a los rumores. Tal vez no sea tan pobre ni tan inocente como parece. Si el novio la dejó plantada en el altar para irse con otra, sus razones tendría...

Mientras su esposa recibe en casa, el regidor Francisco de Baena se encuentra en otra reunión. El vicario arzobispal, don Francisco de Mendoza, le ha convocado en palacio, indicándole que acuda allí con toda discreción.

No es el único invitado. También está presente el corregidor de la villa. Y el maestrescuela de la iglesia de San Justo, don Carlos de Mendoza, pariente lejano del anfitrión, que ocupa una posición de privilegio respecto a los demás invitados.

—En estos últimos tiempos, nuestra querida villa está cambiando, y no para bien —aduce el gobernador del arzobispado, una vez cumplidas las pleitesías de rigor—. Me consta que todos los presentes estamos de acuerdo en eso. Todos prometimos defender la Comunidad. Pero eso fue antes de que esta traicionara los principios en los que se fundó.

Los asistentes intercambian miradas incómodas. En efecto, el movimiento comenzó como una protesta contra los excesos de un monarca sin consideración hacia sus súbditos, incluyendo a la nobleza del reino. Pero se está convirtiendo en una rebelión contra los señoríos, en la que los integrantes del estado de caballeros y escuderos podrían acabar perdiendo su vida y haciendas a manos del vulgo. Y todos los allí presentes —ya sean hidalgos locales o altos aristócratas del reino— pertenecen al estamento privilegiado.

—Todos sabemos que entre los buenos hombres pecheros de nuestra Alcalá hay muchos que no desean que las cosas lleguen a tales extremos —prosigue el anfitrión. Por un instante, sus ojos oscuros se pierden en la lejanía para, al instante, regresar cargados de tristeza—. Por desgracia para todos, sus voces se ven silenciadas por la algarabía de unos pocos.

Sigue un momento de mutismo que, al cabo, se ve roto por el corregidor.

—El capitán Zúñiga y el vecino Cereceda —señala, pronunciando en alta voz los nombres presentes en las mentes de todos—. Ellos son los que causan discordia y alboroto. Hasta hoy, tan solo han calentado los ánimos de la población en las reuniones del concejo, pero mañana mismo podrían provocar un alzamiento en las calles.

—Y en nuestra santa iglesia las cosas no se presentan mejor —interviene el maestrescuela Mendoza, sulfurado—. El abad de la magistral, don Pedro de Lerma, dirige la facción castellana de la universidad. Se dice que están reuniendo armas, amparados por el rector. Sin duda planean unirse a los agitadores...

—Habrá tiempo de ocuparse del Colegio y los prebendados de nuestra iglesia —lo tranquiliza su pariente, con voz serena y un leve gesto de la mano—. Pero, por de pronto, centrémonos en los principales causantes del bullicio.

—¿Qué propone Vuestra Ilustrísima? —interviene por primera vez el regidor Baena. Es hombre anciano, de voz ajada y el cuerpo castigado por la edad. Aun sentado, mantiene las manos nudosas apretadas como garras sobre su vara de justicia. A diferencia de los demás, no ha manifestado aún su adhesión a las protestas del vicario. Pero ninguno de sus acompañantes parece haberse dado cuenta de ello.

—No es este el lugar de hacer propuestas a los miembros del concejo —replica el anfitrión con una suave sonrisa—. Pero todos sabemos que el ayuntamiento obraría en bien de la villa y sus vecinos si consiguiese deshacerse de esos elementos perturbadores.

Todo está preparado. Juan partirá hacia Burgos con las primeras luces del alba, en cuanto se abran las puertas de la villa. Le espera un camino arduo y peligroso. Sesenta leguas en el corazón del despiadado invierno castellano, a través de vías azotadas por vientos helados, pasos de sierra cubiertos de nieve y campos escarchados.

—Las rutas son inseguras, y no solo al norte de la sierra de Guadarrama —le advierte su padre, que no se separa de él durante los preparativos del viaje. Los informes apuntan a que incluso el camino hasta Torrelaguna, tan transitado en tiempos de paz, se ve ahora amenazado por grupos de salteadores y manadas de lobos bajados de la serranía.

La tarde previa a su partida, el joven Deza recibe una visita inesperada. El secretario arriacense acude a buscarlo a los establos, mientras él revisa los arreos de su montura.

—¿Venís a desearme que la buena fortuna me acompañe en el camino? —pregunta, sin siquiera volverse hacia el recién llegado.

—Me temo que para este viaje necesitaréis algo más que buenos deseos.

Juan se gira. Le sorprende comprobar que el bachiller sostiene entre las manos una bota de montar, desgastada por el uso.

—Aceptad la advertencia de alguien que suele tratar con mensajeros y correos y sabe tomar consejo de ellos —prosigue Martín de Uceda—. Sobre todo, en lo que se refiere a los peligros del viaje.

A modo de explicación, inclina la prenda hacia su interlocutor, de forma que este alcance a ver el interior de la caña. Allí, en una especie de bolsillo añadido, guarda un estilete, invisible una vez que el calzado queda ajustado a la pierna.

—Si acaso os sorprenden en el camino, no estaría de más que también vos podáis recurrir a algo inesperado.

Juan dedica una mirada desaprobadora a aquella invención.

—Ocultar así el acero no resulta demasiado digno. Más bien parece una artimaña propia de truhanes.

Son palabras que más de un interlocutor tomaría por ofensa. Pero, como de costumbre, el bachiller Uceda contesta sin que su tono muestre mudanza alguna.

—En ocasiones hay que escoger entre conservar la dignidad o conservar la vida, señor Juan. Lo dejo a vuestra elección.

La señora Marta Zurita no ha aceptado de buen grado la marcha de su hijo. Observa su partida con el corazón aterido, y no a causa del frío que se respira en el patio cubierto de escarcha. El aire gélido transforma en vaho sus suspiros, que debieran permanecer invisibles.

Junto a ella, Leonor se yergue en el quicio de la puerta sosteniendo una luz, aún necesaria en esta mañana que apenas si comienza a despuntar.

—No perdáis la fe, madre —susurra, tomándola de la mano—. Vuestro hijo volverá.

Nada más puede hacer por reconfortar a su progenitora. De

todos es sabido que Juan siempre ha sido el favorito de sus reto-
ños. Aun así, ahora necesita que esa hija díscola que tantas con-
trariedades suele causarle le ofrezca la calidez que no puede encontrar en ningún otro lugar. Y la muchacha lo sabe.

El señor de la casa, por su parte, guarda silencio. Mantiene
presionadas las manos sobre los hombros de Juan. Ahora que
ha llegado el momento de dejarlo partir, parece albergar sus
dudas.

Al cabo, sacude la cabeza y propina una sonora palmada sobre el brazo del viajero.

—Confío en ti como en mí mismo —declara, mientras traza
el signo de la cruz sobre la frente del joven—. Ve con mis bendiciones, hijo. Que el Señor te guíe y te guarde en tu camino.

Juan se limita a asentir y a persignarse con la mano enguantada. Pero, en su fuero interno, aquellas frases de su padre le
conmueven más de lo que acertaría a expresar con palabras.

Lucía se afana con la aguja. Está en casa del regidor Francisco de
Baena, entregada a los inevitables arreglos finales que doña Catalina le ha ordenado realizar en su último encargo: un manto de
terciopelo negro con forro de seda del mismo color, a cuyo cuello insiste ahora en añadir un brocado.

Tan solo desea terminar cuanto antes la faena y regresar a
casa. Le han destinado un cuarto estrecho y mal ventilado, en el
que tirita de frío. No es plato de gusto para ella acudir a casa de
la señora regidora, que siempre se las compone para encargarle
arreglos de última hora y encuentra pretextos para regatear sobre el precio convenido. Pero es la más distinguida clienta de su
padre y conviene complacerla.

Por fortuna, su labor de hoy casi ha concluido. Retira el último alfiler, lo prende en el acerico que lleva sujeto a la muñeca y
remata el trabajo con la aguja, cuidando de cerrarlo con puntada

invisible. Concentrada en su tarea, no advierte que alguien ha entrado en la habitación y cerrado la puerta a su espalda.

—A fe mía, muchacha, que no sé cómo puedes seguir cosiendo con esas manos heladas.

La aludida da un respingo, sobresaltada. Su inquietud aumenta al encontrarse frente a don Cristóbal de Baena, el hijo primogénito del regidor. Ha heredado de su madre su escaso atractivo. Ahora mira a su interlocutora con una sonrisa que más bien se asemeja a la mueca de un asno que abriera los belfos.

—Mírate... Esos dedos enrojecidos de frío. Está claro que necesitas reposo y algo que te los caliente. Algo... o a alguien.

Alarga las manos hacia ella, como si no necesitara de más invitación. Lucía se retira, espantada.

—¡Virgen santa, don Cristóbal! ¡Teneos donde estáis!

Sin dar muestras de haberla oído, el interpelado avanza un paso hacia ella. No es que resulte la muchacha más hermosa de la villa, pero sí es lozana y se conserva intacta; lo que, de por sí, la vuelve apetecible. Y su actual situación la convierte en presa fácil para un hombre decidido.

—¡Voto a tal! ¿A qué vienen esos remilgos? De cierto, una hembra abandonada en el altar no debiera mostrarse tan melindrosa.

La joven parece fulminada por tales palabras. Se ve a la legua que no las esperaba.

—Calma, chiquilla. —Tomando la conmoción de la muchacha por mansedumbre, el caballero prosigue su avance—. No todo está perdido. Puede que aún tengas la fortuna de que un hombre te mire con buenos ojos. Quizá, incluso, un hidalgo... si te muestras complaciente y amable con él.

De sobra entienden ambos lo implícito en tales palabras. El hijo del regidor es hombre casado; y, aun si no lo fuera, nunca se avendría a desposar a una pechera. Y si Lucía ayer era la honesta prometida de un varón, hoy, tras el abandono de este, se encuentra en una posición incierta. Es más que posible que ningún otro la quiera por esposa legítima. Dadas las circunstancias, no le vendría mal gozar del favor de un individuo de buena posición.

Al menos, esos son los cálculos del gentilhombre, que, dando por seguro el desenlace de la escena, toma del brazo a la muchacha. Está convencido de que ella entrará en razón y se le rendirá sin oponer demasiada resistencia.

Al instante se aparta con un grito de dolor. Lucía le ha clavado en el antebrazo uno de los alfileres de su acerico.

—Os dije que os tuvierais donde estabais, señor don Cristóbal —le recrimina, en un tono que nada agrada al caballero.

—¡Demontre de hembra! —¿Quién se ha creído que es esa insolente?—. Ya te enseñaré yo cómo tratarme...

Así diciendo, alza la mano, dispuesto a descargarla sobre la desvergonzada. Pero esta se le escurre, como haría un perro resabiado ante la amenaza del palo, y alcanza la puerta.

Al abrirla, se topa con una de las sirvientas de la casa, bien atenta a la escena con la oreja pegada al batiente. Sorprendida, esta se yergue con la turbación pintada en el rostro.

—La señora pregunta si ya están terminados los arreglos —aduce, en un tono que intenta fingir normalidad.

Ante tal tesitura, el caballero elige retirarse. Adopta una pose llena de dignidad y abandona la estancia con tanta presteza como le es posible.

—Mala cosa es dejar las tareas inconclusas —dice, al pasar junto a la hija del sastre—. Sabed que en esta casa siempre se ha de acabar aquello que se empieza.

Lucía ignora si la sirvienta ha comprendido el significado real de aquellas frases. En cuanto a ella, tiene por cierto que no se refieren a las labores de costura. La próxima vez que ella traspase este umbral, don Cristóbal la estará esperando.

18

Martín de Uceda reza a diario. Lo hace cada noche, antes de tumbarse en su jergón, y cada mañana, tras alzarse del mismo. En sus plegarias implora clemencia. Los tres procuradores de Guadalajara capturados en Tordesillas —entre ellos, don Diego de Esquivel— se cuentan entre los condenados a muerte por el rey Carlos en su pragmática de Worms.

Cada día y cada noche, el joven bachiller ruega que los cielos inspiren compasión al monarca. Pero lo cierto es que este se muestra cada vez menos inclinado al perdón.

Por descorazonador que resulte, el arriacense siempre ha creído que resulta más fácil alcanzar la indulgencia divina que la del prójimo. Ahora comienza a pensar que incluso el más vengativo de los pecheros alimenta menos animadversión que Su Majestad. Diríase que, cuanto más alta es la cuna de un hombre, más rencor es capaz de albergar su corazón.

—No desesperéis, muchacho —trata de reconfortarlo su patrón—. Abrid los ojos y oídos a cuanto sucede a vuestro alrededor. Siempre hay espacio para la esperanza. Y esta puede provenir del lugar menos pensado.

De cierto, el Señor nos habla de muy diversas formas. Aunque, como muestran los Evangelios, siente preferencia por las voces humildes.

Martín puede dar fe de ello. Por las mañanas, tras concluir sus oraciones, suele escuchar cantos procedentes del pozo. Lucía acude allí a sacar agua para la cocina. Mientras llena el cántaro, la joven acostumbra a entonar alguna coplilla; melodías populares y sencillas, pero que, en aquella voz maravillosa, se transforman en cánticos conmovedores. Son prueba de que, pese a todos los infortunios, Dios sigue realizando milagros de bondad y belleza en este valle de lágrimas. De que, contra todo pronóstico, aún hay lugar para la ternura, la fe y la esperanza.

Al menos, así lo pensaba él hasta hace poco. Pero un par de semanas atrás, las cosas cambiaron. Las coplas de la muchacha empezaron a llegar impregnadas de una tristeza que acongojaba el alma.

Y, para colmo de males, en los últimos dos días ha realizado la tarea en completo silencio.

Hasta este momento, Martín no había sido consciente de hasta qué punto aquellas sencillas tonadas le traían alivio. Ahora las mañanas invernales se le antojan mucho más frías y desoladoras.

Desde su último encuentro con don Cristóbal, el hijo del regidor Baena, Lucía tiembla ante la idea de que su padre le ordene regresar a aquella casa. Reza todas las noches a la Virgen del Val, a la que pide protección y auxilio, pues no sabe a quién confiar su terrible secreto.

No ignora que debiera encomendarse a su progenitor, pero la espanta pensar en cómo este podría reaccionar ante la noticia. Podría escarmentarla a ella, vara en ristre, teniéndola por causante de la situación. O irrumpir en casa de los Baena, para atacar a don Cristóbal con la primera arma que se le viniese a la mano... Tal vez ambas cosas...

Bien podría acabar en prisión. O en la picota; que ni aun en estos tiempos revueltos en que los vecinos se alzan en Comunidad se acepta con magnanimidad que un pechero asalte a un gentilhombre.

Tras varios días de angustia, la joven decide acudir a Leonor, la única persona ante la que se atreve a confiarse. No cabe esperar de ella auxilio —y, tal vez, ni siquiera buen consejo—, pero sabe que al menos le prestará oído, y no reaccionará con reprimendas ni hará burla de su desesperación.

—Virgen santa, ¿qué voy a hacer? —Por el tono de su voz, resulta evidente que le aterra la idea de volver a poner un pie en esa casa.

Leonor estudia a su amiga con el corazón acongojado. Bien saben ambas de las bravuconerías y chanzas que se gastan los hombres a coste de las hembras a las que han avasallado, mientras que a ellas les queda el miedo, la humillación y el dolor.

—Dices bien. Tu padre intentaría cobrarse la justicia por su mano. Pero un pechero puede pagar muy caro el poner en su lugar a un gentilhombre. —Exhibe una leve sonrisa que contrasta con la gravedad de sus palabras—. Igual que al gentilhombre en cuestión podría costarle muy caro plantar cara a un noble de más alta alcurnia.

—¿De más alta alcurnia? ¿A quién te refieres?

La sonrisa de la joven Deza se ensancha. Acaba de concebir un plan que implica la más extraña ocurrencia.

—Ahora te lo explico. Pero dime tú antes: ¿qué sabes de los colegiales?

Lucía se toma un instante para responder. Como sucede a menudo, el cambio de rumbo de su amiga la pilla desprevenida.

—Que deben vestir una clámide con capuchón de paño buriel de Aragón, de precio de un florín a lo sumo. Y que cada año, a día del primer domingo de Adviento, reciben una nueva. Y que las semanas previas a esa fecha son buenas para el taller, porque siempre llega encargo de hacer algunas para el Colegio.

Leonor reprime un suspiro. Se pregunta en silencio si su acompañante dejará de abordar alguna vez los asuntos desde una perspectiva tan banal.

—Cierto, pero ¿qué otras cosas sabes sobre ellos?

Su interlocutora vuelve a meditar la cuestión.

—Que las mozas debemos mantenernos alejadas. Y los hombres, no tratar con ellos de apuestas, o iniciar negocios o conversaciones que lleven a disputas. Pues son tan dados a pillerías, riñas y altercados que pueden causar gran daño a los mozos y vecinos.

—En otras palabras: que cuando se enojan pueden suponer una seria amenaza.

Pues los más provienen de familias poderosas y están acostumbrados a hacer su voluntad. Además, los amparan las leyes del propio Colegio, de forma que no responden ante la justicia del ayuntamiento, y ni siquiera ante la del rey. Por tanto, suelen quedar impunes tras cometer sus fechorías.

—Sigo sin entenderlo —replica Lucía—. ¿Qué tiene eso que ver con don Cristóbal?

Leonor toma a su amiga de la mano.

—Nada, de momento. Pero eso puede cambiar.

—Aseguran que ya no es hombre, sino demonio. Que ha hecho un pacto con el ser maléfico al que esos moros infieles tienen por dios. Y, a cambio de entregarle las almas de los cristianos con los que se topa, él sigue vagando eternamente por estas cumbres. Si es espíritu o diablo, nadie sabe decirlo. Pues, de los desdichados que han desaparecido en estos caminos, ninguno ha regresado para contarlo.

Mateo, el hijo del tejedor Atienza, se arrebuja en su manto. Por Cristo que no es la primera vez que lamenta haber aceptado la oferta del señor Juan de Deza, que le ha prometido sus buenos maravedís por escoltarlo en un viaje a Burgos. Y aunque él es muy dado a ligerezas y poco a arrepentimientos, comienza a preguntarse si no ha cometido una insensatez.

Han hecho parada primero en Torrelaguna y después en Buitrago, con intención de contratar allí a un guía que los conduzca por la serranía nevada.

—No os resultará fácil encontrar uno. Y habréis de pagarlo a buen precio —advirtieron al joven Deza en dicha localidad—. Enero no es buen mes para aventurarse por los pasos de montaña.

En efecto, hallarlo no ha resultado tarea sencilla. A la postre, han debido contentarse con un joven al que llaman Pedro Lepra; es el susodicho de complexión escuálida, con el rostro cruzado por manchas semejantes a las de la mentada enfermedad y dientes torcidos bajo una sonrisa socarrona.

Las veredas de la serranía se han mostrado más traicioneras de lo habitual. Estamos en mal año, de nieves tempranas y abundantes, según ha ido repitiendo el guía.

A primeras horas de la tarde, este se ha adelantado para reconocer el camino; al regresar, ha anunciado que la senda por la que avanzaban resultaba impracticable, por lo que se han visto obligados a dar un rodeo. No les ha quedado más remedio que hacer noche en un refugio de pastores, abandonado en la estación invernal.

Los cercanos aullidos de los lobos resultan aún más estremecedores que los asaltos del viento helado. La madera húmeda de la fogata arroja sobre ellos escaso calor y humo abundante. A su luz fantasmagórica, Pedro Lepra se ha lanzado a contar las andanzas de cierto moro maldito que, según los pastores, vaga por estos lares «desde el tiempo en que esos infieles luchaban en estos montes contra los buenos reyes cristianos». Se dice que arrastra consigo al infierno las almas de sus víctimas, cuyos cuerpos, inmovilizados por el horror, deja tras de sí para servir de pasto a las fieras.

—Esto no me gusta nada, no señor —rezonga el oficial tejedor cuando se disponen a acostarse. Se persigna repetidas veces y echa unas oraciones sobre el piso de tierra aplastada y gélida en el que ha de tumbarse.

—Por vida mía, Atienza, que te imaginaba de otra urdimbre —replica el señor Juan, no sin cierta sorna—. Si llego a saber que te impresionan tanto los cuentos de viejas, me busco otra compañía.

A decir verdad, Mateo no lo ha visto lamentarse ni una sola vez, y eso que las vicisitudes del viaje dan para más de una queja. Tampoco le ha oído protestar ante la nieve y las ventiscas. Cierto es que porta sus buenos manto, guantes y botas, prendas de gran factura, recias y bien forradas. Aunque eso no impide que la escarcha empañe sus barbas, el aliento le brote de los labios en nubecillas y su rostro muestre esa color enrojecida que acompaña al aterimiento. Diríase que no pasa menos frío que el resto de la comitiva; aunque, sin duda, lo disimula mejor.

—No es cuento de viejas, señor —tercia Pedro Lepra—. Creedme, ojalá lo fuera. Rogad que Nuestro Señor nos proteja esta noche, que mucho han de aprovecharnos todas las plegarias. Pues se ha visto que incluso los rezos pueden fracasar cuando se trata de mantener alejado a ese demonio.

También el guía ha tomado sus precauciones. Según les ha informado, el contenido de su bota viene bendecido por un buen sacerdote de su iglesia de Santa María del Castillo, hombre muy devoto y tenido por venerable entre sus feligreses.

—Tomad, señor, que aunque el tinto es ruin como pocos, ha de haceros bien. Y aún mejor si lo tragáis tres veces que una.

Así lo hace Mateo, ingiriendo varias bocanadas del pellejo. Después, Pedro Lepra vierte el resto del contenido junto al fuego, asegurando que esa práctica ayuda a ahuyentar los malos espíritus.

—La próxima vez, probad a darles de beber a ellos —comenta el joven Deza—. A fe mía que el sabor infecto de ese veneno ha de bastar para espantarlos.

Le amarga sobremanera el regusto que le ha dejado el condenado brebaje. Es, a no dudarlo, el peor mejunje que ha probado nunca; tanto que, tras ingerir un poco, no ha dudado en escupir al suelo el resto que le quedaba en la boca. Maniobra que, por cierto, ha pasado desapercibida al resto de la comitiva.

Mateo Atienza se persigna por última vez antes de tumbarse sobre la tierra, dura y fría como un ataúd. Sospecha que esta noche será incapaz de pegar ojo. Para su sorpresa, al rato nota que los párpados se le cierran sin que pueda evitarlo. Antes de caer inconsciente, logra encomendarse al Altísimo. Presiente que el sueño que lo vence tiene origen maléfico y antinatural.

«Despierta. ¡Despierta, maldita sea!»

Juan de Deza hace esfuerzos por incorporarse. En vano. Hasta el simple hecho de abrir los ojos parece estar más allá de sus fuerzas.

Sin embargo, sabe que debe moverse. Sus sentidos adormecidos perciben luces que se desplazan, voces indistintas, rebuznos provenientes de las monturas.

Sigue notando en la boca ese regusto desagradable. Demasiado tarde, comprende que no se debe tan solo al vino. Recuerda una conversación mantenida hace tiempo con don Justo de Vega, el físico de la familia, sobre ciertas plantas que pueden provocar el sueño. Belladona, adormidera, puede que mezcladas con opio o beleño...

Poco importa eso ahora. Ha de reunir fuerzas. Abrir los ojos. Por Cristo, hace frío. Mucho. Siente en los huesos la llamada gélida de la muerte, que hiela los cuerpos dejados a la intemperie nocturna del invierno. Está en plena sierra, en tierra de nieves. Si no se incorpora ahora, no volverá a moverse jamás.

Nota la garganta y el pecho doloridos, como recubiertos de escarcha. Con un supremo esfuerzo, logra entreabrir los párpados. La cabeza le palpita, invadida por vapores neblinosos.

Lucha por enfocar la visión y comprueba que el fuego está casi apagado. Distingue a dos figuras con teas en las manos. Las clavan en tierra y se inclinan sobre el cuerpo inmóvil de Mateo. Le propinan una tanda de patadas sin que este acierte a moverse. Por toda respuesta, el agredido emite unos débiles gemidos de protesta.

—La mezcla ha hecho su efecto —observa uno de los asaltantes; parece un hombre de edad avanzada, de carnes abundantes y una larga barba desgreñada—. ¿Han bebido los dos?

Su acompañante asiente. Se trata del guía Pedro Lepra que, sin más demora, comienza a despojar al tejedor Atienza de sus prendas de abrigo.

—Las ropas de este no son gran cosa, pero ya verás el otro —gruñe, mientras se aplica a la tarea—. A fe que nunca me he topado con un manto como ese.

Es entonces cuando el joven Deza comprende la razón de ese frío que lo ataca con tal ferocidad. No tiene abrigo ni manta. Se los han arrebatado y arrojado a un montón con su brigantina, espada y alforjas; se hallan junto a las monturas, fuera de su alcance.

—¿Le has quitado el calzado? —pregunta el de más edad.

—Te lo dejo a ti, que tienes más hábito en lo de manosear cosas malolientes.

Las botas... Juan baja la mirada y comprueba que, en efecto, aún las lleva puestas. Gracias sean dadas a los cielos...

Lo que oculta dentro de ellas constituye su única, su última opción; siempre que pueda alcanzarlo sin que aquellos dos miserables se aperciban.

Se encoge más sobre sí mismo, aún tumbado, y palpa con dedos ateridos el interior de la caña. El estilete sigue ahí. Lo extrae despacio. Debe elegir el momento adecuado. Solo tendrá una oportunidad.

—Te lo paso por ser tu primera justa, sobrino —gruñe el individuo de la barba enmarañada—. Pero si quieres dedicarte a este negocio, tendrás que andarte con menos remilgos...

—¿Nunca has pensado que sería mejor acabar con ellos directamente? —pregunta el falso guía, mientras arroja a la pila las prendas de su víctima—. Ya sabes, para no correr el riesgo de que alguno se escabulla, llegue al poblado y nos delate.

—No es necesario. Ninguno ha escapado hasta ahora. Si el frío no se encarga de ellos, lo hacen los lobos. Y si alguien pregunta, la historia del moro fantasma excusa las desapariciones. Ya sabes lo mucho que lo temen los vecinos de estos pagos. Por Dios, que les gusta temerlo —replica su compañero. Luego cavila un momento y añade—: Además, no soy un asesino.

Se aproxima entonces al joven Deza, que sigue tumbado en el suelo, encogido sobre sí mismo y estremecido de frío. Cuando se acuclilla sobre el cuerpo, en apariencia inconsciente, para examinar más de cerca sus botas, la supuesta víctima cobra vida. El salteador recibe una furiosa puñalada cerca del tobillo. Aúlla de dolor. Una segunda lo derriba al suelo. Al intentar defenderse, nuevas cuchilladas le alcanzan el brazo, el hombro, el pecho.

Pedro Lepra se lanza en ayuda de su cómplice, pero cambia de parecer al ver incorporarse a Juan con el acero caliente en la mano. Este exhibe el horrendo aspecto de un aparecido, con la piel lívida, los labios amoratados y el fuego del infierno brillándole en los ojos.

—¿Así que vacilaríais en dar muerte a un hombre? —pregunta, con la voz áspera y arrastrada de un ser de ultratumba—. Pues sabed que yo no tengo esos reparos.

El indeseable duda un instante, con el espanto pintado en el rostro salpicado de manchas. Luego da media vuelta y, abandonando a su compinche, se lanza a la carrera ladera arriba, para perderse entre la espesura.

—¡Piedad! ¡Piedad, señor! —implora el bandido de más edad, mientras lucha por contener la sangre que mana de sus heridas—. Os lo ruego por Nuestro Señor Jesucristo y su Santa Madre amantísima. Compadeceos de esta pobre alma cristiana. No me deis muerte aquí, solo y sin confesión. ¡Os lo suplico!

El aludido no se digna responder. Un criminal que ataca a viajeros inocentes con alevosía y a traición no lo merece. Rescata sus prendas de abrigo, se envuelve en ellas y hace lo propio con el pobre Mateo Atienza.

—No me roguéis a mí, sino al Todopoderoso —replica al fin, mientras reaviva los rescoldos del fuego—. Suplicadle a Él que conserve vuestra miserable vida. Por de pronto, habréis de pasar la noche atado a un árbol. Y, si mañana seguís respirando, nos guiaréis hasta la aldea más cercana.

Una vez allí, aquel indeseable quedará bajo custodia de los tribunales. Y, si la justicia aún sigue existiendo en este mundo, pronto acabará colgado de la horca.

El canónigo Diego de Avellaneda permanece en silencio mientras el monaguillo le ata el mito y le ayuda a vestir el alba de mayores proporciones de la sacristía. Es momento de prepararse para la ceremonia eucarística.

Pero los asuntos de Dios saben ceder tiempo a negocios más humanos. El segundo monaguillo llega entonces, trayendo compañía. A una seña del prebendado, los dos chiquillos le dejan a solas con los visitantes. Estos no son otros que el regidor Baena y su hijo primogénito.

Tras las pleitesías de rigor, don Cristóbal mira a su progenitor y, ante el asentimiento de este, toma la palabra:

—Muy ilustre señor don Diego, el muchacho ha venido a

buscar a mi padre antes de la misa para decirle que habéis de tratar con él un asunto urgente. Sabed que, cualquier cosa que queráis decirle a él, podéis comentarla también ante mí.

El canónigo Avellaneda no muestra reacción alguna, aunque en su fuero interno dista mucho de alegrarse por la presencia de aquel testigo indeseado. Pero si el recién llegado quiere jugar a enrocarse tras su hijo, que así sea. Bien intuye él que el señor justicia pronto cambiará de actitud y le pedirá que se vaya.

—Urgente es, cierto, y de gravedad —responde—. Aunque dudo que nuestro regidor desee revelárselo a alguien, cuando se ha esforzado en ocultarlo ante todos.

Comprueba, para su satisfacción, que las manos nudosas del anciano se crispan sobre la empuñadura de su bastón.

—Cuanto voy a referiros ocurrió el día de San Antonio Abad —continúa, sin dar ocasión a que don Francisco intervenga—. Quiso Dios que en esa jornada, maese Ruiz, carpintero de nuestro palacio arzobispal, escuchase desde su andamio cierta conversación. Y, como buen vecino, lleno de celo hacia su villa y tierra, vino a referírmela.

Tal y como esperaba, aquella introducción logra el prodigio. El regidor se vuelve hacia su hijo y le susurra algo al oído. Pese a la irritación que aquellas palabras provocan en don Cristóbal, este se despide y abandona la sala con paso rígido.

El canónigo Avellaneda se mantiene inalterable. Nada en su gesto evidencia su satisfacción, igual que tampoco antes ha dado muestras de su disgusto.

Por fin los cielos le conceden el favor que tanto ha ansiado. Si el envío de aquel anónimo a casa del diputado Deza no tuvo el efecto esperado, ahora puede conseguir el mismo resultado gracias al anciano regidor.

No le resultó demasiado complicado inspirar en el corazón del vicario Mendoza el temor a los vecinos más levantiscos de la

Comunidad, ni la idea de que convenía acicatear en su contra a los miembros más conservadores del concejo.

Y lo ha logrado sin dejar pruebas que puedan ligarlo a las acciones de su cómplice, el maestro carpintero, ni a su falsa delación; ni tampoco a las del gobernador arzobispal.

Ahora la intriga está en marcha; y él, instigador de todo, se ha mantenido al margen. Hasta ahora, llegado el momento de usarla en provecho propio.

—Don Francisco, bien sabéis de qué hablo —prosigue—. No pronunciaré entre estos sagrados muros palabras que evoquen alevosía ni traición. Baste decir que el bueno de maese Ruiz está dispuesto a denunciar dicha asamblea ante el concejo, así como los temas que en ella se trataron.

Como era de esperar, su interlocutor comienza a hilvanar una retahíla de pretextos, en un vano intento de justificarse y declarar su inocencia. El prelado le impone silencio con brusquedad. No tiene paciencia para escuchar los balbuceos de un interlocutor que, aun siendo gentilhombre, procede de cuna mucho más baja que la suya.

—Veo en vos arrepentimiento, hijo mío. No temáis. Bien sé que sois hombre temeroso de Dios y justo para con vuestros semejantes. Por eso convencí a maese Ruiz de que callara.

Aunque su oyente hace un esfuerzo por no mostrar sus emociones, es evidente que aquellas palabras le producen gran alivio. Justo lo que el prebendado Avellaneda necesita para proseguir.

—Lo convencí de que callase... por el momento; pues antes deseaba hablar con vos. —Aguarda unos instantes, dejando que aquellas frases causen su efecto, antes de proseguir—. Veréis, don Francisco, os ofrezco la oportunidad de redimiros. Al fin y al cabo, vuestro hijo Diego es, como yo, clérigo y canónigo de nuestra santa iglesia magistral de Santiuste, y no sería bueno que su familia se viese implicada en semejante escándalo.

Dicho lo cual, alarga la mano hacia la mesita más cercana y acciona una campanilla de plata colocada sobre ella.

—Debo prepararme ya —declara, a modo de despedida. Los monaguillos aparecerán en breves instantes—. Sería preferible para todos que fueseis vos mismo quien hablara con el concejo e informase de lo ocurrido, antes de que lo hagan otros. Tengo la convicción de que obraréis del modo más correcto.

El regidor Baena abandona la sacristía aún aturdido. Pero es hombre que sabe sobreponerse rápido; pues domina el arte de elegir bando y reconocer cuándo conviene mudar de discurso.

Sin duda, ahora es momento de posicionarse junto a la Comunidad. Dadas las circunstancias, todo apunta a que el vicario Mendoza tiene los días contados.

Don Alonso Pérez de Guzmán, capitán de la Comunidad universitaria, maldice para sí al entrar en el aula. Como porcionista, reside fuera del Colegio, cosa que agradece, pues, entre otras cosas no está obligado a respetar el horario de cierre de puertas. Además, en estos duros meses invernales puede calentar su dormitorio con ayuda de un brasero, lo que no está permitido en las sobrias celdas monacales que los colegiales tienen por habitaciones y tampoco en las salas de clase.

Y, por todos los santos, que bien lo nota. Sobre todo, en las lecturas que se imparten a primera hora, al clarear del alba. Al menos no se hiela las posaderas sobre el banco, pues ordena a Cigales que acuda más temprano a reservar sitio y calentarle el asiento. Incluso, en los días más desapacibles, que sea su sirviente quien tome en su lugar los apuntes de las lecciones.

El bachiller, ya instalado y arrebujado en su manto, le hace señas. Hoy se muestra de mejor humor que otros días, y con razón. Acaba de pagar a Justina, la hija del librero Castro, un maravedí a cambio de un billete; y su amo, que es dadivoso, habrá de darle al menos medio real por el mismo.

—Albricias, señor —le dice. Y, bajando el tono, añade—: Cierta dama os ha escrito.

Don Alonso toma el mensaje y lo lee con avidez. Primero arruga el ceño; luego, el papel. Cigales maldice para sus adentros. Si su patrono no está satisfecho con el recado, poca retribución le cabe esperar por habérselo entregado.

El porcionista no da crédito a lo que acaba de leer. La joven Leonor le suplica auxilio. Cierto gentilhombre ha comenzado a cortejarla «con no muy honestas intenciones», según sospecha la joven, por ser el susodicho un varón casado; se llama Cristóbal de Baena, y es hijo de un regidor local.

Por vida de Cristo, que es intolerable. No ha estado rondando a la muchacha durante tanto tiempo para que ahora cualquier caballerete de tres al cuarto venga a olisquear el terreno en busca de presa.

—¿Qué hay, mi señor? —pregunta el sirviente—. Por vuestro gesto, diríase que son malas noticias.

—A fe mía que sí, Cigales —responde don Alonso, con la voz y el semblante alterados por el despecho—. Está ocurriendo algo que no puedo consentir.

19

Arrebujado en su manta, Andrés de León maldice su suerte. Hace apenas un par de días, todo eran promesas de triunfo. Los hombres marchaban por tierras burgalesas con los corazones encendidos, ignorando el cansancio y el frío. Cientos de caballeros y cinco mil infantes seguían al capitán Padilla hacia una victoria que tenían por segura.

Todos parecían haber olvidado las penurias que los acompañan desde el reclutamiento: marchas agotadoras, míseras raciones, soldadas que no llegan... Y, para colmo, la crudeza del invierno, con sus fiebres y padecimientos.

Tras una marcha forzada, se habían unido en Trigueros a los clérigos guerreros del obispo Acuña. El objetivo era recuperar Ampudia, tomada poco antes por las huestes de Francés de Beaumont.

La torre de Mormojón había caído ante ellos sin oponer resistencia. Y tras una débil tentativa de oposición, también la villa se había rendido, y había pagado un rescate de dos mil ducados para evitar el saqueo.

Andrés había aprendido que un triunfo como aquel llamaba a la celebración, al vino y al dispendio. Y ahora los esperaba una victoria aún mayor. La más grandiosa de todas.

—La ciudad va a caer, por Dios que sí. —Era el clamor que

resonaba entre las tropas—. ¡Vamos a conquistar el feudo de un virrey! Y, por el precio de uno, atraparemos a dos.

No era para menos. Burgos, el gran señorío del condestable de Castilla —en el que no solo residía este, sino también el cardenal Adriano—, estaba al alcance de la mano. El descontento dominaba las calles y muchos de sus habitantes deseaban unirse de nuevo a la Comunidad. Habían mandado mensaje al capitán Padilla para que se llegase a las puertas el veintitrés de enero, día de San Ildefonso. En esa fecha se produciría el levantamiento. Los ejércitos comuneros debían atacar al tiempo que los vecinos tomaban las calles.

—El triunfo es seguro, y ha de resultarnos de gran provecho —se rumoreaba entre los soldados. Pues Burgos es una de las más ricas ciudades de Castilla; y, aunque se había dado orden de no saquear la plaza, el reparto habría de traer sus buenas ganancias para todos los asaltantes.

Por desgracia, los burgaleses han pecado de excesiva impaciencia. La revuelta vecinal se ha producido dos días antes de la fecha acordada. Y, al no contar con el apoyo de las fuerzas comuneras, que aún se hallaban de camino, las mesnadas del condestable han sofocado el alzamiento sin demasiado esfuerzo.

El virrey ha ofrecido a los sublevados el perdón y la creación de un nuevo mercado semanal a cambio de entregar el castillo, rendir las armas y jurarle lealtad. Así, la rebelión ha muerto asfixiada nada más nacer, antes de tomar su primer aliento y abrir los ojos al mundo.

Al recibir noticia de lo ocurrido, el capitán Padilla, el obispo Acuña y el conde de Salvatierra no han tenido otro remedio que dar media vuelta, a pesar de hallarse casi frente a las murallas de la ciudad.

—¡Malditos traidores!

—¡Así se los trague la tierra!

—¡Que el diablo se lleve a esos renegados burgaleses!

Estas imprecaciones, y otras peores, circulan de boca en boca. La extenuación, el frío, el hambre y la furia vuelven a hacer mella entre las tropas en retirada.

Ahora se hallan en la ruta de regreso a Valladolid, donde el capitán Padilla espera recibir nuevas órdenes de la Junta. Y no es un sendero que los hombres recorran con la cabeza alta. El desandar el camino siempre trae sabor a derrota.

Andrés se revuelve de un lado a otro sobre el duro suelo de tierra. Es noche cerrada, pero le resulta imposible dormirse. A su alrededor, los olores del establo en que han sido alojados se mezclan con los ronquidos de la tropa.

Al final, se decide a alzarse y salir fuera a vaciar aguas. Tal vez eso le ayude a volver a conciliar el sueño. Teniendo en cuenta lo avanzado de la hora, sería un descanso breve, pero es mejor que nada...

—¡Eh, tú, sastrecillo!

Andrés se gira, sobresaltado. Se encuentra frente a dos individuos con el rostro tapado. Resulta difícil decir si son soldados o maleantes; aunque, en honor a la verdad, eso mismo puede aplicarse a buena parte de las milicias.

—¿Qué me quieren vuestras mercedes? —pregunta. En vano intenta no sonar alarmado. El temblor de su voz lo delata.

—Nosotros nada —responde uno de los interpelados—. Pero hay alguien que sigue esperando a que le pagues lo que prometiste. Ya sabes a quién nos referimos.

Y tanto que sí. Tras la toma de Ampudia, Andrés no solo volvió a buscar la compañía del vino; también se inició en las partidas de naipes. Así, contrajo una deuda con un toledano de mala catadura: un tal Enrique Sánchez al que —según supo después— apodan «Dedos Sucios»; ha aprendido, por las malas y demasiado tarde, por qué el susodicho tiene fama de tahúr y estafador.

—Aún no he conseguido el dinero —balbucea—, pero pronto...

Sus interlocutores no parecen satisfechos con la respuesta. Uno de ellos lo agarra por el cuello y lo arroja contra el muro del establo. El otro le propina un brutal puñetazo en el estómago.

—Vas a pagar —amenaza—. Y lo harás hoy mismo, si sabes lo que te conviene.

Se marchan, dejando a su víctima en el suelo. Andrés, encogido sobre sí mismo, lucha por respirar. Nunca ha sentido tanto dolor en su vida.

Y el sufrimiento no es solo físico. Tal y como están las cosas, tan solo hay una persona a la que pueda pedir ayuda. Pero es alguien a quien se prometió no volver a acudir.

Recuerda bien la última ocasión en que Miguel intentó dirigirle la palabra, hace pocos días:

—¡Déjame! ¿Cuántas veces debo repetírtelo? —le gritó—. ¿Es que no lo entiendes? No puedo olvidar lo que le has hecho a mi familia.

Sin esperar respuesta, dio la espalda a su antiguo amigo, a su antiguo hermano. No podía soportar mirarlo a los ojos.

—Créeme —le oyó decir a su espalda—: yo tampoco soy capaz de olvidarlo.

—¡Por todos los santos!, ¿qué te han hecho?

Miguel Campos observa con espanto el estado de su amigo. Parece afectado sobremanera por las secuelas de la paliza que ha sufrido Andrés, pese a que, bien mirado, los golpes no fueron tantos.

—Pagaré la deuda —declara, cuando este le explica lo ocurrido—, si prometes no volver a tomar parte en esos condenados juegos de naipes y sus malditas apuestas.

—Puedes tener por seguro que no lo haré —responde su interlocutor, con absoluta sinceridad. Habla en un hilo de voz, manteniendo la cabeza gacha—. Y también de que te devolveré todo el dinero.

—Ya lo creo que lo harás. Y con intereses.

Miguel no es de los que cobran sus «intereses» en maravedís. Su amigo no solo debe mantenerse alejado del juego y del alcohol, por ser ambas cosas muy perniciosas para la hacienda y el alma de un buen cristiano; también debe acompañarlo a escuchar su misa diaria, tan puntual y atento como los propios monaguillos.

El joven Andrés se mantiene fiel a la palabra dada. Ya el primer día acude diligente a la liturgia; tanto que, de hecho, llega antes de tiempo. Sorprende a Miguel en conversación con el capellán. Este es un fraile de mediana edad, calvo y algo rechoncho, de rostro afable, que viste el hábito blanco y la esclavina negra de los hermanos dominicos. Ambos se interrumpen al verlo aparecer.

—He de tratar unos asuntos con el padre Lucas —le dice el zapatero, con más seriedad de la que le es propia—. Me reuniré contigo enseguida.

—Así que ese es el joven en cuestión —comenta el sacerdote al verlo marchar—. Sí que parece buen muchacho. Debes sentirte orgulloso de lo que has hecho por él.

—No estoy tan seguro, padre —reconoce su interlocutor—. Cuando acudí a pediros consejo, no esperaba... eso. Creía que los hombres que me recomendasteis se limitarían a asustarlo. No tendrían que haberlo golpeado así.

El capellán realiza con la mano un gesto, como si pretendiera quitar importancia al asunto.

—Tal vez los mozos exageraran un poco. Sucede a veces. Pero, hijo mío, pensad que esos golpes habrían llegado por otra mano, tarde o temprano. Podéis dar gracias de que vuestro amigo haya escapado de ellos con tan poco daño.

Miguel aprieta los labios, no del todo convencido.

—Aun así... —comienza. Se lleva la mano al pecho, allí donde, bajo las ropas, siente el roce del crucifijo sobre la piel.

—Tened fe, muchacho —lo tranquiliza el sacerdote—. No es la primera vez que se aplica este remedio para tales casos. Lo importante es el resultado. ¿Qué son unas pocas magulladuras a cambio de reconducir al redil a un cordero extraviado? Creedme, Dios no os tendrá en cuenta los medios empleados. Pues con ellos acabáis de salvar el alma de ese pobre pecador.

Burgos se engasta como una joya en una planicie abundante en ríos, adornada de bosques y cultivos que ahora duermen el sueño de la estación invernal. Se yergue sobre la llanura, hermosa e insigne igual que una reina; una visión de torres y agujas lanzadas al cielo que prometen al viajero opulencia y esplendor.

Juan de Deza eleva una oración de agradecimiento. Gracias a Dios, desde el asalto sufrido en la serranía madrileña el viaje se ha desarrollado sin graves incidencias. Eso sí, tuvieron que hacer alto en Sepúlveda, adonde tanto él como su escolta llegaron aquejados de temblores y calenturas.

—Si este es el arancel que nos piden los cielos a cambio de salir con vida de esos montes, vive Dios que lo pago con gusto —declaró entonces Mateo Atienza—. Y mañana mismo me consigo una medalla de san Cristóbal, que dicen que protege a los viajeros, pues no quiero verme en otra como esta.

Las fiebres remitieron en un par de días, sin ayuda de cirujanos ni sangrías; que, aunque estas ayudan al paciente que las recibe en casa, merman demasiado a quien tiene que lanzarse a los caminos.

Tras varias jornadas de marcha, llegados ya a Lerma —última parada antes de alcanzar su destino— recibieron la noticia de que los capitanes de las Comunidades se habían retirado de

Burgos sin asaltarla, y que esta se hallaba, bien regida y en paz, bajo la égida del señor condestable.

—Se ve por vuestras ropas que entendéis de paños, señor mío. Al fin y al cabo, de eso se trata —había comentado el posadero en respuesta a las preguntas de Juan, sin apartar la mirada de la bolsa del joven Deza—. Sin duda sabéis a qué me refiero: no es bueno andarse con guerras cuando en ellas hay tanto que perder.

La prosperidad de Burgos nace del comercio de la lana y los paños. Gracias a eso se ha convertido en la capital económica de todo el reino. Así lo atestiguan su Consulado del Mar —la poderosa hermandad de comerciantes que monopoliza tanto la exportación de la lana castellana como la entrada de los paños procedentes de Flandes—, y su Universidad de Mercaderes, uno de los gremios más ricos de Castilla.

Se dice que no hay una familia de mercantes locales que no participe en tan floreciente negocio. Lo que, para alguien como Juan de Deza, convierte a la ciudad en un feroz laberinto de pujas, gestiones, componendas e intereses encontrados.

—Quiera Dios que encuentres el cargamento sin demoras ni tropiezos —le dijo su padre antes de la partida—. Habla con nuestro procurador en cuanto llegues. Manejad el asunto con tanta discreción como sea posible. Habéis de intentar que no llegue a oídos de la freiría de pañeros, la Universidad ni el Consulado.

Mateo Atienza, en cambio, tiene en mente otras preocupaciones. Una vez atravesadas las puertas de la ciudad y establecidos ambos en la posada, se despoja de su vestimenta de viaje tan rápido como si estuviera infectada de una enfermedad pestilente. Luego se coloca a la carrera sus ropas de calle.

—Señor Juan, con vuestra venia, querría...

Su patrono reprime una sonrisa. Le complace comprobar que el tejedor parece haber recuperado sus trazas de siempre.

Lo ocurrido en la serranía le ha afectado durante el resto del viaje. Ese Atienza adusto, tan dado a mirar de continuo por encima del hombro, poco se parece al que, entre chanzas y muestras de desparpajo, recorre las plazas y calles de Alcalá.

Pero diríase que ahora, llegado a salvo a su destino, vuelve a campar por sus fueros. De la puerta de la ciudad a la posada ha ido lanzando requiebros a toda hembra en edad de merecer y tomando buena nota de la ubicación de las tabernas.

—Ve, Atienza, ve. Pero estate de vuelta antes del anochecer.

Por su parte, Juan tiene otras cosas en que ocuparse. Bien saben los cielos lo mucho que está dispuesto a sacrificar por el triunfo de las Comunidades; cuánto admira al capitán Padilla, y el afecto que siente por algunos de los hombres —sus vecinos complutenses— que ahora lo siguen por estas inhóspitas tierras castellanas. Pero no por eso deja de agradecer a la Providencia que haya mantenido a esas tropas alejadas del cargamento que ha venido a buscar; esos condenados paños que, hoy por hoy, representan el futuro de su familia.

El capitán toledano Juan de Padilla se yergue sobre su montura. Frente a él, Medina del Campo le abre sus puertas, con las campanas lanzando a los vientos una bulliciosa canción de bienvenida. A su espalda, surca los campos una larga columna de hombres fieles, de corazones valerosos y cuerpos fatigados. El cansancio pesa sobre las espaldas de los caballeros, sobre los pies y los hombros de las milicias.

En las últimas semanas han sido muchas las millas recorridas, numerosas las penalidades arrostradas. Y, salvo la recuperación de Ampudia —tan rápida y sencilla—, no ha habido victorias para aligerar la carga.

Esto no puede continuar.

Tras el revés de la reciente expedición a Burgos, ha conducido a sus tropas de regreso a Valladolid. Pero, apenas llegados allí, debe sacarlos de nuevo a los caminos.

—El capitán Padilla lo hará, aun si nadie más se atreve —claman las voces de la Comunidad vallisoletana en las tabernas, las plazas, las iglesias y las calles—. Él no abandonará así a nuestros hermanos.

Pues en Medina del Campo aguardan los refuerzos enviados desde Segovia, Ávila y Salamanca. Llevan allí varios días esperando escolta que los ayude a cruzar las peligrosas tierras que los separan de Valladolid, azotadas por incursiones de las huestes realistas. La zona de Puente Duero, sobre todo, es de temer, por hallarse a tan pocas leguas de Tordesillas.

Y el capitán Padilla cumple, como era de esperar. Ingresa en Medina del Campo entre vítores, salvas y aplausos. Frente a la iglesia de San Antolín lo esperan las autoridades de la villa y las tropas de refuerzo, ya formadas y dispuestas. A la cabeza se encuentra Juan Bravo, el capitán de las milicias segovianas.

—Ahí estáis vos, buen caballero. —Padilla se apea y abraza al oficial, que responde al gesto con sentimiento. Es primo de María de Padilla, la esposa del toledano.

—Feliz es el hombre que hace un amigo —responde el aludido—. Y dichoso aquel que reencuentra a un hermano.

Su interlocutor se echa a reír. Pues el segoviano, que es varón de ingenio y raras ocurrencias, ha pronunciado las frases imitando el acento de Toledo; esa habla que conservan los habitantes del centro y sur de Castilla —con su *jadse* en vez de *hace*— y que tienen por más antigua y hermosa que la de sus vecinos norteños.

—Andaos con cautela, señor don Juan Bravo. Aún haremos de vos un toledano.

—Por Dios que no —rubrica con firmeza el interpelado. Luego se vuelve hacia los hombres formados a su espalda—. Todos los aquí presentes os seguiremos, capitán. Llevadnos a Valladolid, con la Junta. Con vos viajamos a salvo.

Padilla se aproxima algo más a su interlocutor. Lo que ha de decirle no es para oídos de todos.

—Poco a salvo habremos de estar conforme nos acerquemos a aquellas tierras —reconoce—. Oídme bien, amigo mío: la zona de Valladolid es hoy tan peligrosa como lo fue vuestra Segovia en el pasado verano. No habrá quien pueda sentirse seguro allí mientras no caiga alguna de esas malditas villas realistas.

—¿Os referís a Tordesillas? ¿A Simancas? Son las más cercanas...

—Por eso resultan objetivos demasiado evidentes. Pero Dios sabe cuánto me agradaría dar una buena lección a ese viejo zorro del almirante y golpearle donde no se espera. —Baja aún más la voz y añade con sonrisa socarrona—: ¿Os imagináis cómo se pondría si le tomamos Torrelobatón?

El capitán Bravo, aún con la mano en el hombro de su compañero, lo aprieta, en señal de haber comprendido. Bien saben ambos que la Junta no está de acuerdo en intentar nuevas conquistas, por necesarias que resulten.

—Caerá, amigo mío, tenedlo por cierto —asegura—. Vos y yo nos encargaremos de que así sea.

—Alcemos las copas por nuestro rey. Burgos está controlada. Y aunque hemos logrado la victoria sin derramamiento de sangre, esta representa un gran triunfo para Su Majestad.

Todos los invitados a la mesa de don Íñigo Fernández de Velasco, el condestable de Castilla, secundan el brindis. También lo hace el cardenal Adriano. Mas, en su fuero interno, duda de la sinceridad de su anfitrión; y su retórica le produce sensación de hastío.

Sus días en Burgos, como su anterior estancia en Medina de

Rioseco, le han permitido confirmar un hecho innegable: los Grandes castellanos no miran por los intereses de la Corona, sino por los suyos propios; más aún: cada uno de ellos busca defender su hacienda particular, así sea en detrimento del resto.

La pacificación de la ciudad no se ha realizado pensando en el bien de Su Majestad, sino en el del propio condestable. Prueba de ello es que el conde de Benavente dista mucho de alegrarse por ello. De hecho, acaba de comunicar que, igual que don Íñigo ha logrado conservar sin pérdidas todas sus posesiones burgalesas, él no volverá a enviar a sus hombres a la lucha hasta que no se le compensen las pérdidas sufridas en la batalla de Tordesillas y los estragos que el obispo Acuña está causando en sus tierras zamoranas.

Aunque el caso más notorio es el continuo enfrentamiento entre los otros dos virreyes. Nada hace el condestable que no contradiga el almirante, y viceversa. Y, lo que es peor, cada uno de ellos aduce que las acciones del otro obran en perjuicio y quebranto del reino.

—¿Tan poco bebe nuestro reverendo cardenal de Tortosa? —pregunta ahora el anfitrión, con esa voz acre que tan bien casa con la aspereza de sus modales—. Muchos dirían que un brindis por nuestro rey merece un trago más largo.

—La sinceridad de un hombre mal puede medirse en función del vino que bebe —responde el regente, con ese acento algo gutural que ha traído de tierras flamencas—, y, mucho menos, su lealtad.

De todos es conocida la inquina que don Íñigo siente hacia Adriano de Utrecht. Pues este, con una sinceridad que ninguno de sus súbditos castellanos imita ni aprueba, no duda en comunicar a Su Majestad sus nada halagüeñas impresiones sobre la nobleza del reino; y algunas de las más críticas se refieren al primogénito de su actual anfitrión.

En efecto, el condestable ha forzado a que se nombre a su

hijo, el conde de Haro, general en jefe de las tropas reales. Pero este no solo resulta demasiado joven e inexperto para tal puesto; además, es hombre de temperamento indolente y dado a cometer negligencias. «Cualquier otro hubiera sido más adecuado que él para el cargo», ha escrito el cardenal en una de sus misivas al monarca; ha añadido que además el susodicho encubre los fraudes cometidos por sus amigos. Por ejemplo, el conde de Oñate, que está a cargo de la guarnición de Simancas, cobra a las arcas de la Corona el estipendio de ochocientos hombres, cuando en realidad solo cuenta con quinientos. Tal engaño solo es posible gracias a la connivencia del conde de Haro. Y, además, en estos tiempos en que las arcas reales se encuentran desesperadamente vacías.

Huelga decir que la noticia de tales imputaciones, aun siendo estas asunto cierto y probado, no ha sido bien recibida por el padre del acusado.

—Hablad claro y en cristiano, si es que tal cosa es posible para un flamenco —replica ahora, en alusión al último comentario de su huésped. A sus casi sesenta años, el condestable muestra la firmeza de espíritu y carnes de un varón mucho más joven—. ¿Estáis afirmando que hay hombres desleales sentados a esta mesa?

—Tan solo digo... o, mejor dicho, *repito* —se corrige el aludido, siempre escrupuloso con sus palabras— que los leales súbditos del rey debieran mostrarse tan unidos entre sí como lo están aquellos que han demostrado no guardarle tanta fidelidad.

Pues los nobles, enfrentados entre sí por mil cuestiones, solo se conciertan en una: su común rencor hacia el cardenal Adriano; ese hombre de Iglesia que se atreve a corregir los planes de los militares; ese extranjero que se cree con derecho a gobernar los reinos de España.

Él les ha instado mil veces a aprovechar la victoria de Tordesillas, a lanzar un ataque definitivo antes de que las Comunidades se reorganizasen. No lo han hecho. Con las arcas reales casi vacías y sin el menor deseo de costear los gastos militares a costa de sus propias rentas, han licenciado al grueso de las tropas para replegarse a sus dominios familiares. Se han limitado a apostar una reducida guarnición en ciertos lugares estratégicos: Tordesillas, Simancas, Torrelobatón, Castromonte, Portillo, Arévalo, Villalba...

Pluguiera a Dios que los Grandes de Castilla olvidasen sus míseras rencillas internas y se mostrasen tan hermanados como lo están los rebeldes. Y más les valiera aunar el frente ahora que los insurrectos comienzan a lanzar dardos certeros en su contra.

En efecto, la comunidad de Valladolid, la más combativa de todas, acaba de enviar una feroz requisitoria contra la nobleza. En ella afirman que los verdaderos enemigos del rey no son sus súbditos pecheros, sino los Grandes. Que el pueblo enriquece a la Corona por medio de sus impuestos, mientras los nobles la empobrecen; que en muchos lugares estos se quedan con parte de las alcabalas para aumentar su fortuna personal, en detrimento de la del monarca, cuyo patrimonio van mermando día a día.

Aducen que por eso el rey necesita crear nuevos impuestos: porque los ingresos que por justicia le corresponden le han sido hurtados por los señores. Que esa es la verdadera razón de la lucha de las Comunidades: no intentan atacar los bienes de la Corona; al contrario, conseguirán incrementarlos al acabar con los abusos de la nobleza.

Argumentan que los Grandes, que hoy fingen ayudar al monarca en su lucha contra la rebelión, en realidad buscan fortalecerse por medio del conflicto. Que lo usan para exigir a Su Majestad nuevos privilegios, de modo que, al final de la contienda, el poder real se vea debilitado y el de la aristocracia haya aumentado.

Y concluyen que, en resumen, las únicas que actúan en defensa del Estado son las Comunidades, pues tan solo buscan devolver a la Corona aquello que los señores le han arrebatado sin escrúpulos. Por eso Su Majestad debe escuchar a su pueblo y apartar de su lado a los malos consejeros. Así, será amado, obedecido y servido por todos; así incrementará su riqueza y su poder.

Y que si los Grandes, dispuestos a perpetuar sus abusos y ciegos a otra cosa que no sea su propio interés, siguen insistiendo en arremeter contra las Comunidades, estas contraatacarán, les arrebatarán sus posesiones y las pondrán al servicio de la Corona; pues tales bienes, en justicia, pertenecen al rey.

De cierto, tales argumentos contienen más de una verdad. Aunque de sobra sabe Adriano de Utrecht que Su Majestad ha de prestarles oídos sordos, pues don Carlos está determinado a aplastar sin miramientos a los rebeldes. Lo que preocupa al cardenal es algo muy distinto: que la actitud de las Comunidades, que parecen dispuestas a emprender una lucha sin cuartel contra los señoríos, acabe provocando que los nobles se unan a ellas. Y no por convicción, sino por temor.

Así se lo ha manifestado al rey en una de sus cartas:

«Cada uno de los Grandes quiere proteger lo suyo —le ha escrito—, por lo que se reservan a su gente para guardar sus propias tierras. Si no temiesen perder sus estados, pocos se declararían al servicio de Vuestra Majestad. Así, las Comunidades logran más con poca gente que nosotros con mucha.

»Veo que los Grandes recelan y temen en gran manera que sus tierras se alcen en su contra. Quieren seguir a Vuestra Majestad y al mismo tiempo asegurar sus casas. Pero, si no pudieren hacer ambas cosas, antes preferirían concertarse con el pueblo y conservar sus estados que seguir a vuestra alteza y ponerlos en peligro».

En este punto, las conversaciones de los comensales invitados al salón del condestable se ven empañadas por una algarabía que nace al otro lado de las puertas. Al instante, un paje vestido con librea de la casa se llega a la mesa.

—Mi señor, en el vestíbulo espera un emisario real procedente de tierras germanas —informa—. Trae cartas de Su Majestad para sus dos virreyes en las que, según dice, se contienen noticias de la mayor gravedad y urgencia.

Por indicación del anfitrión, hacen su entrada dos sirvientes que portan en sendas bandejas de plata las misivas lacradas con el sello real. Los sigue el mensajero. Pese a la extrema gravedad y urgencia de las nuevas que trae, ha tenido tiempo de adecentar su aspecto y cambiar sus vestimentas de viaje por otras más adecuadas para un salón cortesano; que nada justifica presentarse ante tan grandes señores con las ropas sudorosas y embarradas.

Adriano de Utrecht se persigna antes de abrir la suya; y, como hombre abocado por obligaciones y vocación a los textos y documentos, acaba su lectura mucho antes de que el condestable haga lo propio. Eso le ofrece la oportunidad de analizar tanto la expresión de este como las de los rostros que aguardan ansiosos a su alrededor.

—Habla —ordena entonces el anfitrión al emisario—. Que todos lo oigan.

El aludido, con una rodilla en tierra y aspecto cariacontecido, comienza su relación:

—Soy portador de una aciaga noticia que habrá de traer profunda tristeza a Castilla y, con ella, a todos los reinos hispánicos.

Tras este comienzo, que arranca exclamaciones de sobresalto a la concurrencia, el narrador prosigue:

—A día sexto de este mes de enero, hallándose nuestro rey y emperador en Worms tratando allí los asuntos de sus muchos estados, tuvo a bien Su Majestad organizar una cacería para él y los muy nobles integrantes de su séquito. —Inclina la cabeza aún más, antes de añadir—: Quisieron los cielos que la batida se saldara con un resultado funesto; una fatal caída del caballo que ha dejado huérfana a Castilla.

Las expresiones de espanto resultan ahora más manifiestas. Aunque, según comprueba el cardenal Adriano, no todas tienen trazas de ser sinceras.

—Mis señores, nuestro reino y nuestra Iglesia están de luto. Ha fallecido el reverendísimo arzobispo de Toledo, don Guillermo de Croy.

20

A finales de enero, la noticia sacude toda Castilla; aunque la muerte del joven arzobispo dista mucho de ser mal recibida por la mayoría de sus feligreses. Buena parte de ellos declara, en privado o incluso en público, que el suceso es signo de «justicia divina».

—Que aprenda Su Majestad a no dar el gobierno de nuestra Iglesia a uno de sus malditos flamencos —dicen unos.

—Dios quiere que el obispo haga vida en su diócesis, y no en tierras extranjeras —argumentan otros.

En Toledo, las nuevas causan auténtica conmoción. La mañana del primer viernes de febrero, una multitud se reúne ante la sede del cabildo catedralicio para exigir que se nombre de inmediato a un sucesor, y que, esta vez, la designación se haga de acuerdo a los deseos del reino.

Pues la tardanza con que la noticia ha llegado a la sede primada hace sospechar que el rey Carlos ha demorado su comunicación. Así, él mismo podría entablar conversaciones con el papado y proveer de nuevo la silla vacante sin contar con la opinión de sus súbditos hispánicos.

Y la actitud del cabildo, que se mantiene en suspenso a esperas de los mandatos de la corte, no ayuda a la causa castellana.

—¡Queremos a don Francisco de Mendoza! —comienza a

corear la muchedumbre. El nombre surge de las gargantas de los miembros de la Comunidad, y pronto es coreado por el resto del pueblo allí congregado.

En un primer momento, algunos de los presentes manifiestan su desconcierto:

—¿No es ese el señor vicario, el que ahora vive en Alcalá? —pregunta un tapiador ya entrado en años a un mozo con aspecto de escribiente que grita a su lado.

—No, señor mío, que aquel es llamado Francisco Fernández de Córdoba, con el Mendoza como último apellido porque le viene por parte de madre —responde el interpelado con suficiencia, agitando los dedos manchados de tinta—. Y este que aquí mentamos es don Francisco de Mendoza y Pacheco, hijo del conde de Tendilla y hermano de doña María, la esposa del gran capitán Padilla; y dicen que ahora vive en Roma, donde es camarero del mismísimo papa.

—Si es hermano de doña María, que venga él y no se hable más —replica el tapiador, más convencido por este dato que por el resto de la biografía del nominado.

Ante el cariz que están tomando los acontecimientos, los prelados del cabildo, bien resguardados en suelo eclesiástico, comunican al concejo que estudiarán el caso con la mayor diligencia y tomarán una pronta decisión.

Pero esas palabras, interpretadas como excusas dilatorias, no son bien acogidas por el pueblo toledano.

—¡Queremos a don Francisco de Mendoza! —insiste la multitud, ahora exacerbada—. ¡Y guay de aquellos que se opongan!

En breve comienzan a llover amenazas de muerte contra todo aquel que rechace el nombramiento. Y se extienden a todos los miembros del cabildo, incluso al maestrescuela don Francisco Álvarez Zapata y al canónigo don Rodrigo de Acevedo, que siempre se han manifestado de forma abierta a favor de la Comunidad.

Los ánimos se enardecen más y más a medida que avanza la mañana. A mediodía, una turba rugiente integrada por cinco mil almas rodea la catedral. Y acaba invadiéndola, entre gritos y amenazas de violencia.

Para entonces, varios prebendados han abandonado la ciudad y se han refugiado en la cercana villa de Ajofrín. Y otros habrán de seguirles en los días venideros. Tan solo las promesas de los miembros más conciliadores del capítulo logran refrenar el ímpetu de la muchedumbre.

Al menos por hoy. Porque a nadie se le escapa que mañana los tumultos podrían renacer; y aún con más fuerza. Las calles de Toledo han despertado. Y no están dispuestas a dormir de nuevo.

—Me temo que habéis hecho el viaje en balde, señor mío. Vuestro problema no tiene visos de solución.

Alfonso Aranda, el procurador de la familia Deza en la capital burgalesa, se muestra sinceramente compungido. Es la segunda vez que Juan acude a su despacho: un pulcro local que, pese a sus modestas dimensiones, sin duda se paga a un alto precio. No en vano está sito en la calle de San Lorenzo, cercano a la catedral y al palacio de los condestables.

—Mi querido señor Aranda: esa respuesta resulta inaceptable. —Su visitante, sentado frente a él al otro lado del escritorio, sonríe. Pero ese gesto no mitiga un ápice la rotundidad de su tono—. Y vos lo sabéis tan bien como yo.

—¿Qué puedo deciros? Los cielos son testigos de que lo he intentado todo. —Por cuanto parece, no hay transporte en la ciudad dispuesto a seguir el camino de aquí al Henares. El cargamento es grande, demasiado visible en unas rutas que, a día de hoy, todos los arrieros locales consideran inseguras en extremo—. Habréis de esperar unas semanas más y ver si mejora la situación. Lo lamento de veras.

Juan repasa con los dedos los bordados en seda de la bocamanga de su jubón. Cuando inició el viaje, su problema consistía en superar a unas tropas que se dirigían a cercar la ciudad. Ahora, en imponerse a los temores que ha inspirado en todo el reino la muerte del arzobispo Croy. De un modo u otro, la Providencia parece complacerse en ponerlo a prueba.

—Os aseguro que los caminos del sur no son tan peligrosos como se cree —insiste. En los últimos tiempos, la amenaza principal para las rutas comerciales provenía del norte: el conde de Salvatierra recorría las Merindades, feudo ancestral del condestable. Pero ahora, según se murmura en las calles y tabernas, el virrey le ha ofrecido el perdón a cambio de su retirada definitiva; y el noble alavés se dispone a licenciar su ejército y volver a sus dominios.

—Los rumores afirman lo contrario —responde el procurador—. Dicen que, ahora que las rutas del norte vuelven a abrirse, es allí a donde conviene dirigir el negocio. Que debe evitarse el sur; y, sobre todo, el sur de la sierra de Guadarrama. Que el duque del Infantado ha dado permiso a los virreyes para que recluten en sus tierras veinte mil soldados. Que el prior de la orden de San Juan ha sido nombrado comandante de las tropas de la Castilla nueva y ya lleva reunidos cuatro mil infantes y cuatrocientas lanzas. Que, tras la muerte del arzobispo, Toledo anda revuelta; y que el capitán Padilla podría bajarse hacia allí para ir en auxilio de los suyos. —Hace una pausa. Bien saben ambos lo poco que les gusta a los burgaleses acercarse a tierras toledanas, así sea en tiempos de paz—. En cualquier caso, no es a mí a quien debéis persuadir. Mejor haríais en intentar convencer a los arrieros.

Juan estudia a su interlocutor. «Es el hombre más honesto que pueda encontrarse en estos reinos»; así acostumbra a decir su padre al referirse a él. Tal vez el problema resida precisamente en eso. Quizá el caso requiera de un enfoque un poco más ingenioso y un poco menos honrado.

—Bien sabe Dios lo errados que suelen andar los rumores, sobre todo en tiempos de guerra —suspira—. ¿Y si os dijese que, en realidad, la situación es la contraria? ¿Que el verdadero peligro sigue estando en el norte, y que el conde de Salvatierra no tiene intención de licenciar a sus hombres? —Y, consciente de que toda ficción resulta más creíble si se adereza con algo de verdad, añade—: Toda Castilla sabe que es hombre dado a violencias, maltratos y excesos; con sus vasallos, con sus banderizos... incluso con su propia esposa. Imaginad qué no haría con los integrantes de una caravana procedente de territorio enemigo.

El rostro del apoderado parece volverse algo más grisáceo ante tal noticia.

—¿Qué decís? —pregunta, a todas luces alarmado—. ¿Es eso cierto?

—Lo será pronto, mi querido señor Aranda. —Juan sonríe de nuevo; tal y como su interlocutor ha tenido a bien señalar, no es a él a quien debe convencer—. Tan pronto como me indiquéis dónde encontrar a esos arrieros y hable con ellos.

—¡Fuera el vicario! ¡Abajo los Mendoza!

El pueblo de Alcalá se ha alzado, por fin, en armas. La muerte del arzobispo, la reacción de sus hermanos toledanos... Son factores que, de por sí, contribuyen a caldear los corazones. Pero, además, se ha extendido el rumor de que don Francisco de Mendoza conspira para expulsar de la villa en secreto a ciertos miembros de la Comunidad; y toda traición exige represalias.

Es dos de febrero, día de la Candelaria. El capitán don Íñigo López de Zúñiga, de pie sobre el tablado de la picota, ha lanzado un llamamiento a los buenos hombres pecheros de la villa. Muchos de ellos le han visto esta misma mañana en conciliábulo con el regidor Francisco de Baena, quien ahora observa, apartado y usando a guisa de bastón su vara de justicia, cómo la multitud se congrega en la plaza.

—¡Escuchadme bien, vecinos! —exclama el hidalgo Zúñiga—. El vicario ya ha jugado con nosotros demasiado tiempo. Todos le habéis visto jurar lealtad a nuestra Comunidad; lo hizo sobre la Biblia, ante todos los habitantes de la villa. Ahora sabemos el valor que tiene para él ese juramento.

«¡Perjuro!» «¡Traidor!» «¡Esbirro del Infantado!» Los gritos se extienden por la explanada, limitada a un lado por las paredes del concejo y, al otro, por los muros de la magistral. El orador levanta las manos. Rachas de viento agitan su capa y le revuelven los cabellos rojizos. Pero su voz transmite ardor, y él parece insensible al frío.

—¡Convecinos! ¡Hermanos! ¡Ya hemos tenido más que suficiente! Bastante hemos tolerado la presencia del Mendoza; ese esbirro de Croy, ese espía al servicio de la Casa del Infantado. ¡Mientras él siga aquí, ninguno de nosotros estará a salvo!

El capitán Zúñiga lleva la mano a la espada que pende de su cinto. La desenvaina, se gira levemente hacia la izquierda y señala con ella en esa dirección:

—¡Estamos solo a unos pasos de distancia! ¡Adelante! ¡Fuera el vicario, vecinos! ¡Fuera!

La multitud estalla ante aquellas palabras. El clamor arrecia. Aquí y allá empiezan a surgir brazos que se elevan sobre las cabezas, esgrimiendo maderos, piedras, palas, tijeras.

—¡Van a asaltar el palacio!

La noticia atraviesa la villa y alcanza el Colegio tan rápido como si la portase el mismísimo Mercurio con sus sandalias aladas. Los estudiantes, que a la sazón se encuentran en sus lecturas y reparaciones, abandonan las clases y corren al patio. Hay vítores y gritos de protesta, imprecaciones, empujones, denuestos. La facción castellana clama por apoyar la revuelta, ignorando los improperios de los béticos. Algunos pasan pronto de las palabras a las manos.

—¡El que quiera acudir en favor de la villa, que me siga!

Dos colegiales han aupado en hombros a don Alonso Pérez de Guzmán, el capitán de la Comunidad universitaria, quien, con voz potente y amplios gestos, está lanzando el llamamiento.

Su criado, el bachiller Cigales, ha salido a la carrera del edificio en dirección a casa del patrono, en donde este custodia el equipo militar que le han confiado sus compañeros. Está prohibido guardar armas en los dormitorios del Colegio, pero no en las viviendas de los porcionistas que residen fuera del recinto.

Los congregados se lanzan a la plaza del Mercado, no sin antes enzarzarse en una escaramuza con los béticos que intentan impedirles la salida. Una vez pertrechados en casa del capitán, avanzan por la calle de Santiago esgrimiendo sus espadas, mientras sus sirvientes los siguen con puñales y picas.

—¡Por el Colegio y la villa! ¡Por la Comunidad!

El rector Juan de Hontañón interrumpe la lectura al percibir el escándalo. Se encuentra junto al tesorero, el maestro Jerónimo Pascual, revisando las provisiones: el cardenal Adriano no solo ha confirmado la presencia del visitador real; también ha estipulado que las costas de este, a razón de veinte ducados de oro, habrán de pagarse a cargo de la facultad de Teología.

Al punto irrumpen en la sala sus tres consiliarios. Los sigue un grupo de colegiales pertenecientes a la facción bética. Todos traen los semblantes enrojecidos de rabia.

—¡Como hay Dios que esto ha de caer sobre vos! —clama Gonzalo de Carvajal. Tiene contraídas sus espesas cejas, y una tormenta de furia crispa sus facciones, ya de por sí feroces.

—Maestro Carvajal, medid vuestras palabras... —advierte el

tesorero; debiera sentirse enojado, pero lo cierto es que la situación le provoca más espanto que disgusto—. Esa no es forma de dirigirse a nuestro rector.

—Reverendo señor, algunos de vuestros estudiantes se han echado a la calle, a voz de comunidad, para atacar al vicario; a un ministro de nuestra santa madre Iglesia, designado por el papa y por Su Majestad —aclara Pedro de Lagasca, con formas más suaves y, sin embargo, más siniestras. Pese a su baja estatura, su presencia parece imponerse a la de todos los que lo rodean—; considerad vos mismo si eso no ha de caer sobre vuestra fama y vuestra conciencia.

El maestro Hontañón tarda unos instantes en responder. Ha quedado fulminado por la noticia. Pero bien sabe Dios que, en su posición, no puede permitirse signos de desmayo. Debe rehacerse y mostrar firmeza; aunque por dentro se sienta desfallecido y aquella nueva lo haya dejado devastado.

—Mi conciencia está limpia; y no es este el momento de mirar por mi fama, sino por la del Colegio. —Y, dirigiéndose a sus consiliarios, añade—: Don Pedro, don Gonzalo, don Francisco, quedaos. Y todos los demás, marchad y regresad a las aulas.

Ninguno de los aludidos parece dispuesto a acatar tales órdenes. Muy al contrario, reaccionan con protestas y vivas muestras de indignación.

—¿Significa eso que no vais a salir a detenerlos? —censura Carvajal, aún más airado que antes.

—Ni yo ni ningún otro. Voy a dar orden de que se cierren de inmediato las puertas —contesta el rector, tajante y frío. Por dentro se siente como un chiquillo olvidado en invierno a la intemperie—. Y ahora, obedeced.

De sobra sabe que su presencia en las calles traería más daño que provecho. Tal y como están las cosas, el episodio aún puede presentarse como lo que en realidad es: la acción aislada de unos pocos estudiantes desatados. Pero la aparición pública del rector podría interpretarse como señal de que el Colegio apoya oficialmente el levantamiento.

—Obedeced, os digo —repite, al comprobar que sus oyentes aún parecen reacios a acatar sus órdenes—. O, por Cristo bendito, que esta noche habréis de pasarla en la cárcel con grillos en los pies.

Los colegiales acaban cediendo, entre rezongos y muecas de disgusto. Los consiliarios se miran en silencio. Aun sin decir palabra, los tres comparten la misma idea: aquello es una muestra más de que el rector favorece a esos malditos castellanos; y, con ellos, a los rebeldes de las Comunidades. Y, como hay Dios, que acabará pagando por ello.

Por su parte, el maestro Hontañón vuelve a tomar asiento. Sabe que va a serle harto difícil justificar este desmán ante el visitador real. Pero debe encontrar el modo de hacerlo. De otro modo, el enviado de Su Majestad podría encontrar en este episodio excusa suficiente para clausurar el Colegio y universidad. Para siempre.

—¡Mirad, señor! Es él.

Alonso Pérez de Guzmán, el capitán de la Comunidad universitaria, observa en la dirección a la que apunta su sirviente. Entre las gentes que corren de un lado a otro distingue a un individuo que saca la cabeza y hurta el cuerpo desde el portalón abierto de un zaguán. Se diría que duda entre si sumarse a la corriente de los que atacan o a la de los que huyen.

Las calles son un hervidero. La muchedumbre lucha por echar abajo la reja de acceso al patio de palacio. En el interior del edificio se percibe tanta confusión como fuera de él. Corre el rumor de que el vicario se está preparando para huir.

—Es él —repite el criado—. Ese al que llaman don Cristóbal

de Baena, al que me ordenasteis seguir por molestar a la señora Leonor.

Su patrono poco tarda en evaluar la situación. El mentado no es más que un alfeñique con ropajes de hidalgo. Un perro asustadizo de esos que enseñan los dientes a las muchachas indefensas, pero se mojan las calzas si deben hacer frente a un hombre de verdad.

—Sígueme, Cigales —ordena. Y, sin pensarlo dos veces, se abalanza sobre el hijo del regidor.

Este, que en modo alguno espera el temporal que se le viene encima, apenas acierta a amagar una defensa contra los golpes. Amo y criado le propinan una tunda capaz de dejar postrado al más recio montañés.

No contento con descargar sobre él los puños, el joven capitán pone el pie sobre el pecho al caído, que solloza y suplica clemencia; y, desenvainando su espada, acerca la punta al cuello de su víctima:

—Escuchadme bien, miserable. Soy don Alonso Pérez de Guzmán, hijo de don Ramiro Núñez de Guzmán, señor de Toral. He venido a saber que andáis importunando a una muchacha cuya familia reside en esas casas que hacen esquina entre las calles que llaman Mayor y de los Manteros. ¿Sabéis a quién me refiero?

El interpelado asiente con la cabeza, sin poder contener una mueca de espanto. Jamás habría imaginado que una criatura tan insulsa como Lucía pudiera atraer la atención de tan alto caballero.

—Sabed desde hoy que la dicha muchacha está bajo mi protección. Que mucho os conviene no volver a incomodarla. Y que si deseáis desagravio por lo que aquí ha ocurrido, podéis venir a buscarme al Colegio de San Ildefonso; aunque, por vuestro bien, os aconsejo que no lo hagáis.

Dicho esto, el porcionista abandona el zaguán y deja a aquel cobarde arrastrándose por el suelo, como el gusano que es. No le cabe duda de que el muy desgraciado no volverá a dirigir una sola palabra a la joven Leonor.

La jornada ha sido testigo de grandes cambios en la vida complutense. El vicario Francisco de Mendoza, expulsado del palacio y de la villa, ha partido por la puerta de Guadalajara, en su carruaje y en compañía de una sencilla escolta. Nadie duda que se dirige a refugiarse bajo la égida de su primo, el duque del Infantado.

La Comunidad local le ha garantizado inmunidad en todo el territorio de la villa y tierra. Y también ha hecho lo propio con las otras dos dignidades implicadas en la conspiración: el señor corregidor y el maestrescuela de la magistral, don Carlos de Mendoza.

—Se dice que el señor corregidor ha huido al norte, a reclamar venganza a alguno de los virreyes —declarará al día siguiente, con el tono de quien está bien informado, uno de los visitantes asiduos que acuden al taller del sastre Pedro de León—. Y que el maestrescuela Mendoza, a la villa de Ajofrín; pues, aun siendo deán de la catedral toledana, se teme que en la dicha ciudad han de tratarlo igual que lo hemos hecho aquí.

—Bien merecido se tiene lo que le caiga —comenta otro de los presentes—. El muy pájaro no solo quería echar de la villa a los dirigentes de la Comunidad, sino también excomulgar al rector y a algunos de los colegiales; pues resulta que el maestro Hontañón y muchos de los del claustro están a favor de los nuestros y en contra de los del rey.

—Y bien que lo demostraron ayer, que se fueron por las calles gritando a asaltar el palacio —replica el primero.

El anfitrión, sin embargo, arruga el ceño ante aquellos comentarios.

—Más valdrá andarse con tino y no fiarse de los señores estudiantes. Que, aun siendo teólogos, también son hidalgos. Y todos sabemos cómo se las gastan estos cuando les da por abusar de los pecheros.

Expulsado de la villa el vicario Mendoza, su cargo debe pasar a otro prebendado. Dicho nombramiento debiera corresponder al arzobispo de Toledo, pero ahora la silla se encuentra vacante. Y los alcalaínos no están dispuesto a esperar la decisión del cabildo toledano, que dilataría demasiado la decisión... según algunos, por cobardía; según otros, por estar plagado de «enemigos de las Comunidades, la Junta y del reino».

—Necesitamos elegir un nuevo vicario, al menos de forma provisional. Y este ha de ser individuo de integridad probada; alguien que en el pasado ya haya demostrado saber tratar con los representantes del rey; alguien que en todo momento se haya mostrado amigo y partidario de la Comunidad.

Con estas palabras anuncia el regidor Baena a su candidato; el anciano don Francisco se ha ganado ante el resto del concejo la reputación de ser hombre de fiar, por haber denunciado ante ellos la conjura del gobernador arzobispal.

Y así, el ayuntamiento, tras la correspondiente votación, acepta y nombra nuevo vicario al canónigo don Diego de Avellaneda, quien, esa misma jornada, jura el cargo con semblante circunspecto, sepultando su euforia en lo más recóndito de sus orondas carnes.

El pueblo de Burgos se arracima en la plaza Mayor, pendiente del espectáculo. En uno de los extremos se alza un rico cadalso cubierto de oro y seda, custodiado por ballesteros de maza en perfecta formación. Sobre él, en grandes sitiales, se han acomodado los dos virreyes. A un lado y otro del cardenal Adriano y el condestable se sientan los miembros del Consejo real, en sillas labradas, de menor tamaño y menos ostentosas, y a un extremo, los alcaldes de la casa y corte. Los acompañan buen número de caballeros, que permanecen de pie sobre el gran estrado.

Las trompetas anuncian el inicio de la proclama. Una vez acalladas, la voz del pregonero anuncia con solemnidad que, tras su lectura, el edicto permanecerá fijado en aquel mismo lugar, custodiado por los oficiales reales. Luego comienza a declamar:

—«Don Carlos, por la Gracia de Dios rey de los romanos y emperador *semper augusto*. Doña Juana, su madre, y el mismo Don Carlos, ambos por la misma Gracia reyes de Castilla, de León, de Aragón, de las dos Sicilias, de Jerusalén, de Navarra, de Granada, de Toledo, de Valencia, de Galicia, de las Mallorcas, de Sevilla, de Cerdeña, de Córdoba, de Córcega, de Murcia, de Jaén, de los Algarves, de Algeciras, de Gibraltar, de las Islas de Canaria, de las islas y tierra firme del mar océano de las Indias, condes de Barcelona, señores de Vizcaya y de Molina, duques de Atenas y de Neopatria, condes del Rosellón y de Cerdeña, marqueses de Oristán y de Goceáno, archiduques de Austria, duques de Borgoña y de Brabante, condes de Flandes y de Tirol.»

Sigue un listado de doscientos cuarenta y nueves nombres. Todos ellos, comuneros acusados de perpetrar horrendos crímenes contra la Corona y el reino: —«escándalos, rebeliones, muertes, derribamientos de casas y otros graves y enormes delitos», «damnificando, atemorizando y oprimiendo con tales cosas a nuestros buenos súbditos y leales vasallos»—. Por ello se ordena que, «por aleves, traidores y desleales», se les prenda y, sin derecho a juicio, se ejecute sobre ellos sentencia de muerte.

Y que, para mayor oprobio de sus personas y familias, se les castigue además con la pérdida de sus oficios y la confiscación de sus bienes. Pues pocas faltas hay tan execrables como las de aquellos que cometen «crimen y traición por incumplir lo que es mandado por sus reyes y señores naturales».

Juan de Deza asiste a la lectura del edicto con la cabeza alta y el corazón encogido. Dios —o el Diablo— ha querido que aún se encuentre en Burgos en esta fecha aciaga. Mañana partirá de regreso a Alcalá, tras haber conseguido apalabrar un transporte para el malhadado cargamento que ha venido a buscar.

—Bien se echa de ver que volvéis a casa contento, señor Juan —le ha dicho esta mañana Mateo Atienza. Pero eso ha sido antes de llegarse a esta plaza Mayor.

Recuerda haber hablado de esta famosa pragmática de Worms en la casa familiar; con inquietud, cierto, pero también con el desapego que da la distancia. Sin embargo, el oírla aquí y ahora...

Siente una sacudida en las entrañas. La redacción de este larguísimo edicto demuestra una determinación ciega, un orgullo cargado de rigor y deseo de venganza.

Le es dado oír por primera vez —aun por mediación de un heraldo— la voz del rey. Es una voz capaz de lograr que la inquietud se transforme en un profundo temor.

21

Las calles de Valladolid no son seguras. Cada día que pasa se intensifican las protestas. Los pecheros, con los zapateros a la cabeza, se manifiestan por la ciudad entre gritos y amenazas.

Y sus acusaciones no se dirigen tan solo contra el bando realista; también contra ciertos integrantes de las filas comuneras y contra los procuradores de la Junta. Todo aquel dispuesto a negociar con los Grandes, todo aquel reacio a lanzar ofensivas militares contra los señoríos, todo aquel de talante tibio o conciliador es considerado un enemigo.

—El pueblo está exacerbado —se lamenta don Pedro Laso de la Vega, el más célebre de los procuradores toledanos, ante su sirviente de confianza—. Sabe Dios que ya no me siento seguro aquí. Mucho me temo que, de no marcharme, la plebe acabaría cortándome la cabeza.

Por fortuna para él, está a punto de partir. La Junta lo ha designado para acudir a Tordesillas y negociar allí un posible acuerdo con los virreyes más moderados: el almirante don Fadrique y el cardenal Adriano; postura esta que no ha sido bien acogida por la Comunidad y el pueblo vallisoletanos, seguidores a ultranza de Padilla y partidarios de la guerra abierta y sin cuartel.

—No puedo creer que las cosas hayan llegado a este punto. Fui yo quien inició esta rebelión. ¡Yo! —Así fue, en efecto, hace ya un año; por entonces él, en calidad de regidor de Toledo, pronunció un alegato ante su ayuntamiento, manifestando el disgusto de su ciudad y del reino todo por el comportamiento del rey. Él prendió la mecha de ese fuego que hoy se extiende por toda Castilla—. Yo fui el primer presidente de nuestra Junta. Y ahora debo abandonar esta villa, el corazón y sede de nuestro movimiento, en secreto, oculto como un ladrón.

Dadas las circunstancias, se ha decidido que parta a su misión con absoluta discreción y sin bagaje alguno, para no llamar la atención del populacho. La Junta le hará llegar sus pertenencias dentro de unos días.

—¿Sabes que incluso mi familia lucha contra mí en esta guerra? —Su propio hermano, Garcilaso de la Vega, se ha alistado en la facción imperial—. ¿Sabes que Su Majestad me nombra en segundo lugar en su lista de Worms, tan solo por detrás de nuestro obispo Acuña? Aun así, aquí me tratan de cobarde y traidor.

—Lo lamento, señor —responde el anciano criado, mientras anuda a su patrono la pechera de su camisa de Holanda.

—¿Qué crees que estará tramando ahora mismo nuestro hermano regidor? —pregunta el noble, pronunciando estas últimas palabras en un tono nada fraternal.

—Desearía saberlo, señor.

De sobra conocen todos los hombres de su casa a quién se refiere; y, al igual que hace don Pedro, todos evitan pronunciar su nombre. Su convecino y colega, don Juan de Padilla, no es persona grata en aquellas habitaciones. Mencionarlo a él es como mentar el río en casa del ahogado.

El hidalgo toledano asiente.

—Terrible cosa es la ingratitud humana, mi buen Hernando. Terrible y dolorosa.

—Que ellos negocien; nosotros conquistaremos.

Juan de Padilla ha reunido en sus habitaciones a los capitanes Bravo y Zapata, oficiales de las tropas de Segovia y Madrid. Pese a ser el más joven de los tres, el toledano habla con la autoridad de aquel a quien todos aceptan como primero entre iguales.

—La Junta no parece entenderlo: no hay negociación posible cuando se está en condición de inferioridad. En las actuales circunstancias, el enemigo no aceptará otro acuerdo que nuestra rendición. Pero si golpeamos con fuerza donde menos lo esperan, si cambiamos las tornas... entonces sí estaremos en posición de plantear nuestros términos. Entonces sí podremos negociar.

Sus interlocutores asienten. Todos son conscientes de hasta qué punto se han deteriorado en los últimos tiempos las relaciones entre la Junta y la Comunidad de Valladolid. Aquella, según la visión de Laso de la Vega, aboga por una solución pactada; esta, de acuerdo con los postulados de Padilla, por continuar con las ofensivas bélicas. La primera representa a los políticos y juristas del movimiento; la segunda, a los militares.

«Toledo empezó esta lucha. Y Toledo la terminará.» Así lo ha afirmado el propio Padilla en más de una ocasión. Pero ahora Toledo está dividida; sus procuradores y su capitán defienden posturas opuestas. En el fondo, más allá de toda retórica, lo que realmente se debate es si rendirse o seguir luchando.

Aunque ese enfrentamiento es síntoma de otro a mayor escala: también están divididas todas las Comunidades castellanas. A no ser que se remedie pronto, los pueblos a los que representan sufrirán por ello. Y mucho.

—Este es el plan: en los próximos días concentraremos nuestras fuerzas en Zaratán. —Señala sobre el mapa la localidad, situada a dos leguas escasas al oeste de Valladolid—. Cierto es que las noticias de este movimiento llegarán de inmediato a oídos de los virreyes. Lo importante es que no sepan dónde asestaremos el golpe. Un ataque inesperado equivale a la mitad de una victoria.

Los tres lo saben. Todos han tomado parte activa en los grandes triunfos que las Comunidades han cosechado durante el verano; ahora, llegado el invierno, es momento de recurrir a la misma táctica: ofensivas audaces e imprevistas.

—En Zaratán se nos unirá Francisco Maldonado, que trae desde Toro a las milicias salmantinas. Dada la cantidad de tropas convocadas, el enemigo sabrá que se prepara una gran ofensiva. —El capitán toledano desplaza el dedo hacia el sudoeste—. Pero probablemente imagine que nos dirigimos a Simancas, adonde podríamos llegar en pocas horas; aunque sería locura asediar una plaza tan bien protegida. También podrían creer que planeamos atacar Tordesillas, que cuenta con menor guarnición. —Mueve el índice en la misma dirección, un poco más allá.

El madrileño Juan de Zapata estudia el mapa con expresión grave.

—Tordesillas no está lejos. La alcanzaríamos en una jornada de marcha. Por Cristo que nada me complacería más que recuperarla y liberar a Su Majestad doña Juana —comenta. No en vano es contino de la dicha reina, cargo que le reporta sus buenos cuarenta mil maravedís anuales. Ejemplifica como ningún otro el hecho de que la vestimenta y los modales cortesanos no están reñidos con la bravura en el campo de batalla—. Pero, en ese caso, las huestes de Simancas acudirían en su defensa y atacarían nuestra retaguardia. —Frunce el ceño—. Qué diferentes serían las cosas si hubiéramos logrado tomar Burgos...

—«La cabeza de Castilla; la primera en voz y en lealtad» —recita el segoviano Juan Bravo de Mendoza, no sin ironía. A diferencia de sus acompañantes, no se inclina sobre el tablero. Permanece bien erguido, con los brazos cruzados sobre el pecho—. El feudo del virrey don Íñigo Fernández de Velasco, nuestro buen condestable.

—Así es —corrobora el anfitrión—. Pero aún tenemos al

alcance de la mano el de otro virrey: el almirante don Fadrique Enríquez.

Así diciendo, desliza el dedo hacia el oeste, para detenerlo sobre Torrelobatón.

—Podemos alcanzarlo por sorpresa. Si partimos a la medianoche, llegaremos allí al despuntar el alba. Y no olvidéis que el viejo almirante estará lejos de casa, negociando en Tordesillas con los enviados de nuestra Junta. Se habrá llevado al viaje a la flor y nata de sus tropas. —Posa la mano derecha sobre el hombro de Juan de Zapata; y la izquierda, sobre el de Juan Bravo—. ¿Qué decís, amigos míos?

Los aludidos cruzan una mirada. Luego sonríen a la par. Padilla les palmea las espaldas; un gesto breve como testimonio de larga gratitud. El madrileño ha sido su más fiel compañero desde el inicio del conflicto; y el segoviano, primo de su esposa, siempre se ha mostrado como uno de sus más firmes aliados.

Ellos tres y los primos Francisco y Pedro Maldonado, los capitanes salmantinos, llevan tiempo juntos en este viaje, y juntos lo terminarán. Al inicio, muchos se unieron al movimiento empujados por la euforia. No pocos se han ido apartando del sendero. Pero la Historia no recuerda a aquellos que se rinden por el camino, sino a aquellos que permanecen luchando hasta el final.

—Sea, pues —rubrica Bravo—. Rumbo a Torrelobatón. Don Fadrique no imagina la tempestad que está a punto de caer sobre su casa.

Don Alonso Pérez de Guzmán, el capitán de los universitarios complutenses, contempla la plaza del Mercado desde la ventana de su habitación. Es una jornada tranquila, de nubes escasas y apacibles. Hace apenas unos días, el panorama resultaba muy distinto. Entonces él y sus acompañantes corrían, espada al cinto y a voz de comunidad, a expulsar de la villa al vicario Mendoza.

De cierto, el señor rector Hontañón no acogió con agrado la ocurrencia. Y a él, como cabecilla de los levantiscos, le ha correspondido el castigo más oneroso. Ha sido penado con una severa reprimenda, ayuno a pan y agua durante tres días y multa de un florín; un correctivo serio según las exigencias de las constituciones universitarias, pero que no sería considerado nada severo por la justicia civil.

Sigue con la vista a las jóvenes que se acercan a recoger agua a la fuente. De seguro, cualquiera de ellas le resultaría más asequible que esa Venus incitante y antojadiza que es la hija del pañero. Pero él no es hombre que desista una vez iniciado el asedio. Y sabe por experiencia que, cuanto más se resiste la moza a entregarse, más satisfactoria resulta su rendición.

—Cigales —llama—. Ve a llevar a tu librera esa nota que hay en la mesa, y que ella la entregue a la joven Leonor.

Todo resulta mucho más sencillo con las muchachas iletradas. Porque, en estos tiempos, no hay mujer leída que no espere de su pretendiente muestras de ese amor cortés que impregna la poesía y las novelas caballerescas; un cortejo construido sobre el servicio, la lealtad y el sufrimiento del varón.

Pero el amante de tinta y versos es inmortal, y puede permitirse paciencia infinita. El de carne y hueso, no.

—De inmediato, señor. —Al recoger el papel, el sirviente no puede evitar reparar en sus nudillos. Aún quedan rastros en ellos del correctivo que él y su patrono dieron al tal don Cristóbal—. Vuestra dama sabrá agradecer el servicio que le habéis prestado.

—Así lo espero, pues ya ha pasado tiempo más que suficiente. O ella me lo paga o habré de cobrármelo yo.

—El problema ya está solucionado —anuncia Leonor con orgullo. Tras cerciorarse de que están a solas en el zaguán que da al patio, saca un billete de entre las páginas de su breviario y se lo muestra a Lucía. Es una nota escrita por el porcionista don Alonso—. Ese tunante de don Cristóbal no volverá a molestarte. Que aprenda que, por muy hijo que sea de un señor regidor, eso no le da derecho a tomarse confianzas con las muchachas de la villa.

La hija del sastre Pedro de León toma el trozo de papel y lo repasa con los dedos. Aun siendo incapaz de leerlos, percibe que esos trazos de tinta contienen una fuerza de la que carece la simple voz humana.

—No lo entiendo. ¿Por qué querría tu estudiante cortar tela de este retal? ¿O acaso le dijiste que don Cristóbal te estaba molestando a ti?

—¡Cielos, no! Eso supondría mentir. Y ya sabes qué opino de los embusteros —replica Leonor, con esa sonrisa celestial capaz de desarmar a la más furibunda criatura del averno—. Tan solo le escribí que el hijo del regidor estaba importunando a una «muy querida muchacha de esta casa». Si él ha supuesto que me refería a mí misma, es cosa suya.

Lucía le devuelve el escrito. Decididamente, su amiga no tiene remedio.

—Tratar con los estudiantes siempre tiene un precio. Me preocupa, Leonor.

—Pierde cuidado. —La aludida vuelve a ocultar el billete en su libro devocional—. ¿Cuántas historias hemos oído sobre cómo los señores colegiales se buscan mil mañas para engatusar a las muchachas de la villa? ¿No crees que es momento de cambiar las tornas y que nosotras saquemos provecho de ellos?

Como si aquello diese por zanjado el argumento, toma a su amiga de las manos y la conduce al interior de la vivienda.

—Necesito tu opinión sobre otro tema —le dice—. Acompáñame.

Lucía la sigue sin replicar. Pero se detiene al comprobar que ambas se encaminan a la zona de la casa donde el señor Deza tiene su despacho.

—No deberíamos entrar aquí... —protesta.

Leonor no da señas de haberla escuchado. El asunto que se trae entre manos no es como para andarse con paños calientes. Lleva a su acompañante hasta una puerta:

—Asómate, pero con cuidado. Y dime qué opinas de él.

Su interlocutora obedece. Allí dentro, sentado frente a un escritorio, se encuentra el bachiller Uceda. Los postigos abiertos de la ventana que hay a su izquierda derraman sobre él la luz tenue y el sonoro bullicio de la calle Mayor.

—Creo que está triste —responde Lucía, que, tras una breve inspección, ha regresado a su puesto—. Y cansado.

Leonor suspira para sí. ¿De dónde saca su amiga esas ocurrencias? Decididamente, la pobre no tiene remedio.

—No me refiero a eso. ¿No te parece que oculta algún secreto? ¿Algo peligroso?

—¿Qué? —Su oyente parece casi indignada ante tales palabras—. ¡Claro que no!

—¿Sabes? Creo que te equivocas. Presta atención.

Así diciendo, toma a su acompañante de la mano y, tirando de ella, entra en el despacho.

El arriacense alza la cabeza. Las mira a ambas. La hija del patrono muestra la desenvoltura de quien se siente capaz de caminar sobre las aguas; su joven vecina, la turbación de quien desearía que se la tragase la tierra.

—Señora Leonor —saluda, con la mayor cortesía—, ¿hay algo que pueda hacer por vos?

Aunque no lo manifiesta, la irrupción de la muchacha no deja de causarle preocupación. No en vano tiene fama de causar problemas allá por donde va. Los sirvientes de la casa hablan de ella con verdadero pavor.

—Resolvedme una duda, don Martín. —La recién llegada se pasea por la sala con donosura, evitando que su saya de un verde lustroso roce las estanterías y escribanías—, ¿cuánto lleváis con nosotros? ¿Cinco meses, quizá?

—Seis, a decir verdad.

—Es largo tiempo. ¿No echáis de menos vuestro hogar?

—Un hombre afortunado puede tener varios hogares. Nací en Guadalajara, pero Alcalá es también mi casa.

La joven no lo mira. Estudia —o finge estudiar— las páginas de un librito de a dieciseisavo que ha traído consigo.

—Sois hombre afortunado, no lo niego, pero no habéis contestado a mi pregunta.

—Sí lo he hecho; solo que no habéis prestado atención a mi respuesta.

Leonor se detiene y se gira hacia él. Es evidente que no está acostumbrada a que se dirijan a ella de ese modo.

—Respondedme de veras, y os escucharé —replica, con el tono de quien acepta un desafío—. Os aseguro que estoy deseando hacerlo.

Antes de que el interpelado conteste, una voz ahogada interviene:

—Deberíamos irnos, Leonor. Don Martín es un hombre ocupado.

Lucía, incapaz de soportar por más tiempo la tensión, se retuerce las manos sobre el regazo. Cuando los ojos del arriacense se vuelven hacia ella, se ruboriza y baja la mirada al suelo.

—Un hombre ocupado, sí —apunta Leonor, no sin malicia—. Y triste. Y cansado. He aquí lo que mi querida amiga opina de vos, mi buen bachiller.

Lucía se sonroja aún más. Incluso sin levantar la vista, nota las pupilas del secretario Uceda fijas sobre ella; las siente firmes y, aun así, protectoras, como manos que sujetaran a un lactante en sus primeros pasos.

—No es una descripción muy halagüeña —le oye decir—.
¿Qué os hace pensar eso?

La muchacha permanece en silencio, con la garganta reseca.
Lo cierto es que no sabría cómo responder a esa pregunta.

—Hay muchos tipos de tristeza en este mundo —prosigue
él—. ¿A qué os recuerda la mía? ¿A la de un pájaro que no puede escapar de su jaula? ¿O a la de uno que ya no desea cantar?

Por extraño que parezca, Lucía no puede evitar sentirse aludida por esta última frase. Pero no... Es imposible que el bachiller se refiera a ella...

Leonor, por el contrario, tiene bien claro a quién va destinada la primera comparación. Sonríe. El arriacense está a punto de
comprobar que un pájaro enjaulado tiene recursos suficientes
para herir a quien se le acerca demasiado.

—Hay algo que llevo tiempo queriendo preguntaros —comenta—. ¿Qué le ocurre a vuestro brazo izquierdo? Os confieso que me gustaría saberlo.

Estas sencillas frases obran el prodigio. Lucía, sacudida de
su parálisis, alza la mirada y la posa sobre el secretario, súbita-
mente preocupada:

—¿Sucede algo? ¿Estáis herido?

Don Martín, pese a ser un hombre de natural impertérrito,
muestra su sincera sorpresa:

—Llevo medio año en esta casa; hasta hoy nadie me había
hecho esa pregunta.

Leonor, que ha guardado el libro en la faltriquera, posa las
manos sobre la escribanía de su interlocutor.

—Si queréis que alguien se fije en vos, mi querido bachiller
—declara, mientras se inclina hacia él—, tal vez os convendría
pasar menos tiempo entre hombres y más entre mujeres.

Esto, que azoraría a casi cualquier varón, provoca que el
aludido se yerga en su asiento y apunte una sonrisa.

—No os falta razón; tal vez por eso prefiera no hacerlo.

La joven apoya ahora los antebrazos sobre el tablero. Inclina la cabeza y la coloca sobre la mano derecha, mientras con la izquierda repasa las vetas de la madera.

—Hay hombres que, por mucho que lo intenten, no logran pasar desapercibidos —murmura, como si hablase consigo misma—. Esos hombres siempre llevan consigo el recuerdo de una mujer.

—¿Solo de una? —El arriacense sacude la cabeza, irónico—. Pocos años les otorgáis, señora Leonor. O poca memoria.

—¿Cómo es la vuestra? —prosigue ella, ignorando a su interlocutor—. Apuesto a que se trata de una dama joven y bella...

El secretario retira los documentos más cercanos a la muchacha con la mano izquierda. La derecha no se ha apartado ni un instante del pie del tintero en el que ha dejado la pluma.

—Puesto que tanto insistís, responderé a esa pregunta; solo a esa. Después os marcharéis y yo seguiré con mi trabajo. —Tras la aquiescencia de su interlocutora, añade—: La dama a la que os referís, era... es... de condición extraordinaria.

—Ya imagino que ha de serlo. Y que referiros a ella con unas pocas palabras de compromiso no le hace justicia.

Martín cierra los ojos durante un instante, como si buscara algo en su interior. Al abrirlos continúa:

—Hay tres tipos de belleza, ¿sabéis?: la del cuerpo, la del intelecto y la del espíritu. La primera es la más insustancial; y además, la única que se estropea sin remedio con el paso de los años. Aun así, es aquella que los hombres buscan en una mujer. Si queréis saber mi opinión, tal cosa es necedad.

Leonor no responde. Ahora se limita a escuchar. Por primera vez desde el inicio de la conversación, su interés no parece fingido.

—La mayoría de los hombres están convencidos de que la hembra es impura por naturaleza, corruptora e inmoral; y eso les impide reconocer que su espíritu, lejos de ser inmundo, puede tener gran belleza y que esta puede iluminarlo todo a su alrededor. —Mientras pronuncia estas palabras, Martín mantiene la vista sobre el tintero de plomo. En modo alguno querría que sus pupilas se desviasen hacia la joven Lucía—. También están persuadidos de que Dios ha negado a la mujer toda inteligencia. Y así, cierran los ojos a la posible belleza de su intelecto. ¿Habéis oído hablar de las *puellae doctae*?

Leonor afirma con la cabeza. Sí, ha escuchado historias sobre esas jóvenes que vivían en la corte de la difunta reina Isabel; damas profundas y eruditas cuyos conocimientos se encontraban a la altura de los grandes pensadores masculinos.

—Ellas han mostrado que la inteligencia femenina no desmerece a la del varón... siempre que se le concedan los instrumentos necesarios para cultivarla. —Señala hacia la faltriquera de su interlocutora, en la que ella ha guardado su breviario—. Señora Leonor: al enseñaros a leer y escribir, vuestro padre os ha concedido un don extraordinario. No lo desaprovechéis.

La muchacha se limita a asentir de nuevo. Sus ojos de inmenso azul parecen prendidos del secretario.

—Sois hombre de palabra. Esta vez sí habéis respondido. Y de verdad. —Se vuelve hacia Lucía—. Nos vamos, querida. Como bien dices, nuestro bachiller es un hombre ocupado.

Antes de ponerse en marcha, se alisa la cintura del gonete. Entonces el arriacense aparta la mano del tintero.

—Esperad, señora... Vuestro pendiente... ¿dónde está?

Leonor deja surgir una suave sonrisa mientras se acaricia el lóbulo desnudo. No parece en absoluto preocupada.

—Debe de habérseme caído. ¿Me ayudáis a buscarlo?

El secretario se incorpora y, sin el menor titubeo, se dirige hacia una de las estanterías.

—Si mal no recuerdo, lo habéis debido de perder por aquí...

Pone una rodilla en tierra. Cuando se alza, sus dedos sostienen un pendiente de oro y perlas en forma de cruz. Su propietaria se aproxima con lentitud y elegancia; lo toma de la mano del bachiller y se lo coloca de nuevo.

—Os lo agradezco, don Martín. Hubiera sido desafortunado que mi padre lo encontrase aquí.

Agarra del brazo a su amiga y ambas abandonan la estancia. Cuando se encuentran a distancia segura, Lucía comenta:

—Te he visto hacerlo. No ha sido un accidente. Tú misma te has quitado el pendiente y lo has dejado caer.

—Así es. ¿Y sabes por qué? —Ante la negativa de su interlocutora, responde—: Llevo un tiempo observando a nuestro buen bachiller, y me he fijado en algo. Tiene una capacidad portentosa para recordar detalles. Cualquiera de ellos, por nimio que resulte, en el momento en que lo necesita. Ya sea una cifra de un informe, un fragmento de conversación, los rasgos de un desconocido... o el último lugar en que ha visto un pendiente aún prendido a una oreja.

Lucía queda un momento pensativa. Comprende que su amiga concede una enorme importancia a aquel hecho, aunque ella no sepa bien por qué.

—¿Y qué historia es esa de su brazo izquierdo? —pregunta entonces—. ¿Le ocurre algo?

Leonor toma la muñeca de su acompañante y la levanta a la altura de su rostro, como haría con la de la marioneta de un teatrillo. Sus indagaciones entre el servicio le han permitido averiguar detalles muy interesantes sobre el secretario; aparte, por supuesto, del hecho de que gasta velas a escondidas.

—La lavandera me comentó que los puños izquierdos de las camisas del secretario Uceda suelen estar más sucios; cosa extraña, puesto que él es diestro. Al observarlo mejor, he comprobado que él nunca se arremanga ese brazo, aunque sí el derecho. —Estrecha con más fuerza la muñeca de su amiga, sin ocultar su satisfacción—. ¿Aún sigues creyendo que no oculta nada?

Lucía se suelta. Se recoloca la toca y el cabezón fruncido de la camisa con gesto reflexivo.

—Todo el mundo tiene secretos. Eso no quiere decir que los suyos sean dañinos. Ni que esté bien por tu parte intentar descubrirlos.

—¿Significa eso que no vas a ayudarme?

La hija del sastre baja la mirada al suelo. Como de costumbre, su querida Leonor presta oídos sordos a todas aquellas razones que no convienen a sus propósitos.

—Claro que te ayudaré. —No puede dejar que su acompañante se enfrente sola a aquello. Por mucho que ella lo desapruebe.

—Bien. Porque hemos de actuar con discreción.

—¿Discreción, dices? Dudo que sepas lo que eso significa.

Se encuentran en el zaguán que se abre al patio común. Lucía se detiene. Hay algo que le roe las entrañas, y que no sabe bien cómo abordar.

Las palabras del joven bachiller le han calado hondo. Mucho. Ahora, al mirar a su amiga, ve en ella esas tres bellezas de que ha hablado el arriacense. Leonor es agraciada, cultivada, resuelta y generosa; posee la hermosura del cuerpo, la del intelecto y la del espíritu.

Los cielos han querido que ella, Lucía, no cuente con ninguna de las tres. Aunque el Señor, en Su infinita bondad, le ha dado modo de remediar esa carencia. Al menos, en parte. Ahora lo ve claro, por primera vez en su vida.

—¿Recuerdas eso que me has dicho tantas veces? —pregunta, volviendo a agarrar del brazo a su acompañante.

—¿Lo de que deberías dar un toque de color a tu atuendo? Con esos tonos que gastas pareces un árbol mustio.

—No, eso no. Me refiero a... ya sabes... a lo de enseñarme a leer.

Leonor alza las cejas, en expresión de sorpresa. Apenas se

recupera, su primer impulso es lanzar una pulla a su interlocutora. Lleva ofreciéndose a instruirla desde hace años, sin resultado. Y ahora resulta que para hacerla cambiar de parecer basta con una sola observación... siempre que venga de un varón joven y garrido.

Pero guarda para sí este pensamiento. Sonríe, con un gesto nacido del corazón, y abraza a su amiga.

—Claro que sí, querida. Mi oferta sigue en pie. Hoy y siempre.

22

Durante cuatro días, las tropas se concentran en Zaratán. El capitán Padilla, a la cabeza de sus milicias toledanas, dirige la operación. Lo acompañan Juan de Zapata, al mando de los madrileños; Juan Bravo, con sus segovianos, y Francisco Maldonado, que llega desde Toro guiando a los salmantinos.

A la media noche, seis mil infantes y seiscientos caballeros emprenden la marcha hacia el oeste, acompañados de nutrida artillería. Poco antes del alba se hallan frente a las formidables murallas de Torrelobatón.

El cerco se organiza con premura, mientras las campanas repican despavoridas y los gritos de los vecinos inundan las calles. Los emisarios enviados a solicitar la rendición de la villa regresan en breve. Han sido agredidos por la guarnición defensora.

—¡No será fácil, por Cristo que no! Pero pensad en las familias que habéis dejado en Alcalá, porque aquí se decidirá su futuro, y el de toda Castilla —aúlla el cabo Hoces frente a sus hombres—. Si esos malnacidos se niegan a rendirse y prefieren regar esas calles con sangre... ¡será con la suya, no con la nuestra!

Las tropas complutenses lanzan gritos de asentimiento. Se han apostado, junto a los madrileños del capitán Rojas, frente a la puerta noroccidental. Desde aquella posición, la gran fortaleza y su torre del homenaje resultan imponentes y amenazadoras.

—Como hay Dios que esas murallas son enormes —murmura Andrés—. Y están muy bien defendidas...

La artillería ya ha comenzado el ataque sobre el sector menos recio del lienzo. El estruendo sacude la llanura castellana en muchas leguas a la redonda. A las puertas de la villa, el fragor es tal como si estuviesen estallando los fuegos del averno.

—Son muros gruesos, señor; altos, fuertes y bien mantenidos —informa el oficial de artilleros en el puesto de mando, gritando todo lo posible para hacerse oír por encima del fragor—. Nos llevará más tiempo de lo previsto. Tres o cuatro días, como poco...

El capitán Padilla inspira tanto como se lo permite la brigantina; una bocanada profunda, con sabor a tierra y pólvora. El campo de batalla ha dejado huellas de polvo y ceniza en la roja cruz que lleva en la sobreveste.

Las noticias deben de estar llegando ya a Tordesillas; y el tiempo es un feroz enemigo. En cuanto los virreyes conozcan dónde se ha descargado el ataque, sabrán hacia dónde dirigir a sus huestes.

—Hemos de mantener controladas todas las rutas de ingreso. Y que la caballería se prepare para defender los accesos meridionales —ordena, con la seguridad del hombre que se crece ante los contratiempos—. Y vos, señor capellán, rezad por que esos malditos muros caigan hoy mismo; antes de que nos lleguen las visitas.

En el castillo de Tordesillas, las negociaciones entre los virreyes y los delegados de la Junta avanzan por buen derrotero. Tanto el almirante como el cardenal Adriano reconocen que las reivindicaciones de la Junta resultan razonables y justas. El problema radica no en el contenido, sino en el trasfondo.

—El emperador jamás aceptará estudiar reclamaciones que

se le presentan como exigencias, no como súplicas —vuelve a explicar Adriano de Utrecht, como ya lo ha hecho en incontables ocasiones. La Junta insiste en defender que representa al pueblo castellano, y que el monarca debe aceptar la voluntad de sus súbditos. Para ellos, la soberanía corresponde a los vasallos, y no a la Corona.

Ante tal tesitura el portavoz de los sublevados, el toledano Pedro Laso de la Vega, opta por cambiar de tema. Las Comunidades, según explica, estarían dispuestas a examinar los términos de un posible acuerdo.

—Hablar de rendición en las actuales circunstancias, señores míos, es precipitado —manifiesta—. Pero, imaginando que mantuviéramos esa hipotética negociación, no podríamos por menos que pedir la revocación de la pragmática que nuestro rey firmó en Worms.

—No está en nuestra mano conceder tal cosa; bien lo sabéis. —El almirante don Fadrique responde con cordialidad; es hombre experto en repartir negativas con tono afable—. Y, en cualquier caso, vuestras peticiones resultan audaces en demasía. ¿De veras creéis que, tras todo lo ocurrido, Su Majestad accedería a proclamar el perdón general para todos los implicados, y a mantenerlos en sus cargos y haciendas? —Su sonrisa se acrecienta—. Antes de plantear tales demandas, os aconsejaría ganaros la voluntad de nuestro soberano mediante una muestra de buena fe. Rendir las armas y entregar los señoríos que habéis ocupado con violencia sería, de cierto, un buen comienzo...

Pero pronto queda patente que hoy no es el mejor día para tales concesiones. Al punto un emisario entra en la sala para dar noticia de lo que está ocurriendo en Torrelobatón.

La sorpresa de los delegados de la Junta no es menor que la de los virreyes. Y tampoco su enojo. Con el mayor de los esfuerzos, Pedro Laso de la Vega logra mantener un rostro impasible. Dios sabe que ese bellaco de Padilla se la ha jugado bien.

—¿Qué significa esto? —clama el almirante, con las facciones alteradas—. ¿Así es como vuestra Junta de aleves y traidores despacha sus asuntos? ¿Fingiendo venir a negociar mientras nos ataca por la espalda?

En un instante, se ha convertido en la personificación de la más feroz hostilidad. Aunque no cabe esperar otra cosa del hombre que presencia cómo una horda asalta su casa y amenaza con reducirla a cenizas.

—Las acciones de nuestros capitanes no deben haceros dudar de la seriedad de la Junta, ni de su sincero interés en llegar a un acuerdo —se ve obligado a improvisar el procurador toledano—. Tened en cuenta, señores, que esta ofensiva no es incompatible con nuestra negociación. Hasta donde yo sé, estamos en el curso de una guerra declarada y en ningún momento se ha declarado el cese de las hostilidades.

El almirante don Fadrique se levanta de la mesa, indignado ante tales argumentos. Abandona la sala exigiendo:

—¡Traed de inmediato al conde de Haro! ¡Quiero aquí a la guarnición de Simancas! ¡Y a la de Portillo! ¡Y mandad recado también a Arévalo y Coca, maldita sea! ¡Que salgan ahora mismo a recuperar mis tierras!

Se aleja jurando que ha de conseguir la cabeza de Padilla, y lanzando sobre él tantas maldiciones como si se tratase del mismísimo Belcebú.

Pedro Laso de la Vega queda en el salón frente al cardenal Adriano. Sostiene la mirada de este con tanta serenidad como es capaz de reunir un hombre dominado por el despecho.

Ha tenido que abandonar Valladolid a escondidas para escapar de las iras del vulgo; al recibir noticia de su partida, la plebe ha saqueado su equipaje, el que la Junta había prometido enviarle. Ha sido insultado y tratado de malhechor por sus propios aliados, por la gente a la que lucha por proteger. Y al final, ¿para qué? Para llegar a Tordesillas y encontrarse con que todos sus esfuerzos y sacrificios van a dar al traste por culpa de ese bribón de Padilla.

—¿Sabéis, don Pedro? —comenta el reverendo Adriano de Utrecht—. Un hombre sensato debiera decidir con gran cuidado dónde deposita sus lealtades. Y preguntarse si sus aliados le corresponden con la honradez y el respeto que su persona merece. Sobre todo, cuando él les ha pagado de antemano empleando esa moneda.

El aludido no responde. Ojalá dispusiera de argumentos para rebatir esas palabras. Pero bien sabe Dios que el flamenco tiene razón.

A Lucía le gusta sacar agua del pozo, aunque la tarea corresponda a Tomasa, que se encarga de la limpieza y la cocina. No sabría decir por qué; pero lo cierto es que, por dura que resulte, esa faena se le antoja mucho más agradable que permanecer sentada en la trastienda, aguja en mano.

Hoy, mientras llena el cántaro, ve ingresar en el patio al bachiller Uceda, procedente de la calle de los Manteros.

—Dios os guarde, don Martín —lo saluda, mientras se alisa el delantal.

—También a vos, señora Lucía —replica él, con una cortesía que provoca cierto azoramiento a la muchacha. No está acostumbrada a que se dirijan a ella con tan respetable tratamiento.

—Acabo de sacar agua —explica. Aunque al instante advierte que resulta absurdo recalcar lo obvio. Así que, a fin de remediar su torpeza, añade—: ¿No traeréis por ventura algo de sed?

—Os lo agradezco, pero lo cierto es que no.

El joven arriacense prosigue su camino. Pero, tras unos pasos, parece pensárselo mejor y da media vuelta.

—Aunque, ya que habéis tenido la amabilidad de ofrecérmelo, creo que me vendría bien un trago.

Se acerca, tercia el manto sobre el hombro y bebe de la jarrita que, tras haber llenado con líquido de su cántaro, ella le tiende. El recipiente, sujeto con cadena al arco de hierro que corona el brocal, emite un suave tintineo cuando él lo acerca a sus labios.

Lucía lo observa en silencio. Desearía decir algo, pero no es capaz de pensar en nada adecuado. No sin cierto embarazo, observa con disimulo el brazo izquierdo del secretario. Leonor parece empeñada en descubrir qué se oculta bajo aquellos paños que él nunca se arremanga.

—Debemos encontrar el modo de mojarle la camisa —ha llegado a decir, pues el lienzo empapado revela con toda claridad la carne que cubre. Aunque, claro, habrían de esperar al buen tiempo para hacer tal cosa, que con estos fríos aún no es momento de quitarse las mangas del jubón...

—¿Le ocurre algo a mi ropa, señora? —pregunta el bachiller—. No imaginaba que una simple manga de terciopelo negro pudiera resultar tan interesante.

La aludida se sonroja. Demasiado tarde, comprende que se ha quedado mirando el brazo de su interlocutor con más interés del que el recato aconseja.

—No observaba vuestra ropa... O sí... Quiero decir...

Con la mayor naturalidad, él deposita sobre el brocal la jarra vacía.

—Considerando las cosas, lo de examinar la vestimenta ajena es algo natural para quien trabaja en una sastrería —replica, proporcionando esa explicación digna y razonable que Lucía no ha sido capaz de encontrar por sí misma—. Aunque, si tuvierais deseo de inspeccionarla más de cerca... ¿No habéis pensado que tal vez os bastaría con pedirlo?

La muchacha siente que le arde el rostro. De seguro, ha de tener la color tan encendida como la grana de Valencia.

—¿Y vos? ¿Lo hacéis? —se oye decir a sí misma. No sabe de

dónde le vienen aquellas palabras, y mucho menos el valor necesario para pronunciarlas.

—¿Que si hago qué?

—Pedir las cosas... lo que deseáis... A eso me refiero.

Martín la observa con detenimiento. Ella siente la extraña impresión de que, aunque aquel rostro misterioso y masculino se mantiene serio, sus ojos sonríen.

—En el futuro recordaré que más me vale no poner a prueba vuestra perspicacia, señora —replica—. A no ser que desee salir trasquilado.

Después de cuatro días de escaramuzas y descargas de artillería, las murallas de Torrelobatón están a punto de caer. En cuanto se abra la brecha, los hombres irrumpirán en la villa llevando consigo la furia de seis mil soldados sedientos de conquista.

Los capitanes celebran su última reunión antes del ataque final. Han conseguido rechazar a las doscientas lanzas que han acudido en auxilio de la fortaleza. Se dice que el conde de Haro cabalga hacia aquí con más tropas. Pero, si el asalto se realiza con rapidez y decisión, esas fuerzas llegarán demasiado tarde.

—Esta vez los hombres necesitan un premio. —El madrileño Juan de Zapata, con su coselete labrado y bien bruñido, se muestra tajante—. Debéis autorizar el saqueo, capitán.

Padilla lee el rechazo en las facciones de los demás oficiales. Bien saben los cielos que esa es una opción que le disgusta tanto como a ellos.

—Pensadlo bien —replica el segoviano Juan Bravo—: queremos tomar la villa para conservarla en poder de las Comunidades y mantener guarnición en ella.

—No conviene levantar a la población en contra nuestra, ni mermar los recursos del lugar, si es que hemos de quedarnos aquí —corrobora el salmantino Francisco Maldonado. Como antiguo colegial y miembro de familia de universitarios, usa un lenguaje más refinado que el de los restantes capitanes—. Y nos conviene hacerlo. Pensad en lo que podríamos conseguir teniendo esta fortaleza como base de operaciones.

Pero Zapata se encara con ellos, inamovible:

—Vos y vuestras milicias, señores, venís de la Castilla vieja. Esta guerra se libra en vuestras tierras norteñas. Estáis cerca de casa, y a ella podéis regresar de vez en cuando. Pero nuestros hombres, los de Madrid y Toledo, partieron de sus hogares hace mucho, y llevan recorriendo estas benditas regiones desde entonces. Los míos lo hacen sin recibir paga, faltos de comida y hasta de abrigo. Combaten con los zapatos agujereados, con las calzas y jubones hechos harapos. —Se vuelve ahora hacia el regidor toledano—. Ya es hora, capitán, de que saquen alguna ganancia de este negocio. Es lo menos que podemos hacer por ellos.

Padilla es hombre de decisiones rápidas. Toma su resolución en un solo instante, mientras mira de frente a Bravo y a Maldonado.

—Habrá saqueo —dice—. Que Dios nos perdone.

Hacia el mediodía, las fuerzas asaltantes irrumpen en Torrelobatón. Con la sola excepción de las iglesias, todos los edificios de la villa sufren la ferocidad de los atacantes. Enseres, ropas, despensas... la depredación no perdona ni a los hogares más modestos. Aquello que no puede desvalijarse queda reducido a cenizas o añicos tras el paso de las tropas.

Desde lo alto de su colina, los defensores del castillo asisten como espectadores a aquel asalto salvaje. El teniente García Osorio, a cargo de la guarnición, ha mandado cerrar las puertas, dejando fuera a buena parte de la población. Sigue órdenes directas de su señor, el almirante don Fadrique. Aunque caiga la villa, la fortaleza debe resistir.

—Don García no va a rendirse, capitán —informan los emisarios que vienen de parlamentar con el oficial.

—Por Cristo, que sí lo hará. —Es la respuesta de Padilla. A su alrededor, las calles y plazas se estremecen entre gritos de euforia, de dolor, de espanto.

Da orden de que reúnan a la población en la explanada de acceso al castillo; y de que alcen en ella un cadalso, con soga incluida.

—¡Teniente Osorio! —clama entonces—. Ved aquí a los vecinos de vuestra villa, aquellos cuya protección se os ha encomendado. Dios sabe que, si no ordenáis que nos abran el rastrillo, haré que los cuelguen uno a uno ante vuestros propios ojos.

La amenaza causa gran alboroto en la torre del homenaje. Pronto se ve ondear sobre las almenas la bandera de los parlamentarios. Don García se aviene a tratar los términos de la rendición.

—¿Seis meses? ¿Tanto tiempo llevas en nuestra villa? —El doctor Francisco de Vergara observa a su visitante con esos grandes ojos pardos, dulces y algo femeninos, que constituyen el más vivo rasgo de su fisionomía. Está sentado junto al brasero; viste una lujosa túnica de paño forrado en piel y mantiene una manta sobre las rodillas. Aún es joven, pero los cielos decidieron traerlo a este mundo con una complexión débil y enfermiza que le obliga a sufrir achaques propios de un hombre de avanzada edad.

—Así es, mi señor. —El bachiller Uceda baja la mirada del rostro a las manos de su anfitrión, inermes sobre su regazo. Son tal como las recordaba: elegantes y alargadas, con una tenue lividez que se va acentuando en ellas a medida que avanza el día.

—Y en todos esos meses, ¿cómo es que aún no habías encontrado un momento para venir a visitarme, mi buen Martín?

El aludido no contesta. Bien sabe que su interlocutor no espera una respuesta. Ni siquiera hay reproche en su tono. Hace tiempo, cuando el arriacense abandonó sus estudios en la universidad complutense y decidió regresar a su Guadalajara natal, quedaron atrás los lazos que tan estrechamente lo ligaban a la familia Vergara.

—Vengo a veros porque estoy preocupado —reconoce el visitante—. Sin duda sabréis de los disturbios que últimamente han sacudido nuestra villa. Aún hay quien busca venganza contra todo aquel que estuviera relacionado de algún modo con el difunto arzobispo Croy. Y eso podría incluir a vuestra familia...

—¿No te parece curioso que ambos nos refiramos a Alcalá como «nuestra villa», cuando ninguno de nosotros es oriundo de ella? —comenta don Francisco, con ese característico acento toledano que conserva cuando habla castellano, pero que desaparece por completo al expresarse en las lenguas clásicas. Y, cambiando sin esfuerzo al griego, añade—: No has cambiado, Martín.

El aludido tarda unos instantes en reaccionar. Aunque antaño se expresaba con fluidez en la lengua de Aristóteles, ahora le cuesta desentrañarla.

—Señor —responde en vernáculo—, disculpad que insista. La expulsión del vicario es muy reciente. Las calles siguen revueltas. Y se rumorea que el obispo Acuña viene desde la Castilla vieja de camino a Toledo. Dicen que es hombre dado a levantar los ánimos allá por donde pisa, y que deja tras de sí regueros de pólvora y aceros desenvainados. Si se decidiera a pasar por Alcalá...

—Siempre tan solícito, Caracense —sonríe el doctor Vergara. La actitud de su visitante, que en cualquier otra persona constituiría una imperdonable muestra de insolencia, lo conmueve. Trae consigo la nostalgia de un pasado en el que el hombre que ahora se sienta frente a él llegó a ser el más estimado de los varones que jamás haya tomado a su servicio. Ese muchacho

—al que el resto de los estudiantes llamaba «Caracense», por el nombre latino de Guadalajara— se convirtió en fiel cuidador, colaborador y compañero en un mundo en el que, demasiado a menudo, la gente se le acerca con la lisonja en la boca y el interés en el corazón.

Pues la familia Vergara goza de gran reputación en el reino y, por su erudición y virtudes, se encuentra muy cerca de quienes lo gobiernan. Su hermano Juan ha sido secretario personal del cardenal Cisneros y, después, de su sucesor en la mitra toledana, el recién fallecido Guillermo de Croy. Ahora mismo forma parte del cortejo que acompaña a Su Majestad el rey Carlos en su periplo por Europa.

—No hay nada que temer. —Puesto que su visitante parece sentirse algo incómodo con el griego, don Francisco opta por recurrir al latín—. Como ves, aquí estoy a salvo.

Martín mira a su alrededor. La estancia constituye el refugio de un erudito. Estanterías, atriles, velas y lentes de lectura; dos escribanías; plumas, tinteros, espejos de mesa... Resmas y resmas de papel... Y libros; de a folio, de a cuarto, de a octavo; en rama y con todo tipo de encuadernación; manuscritos e impresos...

Su anfitrión sigue siendo ese hombre humilde y laborioso al que tan bien llegó a conocer, entregado por completo al estudio.

—Soy varón de ciencia y biblioteca. No trato con la Comunidad ni con los partidarios del rey, ni comulgo con ninguno de los bandos. Así pues, ¿quién va a tenerme por enemigo? —Francisco de Vergara posa su suave mirada sobre el arriacense—. Imagino, Martín, que no es ese tu caso.

El aludido confirma esta suposición con un gesto negativo de la cabeza.

—Lo imaginaba. Siempre has sido hombre de principios, y sin miedo a defenderlos. —Dando por concluido el tema, el anfitrión señala hacia una escribanía—. Ese manojo que hay bajo el blasón...

Su visitante se alza. Siguiendo las indicaciones, levanta el pisapapeles con el escudo familiar del señor de la casa y entrega a este los papeles que hay debajo.

—Son cartas de mi hermano Juan. Me ha escrito desde Brujas, Lovaina, Basilea, Worms... ¿Sabes que allí ha conocido a Juan Luis Vives? ¿Y que ha llegado a entrevistarse con el mismísimo Erasmo?

Aquella mención hace que el arriacense, siempre tan contenido, se remueva en su silla.

—¿Con el maestro de Róterdam? —repite, con sincera admiración. Los ojos le brillan—. ¿Qué os ha contado sobre él?

—Es todo lo que imaginarías, y aún más. —Señala ahora hacia uno de los atriles. Martín se encamina a él y examina su contenido. Deja escapar una exclamación.

—Una nueva edición de los *Colloquia* —musita; ha recurrido, por primera vez desde el inicio de la conversación, al latín—. Corregida... y recién impresa.

Repasa la portada rozándola apenas con las yemas de los dedos, como si acariciase los pétalos de una flor. Francisco de Vergara se sonríe.

—Enviada desde Flandes. Y firmada por el propio maestro Erasmo. Lee la dedicatoria.

El bachiller así lo hace. Su rostro cambia de expresión.

—Está a nombre de vuestra hermana...

—El ejemplar es para ella. Quiere traducir algunos de los diálogos del latín a nuestro idioma castellano, «para instrucción de aquellos que no dominan la lengua de los clásicos».

Martín asiente. Sin duda, tales palabras resultan propias de una Vergara.

—¿Cómo está...? —Se detiene, consciente de que ha estado a punto de mentar el nombre de la dama sin acompañarlo del preceptivo tratamiento. Un indicio inconsciente de una familiaridad ya perdida—. ¿Cómo está doña Isabel?

—Sigue en la villa, en la casa que tan bien conoces. —Su anfitrión hace una pausa, como si vacilase. Luego añade—: Deberías visitarla. Seguro que le agradaría volver a verte.

—Dudo que eso sea cierto.

Francisco de Vergara cambia de postura.

—Te seré sincero, Martín. Estoy preocupado por ella —admite, mientras se recoloca la manta en el regazo—. Últimamente recibe a gente... inconveniente. Algunos de ellos me resultan sospechosos; demasiado cercanos a las tesis de ese Lutero. ¿Sabes que nuestro rey y emperador lo ha convocado en Worms, para que se retracte de sus ideas heréticas?

—Lo ignoraba —reconoce el arriacense. Sin duda, tener un hermano perteneciente al séquito de Su Majestad permite a su anfitrión estar al tanto de ciertos detalles que incluso los cortesanos castellanos desconocen.

—Te diré algo más. Creo que la Providencia te envía a nosotros justo ahora, como en su momento te mandó junto a Isabel en el lugar y el instante oportunos. —Clava en su interlocutor sus vivos ojos pardos—. Mi familia tiene para contigo una deuda de gratitud imperecedera. No lo olvido. Y mi hermana tampoco.

Su interlocutor nada responde. La conversación se ha desviado hacia derroteros que no esperaba, y que no sabe si desea recorrer.

—Dios sabe lo mucho que he rezado para que con el tiempo te recuperases por completo. —El doctor Vergara suspira, sin dejar de observar al bachiller—. A propósito, ¿cómo están las lesiones de tu brazo?

—Ya curadas.

—¿Y las otras?

Se lleva la mano al corazón. Martín desvía la mirada. Durante todo este tiempo se ha preguntado si su antiguo valedor sospechaba la naturaleza de los sentimientos que unían a su protegido y a su hermana. Ahora ya conoce la respuesta.

—Hay heridas que se cierran más despacio —confiesa—. Pero también acaban sanando.

A la luz del atardecer, Juan de Padilla contempla desde lo alto de la torre del homenaje las tierras desplegadas alrededor de Torrelobatón. Es un dominio abundante en ríos que ahora, en el rigor del invierno, circulan medio adormecidos, pero que despertarán con el cambio de estación. Para los campos de labranza, sin embargo, no llegará la primavera. Los ejércitos suelen cobrarse a su paso la vida de los cultivos.

Aunque el mayor perjuicio lo han sufrido, sin duda, las casas de la villa. Enseres diseminados por las calles, tejados destrozados, paredes rotas, puertas y postigos arrancados de sus quicios... Los moradores más diligentes ya han comenzado las reparaciones. Antes o después, los estragos de la guerra quedan atrás... al menos, en apariencia.

—Los hombres necesitaban este botín y vos se lo habéis entregado. A veces, la correcta decisión también remuerde el pecho. —Juan de Zapata observa el espectáculo con las manos asidas a la espalda—. Eso forma parte de la carga que ha de llevar a cuestas todo buen oficial.

Ante el silencio de su interlocutor, el madrileño añade:

—Esta es una gran victoria; una que se contará en todas las crónicas. Meditadlo después. Pero ahora, bajad a celebrarlo con nosotros.

Esa noche, en la mesa de los vencedores hay brindis, risas y abrazos. Hay vajilla de plata, copas engastadas, buena comida y mejor vino. Se trazan grandes planes de futuro, a la luz de las lámparas y acunados por el alcohol. Castilla acaba de recuperar la esperanza.

—El viejo Acuña habría disfrutado de esto —comenta el salmantino Francisco Maldonado. Todos saben lo mucho que placen al obispo de Zamora las grandes victorias y los alojamientos suntuosos—. ¿Cómo es que él no ha tomado parte en el asalto?

—Está llevando a sus clérigos guerreros hacia la Castilla nueva —responde el segoviano Juan Bravo—. La Junta lo ha enviado a Toledo.

Padilla y Zapata intercambian una mirada cargada de intención que no pasa desapercibida a sus compañeros.

—Lo han enviado, cierto —señala el madrileño—. Pero me juego mi oficio a que no ha partido con intención de cumplir la voluntad de la Junta, sino la suya propia.

—Así es —corrobora el capitán Padilla—. Acuña se dispone a conquistar mi ciudad; no por la fuerza de las armas, sino mediante promesas y seducción. Como hay Dios, que va con el propósito de ganarse al cabildo de la catedral, a la Comunidad y al concejo. —Contempla con una extraña sonrisa el licor de su copa—. Viaja buscando la silla primada, amigos míos. O mucho me equivoco o su proyecto es nombrarse arzobispo de Toledo.

Sigue un momento de mutismo. Tan solo se escucha el viento, que llama a las ventanas buscando una vía de entrada en el salón.

—No puedo imaginar que eso os complazca —comenta Maldonado—. Sin embargo, no parecéis preocupado al respecto.

Don Juan de Padilla se lleva la copa a los labios. Saborea su contenido como si acabara de descubrir en él nuevos matices.

—Hay algo que nuestro viejo obispo no ha tenido en cuenta —responde—. Toledo no se le rendirá sin luchar. Cuando llegue allí, tendrá que hacer frente a mi señora esposa.

Como cada mañana, el bachiller Uceda se levanta y, tras vestirse, reza sus oraciones. El aire de la estancia deja un regusto frío al pasar por la garganta. La escarcha trepa por las ventanas y el asa de la palmatoria de estaño está helada al tacto.

La luz del sol se anuncia sobre los tejados. Se oye el canto de los gallos, como preludio a las voces de las restantes bestias de corral. Un leve chirrido comienza a sonar en el patio; la polea del pozo. Enseguida se le suma otro sonido, mucho más melodioso y radiante.

Es Lucía. Está cantando.

Martín sonríe, al tiempo que se sopla las manos y se las frota para que entren en calor. Por lo que a él respecta, ha llegado la primavera.

CABALLEROS Y VECINOS

Marzo de 1521

... Por cuanto a los Grandes, prelados y caballeros, vecinos y moradores de los nuestros reinos señoríos de Castilla, son notorios y manifiestos los levantamientos hechos por las Comunidades...

Provisión real de Carlos I
Burgos, 16 de febrero de 1521

23

Por primera vez desde el inicio del conflicto, la Junta y los virreyes han pactado una tregua; ocho días, del tres al diez de marzo.

El toledano Pedro Laso de la Vega debe darse por satisfecho. Al menos ha regresado de Tordesillas con algo parecido a una victoria. No es la paz, ni el acuerdo definitivo que él partió con la esperanza de conseguir; pero supone un notable éxito, teniendo en cuenta que ha debido acordarlo con el hombre cuyo feudo acaba de ser tomado —«a traición», según sus palabras— por los capitanes de las Comunidades.

Tal acuerdo solo ha sido posible gracias a que Padilla accede —por fin— al cese momentáneo de las operaciones militares.

—Nada de treguas —repetía, cada vez que se mencionaba la posibilidad de un armisticio—. Debemos buscar con la guerra los caminos de la paz verdadera; pues, cuando nuestros enemigos nos proponen un descanso, lo hacen buscando nuestra aniquilación.

Pero ahora el capitán toledano necesita tiempo para reforzar su nuevo baluarte. Sus carpinteros, tapiadores y albañiles trabajan sin respiro para recuperar las defensas de Torrelobatón. Desde allí le será posible lanzar nuevas incursiones hacia las tierras del almirante don Fadrique; tal vez, incluso, alcanzar Medina de Rioseco, el corazón de su señorío.

Pero ese escenario, el de las cercanías de Valladolid, no es sino uno de los tres en los que ahora se desarrollan las operaciones militares. El avance del obispo Acuña promete traer agitación a la Castilla nueva, y el prior de la orden de San Juan se apresta a detenerlo en su avance hacia Toledo.

Y al norte de la Castilla vieja, el conde de Salvatierra ha vuelto a las andadas. No solo ha levantado a las Merindades, sino que también ha llevado el espíritu de las Comunidades hasta las Vascongadas. Se ha apoderado de Vitoria, desde donde planea interceptar un gran convoy de artillería que el condestable espera recibir, procedente del puerto de Bilbao.

—Razón teníais, señor. Se ve que sois hombre bien informado —comentan, no sin cierta admiración, los arrieros que Juan ha contratado para traer su cargamento de Burgos a Alcalá.

A la postre, la ficción que contó para convencerlos ha acabado por convertirse en verdad. No siempre yerra quien afirma que la realidad triunfa sobre la invención. En estas fechas, los caminos del norte resultan ser los más peligrosos; y el conde de Salvatierra no parece tener intención de respetar la tregua.

Las calles complutenses se encuentran mucho más agitadas que cuando Juan las dejó. Cierto, ha conseguido traer desde Burgos su famoso cargamento y apartar la espada de Damocles que pendía sobre su familia. Pero cuando el futuro de su casa parece asegurado, el de la villa se presenta incierto.

Durante las últimas semanas, la carestía de cereal ha alcanzado cotas alarmantes. Los silos están vacíos; los mercados, desabastecidos.

—Hay gritos y enfrentamientos en el mercado. Ayer un grupo de vecinos asaltó una panadería —apunta el vecino Cereceda en la más reciente reunión del concejo.

—Y no será la última —interviene el capitán Zúñiga. Su tono, más que una observación, parece una amenaza—. No si el problema no se remedia.

—Pues busquémosle solución —interviene el diputado Alonso de Deza—. Tenemos los graneros del arzobispado en Los Santos de la Humosa, a poco más de tres leguas. Redactemos una provisión para que el nuevo vicario venda a la villa dos mil fanegas de trigo, compradas a precio de tres reales cada una.

Pero tal empresa tropieza con una dificultad imprevista.

—Accedería con gusto a la petición del concejo —es la respuesta del vicario Avellaneda— si el grano siguiese perteneciendo al arzobispado. Pero lamento comunicar que no es el caso.

Según los registros, el cereal que se almacena en los silos ya ha sido adquirido por don Pedro de Tapia, alcaide de la fortaleza de Santorcaz, que lo ha comprado al precio de venta legal con intención de lucrarse al revenderlo. Consultado al respecto, el caballero se niega a traspasarlo a la villa a menos de seis reales la fanega; casi el doble de los ciento diez maravedís que la legislación establece como máximo oficial.

—Considerad, señores diputados, que el coste no ha de bajar —responde el hidalgo a los representantes del ayuntamiento, que han acudido a visitarlo a las casas que el alcaide Tapia tiene en la villa—. Muy al contrario: a medida que el hambre se incremente, también lo hará el precio del cereal. Vuestras mercedes dirán si les conviene más pagarlo ahora o cuando ya esté a siete reales.

Los delegados se despiden sin dar respuesta. Es de prever que la contestación llegue más tarde. Y que el caballero la reciba de manos de los vecinos.

A principios de marzo, una nueva causa de agitación viene a sumarse a las ya existentes. El obispo Acuña, que avanza con sus huestes de camino a Toledo, ha decidido pernoctar en Alcalá. La noticia causa conmoción en la villa y tierra.

Sus recientes gestas, recorriendo la Tierra de Campos a la cabeza de sus clérigos guerreros para azote de los señoríos de la región, lo han convertido en una figura de leyenda. Su nombre provoca animosidad y temor entre aquellos que lo consideran «ejemplo de barbarie», «hombre blasfemo e impío», «fomentador de alborotos», «destructor a sangre y fuego». En otros, sin embargo, genera pasiones y adoración; estos lo tienen por «héroe del pueblo castellano», «defensor de la gente menuda» y «remediador de los pobres».

La universidad se encuentra tan perturbada como la propia villa. Apenas recibida la noticia, el rector Hontañón convoca de urgencia el claustro.

—No toleraremos que se repitan los hechos del día de la Candelaria —afirma ante los estudiantes y capellanes allí reunidos—. Los colegiales se comportarán como si estuvieran en un monasterio, permanecerán en la ciudadela y no se mezclarán con la población. No conviene al hábito que vestimos el tomar las armas, ni el favorecer a ninguna de las partes en conflicto.

Sus palabras caen en saco roto. Apenas concluida la reunión, los maestros Cueto y Lizona, integrantes del bando bético, corren a sus habitaciones para escribir una carta al duque del Infantado. En ella dan cuenta de todos los preparativos que la villa realiza para recibir al «odiado Acuña», incluyendo la llegada de un destacamento de tropas madrileñas al mando del capitán Negrete, que acuden para reforzar la escolta del enviado de la Junta.

La facción castellana, por su parte, tampoco permanece cruzada de brazos. El capitán de la Comunidad universitaria, don Alonso de Guzmán, tiene prestas en su casa las armas de sus compañeros, por si hubiese menester de acudir en socorro del obispo zamorano.

—Y si alguno se le opone por las calles o plazas... ¡como hay Dios que ha de probar el gusto del acero! —rubrica frente a los demás integrantes del bando castellano.

Se han reunido, como acostumbran, en el domicilio de fray Bernardino, el hermano del difunto cardenal Cisneros.

—Vuestro celo resulta encomiable, don Alonso —responde Hernán Núñez, el comendador griego, mientras se alisa la cruz de Santiago que lleva al pecho—. Pero solo ha de apelarse a las armas como último recurso. Mucho más ventajoso sería convencer a nuestros vecinos de que les conviene apoyar al obispo *antes* de la llegada de este, ¿no creéis?

—¿Habláis de convencerlos por la fuerza, maestro? —replica el aludido—. Porque para eso también son necesarios los puños o el acero.

—No, muchacho, hablo de convencerlos con palabras —contesta el Pinciano, con la misma calma y la elegancia que exhibe en sus lecturas de cátedra—. Pensadlo bien. Han transcurrido once meses desde el inicio de este conflicto. Comparad las batallas luchadas con la cantidad de cartas enviadas, de negociaciones llevadas a cabo. Las primeras se cuentan por decenas; las segundas, por millares. La pluma y la voz también prestan gran servicio en esta lucha.

—Tal vez. Pero persuadir de palabra a los indecisos no ha de resultar sencillo —insiste el porcionista leonés.

—Más de lo que os imagináis, don Alonso —lo rebate el catedrático. Desvía la mirada hacia el maestro Florián de Ocampo. Este, zamorano y defensor a ultranza del obispo de su ciudad natal, se ha sonreído ante tal observación—; si se sabe cómo hacerlo.

—Sin duda ya habréis oído que el obispo de Zamora planea llegarse a nuestra villa. Ayudadnos a convencerlo de que no lo haga. Vuestra palabra podría bastar para cambiar su decisión —expone don Alonso de Castilla, el capitán de la Comunidad alcalaína. Ha acudido al Colegio en compañía del caballero Pedro de Salazar para solicitar consejo del rector—. Vos sabéis, reverendo señor, lo mucho que su venida puede perjudicarnos. Se dice que es hombre dado a crear alborotos. Lo que, de cierto, no nos conviene. Menos aún dados los recientes altercados y con la hambruna llamando a las puertas.

El maestro Hontañón asiente en silencio. Comparte la preocupación de los notables complutenses. Sin duda, también él preferiría que el obispo Acuña se mantuviese alejado de la villa y el Colegio. Pero no puede permitirse dar su sincera opinión; y, mucho menos, tomar parte en el conflicto. Por su propia supervivencia, la universidad ha de mantenerse neutral.

—Entiendo vuestras inquietudes, señores —responde—. No obstante, esas son cosas terrenas, y la misión de nuestro Colegio es espiritual. No podemos ayudaros con armas ni con misivas, sino con nuestras oraciones.

Mas, pese a los afanes del rector, aquel episodio no ayuda a fomentar la creencia de que la universidad mantiene una postura imparcial. Se rumorea en las calles que el maestro Hontañón simpatiza con Acuña y que este va a recompensarlo por ello.

—Se dice que el rector ha plantado cara a los que querían evitar la llegada del obispo de Zamora —comenta uno de los habituales visitantes de la sastrería de Pedro de León—. Y es porque este ha ofrecido al maestro Hontañón el cargo de vicario de Alcalá; y a los estudiantes, hacerlos canónigos de Toledo, con todas sus prebendas de miles de maravedís.

—Y no solo eso —añade otro—: parece que Acuña pronto será arzobispo de Toledo. Y ha prometido que entonces cambiará las leyes del Colegio para que sea este, y no el concejo, el que gobierne la villa. Y así el rector pasará a ser dueño de toda Alcalá.

—Y también lo va a nombrar obispo —completa el primero, por parecerle que todo lo anterior resulta insuficiente para quien goza del favor del gran prelado zamorano—; de Jaén, para más señas.

—Amén, compadres —rubrica el sastre—. Pues el reverendo Acuña es hombre que consigue lo que se propone. Y eso es seña de que sus actos complacen a Dios. Así pues, hágase Su voluntad.

El maestro Hontañón nada puede hacer por desmentir tan absurdos rumores. Solo le queda rezar, y confiar en que la claridad de sus acciones acabe arrojando luz sobre tanta confusión.

—Las historias que contamos, y la Historia que nos cuentan, no se fundan en los actos, sino en la interpretación que se hace de ellos —recuerda haber oído decir al comendador griego en una de sus lecturas—. Los sucesos son los mismos para todos los cronistas; la crónica que se extrae de ellos, no.

Al rememorar tales palabras, el rector pasea la mirada sobre su escritorio. Aunque se siente agotado, no debe ceder al desaliento. Tiene por delante una ardua tarea: escribir al cabildo de Toledo, al duque del Infantado, al prior de San Juan, a la Junta, al cardenal Adriano... Ha de presentar a cada uno de ellos una crónica distinta de los hechos; una que proteja al Colegio de lo que ya ha ocurrido, y de lo que está por venir. Presiente, como lo hacen otros, que la llegada de Acuña habrá de causar graves trastornos en la villa.

Pocas cosas hay tan difíciles como defender la imparcialidad en un mundo regido por los extremos.

—Doy gracias a Dios por tenerte conmigo, Cosme —se sincera ante su fámulo—. Con todo lo que está ocurriendo, eres el único en quien me atrevo a confiar.

El sirviente nada responde. Se limita a bajar la cabeza en un gesto que el rector toma por signo de modestia, pero que en realidad obedece a la turbación.

El pobre fámulo está dominado por un bochorno tan grande como cabe en su enorme cuerpo. Se sabe indigno de las palabras del maestro Hontañón, cuya honradez y constancia tanto admira. Poco imagina el bueno de su patrono que el servidor en quien confía lo traiciona espiando sus movimientos para el bando bético.

Cosme Osuna sabe que los castellanos han actuado como perjuros. Al pedir un visitador al rey, rompieron el solemne juramento de obediencia que prestaron el día de San Lucas, con la mano sobre la Biblia. Pero reconoce que los andaluces a los que él sirve han hecho lo mismo. Y ese odioso breve que han escrito al papado puede suponer la destitución y la ruina del maestro Hontañón.

Aunque este lo ignora, su sirviente no. Pero Cosme está obligado a guardar el secreto. De no hacerlo, también él se convertirá en perjuro. Mas lo cierto es que ese silencio cada día le pesa más y más en el alma. Pese a no infringir ninguno de los santos mandamientos, no puede evitar la sensación de estar cometiendo un gravísimo pecado.

—Promete que no se lo dirás a nadie. Si mi padre se entera, ya puedo darme por perdida. —Justina, la hija del librero Baltasar de Castro, toma de las manos a Leonor y se las aprieta con gesto suplicante.

—No temas, que por mí no ha de saberlo. Mantendré tu secreto con tanto celo como tú guardas el mío —responde la joven Deza, en referencia a los servicios que su interlocutora le presta, como intermediaria en su intercambio de billetes con el porcionista Alonso de Guzmán—. ¿Cómo se llama ese libro?

—El título verdadero es largo, pero le suelen decir *La Celestina.* —Baja la voz antes de añadir—: trata de amores ilícitos, y por eso lo describen como «fuente de maldades» y «corruptor de las buenas costumbres». Dicen que ninguna mujer debiera leerlo. Pero gusta mucho a los estudiantes, y se rumorea que hasta lo interpretan en grupo, haciendo cada uno la voz y gestos de un personaje, sin importar que este sea varón o hembra.

Leonor no necesita oír más. Sus desafiantes ojos azules se encienden, llenos de anhelo. Debe conseguir aquella obra, cueste lo que cueste.

Su interlocutora ya ha pensado en todo. Es obvio que el señor Deza jamás consentirá que su hija tenga entre manos semejante texto. Pero ella podría acceder a alguno de los ejemplares que el librero Castro guarda en su almacén, lejos de la tienda y las miradas de los clientes más pudorosos.

—Tengo la llave —añade Justina—. Podrías acompañarme en mi próxima visita y leerlo allí, a escondidas, mientras yo atiendo y ordeno la mercancía. Pero solo si prometes no decir palabra de esto a nadie.

Por supuesto, Leonor está más que dispuesta a suscribir aquel pacto, y así lo hace. Poco imagina que en aquel lugar no ha de encontrar la famosa *Celestina*. Pero sí a cierto estudiante impaciente y fogoso, que ha ideado la estratagema para atraer a la muchacha y solazarse con ella; a solas y a puerta cerrada.

—Treinta mil maravedís de renta para vos y cincuenta mil para vuestro hijo don Cristóbal —repite Hernán Núñez, el comendador griego, que exhibe sin pudor la cruz de Santiago sobre el pecho—. Puedo haceros esta promesa en firme, en nombre del reverendo don Antonio de Acuña, pues soy hombre cercano a él y gozo de su confianza. A cambio, tan solo tendríais que favorecer la llegada de nuestro buen obispo, y defenderlo con vuestra mejor oratoria ante el concejo y el pueblo.

—Pensad que os conviene estar en buenas relaciones con él —interviene el maestro Florián de Ocampo—; pues, si hoy es obispo de Zamora, mañana llevará la mitra de Toledo. Viene a tomar la silla primada; y lo hará por la fuerza, si fuera menester, aunque le pese al rey y a toda Castilla.

El anciano regidor Francisco de Baena estudia a sus interlocutores. No le cabe duda de que ambos son personas de gran mérito, de esas a las que esperan destinos ilustres y cuantiosas prebendas. De cierto, parecen capaces de convertir en realidad las promesas que acaban de realizar.

—No dudo de vuestras palabras, señores —responde, con la cautela que acompaña a todo hombre acostumbrado a los vaivenes del mundo político—. Pero estas sonarían mejor si viniesen puestas en papel.

Los universitarios despliegan entonces ante él los correspondientes documentos, sellados y firmados por el propio Acuña. El regidor se apodera de ellos con una ligereza que pocos esperarían en un hombre de tan avanzada edad.

—Será para mí un honor preparar la venida de nuestro reverendo obispo —afirma—. Y asegurar que nuestras calles lo reciben con el afecto y la devoción que él se merece.

Don Francisco de Baena no es el único que acaba vencido por tales cantos de sirena. El caballero Pedro de la Torre cede a cambio de una renta de treinta mil maravedís, un cargo de regidor vitalicio y otros veinte mil maravedís de renta para su hijo; don García de la Torre, a precio de quince mil maravedís y un cargo a su elección...

En los días previos a la llegada del obispo de Zamora, el catedrático de griego Hernán Núñez y el maestro Florián de Ocampo, pertenecientes al bando castellano, recorren las calles. Visitan a los hombres principales de la villa, tentando a los reacios, los indecisos y aquellos cuya lealtad a la Comunidad resulta dudosa. Les susurran seductoras proposiciones, promesas fabulosas de oficios y salarios.

Los más de sus interlocutores sucumben, como cabe esperar de la flaqueza y la ambición humanas. Solo unos pocos resisten, fieles a sus principios. Entre estos se cuenta el capitán don Alonso de Castilla, que rehúsa aceptar la extraordinaria oferta de doscientos ducados de renta y el mejor corregimiento del arzobispado.

Y estos son los únicos que escapan de la red del engaño. Ya que todas esas promesas, todos los documentos entregados para certificarlas, no son sino embustes y falsificaciones.

Pues los universitarios, junto a otros agentes del obispo zamorano ya infiltrados entre la población, no reparan en usar cualesquiera medios necesarios para alcanzar su objetivo: la entrada de Acuña debe constituir un triunfo multitudinario, una escenificación del poder y la fuerza arrolladores de la Comunidad.

El jueves siete de marzo, bajo un firmamento que resplandece como el del día de la Creación, Antonio Osorio de Acuña se presenta ante los muros de la villa al frente de cuatrocientos clérigos armados. Las campanas de las iglesias repican con alborozo. Hasta los cielos parecen haberse vestido con sus mejores galas para dar la bienvenida a tan ansiado visitante.

Fuera de las puertas le esperan el vicario Avellaneda, los capitanes Zúñiga y Alonso de Castilla, los funcionarios municipales, los miembros del cabildo y los notables de la villa. Tan solo se hallan ausentes los representantes del claustro universitario.

Tras las pleitesías de rigor, el obispo hace su entrada triunfal, flanqueado por el vicario y el capitán de la Comunidad. La multitud entusiasta lo vitorea a su paso por las calles, y se va uniendo al séquito para acompañarlo al palacete de don Pedro del Castillo, el lugar en el que habrá de alojarse.

Una vez allí, el obispo sale al balcón principal.

—¡Caballeros y vecinos! —comienza. El gran alboroto que sacude la calle enmudece como por ensalmo. La villa en pleno se pliega al llamado de aquella voz, llena de gracia y autoridad. El obispo se ha despojado de la armadura para aparecer ante la audiencia con sus ropas clericales. Es varón de elevada estatura, porte recio y majestuoso, gestos contundentes. Solo sus canas, fuertes y abundantes bajo el bonete episcopal, revelan que se trata de un hombre de sesenta años. Tal edad parece desmentida por el resto de su persona.

—¡Caballeros y vecinos de Alcalá! —repite—. Mucho agradezco la bienvenida que me brinda vuestra honesta Comunidad. Y os anuncio que, ante tan magnífico recibimiento y tan grandes muestras de voluntad y favor, he decidido no partir mañana, sino permanecer algunos días más en vuestra ilustre villa.

La multitud responde con vítores, aplausos y otras ruidosas muestras de júbilo.

—¡Viva el reverendo Acuña! —ruge una voz entre el gentío—. ¡Viva el arzobispo de Toledo!

La muchedumbre se suma de inmediato a aquella aclamación. El aludido sonríe satisfecho. Deja que aquellas palabras se repitan una y otra vez, penetrando en las conciencias de los allí presentes. Tras las aclamaciones, vuelve a imponer silencio.

—Roguemos al Señor para que se cumpla la voluntad del pueblo castellano. Para que Él nos ayude a unir a todas las ciudades y villas amigas de nuestra Comunidad, y a recuperar aquellos lugares que siguen tiranizados por el enemigo. Pues la nuestra es una lucha sagrada. Y, como tal, cumple los deseos de Dios, al cual debemos servir. Alcemos las armas, y supliquemos al Todopoderoso que nos otorgue las fuerzas necesarias para que nuestro santo propósito se realice según Su conformidad.

Tras aquella arenga, se despide, arropado por las ovaciones de la muchedumbre. Y se acomoda en sus habitaciones para descansar de las fatigas del viaje, dejando a la villa entera sumida en el delirio.

24

En la noche del siete de marzo, las calles de Alcalá son escenario de alboroto y jolgorio. Jóvenes y ancianos se pasean hasta bien entrada la madrugada para celebrar la llegada del obispo de Zamora.

—¡Acuña! ¡Acuña! —claman unos—. ¡Por la Comunidad!

—¡Viva el arzobispo de Toledo, nuestro capitán! —vocean otros.

—¡Viva el rector, obispo de Jaén!

—¡Viva la santa Comunidad! ¡Muerte a los traidores!

No solo hay gritos. Las columnas de la calle Mayor amanecen pintadas de vítores rojos por obra de algunos colegiales. También se producen numerosos desórdenes nocturnos; entre ellos, dos asaltos a sendas panaderías.

Pese a la algarabía general, que mantiene en vilo a la guardia de la villa e impide conciliar el sueño a la mayoría de los vecinos, el obispo Acuña duerme a pierna suelta.

—Hacía tiempo que no descansaba tan bien —manifiesta al día siguiente, cuando su camarero acude a despertarlo.

El rector Hontañón, por el contrario, apenas ha podido pegar ojo. Anoche comprobó personalmente el cierre de las cuatro puertas del edificio e hizo recuento de los dormitorios. Pero, durante la madrugada, algunos colegiales y camaristas escaparon del recinto descolgándose con cuerdas por las ventanas, y luego volvieron a ingresar en él por el mismo procedimiento.

—Anoche hubo entradas y salidas tras el cierre de la casa. Y hoy las aulas están casi vacías —le informa el consiliario Gonzalo de Carvajal—. Espero que castiguéis con dureza a todos los renegados que han marchado a la villa para celebrar la visita de ese obispo traidor.

—Por el poco escarmiento que aplica a los culpables, casi se diría que el señor rector apoya semejantes desmanes —apunta el consiliario Pedro de Lagasca, venenoso como una serpiente—; todos causados, a no dudarlo, por la facción castellana, tan amiga de las Comunidades.

—Lo he dicho incontables veces y lo repetiré cuantas hagan falta —replica el maestro Hontañón—: nuestra universidad se mantiene al margen de esa lucha. Nuestra función no es política, sino espiritual. Mientras dure la visita del reverendo Acuña, ningún miembro de este claustro debe acudir a entrevistarse con él; de hecho, ni siquiera ha de acercársele.

—Así se hará, señor rector —apunta Gonzalo de Carvajal, pronunciando estas últimas palabras como si trajesen regusto a arena—. ¿O debería decir señor obispo de Jaén?

Sin dignarse responder, el maestro Hontañón despide a sus consiliarios. Es consciente de que los vecinos de la villa y buena parte de su claustro le tienen por defensor de la Comunidad y favorecedor de Acuña. Parece que los hados se conjurasen en su contra para provocar tal impresión, aunque todos sus actos y palabras insistan en mantener la cordura y la neutralidad ante aquel conflicto.

Al quedarse solo, sin más compañía que su fiel Cosme, deja escapar un suspiro. Luego se dispone a leer la última remesa de cartas, que ha llegado a su escritorio esta mañana. La primera de ellas le hace lanzar un juramento a Júpiter; es su costumbre renegar de las deidades del Olimpo, por no mentar nombres sagrados en sus imprecaciones.

—¿Qué ocurre, reverendo señor? —le pregunta su fámulo.

—Es el maestro Antonio de la Fuente. —Uno de los miembros más combativos del bando castellano... y también de los más ilustres. No en vano fue colaborador personal de Cisneros, discípulo en Lovaina del cardenal Adriano y confesor de la reina Germana de Foix.

Y, por cierto, fue él quien acudió ante el virrey para pedir la venida de ese visitador que ahora está inspeccionando el Colegio; quien, por añadidura, ha resultado ser antiguo conocido y amigo suyo.

—¿Qué le ocurre? —sigue inquiriendo el sirviente, solícito.

—Está encarcelado —replica el rector. Aún se resiste a aceptar lo que acaba de leer.

El hombre que ha ordenado recluirlo no es otro que el obispo Acuña; el mismo del que ha estado repitiendo hasta el desmayo que todos los miembros de su claustro, su Colegio y su universidad deben mantenerse alejados.

—Manda enjaezar mi mula y preparar escolta —ordena a su fámulo. Ya que debe salir del Colegio en misión oficial, ha de hacerlo tal y como exige el protocolo.

Los cielos siguen empeñados en ponerlo a prueba. No solo tendrá que romper su propia prohibición, la que con tanto ahínco ha repetido ante todos en estos últimos días. Además, tendrá que hacerlo para acudir en auxilio de alguien que, con su reciente comportamiento, ha puesto en peligro la supervivencia de la universidad.

Pero, al fin y al cabo, Antonio de la Fuente es colegial. Y él ha jurado defender y amparar a todos los integrantes del Colegio.

—¿Adónde vais, reverendo señor? —pregunta el sirviente.

—A las casas de Pedro del Castillo —responde el interpelado. Su voz ha perdido toda inflexión—. He de ver al obispo de Zamora.

—¡Antonio de Acuña está aquí! —exclama el capitán don Íñigo López de Zúñiga ante una multitud enfervorecida, que se ha reunido a su alrededor en la plaza del Mercado. Ha ordenado a un par de mozos que se lleguen corriendo a la iglesia de San Justo y hagan repicar las campanas. Y los ha acompañado de escolta, por si acaso los integrantes del claustro de la magistral intentaran impedirles el paso—. Ayer lo recibimos como se merece. Tuvimos toros y desfile, hubo vítores, fiesta y corrió el vino en las calles. Pero hoy, amigos míos, es el momento de pasar a la acción. Le demostraremos que los caballeros y vecinos de Alcalá no solo sabemos celebrar. ¡También sabemos manifestar nuestro compromiso con la Comunidad!

Como respondiendo a su proclama, las campanas se lanzan al vuelo, al otro extremo de la calle Mayor. Su llamada ayudará a caldear aún más los ánimos de la villa.

—¡Renovemos nuestro juramento! —ruge, por encima del griterío que se ha adueñado de la plaza, a la que afluyen más y más vecinos—. Todos sabemos quiénes son los leales, y quiénes siguen atentando contra nuestra causa. ¡Demostrémoslo hoy! ¡Abajo los traidores!

La multitud no necesita más. Los más enfervorecidos ya se han lanzado contra las casas del regimiento. Los sigue una muchedumbre exaltada que corea a todo pulmón:

—¡Abajo los traidores! ¡Fuera los esbirros del rey!

El alguacil, los alcaldes y regidores oyen el fragor. Y, asomándose a las ventanas del edificio, son testigos de cómo los vecinos fuerzan las puertas. En vano intentan buscar otra salida. El gentío se extiende en derredor del edificio, sin dejarles vía de escape.

De entre todos ellos, el anciano regidor Francisco de Baena es el único que se siente a salvo. Sus pasadas acciones —sobre todo, su denuncia de la conjura planeada por el vicario Francisco de Mendoza— lo protegen contra la furia del populacho.

Al menos, eso cree él. Su sorpresa es mayúscula cuando el sastre Pedro de León se abalanza sobre él y le arrebata la vara de justicia.

—¡Aquí, vecinos! —grita—. ¡No os dejéis engañar por este traidor, por este impío que da al mundo una cara falsa y oculta otra llena de ponzoña! ¡Que Dios lo confunda! ¡Es un indigno, un perjuro, un saco de mentiras!

En vano protesta el agredido, mientras intenta aferrarse a su vara. Sus mermadas fuerzas nada pueden contra la rabia de aquel energúmeno. Queda con las manos vacías y la cabeza llena de temores. ¿Es posible que aquel individuo excitable y necio —uno de esos que, por su temperamento, resultan tan fáciles de engañar— haya adivinado la verdad? ¿Que justo él sea el único capaz de intuir que, en realidad, el supuesto compromiso del regidor Baena para con la Comunidad no es más que una estrategia dictada por la conveniencia? ¿Que está dispuesto a mudar su lealtad para venderla al mejor postor?

Poco puede imaginar que la furia del sastre obedece a causas muy distintas.

—Maese Pedro, ¿qué ocurre aquí?

El que así ha hablado no es otro que el diputado Deza, que ha aparecido junto a su vecino como por ensalmo. Posee el misterioso poder de mantener impecable su atuendo en medio de aquella marea de aplastamientos y empujones.

—Señor Alonso —replica el interpelado, aún con la vara de justicia en la mano. Tiene el rostro enrojecido y ronca la garganta—, ¿podéis creer que ese bellaco va por ahí diciendo que ya no volverá a encargar ropas a mi taller? ¿Y todo porque mi pequeña Lucía está intentando engatusar a su hijo Cristóbal? ¿Mi niña, que es pura y recatada como una Anunciación, andando de boca en boca por culpa de ese canalla?

El diputado Deza pone una mano sobre el hombro de su vecino. Duda mucho que el viejo Baena sea responsable de tales rumores, que más parecen cuchicheos de cocinas y cuadras... o comadreo de mujeres. De cierto, el regidor tiene otros asuntos en que ocuparse.

Sin que ninguno de ellos lo sepa, aquella difamación tiene como causante a cierta criada malintencionada que ha escuchado una conversación tras una puerta y luego ha ido con el chisme a su señora.

—Pedro —asegura el pañero—, todos los que conocemos a tu hija sabemos que esa acusación es necedad. Yo mismo lo defenderé ante quien sea, e incluso estoy dispuesto a ir a hablar con la esposa del regidor y solucionar el malentendido.

Mientras así dice, toma la vara de manos de su vecino, quien, tras unos momentos de resistencia, acaba entregándosela.

—Y ahora escúchame bien —prosigue—. La nuestra es una lucha santa y digna. Algo grande, que no nos afecta tan solo a nosotros, sino a todo el reino. No somos bárbaros, ni podemos utilizarla para vengar nuestros rencores personales. No podemos usar la fuerza de todo un pueblo en nuestro beneficio individual; eso nos haría caer en pecado, incurrir en las mismas injusticias que nuestros enemigos llevan cometiendo contra nosotros desde hace siglos. Dime que lo entiendes.

Ante el asentimiento de su interlocutor, el diputado Deza devuelve la vara al viejo justicia, que ha asistido a la escena amilanado y sin decir palabra.

—Ahí tenéis, señor regidor —le dice. En su mirada hay algo parecido a una advertencia. Don Francisco intuye que, pese al civismo que demuestran sus actos, el pañero sí sospecha la verdad sobre sus auténticas motivaciones—. Si queréis conservarla, habréis de volver a jurar obediencia a la Comunidad. Os recomiendo hacerlo de corazón.

—Es el momento oportuno. Hoy nadie nos molestará —asegura Justina, que se ha presentado sin previo aviso en casa de Leonor.

Los padres de ambas han clausurado sus negocios para marcharse a la plaza del Mercado, a despachar asuntos de la Comunidad. Lo mismo han hecho los varones de la familia y buena parte de los del servicio. Las calles hierven arrebatadas, como una olla puesta sobre demasiada leña. Solo las mujeres permanecen en las casas, muchas de ellas, asomadas a las puertas y ventanas.

Las dos jóvenes abandonan la vivienda sin avisar, inadvertidas. La hija del librero tira de su acompañante por la calle Mayor. Hoy los talleres y tiendas se han retirado de los soportales, con los enseres e instrumentos recogidos en los zaguanes. Su lugar lo ocupa una estruendosa riada de gente que las empuja, pellizca y oprime sin consideración.

—Espera —protesta Leonor jadeante, cuando su guía hace ademán de introducirla por la entrada a un adarve oscuro y angosto—. ¿No es este el callejón del Peligro?

—Hoy el peligro está en otras partes —responde la interpelada—. ¿Quieres ver ese libro o no?

La promesa de tener entre manos un ejemplar de esa famosa *Celestina* resulta demasiado seductora. Tanto que Leonor acaba sobreponiéndose a sus recelos y deja que Justina la lleve por aquel corredor que ha dado pábulo a cantidad de historias pavorosas, bien conocidas por todos los vecinos de la villa. Es un lugar regado de sangre, escenario de robos y muertes, de duelos, riñas y ajustes de cuentas para estudiantes y pendencieros.

Avanza por él respirando entrecortadamente, con la sensación de adentrarse en una pesadilla. Al final del adarve se abren unos corrales lóbregos y malolientes; y, más allá, otra calleja igual de tétrica que desemboca en la calle de los Escritorios.

—Hemos llegado —informa Justina. Empuja una puerta desvencijada, que se abre para ellas con un lúgubre quejido.

La estancia en la que penetran las jóvenes es oscura y amenazadora. Huele a humedad y a cerrado. Leonor se sobresalta al sentir que el batiente se cierra a su espalda.

—Escucha —le dice la hija del librero, mientras la toma de la mano—: estoy contigo. No tienes nada que temer.

Una vela se enciende a pocos pasos de ellas. Luego otra, y otra más. A su resplandor, aparece un joven, vestido y acicalado con el buen gusto propio de un caballero de alcurnia; hoy no lleva su túnica estudiantil. Tiene un rostro de rasgos suaves y agradables, que parecen prometer cordialidad.

—Mi señora Leonor —saluda, con una sonrisa acariciante—. Bendito sea este día en que nuestros corazones se reúnen al fin.

Es el porcionista don Alonso de Guzmán. Junto a él aguarda el bachiller Cigales, al que Justina tan bien conoce. Lo acompaña un tercer mozo, también con trazas de estudiante, que evalúa a las recién llegadas con ojos de ave rapaz.

—Dijisteis que vendríais solo —protesta la hija del librero. Leonor nota que la mano le tiembla y que se aferra a la suya con una fuerza que ya no nace de la confianza, sino del temor.

Las jóvenes oyen ruido de pasos a sus espaldas. Y, antes de que puedan reaccionar, una mano sudorosa tapa la boca de Justina y un grueso brazo la aferra del talle. La agredida se retuerce, luchando por liberarse, pero se ve arrastrada a la calle. Forcejea con todas sus fuerzas contra un agresor al que no puede ver. Pronto se les une el estudiante desconocido, cuyos ojos brillan aún más que antes ante la promesa de la rapiña.

—Vive Dios que esta no es tan galana como la otra —comenta—. Pero tampoco es mal premio de consolación.

Tras asaltar las casas del regimiento, una marea de vecinos se dirige a la magistral de San Justo, arrastrando consigo a cuantos se cruzan en su camino.

—¡Renovemos el juramento! —gritan—. ¡Por el obispo Acuña! ¡Por la Comunidad!

Las campanas vuelven a repicar, sumándose al clamor enfervorecido que inunda la plaza de la Picota. Cuando todos han hecho su entrada en la iglesia, el capitán Zúñiga ordena cerrar las puertas. Se sitúa frente a ellas, al lado del canónigo Francisco Ramírez, que sostiene un crucifijo.

—¡Caballeros y vecinos! —dice—. Nadie saldrá de aquí sin haber jurado obediencia a la santa Comunidad. ¡Adelante, amigos! ¿Quién es el primero?

Hay vítores, denuestos, empujones. Los más fervientes intentan abrirse paso para llegar a la cruz antes que nadie. Otros, más prudentes o menos impetuosos, se contentan con quedarse en el centro de la nave y esperar.

Entre estos se encuentra Juan de Deza, acompañado de los empleados de la casa. Su padre se halla a cierta distancia, junto al escribano y el resto de los diputados, que actuarán como testigos.

—¿Estáis seguro de estar en el lugar que os corresponde, don Martín? —pregunta el joven Deza al secretario, que se mantiene a su lado—. Al fin y al cabo, no sois vecino de Alcalá.

—Juré servir a la Comunidad en Guadalajara, y será un honor volver a hacerlo aquí —responde el interpelado—. Esa cruz no se alza solo por esta villa y sus vecinos, sino por toda Castilla.

En ese momento, Juan nota que alguien le tironea de la manga. Al bajar la vista, descubre a un arrapiezo andrajoso, de rostro mugriento y cabellos enmarañados. A no dudarlo, aquel mocoso da cobijo a todo un ejército de pulgas y chinches.

—Señor don Juan —declara el chiquillo con cierta pompa,

como si recitase las palabras—, soy Julianín. Me envía a buscaros la señora de los trapos.

—Largo de aquí, pordiosero —replica el interpelado, apartándose a un lado. Las frases del niño no tienen sentido a sus oídos—. No llevo nada para darte.

—La señora de los trapos —insiste el pequeño— está llorando. Sigue ahí fuera, en la plaza. Dice que los hombres de la puerta no le dejan entrar. Que viene a deciros que vuestra hermana Leonor corre grave peligro...

Julianín no necesita pronunciar el resto del discurso. Juan ya se ha lanzado hacia la masa de los que bloquean la salida, en su afán por ser los primeros en jurar sobre la cruz. Pugna por abrirse paso entre ellos a empujones, con los codos, con los puños.

—¡Por Dios bendito! —grita—. ¡Apartaos de mi camino!

En la plaza, Lucía reza, con las manos entrelazadas sobre el pecho y los ojos vueltos al cielo. El Señor, en su infinita misericordia, hace que sus plegarias tengan respuesta.

—Muchacha, ¿qué ocurre? ¿Qué le pasa a Leonor?

Juan, que acaba de salir de la iglesia, la toma por los hombros y la sacude. Los cielos saben que pierde todo rastro de paciencia cuando se trata de su hermana.

—Ese estudiante... Le dije que era peligroso, pero ella no quiso escucharme...

La muchacha no acierta a expresarse de otro modo. Y su interlocutor no tiene paciencia para aquellos balbuceos.

—¿Quién es ese estudiante? —exclama, zarandeándola con más fuerza—. ¿Qué le ha hecho a mi hermana?

—No lo sé... Justina, la hija del librero, se la ha llevado. Me temí lo peor, y las he seguido... Rezo por que no sea demasiado tarde.

—¿Justina? ¿La hija de Baltasar de Castro? —El librero es uno de los más activos defensores de Acuña. Anda revolviendo la villa desde la llegada del obispo. Pero ¿qué tiene su hija que ver con eso? ¿O con los estudiantes...?

—Permitidme, señor Juan.

El aludido nota una mano en la espalda. Es el bachiller Uceda; de algún modo se las ha arreglado para seguirlo hasta la plaza.

El joven Deza se aparta y cede su lugar al secretario. Este se sitúa frente a la muchacha. Tras un titubeo, posa las manos con toda suavidad sobre los hombros femeninos.

—Señora Lucía —le dice—, calmaos, os lo ruego. Miradme a los ojos. Estamos aquí para ayudaros.

Aquellas palabras, y la entereza que traslucen, obran el prodigio. La interpelada hunde sus pupilas en las del arriacense. Transmiten serenidad.

—¿Decís que Leonor está en peligro? —Su interlocutora asiente en silencio—. ¿A causa de un estudiante? —Nuevo gesto afirmativo—. ¿Y vos la habéis seguido? —Ante el tercer asentimiento de la joven, añade—: Entonces, ¿dónde está?

—Entraron por el callejón del Peligro —responde la muchacha, con voz desmayada—. Ayudadla, por favor.

Juan no espera a oír más. Sale corriendo en dirección a la calle Mayor. El bachiller Uceda separa las manos de su interlocutora.

—Lucía —le dice—, habéis obrado bien. Volved a casa. Allí estaréis a salvo.

Sin más demora, se lanza tras el hijo de su patrón. La joven lo sigue con la mirada, al tiempo que se enjuga con el manto la humedad del rostro.

—Señora de los trapos —la reclama una voz infantil—. He hecho lo que pedías. ¿Necesitas algo más?

Julianín el Roto está ante ella, rodeado de su caterva de chiquillos harapientos. Uno de ellos está aprovechando para recoger las monedas conseguidas por el resto. Más vale no indagar si vienen de limosnas o de alguna bolsa desprevenida.

—Te acompañamos a casa —ofrece el chiquillo—. Hoy está muy alborotada la villa. Y no querrás tener que vértelas con los estudiantes y sus espadas...

Lucía se sobresalta ante aquellas palabras. Hasta este instante, su única preocupación era la seguridad de Leonor. Acaba de darse cuenta de que ha enviado a dos hombres desarmados contra un grupo de colegiales que, a buen seguro, no habrán salido a la calle sin sus aceros.

25

—Vamos, moza, no seas terca. Cuanto más ayudes, antes acabamos.

Lejos de amansarse ante las palabas del estudiante, Justina redobla sus esfuerzos. Se resiste con más ahínco, intenta morder, saca las uñas. No tiene intención de poner las cosas fáciles a sus asaltantes.

—¡Sujétala bien, demonios! Así no hay quien pueda...

—¡Eso intento! La bellaca no deja de retorcerse.

Cuando su atacante intenta separarle las piernas, la muchacha le propina un rodillazo que le hace soltar un reniego.

—¿Conque esas tenemos? —vocea enfurecido—. Muy bien, zorra. ¡Tú lo has querido!

Saca una daga y coloca la punta contra la garganta de la joven. Esta queda paralizada, con los ojos desmesuradamente abiertos y el terror pintado en el rostro.

—Así está mejor, ¿ves? Quietecita —resopla el agresor, mientras le mete la mano bajo la saya—. Vas a hacer lo que te digamos. Obediente y silenciosa, como una buena chica...

Los dedos del estudiante ya han encontrado el caudal que buscaban. Lo tantea con rudeza, sin inmutarse ante los sollozos de su víctima. En breve lo habrá invadido hasta lo más hondo.

—¡Quítale las manos de encima, bastardo!

Juan sale del callejón a la carrera. Llega jadeante y furioso. El estudiante armado se gira hacia él con la mandíbula apretada. El otro estruja con más fuerza a la muchacha, escudándose tras ella.

—Vuestra merced hará bien en volverse por donde ha venido —espeta el primero. Extiende el acero hacia el recién llegado, que, por su vestimenta es pechero acaudalado—. A no ser que deseéis acabar bañado en sangre.

—Me bañaré con gusto si así te llevo por delante, malnacido —gruñe el villano. Pese a ir desarmado, sigue avanzando, un paso tras otro, hacia el joven de la daga, que incluso retrocede. La mirada azul de aquel desconocido parece venir de los infiernos y le inspira un temor irracional.

Entonces oye un grito de dolor a su espalda. Se gira para ver cómo su acompañante suelta a la muchacha y se lleva las manos a la cabeza, de la que brota un hilo de sangre. Ha sido agredido, por la espalda y sin aviso, por otro desconocido, que debe de haber llegado por el callejón que da a la calle de los Escritorios. Viste sobrias ropas negras, de buen paño. Sostiene entre las manos una rama recién arrancada de un árbol, que blande a modo de bastón.

—Ya basta, señores —dice, en un latín que nada tiene que envidiar al de los mejores alumnos de Colegio—. Marchad ahora y nadie saldrá malherido. No es a vosotros a quienes hemos venido a buscar.

Al verse libre, Justina sale corriendo. Ninguno de los presentes intenta detenerla. Los estudiantes, recuperados de la sorpresa inicial, afianzan su posición. Han desenvainado las espadas y las esgrimen frente a los recién llegados.

—¡Capitán! —grita uno, en dirección a una puerta desvencijada—. ¡Tenemos visita!

—¡Encargaos de ellos, maldita sea! —responde una voz desde el interior—. Estoy ocupado.

Juan aprieta los puños. Tiene los nudillos blancos de furor, y un centelleo virulento en la mirada.

—Dejadnos pasar —exclama, ronco—. O, por Cristo, que hoy bajamos todos al infierno.

Sus adversarios parecen impresionados ante aquella reacción. Aun así, uno de ellos señala lo obvio:

—Pocos estragos podéis causar, señor villano, con las manos desnudas.

Por toda respuesta, el aludido sigue avanzando hacia él. El estudiante se defiende con una estocada dirigida al pecho de su atacante. Este la esquiva y se abalanza contra su rival. Le traba las piernas y lo derriba al suelo.

Ruedan los dos por tierra, sin que el colegial pueda hacer uso de su arma. Su adversario le tiene aferrada la muñeca y se la aprieta con una fuerza demoníaca.

El primer pensamiento de Martín es que Juan logrará que los maten a ambos. Con todo, reacciona a tiempo para lanzar su rama al rostro del segundo estudiante. Este, anonadado por lo que está ocurriendo, no acierta a evitarla.

Aprovechando la brecha abierta, se lanza sobre el batiente defendido por su adversario. Pese a todo su ímpetu, la madera no cede. Algo la bloquea desde el otro lado. La empuja de nuevo. Del interior llega un aullido masculino y la voz de Leonor:

—¡Ah de la calle! —grita la muchacha—. ¡Estoy aquí!

Al mismo tiempo, el bachiller oye un alarido a su espalda. Se hace a un lado por puro reflejo. Gracias a Dios, consigue evitar que el acero de su oponente lo alcance.

Pero el movimiento ha dejado a Martín en posición desprotegida. Y ahora se encuentra frente a la punta de una espada, y sin posibilidad de defenderse.

Comprueba de reojo que Juan no está en mejor situación. Su adversario ha logrado desembarazarse de él y ponerse en pie.

El joven Deza sigue en el suelo, con el arma enemiga apuntándole al pecho.

—¿Y bien, señor villano? —lo reta su antagonista—. ¿Qué pensáis hacer ahora?

Por respuesta, recibe una pedrada en la cabeza. Pero no le llega de Juan ni de Martín, sino de una caterva de arrapiezos indigentes que irrumpen gritando a través del callejón. Una lluvia de cantos, desperdicios y barro maloliente se abate sobre los estudiantes, que en vano intentan defenderse.

—¡Por la villa! —gritan los chiquillos—. ¡Abajo el Colegio!

Los agredidos, arrollados por aquel asalto imprevisto, no pierden tiempo intentando contraatacar. Al grito de «¡Enemigo! ¡Retirada!», echan a correr de común acuerdo hacia la calle de los Escritorios, dejando atrás a Martín y a Juan.

Este se incorpora de un salto y, sin prestar atención a las inmundicias que salpican su rostro y su atuendo, se abalanza sobre la puerta y la aporrea con el puño.

—¡Leonor! —brama, por encima del griterío de los niños, que saltan y aúllan celebrando su victoria—, ¿estás ahí?

Silencio. Juan retrocede, toma impulso, se lanza contra el batiente. La madera no cede. Repite el embate, ahora acompañado por Martín. Tras un par más de acometidas, la puerta se abre con violencia, arrastrando consigo un viejo baúl que la bloqueaba.

En el centro del cuartucho está Leonor, rígida y pálida como una estatua de mármol. Tiene la toca y el peinado deshechos. Sostiene en la mano derecha una especie de punzón de marfil y acero, cuya punta parece manchada de sangre. Es el alfiler para el cabello que Juan le regaló cinco años atrás.

—Han escapado —declara, con una voz carente de toda expresión. Al otro extremo de la habitación hay una ventana abierta, cuyos postigos aún se balancean.

Lucía entra en la estancia y abraza a su amiga. Se aferra a ella con todas sus fuerzas, apretándola contra sí. Su corazón late desenfrenado contra el pecho de Leonor.

—Pierde cuidado, chiquilla —le dice esta. Su pulso parece monstruosamente tranquilo—. Ya ha acabado todo. ¿Ves?

La aludida nada replica. Aquellas palabras, y la actitud de su acompañante, no dejan de preocuparla. Se diría que Leonor estuviese bajo el efecto de algún siniestro hechizo de brujería.

Don Alonso de Guzmán y su sirviente han de trepar las cercas de dos corrales antes de alcanzar la calle de los Escritorios. Una vez allí, corren en dirección a la plaza del Mercado. Ya llegando a ella, se topan con los dos estudiantes que les han servido como secuaces. Por su aspecto, estos parecen haber presentado batalla contra una piara de cerdos.

—Tuvimos que huir, capitán —dice uno de ellos—. Una horda de vecinos se echó sobre nosotros. Venían furiosos, y eran demasiados para hacerles frente.

Ninguno de los dos confesará jamás que sus atacantes no eran sino un tropel de chiquillos. Por fortuna, don Alonso no parece interesado en ahondar más en el asunto.

—Hicisteis bien —les dice—. Y, gracias a vuestros gritos de alerta, también nosotros hemos podido escapar a salvo.

Los aludidos asienten. Así las cosas, no queda sino un último asunto por resolver. Ambos mantienen la vista sobre la bolsa del bachiller Cigales.

—¿Conseguisteis vuestro objetivo, capitán? —pregunta el más lanzado.

—En efecto, muchachos —responde el porcionista leonés, con sonrisa satisfecha—. ¿Y vosotros? ¿Pudisteis gozar de vuestro premio?

—Y tanto que sí, señor —contesta el segundo. Tampoco revelarán jamás que la muchacha se les escapó sin que lograsen catarla.

—Excelente. —Don Alonso se vuelve hacia su sirviente—. ¡Cigales! Dales lo acordado y añade un poco más. Hoy me habéis servido bien.

Al recibir su paga, el primero de los secuaces repara en un detalle.

—Estáis herido —comenta. La mano izquierda del bachiller está envuelta en una venda improvisada, manchada de sangre—. ¿Qué os ha ocurrido?

—Un ligero rasguño, al saltar una tapia —responde el patrono, antes de que lo haga su sirviente. Su tono revela que se trata de un asunto sin importancia—. Nada que un cirujano no pueda arreglar.

Más que satisfechos con sus honorarios, los estudiantes se retiran sin deseos de indagar más. Don Alonso los observa marchar. Esos dos se encargarán de difundir la versión de la historia que a él le interesa. En modo alguno ha de saberse que no ha logrado disfrutar de Leonor como a él le hubiera gustado.

—Cigales, ve a que te miren esa herida —dice entonces—. Que te la curen como es debido.

La hija del pañero los ha sorprendido bien a ambos al sacarse de la toca ese maldito estilete. Por fortuna, el sirviente ha logrado interponerse y recibir en carne propia un ataque dirigido a su patrono.

—¿Adónde iréis vos, señor?

—Al Colegio. Aún haremos algo de provecho antes de que acabe el día.

Hoy la villa entera está conmocionada. Y también los estudiantes. Sin duda, más de uno seguirá a su capitán cuando este les invite a recorrer las calles espada en mano, en busca de emoción y aventura.

—¿Quién era ese malnacido? ¡Quiero su nombre!

Una vez en casa, Juan da rienda suelta a su furia. Recuerda empujar a los vecinos arracimados a la puerta de San Justo; jurar con la mano en cruz, sin comprender las palabras; zarandear a Lucía; correr por la calle; insultar, embestir, luchar; derribar una puerta... Las imágenes resultan demasiado confusas. Y todo, para que aquel hideputa haya acabado huyendo...

Leonor no responde. Ambos se encuentran en el dormitorio de la joven. Han entrado en la casa de tapadillo. A escondidas ha arreglado sus sayas, su jubón, su toca, su apariencia de muchacha honesta. Todo en secreto, como ha de hacerse para borrar toda huella que pueda ensuciar su honor femenino. Ocurra lo que ocurra, este debe mostrarse inmaculado, perfecto, resplandeciente.

—Vas a decirme quién es, ¿me oyes? —insiste Juan—. Voy a hacerle pagar por esto.

—No lo haré —responde ella—. No lo harás.

Mantiene la vista apartada de su interlocutor. Ya le ha contado todos los detalles que está dispuesta a revelar. De sobra entiende que lo más importante para su hermano es saber que ella se resistió; que sacó el punzón y lo clavó en la mano del sirviente que acompañaba a su agresor, y, sobre todo, que este no consiguió su propósito.

Hay que dar gracias a los cielos de que Lucía llegase con esa caterva de chiquillos que consiguieron poner en fuga a los culpables. De no ser así, el asunto habría acabado de forma trágica para todos.

—El remedio ha llegado a tiempo —repite Leonor—. Dejémoslo estar.

Sigue sentada frente a la ventana, con la mirada perdida en el patio. Los sirvientes y empleados lo transitan con despreocupación, entregados a sus quehaceres. El tiempo sigue su curso, indiferente al dolor; una muestra más de la indefensión humana.

—¿Dejarlo estar? ¡Eso nunca! —Juan toma la silla y la gira hacia sí, forzando a su hermana a plantarle cara—. Dime quién es ese miserable, Leonor. Dímelo, o te juro por Dios que...

—¿Qué? —replica ella—. ¿Qué vas a hacerme? ¿Usar la violencia? ¿Forzarme a obedecerte contra mi voluntad?

Se incorpora, lo que obliga a Juan a retroceder. Avanza hacia él y le pone los puños sobre el pecho.

—¿Vas a obligarme a satisfacer tus deseos? ¿A emplear la fuerza para conseguirlo? Es tan fácil, ¿verdad? ¿No es eso lo que hacéis los hombres?

¿Por qué? ¿Por qué a los varones les resulta tan sencillo empezar el ciclo de la violencia, y tan difícil ponerle fin? Uno crea el agravio, con esa saña que a todos les hierve en las entrañas, y otro intenta vengarlo recurriendo a la misma brutalidad. Y llega la sangre, las víctimas aumentan, crece la furia, se extiende el dolor.

Juan podría haber muerto hoy. O mañana, o la semana siguiente, o el próximo mes. Dios sabe cuán probable resulta que eso ocurra si sigue con este empeño ciego, salvaje y absurdo.

¿Por qué? ¿Por qué, por qué?

Sin darse cuenta, ha empezado a golpear a su hermano en el pecho. Con los puños cerrados, con el peso acumulado de las preguntas sin respuesta y el desfallecimiento que trae consigo la impotencia.

Tras unos instantes de estupor, Juan acierta a reaccionar. La abraza, la estrecha con todas sus fuerzas, la acuna despacio.

—De acuerdo, Leonor —susurra entonces—. Tienes razón, todo ha acabado.

Y ella rompe a llorar sin poder evitarlo.

El obispo Acuña cabalga por la villa de Alcalá. Allá por donde pasa, lo reciben vítores y aclamaciones. A sus flancos marchan el vicario Avellaneda y el capitán don Alonso de Castilla. Pero ninguna de las ovaciones que brotan de las gargantas de los vecinos va dirigida a ellos.

—Sois hombre popular, reverendo señor —comenta el capitán de la Comunidad complutense. Es hombre de familia distinguida, pero de espíritu simple y sin apenas formación. En sus labios, aquella frase no pasa de ser un mero lugar común. Pero el vicario arzobispal, de inteligencia mucho más sutil, es consciente de que encierra una profunda verdad.

En efecto, Antonio de Acuña es hombre popular. Y apoya sus ambiciones en el número y la fuerza del populacho. El prebendado Avellaneda no alberga ninguna duda: Acuña ha venido a hacerse con el sillón arzobispal. Y planea conseguirlo gracias al apoyo ciego de las masas.

A su paso por las tierras del norte —desde Valladolid y por la Castilla vieja—, el obispo de Zamora ha intentado pasar desapercibido. De hecho, en Portillo sus tropas lograron sortear a la caballería del conde de Benavente y el duque de Alburquerque, que lo esperaban para detener su avance.

Sin embargo, su estrategia ha cambiado por completo al entrar en la Castilla nueva y en territorio del arzobispado de Toledo. Desde Torrelaguna en adelante, ha hecho anunciar su avance con mensajeros. Y su llegada a las poblaciones, allanada de antemano por sus agentes y partidarios, se ha celebrado con festejos, recibimientos multitudinarios, repique de campanas y los honores correspondientes a todo un primado toledano.

—¡Viva Acuña! ¡Viva el arzobispo de Toledo! —grita ahora la población a su paso. Las masas ya lo perciben como primado de la Iglesia hispánica. Y guay de aquellos que intenten oponerse a tal designación.

—Entonces, reverendo señor, la Junta os envía para defender la archidiócesis —apunta el capitán Alonso de Castilla—. O, al menos, eso dice el comunicado que nuestro concejo ha recibido de Valladolid.

—Para protegerla, en efecto, y mantener en ella la paz —responde el aludido, todo distinción y cortesía—. Se me ha encomendado velar por la tranquilidad de sus habitantes y evitar todo desorden. Como bien sabéis, no es extraño que se produzcan disturbios y trastornos cuando queda vacante una sede tan codiciada.

Y opulenta, por cierto. Aunque el obispo de Zamora evita mencionarlo, el prebendado Avellaneda no duda que una de las principales preocupaciones de la Junta es evitar que las formidables rentas del arzobispado toledano lleguen a manos enemigas, y conseguir que engrosen las arcas de las Comunidades. Para ello, nadie mejor que Acuña, que ya ha demostrado ser capaz de cobrarse ingentes recaudaciones en Tierra de Campos.

—Entonces, venís para actuar en calidad de vicario —prosigue el capitán don Alonso de Castilla. Queda demostrado, una vez más, que la delicadeza no es su fuerte. El prebendado Avellaneda ha sido aclamado gobernador arzobispal por la Comunidad alcalaína, pero nadie más ha apoyado el nombramiento. Para el resto del reino, don Francisco de Mendoza sigue siendo el titular. De hecho, desde Valladolid ni siquiera se ha cuestionado oficialmente su cargo, como sí se ha hecho con los virreyes y los miembros del Consejo.

—Para mí sería un honor que la Junta me designase para tan alto puesto —replica el interpelado—. Pero ya tenemos a quien se encarga de administrarlo de forma ejemplar. —Una respuesta ambigua, que Antonio de Acuña adereza con una no menos equívoca mirada al orondo Avellaneda—. Si de mí dependiera, con gusto mantendría en sus cargos a quienes saben desempeñarlos con inteligencia y talento.

Sin que ninguna de sus palabras lo haya manifestado, bien podría interpretarse que el obispo de Zamora está ofreciendo confirmar en el puesto de vicario al prebendado Avellaneda... siempre que pueda hacerlo como arzobispo de Toledo. Una insinuación que exige, a cambio, fidelidad y apoyo en el camino que Acuña aún ha de recorrer hasta la codiciada sede.

El destinatario de aquella propuesta capta todos aquellos matices con absoluta claridad. Pero es consciente de que no debe creerlos a pies juntillas; pues ya sabe que los agentes de su interlocutor han estado prometiendo rentas y prebendas imposibles a todos los notables de la villa, a fin de asegurarse su apoyo momentáneo.

Igual que sabe que el propio obispo de Zamora ha mantenido correspondencia con el marqués de Villena y el duque del Infantado, los dos grandes aristócratas de la zona. El mismo hombre que ha llevado terror y devastación a los señoríos de Tierra de Campos mantiene ahora negociaciones clandestinas con los Grandes de esta región. Les ha prometido mantenerse alejado de sus tierras a cambio de que ellos no se interpongan en su camino hacia Toledo.

Sí, el prebendado Avellaneda lo sabe. Porque también él mantiene correspondencia secreta con el señor del Infantado y con su protegido y pariente: don Francisco de Mendoza. De hecho, este último sigue confiando sin sombra de duda en el hombre que «el vulgo traicionero» ha elegido para reemplazarlo.

«Mucho os agradezco, don Diego, que cuidéis del palacio y el cargo en mi ausencia —le escribe en su última carta—, y lo mantengáis todo sin daño ni trastorno hasta mi regreso; que, os aseguro, no ha de tardar. Pues mi pariente, el señor del Infantado, ya está reclutando lanzas para traer la paz y la justicia a estas tierras que tanto se han apartado de la decencia, el respeto a la ley y el temor de Dios.»

—Entonces, reverendo señor —remacha el capitán don Alonso de Castilla, con la misma estrechez de miras que ha venido demostrando durante el resto de la conversación—, deberíais desengañar al populacho que os aclama como arzobispo de Toledo. No corresponde a ellos otorgaros ese título, y sus palabras ofenden no solo a la Junta de Valladolid, sino también al cabildo toledano, a Su Majestad e incluso al papa de Roma.

—El pueblo atesora gran sabiduría —replica su interlocutor, con inagotable urbanidad— y un sentido de la justicia que muchas de las personas principales han perdido. Y no debéis olvidar, señor capitán, que el propio Evangelio dice que Dios habla por boca de los humildes. Deberíamos preguntarnos si las palabras del vulgo no son reflejo de la voluntad del Altísimo.

En respuesta a tales frases, la mula del vicario Avellaneda resopla, sudorosa y agotada bajo la enorme carga que ha de transportar. Es una bestia laboriosa, paciente y resignada. Don Diego, que la monta, no puede evitar pensar que aquel animal representa el paradigma del buen cristiano, tan opuesto a la muchedumbre turbulenta y vocinglera que tanto agrada al obispo Acuña.

La comitiva llega a la plaza del Mercado. Allí los espera una sorpresa. Un enorme grupo de vecinos, con Cereceda y el capitán Zúñiga a la cabeza, se presentan portando las varas de los alcaldes, el alguacil mayor y varios regidores de la villa.

—Reverendo señor y capitán. —Don Íñigo López de Zúñiga inclina su cabeza de cabellos rojizos ante el obispo de Zamora—. Como nuestro arzobispo de Toledo, os rogamos que tengáis a bien atender nuestro caso.

Explica cómo han despojado de los símbolos de su cargo a buena parte del regimiento, «por ser todos ellos traidores a nuestra santa causa», y cómo el pueblo ha vuelto a jurar homenaje a la Comunidad besando la cruz en la magistral de San Justo.

—Hoy es un gran día para nuestra villa —concluye el capitán Zúñiga—. Los caballeros y vecinos se han unido bajo vuestra égida, señor. Ahora os rogamos que confirméis en sus puestos a los nuevos justicias elegidos por el pueblo alcalaíno.

Acuña, como signo de respeto, se ha apeado de su montura, obligando a hacer lo propio a don Alonso de Castilla y don Diego de Avellaneda. Tras escuchar con atención el discurso de la Comunidad complutense, eleva los brazos al cielo.

—El Señor aprueba la buena voluntad de su pueblo y se complace en calmar su sed de justicia —declara, con voz poderosa y el tono inapelable de quien transmite la palabra divina—. Pero, en ocasiones, la buena voluntad nos lleva por caminos errados. Obrar con excesiva precipitación puede resultar peligroso, hermanos míos. Teneos un momento, y escuchadme.

Ahí está, piensa el prebendado Avellaneda. No el Acuña sedicioso y guerrero de Tierra de Campos, sino el Acuña calculador y político de la Castilla nueva; el que antepone sus propios objetivos a los de las Comunidades a las que afirma representar.

—El enemigo no está dentro de vuestras murallas, sino ahí fuera —prosigue el obispo de Zamora—: don Antonio de Zúñiga, el prior de la orden de San Juan, el hombre al que los virreyes han nombrado capitán general de sus ejércitos en el reino de Toledo. Él es el adversario; es sanguinario, feroz e inmisericorde. Debemos mantenernos unidos para defendernos... Unirnos para derrotarlo.

Hace un silencio que, enseguida, la muchedumbre se encarga de llenar. «¡Muerte al prior de San Juan!», gritan algunos; exclamación que pronto es coreada por toda la plaza.

—Debemos mantenernos unidos, hermanos —repite el orador—. Tal es el deseo de la Junta; para eso estoy aquí, entre vosotros. Devolved esas varas a quienes no son vuestros enemigos. Y uníos a mí para combatir al verdadero adversario.

«¡Devolved las varas!» «¡Por las Comunidades!» «¡Viva Acuña, arzobispo de Toledo!» «¡Muerte al prior de San Juan!»

La plaza vibra, enfervorecida. El vicario Avellaneda se limita a asentir, como si comulgase con el ardor de la plebe. Por dentro siente un vivo rencor, y una no menos viva admiración, hacia aquel hombre que tiene ante sí, con el poder de amasar la voluntad de todo un pueblo.

Incluso los más exaltados —el capitán Zúñiga, el vecino Cereceda, los libreros Torres y Castro— gritan a favor de devolver a sus antiguos dueños esas varas que hace apenas un minuto esgrimían como señal de victoria.

—Caballeros y vecinos de Alcalá —reitera Acuña—: uníos a mí. Mañana termina la tregua. Y marcharemos a luchar contra el prior de San Juan. ¿Quién me acompaña?

El clamor se reduplica. Por todas partes se alzan las manos y las voces de los voluntarios. El obispo de Zamora sonríe satisfecho. Luego extiende el brazo derecho hacia sus acompañantes, en un signo inequívoco.

El capitán Castilla y el vicario Avellaneda intercambian una mirada. Pero no les queda sino plegarse y obedecer, a no ser que deseen desencadenar las iras de la turba enloquecida.

Ambos se inclinan y besan la mano de Acuña. El gesto de pleitesía debido al arzobispo de Toledo.

26

El domingo diez de marzo, los diputados de la Junta celebran sesión extraordinaria en Zaratán. Deben decidir si se prorroga la tregua firmada con los virreyes. Han convocado a los capitanes para escuchar sus opiniones al efecto.

—No es mala cosa tener algo más de tiempo para levantar las defensas de Torrelobatón —declara el segoviano Juan Bravo—; sobre todo si, como decís, ese plazo sirve también para llegar a un pacto. Se dice que las negociaciones de Tordesillas avanzan por buen camino, y que Su Majestad podría aceptar pronto nuestras condiciones.

Tanto el madrileño Juan de Zapata como el salmantino Francisco Maldonado se muestran a favor. El avilés Pedro de Barrientos es el único que se declara en contra. El parecer general, por tanto, se inclina a favor de prolongar el armisticio.

Solo queda por hablar el toledano Juan de Padilla. Todos, procuradores y oficiales, callan para escucharlo.

—Señores y amigos —comienza—. Nuestros adversarios nos pidieron unos días de tregua. Diez, nada menos. Entonces, como ahora, nos dijeron que en ese tiempo podríamos alcanzar un acuerdo aceptable. Tras concedérselo, ¿qué hemos logrado?

Pasea la mirada entre los presentes. Ninguno responde.

—No estamos más cerca de llegar a un pacto con ellos. Pero

en ese tiempo sí han ocurrido otras cosas. Durante la tregua, cesada oficialmente la guerra, se les retira la paga a nuestros hombres. A los que aprovechan para regresar a sus casas no resulta fácil traerlos de vuelta al combate; a los que se quedan, cuesta imponerles la disciplina debida. Estamos levantando las murallas de Torrelobatón; pero los ejércitos acantonados tras ellas han comenzado a desmoronarse.

Los capitanes Zapata, Bravo y Maldonado participaron en la conquista de esa plaza. Saben, como él, que es necesario reforzar sus fortificaciones. Pero el razonamiento de Padilla va un paso más allá que el de sus compañeros:

—Eso es lo que nuestros enemigos persiguen. Esa, y no otra, es su forma de buscar la paz. No les interesa llegar a un acuerdo político. La negociación tan solo es una excusa para prolongar una situación que nos está desangrando. Saben que somos más fuertes que ellos en el campo de batalla. Y que cada día de tregua nuestros ejércitos menguan; cada día que pasa nos debilita más y más.

Las palabras del toledano golpean las conciencias de sus oyentes con la fuerza de un ariete. Poco importa que, unos minutos antes, todo pareciese favorable a la prórroga del armisticio. La decisión de la Junta ha cambiado. Las Comunidades regresan a la guerra.

Ese mismo día, la villa complutense celebra una gran fiesta para despedir al obispo Acuña. Este, al frente de sus clérigos guerreros, desfila entre vítores, marchando por la puerta de Madrid. El concejo local ha reforzado su ejército con doscientas picas, treinta escopetas y seis cañones de hierro, tomados del castillo de Alcalá la Vieja. También se le ha sumado una milicia integrada por numerosos vecinos, para escoltarlo de camino a Toledo.

Entre estos se cuenta Juan de Deza. Cabalga al frente de la escuadra cuyo mando se le ha encomendado, bien erguido sobre su yegua, con la brigantina lustrosa. Por fuera, su porte refleja el espíritu indomable de Castilla, todo orgullo y apostura.

Por dentro, lleva el corazón encrespado. Son muchas las emociones que lo desgarran y solo un pensamiento que le trae algo de sosiego.

Ayer tarde, antes de partir, se dirige al despacho en que su padre trata los asuntos del ayuntamiento. Por primera vez, no va allí a ver a su progenitor. De hecho, lo hace aprovechando la ausencia de este.

—Debo deciros algo —confiesa al bachiller Uceda—. El día antes de marchar a Burgos me disteis un consejo. —Uno que tuvo la virtud de salvarle la vida. De no haber ocultado aquel estilete en la bota, tal vez no habría regresado del viaje—. Nunca os he dado las gracias por ello.

—Creo que acabáis de hacerlo.

Juan apunta una sonrisa ante aquella frase. Pero de inmediato recupera la seriedad; una actitud poco habitual en él.

—Reconozco que en el primer momento menosprecié la sugerencia, tan solo porque venía de vos. Por fortuna para mí, supe reconocer a tiempo la valía de esas palabras. —Clava en su oyente una mirada de azul intenso—. Me ha llevado aún más tiempo apreciar la valía del hombre que las pronunció.

El secretario no responde. Mantiene unos instantes el escrutinio de su interlocutor. Hay suavidad y firmeza en sus grandes ojos pardos.

—¿Sabéis? —comenta—. Hasta ahora no comprendía por qué la propuesta de llevar un arma disimulada os causaba tanto disgusto; máxime cuando vos mismo habíais obsequiado a vuestra hermana un estilete para ocultarlo bajo la toca.

El interpelado mueve la mano, con el gesto de quien recalca lo obvio.

—En esto, como en tantas otras cosas, las reglas son distintas para hombres y mujeres.

—¿Estáis seguro de que deban serlo, señor Juan?

El joven Deza queda anonadado. No sabría decir si las palabras que acaba de escuchar tienen sentido. Pero tampoco es tiempo de pensar en eso. Sus preocupaciones se desvían hacia otros cauces.

—No me gusta tener que dejar a Leonor ahora. Dado su estado...

No añade más. Ellos dos —aparte de Lucía— son los únicos que están al tanto de cuanto ha ocurrido hoy. Ningún otro miembro de la familia, ni de la casa, debe saberlo jamás.

—No tardaréis en regresar, con la ayuda de Dios. Y, en vuestra ausencia, guardaré a vuestra hermana como si fuera la mía.

Juan coloca la mano sobre el hombro de su interlocutor. Lo aprieta en señal de confianza.

—Sé que lo haréis.

Da media vuelta y se dirige a la puerta. Ya en el quicio, se despide:

—Dios os guarde, don Martín.

—Que Él os guíe, señor Juan.

—Dios sabe cuánto respeto al rector Hontañón. Pero, por Cristo, que en este asunto no puede estar más equivocado.

Así dice don Alonso Pérez de Guzmán, el capitán de la Comunidad universitaria, mientras pasea de un lado a otro del salón. Tras su fracaso en la conquista de la joven Leonor, su ánimo exaltado lo ha llevado de un lado a otro de la villa, al frente de los colegiales, para castigar a todos aquellos espíritus tibios que aún se resisten a declararse partidarios de Acuña.

Ahora, tras la partida del obispo de Zamora, él y los integrantes más vehementes del bando castellano se han reunido en casa de fray Bernardino Jiménez de Cisneros para evaluar la situación.

—Bien decís, don Alonso. Nuestro rector hubiera debido comportarse de otro modo —declara el zamorano Florián de Ocampo. El maestro Hontañón apenas dedicó al futuro arzobispo de Toledo una breve visita de cortesía; y esto, para pedirle la liberación de Antonio de la Fuente, cosa que aquel concedió de buen grado—. Debería haberle asegurado que nuestro Colegio se uniría a las Comunidades. Pues la nuestra es una lucha justa y santa, que place a Dios. Y aquel que no la acepta, aunque diga ser neutral y no luche en el bando contrario, es también un enemigo.

—Se equivoca, cierto —interviene el catedrático de griego Hernán Núñez de Guzmán—. Errar es humano, como bien nos recuerdan los sabios de antaño. Pero mal obraríamos nosotros si, siendo conscientes de su error, le dejáramos perseverar en él.

—¿Estáis sugiriendo que probemos a convencerlo? —interviene el capitán leonés—. Porque, si he de seros franco, dudo que tal cosa sea posible.

—Yo también lo dudo, muchacho. Pero hay otra forma de abordar este problema.

Cartas. Escritas al obispo Acuña en nombre de todos los allí presentes; catedráticos, colegiales, porcionistas, capellanes, prebendados de la magistral... Entre todos son suficientes para representar la voluntad de la institución, aun sin contar con el rector. Ofrecerán los servicios de la universidad al obispo Acuña, de forma oficial.

—Comprendo —responde el porcionista don Alonso—. Una vez que el obispo de Zamora haya aceptado, el maestro Hontañón no tendrá otro remedio que admitir que el Colegio se ha unido a las filas de las Comunidades.

—A las filas de Acuña —puntualiza el comendador griego. Tiene muy presente la diferencia entre ambos conceptos; aunque es consciente de que esta tal vez no resulte tan clara en la mente del joven capitán leonés—. Se avecinan momentos difíciles para nuestro arzobispado. Tiempos de intrigas políticas y de conflicto armado. Nos conviene tomar partido por el bando ganador.

—Estas cartas pueden ser decisivas en las luchas que se avecinan —añade Florián de Ocampo—. Hay que llevarlas con rapidez y entregarlas en secreto. Su envío es una gran responsabilidad que no puede confiarse a cualquiera.

—Perded cuidado. Conozco al hombre perfecto para encargarse de esa tarea.

Así diciendo, don Alonso Pérez de Guzmán señala hacia la estancia contigua, en la que aguardan los escuderos y sirvientes. Entre ellos se encuentra el bachiller Cigales; quien, con su mano vendada, ahora mismo no es de gran ayuda para tomar apuntes de lecciones ni realizar ciertos trabajos caseros. Pero que sí podría rendir buen servicio en tanto que correo.

—Tomasa, necesitas agua, ¿verdad?

La sirvienta levanta la cabeza de la ristra de ajos que está pelando, sobresaltada por la irrupción de Lucía, que acaba de entrar en la cocina.

—La verdad, ahora mismo...

—No te muevas. Yo te la traigo. —Sin dejar que la criada termine de formular lo que ya se adivina como una negativa, la muchacha agarra un cántaro y corre con él al patio.

Acaba de ver allí al bachiller Uceda a través de la ventana de la trastienda, donde estaba cosiendo. Camina hacia él, sin saber muy bien cómo apañárselas para iniciar una conversación.

Por fortuna, el arriacense ya la ha visto venir. Aunque sus pasos lo llevaban hacia la calle de los Manteros, cambia de dirección y se acerca a ella.

—Os veo cargada, señora Lucía, ¿necesitáis ayuda?

—Sois muy amable, pero no es necesario. —Duda un instante, antes de decidirse a añadir—. En realidad, solo quería... Quería daros las gracias. Por... ya sabéis.

Callan ambos. Resulta difícil tratar de un asunto que no puede mencionarse en aquella casa. Lo ocurrido ayer en el callejón del Peligro debe permanecer en secreto.

—Creo que es a vos a quien deberíamos dároslas —responde él—. Todos nosotros.

La joven siente un escalofrío ante aquella alusión. Vuelve a ver ante sí la escena: Juan en el suelo, Martín acorralado contra un muro; ambos, indefensos frente a las espadas enemigas. Su llegada, trayendo consigo a Julianín el Roto y los chiquillos de su banda, resultó providencial.

—Ese miserable... El estudiante... —añade el secretario—. Vos sabéis quién es, ¿cierto?

Lucía baja la vista al suelo.

—Se lo prometí a Leonor. No puedo decíroslo —responde. Su voz es tenue; su espíritu, firme.

—La nobleza y la lealtad son virtudes que embellecen el alma —reconoce su interlocutor—. Pero incluso las mejores virtudes se corrompen cuando se usan para encubrir la maldad.

La joven levanta los ojos, para encontrarse con los del arriacense. En ellos lee algo que le hace soltar una exclamación.

—¿Por qué me preguntáis? Ya conocéis la respuesta. Ya sabéis la identidad de ese... bárbaro.

—En efecto. La sé —reconoce el secretario. Se tiene a sí mismo por hombre capaz de ocultar sus emociones y pensamientos. No comprende cómo es posible que aquella muchacha lea así en su interior, como si el muro que él ha creado para envolverse le resultara transparente.

—¿Cómo...? —insiste ella—. ¿Cómo lo habéis averiguado?

—Decídmelo vos, Lucía. Sin duda sois capaz de responder a esa pregunta sin mi ayuda.

La interpelada queda pensativa durante un momento.

—Justina —contesta entonces. Vuelve a mirar a los ojos a su interlocutor—. Ella llevó a Leonor hasta ese sitio espantoso. La engañó. ¿Por qué?

—Por insensatez. Por creer en falsas promesas. Por ofuscación. Por dinero. La traición tiene raíces venenosas, que pueden contaminar a quien las toca. A veces es mejor no buscarlas.

Lucía asiente. El arriacense tiene el don de presentar los hechos más atroces con palabras hermosas.

—Justina se portó de forma horrible. ¿La castigasteis?

—¿Pensáis que debería haberlo hecho?

La joven vuelve a meditar. No parece molestarle que el bachiller replique a sus preguntas planteándole otras.

—Creo que algunas acciones ya llevan consigo su propio castigo. Y que hay demasiada gente que confunde el castigar con el hacer justicia.

Martín asiente, más para sí que para ella.

—Algunas personas hablan y hablan, aunque no tienen nada que decir. Mientras que otras... —Hace una pausa, como si dudase. Al fin, añade—: Vos, Lucía, debierais alzar la voz más a menudo.

Se despide y se aleja hacia la calle de los Manteros. La joven queda en el patio, con el cántaro vacío entre los brazos. Entonces cae en la cuenta de que ni siquiera se ha acercado al pozo.

Tras dejar atrás Alcalá, el ejército de Acuña llega a Madrid en la misma jornada. Allí también se le ha preparado una acogida triunfal. Las autoridades aguardan dentro de la villa para recibir al visitante; sin embargo, buena parte de las milicias y la gente menuda se han adelantado. Lo esperan fuera de la cerca, ansiosos y llenos de júbilo. Desean ser los primeros en vitorear a aquel a quien todos consideran ya el nuevo arzobispo de Toledo.

Tras la recepción oficial, llega el momento del aposento de

tropas. El obispo de Zamora, sus clérigos y las milicias se distribuyen en los alojamientos que les han sido asignados.

El cabo Deza y su escuadra de voluntarios alcalaínos son conducidos a una plazuela cercana a la puerta de Atocha. En ella destaca, espléndido y altivo, un edificio de tres plantas, con fachada de rejas y balcones y portada de piedra caliza.

—Mirad, señor Juan —señala Mateo Atienza—, ¿no es la casa de esa señora Teresa en la que ya estuvimos una vez? Vive Dios que, habiendo tantos aposentos en Madrid, ya es casualidad que volvamos a alojarnos en el mismo sitio.

El interpelado asiente, aun sin estar de acuerdo con el oficial tejedor. Duda que se trate de una casualidad.

—¿Están vuestros hombres a su gusto, señor Juan de Deza?

—Lo están, señora. Tanto ellos como yo os agradecemos vuestra hospitalidad.

Una vez acomodada la tropa, la señora de la casa recibe al oficial en la misma estancia en la que ambos se han reunido otras veces.

—Partiréis con el alba, según me han dicho. ¿Adónde os dirigís?

—A Ocaña, señora. Cerca de allí nos espera el prior de San Juan, que intentará cerrarnos la ruta hacia Toledo. En un día o dos habremos de enfrentarnos a él, si Dios no lo remedia.

Sigue un instante de silencio, en el que solo hablan las miradas.

—Dicen que el prior don Antonio de Zúñiga es hombre de temer —comenta ella.

—Lo mismo dicen del obispo Acuña.

El sol ya se ha ocultado. Sus últimos rayos desdibujan la bovedilla del techo y el óleo del muro oriental. Este muestra un retrato del difunto esposo de la anfitriona.

—Parecéis cambiado, señor Juan.

El aludido observa de reojo el cuadro que custodia el aposento, a punto de quedar engullido por las sombras: un hombre de cabello y barba canosos, con rostro arrugado y adusto. Mira fríamente al espectador mientras su mano, adornada de un ostentoso anillo, protege una arqueta cerrada; la caja en que, como buen mercader, custodia el dinero de su negocio.

—Muchas cosas han ocurrido desde la última vez que nos vimos. Cosas que cambian a un hombre por dentro y por fuera.

—Contádmelas —lo invita ella.

Una sirvienta entrada en años se aplica a encender las luces de la estancia. Realiza su cometido sin prisa, pendiente de la conversación.

—He estado pensando mucho en cómo nos despedimos, hace ya tres meses —declara Juan. Es consciente de ignorar no solo el último comentario de Teresa, sino también las reglas tácitas que ambos mantenían en sus anteriores coloquios.

Su oyente reacciona con disgusto ante esta ruptura del protocolo. Ordena a la criada abandonar la habitación, aun cuando parte de las velas quedan sin alumbrar.

—¿Os parece un comentario adecuado, o siquiera de buen gusto? —replica—. ¿Por qué pensáis que deseo hablar de eso?

—¿Por qué, si no, haberme traído aquí, señora? —De sobra sabe que su estancia en esta casa no obedece a la casualidad, como cree Mateo Atienza.

No. Teresa ha debido de ordenar a alguno de sus asistentes hablar con los aposentadores y negociar con ellos —probablemente, recurriendo al soborno— la identidad de las tropas que hoy habían de alojarse en su hogar.

¿Por qué razón lo ha elegido a él? ¿Por despecho? ¿Por capricho? ¿Por deseo de volver a verlo? ¿O por otro motivo? Es algo que Juan desconoce, pero que está decidido a averiguar.

—Pensaba que nunca regresaría a esta casa —prosigue—. Y eso, creedme, me causaba un profundo dolor.

—No os creo, señor Juan. Si tal cosa fuese cierta, me lo habríais hecho saber. Viniendo aquí, golpeando mi puerta, intentando comprar a mis criados, trepando a mi balcón... Al menos, eso es lo que habría hecho un hombre de verdad.

Permanece rígida, pálida y fría como moldeada en nieve. Fuera, la primavera comienza a asomar por la villa y sus tierras. Pero, dentro de esta casa, ella sigue aferrada al invierno.

—¿Queréis saber dónde he estado todo este tiempo, Teresa? Os lo diré.

Así, comienza a contar. Primero, su viaje a Burgos; el paso de la sierra —el frío, el miedo, ese asalto criminal que casi le cuesta la vida—; la llegada a la ciudad de los condestables; sus intentos fallidos por conseguir arrieros; sus estratagemas para convencerlos; la plaza Mayor, el cadalso, la lectura de ese edicto demoledor; los lentos caminos de regreso por el dorso helado de Castilla, a expensas de bandoleros y soldados enemigos; las repetidas amenazas de embargo, a su paso por los municipios; los pontazgos, los derechos de puerta, las constantes disputas y sobornos...

Al fin, Alcalá. Y no para encontrar allí la calma, precisamente.

Sin saber por qué, comienza a hablar de Leonor. El mensaje de Lucía; su huida de la iglesia, escupiendo a la carrera el sagrado juramento a la Comunidad; el callejón del Peligro; su hermana, en aquel hediondo cuartucho, destocada, con el estilete en la mano...

Son cosas que no ha revelado —ni revelará nunca— a su padre, el hombre al que, hasta ahora, ha confiado sus mayores secretos. ¿Por qué las confiesa aquí, ante la mujer que en su día juró que no quería volver a saber de él?

Teresa lo mira. Resulta difícil descifrar la expresión de sus ojos cavernosos en aquella penumbra provocada por la escasez de luces.

—Os mostraré algo, señor Juan —dice entonces.

Se levanta y camina hasta quedar junto a la lámpara de bronce. Con movimientos lentos y precisos, se deshace la toca, dejando los lienzos y alfileres sobre el bargueño. Aquel es un gesto que las mujeres realizan tan solo en la mayor intimidad.

Juan no se mueve. Nota una extraña sensación en el pecho, como si el jubón se le hubiese encogido y le apretase el torso, dificultándole la respiración.

Sin apartar la mirada de su huésped, Teresa se le acerca. Sus largos rizos negros acarician sus mejillas, su nuca, su cuello desnudo. Se detiene frente a él y le tiende el pasador que sujetaba su cabello.

—Decidme, señor Juan. ¿Sabéis qué es esto?

Un gran alfiler de marfil esculpido. Una pieza hermosa y exquisita, con motivos de guirnaldas florales y hojas de laurel. El visitante no necesita examinarlo más de cerca para saber que aquel prendedor puede abrirse. Y que en su interior oculta un agudo estilete de metal.

Es una réplica casi idéntica a la que Leonor lleva bajo su toca.

—¿Sabéis quién me regaló esto, señor Juan? ¿De dónde me lo trajo, y cuándo?

Su invitado asiente. Por Dios, que lo había olvidado...

—Vuestro hermano Pedro. De Burgos, hace cinco años.

—Él me lo entregó, cierto. Pero ¿sabríais decirme quién lo compró para mí?

—¿Qué os hace pensar que no fue él?

Sin dignarse contestar, la anfitriona extrae el estilete, que sisea al rozarse contra el marfil.

—En las familias sucede algo curioso. La verdad siempre acaba saliendo a la luz —responde al fin—. Hace poco, mi hermano contó cierta historia relativa a ese viaje. Según parece, no llegó a la ciudad de los condestables. Tuvo que quedarse en Aranda de Duero, por cierta... indisposición. Sin duda sabéis a qué me refiero. Vos lo acompañabais.

En efecto. Era una de esas ocasiones en que los pañeros Deza y Madrid se habían asociado en una empresa conjunta, enviando a sus hijos para encargarse del transporte de la mercancía. Por desgracia, Pedro sufrió una severa afección de vientre que lo retuvo a medio camino. Juan completó el recorrido y rubricó el negocio en nombre de ambas familias, reuniéndose de nuevo con su amigo en el camino de regreso.

—Mi hermano solía traerme un regalo de cada uno de sus viajes —prosigue Teresa—. Objetos costosos y refinados. Siempre distintos. Pronto comprendí que no los escogía pensando en mí, sino que se limitaba a comprar lo que el mercader de turno le ofreciera. Me convencí de que Pedro no me conocía, y que nunca encontraría algo adecuado para mí, algo que realmente me llegase a las entrañas. Hasta el día en que me trajo esto. Desde entonces, siempre lo he llevado conmigo.

El metal emite un brillo oscuro, vigilante en la penumbra, como si esperase el momento para atacar.

—Fuisteis vos. La única ocasión en que mi hermano supo ver en mi corazón... No fue él quien me miró. —Se sonríe, como reprendiéndose algo a sí misma—. Vos trajisteis esto de Burgos. Uno para mí, otro para vuestra hermana. Fuisteis vos quien lo eligió.

Su interlocutor niega con la cabeza.

—Señora, vuestro hermano es más, mucho más, que todo eso. Pensar así de él no le hace justicia.

—¿Eso creéis? ¿Y qué hay de lo que él opina? Ya habéis comprobado cómo intenta disponer de mi persona. Cómo me habla sin escucharme; cómo me mira sin verme. ¿Me hace eso justicia a mí?

—A una hermana no se la juzga del mismo modo que a otras personas. Os lo digo por experiencia.

La anfitriona acerca el acero al pecho de su visitante.

—Siempre lo defenderéis a él, ¿verdad? No importa lo que haga ni lo que diga. Siempre le cubriréis las espaldas... como él hace con vos.

—Soy leal a quien lo merece. No es algo que podáis reprocharme, Teresa.

Ella ha comenzado a repasar con la punta del estilete los cordones del jubón masculino.

—Sois hombre fiel, no lo niego; al menos a otros hombres.

—No solo a ellos. Dadme la oportunidad de demostrároslo.

Roza con los dedos la mano con que su interlocutora sostiene el pasador desenvainado. Ella se aparta con brusquedad, como si el contacto de aquella piel la quemase.

—¿Cómo os atrevéis a tocarme? —sisea indignada—. ¡Sin mi permiso! ¡En mi propia casa!

Apunta el acero hacia la garganta del visitante.

—¿Deseáis tentar vuestra suerte, señor Juan de Deza? ¡Sea! Os daré la oportunidad de demostrar algo. —Se ha inclinado hacia él. Tiene la mirada paralizante de una gorgona. Los cabellos negros, sinuosos como serpientes, le enmarcan el rostro—. Pensaba que vos habíais sabido verme hace cinco años, aun sin conocerme. Demostradme si me equivoco. Decidme: ¿qué veis en mí ahora?

Juan se sumerge de lleno en aquellos ojos de oscuridad viviente. En ellos siente la llamada del vacío.

—Veo a una mujer que cree que nadie, excepto ella misma, sabrá valorarla con justicia. Y en esto se equivoca. Que ningún varón podrá aportarle nada de valía. Y en esto también se equivoca. Que todo hombre que se acerque a ella lo hará con la intención de arrebatarle lo que ella posee. Y en esto se equivoca igualmente.

Ha pronunciado estas palabras apenas en un murmullo. Su oyente está cerca. Muy cerca.

—Hay formas, Teresa, de crear relaciones que convengan y beneficien a ambas partes. Vos lo sabéis, como todo mercader que se precie de serlo. Lo mismo puede lograrse en el comercio entre hombre y mujer.

Juan nota el corazón desbocado, la garganta contraída. Su acompañante lo mira como si no pudiera apartar las pupilas de él.

—Bien, señor Deza —replica ella, también en un susurro—, son temas que podríamos tratar cuando regreséis de Toledo. Promete ser una conversación interesante.

Hace ademán de apartarse, pero él la retiene. Esta vez, Teresa no se resiste.

—Sí, lo hablaremos entonces. Pero hay otras cuestiones que me gustaría tantear ahora.

Juan cierra los párpados y se lleva a los labios la mano en la que ella aún sostiene el estilete. La besa con una suavidad exquisita. Recorre despacio los dedos, el dorso, el arranque de la muñeca, rozándolos apenas.

La escucha jadear. También él respira con dificultad. Abre los ojos y los eleva hacia ella, con una mirada que expresa al mismo tiempo triunfo y rendición.

Teresa no se aparta cuando él se incorpora. Lo espera con la piel hambrienta, encendida de repente por el reflejo de las velas.

27

—Juro a vuestras mercedes que yo no sé nada del contenido de esas cartas —miente el bachiller Cigales, arrodillado en el barro y atado de manos—, ni si tratan de asuntos de enjundia o no.

Se pregunta en silencio si aquellas serán sus últimas palabras. Sus captores estudian los pliegos sellados con el gesto de quien acaba de descubrir un nido de alacranes.

—Tengo para mí que este bellaco no nos cuenta la verdad.

—Lo haga o no, de poco ha de servirle.

Así diciendo, lo empujan sin miramientos por entre la caballería del ejército realista. Su núcleo lo componen imponentes freires ataviados con armadura militar y la cruz de Malta en el pecho.

Antes de que el prisionero, que tiembla de pies a cabeza, pueda comprender qué ocurre, se encuentra frente a un individuo de gran talla y porte regio. Su cráneo desprovisto de cabello contrasta con la espesura de la barba y las cejas, bajo las que fulguran unos ojos oscuros que prometen todo el rigor de la furia divina.

—Señoría —informan los oficiales con una reverencia, al tiempo que vuelven a obligar al prisionero a postrarse de hinojos—, nuestros exploradores han capturado a un espía que trataba de llegar a las filas del obispo Acuña. Portaba consigo estas cartas. Parecen tratar de asuntos de importancia.

El prior de San Juan, don Antonio de Zúñiga, se hace con los papeles, quiebra los lacres y hojea con rapidez el contenido. A su alrededor, resuenan gritos, relinchos, llamadas de trompeta y, más lejos, atambores. El ejército realista se prepara para poner fin al alto, reemprender la marcha y lanzar su ataque.

—Asuntos de importancia, en efecto —corrobora—. El Colegio de San Ildefonso ofrece sus servicios al enemigo. —Tiende los documentos a uno de los custodios, que los guarda en su bolsa—. Vigilad al espía. Lo interrogaremos después. Me encargaré de que el reverendo cardenal Adriano reciba su declaración junto con estas cartas. Esta traición bien se merece poner fin a la universidad complutense.

El bachiller Cigales siente que sus captores tiran de él, obligándolo a incorporarse. Lo apartan a empellones de los caballeros hospitalarios para conducirlo hacia la retaguardia.

Mientras se aleja trastabillando oye que el prior de San Juan grita, arengando a sus tropas:

—... Nuestro Señor Jesucristo está con nosotros. Hoy acabaremos de una vez por todas con ese renegado, con ese impío que osa alzar las armas contra su rey y contra Dios...

El prisionero tropieza y cae. Sus piernas apenas lo sostienen. Sus captores lo obligan a levantarse y lo empujan para que siga avanzando.

—¿De verdad tenemos que cargar con este traidor? —pregunta uno de ellos, como si el aludido no pudiese oírlo.

—Por el momento, sí —responde el otro—. Ya habrá tiempo para colgarlo cuando haya confesado todo lo que sabe.

Las tropas de las Comunidades avanzan desprevenidas por las tierras de El Romeral. Tras recibir refuerzos de Toledo al mando del regidor Gonzalo Gaitán, el obispo de Zamora ha guiado a sus hombres hacia el Corral de Almaguer, donde, según los informes, se hallaba acantonado el prior de San Juan. Pero este se ha dirigido a Tembleque, para evitar que el adversario pueda hacerse con el salitre de la localidad y usarlo para aumentar sus suministros de pólvora.

Interpretando la retirada enemiga como una promesa de tregua, el obispo Acuña retoma la ruta hacia Toledo. Poco espera la acometida que están a punto de sufrir sus hombres.

Él y sus clérigos guerreros marchan al frente de la columna, junto a las tropas toledanas del regidor Gaitán. Por detrás vienen las fuerzas madrileñas, los voluntarios alcalaínos y, en último lugar, los refuerzos obtenidos de Ocaña. Estos últimos avanzan con lentitud, hasta el punto de quedar descolgados del resto de la formación.

Mientras atraviesan el paraje de las Atalayuelas, las tropas complutenses, que marchan a la retaguardia del grueso del ejército, comienzan a oír un gran estrépito a sus espaldas.

—¡Traición! ¡Nos atacan! —se oye gritar.

Cunde la alarma. Las milicias, poco curtidas en trances bélicos, ceden al pánico, amenazando con dispersarse. Si lo hacen, están perdidos.

—¡Mantened la formación, maldita sea! —clama Juan de Deza, que pugna por mantener unidos a los hombres bajo su mando. Los oficiales de las escuadras que los rodean también han comenzado a gritar órdenes semejantes—. ¡Vive Dios que quien se mueva será tenido por desertor!

Las fuerzas del prior de San Juan se han lanzado a traición sobre los efectivos de Ocaña, descolgados del resto de la columna, y están causando gran estrago entre ellos. A la vanguardia del ejército, el obispo Acuña acaba de recibir noticia de lo que ocurre.

—¡Hijo de Judas! —exclama furioso. Pasado el primer momento de estupor, reacciona con rapidez—. ¡Capitán Gaitán! ¡Conmigo! ¡Vamos a dar su merecido a ese perro traicionero! ¡Aquí, mis clérigos!

Los eclesiásticos zamoranos y los hombres de Toledo dan media vuelta y se apresuran a acudir en auxilio de la retaguardia. Los capitanes madrileños quedan al mando de los demás contingentes.

La batalla se ha desencadenado en un abrir y cerrar de ojos, pero no termina con la misma rapidez. Los enfrentamientos se suceden durante horas, recrudeciéndose a medida que avanza el día. Los gritos, el acero, la pólvora y la sangre se adueñan del paraje de las Atalayuelas. Solo los cielos, que observan la contienda sin tomar partido, saben hacia dónde se decantará una victoria que se presenta incierta para ambas partes.

—¡Aquí! ¡Aquí, muchacho!

Mateo Atienza, el hijo del tejedor, se detiene. Juraría que uno de los cadáveres caídos a tierra lo está llamando.

Se aproxima cauteloso, con la pica extendida. Está en un área algo apartada de los terrenos en los que ahora mismo se desarrollan los combates. Su escuadra tiene órdenes de asegurarse de que el enemigo no planea traer refuerzos y volver a atacarles por la espalda. Las milicias alcalaínas y parte de las escuadras madrileñas han abierto brecha en la retaguardia del enemigo, formada por los habitantes del Corral de Almaguer; campesinos y villanos sin experiencia en batalla, de los que cabe esperar todo tipo de añagazas.

Para gran sobresalto del oficial tejedor, uno de los cuerpos tendidos sobre el barro se incorpora para quedar de rodillas.

—¡Dios os bendiga! —exclama—. Sois vecino de Alcalá, ¿cierto? —Y, antes de que el aludido acierte a responder, añade—: Soy un mensajero enviado por el Colegio complutense, con promesas de ayuda para Acuña. Pero nuestros enemigos me han hecho prisionero y amenazan con ajusticiarme. Liberadme, por piedad.

El interpelado duda un instante. Aunque su interlocutor está cubierto de fango como un gorrino, de cierto tiene trazas de estudiante. No lleva al pecho ni la cruz roja de las Comunidades ni la blanca de los seguidores del rey. Y puede verse que le han atado las manos a la espalda. Aun así, queda por decidir si es individuo del que convenga fiarse, y más en este trance...

—¡Atienza! ¿Qué ocurre?

Juan de Deza se detiene frente a ellos, jadeando. Trae la espada desenvainada, el rostro sudoroso y la mano salpicada de sangre ajena.

—Señor, este de acá dice ser estudiante y enviado del Colegio, y que trae mensajes para Acuña, y que le han capturado los del prior y amenazan con matarle.

El oficial observa al prisionero. Este se estremece y aparta la mirada, con gesto culpable. De cierto, parece hombre que intentase ocultar secretos y divulgar mentiras.

Y así es, en efecto. Pues el bachiller Cigales acaba de reconocer en el recién llegado al hermano de esa Leonor a la que su señor intentó forzar hace apenas tres días. El mismo que se enfrentó, desarmado y a pecho descubierto, a los aceros de los cómplices que acompañaban a don Alonso.

Pero ahora el joven pañero no se encuentra desprovisto de espada ni armadura. Y la única esperanza de su interlocutor estriba en que el villano no alcance a reconocerlo ni a relacionarlo con lo ocurrido a su hermana.

—¿Estudiante, decís? ¿De nuestra universidad? —resopla Juan. Por su tono se advierte que tal circunstancia está lejos de resultarle grata.

—Dejadme ir, señor —suplica el desconocido—. Es todo lo que os pido. Soltadme y dejadme recuperar esas cartas, pues ahora se encuentran en poder del enemigo, y eso supone un gran peligro para nuestro Colegio.

—Mal asunto para vos y los vuestros, señor estudiante —replica su interlocutor—. Pero eso no es algo que afecte a los vecinos complutenses.

—Os equivocáis. Lo que amenaza al Colegio amenaza también a la villa —responde el bachiller.

Y, como si eso diera fin a toda argumentación, se gira para presentar sus muñecas atadas, a fin de que le corten la cuerda. Al advertir el cambio que se opera en el rostro de Juan comprende que ha cometido un grave error.

—¡Atienza! —ordena este—. Vuelve junto a Castro y Espinosa, y revisad ese altozano de ahí. Yo me encargo de esto.

Acaba de ver la mano del prisionero. Sus captores le han arrancado la venda que la cubría, seguramente para cerciorarse de que no ocultaba nada debajo. Muestra una lesión aún abierta, muy similar a la que causaría un estilete.

El estudiante ha palidecido. La expresión del pañero le muestra a las claras que no cabe esperar de él misericordia.

—Vuestro nombre —exige este. Dirige la punta de su arma a la garganta del cautivo.

—Bachiller don Alonso de Cigales —responde el interpelado, en un hilo de voz.

—¿Dónde están esas cartas de las que habláis? —pregunta el alcalaíno, con el tono cortante de un juez que ya ha decidido su sentencia.

El aludido no responde. Pero no puede evitar que sus pupilas se desvíen hacia un cadáver cercano. Es uno de sus captores; aquel que ha guardado en su bolsa las fatídicas misivas.

No sabría decir si su interlocutor ha captado su mirada o no. Este sigue clavándole sus ojos de un azul intenso y despiadado.

—¿Sabéis quién soy? —pregunta entonces—. ¿Conocéis a mi hermana?

Cigales niega con la cabeza, rogando a los cielos que su gesto resulte convincente.

—Apiadaos, señor —suplica—. Soltadme y me iré. No sé de qué habláis, pero este no es lugar para...

—¿Soltaros? —repite el pañero, con voz ronca—. ¿Acaso vos lo habríais hecho? ¿Acaso os habríais apiadado de ella?

El prisionero traga saliva con dificultad.

—Juro por Dios que me habría apiadado —gime—. De vos. Si os hubiese encontrado en la situación en la que me hallo, y fuese yo quien tuviera la espada en la mano.

Juan se siente sacudido por esas palabras. Aquella imagen lo devuelve al mundo que lo rodea; al barro, los gritos, el olor a pólvora; a esa otra lucha cuyo signo decidirá el destino de tantos.

—No somos enemigos, señor. Mirad que ambos combatimos por la misma causa —prosigue el bachiller—. A vos y a mí nos amenaza un adversario común. Luchamos en el mismo bando.

Su interlocutor permanece indeciso durante un instante. Al fin, aprieta la mandíbula:

—Hoy sí. Hoy luchamos en el mismo bando. Pero guardaos de mí si os encuentro mañana.

Saca la daga, se acuclilla y corta con ella las cuerdas del prisionero. Este se incorpora frotándose las muñecas. Pero cuando hace ademán de dirigirse hacia el cadáver que custodia las cartas, el acero del complutense se interpone en su camino.

—Corred ahora, bachiller Cigales —le aconseja—. Poneos a salvo antes de que cambie de opinión.

El aludido no se lo piensa dos veces. Da media vuelta y se aleja a la carrera.

La lucha se prolonga hasta el final del día. Cuando el sol se aproxima al horizonte, las trompetas y atambores llaman a retreta. Las tropas del prior de San Juan se dirigen a Lillo. Las del obispo de Zamora, a La Guardia. Sobre el campo de batalla quedan cuerpos de ambos bandos, sin que ninguno de ellos se acerque a despojar a los contrarios.

El reverendo Acuña ha luchado con la ferocidad de un león, sin desfallecer un instante, devolviendo golpe por golpe. Exhibe dos heridas, una de pica y otra de escopeta, como testigos de su bravura.

Poco importa que en el encuentro sus tropas hayan perdido cuatro piezas de artillería y otras tantas banderas de infantería. Poco importa el cómputo de bajas y heridos. El obispo de Zamora necesita convencer al arzobispado toledano, a la Junta y a las Comunidades de que ha obtenido un triunfo abrumador:

—Hoy el Señor nos ha bendecido otorgándonos una gran victoria. Hemos aplastado al enemigo, que con su huida nos deja abierto el camino. Debemos mandar correos a Toledo, a Madrid, a Alcalá, a Valladolid, a Torrelobatón. A todas partes ha de llegar la noticia de nuestro éxito.

En el campo contrario, don Antonio de Zúñiga, prior de San Juan —que también ha recibido dos heridas en batalla—, es de la opinión contraria:

—Dios ha estado hoy a nuestro lado; a Él debemos agradecerle este triunfo. Hemos desbaratado a nuestro adversario de tal modo que no volverá a levantarse contra nosotros. Es momento de mandar postas a Burgos y a Tordesillas, y de comunicar a los virreyes que hemos detenido para siempre el avance del obispo de Zamora.

Las noticias procedentes de El Romeral llegan a Alcalá dos días después. Los partidarios de Acuña celebran ostentosamente la supuesta victoria. Aunque también hay voces que afirman que el resultado ha sido el contrario, y que el prior de San Juan se ha alzado con el triunfo.

La controversia no solo llega al concejo y a las calles de la villa, sino también a la universidad. Y no todos se limitan a debatirla con palabras.

—Juro por Dios que, si seguís difundiendo tales mentiras, habréis de pagarlo caro —amenaza el maestro zamorano Florián de Ocampo, cuchillo en mano, a quienes se atreven a dudar de la versión propagada por el obispo de su ciudad natal.

Su actitud en el Colegio no hace sino corroborar los rumores que lo acusan de alborotar la población, perturbar las reuniones del concejo, amedrentar a los vecinos y sobornar a los caballeros con promesas de rentas y títulos, ventas de bulas y sentencias de excomunión; esto último, en compañía de Hernán Núñez, el comendador griego. Pronto, tales acusaciones trascienden de un modo inesperado.

Una tarde, reunido el claustro en capilla, el bedel entra para anunciar que unos visitantes esperan a ser recibidos:

—Señores, están aquí el reverendo vicario, don Diego de Avellaneda, y el capitán don Alonso de Castilla, que acuden en representación de la villa para que se les oiga, pues tienen que presentar una queja a este claustro.

En efecto, tan principales personalidades han venido «en nombre del concejo y la villa toda» para solicitar la expulsión formal de Florián de Ocampo y Hernán Núñez, el comendador griego, a los que acusan de ser «alborotadores del pueblo».

—Hay testigos de que ambos están cometiendo graves delitos, que no solo atentan contra las leyes de la villa y el reino, sino también contra la buena fama y los santos principios de este Colegio —argumenta el vicario Avellaneda, modulando la voz y gesticulando con sus orondos brazos para dar mayor énfasis a sus palabras. Como buen conocedor de la universidad, sabe usar la retórica adecuada—. Lo que, de acuerdo con las constituciones promulgadas por nuestro reverendísimo cardenal Cisneros, justifica su expulsión. De lo contrario —añade el orador, dirigiendo ahora la mirada al rector Hontañón—, nuestros virreyes podrían considerar que el Colegio no mantiene la neutralidad que tanto predica, sino que su actitud apoya claramente a los partidarios del obispo de Zamora.

Los visitantes se retiran para que el claustro pueda decidir sobre tal petición. Entonces se desata la tormenta.

—No podemos permitir que esta capilla defienda a tales individuos —declara el consiliario Pedro de Lagasca, en representación del bando bético, sin dignarse repetir los nombres de los acusados, allí presentes, y sin siquiera mirarlos—. Todos sabemos que los rumores dicen la verdad: los dos actúan no como colegiales, sino como criados del obispo de Zamora.

La facción castellana, por supuesto, es del parecer contrario:

—Más bien habría que expulsar a esos dos acusadores, el prebendado Avellaneda y el capitán Castilla; y no solo de este Colegio, sino también de estas calles —replica el doctor Miguel Carrasco, catedrático de Teología—; porque son amigos y servidores del antiguo vicario, Francisco de Mendoza, y, por tanto, del duque del Infantado. Todo cuanto hacen y dicen no tiene otro fin que debilitar a la Comunidad y favorecer que el duque nos venga a invadir la villa; cosa que sucederá pronto si no lo impedimos, pues de todos es sabido que Guadalajara ya se está armando.

—Si de verdad quisieran ayudar al pueblo de Alcalá —apunta el catedrático de Artes Juan de Medina—, mejor harían en atacar a ese Pedro de Tapia que tanta hambre está causando; y tomarle las casas que tiene en la villa, y el cereal que almacena en los graneros arzobispales, y asaltarle la fortaleza de Santorcaz y quitarle las armas que guarda allí.

Arrecian los gritos. Ambas partes parecen decididas a imponer su criterio, atacando a la otra con dureza y acritud; hasta que el rector, no sin esfuerzo, logra imponer silencio.

—Este es un tema serio. Y hemos de abordarlo pensando en nuestro Colegio. Dejemos fuera de la discusión a las Comunidades y a los virreyes, al reverendo obispo Acuña y al señor duque del Infantado —clama—. Hoy debéis dejar de lado esas disputas internas que tan solo nos debilitan. Pensad en la identidad de los dos hombres que esperan ahí fuera. Uno es capitán de la villa; el otro, vicario del arzobispado; a través de ellos, Alcalá y Toledo nos observan. Debemos demostrar que el Colegio es fuerte, y que se mantiene unido.

En el mutismo que sigue, el maestro Hontañón repasa con la mirada a todos los presentes.

—Es nuestra obligación defender a cualquier miembro de nuestra universidad —rubrica; aunque dé la casualidad de que los alborotadores pertenezcan, una vez más, al bando castellano—. Lo que no tengo tan claro es que el capitán Castilla y el vicario Avellaneda acudan en nombre de la villa y del concejo, tal y como ellos pretenden. De ser así, ¿por qué no los acompaña ninguno de los diputados del ayuntamiento?

Estas son palabras que parecen contentar por igual a béticos y castellanos. En efecto, todos ellos se muestran de acuerdo en que conviene indagar más sobre este último punto. Y, a tenor de ello, se produce una votación.

Poco después, don Alonso de Castilla y don Diego de Avellaneda son conducidos de nuevo a la capilla. El claustro ha tomado su decisión.

No solo ha votado contra la expulsión de los miembros propuestos. También ha resuelto que nombrará a sus propios diputados para que, a partir de ahora, acudan a las reuniones del concejo, «pues la universidad desea saber mejor lo que pasa en la villa y el ayuntamiento, y lo que deciden quienes de verdad representan a Alcalá».

Los colegiales tienen por cierto que los dos peticionarios que hoy han acudido a la capilla no hablan en nombre de toda la población. Una respuesta que, de seguro, no ha de gustar a estos.

—Tal y como imaginabais, el Colegio no nos permitirá lidiar con *sus* alborotadores —confirma el capitán don Alonso de Castilla, concluida la reunión—. Pero eso no significa que no podamos lidiar con los *nuestros*.

Esta última declaración pilla por sorpresa a su interlocutor, el vicario Avellaneda. Se detiene. Necesita unos instantes para recuperar resuello. La respiración siempre se le acelera cuando se ve obligado a recorrer más de cien pasos.

—Pensadlo bien, don Diego —añade el oficial, aprovechando el momentáneo mutismo de su acompañante—. Las Comunidades no son lo que eran. Ya no defienden los intereses de Castilla, sino los de unos pocos agitadores. Los alborotadores, los fanáticos, son los que mueven ahora al pueblo. Ya no es una lucha de caballeros y vecinos, todos juntos contra las injusticias. No. Ahora la plebe se alza contra los señores. Dadles tiempo, y os aseguro que los pecheros de esta villa se abalanzarán sobre nosotros, los hidalgos. A no ser que antes nos deshagamos de esos provocadores que tanto y tan mal los incitan.

El vicario Avellaneda no responde. No porque no haya recuperado aún el aliento, sino porque las palabras de su acompañante han captado su atención.

—Pensadlo bien —repite este—: las cosas se han complicado desde que ese Acuña pasó por aquí. También para vos. La Junta acaba de escribirnos para declarar que lo envía oficialmente para «administrar el arzobispado en lo terrenal». En otras palabras, para ocupar el cargo de vicario; el puesto que esta villa os entregó a vos. Ignoro qué os prometió el obispo de Zamora, pero podéis tener por seguro que es hombre dado a intrigas y engaños, de esos que no suelen cumplir sus promesas.

Don Diego de Avellaneda se acaricia la papada con el dorso

de la mano. De sobra sabe que su interlocutor tiene razón. Para ser individuo de tan poca astucia, de cierto distingue bien los ardides ajenos.

—Vuestra única oportunidad, señor vicario, consiste en aferraros bien al cargo antes de que Acuña llegue a Toledo, de forma que entonces le resulte imposible arrebatároslo sin solivantar a nuestra población. Para eso, antes tenéis que acallar a los que tanto agitan a nuestros buenos hombres pecheros; empezando por el capitán Zúñiga y el vecino Cereceda.

El prebendado asiente. De nuevo, don Alonso de Castilla está en lo cierto.

—Venid a mi casa dentro de dos días, mediada la tarde —lo invita este, en tono quedo—. Nos reuniremos con algunos de los más principales de la villa para tratar el asunto. Habrá allí caballeros discretos y de fiar, como Pedro de Salazar y el regidor Baena. Hemos de encontrar el modo de acallar, de una vez por todas, a esos agitadores tan molestos.

Pese al voto del claustro universitario, los miembros del bando castellano no tienen los ánimos para celebraciones. El bachiller Cigales ha regresado de El Romeral con malas noticias. Fue capturado por una partida de exploradores del prior de San Juan, que se hizo con las cartas dirigidas a Acuña. Aunque el oficial que las custodiaba fue muerto en batalla, el correo no pudo recuperar las misivas. Es más que probable que estas se hallen ahora mismo en poder del enemigo.

—Terribles nuevas son estas —reconoce Hernán Núñez, el comendador griego—. Terribles, en verdad. Ahora nos queda una única opción: debemos atenuar el alcance de esos documentos antes de que lleguen a manos del virrey.

—¿Y cómo proponéis que hagamos algo así? —pregunta el capitán Alonso Pérez de Guzmán.

—Nosotros no. En la universidad tan solo hay una persona con poder suficiente para llevar a cabo esa tarea.

—¿Os referís al rector? —Ante el asentimiento del catedrático de griego, el porcionista leonés arguye—: Pero ¿cómo va a hacerlo? El maestro Hontañón no sabe nada de lo ocurrido. —Otro movimiento afirmativo de su interlocutor, que desconcierta aún más al joven capitán—. Y los únicos que podríamos darle cuenta de los hechos somos nosotros, los autores de esas cartas. —Nuevo gesto de aquiescencia—. Pero no podemos decirle que las escribimos nosotros. Eso nos costaría la retirada de todos nuestros cargos y privilegios. O la expulsión. O la cárcel. O las tres cosas.

—Tenéis razón, don Alonso. Y, sin embargo, no nos queda otro remedio. Lo menos que podemos hacer es advertir de lo ocurrido a nuestro buen rector.

Al día siguiente, el maestro Hontañón recibe un papel anónimo mezclado entre el correo oficial. En él se le da cuenta de los hechos, sin mentar los nombres de los implicados.

Juan de Hontañón golpea su escritorio. Una, dos, tres veces. Esta vez maldice no solo a Zeus, sino a todas las divinidades del Olimpo. Luego se deja caer sobre su silla, vencido, y entierra el rostro entre las manos.

—¿Por qué, Señor? —pregunta, alzando luego la mirada a las alturas—. ¿Por qué insistes en ponerme a prueba sin descanso, sin concederme una tregua?

Poco puede imaginar que los cielos sí han acudido en su auxilio, aunque por caminos sesgados. En ese mismo instante, los ejércitos de Acuña se preparan para reiniciar la marcha.

La escuadra de Juan de Deza se aprieta en la cocina del labriego local que los ha acogido durante la noche, engullendo el desayuno. El joven oficial aún no ha tocado su escudilla. De pie ante el fuego del hogar, sostiene un panfleto cuyo aspecto testifica que ya ha pasado por muchas manos.

En él se narra, en tono pomposo y triunfalista, la reciente batalla de El Romeral. Incluso se relata cómo los ángeles bajaron de los cielos para proteger al obispo de Zamora de una herida fatal que, de no ser por la intervención divina, habría acabado con su vida.

—¿Qué estáis leyendo, señor? —inquiere Mateo Atienza, entre cucharada y cucharada de gachas.

—Literatura de cordel —responde el interpelado—. Pero, por Dios, que este pliego es infame y embustero como pocos.

Así diciendo, lo deja sobre un anaquel. Luego saca de su talega otro haz de papeles. Son las famosas cartas que el tal bachiller Cigales intentaba recuperar.

Juan las observa con el ceño fruncido. De cierto, aquel miserable tenía razón en algo: lo que amenaza al Colegio amenaza también a la villa; razón por la cual no puede permitir que esos documentos acaben en manos enemigas. Aunque eso implique despojar la bolsa de un cadáver caído en el campo de batalla.

Pero, como vecino de Alcalá, tampoco puede permitir que el Colegio atropelle a los buenos hombres pecheros de la villa. Son ellos los que forman su escuadra, los que están hoy aquí combatiendo, los que entregan su sangre y su vida por la causa. Mientras tanto, los colegiales permanecen en sus aulas, creyendo que, con unas pocas cartas como estas, pueden arañarle al obispo Acuña las recompensas y privilegios que en justicia debieran corresponder a los hombres que esgrimen las armas en el campo de batalla.

Si la universidad desea compartir los triunfos de las Comunidades, que venga aquí y se una, como él y sus hombres lo han hecho, a las filas de los que luchan de verdad por el bien de Castilla.

Sin decir palabra, Juan se agacha y entrega esos papeles al fuego. No se levanta hasta comprobar que las llamas los han engullido por completo.

28

En la Castilla vieja, las Comunidades están de celebración. Desde su nuevo baluarte de Torrelobatón, Padilla y los capitanes de Madrid, Segovia y Salamanca han caído sobre Castromonte, que solo dista tres leguas de Tordesillas.

—La próxima será Medina de Rioseco —se burlan los vallisoletanos en las plazas y tabernas. El pueblo desea ver al almirante de Castilla humillado de nuevo, despojado de otro de sus feudos. A este paso, don Fadrique acabará convertido en virrey sin tierras.

Las calles de Valladolid se preparan para festejar. Por voluntad de la Junta, el capitán salmantino Francisco Maldonado está organizando en la plaza Mayor de la villa un proceso contra los enemigos del reino, a imagen de esa lectura pública de la pragmática de Worms que los virreyes celebraron en Burgos hace un mes.

Se ha levantado un gran estrado, sobre el que los dirigentes de las Comunidades condenarán solemnemente al flamenco Chièvres, a los Grandes castellanos fieles al rey, a todos los integrantes del Consejo real y a un buen número de mercaderes burgaleses.

Además, se han proyectado juegos y bailes para conmemorar la victoria que el obispo de Zamora ha obtenido en El Romeral sobre las huestes del prior de San Juan.

En Torrelobatón las campanas han doblado al recibirse la noticia, apenas llegada de la Castilla nueva; también allí se están organizando para celebrar el triunfo del obispo Acuña.

—Sois consciente de que esa afirmación es una locura, ¿cierto? —Don Hernando de Vega, comendador mayor de Castilla de la orden de Santiago y miembro del Consejo real, dedica a su interlocutor una sonrisa condescendiente—. Por mucho que los vuestros repitan que el obispo de Zamora venció en El Romeral, lo cierto es que fue arrollado por las fuerzas del prior de San Juan y tuvo que batirse en retirada.

—Conozco al reverendo Acuña, como bien sabéis. —Es la respuesta de su oyente, el toledano Pedro Laso de la Vega—. Aun sin haber estado presente en el campo de batalla, puedo imaginar qué ocurrió en realidad.

Estas palabras bien podrían tomarse como una declaración a favor del obispo de Zamora. A decir verdad, son todo lo contrario. Aunque nadie lo imaginaría, teniendo en cuenta que el hombre que las pronuncia es nada menos que el delegado de la Junta en Tordesillas, enviado allí para proseguir las conversaciones con los virreyes.

Lo que pocos saben es que el regidor Laso de la Vega se ha dado por vencido. Lleva tiempo persuadido de que el alzamiento de las Comunidades es una apuesta perdida. Hasta hoy, los partidarios del rey han sufrido derrotas por culpa de sus divisiones internas; pero el día en que se unan y decidan congregar las fuerzas que ahora mantienen dispersas, resultarán imbatibles.

Por tanto, la única esperanza para los rebeldes consiste en negociar una rendición digna. Y eso es lo que él ha intentado hacer. Por desgracia, en las últimas semanas, la posición de los procuradores se ha radicalizado. Las opiniones de Padilla —las de los sectores más extremos y beligerantes— han acabado imponiéndose a la sensatez.

Sabe que su postura moderadora ya le ha granjeado el odio de la Comunidad y el pueblo vallisoletanos, y que ahora los propios delegados de la Junta se disponen a darle la espalda. Cuando regrese a Valladolid, lo relevarán de sus funciones. Y lo dejarán a merced de esa chusma enfurecida que ya ha saqueado sus bienes y que, en un momento de arrebato, bien podría pedir su cabeza.

—¿Y qué me decís de ese absurdo «proceso contra los enemigos del reino» que vuestros socios montaron en la plaza de Valladolid? —prosigue el comendador mayor—. Bien obró la Providencia haciendo que el estrado se hundiese en medio de la ceremonia. Sin duda fue signo de la voluntad divina, y de lo mucho que vuestros disparatados propósitos ofenden a los cielos.

Es el momento de dar el paso. Pedro Laso de la Vega inspira hondo. El aire trae un regusto agrio.

—Bien decís. Los procuradores de la Junta han perdido el juicio. Por eso he decidido apartarme de ellos.

Aquellas palabras dejan anonadado a don Hernando de Vega. En un primer momento se resiste a creerlas. Y, sin deseo de proseguir con aquella conversación, se despide de su interlocutor con vacuas frases de cortesía.

Sin embargo, comenta lo ocurrido al almirante don Fadrique. Este poco tarda en dirigirse al procurador toledano para indagar sobre su supuesta deserción.

Pocos días después, el virrey acude a presentar el caso al cardenal Adriano, que reacciona con gran escepticismo:

—¿Pretendéis hacerme creer que el presidente de la Junta, el hombre que inició el levantamiento, está dispuesto a traicionar a los suyos?

—Lo está, no os quepa duda.

De hecho, Pedro Laso de la Vega ya ha negociado con el almirante don Fadrique los términos de su rendición: hará lo posible por atraer a las filas del rey a los veteranos de Djerba, la caballería pesada del ejército de las Comunidades; y también al mayor número de procuradores de la Junta. A cambio, pide para sí mismo la total amnistía.

—Su Majestad nunca accederá a concederle el perdón —objeta el cardenal Adriano—. ¿Acaso habéis olvidado que para el emperador es el segundo hombre más odiado del reino, superado tan solo por el obispo de Zamora? ¿Que en Castilla lo llaman «el hombre que habló al rey de papo a papo»? ¿Que cuando, por la impertinencia mostrada en las Cortes de Santiago, Su Majestad lo desterró a Gibraltar, él se negó a acatar el mandato y entró en secreto en Toledo, iniciando allí la revuelta?

—Soy consciente —responde don Fadrique—. He ahí las razones de que su rendición resulte tan valiosa.

Tras su renuencia inicial, el cardenal Adriano acaba convenciéndose. Ayudará al almirante a defender el caso de don Pedro Laso de la Vega ante el emperador.

—Dicen que el duque del Infantado se prepara para atacar. Y que Alcalá es el primer lugar en el que descargará su ira.

Mientras pronuncia estas palabras, Pedro de Madrid se inclina hacia su invitado, apretando con fuerza su copa de vino. Sus uñas, mordidas hasta la raíz, testimonian un temperamento colérico. Y las amenazas e incertidumbres de los últimos tiempos le provocan más ansiedad de la acostumbrada.

—Quisiera poder decir lo contrario. Pero, por desgracia, los rumores son ciertos —replica don Alonso de Deza—. Por eso estamos aquí.

El concejo de Alcalá ha enviado en misión oficial al diputado Deza y al vecino Bartolomé Sánchez. Ambos han acudido a Madrid para recibir armamento con el que la villa complutense pueda defenderse frente a un inminente ataque de Guadalajara.

Una vez más, los madrileños han respondido con generosidad. El arcipreste Francisco Sánchez ha ofrecido «dos tiros de hierro con sus sumidores encareñados, que echan la pelota como naranja»; el alcalde mayor, el bachiller Castillo, doscientas picas y treinta escopetas; y el fiscal Diego de Madrid, dos quintales de salitre. Todo ello a condición de que los alcalaínos lo devuelvan todo cuando sus propietarios lo necesiten y así se lo requieran.

Pues, de hecho, Madrid también se encuentra en una situación difícil. Sus arcas están vacías; sus hombres, hambrientos y extenuados. Y, justo ahora, se están abriendo nuevos frentes de batalla a sus puertas.

—El duque del Infantado, el prior de San Juan, el marqués de Villena... Tres altos nobles, con formidables ejércitos... —Fernando de Madrid, el padre de Pedro, parece exhausto. Da la impresión de haber envejecido diez años en los últimos diez meses. Sobre sus espaldas ha recaído el peso de convertirse en el cambiador de la Comunidad local, de recaudar dinero y vigilar su distribución—. Ahora se nos levanta también Juan Arias de Ávila, el señor de Alcobendas y Puñonrostro. Y nuestros hombres, en Valladolid, con la ropa hecha harapos y sin que podamos pagarles...

Por esa razón, el concejo madrileño ha decidido licenciar a buena parte de las tropas que están acantonadas en Torrelobatón a las órdenes del capitán Zapata. Este quedará al mando de tan solo ciento cincuenta peones y diez caballeros. Los demás regresarán a Madrid; ya está todo preparado para que se les reciba en Aravaca. Allí se les hará entrega de lo que la Comunidad ha podido recaudar para ellos: un ducado y dos fanegas de trigo por cabeza, con la esperanza de que, en el futuro, se les pueda abonar el resto de su soldada.

—También correrán a nuestra cuenta las calzas y jubones de todos aquellos que los necesiten —añade el cambiador, pasándose la mano por la frente surcada de arrugas prematuras—. Bien sabe Dios que es gran vergüenza para la villa y tierra que sus hijos regresen del campo de batalla desnudos.

La madrugada avanza, plácida y callada, para los buenos vecinos de Alcalá. Pero no todos tienen la fortuna de poder seguir entregándose al sueño.

—¡Ah de la casa! ¡Abrid a la justicia!

El capitán don Íñigo López de Zúñiga salta de la cama, espoleado por las voces que sacuden la puerta de su vivienda. No es hombre que se entregue sin luchar.

Cuando irrumpe en el piso inferior, espada en mano, encuentra allí a un grupo de combatientes de la Comunidad, que ya han entrado y apresado a algunos de los sirvientes.

—Señor, tengo órdenes de escoltaros fuera de la villa —informa el oficial, uno de los secuaces de don Alonso de Castilla—. De vos depende que podamos hacerlo sin derramamiento de sangre.

El capitán Zúñiga envaina el arma. Desde su posición advierte que los asaltantes no vienen solos. En el exterior esperan las tropas del vicario, en número suficiente para causar un verdadero baño de sangre en caso de que el detenido se resista o dé la voz de alarma.

Fuera aguarda el vecino Cereceda. Los hombres de armas han pasado por su casa antes de venir aquí. Ambos detenidos son escoltados por las calles oscuras y desoladas, en dirección a la puerta de Madrid.

El oficial al mando tiene claras sus órdenes. Debe sacar de la villa a Cereceda y el capitán Zúñiga, y hacerlo en el mayor secreto. Una vez fuera de las murallas, proceder «sin testigos» en modo que los apresados «no vuelvan a alborotar ni a organizar traición nunca más».

Son órdenes que le remueven la conciencia, y que desearía no verse obligado a tener que ejecutar...

—¿Adónde se dirigen vuestras mercedes? Extrañas horas son estas para salir a las calles.

El grupo acaba de entrar en la plaza de Santiuste. Como surgidos de la nada, un círculo de colegiales aparece ante ellos. Vienen armados y con espíritu batallador. El que así ha hablado es el capitán de la Comunidad estudiantil, don Alonso de Guzmán.

Este ha recibido un extraño mensaje anónimo, en el que se le avisaba de que esta misma madrugada un grupo armado podría intentar prender al capitán Zúñiga, «y asestar así un duro golpe contra nuestra Comunidad».

—No es asunto de vuestra incumbencia, señores —responde el oficial, tajante—. Mejor haríais en volver al Colegio.

Por toda respuesta, el porcionista leonés desenvaina. Siguiendo su señal, el resto de los estudiantes hace lo propio.

Los soldados y los integrantes de las milicias también desnudan los aceros. Si Dios no lo remedia, los muros de la magistral pronto serán testigos de un feroz derramamiento de sangre.

—¡Teneos, don Alonso! —El capitán Zúñiga ha alzado la voz, recia y profunda—. Aquí no hay necesidad de espadas. Estos hombres tan solo nos están escoltando hasta la puerta de la muralla. Si así os place, podéis hacer lo mismo.

El cabecilla de la Comunidad universitaria levanta la mano izquierda para contener a sus seguidores.

—¿Significa eso, don Íñigo, que os marcháis por vuestra propia voluntad? —inquiere.

—Significa que me marcho por mi propio pie. Os invito a acompañarnos para aseguraos de que así es.

El encargado de las milicias nada responde. Las palabras del capitán Zúñiga le hacen sospechar que este intuye lo que sus captores planeaban hacer a la salida de la villa. Dadas las circunstancias y la presencia de testigos, ya no es posible seguir las órdenes recibidas; algo que el oficial agradece en silencio a los cielos.

El porcionista leonés realiza un gesto de aquiescencia.

—Así lo haremos, don Íñigo. Iremos con vos para asegurarnos de que vuestra escolta os trata como es debido. Y de que os marcháis de esta villa sano y salvo.

A la mañana siguiente, la noticia de la expulsión conmociona las calles.

—¡A la plaza, vecinos! ¡A la plaza! —Es la voz que corre de casa en casa, de patio en patio—. El vicario y don Alonso de Castilla han echado de la villa a Cereceda y al capitán Zúñiga.

Como tantos otros, el sastre Pedro de León cierra el taller y corre hacia la plaza del Mercado. Allí se encuentra con una muchedumbre malcontenta, que vocifera exigiendo reparación.

—¡Justicia! ¡Justicia! ¡Por la Comunidad!

—¡Fuera el vicario Avellaneda! ¡Fuera el capitán Castilla!

El librero Castro ha trepado a un tablado improvisado y grita para hacerse oír:

—¡Amigos! ¡Vecinos! ¡Esto no puede quedar así! Es hora de alzarnos contra esa injusticia, ¡vive Dios que sí! ¡Es hora de elegir a un nuevo capitán!

—¡Don Guzmán! —clama una voz—. ¡Traed a don Guzmán de Herrera!

Antes de poder comprender qué ocurre, el mentado se encuentra sobre el estrado, entre las aclamaciones de la multitud. Se percibe cierta renuencia en sus gestos. Mas le resulta imposible oponerse cuando el bachiller Lucas y su hermano, Pedro Álvarez, le levantan las manos para proclamarlo capitán frente al pueblo alcalaíno, que estalla en vítores.

—No parecéis contento, compadre.

El sastre Pedro de León se gira al escuchar que alguien le grita tales palabras, sobreponiéndose al voceo del gentío. Junto a él se encuentra el zapatero Campos. Desde que se rompiera el compromiso entre sus hijos Miguel y Lucía, ambos han hecho esfuerzos para no coincidir, ni en el barrio ni en la parroquia. Pero ahora la muchedumbre los empuja el uno junto al otro.

—Los cielos saben que tampoco vos lo parecéis —replica el aludido. Tras un momento de incertidumbre, ha decidido que no tiene sentido ignorar las palabras de su vecino; no en la actual situación.

—¿Qué puedo responder a eso? No me parece que don Guzmán se muestre tan convencido como debiera. Dudo que perciba en su espíritu la santidad del momento.

—Bien decís. Si se hallara aquí el capitán Zúñiga, de cierto ya habría lanzado una arenga de las suyas, y estaríamos todos marchando hacia el palacio arzobispal, con la ayuda de Dios.

Mientras vocea tales frases, el sastre León se vuelve de nuevo hacia el zapatero y comprueba que su viejo compadre lo está mirando de un modo cuyo significado conoce muy bien.

—Eso es lo que nos hace falta, maese Pedro. Si no tenemos aquí al capitán Zúñiga, necesitamos a otro que llene de fervor a nuestros vecinos tanto como él. Y se me ocurre quién podría hacerlo.

El aludido queda pensativo un instante. Resulta difícil pensar en otro nombre cuando la plaza entera corea con tanto entusiasmo el de Guzmán de Herrera.

—Venid conmigo, si por hoy estáis dispuesto a dejar de lado vuestra reticencia hacia los nobles —sigue gritando el zapatero Campos—. Siento que el Altísimo nos ha reunido para guiar nuestros pasos hacia la facultad de Teología.

—Si queremos acabar con esta traición necesitamos a la Comunidad de los estudiantes. Y a su capitán Guzmán, que, según se dice, es caballero de familia ilustre y gran defensor de la santa causa. —El sastre Pedro de León se ha quitado el bonete como muestra de respeto. Pero habla con la frente alta, bien erguido ante su interlocutor—. Pensad que la villa peligra y, con ella, también el Colegio.

—Favor, señor rector —añade el hidalgo don Juan de Mondéjar, que se ha llegado a la universidad con la espada desenvainada—, que don Alonso de Castilla tiene vendida la casa y la artillería al duque del Infantado y a su primo don Francisco de Mendoza.

—Y se dice que el vicario va a enviar a Guadalajara los tiros de pólvora del palacio —insiste el zapatero Campos—. Y que además va a meter en la villa a gente del duque, a escondidas y a traición.

—Y, como advertencia, ya han expulsado a algunos de nuestros vecinos, con una maquinación cobarde e infame.

El maestro Juan de Hontañón escucha a los visitantes con atención. Ante él se hallan un sastre, dos zapateros y un hidalgo, todos ellos con el rostro y el tono encendido de quien reclama justicia. Se encuentran en el patio mayor de escuelas, cuyos muros parecen estremecerse por la algarabía de la cercana plaza del Mercado.

Las lecturas se han interrumpido, y los estudiantes recorren el recinto con las espadas ceñidas. De cierto, las constituciones prohíben portar armas en el interior del Colegio. Pero hoy es un día en el que todo justifica atenuar la rigidez de las normas.

—Podéis tener por seguro que nuestra universidad rezará por que la paz y la justicia regresen a la villa; y que yo mismo escribiré al señor duque del Infantado para averiguar si eso que se cuenta es cosa cierta —responde el rector—. Sin embargo, no ordenaré a mis colegiales que tomen parte en la lucha.

En el patio se alzan numerosas protestas y algunos aplausos. Muchos de los estudiantes han formado corro alrededor de su dirigente, con los ánimos agitados por los gritos que llegan de la plaza del Mercado.

—Pero vuestras mercedes no yerran al decir que la villa está en peligro —añade el maestro Hontañón—. Y la universidad también tiene el deber de proteger las calles y a sus vecinos. Así lo hemos acordado en el claustro. Y así lo haremos. Nuestras puertas permanecerán hoy abiertas hasta las ocho de la tarde, para acoger a cualquiera que desee refugiarse entre estos sagrados muros.

Dicho lo cual, se despide. Abandona el patio acompañado por sus consiliarios, que no parecen haber acogido con satisfacción aquellas palabras.

—No puedo creerlo —se indigna el racionero Blas de Lizona, dirigiéndose a sus compañeros de la facción bética—. Dejar las puertas abiertas... Y sin prohibir de forma explícita que los colegiales participen en el levantamiento de la villa...

—Hacer tal cosa es lo mismo que dar carta blanca a esos malditos insurrectos —corrobora el cordobés Rodrigo de Cueto, guiñando los ojos ante la luz primaveral que aguijonea el patio desde el cielo—. Y a los miembros de la facultad que los apoyan.

En efecto, los integrantes del bando castellano parecen compartir aquella interpretación. Ya han cerrado filas en torno al capitán Alonso de Guzmán, que se yergue junto al sastre y los zapateros.

—Seguidme todos —ordena, dirigiéndose no solo a los estudiantes, sino también a los vecinos allí presentes—. ¡Es hora de acudir a la llamada de los buenos hombres pecheros de la villa!

El regidor Francisco de Baena se aleja del estrado al ver aparecer en la plaza a los colegiales. Bien sabe que su llegada presagia tempestades.

De hecho, ha sido él quien ha enviado el mensaje anónimo que advertía al porcionista leonés sobre la inminente expulsión de Cereceda y el capitán Zúñiga. Intuía que los universitarios no podrían impedirla, pero que el episodio sí ayudaría a caldearlos; y a que, a su vez, ellos ayudarían a avivar los ánimos de los vecinos de la villa.

Pues, desde aquel día en que Avellaneda lo intimidó para conseguir el puesto de gobernador arzobispal, ha alimentado un sordo rencor hacia el prebendado. Este conoce secretos que es mejor hacer desaparecer; y no hay mejor manera de lograrlo que incitando al pueblo a expulsarlo de la villa.

Quien a hierro mata, a hierro muere, como enseñan los santos Evangelios. Hoy, con la ayuda de Dios, ese judas de Avellaneda sufrirá en sus orondas carnes el mismo trato que en su día él deparó al antiguo vicario Mendoza.

El porcionista leonés se ha abierto paso hasta el centro de la plaza, para encaramarse al estrado y situarse junto al capitán Guzmán de Herrera.

—Vecinos de Alcalá —les exhorta, usurpando el discurso que este último aún se resiste a pronunciar—, es hora de mostrar vuestro auténtico carácter. Aquellos que debían protegeros han cometido traición contra vosotros. Eso es delito y ruindad, y un pecado que solivianta el espíritu de todo hombre de bien. ¿Quién de vosotros quiere justicia?

La plaza entera ruge ante la proclama. El aire retumba como si quisiera sacudir con su empuje los cimientos de la villa. Tanto es así que el propio capitán Herrera se ve arrastrado por el embate incontenible del vendaval.

—¡Que así sea! —grita—. Ahora tenemos a nuestra disposición todo un arsenal: esas picas, escopetas y piezas de artillería que nuestros diputados nos han traído de Madrid. ¡Es momento de usarlas!

Y así será. Hoy la villa de Alcalá hará justicia. La expulsión de Cereceda y el capitán Zúñiga no ha servido para aplacar los ánimos del pueblo. Todo lo contrario.

La multitud reclama una satisfacción. A voz de Comunidad y esgrimiendo sus armas, se dirige a asaltar el palacio arzobispal.

29

Llegada la oscuridad, las calles de Alcalá por fin se calman. Don Alonso de Castilla y sus hombres han sido vapuleados por la multitud enfurecida y expulsados por la puerta de Guadalajara. En cuanto al vicario Avellaneda, él mismo ha optado por abandonar la villa al recibir noticia del levantamiento. Es hombre de iglesia, por lo que no cabe esperar que los agresores lo traten con la violencia que han descargado sobre el antiguo capitán de la Comunidad. Pero más vale no fiarse del populacho enloquecido.

Sudoroso y escarnecido, don Diego se aleja a lomos de su mula, también con destino a la ciudad del Infantado. Ha gozado del cargo de gobernador arzobispal —ese que tanto le ha costado conseguir— poco más de un mes.

Tras la arenga del nuevo capitán, Guzmán de Herrera, las calles se han convertido en un hervidero. La turba ha forzado las puertas del palacio. Los primeros asaltantes han corrido a vaciar la armería. Tras ellos han llegado otros dispuestos a saquear las estancias privadas de un Mendoza que, según recela la imaginación popular, vive rodeado de incontables tesoros.

Una vez expulsados el capitán Castilla y el vicario Avellaneda, el pueblo y la Comunidad han arrebatado las varas de justicia a los miembros del regimiento menos devotos a la causa, como ya hicieron durante la estancia de Acuña en la villa. Pero esta vez, el obispo de Zamora no está ahí para ordenar que se les restituyan sus cargos.

Durante la jornada los agitadores se han deshecho de todos aquellos contrarios a sus ideas. Desde hoy, el concejo estará integrado tan solo por los más firmes defensores de la Comunidad.

Tras la marcha de don Alonso de Castilla y el vicario Avellaneda regresan a la villa Cereceda y el capitán Zúñiga.

—Amigos y vecinos: aún no hemos hecho suficiente —declara este en una reunión del concejo. Los recientes sucesos no han mermado su combatividad; más bien al contrario—. Es cierto que hemos desterrado a los traidores que amenazaban con destruirnos y entregarnos al enemigo. Es cierto que hoy nuestro ayuntamiento está formado tan solo por hombres valerosos y leales. Pero ahora debemos abordar otro problema.

El hambre. La situación resulta ya desesperada, sobre todo para los habitantes más humildes de la villa. Las protestas se multiplican por las calles. Ha sido necesario apostar tropas en algunas panaderías para evitar saqueos. En las alhóndigas locales no queda cereal para repartir entre los necesitados. Y el único hombre que podría remediar la situación se niega a vender el trigo que guarda en los graneros arzobispales, a no ser que le paguen por él un precio desmedido.

—El alcaide de Santorcaz, don Pedro de Tapia: a día de hoy, él es el mayor enemigo de la villa. Siete reales por fanega de trigo, eso nos pide ahora. ¿Qué hemos de pensar del hombre que, en lugar de actuar con honradez y justicia, busca enriquecerse a costa del hambre de sus vecinos?

En efecto, cuando una delegación del concejo fue a visitarlo a la fortaleza de Santorcaz para pedirle que la rindiera —pues desde allí causa cada vez más trastornos a la Comunidad alcalaína, lanzando ataques imprevistos a los campos y vías de la zona—, el alcaide Tapia se negó a abrirles las puertas.

—Si vuestros peones y ganapanes quieren el castillo, que vengan aquí a intentar tomarlo —les gritó desde la muralla, altanero—, que ya tengo preparada la artillería para recibirlos como se merecen.

Antes de despedirlos, les anunció también que había decidido aumentar en un real el precio de su trigo, en caso de que la villa aún siguiese necesitada de él.

—¿Hasta cuándo dejaremos que ese miserable se burle de nosotros, que siga acumulando ofensa sobre ofensa? —pregunta el capitán Zúñiga—. Respondedme. ¿Acaso no hemos vencido ya a enemigos más poderosos que él?

Los asistentes no dudan en su respuesta. Y no solo el pueblo. También los diputados y los miembros del regimiento se muestran de acuerdo. La tiranía del alcaide de Santorcaz debe acabar.

—Mostrémosle que no es él quien impone sus condiciones, sino nosotros. Que no seguiremos soportando la crueldad, las amenazas y exigencias de los señores. Votemos, vecinos: ¿qué debemos hacer con don Pedro de Tapia?

Solo cabe una respuesta ante tal pregunta. Y ninguno de los allí presentes duda en secundarla.

Leonor y Lucía mantienen las cabezas juntas, inclinadas sobre el papel. La joven Deza pone todo su empeño en enseñar a su amiga esas letras que, de repente, ella parece tan ansiosa por aprender.

El joven Beltrán irrumpe en la estancia sin previo aviso. Viene jadeante y acalorado.

—Señora Leonor —resopla—, vuestro padre me manda a deciros que nadie debe salir de la vivienda. El concejo ha votado derribar las casas de don Pedro de Tapia, pues ese es el tratamiento que la Comunidad debe a los traidores. Como a causa de ello habrá alborotos y altercados por las calles, han de cerrarse las puertas que dan a la calle Mayor y la de Manteros hasta que todo haya acabado.

Lucía lanza una exclamación y se tapa la boca con las manos, espantada ante tales noticias. Pero la joven Deza no parece igual de impresionada.

—¿Participará mi padre en ese derribo? —se limita a preguntar.

—Así es. Él es uno de los que con más empeño insiste en llevarlo a cabo.

—¿Y don Martín de Uceda lo acompañará?

—Sin duda alguna, señora.

—¿Y las puertas se cerrarán, de modo que nadie pueda entrar ni salir de esta casa hasta que todo haya acabado?

—Esas son las órdenes de vuestro padre.

La joven parece satisfecha con esas respuestas. Cuando el muchacho se despide, ella se alza y camina hasta la ventana. Desde allí se cerciora de que los sirvientes atrancan el portón para carros que da a la calle de los Manteros. Del exterior llega el estrépito procedente de la calle alborotada.

En los últimos tiempos, desde lo ocurrido en el callejón del Peligro, Leonor ha permanecido retraída, silenciosa y apagada. Pero ahora en sus ojos brilla el fuego de la determinación.

—Acompáñame, chiquilla. Tenemos cosas que hacer.

—Leonor, no puedo... Vámonos de aquí, por favor...

Lucía permanece en el quicio de la puerta, sin decidirse a entrar en el dormitorio. Su amiga, sin embargo, ya ha comenzado a rebuscar entre las pertenencias del ocupante.

—¿De qué tienes miedo? ¿No has oído a Beltrán? Don Martín está fuera, con mi padre. Y ambos tardarán mucho en volver. Tenemos tiempo de sobra.

—No se trata de eso. Es que... entrar en su cuarto, registrar sus cosas... No está bien.

Su interlocutora se gira hacia ella. En sus ojos azules hay dolor y recriminación.

—Luci, ¿por qué no me crees? Llevo tiempo repitiéndote que el bachiller Uceda oculta algo. Sea lo que sea, tiene que estar aquí.

Sin esperar respuesta, vuelve a la tarea. La interpelada sigue en el quicio, dubitativa. Bien sabe que su amiga no se dará por vencida hasta encontrar lo que busca. Aquí y ahora, vuelve a ser ella misma; la Leonor de siempre, esa que parecía haber quedado muda y sepultada tras lo ocurrido en el callejón del Peligro. Lucía solo puede agradecer a los cielos que la hayan traído de vuelta.

Aunque, para ser sincera, hubiera preferido que lo hicieran por medios menos reprobables. Su conciencia le advierte que en eso de registrar las pertenencias ajenas hay vicio, y hasta pecado. Y en el aposento privado de un hombre, nada menos...

Mira a su alrededor. Un jergón, escribanía, aguamanil; una silla, un viejo baúl, un crucifijo con su reclinatorio; fajos de papeles bien ordenados, palmatoria, recado de escribir... La sencillez y la austeridad del aposento tan solo queda mitigada por la presencia de unos pocos libros, apilados sobre un taburete.

Lucía se siente enrojecer. Intenta apartar de su mente la imagen del joven bachiller, ocupando aquel cuarto en sus momentos de intimidad: sentado ante la escribanía, pluma en mano, o leyendo a la luz de las velas; arrodillado ante el crucifijo; tumbado en el jergón, en camisa bajo las sábanas, tras haberse despojado del resto de sus ropas...

—¿Vas a ayudarme o no? Necesito dar la vuelta a este colchón.

Las exigencias de Leonor la han devuelto a la realidad. Esta vez, de puro azoramiento, no acierta a formular una negativa.

Entre las dos deshacen e inspeccionan la cama. Lucía nota que las manos le tiemblan y le arde el rostro. A fin de mitigar los nervios, comenta lo primero que se le pasa por la cabeza:

—No lo entiendo. ¿Cómo es que un secretario tiene su propia habitación? ¿No debería alojarse en el dormitorio común, junto a los otros empleados?

—El bueno de don Martín no es como los otros empleados. Ya deberías saberlo. Y parece que mi padre quiere tenerlo cerca, disponible y bien a mano para lo que sea menester.

Tras la cama, Leonor indica a su acompañante que registre con sumo cuidado el resto de la estancia, mientras ella se sienta para inspeccionar la escribanía, los papeles y libros.

—¿Encuentras algo? —pregunta Lucía, al ver que su amiga se entrega a la tarea con el ceño fruncido.

—Apuntes. Y borradores de cartas. Pero son tan impersonales... —De hecho, no hay una sola que pueda considerarse correspondencia privada. Todas parecen escritas por el secretario Uceda; ninguna por Martín, el hombre que vive bajo la superficie, con sus experiencias y sentimientos.

—¿Y qué hay de los libros?

—Están en latín —responde Leonor, decepcionada—. La mayoría son de un escritor llamado Erasmo. Algo sobre «el soldado cristiano», otro sobre «la estulticia»... y unos «coloquios» —intuye, con lo poco que es capaz de entender de aquella lengua—. También hay uno de un Fernando de Roa... creo que acerca de «los libros políticos de Aristóteles»... —Levanta la vista hacia Lucía, para encontrarse con que esta, a su vez, la está observando—. ¿Qué haces ahí parada? ¿Por qué no has abierto el baúl?

—No pretenderás que registre su ropa blanca —protesta la aludida. El rostro se le ha teñido de grana ante tal pensamiento.

—Pues claro que sí. Espero que la mires, la palpes y la huelas

—replica su amiga. Lucía no sabría asegurar si habla en serio o en broma; prefiere pensar que se trata de esto último.

Pide perdón a los cielos por lo que está a punto de hacer. Se arrodilla, abre la tapa y comienza a inspeccionar. Aparta con gran cuidado los saquitos de plantas de olor que perfuman los lienzos y paños. Desdobla y vuelve a plegar cada prenda, tras haberla examinado a conciencia.

—Tiene bolsillos ocultos en el interior de los jubones —comenta en dirección a su amiga, que sigue sumergida en los papeles.

—Ahí lo tienes. ¿No te parece señal de que oculta algo?

—Me parece señal de que es hombre precavido.

El repaso del baúl, como el del resto de la estancia, tampoco desvela nada especial. Leonor se alza y golpea con el pie la tarima de madera, en un gesto de frustración.

—No es posible. Te digo que tiene que haber algo. ¿No recuerdas que el día en que don Martín llegó, Andrés vino diciendo que había visto en sus sacas tarros con extraños ungüentos? ¿Y bien? ¿Dónde están? ¿Dónde los esconde?

—Tal vez en ningún sitio. Quizá los trajera de encargo, para entregárselos a alguien. O tal vez los haya gastado...

—¡Luci! ¿A qué viene tanto empeño en defenderlo? Casi parece que prefirieras irte de aquí con las manos vacías. ¿Estás segura de haber mirado bien en ese arcón?

Así diciendo, se arrodilla junto a su amiga y palpa las paredes y el fondo de madera. Sin resultado. Luego tantea la tapa. Entorna los párpados.

—Creo que aquí podría haber algo...

Sus dedos largos e inquietos inspeccionan las junturas, ahora con más suavidad. Se oye un ligero chasquido y parte de la madera se desprende. Tras ella se oculta un doble fondo.

—Te lo dije, ¿a que sí? —exclama, entusiasmada. Se incorpora llevando en brazos su botín: varios cartapacios cargados de papeles.

—Leonor... No sé... Tal vez no deberíamos...

Pero la interpelada ya ha vuelto a sentarse en la silla y ha abierto la primera de las carpetas. Inspecciona su contenido con manos ansiosas. Hay cartas, listas, dibujos... Suelta una exclamación.

—¡Cielos, Luci! ¡Ven! Tienes que ver esto.

Su interlocutora se acerca. Ante lo que su amiga le muestra, siente que el corazón le da un brinco.

—¡Virgen santísima...! —musita, llevándose ambas manos al pecho.

Leonor despliega los papeles sobre la escribanía. Sonríe, exultante.

—Quién lo iba a decir, ¿verdad? Parece que hemos encontrado el punto débil de nuestro buen Martín.

Es vienes santo. Las tropas del obispo Acuña acamparon ayer tarde a menos de una jornada de los muros de Toledo. El prelado zamorano ha ido anunciando su llegada a las restantes villas del arzobispado, enviando a sus agentes para asegurarse un recibimiento triunfal en cada una de ellas. Aquí, sin embargo, su estrategia es muy distinta. No ha habido cartas, ni indicación ninguna sobre el día en que se producirá su venida.

De sobra sabe que cuenta con una poderosa adversaria en la persona de doña María Pacheco. La hija del conde de Tendilla, la esposa del capitán Padilla, presiona con fuerza para convertir a su hermano en arzobispo primado. La llegada de Acuña no solo podría hacer peligrar tal nombramiento, sino también amenazar la posición de la propia dama; quien, a día de hoy, es capaz de hacer cumplir su voluntad al concejo y la Comunidad toledanos, amén de ejercer gran presión sobre el cabildo de la catedral.

De cara al público, el obispo de Zamora y la esposa de Padilla deben presentarse como aliados, pues ambos defienden los intereses de la Comunidad. En privado, sin embargo, actúan como feroces contrincantes.

Acuña no puede esperar más. Para poder conseguir el sillón arzobispal debe entrar en Toledo de inmediato, antes de que las maniobras de su adversaria den su fruto. Si él anuncia su llegada, tendrá que pactarla con doña María. Esta podría incluso exigirle que renuncie a sus aspiraciones a la mitra arzobispal. En cualquier caso, es seguro que la dama se encargará de que la Comunidad retrase la admisión oficial del enviado de la Junta. Y de que esta no se celebre con la grandiosidad necesaria.

Así pues, la mañana del viernes santo, mientras el campamento del obispo de Zamora se prepara para disfrutar de una jornada de descanso, un pequeño grupo de jinetes encapuchados parte en secreto, de camino a las murallas de Toledo.

A pesar de su modesto tamaño, la plaza de Zocodover palpita como un gran corazón. El aliento de la tarde vibra con cientos de voces. Hay frailes, mendigos, caballeros de vistosos jubones y capas adornadas, artesanos en ropas de fiesta, niños a la carrera, mujeres que pregonan sus mercancías. Todos hablan, bullen, agitan el pulso de la ciudad.

Los jinetes llegan hasta allí tras trepar por un dédalo de calles antiguas, sinuosas y escarpadas. Cuando alcanzan el centro de la pequeña plaza, uno de ellos se descubre el rostro y se despoja de la capa. Viste ropas talares y a bonete episcopal. Es un hombre canoso, de elevada estatura y porte solemne.

—¡Pueblo de Toledo! —exclama, con voz profunda y recia—. ¡Soy el obispo de Zamora! ¡Viva el rey! ¡Vivan Padilla y la Comunidad!

En pocos instantes, la multitud se congrega a su alrededor, enardecida. Alguien grita:

—¡Acuña! ¡Acuña! ¡Viva el remediador de los pobres! ¡Viva el arzobispo de Toledo!

La muchedumbre se lanza a corear aquellas frases. La conmoción ya se ha extendido más allá de la plaza. El pueblo empieza a afluir desde todos los rincones de la ciudad, haciendo que las calles vibren de exaltación.

—¡A la catedral! —gritan—. ¡A la catedral!

En el grandioso y solemne interior de Santa María, los cánticos del cabildo resuenan en la oscuridad. Se está celebrando el oficio de tinieblas. Concluido el miserere, se hace el silencio, antes de que las carracas y matracas retumben en el interior del templo. Un velón se enciende tras el altar mayor, lanzando un tenue resplandor, una promesa de esperanza en la negrura.

Sin previo aviso, las puertas se abren y una multitud atronadora inunda las naves. Traen consigo luces, lanzan aclamaciones a pleno pulmón, empujando a los presentes, arrastrando en su seno al obispo de Zamora y a su séquito.

—¡Viva la Comunidad! —vociferan—. ¡Viva el arzobispo de Toledo!

En vano intenta el cabildo contener aquella riada, apelar a la sacralidad del lugar. La horda ya ha alzado a Acuña sobre el trono primado y se arrodilla a su alrededor, como si lo hubiese ungido el mismísimo san Pedro.

SEXTA PARTE:

EN NOMBRE DEL REINO

Abril de 1521

... y algunos de los Grandes han castigado a los vasallos que, por inducimiento de los susodichos, se les habían alzado, amenazando que habían de destruirnos. Y han dado así contra ellos [...] cartas y mandamientos en nombre nuestro y del Reino...

Provisión real de Carlos I
Burgos, 16 de febrero de 1521

30

Es domingo de Pascua, y Toledo recibe con sus mejores galas la resurrección del Salvador. Antonio de Acuña ha podido comprobarlo en el paseo que ha realizado hasta la residencia de doña María Pacheco. Ahora, sentado frente a ella, se limita a sonreír. Ambos están rodeados por sus respectivos partidarios de la Comunidad. Desde la calle suben los gritos de la multitud agolpada ante la vivienda: «¡Viva el capitán Padilla! ¡Viva Acuña, arzobispo de Toledo!».

—Ya veis, señora, que el pueblo ha hablado —interviene el obispo de Zamora, amable y conciliador—. Y es de justicia respetar su voluntad.

La anfitriona mantiene una postura solemne sobre su silla de terciopelo bordado en oro. Tiene un rostro de rasgos firmes y marcados. Sus manos, agarradas a los brazos del asiento, son menudas y pálidas, como corresponde a una mujer, pero parecen poseer tanto nervio como las de un hombre.

—Mucho ha hablado el pueblo en estos últimos dos días, sí —replica—. Ayer mismo, cuando salisteis de mi casa, la muchedumbre os aclamó como capitán general de nuestra Comunidad toledana, en ausencia de mi esposo. Y luego os acompañó a la catedral para certificar que aceptáis el arzobispado. Esta vez firmado ante notario, ya que el nombramiento del viernes fue tan «espontáneo». —La dama pronuncia esta última palabra con evidente ironía—. Tengo entendido que prometisteis a muchos de ellos generosos regalos, incluyendo armas y monturas.

—¿Por qué no habría de mostrarme pródigo, señora? Aquí he sido bien recibido.

En efecto. Hasta el punto de que varios de los partidarios de doña María se han pasado al bando del obispo Acuña. Entre ellos, el regidor Hernando Dávalos, uno de los principales puntales del movimiento en la ciudad y tío político de la propia anfitriona.

De hecho, don Hernando es uno de los que hoy acompaña al prelado de Zamora como miembro de su séquito; amén de varios otros que, hasta ayer mismo, actuaban como fieles valedores de los nombres de Pacheco y Padilla.

—Mi señora doña María —añade el visitante—, no es buena cosa que el pueblo castellano vea divididos a los dirigentes de nuestra santa Comunidad. Conviene, pues, que entre todos presentemos una sola candidatura al arzobispado de Toledo, en nombre de la Junta y del reino.

—Y así lo haremos, en cuanto retiréis la vuestra.

En los últimos días doña María ha redoblado las presiones y las acciones diplomáticas encaminadas a conseguir el tan ansiado cargo para su hermano. Resulta evidente que no piensa renunciar a sus pretensiones.

—Como ya os he dicho, señora, no puedo hacerlo. Eso equivaldría a traicionar los deseos del pueblo toledano. Y, como sabéis, también nuestra Junta de Valladolid me ha enviado con el encargo de gobernar el arzobispado.

—A gobernarlo en lo temporal, cierto. A disponer de su tesoro, sus rentas y sus baluartes para bien de nuestras Comunidades. Pero nuestra Junta no puede concederos el poder espiritual que corresponde a un legítimo arzobispo. Ni vos podéis arrogároslo por cuenta propia. —Por primera vez, la dama insinúa un atisbo de sonrisa—. En el fondo, no podéis más que actuar como administrador temporal, hasta que un verdadero primado de las Españas venga a ocupar el puesto.

Y eso solo ocurrirá cuando el cabildo toledano ratifique la elección y, además, el designado obtenga la investidura canónica del papa. De hecho, cuando el rey Carlos confirmó la muerte del arzobispo Croy, se negó a divulgarla hasta haber pactado un acuerdo con la Santa Sede. Toledo pertenece a las Comunidades, y era de prever que los rebeldes intentarían nombrar un primado favorable a su causa ejerciendo presión sobre el capítulo catedralicio.

Por tal razón, y a instancias del soberano, el pontífice León X ha firmado un breve por el que prohíbe al cabildo toledano realizar tal designación, y se reserva a sí mismo la potestad de nombrar al nuevo prebendado. Por tanto, hay que negociarlo con el Vaticano.

Doña María Pacheco cuenta con la ventaja de que su hermano se encuentra allí, como camarero del papa. Pero el obispo Acuña fue durante un tiempo embajador en Roma; conoce bien cómo se manejan los asuntos de la Santa Sede y todavía conserva contactos y aliados en la curia pontificia.

Sabe que puede hacerse con el cargo. Pero, para eso, necesita que su interlocutora deje de maniobrar en su contra.

—Señora —dice—, este es asunto que hay que tratar con tacto y gran discreción. Mejor sería que lo hablásemos en privado.

—¿Por qué, don Antonio? ¿Acaso tenéis que decir algo que no deba llegar a oídos de estas buenas gentes que nos acompañan?

El interpelado pasea la mirada por el séquito de su anfitriona; regidores, caballeros, escuderos, hombres de armas. Gracias sean dadas a Dios de que ella sea mujer y no pueda reservarse las grandes dignidades para sí misma, que deba disputarlas en nombre de sus parientes varones. De otro modo, resultaría una rival imbatible.

En ese instante, un sirviente de la casa hace su entrada portando un mensaje.

—Llévatelo —ordena ella, sin siquiera mirarlo—. He dado orden de que no se me moleste.

Pero el criado, no sin embarazo, se acerca y murmura algo al oído de su señora. Esta dirige al obispo Acuña una mirada cargada de fuego y acero.

—No es descortesía atender primero los asuntos urgentes —comenta su invitado, con un galante gesto de aquiescencia—. Leed, mi señora, os lo ruego.

La dama desdobla el papel. Baja la mirada hacia el documento y vuelve a plegarlo al instante.

Su sirviente le ha susurrado que el mensaje le ha llegado por medio de un asistente del obispo de Zamora. Y que este le ha comunicado que haría un gran servicio a su señora entregándoselo de inmediato, «pues es prueba de una maquinación que la afecta en persona».

El billete no contiene una sola palabra. En él hay dibujada una cruz de Santiago.

—Vuestro esposo es hombre de enorme valía —señala el visitante—. Lástima que no todos sepan verlo.

La interpelada nada responde. De sobra entiende que es el propio obispo de Zamora quien le remite el papel. Y también comprende la insinuación contenida en las palabras de este.

En octubre del año anterior, la Junta había confiado a don Pedro Girón el mando supremo de las tropas. El capitán Padilla se había retirado entonces a Toledo. Una vez aquí, él y su esposa habían comenzado a maniobrar para conseguirle el cargo de maestre de la orden de Santiago.

Desde su puesto en Roma, el hermano de doña María estaba negociando para que el papa anulase la bula que reservaría al rey

Carlos el nombramiento de los maestres de las órdenes militares. Cuanto esto ocurriese, Padilla se haría con aquel ansiado puesto. A fin de lograrlo, él y doña María ya contaban con la connivencia de varios de entre los Trece —los más altos dignatarios de la orden, encargados de su gobierno y administración—. Tan solo les faltaba el apoyo de quienes habían de convocar el capítulo en el que Padilla sería nombrado maestre.

Para eso habían intentado pactar con el prior de Uclés y con don Diego de Torremocha, comendador de la Cámara de los Privilegios. Habían prometido al primero conservar su puesto de por vida y al segundo, una encomienda con doscientos mil maravedís de renta.

Sin embargo, este último había puesto la conspiración en conocimiento del cardenal Adriano. Y había añadido que el capitán Padilla estaba dispuesto a apoderarse por las armas del convento de Uclés y hacerse nombrar a la fuerza maestre de la orden, en caso de que el plan original fallase.

Aquella delación había dado al traste con las aspiraciones que María Pacheco albergaba para su esposo. Hasta hoy.

Ahora el obispo Acuña, a su manera intricada y teatral, acaba de comunicar a su anfitriona que está dispuesto a conceder aquel cargo al capitán toledano. A cambio, claro está, de que ella lo secunde antes en su lucha por conseguir el arzobispado.

—Bien decís, don Antonio —concede la dama—. Compruebo que, en el fondo, vos y yo pensamos igual. No creo que nos sea difícil alcanzar un acuerdo.

Por orden del concejo madrileño, la mayor parte de las tropas que el capitán Zapata mantenía en Torrelobatón han regresado a casa. Las escuadras de Alcalá han hecho lo propio. Son recibidas con vítores y salvas en la plaza de la Picota, el mismo lugar del que partieron hace tres meses. El espectáculo nutre durante unas horas los corazones de los vecinos complutenses, cuyos estómagos, peor alimentados, rugen a causa del hambre.

Pese a su natural aversión a incurrir en gastos, el zapatero Pedro de León ha adquirido una botella de vino de una oreja para celebrar el regreso de su hijo Andrés.

—Te marchaste como un muchacho —comenta orgulloso, mientras levanta el vaso para brindar—. Vuelves como un hombre de verdad, como un auténtico soldado. Vamos a necesitar combatientes así en los tiempos que se avecinan.

Desde su llegada, el joven Andrés está muy solicitado. Por todas partes le piden que narre sus andanzas, que hable de los capitanes Zapata y Padilla, que explique su participación en la gloriosa conquista de Torrelobatón. El pueblo de Alcalá bebe ansioso las noticias de tales triunfos, aunque sean pretéritos, ahora que el conflicto amenaza con llamar a sus puertas.

—Debemos mantenernos firmes —asegura el hijo del zapatero, transmutado en soldado confiado y valeroso, menos por carácter propio que por el crédito que en él depositan sus allegados y vecinos—. Si el duque del Infantado se apresta a venir contra nosotros, nos encontrará preparados.

Los habitantes de Alcalá, como los de Madrid, se muestran decididos a combatir. No reciben con buen talante los rumores que aseguran que la Junta está pactando con los virreyes. Máxime cuando Valladolid no les proporciona ninguna noticia sobre el desarrollo ni el contenido de esas negociaciones.

El concejo madrileño ha llegado a protestar ante los procuradores, recordándoles que «es razón que a un pueblo que tanto ha hecho y hace por las Comunidades y tanto las ha sostenido se le rindan cuentas de lo que pasa». Pues, en efecto, ellos forman parte del movimiento desde sus inicios, y llevan mucho tiempo sacrificándose por el bien común de Castilla.

Andrés de León, el hijo del zapatero, observa a su hermana con el corazón indeciso. Le resulta sencillo hablar ante sus parientes y convecinos, encontrar anécdotas militares fáciles de narrar, y que ellos parecen deseosos de escuchar. Pero sabe que tiene pendiente una conversación mucho más ardua. Se lo debe a Lucía. Pero aún no ha tenido el coraje necesario para abordar el tema.

Hoy, por fin, se decide. Ya cayendo la tarde, poco antes de cerrar el taller, se acerca al rincón en el que ella está cosiendo y la toma del brazo.

—Ven, hermana. Tengo algo que contarte.

La muchacha lo sigue hasta el patio. Una vez allí, Andrés se gira hacia ella, con las piernas abiertas y los puños en las caderas. Al instante parece pensárselo mejor y cruza los brazos sobre el pecho. Pero de inmediato vuelve a su posición inicial.

—Lucía —dice entonces—. Hay una cosa que debes saber. Sobre Miguel.

Queda algo desconcertado al comprobar que ella no reacciona con disgusto ante la mención de su antiguo prometido.

—¿Sí? —se limita a preguntar—. ¿Qué le ocurre?

—Nada. Es decir... Bueno, han pasado ciertas cosas y... ¿sabes?... estuve un tiempo sin dirigirle la palabra. Pero luego... —se interrumpe, sin saber muy bien cómo continuar—. Él me ayudó cuando lo necesitaba. Y eso también es algo a tener en cuenta, ¿no crees?

—Claro que sí —reconoce ella. Sigue sin manifestar el mínimo disgusto, ni siquiera ante el cariz que está tomando la declaración de su hermano.

—Comprenderás entonces que, tras todo lo que hemos pasado... Tendrás que aceptarlo, Lucía. Te guste o no, Miguel y yo volvemos a ser amigos.

Ella mantiene la misma postura, con las manos abrazadas sobre el regazo, sin abandonar su expresión serena.

—Eso es bueno, hermano. Me alegro por vosotros.

Su interlocutor la observa boquiabierto. No sabe si sentirse complacido o enojado ante tal reacción. «¡Demonios! ¡Que me aspen si entiendo a las hembras...!», suele exclamar Mateo Atienza al referir sus intentos de conquistas femeninas. En estos momentos, Andrés es de la misma opinión.

—Voto a tal, Lucía... —rezonga—. ¿A qué viene eso? ¿Es que no sabes lo mucho que he llegado a aborrecerlo? Lo detestaba con todas mis fuerzas... Lo odiaba, sí. Por lo que te hizo. Lo odiaba por ti.

La muchacha niega con la cabeza. Comienza a comprender que los hombres aseguran hacer muchas cosas por sus mujeres, cuando, en realidad, las hacen por su propio orgullo.

—Te diré algo, Andrés. Nunca he deseado que lo hicieras. Ni entonces ni ahora. A decir verdad, nunca querré que odies a nadie.

Es día nueve de abril. Los canónigos, racioneros y capitulares toledanos cantan en el coro, distribuidos según su rango entre las sillerías alta y baja. En ese momento, un monaguillo se acerca a ellos para comunicarles que el obispo de Zamora desea pasar a la catedral y saludarles.

Cunde el descontento. Algunos de los prelados muestran una profunda indignación por la falta de respeto que el visitante muestra hacia la liturgia y los actos sagrados.

—No hay de qué extrañarse, señores —responde al maestrescuela, don Francisco Álvarez Zapata. Simpatiza con la Comunidad toledana, pero no tanto con el prebendado de Zamora—. Don Antonio de Acuña ya nos ha demostrado que no tiene reparos en atropellar una de las más sagradas ceremonias, como es el Oficio de Tinieblas del viernes santo. Mucho menos ha de importarle interrumpir nuestros ritos en tiempo ordinario. Más vale que accedamos a recibirlo, por mucho que su visita nos incomode. Si no cedemos, encontrará el modo de irrumpir en el templo a la fuerza.

Aunque los canónigos ruegan al visitante que no acuda con demasiados acompañantes, este presta oídos sordos a tal petición. Cierto es que entra en la catedral acompañado tan solo de una pequeña escolta. Pero, más allá de las puertas, los aledaños del templo quedan ocupados por una multitud de soldados y gente armada.

—Cuánto lo lamento, reverendo señor —responde el maestrescuela cuando, tras los saludos de rigor, el recién llegado solicita que le enseñen la cámara del tesoro—. No nos es posible acceder a ella. Mucho me temo que la llave se ha perdido.

No sin esfuerzo, el obispo Acuña logra ocultar el enojo que le provocan tales palabras. Pero, al comprobar que ninguno de sus interlocutores parece dispuesto a plegarse a sus deseos, opta por cambiar de actitud.

—También yo lo lamento, señores —responde, recurriendo a la más exquisita finura—. Y mucho me pesa no haber podido venir antes a visitaros. Pues no debéis dudar que siento gran afecto por esta santa catedral y por cada uno de sus prelados.

Sus interlocutores responden en el mismo tono, devolviendo cortesía por cortesía. Ante los sucesivos ofrecimientos del obispo de Zamora, que manifiesta estar dispuesto a hacer cuanto esté en su mano por ayudar al capítulo catedralicio, el maestrescuela Francisco Álvarez Zapata responde con los mejores modales, pero sin comprometerse a nada en concreto.

El tiempo avanza y la multitud congregada fuera de la iglesia comienza a impacientarse. Los ruidos del creciente alboroto pronto invaden la sala capitular.

—¿A qué se deberá ese tumulto? —pregunta el obispo Acuña, fingiéndose sorprendido.

—Iré a averiguarlo, reverendo señor —responde uno de los canónigos.

Se dirige a la puerta y la abre para asomarse al exterior. Apenas desatranca el batiente, la turba lo empuja e irrumpe en la nave. Más de doscientas personas invaden el interior del templo. Enarbolan picas y escopetas, y gritan desaforadas:

—¡Viva Acuña, arzobispo de Toledo!

Entre alaridos y amenazas, exigen al cabildo que ratifique el nombramiento y reconozcan al obispo de Zamora como primado de las Españas. Los canónigos, amedrentados y temblorosos, no aciertan a reaccionar. Pero Acuña los tranquiliza con suavidad y amables palabras. Luego, saliendo de la sala capitular, se dirige hacia los hombres de armas allí congregados.

—He logrado aplacarlos, por ahora —manifiesta al regresar junto a los prebendados—. Aunque mucho me temo, señores míos, que estas buenas gentes vienen conmocionadas. Y esa inquietud no solo se vive en la ciudad, sino en el reino todo. Por el bien común (el nuestro y el suyo) necesitamos a alguien capaz de restablecer el orden y la calma. Es preciso, por tanto, que este sagrado cabildo confirme los cargos que el pueblo ya me ha confiado. Debo actuar, en nombre del reino, como administrador del arzobispado y como capitán general de las tropas toledanas mientras dure la ausencia de don Juan de Padilla.

Los prebendados han quedado mudos. Tras un largo silencio, vuelve a hablar el maestresala Álvarez Zapata. Se toma su tiempo, citando a san Gregorio y san Anselmo, en la esperanza de que el populacho se canse de esperar y regrese a sus casas. Nada de eso sucede. Muy al contrario, la multitud armada se solivianta más y más a medida que pasan las horas.

De vez en cuando, Acuña deja deliberar al cabildo y se marcha de la sala con la excusa de salir para aplacar a la muchedumbre. Pero lo cierto es que cada vez que él regresa, la agitación exterior parece haberse incrementado.

Ya avanzada la tarde, la paciencia del prelado zamorano se agota. Mirando con gran seriedad a sus interlocutores, se declara incapaz de seguir conteniendo al pueblo.

—Estas buenas gentes han llegado a su límite, señores míos —asegura, en medio del estruendo ensordecedor que llega del otro lado de la puerta—. Es de temer que, si no les concedéis lo que piden, peligren vuestras vidas.

Los canónigos no responden. En sus rostros y gestos se adivina el temor, mas ninguno parece dispuesto a ceder. Realizando grandes esfuerzos para no evidenciar su exasperación, Acuña vuelve a salir de la sala. Al regresar trae consigo recado de escribir.

Toma asiento y redacta de su mano el documento que han de firmar los capitulares. Estos siguen sin moverse. Al fin, el maestresala Álvarez Zapata, en nombre de todos los presentes, manifiesta que les resulta imposible firmar el papel. A estas alturas, el griterío de los soldados, que vociferan y entrechocan sus armas, hace que resulte casi imposible escuchar sus palabras, aunque las haya gritado a pleno pulmón.

Acuña decide cambiar de estrategia. Se lleva aparte a cuatro prebendados, aquellos que se han manifestado menos reacios a sus peticiones. Dos de ellos —el canónigo don Rodrigo de Acevedo y el licenciado Mazuezos— incluso han abogado a su favor frente al resto.

—La postura de este cabildo me causa honda preocupación —afirma el obispo de Zamora. Lo cierto es que no esperaba tal resistencia; sobre todo teniendo en cuenta que el capítulo se encuentra diezmado, pues aquellos de sus miembros más refractarios a las Comunidades ya han sido expulsados de la ciudad y se han refugiado en Ajofrín—. Temo sinceramente que el pueblo, despechado por la intransigencia de sus prelados, tome graves represalias. Puesto que ninguno de ellos parece dispuesto a dar un paso hacia la conciliación, seré yo quien lo haga, por el bien de esta santa catedral y de sus dignatarios.

Manteniendo en todo momento su exquisita compostura, les explica que está dispuesto a aceptar concesiones parciales. Finalmente, se alcanza el acuerdo: el cabildo toledano reconoce a Acuña como capitán general en ausencia de Padilla.

El obispo de Zamora manda entonces abrir las puertas. La multitud sigue vociferando, exigiendo saber qué ha ocurrido. Con gestos reposados y ostentosos, el interpelado apacigua a todos los presentes.

—Pueblo de Toledo —les dice—, deponed las armas y dejad de lado vuestra indignación. Vuestras peticiones han sido escuchadas. Podéis mostraros orgullosos y marchar con la conciencia tranquila. Y, ya que tanto place a Nuestro Señor ser testigo de la alegría de sus fieles, os invito a celebrarlo.

Así se hace. La muchedumbre estalla en vítores, las campanas se lanzan al vuelo. Hoy Toledo celebrará la buena nueva hasta bien entrada la madrugada.

Acuña sonríe. Aun sin lograr todo lo que deseaba, no es poco lo que ha conseguido. Ahora tiene plenos poderes para ocupar los castillos, villas y aldeas del grandioso arzobispado toledano; para administrarlo y gestionar las formidables rentas de la archidiócesis.

Es hora de volver al campo de batalla para vencer definitivamente al prior de San Juan. Y luego, cuando nadie pueda hacerle sombra, regresar a la catedral y reclamar el título arzobispal.

De sobra sabe que, tras firmar el escrito que él les ha presentado, los prebendados han ordenado al secretario del cabildo redactar un documento de protesta, en el que aducen que tal concesión les ha sido arrancada a la fuerza.

Poco importa. Hoy el cabildo toledano se le ha resistido. La próxima vez que se presente ante ellos tendrá poder suficiente para doblegarlos del todo y forzarlos a acatar su voluntad.

El ayuntamiento de Alcalá está reunido. El tema principal de la sesión es el reciente derribo de las casas de Pedro de Tapia. Antes de demolerlas, el pueblo irrumpió en ellas para saquear sin misericordia las posesiones allí guardadas: dinero, joyas de oro y plata, paños franceses, alfombras, colchones, sábanas, antepuertas, reposteros, ropa blanca, frazadas; arrastraron muebles y baúles; arrancaron las puertas y los postigos de las ventanas... La ira de los asaltantes no perdonó ni un solo rincón. Es lo que el traidor del alcaide se merece, como enemigo de la Comunidad y la villa.

El concejo solo se reservó el trigo, la cebada, el centeno y las cubas de vino, que después se han repartido a los más necesitados. Aun así, es breve remedio para tan grave problema.

Apenas queda nada que llevarse al estómago. Falta abastecimiento en los puestos del mercado y los precios han ascendido hasta cotas imposibles. Ni siquiera las ratas encuentran ya sustento en los silos agotados y las despensas vacías.

—Caballeros y vecinos —exclama el capitán Zúñiga—. No hay duda de que debemos felicitarnos. Don Pedro de Tapia ha recibido un golpe del que no se repondrá con facilidad. Pero no nos engañemos. Aún sigue teniendo el trigo de los graneros arzobispales, y la fortaleza de Santorcaz. Tenemos el deber...

Mientras así dice, se alza un griterío en el exterior del ayuntamiento. Las puertas se abren con estrépito y una turba de vecinos vociferantes hace su entrada, cuchillos en mano.

—¡Pan! —vociferan, blandiendo sus armas—. ¡Tenemos hambre! ¡Queremos pan!

Los soldados y oficiales se interponen para defender a los diputados, los miembros del regimiento y el resto de los asistentes. Pero los recién llegados están furiosos y no retroceden. Uno de ellos hiere con su cuchillo a uno de los defensores. Estos se aprestan a responder. Si Dios no lo remedia, hoy correrá la sangre en el ayuntamiento.

—¡Vecinos! ¡Vecinos! ¡Teneos y escuchadme!

El diputado Alonso de Deza se ha puesto en pie sobre su escaño. Grita con todas sus fuerzas para hacerse oír por encima de la algarabía.

—¿Queréis pan? Por supuesto, y es de justicia que lo recibáis. Vayamos todos juntos a conseguirlo.

Aquella declaración parece templar los ánimos de los asaltantes.

—¿Dónde está el pan? —pregunta uno de ellos—. ¿Dónde lo escondéis?

—Nadie lo esconde. Está a la vista de todos: en los graneros de Los Santos de la Humosa. Tenéis razón: ya hemos esperado demasiado para ir a buscarlo.

Tras un último instante de duda, los agresores bajan los cuchillos. Cuando los soldados hacen ademán de prenderlos, don Íñigo López de Zúñiga los detiene con un imperioso gesto de la mano. El capitán Herrera y los miembros del concejo secundan tal decisión. Hoy no hablarán las armas. Pero mañana...

El pueblo de Alcalá quiere pan. Y lo tendrá.

31

Por mucho que lo intente, Lucía no puede dejar de rememorar la escena: ella y Leonor en la habitación del bachiller Uceda, con los cartapacios hallados en el doble fondo del baúl. Su amiga extiende sobre la escribanía unos papeles; bocetos y dibujos, todos ellos con un mismo motivo.

—No puedo creerlo. ¡Eres tú!

En efecto, es ella. Lucía, cantando tras la cena de Nochebuena; cosiendo en el patio, a la luz del sol otoñal; vislumbrada en el taller, a través de una ventana; llenando el cántaro junto al pozo. Hay varios diseños de este último tema; que, a juzgar por la vestimenta de la muchacha, han sido realizados a lo largo de los meses.

La retratada no da crédito. Se repite a sí misma que debe de haber un error. ¿Cómo es posible que alguien como el secretario Uceda dedique tanto tiempo, tanto esfuerzo, a plasmar en el papel a alguien como ella, banal y carente de todo interés?

Sin embargo, al mirar aquellos dibujos percibe algo extraño. La muchacha que aparece en ellos no representa a la Lucía que ella *siente* ser. No. Esa joven resplandece, como si irradiara algo de su interior.

—Parece que hemos encontrado el punto débil de nuestro buen Martín —exclama Leonor, exultante.

Han transcurrido un par de semanas desde entonces. Aun hoy, Lucía sigue sin poder creerlo. Cada vez que piensa en eso, siente que la respiración se le acelera.

Desde aquel día, Leonor presiona a su amiga para que se haga la encontradiza con el joven bachiller.

—Te digo que oculta algo, chiquilla —insiste, pese a que sus pesquisas en la habitación de Martín no arrojaron luz a ese respecto—. Y solo tú eres capaz de averiguar de qué se trata.

—¿Quién? ¿Yo? ¡De ningún modo! —protesta la aludida—. Además, ¿qué quieres que le diga? ¿De verdad crees que puedo preguntarle cosas así como así, sin que sospeche nada?

—A la vista de las pruebas, sí, lo creo. No pienso que te resulte muy complicado conseguir que te preste atención ni ganarte su confianza. —Sonríe, con los ojos encendidos de un azul soleado y prístino—. Créeme, es sencillo, incluso con los que parecen menos accesibles. Desarmar a los hombres no requiere de grandes esfuerzos. Basta con alabar su ingenio, con fingir que te interesan sus palabras; con aludir al vigor de sus pantorrillas, la fuerza de sus manos, la anchura de sus hombros... No importa que no sea cierto. Todos se lo creerán.

Llegadas a este punto, Lucía considera preferible darse la vuelta e ignorar los despropósitos de su amiga. Pero, como de costumbre, esta no se da por vencida.

—Además, nuestro bachiller no es mozo mal plantado —insiste Leonor, tras tomar del brazo a su acompañante y obligarla a girarse de nuevo hacia ella—. Ni siquiera tendrías que exagerar para alabar sus encantos. —Y, al constatar que su interlocutora se ruboriza ante estas palabras, añade—: ¿O es eso lo que te preocupa?

Hoy, como entonces, la aludida se sonroja al recordar la malicia de ese comentario. Virgen santa, qué desatino. Si su amiga piensa que va a prestarse a ese juego está muy pero que muy equivocada...

—¡Señora Lucía! ¡Cuidado!

Concentrada en sus pensamientos, la hija del sastre camina por el patio sin prestar atención a lo que la rodea. Aquel grito la trae de vuelta al mundo real. Demasiado tarde, advierte lo que está a punto de ocurrir. Pero ya no hay forma de evitarlo...

Choca contra una pila de leña amontonada. Tropieza y pierde el equilibrio. Por fortuna, alguien la agarra del brazo e impide que caiga al suelo.

Su bienhechor no es otro que el bachiller Uceda, que ha corrido hacia ella y la ha sujetado con ambas manos. Para hacerlo ha tenido que soltar un cartapacio lleno de papeles, que ahora yacen desperdigados sobre el sucio suelo.

—¡Don Martín! ¡Válgame el cielo! —se azora la muchacha—. Yo... yo... lo siento mucho.

Se lanza a recoger los documentos e intenta limpiarlos con el delantal. Pero solo consigue extender aún más las manchas de tierra y lodo.

—¡Qué torpeza la mía! Disculpadme... —suplica, desolada—. Ahora tendréis que volver a ponerlos en limpio.

—No es tanto trabajo como parece, Lucía, perded cuidado —replica él, sereno como siempre. Se toma un instante antes de añadir—: Bueno, tras todo lo que ha pasado, estaréis contenta, supongo.

—¿Yo? ¿Por qué habría de estarlo?

—Porque vuestro hermano ha regresado de la Castilla vieja sano y salvo.

—Sí, claro. Faltaría más. Andrés ha vuelto. Y yo... lo estoy, por supuesto. Contenta, quiero decir. Y agradecida a los cielos. Eso también.

Sigue un corto silencio, antes de que el arriacense añada:

—Hoy está de camino a Los Santos de la Humosa, ¿no es cierto?

—Lo está, sí. —Y no va solo. De hecho, casi todos los hombres de la casa se han sumado a la expedición: su padre; el señor Deza y su hijo Juan, recién llegado de Toledo; buena parte de los sirvientes varones... Y, con ellos, las milicias y vecinos de la villa.

Los cielos han querido que el secretario se quede aquí. Por cuanto parece, debe encargarse de ciertos despachos urgentes; probablemente, los papeles manchados que lleva en el cartapacio.

El joven sigue observando a Lucía con esos grandes ojos pardos... aunque, a la luz oblicua de la tarde, más bien parecen de color de miel.

—Don Martín, yo... —balbucea ella—... hay algo que...

Abrazada por aquella mirada, siente el repentino deseo de confesar: las injustas sospechas de Leonor, la forma en que ambas han registrado la habitación del arriacense... Allí, frente a él, siente que el joven secretario no se merece nada de eso. Y que no es propio de almas honestas tratar a un hombre sacrificado, generoso y lleno de virtudes con tamaña desconfianza y tan inmerecida ingratitud.

—Lucía, ¿qué ocurre?

—Ya conocéis a Leonor... Ella no soporta las preguntas sin respuesta...

Se interrumpe de repente. Acaba de caer en la cuenta de que, al igual que su silencio resulta injusto para el bachiller, su confesión resultaría una afrenta hacia su amiga.

En el silencio que sigue, la joven comprueba que su interlocutor baja la vista hacia el antebrazo izquierdo. Ella se ha quedado mirándolo; no intencionadamente, sino porque no sabe muy bien a qué otro sitio dirigir la mirada.

—Comprendo —dice el arriacense, en tono quedo—. No descansará hasta averiguar qué se esconde bajo esta manga.

Ella asiente. En otras circunstancias, aquella situación le provocaría un profundo azoramiento. Ahora, sin embargo, solo acierta a dar gracias a los cielos por que le hayan abierto una vía para escapar indemne de esa trampa sin salida a la que ella misma se ha arrojado.

—¿Qué puedo deciros, Lucía? La realidad suele resultar más decepcionante que la imaginación. En honor a la verdad, no es nada de importancia...

—¿Estáis seguro? Si eso fuera cierto, dudo que pusierais tanto empeño en ocultarlo.

La joven pronuncia estas frases sin malicia ni intención. Resulta curioso que, siendo las palabras tan frías, suenen así de cálidas en sus labios.

—No es nada de importancia, os lo aseguro. O, mejor dicho, no debiera serlo. Pero... —Levanta la mirada a los cielos—. Hay ciertas cosas que se pervierten cuando las juzga la opinión ajena. Se magnifican o se rebajan; o ambas cosas, por extraño que parezca. Y así adquieren un significado muy distinto al que uno mismo les otorga.

—Entonces... ¿pensáis que los demás puedan juzgaros mal? ¿Y todo a causa de vuestro brazo?

Su interlocutor responde con un gesto extraño. Se parece a un asentimiento, aunque no llega a serlo del todo.

—Veréis, Lucía, hay ciertas cosas que dejan marca, que os definen a ojos del prójimo, que hacen que los demás os miren como a una persona digna de lástima...

—¿Como que tu prometido acabe casado con otra mujer?

Martín se interrumpe. La mira. Se siente como el maestro que, de forma repentina e inopinada, se ve superado por el discípulo.

—El vuestro es un buen ejemplo, qué duda cabe...

—Creo que os equivocáis. Un poco, al menos. No todo el mundo siente lástima de mí. Por lo de Miguel, digo. Vos, sin ir más lejos...

Calla, incapaz de añadir más. Nota que una oleada de calor le araña las mejillas. También él parece algo azorado.

—No os falta razón —reconoce, rompiendo con su voz sedosa aquel silencio enrarecido.

—Entonces... ¿creéis que yo me comportaría igual que los demás? ¿Que sentiría lástima por... lo que sea que ocultáis bajo esa manga?

—No —admite el joven—. Vos no os comportáis igual que los demás, Lucía. De eso no me cabe duda.

Mira a su alrededor. No están lejos de la entrada a las caballerizas, que hoy se encuentran vacías. Tanto las monturas como el sirviente que se encarga de ellas están de camino a Los Santos de la Humosa.

—Venid conmigo —dice, señalando las cuadras.

Y ella lo sigue sin preguntar más.

Los capitanes Zúñiga y Herrera lideran la marcha. A sus espaldas, una larga columna asciende la colina hacia el pueblecito que se arracima en la cumbre. Vienen las milicias alcalaínas, con sus cruces rojas bordadas al pecho; los oficiales del ayuntamiento; el pueblo, hambriento y armado; y varias recuas de mulas, preparadas para cargar a sus lomos las sacas del ansiado cereal.

Los Santos de la Humosa cuenta con escasos vecinos. Pero es un lugar hermoso y privilegiado, cuyas alturas dominan la vega del Henares, las campiñas cultivadas y los páramos en muchas leguas a la redonda. Desde allí se avistan las villas de Alcalá y Guadalajara y, en los días claros, también la de Madrid.

Algunos de sus habitantes han huido ante la cercanía de la columna armada. Otros aguardan atrincherados en sus casas, dispuestos a defenderlas si fuera menester. Pero no hay necesidad de ello. Los visitantes no se detienen en el pueblo. Se dirigen a los inmensos graneros que se alzan, desafiantes y altaneros, cercanos a la ermita de la Virgen de la Humosa.

Allí los espera una guarnición. Un puñado de hombres que,

de cierto, poco pueden hacer contra el número de los recién llegados.

Los diputados y miembros del regimiento se adelantan. Y dos de entre ellos avanzan sus monturas hasta quedar frente a los defensores. Se trata del pañero Deza y el anciano regidor Baena, quien, sin soltar su vara de justicia, tiende un documento al oficial al mando.

—Por orden del concejo de Alcalá, venimos a requisar el cereal necesario para aliviar la hambruna que asola nuestra villa. Aquí tenéis relación de las cantidades que vamos a confiscar, y que pagaremos según el precio oficial estipulado por la Corona.

Su interlocutor rechaza el escrito con la mano izquierda, manteniendo la derecha en el pomo de la espada.

—Podéis quedaros ese papelucho. No sé leer.

—Eso tiene fácil solución. —El diputado Deza toma el documento y comienza a desglosar cifras—. Mil doscientas cuarenta fanegas de trigo, ochocientas cincuenta de cebada, ochenta de centeno, noventa de avena...

—Ese cereal no es para la villa de Alcalá —lo interrumpe el oficial—. Los graneros pertenecen al arzobispado de Toledo...

—Y su contenido se ha recaudado con los diezmos que pagan los campesinos de nuestras tierras, sí —lo ataja a su vez don Alonso de Deza—. Si ojeáis los números, comprobaréis que nos llevamos solo una parte de lo que nosotros mismos hemos aportado. Y pagando por ello, además.

Su interlocutor afila la mirada.

—¿Vais a darnos dinero por las sacas?

—A vos no. Al propietario legítimo de los graneros: el administrador del arzobispado, el obispo Acuña. El pago irá a Toledo con la documentación correspondiente, una vez que nos hayamos incautado el cereal.

El oficial no parece nada satisfecho ante aquella respuesta. Pero antes de que tenga tiempo de contestar, una figura avanza y se sitúa frente a él. Viene a caballo, vestido con coselete completo, y trae la mano sobre el puño de la espada. Es el capitán Zúñiga.

—Abreviemos, señores. Hemos venido a llevarnos unas sacas. Podéis entregarlas de buen grado o a la fuerza. Elegid.

Poco después, la comitiva inicia el regreso. Ahora las mulas vienen con las espaldas bien cargadas. Los vecinos cantan, ríen, intercambian palmadas y codazos amistosos. Algunos de ellos se han adelantado y caminan a paso rápido para ser los primeros en dar la buena noticia en la villa. Esta noche habrá vino y fiesta. Mañana, pan.

—Ya está todo dispuesto. —El diputado Deza cabalga junto al capitán Zúñiga—. Doscientas fanegas de trigo irán esta misma noche a las panaderías, a precio de tres reales cada una. El resto se guardará en la alhóndiga y en las casas de los oficiales del concejo. —Dado el gran tamaño de su vivienda, él será uno de los principales custodios; ya ha reservado espacio para unas seiscientas fanegas en sus almacenes—. También se distribuirán cuarenta y ocho fanegas de cebada entre las personas de a caballo...

Lo interrumpe la llegada de un mensajero, uno de los vigías que los oficiales de la Comunidad habían dejado apostados en lo alto de la colina.

—Se acercan tropas, don Íñigo. Un destacamento con la insignia del Infantado viene por el norte, desde Guadalajara. Y al sur, don Pedro de Tapia está sacando a sus caballeros de la fortaleza de Santorcaz.

El capitán Zúñiga mide la distancia que los separa de Alcalá.

—Aún tenemos tiempo, con la ayuda de Dios —dice al diputado Deza—. Seguid hacia las murallas, tan rápido como podáis. Nos quedaremos en la retaguardia por si fuera menester detenerlos.

El capitán Herrera ya ha enviado al galope a uno de sus

hombres para alertar a la villa, a fin de congregar a cuantos vecinos armados puedan reunirse junto a la puerta de Guadalajara.

Juan de Deza ha movido a su escuadra, siguiendo las órdenes del capitán Zúñiga. Lanza una última mirada a su padre, que, concentrado en dirigir la marcha de las recuas hacia la villa, no se ha girado en su dirección.

—Mal asunto es este —exclama don Íñigo cuando Juan se pone a su altura—. Podría creerse que nos hayan visto desde Santorcaz, que está a poco más de una legua. Pero ¿desde Guadalajara? Vive Dios que aquí hay traición.

Su interlocutor no tiene más remedio que asentir, por poco que le guste lo que aquello implica.

—Tenéis razón, capitán, a fe mía. Ha habido traición. Alguien ha avisado al duque de que veníamos.

—¿Os duele?

—Ya no.

Al fondo de las caballerizas, en una zona protegida de miradas indiscretas, el bachiller Uceda ha dejado el cartapacio sobre el escalón de montar. Luego se ha despojado del jubón y arremangado la camisa. Su antebrazo izquierdo está cubierto por una terrible cicatriz hecha de carne fruncida.

—El aceite de una lámpara se derramó en la manga y empapó el paño. Cuando las llamas lo alcanzaron... Ya imaginaréis que no fue fácil sofocarlas.

Lucía se limita a asentir con gesto desmayado. Siente una extraña opresión dentro del pecho, una punzada cuyo significado no logra definir.

—Y decís que el fuego lo originó una vela mal apagada...

—Probablemente. La estancia estaba llena de libros y papeles. El incendio se propagó con rapidez.

—Aun así, os lanzasteis a las llamas para sacar de allí a vuestra patrona.

La joven, que no ha apartado la vista mientras su interlocutor le mostraba las marcas, desvía la mirada ahora que él se recoloca la camisa y comienza a embutirse el jubón.

—Esa es la historia, Lucía. No resulta un episodio digno de figurar en las crónicas, como veis.

Aunque la aludida no suscribe esta última afirmación, no comenta nada al respecto. Hay otro detalle del relato que ha llamado su atención.

—Y decís que la casa entera estaba dormida, incluso la propia dama; que se quedó traspuesta mientras escribía unos papeles.

—Poemas, sí. Era muy aficionada a los versos.

—Así pues, ella intentaba permanecer en vela, aunque el resto de la casa dormía. Y también vos estabais despierto. Y cerca de su dormitorio.

Lucía percibe que el roce de las telas se interrumpe. Aun sin mirarlo, comprende que Martín se ha detenido.

—¿Qué os hace pensar eso?

—Nada. Bueno, sí, una cosa... Solo así se explica que fuerais el único capaz de oler el humo. Aunque, como habéis dicho al principio, vuestra cama estuviera al otro lado de la casa.

Su interlocutor no responde. Los sonidos indican que ha vuelto a la tarea de ajustarse el jubón. Lucía siente que aquel mutismo le acelera el pulso. Baja la mirada y comprueba que ha comenzado a retorcerse el delantal con las manos.

—Os he ofendido. Lo siento —murmura. Se siente miserable e indigna. Martín le ha desvelado el secreto que oculta ante el resto del mundo. Y ella le ha respondido con una insinuación insultante.

—No me ofendéis, Lucía. En realidad, debería habérmelo imaginado. Sois tan perceptiva como siempre...

No dice más. Enmudece al comprobar que la muchacha se

ha levantado la camisa y el talle del jubón para mostrarle la cintura desnuda. Allí, bajo el paño y el lienzo, se oculta una cicatriz y el recuerdo de una antigua quemadura.

—Mi padre me hizo esto, en cierta ocasión.

Ni ella misma sabe por qué está actuando así. Tan solo siente que antes no ha sabido reaccionar como su acompañante se merece. Y eso la atormenta.

—Suele darme con la vara —continúa, ya que él parece incapaz de contestar—, pero esos golpes acaban yéndose sin dejar marcas. Aunque esta vez estaba tan enojado que me lanzó la plancha caliente...

—Lucía... Por Dios... —musita él, desolado.

—Se arrepintió enseguida, no creáis. Se arrodilló, lloró y me pidió perdón. No ha vuelto a arrojarme otra plancha desde entonces. Ni siquiera fría.

Martín está frente a ella. Alarga la mano y vuelve a cubrirle el talle con la ropa.

—Si por ventura los cielos me concedieran la dicha de ser el hombre encargado de protegeros —susurra con voz áspera—, os juro por Dios que jamás consentiría...

Calla. Sus palabras ya han ido demasiado lejos. Sigue teniendo entre los dedos la cinturilla del jubón. El lienzo es tosco y desabrido, de una dureza que ella no merece.

—En ese caso, tal vez la dicha sería mía... —la oye decir, en un tono tan quedo que le hace temer que las palabras no sean más que una ilusión; un reflejo de los deseos más ocultos de su corazón.

—Lucía... —murmura. Sabe que debería alejarse, pero no puede. Y, por alguna razón, ella tampoco parece dispuesta a apartarse.

La joven está temblando. Santa María, ¿qué acaba de decir? ¿Y por qué? ¿De dónde le han salido aquellas palabras, que no son prenda de hembra decente?

Bajo la saya, las piernas se le estremecen como si hubieran perdido toda su firmeza. Se siente incapaz de moverlas para dar media vuelta y huir, como sabe que debería hacer. No es dueña de sí misma. Madre misericordiosa, ¿qué le está ocurriendo?

Nota la mano de Martín en la cintura. Lanza un gemido involuntario. En respuesta, él deposita la otra mano sobre el hombro femenino. Y, al comprobar que ella no se resiste, desliza los dedos por el cabezón fruncido de la camisa, hasta el cuello desnudo.

Lucía ha cerrado los ojos, desfallecida. No puede, ni quiere, escapar. Nota la caricia de aquellas yemas sobre la nuca, sobre el dorso de la mano. ¡Madre divina...! ¿Qué es esa agitación, esa ansia que se ha apoderado de su cuerpo y su espíritu, y contra la que no sabe luchar?

Martín la besa en la frente, le levanta la barbilla, busca sus labios. Y ella se los entrega. Con temor, pero también con ardor. Siente la piel hambrienta, y solo anhela que él la apriete contra sí, con todas sus fuerzas, que le palpe la carne por debajo de las ropas...

—¡Don Martín! Don Martín, ¿dónde estáis?

Al oír la llamada, ambos se apartan con brusquedad. Beltrán acaba de pasar corriendo ante la puerta de las cuadras, gritando el nombre del bachiller a pleno pulmón. Da la impresión de que lo haya estado buscando por toda la vivienda, sin encontrarlo. Parece desesperado.

Sobreponiéndose a la turbación, el arriacense se alisa las ropas, agarra el cartapacio y sale al patio.

—Aquí, muchacho. ¿Qué ocurre?

El sirviente, que ya había llegado hasta más allá del pozo, se gira en redondo. Lleva en las manos una pica y una daga envainada.

—Don Martín, ahí estáis —exclama aliviado. Al instante frunce el ceño—. ¿Qué hacéis en las caballerizas?

—¿Vas a decirme por qué me buscas con tanto afán? —replica el interpelado, fiel a su costumbre de responder a una pregunta con otra—. Parece que llevaras el diablo en el cuerpo.

—Ha ocurrido algo. Es grave... O puede serlo... La villa necesita que todos los hombres capaces de blandir un arma se reúnan ahora mismo en la puerta de Guadalajara.

Sin esperar a escuchar más, el secretario entrega al muchacho el cartapacio.

—Veo que traes mis armas —dice, tomando la pica y la daga.

—Sí, señor. Disculpad. He pasado a buscarlas porque dicen que se trata de un asunto de la mayor urgencia.

—Has hecho bien. Acompáñame un trecho mientras me lo explicas todo. Luego vuelve aquí y asegúrate de que las mujeres están bien protegidas.

Marchan ambos hacia la calle de los Manteros, a paso vivo. Lucía espera a que desaparezcan para salir a su vez de las cuadras. Se apoya en el quicio, aún temblorosa.

Se santigua. Se siente abrasada por dentro, como si los fuegos del infierno ardieran en sus vísceras. El corazón le late con violencia y apenas si puede respirar.

La campana de San Ildefonso toca a rebato. El rector ha hecho un llamamiento general. El patio mayor de escuelas está lleno a rebosar; colegiales, capellanes, porcionistas, fámulos, socios, cameristas, estudiantes pobres de Artes... Todos han acudido, con nervios vibrantes y corazones agitados.

—Hoy nos enfrentamos a una situación sin precedentes —les comunica el maestro Hontañón. Acude con escudo, y con la espada ya ceñida sobre el hábito—. Por primera vez en nuestra historia están atacando la villa.

Las reacciones no se hacen esperar. Los integrantes de la facción castellana claman por acudir en ayuda del concejo; los béticos, por alzarse en apoyo de los realistas.

Esta vez, el rector no parece dispuesto a permitir las diatribas de unos ni de otros. Indica a Cosme, su sirviente personal, que bata la campana que trae consigo. El bronce retumba sobre la algarabía general, elevándose hasta los cielos. Se hace de nuevo el silencio.

—Ahora no se trata de bandos ni de las Comunidades ni de la Corona. Se trata de esta villa, en la que se aloja nuestro Colegio. Los vecinos están bajo nuestra protección. Tenemos el deber moral de acudir en su defensa, sin importar quién la ataque.

Las protestas de los presentes son sofocadas a golpe de campana. El maestro Hontañón vuelve a alzar la voz.

—Voy a salir ahí fuera, más allá de la puerta de Guadalajara. No a luchar, sino a intentar mantener la paz. El duque del Infantado es protector de este Colegio. Con la ayuda de Nuestro Señor, probaré a convencer a sus hombres de que no alcen las armas contra nosotros. Dios no quiera que se nieguen a escucharme. —Hace una pausa, antes de girarse hacia los capellanes—. Id ahora a la capilla, señores, y quedaos allí hasta que esto termine, rezando por todos nosotros. Roguemos a los cielos que no hayamos de solventar con el acero lo que puede remediarse con palabras.

Don Alonso Pérez de Guzmán, el capitán de la Comunidad universitaria, se sitúa junto al orador.

—Hermanos, ya habéis oído a nuestro rector —grita—. Aquellos de vosotros dispuestos a respetar su sagrado juramento de obediencia, que vayan a la armería a prepararse. De lo contrario, aténganse a las consecuencias.

La facción castellana ya se ha puesto en movimiento. Los béticos quedan indecisos.

—Apoyando, como siempre, a los condenados rebeldes. Que los cielos juzguen si no es gran bellaquería —rezonga Blas de Lizona, con tono tan duro y correoso como su cuerpo.

—Grandísima, de cierto. Que aún hayamos de sufrir tales

vilezas... —lo secunda el cordobés Rodrigo de Cueto, guiñando con furia los ojos—. Pero pronto, muy pronto, llegará la hora de la venganza.

Pues corren rumores de que el papa ha accedido a su petición; de que ha nombrado jueces que, a su llegada al Colegio, se encargarán de suprimir en nombre del Santo Padre la autoridad del visitador real y la del propio maestro Hontañón. El documento ya ha partido de Roma, y ha de llegarles en breve.

Y, por si acaso el rector y sus secuaces del bando castellano intentan resistirse, los béticos ya tienen un acuerdo con don Carlos de Mendoza, el maestrescuela de la magistral y deán de Toledo, el que excomulgó buena parte del claustro universitario y luego fue expulsado de la villa por la chusma enfurecida. Este les enviará armas desde Guadalajara; ellos las recogerán en la ermita de Nuestra Señora del Val y las introducirán en la villa, guardándolas en casa de Francisco de Zúñiga.

Con ellas podrán equipar a los cien hombres, protegidos con sus correspondientes coseletes, que el señor don Santo de Vera ha prometido poner a su disposición; efectivos suficientes para formar un escuadrón y tomar el Colegio... a las buenas o por la fuerza. Y a aquellos que intenten resistirse, ya se encargarán ellos de arrojarlos desde las ventanas superiores del edificio.

—Bien dices, amigo —asiente Lizona—, dentro de poco tendremos en nuestras manos el rescripto del Vaticano y nos cobraremos satisfacción por todo. Y, como hay Dios, que yo mismo entraré en este patio, pica en mano, para llevarme a quien se ponga por delante; y no me tendré por satisfecho hasta asestarle dos puñaladas al maldito rector.

32

La primavera verdea la vega y los campos que rodean Torrelobatón. Pero en el interior de la fortaleza diríase que se respira un aire viciado. En la inactividad, los hombres se asfixian. Los ánimos borbotean y estallan.

Desde la maldita tregua, cada vez resulta más difícil mantener la disciplina. El pasado viernes por la noche, el capitán salmantino Francisco Maldonado hubo de escribir a los procuradores de la Junta.

«Ilustres y muy magníficos señores —les decía—, las compañías están descarriadas. Desearía que no se ausentaran, como acostumbran a hacer cada día. Tendría por gran merced que vuestras señorías enviasen una cédula ordenándoles que miren por mi persona y hagan lo que les dijere.»

Las soldadas no llegan. Escasean los suministros. El capitán Padilla consume sus fuerzas intentando mantener el orden entre los oficiales y la tropa. Desde la toma de Castromonte, hace ya un mes, los hombres permanecen inactivos. Las voluntades se quiebran, los conflictos estallan.

Buena parte de las tropas madrileñas se han retirado a su tierra. Su capitán, Juan de Zapata, se ha marchado con las fuerzas restantes al castillo de Montealegre, junto al regidor toledano Pedro López de Ayala. Entre ambos comandan algunas lanzas y tres banderas de infantería. Con esos pocos soldados mantienen el puesto más avanzado de las Comunidades, a apenas cuatro leguas de Medina de Rioseco.

—Desde allí los tendremos bien vigilados —bromeó el madrileño al despedirse—. Ya verán que los ojos de la Castilla nueva se vuelven más agudos cuando vienen al norte.

Juan de Padilla se sonrió entonces; aunque a día de hoy nada lo anima a repetir ese gesto. Otea el horizonte por la ventana. Los cielos saben que ha nacido con el arrojo de un león, pero ahora se siente enjaulado. Está prisionero de los procuradores de Valladolid, de su falta de miras y de audacia.

Un grito agudo le hace levantar la vista. Un milano surca el aire vespertino, acariciando el viento con sus largas alas pardas festoneadas de negro. Se dirige hacia el noreste. Si mantiene el rumbo, en menos de media hora se hallará sobre Montealegre.

Pluguiera a Dios que el capitán Padilla pudiera dirigirse allí, unirse a Zapata y asestar un ataque mortífero al feudo del condestable. Pero la pusilanimidad de la Junta lo mantiene aquí, con las manos atadas, mientras el enemigo se reorganiza.

Aún hay más. Ha recibido carta de su esposa, en la que le informa de que Acuña ha atraído a su causa a muchos de los amigos y aliados que antes defendían el nombre de Padilla. «Debéis intentar regresar cuanto antes, por breve que sea vuestra visita —lo insta María—, pues solo vuestra presencia podrá lograr que las aguas regresen a su cauce. Venid a recuperar lo que en justicia os pertenece. Si no por vos mismo, hacedlo por el bien de vuestra ciudad y de vuestro hijo.»

Y, para agravar la situación, se ha conocido la defección de Pedro Laso de la Vega. Con su cobardía y su traición, el antiguo dirigente de la Junta ha asestado un duro golpe a todos cuantos luchan por el bien de Castilla. Y ha arrojado una mancha de ignominia sobre Toledo, que ha sido luz y alma de la sublevación desde el principio.

De seguro, el muy infame estará negociando su indemnidad a cambio de la ruina de sus antiguos correligionarios. Pero, como hay Dios, que no habrá inmunidad que lo salve si las Comunidades lo apresan.

Tres golpes resuenan en la puerta. Uno de los guardias que la custodian entra en la estancia y realiza el saludo de rigor.

—Capitán, un explorador acaba de llegar de Montealegre. Dice que trae noticias terribles.

Pocos minutos después, los capitanes Bravo y Maldonado se personan en la sala. Encuentran a Padilla de pie, apoyado sobre la mesa sobre la que se despliega el mapa estratégico. Tiene los nudillos blancos, y la cabeza hundida entre los hombros.

—Montealegre ya no es nuestra —les dice—. Pedro de la Cueva ha caído sobre nosotros con cuatrocientos hombres sacados de Medina de Rioseco. Ha dado muerte a muchos, se ha hecho con las banderas y ha capturado a parte de la tropa y a los capitanes. Pedro López de Ayala y Juan de Zapata han quedado gravemente heridos. No es probable que sobrevivan.

Sobre la sala cae un silencio plomizo. Desde fuera llegan las imprecaciones de un puñado de soldados, enzarzados en una ruidosa pelea.

El segoviano Juan Bravo es el primero en santiguarse.

—Que Dios tenga misericordia de los supervivientes. Y que acoja a los caídos en Su seno.

Sabe, mejor que nadie, lo que aquellos dos nombres significan para Padilla. El regidor toledano Ayala fue uno de los iniciadores de las Comunidades, y se ha mantenido hasta hoy como uno de sus más firmes defensores.

En cuanto a Zapata... Ha sido confidente de Padilla desde el inicio del conflicto, su más fiel compañero. Juntos acudieron a liberar Segovia del asedio de Ronquillo; juntos entraron en Medina del Campo, aún humeante tras el incendio; juntos capturaron Tordesillas y se entrevistaron con la reina Juana; juntos regresaron a la Castilla nueva y volvieron a Valladolid en el día último del año; juntos soñaron con tomar Burgos; juntos capturaron Torrelobatón. Pero ahora el capitán Zapata está solo. Solo, en manos del enemigo.

Juan de Padilla cierra los ojos.

—Que Dios nos asista a todos —musita—. A ellos y a nosotros.

Intenta mantenerse firme. Pero los cielos saben que se le agotan las fuerzas.

A Dios gracias, la comitiva que traía el grano desde Los Santos de la Humosa consiguió refugiarse tras las murallas de Alcalá antes de que la alcanzasen sus perseguidores.

La villa entera se volcó en defensa del convoy. Cientos de vecinos corrieron a la puerta de Guadalajara, dispuestos a salir a los campos para enfrentarse a los hombres del Infantado y a los del alcaide de Santorcaz. También acudió el rector de San Ildefonso a la cabeza de sus estudiantes, lo que le valió sonoros vítores para el Colegio.

—¿Lo veis, compadres? Ya os dije yo que el maestro Hontañón es buen amigo de las Comunidades, y dispuesto a venir en socorro de la villa —declara uno de los asiduos al taller de Pedro de León. Incluso el propio sastre, pese a su proverbial recelo hacia los colegiales e hidalgos de todo tipo, parece dispuesto a depositar su confianza en el actual rector; al que, en virtud de los últimos acontecimientos, comienza a considerar como un elegido del Señor.

En casa del pañero Alonso de Deza se respira un ambiente menos optimista. El tema se debate en voz queda y a la luz de las velas, en la salita custodiada por el tapiz del dios Mercurio, protector de noticias y mensajeros.

Aquellos sucesos han venido a demostrar que el duque del

Infantado aún cuenta con espías en Alcalá; los cuales, por cierto, no tienen reparos en traicionar a sus convecinos, ni en arriesgar las vidas de estos para favorecer el triunfo de los realistas.

—La decisión se tomó en el ayuntamiento, a la vista de todos —medita Juan. Las reuniones del concejo son abiertas. Las resoluciones, comunes y públicas. Todos los vecinos pueden asistir, opinar, votar—. Podría haber sido cualquiera.

—No cualquiera —difiere Martín—. Os aseguro que el señor del Infantado no recibe mensajes de «peones falderos», ni de «simples ganapanes». Quien se comunique con él ha de ser hombre distinguido. Y letrado, además.

El diputado Deza tamborilea con los dedos sobre el brazo del sillón. Se le ve preocupado. Mucho.

Lo ocurrido ha llevado a que los oficiales del concejo establezcan un pacto secreto. A partir de ahora, las decisiones estratégicas de importancia se tomarán a puerta cerrada, y solo se comunicarán a los vecinos y a las milicias en el momento de su ejecución.

—Estamos traicionando el espíritu que alentó el surgimiento de las Comunidades —se lamenta—. Hace pocos días protestábamos porque la Junta negocia con los virreyes sin comunicárnoslo. Nos quejábamos, con razón, de que nuestros procuradores ocultan las negociaciones a los castellanos que los elegimos, y a los que ellos representan. Y ahora hacemos lo mismo para con los vecinos de la villa, el pueblo que nos votó. —Se repasa la pechera bordada del jubón, siempre con la vista baja—. ¿Acaso hemos olvidado ya cómo llegamos a la concordia de Santa Lucía?

En efecto, hace poco más de una centuria —corría el año del Señor de 1419— el arzobispo de Toledo autorizó en Alcalá un «concejo de hombres buenos pecheros», encargado de velar por el bien del común. Este elegía a un procurador y cuatro veedores (dos por colación), que acudían al ayuntamiento con voz y voto; así los vecinos podían participar activamente en las reuniones del regimiento, que antaño estaba integrado solo por caballeros.

Pero estos últimos fueron poniendo todo tipo de trabas al cumplimiento de los acuerdos, llegando incluso a impedir la entrada de los representantes populares a las reuniones. Los vecinos de Alcalá debieron recurrir en repetidas ocasiones al arzobispo de Toledo para que ratificara los famosos pactos. La última vez, hace poco más un lustro.

Entonces los pecheros se comprometieron a disolver su concejo vecinal a cambio de dos concesiones: que los impuestos se sufragasen con los bienes de la municipalidad e intervenir en las reuniones del ayuntamiento como diputados. Esta última concordia, firmada hace menos de seis años en la ermita de Santa Lucía, ya apenas se cumplía cuando se produjo el alzamiento de las Comunidades. Una vez más, los caballeros y escuderos de la villa demostraron que sus compromisos para con la gente menuda estaban destinados a convertirse en papel mojado.

—No es lo mismo, padre —asegura Juan—. El regimiento dio la espalda a los pecheros. Lo hizo una y otra vez, mirando tan solo por los intereses particulares de sus miembros. Vosotros actuáis pensando en toda la villa, por el bien común.

El interpelado cruza las manos sobre el estómago. No parece del todo convencido.

—El bien común, sí —musita—. Aseguramos actuar en nombre de la villa, como otros dicen actuar en el del reino. Pero me pregunto hasta qué punto eso nos autoriza a hacer ciertas cosas. Llegado un punto, ya no hay justificación posible. Y la apelación al bien común se convierte en una excusa vacía.

Esta vez, Lucía no ha necesitado de estrategia para entablar conversación con el bachiller Uceda. Es el propio Martín quien se acerca a ella, papel en mano.

—¿Me haríais la merced de entregar esto a vuestro padre? Es el estado de cuentas de su taller para con nuestro almacén, incluyendo su último pedido.

Sus palabras son desapasionadas. No así su voz. Su tono trae la calidez del terciopelo, la suavidad de la seda.

—Lo haré, claro; se lo daré ahora mismo. Si me disculpáis...

La joven hace ademán de darse la vuelta. Pero el secretario no parece dispuesto a aceptar una despedida tan brusca.

—Tal vez sería mejor que, antes de dárselo, revisarais el papel.

Su interlocutora se detiene. Palpa el escrito, con la torpeza que nace del aturdimiento. Hay un pequeño objeto en su interior.

—Lucía, os noto turbada. Creedme, no hay razón...

—Lo estoy —lo interrumpe la aludida—. Pero no por lo que pensáis. Es decir... —balbucea—. Lo que ocurre es que estoy preocupada por Leonor, ¿sabéis? La noto tan... desorientada...

Pronuncia estas palabras sin premeditación. Las necesita para sobreponerse a la cercanía del arriacense, que la estremece y la aturde. Es cierto que el comportamiento de su amiga la inquieta cada vez más. Si no deja de correr riesgos, volverá a ponerse en peligro a sí misma y a los que la rodean.

—Siento que necesita algo —añade—. Pero no sé el qué.

—Tal vez yo sí lo sepa —responde Martín.

Su oyente no responde. Debería marcharse. Están en el patio común, a plena vista. Una conversación demasiado larga podría dar pábulo a maledicencias.

Pero algo dentro de ella se resiste a alejarse. El recuerdo de lo ocurrido en las caballerizas le agita el pecho y el alma. Desde aquel día, siente el espíritu desgarrado. Tan solo anhela volver a estar cerca de él; notar sus manos, su calor, el roce de aquellos labios que la hacen desfallecer y al mismo tiempo la enardecen...

Pero sabe que aquel deseo es grave pecado. Por eso debe evitar la proximidad del bachiller.

—Lucía, necesito que me escuchéis. Hay algo que debo deciros.

La interpelada solo acierta a negar con la cabeza.

—Martín, os lo ruego —protesta, desmayada—. Este no es lugar para esas cosas.

Es un día atareado. Hay demasiado tránsito en el patio; demasiados ojos y oídos.

—Lo sé. Venid a buscarme al amanecer, cuando salgáis al pozo. Os estaré esperando.

La joven lo observa marchar, con el corazón lleno de dudas. Tras un instante de vacilación, abre el papel e inspecciona su contenido. Es la llave del almacén de la torre; el refugio en el que ella y Leonor han compartido tantos secretos.

Las dos siempre han pensado que nadie, aparte de ellas, podía gozar de la clandestinidad de su «aposento».

Cae la tarde. El patio despide olor a manteca, tocino y guiso de carnero. La cena de los colegiales se servirá en breve. Los sirvientes desfilan con pan, vino y manzanas, de camino al refectorio.

El maestro Juan de Hontañón sopesa la carta que acaba de llegar a su escritorio. La escribe Alonso Gómez del Portillo, el procurador del Colegio en la curia pontificia. Aunque fue enviada de Roma a principios de marzo, ha tardado más de un mes en alcanzar su destino.

Hay algo en ella que le provoca profundos recelos. Los cielos parecen advertirle que en aquella misiva se oculta la caja de Pandora, y que, en cuanto la abra, los más graves males se abatirán sobre el Colegio.

Rompe el lacre, despliega el documento. Las primeras palabras confirman sus peores temores.

«... ahí mando a vuestra merced la copia de un rescripto que nuestro Santo Padre envía a Jerónimo Ruiz y a otros señores del

Colegio. Partió a últimos de febrero. Y lo expidieron dos días antes de que saliera el correo para que nosotros, al recibir la noticia, no tuviéramos tiempo de redactar un breve para revocarlo. Mande vuestra merced proceder contra los jueces que ellos llevan, hasta excomulgarlos. Pues esta es una gran bellaquería y suciedad, que debe castigarse con la mayor severidad. Parece cosa endiablada que, siendo ellos colegiales, busquen derogar las constituciones y privilegios de nuestra universidad; que manden jueces así contra sus superiores y contra el propio Colegio...»

El maestro Hontañón se ha puesto de pie, aun sin ser consciente de ello. El pulso le tiembla, y se le ha mudado la color.

—Cosme —ordena. Nota la voz áspera, la garganta dolorida—: convoco de urgencia al claustro. Que todo el mundo se reúna en la capilla.

—¿Ahora, señor...? Casi es hora de acudir al refectorio...

—Ahora mismo. La condenada cena puede esperar.

—¡Auxilio, señores! ¡Algo grave está ocurriendo en el Colegio!

Alertados por la vecindad, el corregidor de la villa y sus alguaciles corren hacia el edificio. De su interior se oye salir un estruendo de gritos, disparos y chocar de aceros.

—¡Ah de la casa! ¡Abrid! —exclaman los justicias. Pero sus voces quedan ahogadas por el estrépito de la batalla que está teniendo lugar en el patio mayor de escuelas.

Es madrugada, y las cuatro puertas del Colegio están cerradas a cal y canto. Buen número de vecinos ha comenzado a congregarse ya frente a la entrada principal, portando luces, picas y hachas.

—¡Echad abajo esa puerta! —grita alguien—. ¡Hay ruido de lucha! ¡El rector está en peligro!

Aquellas frases calan hondo en todos los presentes. Cierto

es que, de ordinario, hay graves querellas entre estudiantes y vecinos. Pero en los tiempos que corren las cosas han cambiado. El maestro Hontañón ha acudido en auxilio de la villa cuando esta lo ha necesitado. Justo es que los alcalaínos respondan del mismo modo.

—¡Abajo la puerta! —confirma el corregidor—. ¡Usad esas malditas teas!

Cuando los asistentes se aprestan a cumplir las órdenes, se oye otro grito:

—¡Así no, vecinos! ¡Venid conmigo!

El que así habla es don Alonso Pérez de Guzmán, el capitán de la Comunidad universitaria. Acaba de llegar, acompañado de otros porcionistas y de estudiantes de los colegios menores.

Guía a sus seguidores, a la carrera y espada en mano, desde la parte septentrional del edificio hasta la oriental, bordeando el colegio de San Pedro y San Pablo. Cierto, la entrada norte es la única que da acceso directo al patio mayor de escuelas, donde tiene lugar la contienda. Pero también resulta ser el ingreso principal, con las hojas más gruesas y recias. Derribarlas llevará demasiado tiempo. Eso sin contar con que, para impedir la llegada de refuerzos, podrían hallarse fortificadas en el interior.

El camino más rápido es, paradójicamente, el que más los aleja de allí. La única entrada del Colegio que siempre permanece cerrada, la más débil y desguarnecida: la puerta oriental.

Los béticos llevan gran ventaja. Bien reza el dicho de que no hay mejor defensa que un buen ataque. Durante días han estado ocultando armas en sus habitaciones, conscientes de que en breve se presentaría el momento de usarlas. La ocasión ha llegado antes de lo previsto. Cuando el rector ha desvelado ante el claustro todo el asunto del breve a Roma, se ha votado por encarcelar de inmediato a los doce implicados y abrir una investigación contra ellos.

Los maestros Cueto y Lizona han sido conducidos a prisión junto a los consiliarios Carvajal, Lagasca y el resto de sus cómplices.

Por fortuna, los integrantes de la facción andaluza estaban preparados. De madrugada, mientras el Colegio dormía, han liberado a los imputados. Tras subir todos a sus cámaras, han salido al patio mayor armados y dispuestos a hacer correr la sangre.

Los defensores, desprevenidos, han tardado en reaccionar. Algunos de ellos yacen heridos. Los que han logrado acceder a la armería luchan con todas sus fuerzas para proteger al rector. Pero están en desventaja. Su derrota resulta inevitable.

—Entregad las armas —les gritan sus atacantes— y os trataremos con clemencia. Si no... ¡que el diablo os lleve!

Pero ninguno de los malditos defensores está dispuesto a rendirse. Siguen luchando, con una desesperación que solo ha de traerles mayores daños y más dolor.

Batiéndose con rabia, el cordobés Rodrigo de Cueto logra abrirse paso hasta llegar al maestro Hontañón.

—He jurado atravesaros con mi daga —le dice—. Por Dios, que soy hombre de palabra.

Ataca con saña. Su adversario se defiende. Maneja el acero con más destreza de la que el agresor esperaba. Aquellos que insisten en mantener la paz no resultan dignos rivales en batalla; así opina el racionero andaluz. Se equivoca.

Pero la rabia resulta una aliada poderosa. Los ataques de Cueto obligan al rector a ir retrocediendo hasta quedar acorralado en una esquina, sin posibilidad de defenderse.

El bético nota en el pecho una euforia salvaje. Por fin podrá cobrarse la venganza que tanto tiempo lleva esperando.

—Rezad, señor rector —le espeta—. Veremos si Dios se digna escucharos.

Antes de que pueda asestar el golpe, algo lo empuja con fuerza brutal. Cae al suelo. El fámulo Cosme se ha abalanzado sobre él y lo mantiene aprisionado bajo el peso de su inmenso cuerpo.

—¡Perro traidor! ¡Maldito seas! —gruñe Cueto, intentando zafarse de aquel gigantesco adversario—. ¡En el infierno hay un lugar especial para los judas como tú!

A ciegas y sin espacio de maniobra, intenta apuñalar a su atacante. ¡Malhaya la hora en que Lagasca los convenció para fiarse de su primo...!

—Teneos, maestro Cueto —exige una voz—. O, por Cristo, que no dudaré en ensartaros como la rata que sois.

La punta de una espada acaba de aparecer ante los ojos del cordobés. Comprendiendo que de nada le sirve intentar resistirse, este suelta las armas, con el pecho hirviendo de rabia y una sonora maldición en la garganta.

El que lo apunta con su acero es el porcionista leonés Alonso Pérez de Guzmán. ¿Cómo demonios ha llegado hasta aquí?

Aún en el suelo, Rodrigo de Cueto mira a su alrededor. El espectáculo resulta dantesco. La chusma de la villa ha logrado entrar en el patio. Corren de un lado a otro del recinto berreando como reses espantadas por una tormenta. Sobre el cielo oriental brilla el resplandor de un fuego cercano. El edificio arde. Las llamas deben de encontrarse muy cerca, en el patio de continos.

Los béticos, que un instante antes paladeaban el triunfo, ahora son blanco de las iras del populacho. El propio rector, herido y cojeando, debe interponerse para evitar que los vecinos arremetan contra los causantes del motín.

—Estos hombres son colegiales. Están bajo mi protección —advierte—. Y quien alce una mano contra ellos habrá de vérselas conmigo.

Sobre la villa de Alcalá se cierne una madrugada lenta y fría. La luna se ha despedido temprano, dejando como vigías a unas estrellas ateridas que se asoman a las calles con desgana.

Tras el asalto a la universidad, los vecinos se han retirado a sus casas. Guiados por don Alonso de Guzmán, han irrumpido en el Colegio después de incendiar y forzar la entrada oriental, que da al patio de continos. Desde allí, atravesando el colegio de San Pedro y San Pablo, han destrozado otra puerta para acceder al patio mayor. Los cielos han querido que lleguen justo a tiempo para detener a los béticos, que a punto estaban de conseguir la victoria.

—Ya veremos después qué hacer con ellos. Por ahora, llevadlos a sus habitaciones —ha ordenado el rector tras prender a los responsables—. Y esta vez, por Dios bendito, aseguraos de que se quedan bien encerrados.

Una vez más, sus precauciones se revelan insuficientes. Al llegar el alba, no todos los reclusos siguen presos en sus dormitorios. Blas de Lizona ha abierto un agujero en el muro de su cámara, al amparo de la oscuridad. Desde allí se ha descolgado hasta la calle y ha conseguido huir del Colegio.

Gracias a Dios, ninguna de las heridas recibidas por los defensores del Colegio resulta de gravedad; excepto las del fámulo Cosme, que ha sufrido en carne propia ese par de puñaladas que Rodrigo de Cueto había prometido asestar al maestro Hontañón.

—Perdonadme, reverendo señor —suplica el sirviente, cuando el rector acude a visitarlo a la enfermería—. Yo sabía lo que planeaban. Prometí sobre la Biblia que mantendría el secreto. Ahora sé que hubiera sido preferible cometer perjurio —jadea. Tiene una dolorosa herida en el costado, que le dificulta la respiración—. Es culpa mía... Si os hubiera avisado a tiempo, nada de esto habría ocurrido.

Su oyente no responde. Aquel silencio puede encerrar desprecio, furia o conmiseración. Pero el criado no se atreve a alzar la vista hacia el visitante para estudiar la expresión de su rostro.

—En cierta ocasión mencionasteis que yo era el único en

quien os atrevíais a confiar... —añade, incapaz de soportar aquel mutismo—. Lamento no haber sabido mostrarme digno de esa distinción, reverendo señor.

Mantiene la mirada sobre el muslo de su interlocutor, allí donde este ha recibido una herida en su duelo con el maestro Cueto.

—Así lo dije en su día, cierto. Aunque ahora mismo no podría afirmar lo mismo —reconoce Juan de Hontañón. Su voz parece haber envejecido en el espacio de las últimas horas.

Junto a su silla descansa un bastón. El rector se apoya en él para ponerse en pie. Da la impresión de estar a punto de girarse y caminar hacia la puerta. Pero se detiene.

—¿Sabes, Cosme? Recuerdo que ese día también dije algo más: que agradecía al Señor el que estuvieras a mi lado —añade—. Esta noche, bien lo sabe Dios, eso sigue siendo tan cierto como entonces.

A día ocho de abril, el condestable de Castilla parte de Burgos al mando de tres mil infantes y seiscientos jinetes. Lleva consigo dos cañones, dos culebrinas y cinco piezas ligeras de artillería. Su intención es dirigirse hacia Tordesillas para reunirse allí con las tropas del almirante.

Tras meses de contienda, ha acabado aceptando que el conflicto no terminará hasta que todos los Grandes unan sus fuerzas. No pueden seguir así, intentando defender sus feudos por separado. Los malditos rebeldes aprovechan la dispersión de los ejércitos imperiales para asestar esos ataques traicioneros, repentinos y devastadores, que ese despreciable obispo Acuña identifica con la caída de un rayo divino.

Ha llegado el momento de cambiar de estrategia. Si los principales del reino se coaligan, no habrá esperanza para los insurrectos. No son más que populacho vil, peones y campesinos indignos de las picas que portan, e incapaces de manejarlas. Caerán ante las espadas de los nobles y los cascos de su caballería, aplastados como gusanos.

Don Íñigo Fernández de Velasco, el condestable de Castilla, habría iniciado la campaña hace un mes, de no ser porque ese renegado del conde de Salvatierra lo ha mantenido ocupado. El muy bellaco ha tenido la osadía de apoderarse de Vitoria y, desde allí, intentar capturar un gran convoy de artillería que se dirigía a Burgos. Dios quiso que el traidor no lograra apoderarse de tan preciado botín. Pues los defensores, viéndose incapaces de resistir frente al número de los asaltantes, lograron destruir los cañones antes de que estos cayeran en manos del enemigo.

Aunque ese vascuence arrogante ha recibido el pago que merecía. La respuesta de los Grandes no se ha hecho esperar. El duque de Nájera ha enviado refuerzos desde Navarra. Con su ayuda, los realistas han recuperado Vitoria. Después han ocupado Salvatierra, el feudo del conde; han asolado el valle de Cuartango, destruido el castillo de Morillas; y, al fin, aplastado los últimos restos del ejército insurrecto.

Pero, antes de que esto último ocurriera, el condestable ya había iniciado su viaje hacia el sur. Como hay Dios que Valladolid ha de sufrir los mismos estragos que los ejércitos de los Grandes ya han causado al rebelde alavés.

Los insolentes de Padilla y sus capitanes caerán antes de que acabe el mes. Y sus cabezas cortadas se exhibirán para servir de escarmiento a todos los miserables que aún siguen creyendo que las Comunidades y su ridícula Junta representan a Castilla y hablan en nombre del reino.

33

Desde su llegada a Toledo, hace apenas tres semanas, el obispo Acuña ha provocado enormes cambios en la ciudad. Ha movilizado militarmente a todo varón de entre quince y sesenta años. Ha creado tributos extraordinarios que afectan no solo a los pecheros, sino también a escuderos, caballeros y eclesiásticos, por mucho que estos últimos sectores estén exentos de contribución según las leyes del reino.

En cada parroquia, los agentes del obispo recorren casa tras casa, a fin de recaudar el nuevo impuesto, fijado de antemano según el censo de sus habitantes. Cuando no pueden conseguir dinero en metálico se incautan joyas, tapices, vajilla, sacas de trigo, toneles de vino... lo necesario para sufragar la cuantía de la tasa. Tan solo quedan pendientes los treinta mil ducados de oro solicitados al cabildo catedralicio; cantidad que, por supuesto, los prebendados se niegan a entregar.

Pero ese pago habrá de esperar. Por ahora, el obispo Acuña no se encuentra en la ciudad para realizar otra de sus multitudinarias visitas a la sede primada. Abandonó Toledo hace diez días, al frente de mil quinientos hombres. Se ha instalado en Yepes, donde se ha unido a las fuerzas del regidor Gonzalo Gaitán. Desde allí recorre la región, atacando los señoríos y desolándolos, como ya hiciera tres meses antes en Tierra de Campos.

Villaseca y el feudo de don Juan de Ribera son los primeros en sufrir sus iras. Después se enzarza en durísimos combates contras las huestes del prior de San Juan.

Las orillas del Tajo son testigos de violentos choques. Desde Illescas, al norte, hasta el monasterio de Santa María de La Sisla, al sur, el obispo de Zamora castiga la región a sangre y fuego.

Sus enemigos responden con la misma violencia. Así, los hombres del prior de San Juan se llegan una tarde hasta la pequeña villa de Mora, adherida a las Comunidades. Son ochocientos infantes y doscientos caballeros, a las órdenes de Diego López de Ávalos. Exigen la rendición del municipio. Pero sus habitantes se niegan, y combaten a los invasores con gran coraje, casa por casa.

Al fin, los vecinos se repliegan y se encierran en la iglesia. Los asaltantes incendian las puertas. Pero tras el coro hay almacenadas grandes cantidades de pólvora. El edificio explota con terrible violencia. Aquellos que no resultan muertos por el estallido agonizan asfixiados por el humo. Perecen en el templo más de tres mil personas, entre hombres, mujeres y niños.

Los hombres del prior acusan a las víctimas de ser culpables de la catástrofe, aduciendo que dispararon tiros de pólvora desde el interior de la iglesia. Y alegan que el responsable último es Acuña, por incitarlos a la rebeldía; pues nada de eso habría ocurrido si los vecinos hubiesen aceptado una rendición pacífica.

Las noticias de la masacre de Mora conmocionan toda la región. Pero las emociones humanas mudan con facilidad. La desolación pronto se troca en indignación; esta, en saña y deseo de venganza.

En Toledo y en Yepes, el pueblo derriba las casas de todos aquellos que aún se muestran contrarios a las Comunidades. Las tropas de Acuña saquean e incendian hasta los cimientos los sitios de Villaseca y Villaluenga, en persecución de don Juan de Ribera, que salva la vida a duras penas al lograr refugiarse en su castillo de Cerro del Águila.

En muchas leguas en derredor, son numerosas las villas y aldeas que exigen reparación. La Castilla nueva se ha levantado en armas.

—El pueblo clama venganza por la matanza de Mora. Y, por Cristo, que vamos a dársela.

El pañero Alonso de Deza pronuncia estas palabras con una aspereza poco habitual en él. La noticia de aquella horrible masacre ha trastocado los ánimos de todos.

—Atacaremos Santorcaz dentro de tres días. Huelga decir, hijo mío, que esto no debe salir de aquí. Recuerda que la resolución se ha tomado en secreto, sin consultar al concejo abierto.

Juan observa a su padre. Es hombre que cree en los principios de las Comunidades, en su promesa de escuchar al pueblo, de tomar las grandes decisiones en común. Sin embargo, desde lo ocurrido en Los Santos de la Humosa, los responsables del ayuntamiento han optado por llegar a ciertos acuerdos en privado. Resulta evidente que el diputado Deza no se encuentra cómodo con tal estado de cosas.

—Ya veo. —El joven inspira hondo. Por alguna razón que no sabe precisar, esta noche la estancia se le antoja diferente—. Imagino que el capitán Zúñiga estará complacido.

—Decir eso es quedarse corto. —De hecho, don Íñigo lleva largo tiempo intentando que el concejo apruebe un ataque contra la fortaleza de Santorcaz. Hace cosa de un mes, llegó incluso a expulsar del ayuntamiento a dos diputados y varios vecinos que se oponían abiertamente a la ofensiva—. Sé que lo admiras, hijo mío, pero has de ser precavido. No es buena cosa seguir a ciegas a un hombre demasiado vehemente.

Su interlocutor medita aquellas frases. Recuerda con claridad cierta conversación mantenida con el capitán Zúñiga a la salida del concejo, cuatro meses ha. «Alcalá, Santorcaz, Guadalajara...

Es un camino necesario, imparable... Formamos parte de algo grande; lo más grande que han visto los tiempos pasados, y quizá los futuros.»

—Disculpad el retraso, señor. —El bachiller Uceda acaba de entrar en la estancia. Trae en la mano un cartapacio y un estuche de madera—. El encargo me ha llevado más de lo previsto.

El diputado Deza toma la carpeta que su secretario le tiende y lo invita a sentarse junto a ellos. Mientras el pañero examina los documentos, Martín mantiene la mirada sobre una especie de mesilla instalada bajo el tapiz del dios Mercurio.

—¿Cuándo habéis mandado traer aquí ese mueble? —pregunta. La consola está cubierta de un vistoso lienzo de terciopelo que llega hasta el suelo.

—Será cosa de Marta, o de Leonor. Las mujeres, ya sabéis, siempre tienen que estar revolviendo la casa —responde el interpelado, sin dar mayor importancia al asunto. Toma varios de los documentos y se los entrega a Juan—. Quiero que veas esto, hijo mío. ¿Recuerdas que Martín vino conmigo el día en que fuimos a exigir a don Pedro de Tapia que rindiera el castillo?

El interpelado estudia los papeles. Son esbozos de la fortaleza de Santorcaz. Vienen acompañados de una serie de datos realizados con la precisión y el detalle de un experto que hubiera pasado largo tiempo estudiando la edificación; hay anotaciones sobre las dimensiones de la muralla, el tamaño de las cinco torres, el portón de acceso...

—¿Vos habéis hecho esto? —pregunta Juan incrédulo, en dirección al secretario—. Debéis de haber pasado horas y horas examinando el lugar. Días, tal vez...

—Unos pocos minutos —lo corrige su padre—. El tiempo que tardó don Pedro de Tapia en insultarnos y expulsarnos de allí. Lo suficiente para recorrer el perímetro de la fortaleza.

El joven Deza es incapaz de apartar la mirada de aquellos diseños. Cuanto más los mira, más crece su admiración.

—¿Y qué os parecieron las tierras de alrededor? —inquiere el señor de la casa, dirigiéndose de nuevo al secretario.

—Es terreno llano y abierto, sin pastos ni apenas bosques; hay trigo en abundancia, campos dispersos de vides y olivos. Buen terreno para las tropas de a pie y para transportar artillería; aún mejor para la caballería.

—¿Y el pueblo?

—Dista dos leguas de Alcalá. Resulta de fácil acceso; la cerca está derrumbada en varios puntos. Hay calles estrechas, de tierra; setenta y dos casas; calculad unos trescientos cincuenta vecinos, incluyendo a ancianos, mujeres y niños. Las construcciones son oscuras, sin ventanas, con cimientos de cantos y barro, tapiería de tierra, pilares de yeso y madera de olmo. No resistirían una ofensiva. La iglesia de San Torcuato, sin embargo, está hecha de piedra y techada en teja, con torre de mampostería y verdugadas de ladrillo. Es de esperar que los vecinos se refugien allí, a no ser que el alcaide les abra las puertas del castillo. —Se sitúa junto a Juan y se inclina sobre los papeles que este sujeta—. La fortaleza, por supuesto, sí representa un problema. —Va señalando ciertos detalles del dibujo—. De las cinco torres, esta supera mucho en altura a las demás. Observad aquí y aquí la posición de las troneras, y cómo la muralla es más débil en este punto...

Sigue un intercambio de detalles estratégicos entre los dos jóvenes, que el diputado Deza observa en silencio, sorbiendo su vino. Sonríe; aunque en ciertos instantes su rostro parece amagar un gesto de preocupación.

—Trasladaré todo esto al capitán Zúñiga. Dios sabe que nos será de gran ayuda. —Juan guarda los documentos en el cartapacio. Duda un instante, y luego añade—: El Señor os ha concedido un talento excepcional, don Martín. Podríais haberlo puesto al servicio del obispo Acuña, del capitán Padilla, de la Junta... ¿Qué os impulsa a quedaros aquí?

—Este es el lugar que me ha sido destinado —contesta el arriacense—. Y doy gracias a Dios por ello. Pues estoy justo donde quiero estar; un privilegio que los cielos conceden a muy pocos hombres.

Cuando se retiran los tres de la estancia, el bachiller Uceda regresa sobre sus pasos. Ha «olvidado» su estuche de madera. Una vez en la sala, cierra la puerta. Se dirige a la mesilla situada bajo el tapiz, se acuclilla ante ella y levanta el terciopelo que la cubre.

—Podéis salir ya, Leonor —dice, tendiendo la mano a la joven. Esta se halla encogida, oculta tras el paño—. Si es que las piernas os lo permiten.

La posición no resulta cómoda, cierto. Tanto es así que su interlocutora, dolorida y agarrotada, no acierta a incorporarse por sí sola. Martín la ayuda a levantarse y la conduce hasta uno de los sillones. Una vez allí, la muchacha se masajea los pies y los tobillos.

—¿En qué estabais pensando? Si vuestro padre o vuestro hermano llegan a sospechar algo...

—Bien está entonces que no lo hayan hecho.

El arriacense posa una rodilla en tierra. Sus ojos quedan a la altura de los de la joven.

—Leonor, escuchadme. Este es asunto serio. Nada de lo que habéis oído ha de salir de aquí. Debéis mantenerlo en secreto.

—Vos sois hombre de mundo. Yo, mujer de la casa. Apenas si se me permite salir de aquí. Decidme, Martín: ¿a quién podría contárselo? —suspira—. A no ser que temáis que vaya con el chisme a las gallinas, los cerdos o los caballos.

El secretario se incorpora. Cruza los brazos sobre el pecho.

—Levantad el ánimo. Las cosas no siempre serán así.

—Para un hombre resulta fácil decirlo. Una vez me comentasteis que un varón afortunado puede tener varios hogares; una mujer puede darse por dichosa si llega a tener uno. —Fricciona con los dedos el tobillo derecho, que se resiste a recuperar la sensibilidad—. Vos disfrutáis de casa aquí, también en Guadalajara. Y mi hermano dice bien: si lo desearais, aún podríais tener otra en Toledo, o en Valladolid. Pero ¿yo? —Niega con la cabeza—. No me espera más destino que vivir encerrada en la casa de un padre, o en la de un esposo, o entre los muros de un convento. No intentéis llamarme a engaño. Para vos, las cosas no siempre serán como ahora. Para mí, sí.

Martín no responde. Se ha alejado unos pasos de ella, hasta una mesita cercana. Sobre ella descansa el estuche de madera que contiene los carboncillos, tizas y sanguinas que usa para preparar sus bocetos.

—¿Y si os dijera, Leonor, que no tiene por qué ser así?

Ha dudado mucho antes de pronunciar esas palabras; porque tienen un precio. Y debe estar dispuesto a pagarlo.

—No os entiendo.

—Puede que exista otra opción. En ciertos casos, muy especiales, una mujer puede buscar otra vía. Una forma de salir al mundo; o, mejor dicho, de que el mundo venga a ella. ¿Recordáis cuando hablamos de las *puellae doctae*?

Su interlocutora asiente. Los cielos le han concedido una belleza tan deslumbrante que ciega a quienes la contemplan. Y les impide ver que, bajo ese cuerpo que inflama envidias y pasiones, hay algo aún más hermoso. Un alma penetrante, despierta, inquisitiva, voraz. Una inteligencia profunda y valiosa, que se ahoga en busca de aire.

Martín lo sabe bien. En su día, los cielos le concedieron la gracia de conocer a otra mujer así. Tal vez sea la única capaz de ayudar a Leonor... aunque se prometiera a sí mismo, hace tiempo, que no volvería a recurrir a ella.

—Dejadme hablar con vuestro padre, Leonor. Veremos qué puede hacerse. Mientras tanto, os lo ruego, intentad no darle motivos de enojo.

Pues duda que el señor Alonso se muestre muy favorable si descubre a su hija espiando tras los muebles de la casa.

Una vez más, Lucía estaba en lo cierto al preocuparse por su amiga. Pero Martín no podrá decírselo. Ni tampoco confesarle todas esas otras cosas que tanto anhela compartir con ella. La muchacha no solo rehúsa reunirse con él en el almacén de la torre. También ha dejado de acudir al pozo. Ahora es Tomasa quien sale a buscar agua al amanecer, dando tirones implacables que arrancan agudos chirridos a la polea de metal.

—Dicen que en la fortaleza de Santorcaz hay pozos ásperos, profundos y oscuros, que hacen las veces de celdas —afirma Baltasar, el hijo del sastre Cevallos—. Y que allí es donde el alcaide encierra a sus prisioneros...

—En tal caso, intenta que no te capturen, botarate —lo interrumpe el zapatero Miguel Campos. Su amigo tiene talento de zapador cuando se trata de minar la moral de la tropa. En efecto, varios compañeros de filas muestran evidentes signos de temor; algo nada conveniente ahora que ya están a la vista del objetivo.

Las milicias de Alcalá, portando al pecho sus cruces rojas, casi han recorrido las dos leguas que los separan de Santorcaz. Allí les espera una sorpresa. Los habitantes de la villa han abandonado sus casas; no para refugiarse en la iglesia, ni en el castillo, sino para formar a campo abierto, en el paraje de Valdenegras.

El capitán Zúñiga, al mando de las tropas complutenses, ha dado orden de que sus hombres se detengan. Es evidente que el rival los está esperando. De nada han servido las precauciones; incluso planeando la operación en secreto, esta ha llegado a oídos del enemigo. El delator no se encuentra en las filas del común, sino entre los oficiales del concejo cerrado.

Pero no es este su único motivo de preocupación. La estrategia del adversario se le antoja un sinsentido. ¿Por qué luchar a campo abierto, en inferioridad de fuerzas y sin apoyo de la caballería? Lo consideraría un suicidio, de no ser porque su experiencia en el campo de batalla le hace temer que se trate de una trampa.

Sin previo aviso, los habitantes de Santorcaz echan a correr a la desbandada. Antes de que los oficiales acierten a coordinarse, las milicias alcalaínas se han lanzado en persecución del adversario en retirada, rompiendo filas, gritando a todo pulmón.

—¡Que nadie se mueva, por Cristo! —ordena Juan de Deza a los hombres bajo su mando—. ¡Teneos todos donde estáis!

Algunos pocos oficiales, más disciplinados, logran contener a sus tropas. Pero la mayoría de estas corren ya por los campos, con la sangre inflamada ante el aparente derrumbe del enemigo.

Entonces, cuando los perseguidores se hallan a la distancia adecuada, la artillería de la fortaleza comienza a disparar sobre ellos. Algunos hombres caen al suelo. El resto se dispersa entre gritos de pánico. Justo en ese momento la caballería del alcaide hace su aparición, dispuesta a caer sin piedad sobre los enemigos en desbandada.

—¡Maldita sea! ¡Van a masacrárnoslos! —aúlla el capitán Zúñiga—. ¡Deza! ¡Aguilar! ¡Sacad a los heridos y cubrid la retirada! ¡Los caballeros, conmigo!

El plan de batalla se ha desbaratado por completo. El ejército de la Comunidad alcalaína no llegará a Santorcaz; ni, mucho menos, a su castillo. Sea cual sea el resultado de la contienda, se decidirá aquí, sobre los campos de Valdenegras.

La casa del sastre Pedro de León está conmocionada. Andrés ha vuelto de Santorcaz herido de gravedad, alcanzado por un tiro de artillería.

—Aún es pronto para evaluar el alcance de las heridas —informa el cirujano a la familia—. La bola cayó a cierta distancia, pero aun así logró causarle daños. Agradeced al Todopoderoso que vuestro hijo tuviese a un compañero dispuesto a sacarlo de allí.

En efecto, Miguel Campos ha soltado su pica para cargar a su amigo sobre los hombros. Este yacía sobre el suelo, incapaz de moverse; ciego, aturdido, cubierto de sangre.

Esa misma noche, el joven zapatero acude a casa de maese Pedro para preguntar por el estado de Andrés. El sastre lo recibe con grandes muestras de agradecimiento, invocando sobre él la bendición de los cielos. Atrás queda ese tiempo en el que amenazara con darle muerte por no respetar su compromiso con Lucía.

Más tarde, cuando Miguel abandona la vivienda, alguien susurra su nombre desde una de las ventanas del taller. El joven se aproxima; no puede evitar extrañarse al comprobar que quien lo reclama es su antigua prometida.

—Mi padre no me permite hablar contigo —le revela, apenas en un murmullo—. Pero... los cielos saben que necesito darte las gracias, Miguel.

El zapatero queda sin palabras. Se lleva la mano al crucifijo que pende sobre su pecho. Se ha esforzado mucho por dejar atrás las sensaciones que le provocaba la proximidad de Lucía. Ahora comprueba que aún no las ha olvidado del todo.

—Siento no haber sabido hacer las cosas mejor —admite—. Lo siento de veras.

Aquellas palabras representan una sentida disculpa dirigida a su interlocutora. Aunque ella, sin percibirlo así, entiende que aluden a lo ocurrido hoy con su hermano.

—¿Puedo preguntarte algo? —añade la joven—. ¿De verdad sientes que esto haya sido una victoria?

Así se interpreta en la villa el enfrentamiento de Valdenegras; como un éxito sobre un enemigo «que se ha ayudado más de la ligereza de los pies que de la destreza de las armas». Muchos dicen que la habilidad y la valentía del capitán Zúñiga —que se ha arrojado a la cabeza de sus caballeros contra las lanzas enemigas—, ha desbaratado la estrategia del alcaide Tapia, convirtiendo en triunfo lo que ya se presentaba como una derrota.

Miguel alza la mirada al cielo. Dios sabe que concuerda con la joven. Pero ha aprendido que no puede manifestar sus dudas ante sus oficiales ni sus compañeros de filas. La guerra parece ser un ejercicio que no admite incertidumbres ni escrúpulos.

—¿Sabes, Lucía? Llevo preguntándome eso mismo desde el inicio de este bendito conflicto.

Los cielos saben que puede estar equivocado; de hecho, a veces reza por que sus impresiones resulten engañosas. Pero lo cierto es que no puede evitar la sensación de que, gane quien gane cada batalla, Castilla siempre sale derrotada.

Aunque ahora mismo, aquí, en presencia de su antigua prometida, todos esos pensamientos parecen haber perdido consistencia.

—Debo decirte algo —añade, antes de que su interlocutora se retire. Puede que no tenga otra oportunidad de hacerlo—. Rezo por ti cada noche, Lucía. No nos corresponde juzgar los designios del cielo, pero...

Aprovechando esta vacilación, la hija del sastre se despide y cierra la ventana.

—Lo entiendo, Miguel. Dios te guarde.

El joven queda solo, en la calle ya oscurecida. No ha tenido ocasión de expresar lo que tanto ansiaba decir. Espera de todo corazón que el futuro de Lucía le traiga prosperidad y ventura. Que le depare algo mejor de lo que él hubiera podido darle.

En los últimos días, el condestable de Castilla prosigue su avance imparable hacia Valladolid. Desde Castrojeriz envía cartas a todas las poblaciones cercanas. Las conmina a rendirse, entregando trescientos ducados y todo su armamento a cambio de evitar represalias. Diez de las doce villas requeridas responden sometiéndose. Solo dos de ellas —Torquemada y Becerril de Campos— se niegan.

Tres días más tarde, el ejército burgalés irrumpe en Torquemada. Los contingentes del municipio son incapaces de resistir al enorme número de los invasores. El condestable exige ahora quinientos ducados. Luego se dirige a Becerril, cuya guarnición se ha reforzado con fuerzas procedentes de Palencia. Tras bombardearla con la artillería, sus hombres someten la población a un ferocísimo saqueo, realizando varias ejecuciones entre los vecinos. Los capitanes comuneros que la defienden son capturados, pese a haberse acogido a sagrado en una iglesia.

Sin desviarse hacia Palencia, sus huestes siguen su avance hacia el sur. Se apoderan sin dificultades de Palacio de Meneses. Una fuerza de tan solo cincuenta lanzas da muerte a sesenta escopeteros y captura a los otros noventa soldados que formaban la guarnición defensora. Tres días más tarde, el condestable se encuentra en Peñaflor de Hornija.

Allí se le unen las fuerzas del almirante de Castilla. Y las del duque de Medinaceli, las de los condes de Haro, de Benavente, de Alba de Liste, de Castro, de Osorno, de Miranda, de Cifuentes, las de los marqueses de Astorga y de Denia y las de numerosos gentileshombres de menor alcurnia. Todos ellos, deseosos de aplastar de una vez por todas a Padilla y sus capitanes. Y así, sofocar para siempre el espíritu levantisco de las Comunidades.

—Hay un traidor aquí, entre nosotros —clama el capitán Zúñiga—. Como hay Dios que vamos a descubrir quién es. Y una vez que lo hagamos, a ese miserable le espera la picota.

Los oficiales del ayuntamiento alcalaíno se han reunido a puerta cerrada. Dos alcaldes, un alguacil mayor, tres regidores, dos capitanes, diez diputados, un procurador, un solicitador y el escribano del concejo. Todos ellos han jurado sobre la Biblia que no han informado al alcaide de Santorcaz sobre esa maniobra que los capitanes de la Comunidad habían ideado para sorprenderlo. Por culpa del delator, don Pedro de Tapia se defendió con una estratagema que a punto estuvo de costar muy cara a las milicias de la villa.

El regidor Baena carraspea. Su mano huesuda se aferra a la vara de justicia como la garra de un ave carroñera. De sobra sabe que algunos de los allí presentes dudan de su fidelidad a la causa. También sabe que el mejor modo de desviar los recelos es encontrar a alguien que resulte aún más sospechoso.

—Todos hemos jurado sobre las Santas Escrituras. Y no creo, señores míos, que ninguno de los presentes sea capaz de cometer el sacrilegio de mentir al respecto —apunta—. Tal vez el traidor no esté aquí entre nosotros, sino entre las gentes de nuestra casa. La mayoría de ellos son convecinos, nacidos y criados en la villa. Pero ¿a nadie más le inspira aprensión el que el secretario del diputado Deza resulte ser un arriacense?

—Confío en don Martín de Uceda como en mí mismo —replica el aludido. Su voz delata la justa irritación que acompaña las protestas de todo inocente. Pero los semblantes que lo rodean demuestran que las insinuaciones del anciano regidor han calado en los ánimos de los presentes.

—La confianza es prenda de espíritus nobles —admite don Francisco de Baena. Ya que es el diputado Deza quien menos se fía de él, bien está desviar las sospechas del concejo hacia su hogar—. Pero, por desgracia, puede resultar peligrosa. Nada objetaré a que confiéis a ese forastero vuestra persona, vuestra casa; incluso vuestra hacienda, si así os place. Pero ¿poner en sus manos el destino de la villa? —añade, con ecos de fingida preocupación—. Me temo, señor Alonso, que eso no es algo que os corresponda decidir tan solo a vos.

—El concejo se plantea hacer lo mismo que en Madrid: revisar toda la correspondencia que sale de la villa —suspira el diputado Deza—. Así nadie podrá mandar despachos al enemigo.

No es algo que resulte de su agrado, como ya declaró en su momento. Pero no todos se mantienen fieles a sus posturas de antaño. Cuando, hace unos meses, el ayuntamiento propuso tomar esa misma medida, el capitán Zúñiga se manifestó tajantemente en contra. Ahora ha pasado a convertirse en uno de sus más fervientes defensores. La desconfianza y el temor transforman a los hombres; siempre a peor.

Juan repasa con las manos los brazos de su silla. No comprende por qué su padre muestra tal desagrado ante aquella disposición.

—No es mala idea, a fe mía. Así, quienquiera que sea el delator, tendrá los días contados.

—A no ser que envíe sus informes a través de la universidad, o del cabildo de la magistral —interviene Martín—. Y, en mi opinión, es muy probable que lo esté haciendo así.

Ambas instituciones producen una ingente cantidad de correo. La primera se rige por una jurisdicción propia; la segunda, por el fuero eclesiástico. Ninguna de ellas obedece a las normas y leyes del ayuntamiento.

—Temo que eso sea cierto —corrobora el señor de la casa—. Y dudo mucho que el rector de San Ildefonso o el abad de San Justo permitan que el concejo de vecinos examine su correspondencia.

El bachiller Uceda permanece pensativo.

—No todos los oficiales del ayuntamiento podrían emplear tales cauces. Si establecemos cuáles de entre ellos cuentan con apoyos sólidos en el Colegio o la magistral, apuesto a que la lista de los veintiuno se reduciría a tres o cuatro. Tal vez incluso a menos. —Calla un instante. Luego añade—: Recuerdo que don Diego, uno de los hijos de don Francisco de Baena, es clérigo y canónigo de la iglesia de San Justo.

El diputado Deza deja escapar una sonrisa amarga. Con razón aquel condenado regidor pone tanto empeño en señalar como sospechosos los hogares ajenos.

Las fuerzas realistas, integradas por la flor y nata de la aristocracia castellana, se concentran en Peñaflor, a tres leguas escasas de Torrelobatón.

El capitán Padilla y sus compañeros esperan en vano la venida de refuerzos. Tan solo llegan unos pocos hombres procedentes de Zamora, Salamanca y Medina del Campo.

—¿A qué diantres esperan en Valladolid? —protesta el segoviano Juan Bravo. La Junta ya hubiera debido enviar numerosas tropas, portando el pendón de la ciudad.

La respuesta a esa pregunta aún se retrasa unos días. Entonces, a veinte de abril, los contingentes vallisoletanos hacen su entrada en Torrelobatón. Son mucho más escasos de lo esperado. Y vienen comandados por un muchacho al que apenas le empieza a brotar el bozo.

—Soy el colegial don Diego López de Zúñiga, señor —se presenta el susodicho ante Padilla y el resto de los capitanes. Según informa, hace dos días prestó el juramento de ponerse al frente del contingente y llegar hasta la muerte, si fuera menester, al servicio del rey y por el bien de Castilla. Desde entonces lleva esperando a que la Comunidad le conceda autorización para salir de Valladolid. Hasta que hoy, consciente de lo mucho que el tiempo apremia, ha decidido partir por su propia voluntad, aun sin el permiso oficial.

—¿Qué hay del regidor Godinez? —pregunta Francisco Maldonado. Todos esperaban que fuese él quien llegase a Torrelobatón al frente de las milicias vallisoletanas—. ¿Por qué no ha venido?

—Don Luis Godinez rehúsa aceptar el mando de las tropas, señor —responde el muchacho. Por cuanto parece, la Junta lo ha amenazado con todo tipo de sanciones si persistía en su negativa: la confiscación de sus bienes, la destrucción de su casa, la calificación de sospechoso, con su posible condena a muerte. No ha habido caso. Godinez insiste en que prefiere perder la cabeza antes que enfrentarse al condestable.

Cuando el muchacho se retira, los capitanes Padilla, Bravo y los primos Maldonado quedan en silencio. Tan solo se escucha el ulular del viento y el golpeteo insistente de la lluvia, que se abate con fuerza contra los muros de la fortaleza.

34

—Varios de los oficiales del concejo sospechan que sois vos quien ha estado informando de nuestras decisiones al alcaide de Santorcaz y al Infantado —admite el diputado Deza ante su secretario—. Pese a mis esfuerzos, no he podido convencerlos de lo contrario.

Martín observa sus manos, que descansan sobre la escribanía. Por mucho que los limpie al final de cada jornada, los dedos de la diestra conservan la sombra oscura de la tinta.

—¿Y si jurase sobre la Biblia que no soy responsable de eso, como vos habéis hecho?

—Temo que no serviría de nada —responde su patrono—. Sospechoso de una traición, sospechoso de ciento.

El bachiller Uceda se levanta y se aproxima a la ventana. Está abierta al aire tibio de la primavera.

—Nada importan mis creencias, mis palabras ni mis actos. Soy vecino de Guadalajara. Eso es lo único que cuenta. —Pese a todos sus desvelos, aquel hecho basta para convertirlo en blanco de los peores recelos.

—El concejo ha votado que el diputado Juan de Aguilar se encargue de la correspondencia a partir de ahora —añade su interlocutor—. Esa responsabilidad ya no recae sobre mí. De hecho, se ha decidido revisar cualquier documento que salga de esta casa.

Aunque el arriacense no es hombre dado a manifestar sus emociones, resulta evidente su preocupación. Y eso que la peor parte del asunto está por llegar.

—Aún hay más —agrega el pañero—. Puesto que se os considera sospechoso de traición, nuestros capitanes han designado a dos hombres para que os escolten cada vez que salgáis a las calles. Me permito deciros, muchacho, que no sería buena idea intentar esquivarlos. Pues, aunque su compañía pretende evitar que cometáis acciones contra la villa, es más probable que en realidad hayan de servir para protegeros a vos.

El bachiller inspira hondo.

—¿Insinuáis que sería preferible para mí no salir de la casa? ¿Que corro peligro ahí fuera?

—No sabría decirlo, muchacho. Es difícil saber si los rumores de espionaje y traición circulan o no por la villa; y, aún más, qué tipo de reacciones podrían provocar entre los vecinos. —El pañero aguarda unos segundos antes de rubricar—. En cualquier caso, os aseguro que aquí dentro estáis a salvo.

Su interlocutor permanece en silencio, con la cabeza hundida entre los hombros.

—Perded cuidado, don Martín. Este malentendido se aclarará pronto. No me cabe la menor duda. —Alonso de Deza repasa con los dedos el borde de su escribanía—. Pero eso significa que, por ahora, no podéis seguir desempeñando las funciones que acordé con vuestro antiguo patrono antes de vuestra venida.

Su pacto con don Diego de Esquivel incluye mantener bien protegido al bachiller en esta casa. Es menester, por tanto, buscarle otro acomodo; aunque este resulte ser inferior a su mérito y condición.

—¿Recordáis aquello de lo que hablamos el otro día? —prosigue el pañero—. ¿Sobre cómo nuestra buena reina Isabel ordenó que las damas de su séquito se instruyesen en el latín, la filosofía y las ciencias?

—Las *puellae doctae* —asiente el arriacense.

—También dijisteis que en nuestra villa de Alcalá hay una joven excepcional, doña Isabel de Vergara, que es digna sucesora de aquellas, y espejo en el que otras muchachas podrían mirarse.

El bachiller se gira hacia el interior de la estancia.

—Corregidme si me equivoco, señor Alonso. Tuve la impresión de que no aprobabais que vuestra hija siguiera ese camino.

El señor de la casa apoya la espalda contra el respaldo de su silla. Siempre ha sabido que su pequeña Leonor era especial. Que, a diferencia de las demás mujeres, sería feliz si pudiese vivir lejos del matrimonio y rodeada de libros. Pero tenía por indudable que tal estado de cosas, aceptable en el caso de los varones, resulta del todo inapropiado para una hembra.

Se da el caso, sin embargo, de que en esta misma villa existe una dama que guía su vida por idéntico modelo. Y que no es mujer merecedora de vilipendio, sino integrante de una de las familias más ilustres y respetadas del reino.

Se trata de doña Isabel de Vergara, tan cultivada como los propios maestros y doctores de la universidad. Y sus hermanos, tutores de la dona por ser sus más cercanos parientes masculinos, no parecen albergar intención alguna de que ella se despose.

—Os seré sincero, don Martín. Aún tengo mis dudas. Pero creo que cuando los cielos nos envían una señal, es necedad cerrar los ojos. —Presiona con ambas manos la escribanía, como si comprobase la solidez del tablero—. El día en que hablamos de ese tema no podía pensar en nadie capaz de convertirse en guía y tutor de mi hija. Ahora, sin embargo, sí hay alguien a quien me atrevería a confiar esa tarea. Pues sucede que conozco a ese hombre, ya que se encuentra a mi cargo; y acaba de ser relevado de las funciones que desempeñaba hasta ahora.

El interpelado desvía la mirada. Bien sabe Dios que no era este el desarrollo que esperaba cuando sacó a colación aquel bendito tema.

—¿Qué decís, don Martín? ¿Os encargaríais vos de instruir a Leonor en el conocimiento del latín? ¿De abrirle las puertas a la filosofía y las ciencias? Vuestra fue la idea, recordadlo.

Un chirrido proveniente del patio hace que el arriacense vuelva a mirar por la ventana. Lucía está allí, tan cercana y tan inalcanzable. Mientras saca agua del pozo, la muchacha mira en todas direcciones, como un conejillo asustadizo dispuesto a emprender la huida ante la menor sospecha de la cercanía del lobo.

El bachiller se gira de nuevo hacia su patrón. Realiza un gesto de aquiescencia. Vino a esta casa por una razón. Ahora tiene más de una para permanecer en ella.

—Es locura quedarnos aquí —don Juan de Padilla ha reunido en sus aposentos al segoviano Juan Bravo y a los salmantinos Francisco y Pedro Maldonado—. No vamos a recibir más auxilio de Valladolid, y el pueblo de Torrelobatón nos es hostil.

No cabe esperar otra cosa tras el feroz saqueo que sufrieron sus casas y haciendas. Y tampoco ayuda el hecho de que el capitán toledano amenazara con ahorcar a los vecinos para conseguir que el teniente Osorio le rindiera la fortaleza.

—Eso sin contar con que buena parte de la tropa se niega a aceptar órdenes —añade Francisco Maldonado—. No habrá forma de imponer disciplina mientras sigamos entre estos condenados muros.

—Vive Dios que es cierto —corrobora el toledano—. Y, para colmo de males, ni siquiera disponemos de víveres suficientes para soportar un asedio. Nuestra única esperanza consiste en retirarnos y buscar una posición más ventajosa.

Mueve el dedo sobre el mapa, en dirección suroeste. Allí, a menos de diez leguas, se encuentra la guarnición de Toro.

Francisco Maldonado asiente. La conoce bien. Sin duda, es

mejor lugar que este para fortificarse. El problema estriba en llegar hasta la plaza.

—No lo conseguiremos —declara Juan Bravo—. La ruta nos obliga a avanzar varias leguas por la ribera del Hornija. Es tierra traicionera, convertida en barrizal a causa de la lluvia. La artillería quedará atascada en el lodo. La caballería apenas podrá maniobrar...

—También el enemigo trae artillería. Y más lanzas que nosotros. —Es la respuesta de Padilla—. Tendrán que hacer frente a las mismas dificultades. Pero nosotros comenzamos la carrera con tres leguas de ventaja. Tal vez más si salimos antes de las primeras luces y ellos tardan en reaccionar.

Queda, pues, decidido. Corre la tarde del veintidós de abril. Los preparativos habrán de realizarse en lo que queda del día.

Mañana antes del alba partirán hacia Toro, perseguidos por un enemigo feroz, despiadado y muy superior en número. Que Dios los proteja. A ellos, a sus hombres y a toda Castilla.

Lucía cierra los ojos. Siente deseos de llorar, aunque sabe que no debe hacerlo.

—Todos dicen que debiera sentirme feliz y dar gracias al cielo —murmura, acercándose más a Leonor—. Y me siento dichosa, y lo agradezco, Dios sabe que sí.

Su hermano Andrés se ha recuperado de casi todas las heridas que recibiera el día en que las tropas de la villa marcharon a Santorcaz. Pero su ojo izquierdo permanece vendado. El cirujano asegura que aún es pronto para saber si llegará a recuperarlo o no.

Aquella experiencia parece haber afectado profundamente a su madre, cuyos vértigos, desmayos y dolores se han agravado aún más.

Así pues, el sastre Pedro de León ha decidido hacer todo lo

posible para granjearse el favor de los cielos. A fin de lograrlo, ha ordenado que Lucía acuda a dos misas matutinas y por las tardes asista en el hospitalillo de Nuestra Señora de Antezana, atendiendo a los enfermos, para que sus sacrificios redunden en el bien de su hermano y de su madre.

—Sabes que estuve junto a la cama de Andrés, día y noche, hasta que pudo levantarse. Y después de eso...

Se le ahoga la voz en la garganta. Leonor pasa el brazo alrededor de los hombros de su amiga y la aprieta contra sí. Ambas están sentadas en el extremo interior del banco del zaguán, apartadas de la luz primaveral que se filtra desde el patio y acaricia los azulejos del zócalo.

—Mi padre dice que yo tengo la culpa de todo. Que nada de esto habría pasado si yo me comportase como una buena hija. Que estoy trayendo la desgracia a nuestra casa. Y que, de aquí en adelante, las cosas van a cambiar.

Por de pronto, ha dictaminado que Lucía olvide ese desatino de aprender a leer y escribir. Además, debe vestir ropa de penitente y ayunar un día a la semana.

—¿Por qué, Virgen santa? ¿Por qué tengo que cargar yo con las culpas de todos? —se lamenta—. ¿No es suficiente con que pague por las mías?

—Tu padre entrará en razón —responde su amiga—. Nos encargaremos de que así sea.

—No. No lo hará. Lo sabes tan bien como yo. Siempre seré yo quien tenga que sacrificarse. —En el tono de la joven ya no hay lágrimas, sino rabia, amargura y frustración—. A veces pienso que debería...

Se interrumpe. El bachiller Uceda acaba de aparecer. Trae dos libros bajo el brazo. Queda anonadado al ver a Lucía vestida con aquel tosco hábito de estameña.

—¿Ya es hora de nuestra clase? —pregunta Leonor, sorprendida. Aun así, no se mueve.

—Es pasada la hora —confirma el interpelado—. Pero, si estáis ocupada, podríamos comenzar más tarde —añade. Así y todo, también él parece reacio a moverse de allí.

—No será necesario. —Lucía se incorpora—. No tiene sentido retrasar aún más algo que ya se ha demorado demasiado.

Se dirige a la puerta del patio. Antes de traspasarla, se gira para mirar atrás. Leonor ya ha entrado en la vivienda. Martín sigue en el zaguán.

Parece incapaz de apartar los ojos de Lucía. Cuando ella se percata, detiene el paso. Sin decir palabra, tira de un cordoncillo que cuelga de su cuello. De su extremo pende un pequeño objeto metálico, tibio por el contacto con la piel. Es la llave que da entrada al aposento.

Una fuerza de cuatro mil infantes se dirige hacia el sur por la ribera del río Hornija. Han abandonado Torrelobatón de madrugada, bajo un aguacero torrencial. Avanzan con gran esfuerzo, cabizbajos, azotados por el temporal, arrastrando los pies cargados de barro. Se diría que la mayoría de ellos sean cuerpos sin alma, que caminan por pura inercia, al borde del desfallecimiento.

Tras el primer cuerpo de infantes viene la caballería ligera, comandada por el segoviano Juan Bravo y los salmantinos Pedro y Francisco Maldonado. Las bestias protestan, con los arneses y la piel empapados. Sus cascos resbalan en el lodo, amenazando con hacerles perder el equilibrio. Los sigue la artillería, cuyos portadores, jadeantes y sudorosos, pugnan por no quedarse atascados en el fango a cada paso. Tras ellos, los escopeteros caminan encogidos, implorando a los cielos que el aguacero no inutilice sus armas. Cierra la marcha el capitán Padilla al mando de cuatrocientas lanzas. Los jinetes y picas de la retaguardia vuelven la cabeza a cada paso, oteando la llanura, mientras rezan por no ver aparecer al enemigo.

Sus oraciones no obtienen la respuesta esperada. Cuando llevan recorridas unas tres leguas, las fuerzas rivales despuntan sobre el horizonte. Los exploradores llegan sofocados para anunciar la fatal noticia:

—Señor, el conde de Haro se ha lanzado en nuestra persecución con los caballos. Vienen cerca de seiscientas lanzas. Han dejado atrás la artillería y a los hombres de a pie para darnos alcance cuanto antes.

El capitán toledano convoca a los mensajeros. Los cielos saben que la situación de sus tropas es poco menos que desesperada. Pero aún hay una posibilidad, si las escuadras reaccionan a sus órdenes con rapidez:

—Cambio de rumbo. Retrocedemos hacia el pueblo —señala la pequeña localidad de Vega de Valdetronco, que queda a sus espaldas—. Allí nos reorganizaremos y plantaremos cara a nuestros perseguidores.

No es mal espacio para montar la artillería. Y la defensa que ofrecen las casas representa su mejor opción frente a la caballería enemiga, cuya carga resultaría devastadora en la llanura infinita que los rodea. Con sus seiscientas lanzas, el conde de Haro y los Grandes que lo siguen provocarían una auténtica masacre entre las filas de las Comunidades, formadas en su mayor parte por tropas de a pie.

Los mensajeros parten al instante para anunciar el cambio de estrategia. Pero la columna, lejos de replegarse, prosigue su avance. Al poco, Francisco Maldonado deshace el camino hasta la posición de Padilla.

—Los hombres se niegan a retroceder —anuncia el salmantino, sin resuello—. No hay modo de hacerles entrar en razón. Se empeñan en llegar a Villalar. Dicen que allí será más fácil defenderse.

El toledano otea la población, situada a legua y media de distancia frente a ellos.

—No lo lograremos. Los tendremos sobre la retaguardia antes de llegar a las casas. Y, aun si por un milagro consiguiésemos alcanzarlas, no nos daría tiempo a desplegarnos.

Pero los hombres de la vanguardia persisten en su actitud. Padilla maldice en silencio. No le queda sino ceder y continuar la marcha, con los perseguidores cada vez más cerca.

—Formad a las tropas a medida que lleguen al pueblo —ordena al salmantino, antes de que este vuelva a su posición—. Por Cristo, que vamos a necesitar la ayuda de los cielos para salir de esta.

Francisco Maldonado regresa junto a su primo y el segoviano Juan Bravo, para adelantar la caballería ligera y organizar la defensa.

Parte de la vanguardia ha alcanzado las calles de Villalar. Pero cuando los capitanes intentan formar a los hombres para combatir, estos se niegan a acatar las órdenes. Están extenuados, vencidos ya antes de alzar las armas. Algunos se arrancan las cruces rojas del pecho. Hay incluso quienes las sustituyen por blancas y huyen a campo abierto, esperando aprovechar la confusión y escapar así de las iras de los Grandes.

La retaguardia aún se encuentra a una legua de distancia. Allí, sobre el arroyo de los Molinos, la caballería enemiga se abate sobre ellos.

En vano intenta Padilla formar a los hombres. Las milicias arrojan las armas, despavoridas, y echan a correr hacia el puente del Fierro.

—Combatid, castellanos, por vuestra vida y por el reino —grita el capitán toledano. Solo unos pocos hombres lo escuchan, y cierran filas a su alrededor. Los demás son aplastados por el embate de la caballería contraria, que se lanza sin piedad sobre los enemigos agotados y a la fuga, causando una auténtica masacre entre ellos.

Padilla y sus seguidores intentan sin éxito contener al adversario. Hasta en tres ocasiones carga contra los imperiales, mientras los hombres siguen cayendo en torno a él. En el último ataque lo acompañan tan solo cinco escuderos.

Su lanza se quiebra, un arma enemiga le atraviesa el muslo. Se desploma sobre el suelo embarrado. A su alrededor, la campiña de Villalar absorbe la sangre de cientos de cuerpos. Apenas una docena de ellos pertenecen al bando adversario.

La batalla es tan cruenta como breve. Para cuando la infantería de los imperiales llega al lugar, todo ha acabado. Los soldados pueden entregarse sin reparos a las labores del carroñero: rematar a los heridos y despojar los cadáveres. La caballería, guiada por el conde de Haro, ha seguido adelante, persiguiendo a los últimos restos del ejército rebelde hasta las inmediaciones de Toro.

En las filas de las Comunidades los muertos se cuentan por centenares. Los prisioneros rondan el millar. Entre estos se encuentran Padilla, Bravo y los primos Pedro y Francisco Maldonado.

En la pequeña plaza de Villalar se está levantando un cadalso. Por toda la comarca se corre la voz de que allí va a ajusticiarse a los principales capitanes de la Junta.

—Y dicen que morirán por degüello, y que pondrán sus cabezas en picas —comentan los vecinos, admirados. Jamás tan modesta villa ha sido testigo de un espectáculo así de grandioso—, y que estarán presentes los tres virreyes y muchos altos señores y otras personas ilustres.

En efecto, los gobernadores de Castilla ya han elegido al doctor y los dos licenciados que ejercerán de jueces en el simulacro de proceso; al cabo del cual, Padilla, Bravo y Pedro Maldonado serán pronunciados traidores y conducidos al lugar de su ejecución.

Al conocerse la noticia, el conde de Benavente solicita audiencia con los virreyes. Quiere interceder por la vida del salmantino.

—La esposa de don Pedro es sobrina mía, señores —les comunica el Grande, uno de los más influyentes miembros del Consejo real—. Y no es cosa de ver que alguien tan cercano a mi familia suba al cadalso en compañía de esos traidores impíos.

Así pues, se da orden de suspender la ejecución del imputado y conducirlo a Simancas. Su lugar lo ocupará su primo Francisco, quien, a la sazón, se halla de camino a Tordesillas.

El correo parte de inmediato con la cédula y alcanza a la comitiva cuando esta se encuentra casi a orillas del Duero. El oficial al mando tuerce el gesto al oír que se le ordena devolver al prisionero.

—Mala suerte para vos, señor Maldonado —comenta—. Regresamos a Villalar.

35

La aurora pronto se desplegará sobre Alcalá. En la fría penumbra que la precede, Martín sale al patio. Al llegar al almacén superior, comprueba que la puerta no está cerrada con llave.

—¿Lucía? —pregunta. No hay respuesta.

Se sumerge en la oscuridad de la estancia. Una vez dentro, cierra el batiente y enciende una vela. Pese a sus esfuerzos, no logra ocultar el temblor de su pulso.

Entonces la ve. Está en un rincón, rígida y silenciosa, en aquel odioso hábito que, sin duda, le araña la carne tierna.

—Tengo una pregunta, don Martín —le lanza a guisa de saludo. Su voz suena aterida—. Ese día... ¿hablabais en serio?

El recién llegado tarda un instante en reaccionar.

—Ignoro a qué os referís, Lucía. Pero os aseguro que todo cuanto os he dicho ha sido en serio.

La interpelada se acerca. Tiene la piel pálida, el cuerpo estremecido. Pero algo en ella revela la audacia de quien ha tomado una resolución.

—Dijisteis que, si por voluntad de los cielos, vos fueseis el hombre que me tuviese a su cargo...

El arriacense lo recuerda bien. El Señor sabe que no lo dijo entonces, pero está dispuesto a decirlo ahora.

—Si yo fuese ese hombre, no permitiría que nadie os hiciera

daño. Os protegería de los golpes, de los ultrajes... Como hay Dios, que no consentiría nada de eso...

La muchacha se le ha acercado tanto que ahora está al alcance de su mano. Él extiende el brazo para rozar con los dedos el estambre de la clámide.

—¿Deseáis ser ese hombre, Martín?

El aludido asiente. Nota la respiración acelerada, húmedas las palmas de las manos.

—Lo deseo, Lucía. Más que nada.

Esta vez es la joven quien extiende los brazos hacia él. Lo toma de las muñecas y guía sus dedos hacia el cordón que le ciñe el hábito a la cintura.

—Entonces, ayudadme. Libradme de esto, Martín. No puedo soportarlo más.

Desatan juntos el cinto, y entre ambos la despojan de aquella clámide de estambre. Ella se deja vestir de caricias y besos, estremecida y gimiente, palpando la anatomía masculina por debajo de los paños.

Muy pronto las ropas del arriacense caen también al suelo. Los cuerpos se aprietan el uno contra el otro, se frotan, se buscan, se encuentran. Lucía recibe a Martín dentro de sí, la boca jadeante, la carne hambrienta. Siente sacudidas de dolor y placer. Y se aferra a él con el corazón a punto de estallar.

Ante las preguntas de sus enjuiciadores, Juan de Padilla admite ser capitán de las Comunidades; haberse negado a pagar el servicio ordenado por Su Majestad; haber capturado al regente Adriano y a los miembros del Consejo real; haber tomado Tordesillas —donde tuvo preso, por cierto, al doctor Cornejo, quien ahora actúa como su juez—; haber conquistado Torrelobatón; haber luchado contra el condestable y el almirante, los gobernadores del reino. Tan solo niega haberse alzado en armas contra el monarca; asegura haber combatido a los Grandes, los verdaderos enemigos de Castilla.

Respuestas semejantes dan Juan Bravo y Francisco Maldonado. Sin concederles posibilidad de defenderse, el doctor Cornejo y los licenciados Salmerón y Alcalá los declaran culpables de traición a la Corona y al reino. Los condenan a la confiscación de sus bienes y oficios y a pena de muerte natural, realizada por ejecución vergonzante. La sentencia se cumplirá sin dilación.

Se les permite escribir dos breves cartas de despedida y realizar confesión. Ni siquiera les es posible hacer testamento, puesto que sus bienes han sido incautados y pertenecen ya a la Cámara de Sus Majestades.

En el corto tiempo de que dispone, el capitán Padilla redacta una misiva a su esposa, y una segunda a la ciudad que lo ha visto nacer.

«A ti, corona de las Españas y luz del mundo —declara a su amada Toledo—. A ti, que conseguiste la libertad para ti y para tus vecinos. Yo, tu legítimo hijo Juan de Padilla, te hago saber que con la sangre de mi cuerpo se refrescan tus victorias pasadas. Si mis hechos no merecen contarse entre tus renombradas hazañas, será culpa de mi mala fortuna, y no de mi buena voluntad. Me voy con el consuelo de que yo, el menor de los tuyos, muero por ti; y de que tú has criado a tu pecho a quien podrá enmendar mi agravio. Te encomiendo mi ánima, como patrona de la cristiandad; del cuerpo no hago nada, pues ya no es mío.»

Estas frases se entremezclan en su ánimo con otras, más tiernas, que ha dedicado a su esposa. Es ella, María, quien ahora acude a su memoria. Recuerda el día en que la desposó, hace diez años, hermosa y altiva como esa Granada en la que ella abrió los ojos al mundo.

—Si me lo pedís, pondré el reino entero a vuestros pies —le

prometió durante su primera noche, en aquella casa del Albaicín con olor a jazmines donde la hizo su mujer.

Algún tiempo después, cuando él obtuvo el cargo de regidor, María lo siguió a Toledo. Desde entonces, el alma de su esposa —como la suya propia— pertenece a su ciudad de adopción.

—¿En qué pensáis, capitán? —pregunta una voz a su lado. Es el segoviano Juan Bravo; al que, como Mendoza por parte de madre, le cabe el honor de ser primo de María.

—¿Y vos? —repone el interpelado, sin responder a la pregunta.

—Pienso que esto no es una victoria para nuestro rey. Y que él mismo lo vería con claridad si se hubiera quedado en Castilla, como era su deber.

—Desearía estar en desacuerdo con vos —admite el toledano.

En efecto, el triunfo de Villalar no es el de la Corona, sino el de los Grandes castellanos; aquellos que, pensando en sí mismos y en su propio provecho, afirman defender los intereses del reino y actuar en nombre de este.

—Recuerdo el día en que nos encontramos por primera vez —añade Bravo—. Fue hace nueve meses, cuando Ronquillo asediaba Segovia. Mi ciudad pidió ayuda a sus hermanos de las Comunidades. Y vos os llegasteis a El Espinar con mil hombres y cien lanzas.

Padilla deja escapar una sonrisa.

—Me acompañaba Juan de Zapata, a quien Dios proteja, con cuatrocientas picas y cincuenta jinetes de Madrid —rememora—. Y también se nos unió allí Pedro Maldonado. Bien lo recuerdo, a fe mía.

El segoviano le pone una mano en el hombro y se lo aprieta con firmeza.

—Entonces os hice una promesa. ¿Os acordáis?

—Por Dios que sí. —Padilla mira a los ojos a su compañero, su allegado, su amigo—. Prometisteis que, desde ese día, me acompañaríais hasta el fin. Sois hombre de palabra, mi buen caballero.

Guarnecidas de negro, tres mulas recorren las calles embarradas de Villalar, de camino a la plaza del rollo. Sobre ellas van los condenados a muerte, bien erguidos, con las manos atadas. Un heraldo los precede pregonando la sentencia:

—Que sepan todos los súbditos del reino que esta es la justicia que los gobernadores mandan aplicar a estos caballeros, en nombre de Su Majestad; que se ha dado orden de que sean degollados por traidores...

—¡Mientes! —lo interrumpe Juan Bravo, incapaz de contenerse—. ¡Mientes tú y quienes te ordenan decir tales cosas! No somos traidores, sino hombres celosos del bien público y defensores de la libertad del reino.

Ante estas palabras, el alcalde golpea al segoviano con su vara de justicia, en un gesto que arranca más de un lamento a los vecinos presentes.

Padilla, que tiene a gala saber cuándo es llegado el momento de contener la indignación en el pecho, se gira hacia atrás e interviene:

—Señor Juan Bravo, ayer fue día de pelear como caballeros; hoy, de morir como cristianos.

Al pie del cadalso, el verdugo indica a Padilla que suba en primer lugar. El segoviano avanza y se interpone:

—Que me degüellen a mí antes que a él —exige—. No quiero ver morir al mejor caballero de Castilla.

Así se hace. La multitud estalla en vítores cuando el ejecutor separa la cabeza de Juan Bravo de su cuerpo y la muestra a la plaza, alzando el brazo en alto.

Juan de Padilla sube al cadalso cojeando a causa de la herida del muslo. Ante él, el cadáver decapitado del segoviano sigue derramando sangre sobre las tablas.

—Ahí estáis vos, buen caballero —musita.

A su derecha se alzan tres picas, preparadas para sostener otras tantas cabezas. El toledano se postra de hinojos, descansa la mejilla sobre el tajo áspero y húmedo. Levanta los ojos al cielo cuando la cuchilla del sayón se apoya contra su cuello.

—*Domine, non secundum peccata nostra facias nobis* —reza.

Por su mente cruza un último pensamiento. Toledo empezó esta lucha. Y Toledo la terminará.

Castilla aún no ha sido vencida. Confía en su ciudad, en su esposa, en que ambas sigan combatiendo para reparar los agravios infligidos al reino. Las cartas que ha escrito antes de morir las alentarán a hacerlo, si Dios así lo quiere.

El salmantino Francisco Maldonado es el último en subir al cadalso. Ha permanecido de espaldas para no presenciar las muertes de sus dos compañeros. Cuando el verdugo le indica que ha llegado su turno, se limita a replicar:

—Bien. Ya era hora.

Se sitúa frente al tajo con la misma entereza que sus dos predecesores. Antes de arrodillarse, pasea la mirada sobre la plaza.

—Queríamos el bien de nuestro reino —declara—. Así es como se nos paga lo que hemos hecho por él.

De madrugada, antes del alba, Lucía abandona la habitación en la que duerme junto a su madre. Hoy, como ayer, corre a la torrecilla para encontrarse con Martín. Llega al aposento humedecida por el rocío del deseo. Y, entre risas y jadeos, viajan juntos a un paraíso cuyas puertas se abren tan solo para ellos.

En ciertos momentos, la joven se siente culpable. Se repite a sí misma que no hay razón para avergonzarse de los goces de la carne. Pues existe algo sagrado en el afecto de sus cuerpos, que no hace más que reflejar el de sus almas. Y estas se hallan unidas en santo matrimonio.

Un matrimonio secreto, sí, pero tan válido a los ojos de Dios como si se hubiera celebrado en la iglesia, con su desposorio y sus velaciones, con la solemne bendición del sacerdote y las firmas de testigos y padrinos. Así lo asegura Martín, que sabe de estas cosas. Afirma que en este bendito sacramento los oficiantes son los esposos. Y que sus promesas, realizadas ante Dios, tienen el mismo valor, aunque no se pronuncien en público.

Ambos han acordado que aún no es momento de anunciarlo. De cierto, no sería adecuado, dadas las circunstancias: la madre y el hermano de la esposa convalecientes en la casa familiar; y el esposo, bajo sospecha de actuar como espía del enemigo.

Pese a todo, Lucía se siente dichosa. Y eso le causa esas punzadas de culpabilidad que la asaltan sin previo aviso. Los tiempos que corren son de sangre y desgarro, de discordia y acero. La guerra engendra pérdidas, muerte y sufrimiento.

Martín aduce que no debe pensar en eso; que los cielos ya le han deparado amarguras y congojas en época de paz; que tal vez le hayan estado reservando goces y ventura para el tiempo del conflicto. Hay que aceptar lo que el Señor nos envía, para bien o para mal.

—Sé que tienes razón —responde, cuando él le susurra esas palabras al oído—. Pero, aun así, siento que no debería ser tan feliz. Con todo lo que está pasando...

Martín la abraza. Vuelve a repetir las mismas frases entre besos y caricias, hasta convencerla. En el fondo, él siente aquella misma desazón. Pero, ya que no puede apartarla de sí mismo, al menos trata de evitársela a ella.

Y hay algo más. Algo que lo carcome. Cierto es que nunca ha mentido a Lucía. Pero tampoco le ha dicho toda la verdad.

Guarda secretos sobre su vida en Guadalajara. Sobre su vida

aquí, en Alcalá. Desea ser honesto con ella, por Dios que sí. Pero se trata de asuntos graves. Y al desvelarlos no solo se comprometería a sí mismo, sino también a muchos otros, que han depositado en él su confianza.

Aunque, en su corazón, sabe que Lucía merece la verdad. Y que resulta indigno seguir ocultándosela.

Hoy se queda observándola, luchando contra el deseo de confesarse, mientras ella vuelve a ponerse aquel hábito que tanto lo disgusta. Su piel de seda no se merece aquel abominable estambre. Ha sido creada para un tacto dulce, para la caricia de los lienzos y paños más finos.

Lucía sonríe al encontrarse con la mirada masculina. Parece adivinar lo que él está pensando.

—Ya no me importa vestirme con esto —dice—. Además, pronto se acabará el tiempo de los secretos.

Se acerca a él, le levanta la manga de la camisa y le besa el antebrazo, con su quemadura ya cicatrizada.

—Ya lo verás —añade—. Madre está mejorando. Y Andrés...

Su hermano se ha recuperado casi por completo. Aunque, para su desgracia, ha perdido el uso del ojo izquierdo. Pero, por mucho que el cirujano asegure que el órgano del paciente no tiene curación posible, el padre de este se niega a aceptarlo. Si los emplastos e hilas no funcionan —dice— habrá que recurrir a otros remedios. Así, ha acudido a un curandero para agenciarse una nómina; y asegura que aquella bolsita, que contiene una reliquia y lleva escrito un nombre santo, acabará obrando el milagro de devolver la vista a su hijo.

Aunque, mientras tanto, Lucía deba seguir llevando a cabo su penitencia.

—Será por poco tiempo —asegura ella, como si fuese Martín el que necesitase de ánimos—. Una vez que se aclare todo ese asunto de los mensajes que alguien del concejo está mandando a Guadalajara...

Observa que su esposo tensa el gesto. Se diría que hay algo en aquellas frases que le provoca un hondo disgusto.

—Acerca de eso... hay algo que debo decirte, Lucía.

Aquellas palabras suenan ásperas. Parece que hubiera tenido que arrancárselas a la fuerza de la garganta.

—No es necesario. No me importa nada que los demás sospechen de ti. Yo sé que eres inocente —lo tranquiliza ella—. Es una gran injusticia que te hagan responsable, solo porque eres vecino de Guadalajara. Se equivocan. Si te conocieran bien, sabrían que tú nunca informarías a la Casa del Infantado.

No ignora que el concejo ha empezado a requisar toda la correspondencia redactada en el hogar del diputado Deza; que siguen los pasos de Martín cada vez que sale a las calles de la villa; que ni siquiera goza de total libertad dentro de la vivienda. Intuye que Leonor sigue recelando de él, y que Andrés está convencido de su culpabilidad. Pero, como ha dicho, nada de eso le importa.

El arriacense entrecruza los dedos de las manos. Apoya la frente en ellos, cierra los ojos. Aquellos gestos parecen propios de un acusado que se sabe culpable.

—Es una gran injusticia, cierto. Pero, por Cristo, que no se equivocan —admite—. He estado mandando informes a la Casa del Infantado.

36

—No entiendo lo que eso significa —declara Lucía. Comprende cada una de las palabras, cierto. Pero lo que implican le resulta tan inconcebible que no es capaz de encontrarles sentido—. ¿Cómo que has mandado informes a la Casa del Infantado?

Martín suspira, aún con los ojos cerrados. La luz estremecida de la vela sopla sombras que bailan sobre su rostro.

—Hay algo que debes entender. Las cosas nunca son sencillas. Yo... —se interrumpe. Inspira hondo—. Hice un juramento. Prometí servir a mi villa, a mi señor. Guadalajara se merece un mejor presente, un mejor futuro. Igual que Alcalá, Toledo, Madrid... que el resto de Castilla.

—¿Y qué tiene eso que ver con mandar informes al duque del Infantado?

Su interlocutor levanta la mirada hacia ella, desconcertado por la pregunta.

—¿Al duque? —repite. Su voz parece dolida—. ¿Informar de los planes de la villa a nuestro peor enemigo? Por Dios, Lucía... ¿De verdad me crees capaz de algo así?

Ella se acuclilla. Lo toma de las manos. Aquellas palabras la hacen sentirse tan aliviada como confusa. Dios sabe lo mucho que le está costando entender aquella conversación.

—Entonces, ¿a quién has estado escribiendo?

—A nuestro capitán: el conde de Saldaña.

Él es miembro de la Casa del Infantado, el primogénito del duque y heredero de su título. Pero resulta muy diferente a su padre. Defiende las Comunidades y a todo lo que estas representan. Por eso, por levantarse contra el señor de Guadalajara, este lo ha desterrado lejos; a su residencia de Alcocer, en el corazón del feudo familiar.

Pero desde allí el conde ha seguido activo. Cuenta con partidarios y servidores dispuestos a continuar luchando por el bien de Castilla. Permanece a la espera del momento adecuado para volver a levantarse contra su progenitor, a fin de recuperar Guadalajara para las Comunidades.

Para conseguirlo resulta primordial que se mantenga bien informado; en especial, de cuanto sucede en la villa complutense. Dada su cercanía, Alcalá puede resultar decisiva a la hora de planear el mejor modo de recobrar la capital arriacense.

Obviamente, la operación debe permanecer en el mayor de los secretos. Pues el señor del Infantado sabe mostrarse implacable. Si averigua que su hijo sigue maniobrando contra él, aquello podría significar el fin del conde de Saldaña y de todos los que lo apoyan.

Por eso Martín lo ha estado manteniendo al tanto de los avances de la villa y las tropas alcalaínas. Aunque es consciente de que aquello lo convierte en traidor ante el duque; y tal vez también a ojos de la Comunidad complutense. Sobre todo, desde el momento en que ha tenido que empezar a desvelar asuntos que ya no se decidían en votación pública, sino en secreto, en el concejo cerrado.

Por desgracia, resulta que alguien más está haciendo lo mismo. Solo que ese renegado, sea quien sea, sí transmite la información al señor del Infantado. Y ahora las sospechas recaen sobre el bachiller Uceda. Su condición de arriacense ha provocado que muchos lo consideren culpable de una acción que él nunca sería capaz de cometer.

—Por todos los santos, que resulta irónico, ¿no crees? —Sus manos, que hace poco recorrían el cuerpo femenino llenas de fuego y vigor, ahora parecen frías y exangües entre las de Lucía—. El concejo ha abierto una investigación. Y si, Dios me libre, llegasen a descubrir que he estado enviando esas cartas... Me temo que no habrá modo de convencerlos de que no han ido a parar a manos del duque.

La joven repasa los dedos masculinos entre los suyos.

—¿Estás seguro de eso? —pregunta, con voz tenue.

—Mucho me temo que sí, Lucía. Si te soy sincero, dudo que la verdadera justicia haya abundado alguna vez en estos reinos. Pero tengo por cierto que ahora mismo no queda ni rastro de ella.

Castilla está en guerra. El rey Carlos ha dado órdenes de condenar y ajusticiar a los defensores de las Comunidades sin necesidad de juicio. No es de extrañar que estos reaccionen y hagan lo mismo con aquellos a los que consideran sus enemigos.

—No me refería a eso. Quería decir... ¿estás seguro que el duque no tiene esas cartas?

Martín retira las manos y se incorpora con brusquedad, como si el contacto de la joven se hubiera convertido en algo doloroso.

—¿Que si estoy seguro? —protesta—. ¡Por Cristo bendito! Esperaba que ellos reaccionaran así, Lucía, pero... ¿tú también?

Ella desvía la mirada, aún en cuclillas. No soporta contemplar el sufrimiento que se refleja en aquellos ojos pardos.

—No es eso. Verás, yo te creo. —Dios sabe que está dispuesta a admitir sin cuestionárselo todo cuanto su interlocutor diga. No duda de él. Sin embargo, hay algo que sí despierta sus recelos—. Pero, por lo que comentas, parece que el duque y los suyos están recibiendo justo la misma información que tú envías. Se me antoja... no sé... demasiada casualidad. ¿Y si, de algún modo, esas cartas les estuvieran llegando a ellos?

Martín arruga la frente. En aquel gesto no hay enojo, sino incredulidad.

—¿Qué insinúas? ¿Que están interceptando los mensajes?

La joven responde con un leve asentimiento. Aun sin conocer qué significa aquello de «interceptar», está segura de que él la ha comprendido.

Gracias a los cielos, aquella última observación parece devolver la calma al bachiller. Cierra los párpados, se frota el ceño, exhala aire. Luego vuelve a sentarse frente a la muchacha.

—No, Lucía, eso no les serviría de nada. Los textos están cifrados. Quienquiera que los reciba, será incapaz de leerlos a menos que tenga la clave, ¿entiendes?

Ante la negativa de su oyente, desglosa una supuesta aclaración de la que ella no saca mucho en claro. Aunque, en realidad, tampoco lo necesita.

—Respóndeme a una duda —replica, una vez que él ha terminado la explicación—: ¿Significa eso que es imposible que el señor duque tenga esa clave que sirve para entender los mensajes?

Su interlocutor abre la boca para responder, pero queda en suspenso. La certeza absoluta que hace un instante se leía en su rostro comienza a resquebrajarse.

—Piénsalo y dime si tal cosa es imposible, de todo punto, sin el menor género de dudas. Si de verdad lo crees así, también yo lo haré. —Lucía vuelve a tomarlo de las manos—. Pero si te parece que puede existir una sola posibilidad, por remota y descabellada que sea, de que tus mensajes hayan acabado en las manos equivocadas...

Martín asiente, a su pesar. Ese pensamiento, que hace apenas un minuto se le antojaba inadmisible, ahora ha plantado la semilla de la duda en su espíritu. Y, aunque está convencido de que la idea de su acompañante resulta absurda, también sabe que no volverá a tener paz hasta haberlo demostrado.

—De acuerdo —admite—. Pensaré en algo para descartar esa posibilidad.

Probará sin el menor género de dudas que Lucía se equivoca. Para ser sincero, no solo necesita demostrárselo a ella, sino también a sí mismo.

El viernes veintiséis de abril, las primeras nuevas llegan a Toledo. Son rumores aún confusos, que apuntan a que las tropas de la Junta, bajo el mando de Padilla, han sufrido una seria derrota cerca de Valladolid.

El obispo Acuña, que a la sazón se encuentra de regreso en la ciudad, acude sin tardanza a casa de doña María Pacheco.

—Hemos de actuar de inmediato, señora, antes de que la noticia se extienda —le dice, sin andarse con rodeos.

Sea cierta o no, aquella habladuría debilita la posición de la Comunidad local frente al cabildo. Sus prebendados aún no han aceptado entregar los treinta mil ducados de oro que Acuña les solicitó; y, menos aún, reconocerlo como arzobispo de Toledo.

Al día siguiente don Hernando Dávalos, regidor de la ciudad y tío del capitán Padilla, acude a la catedral y se entrevista con los canónigos. Como Acuña no goza de buen predicamento entre estos, declara acudir en nombre del concejo y de doña María Pacheco.

—Es triste comprobar hasta qué punto han cambiado las cosas en los últimos tiempos —aduce—. Mucho se ha deteriorado la amistad que antes unía al ayuntamiento y al cabildo eclesiástico, y que tanto bien hacía a nuestra bienamada ciudad.

A fin de recuperarla, invita a los religiosos a colaborar de forma más estrecha con las autoridades. Como primera muestra de buena voluntad, sería deseable que la catedral entregase las campanas ya inservibles. Podrían fundirse y su bronce se usaría para fabricar más armamento y municiones.

Por supuesto, el regidor Hernando Dávalos no acude solo. A las puertas del templo quedan los soldados que lo acompañan, y numerosos vecinos que no dejan de lanzar insultos y amenazas contra los prebendados.

—Cerremos las puertas de la iglesia, con todos los curas dentro —grita uno de ellos—. Y después, démosle fuego, como hicieron en Mora los religiosos del prior de San Juan.

En los rostros de los capitulares se lee el pavor. Aun así, no ceden a las presiones. Pues el maestrescuela, Francisco Álvarez Zapata, responde al regidor con la entereza que ya mostrara en la pasada visita del obispo Acuña.

—Los canónigos han pedido algo de tiempo para meditar sobre nuestra demanda —informa Dávalos, que regresa con las manos vacías a casa de doña María Pacheco—. A fe mía, que hubieran aceptado en el acto si el señor maestrescuela no se hubiera mostrado tan firme.

—En ese caso, tendremos que esforzarnos más para convencerlo. —Es la respuesta de la anfitriona. Todos los allí presentes saben que el prebendado manifestaba profundas simpatías por la Comunidad antes de que Acuña llegase a Toledo. Entonces la posición de don Francisco mudó por completo, para erigirse en el más firme opositor a las exigencias del obispo de Zamora.

A mediodía del domingo veintiocho de abril, un escuadrón de milicianos armados se presenta en casa del maestrescuela. Esta vez, el regidor Dávalos declara acudir en nombre de doña María y del obispo Acuña, quienes exigen que se les entregue la torre de la catedral.

En un principio, el maestrescuela se niega a dar tales órdenes. Solo cuando las amenazas de Dávalos se tornan más serias, don Francisco accede a comprometerse a un punto medio. Firma un documento por el cual ordena que se entregue la custodia de la torre a un canónigo, mientras el cabildo delibera qué hacer al respecto.

Aquel papel es todo cuanto Acuña necesita. Llevándolo en mano, el canónigo Rodrigo de Acebedo se presenta ante el capítulo y demanda las llaves. Ya con ellas en su poder, esa misma noche abre la torre a las tropas de la Comunidad.

Al mismo tiempo, una fuerza de trescientos hombres rodea la catedral durante el oficio de completas. Cuando los religiosos terminan de dar gracias a Dios por el día que llega a su fin, las milicias les impiden la salida. El regidor Dávalos se presenta ante ellos.

—Venerables señores —les dice—, proporcionaremos a todos ropa, sábanas y comida, a fin de que podáis descansar aquí con las mayores comodidades. Pues habéis de saber que esta noche no está permitido que vuestras paternidades abandonen el templo.

De hecho, el tío del capitán Padilla da órdenes a sus hombres para que busquen a los canónigos ausentes y los traigan a la catedral. Una vez reunido todo el capítulo, manda cerrar las puertas. Los soldados encargados de custodiarlas pasan la noche lanzando insultos a los religiosos, y amenazando con aplicarles los más crueles tormentos.

Reunido el claustro a veintinueve de abril, se lee el resultado de las investigaciones llevadas a cabo por orden del rector Hontañón. Todos los colegiales han pasado ante él para responder bajo juramento a nueve preguntas, dirigidas a averiguar qué sabe cada uno de ellos sobre el famoso breve solicitado a Roma; y sobre quiénes son los responsables de aquella gran vileza y traición que atenta contra los cimientos mismos de la universidad.

Ha actuado como procurador el licenciado Gómez de Alburquerque; como fiscal, Rodrigo Gamonal. Cuando, unos días antes, ambos se reúnen con el rector para establecer las bases del interrogatorio, este les ordena que ninguna de las preguntas aluda al enfrentamiento armado que se produjo de madrugada en el patio mayor de escuelas.

—¿Estáis seguro de eso, reverendo señor? —inquiere el fiscal—. Si se incluye ese hecho en el proceso, las sentencias serán mucho más severas. De otro modo, los culpables eludirán parte del castigo que les corresponde.

—Bien lo sé —responde el maestro Hontañón. La herida de su pierna ha cicatrizado bien y sin causarle fiebres, gracias sean dadas a Dios—. Pero hemos de evitar a cualquier precio que quede constancia oficial del suceso. Si lo consignamos por escrito y ante notario, acabará llegando a oídos del gobernador Adriano. Y entonces nuestro inquisidor general tendrá buenos motivos para ordenar el cierre de esta universidad.

De cierto, los implicados en el proceso se han visto enormemente favorecidos por aquel dictamen del rector. Y no es el único beneficio que han obtenido de él. Hace unos días, cuando los primeros rumores confusos de lo ocurrido en Villalar se filtraron en las calles, un grupo de vecinos enfervorecidos irrumpió en el colegio con la pretensión de «hacer justicia» con los acusados, a los que tachaban de «traidores», «esbirros de los Grandes» y «sucios perros del Infantado». El maestro Hontañón, con todos los integrantes de la facción castellana a su espalda, hubo de enfrentarse a los alborotadores.

—Esos de quienes habláis son colegiales. Y, por tanto, están bajo mi custodia —les dijo—. Serán juzgados como corresponde, con garantías y de acuerdo a las constituciones de nuestra universidad. Y, si alguno de vosotros no está de acuerdo, que se adelante a discutirlo conmigo.

Gracias a los cielos, la turba había acabado retirándose sin exigir el recurso a remedios más drásticos.

Hoy, tres días después, sí es llegado el momento de aplicar justicia. Tras escuchar los informes del procurador y el fiscal, el claustro vota. Y sanciona con la máxima dureza al consiliario Gonzalo de Carvajal, al capellán Juan de Arabo y a los racioneros Blas de Lizona y Rodrigo de Cueto. Todos ellos pierden sus prebendas y son expulsados del Colegio con efecto inmediato.

Eso sí, para evitar posibles represalias por parte de los vecinos, se acuerda que abandonen el recinto universitario a medianoche, cuando las calles ya duerman. Las noticias de Villalar han sacudido la villa como un terremoto. Y son muchos los que claman por cobrarse venganza contra todos aquellos sospechosos de «traidores» y «sucios perros del Infantado».

En Toledo, los peores rumores se han confirmado. El viernes llegó noticia de la derrota en los campos de la Castilla vieja. El sábado, de que los capitanes Padilla, Bravo y Maldonado habían sido capturados y ajusticiados. Por entonces, los agentes del obispo Acuña aún conseguían mantener vivos los murmullos que afirmaban que el resultado había sido el contrario; que los campos de Villalar habían sido testigos de una gran victoria para las Comunidades.

Ayer domingo comenzaron a llegar a la ciudad los primeros supervivientes de la batalla, narrando los horrores de la misma. Y hoy, día lunes, lo ha hecho uno de los asistentes personales del propio Juan de Padilla. Ha confirmado, ante el concejo y ante su viuda, haber estado presente en la lectura de la infame sentencia contra el gran capitán toledano, y haber sido testigo de su vergonzante ejecución.

Algunos de los partidarios de Acuña han llegado a proponer dar muerte al oficial antes de que propagara la noticia. Pero el obispo de Zamora sabe que aquella medida resultaría infructuosa. No hay nada que pueda hacerse ya para ocultar la verdad que amenaza con decapitar todo cuanto queda de la revuelta en la Castilla vieja.

Pero esto es Toledo. Y aquí aún hay mucho por lo que luchar.

Antonio de Acuña se dirige de inmediato a la casa de doña María Pacheco. La joven viuda, cuyo aspecto testimoniaba ayer sus veinticuatro primaveras, hoy semeja haber vivido miles de noches en una sola. Tiene el semblante tenso y pálido, los ojos hinchados. Pero su porte sigue siendo altivo y solemne como el de una reina.

Sobre ella se inclina el regidor Hernando Dávalos, tío de su difunto esposo. Parece tan devastado como el padre que acabase de perder a manos de la parca a su hijo predilecto.

El obispo de Zamora se adelanta hasta doña María para ofrecerle su más sentido pésame, con la delicadeza que el momento requiere. Tras consolarla durante un tiempo prudencial, se retira. E indica al regidor que lo acompañe.

Por entonces, son muchos los que ya desfilan por las estrechas y empinadas calles, de camino a la vivienda del capitán Padilla, para ofrecer sus condolencias a la viuda. Familias enteras sollozan como si la muerte hubiera visitado su propia casa. Hombres, mujeres, niños, ancianos... Toledo entero se declara de luto, con los ojos arrasados y el corazón afligido.

Ningún príncipe, ningún rey ha sido llorado nunca en la ciudad como lo es hoy su capitán, su héroe, tan indignamente fallecido.

—Mi señor don Hernando —susurra Acuña a su acompañante—, este es un día aciago para esta villa y sus vecinos. Dejemos espacio para que ellos acudan a consolar a la afligida viuda, como buenos hijos a su madre. Vos y yo tenemos mucho que hacer. Por el nombre de Padilla y el bien de Toledo.

Tras rodearse de una nutrida escolta de hombres armados, se dirigen ambos a la catedral, donde los canónigos continúan presos. Los encuentran postrados de hinojos, rezando por el alma del difunto capitán.

Acuña, sin tiempo para cortesías ni sutilezas, vuelve a exigir que le abran la sala del tesoro, como ya hiciera hace un mes. Al igual que entonces, el maestrescuela Francisco Álvarez Zapata se disculpa, aduciendo que la llave sigue perdida. Pero esta vez el obispo de Zamora no manifiesta la paciencia de la que hizo gala hace unas semanas. Ordena a los soldados que lo acompañan que derriben la puerta. En tal tesitura, el archidiácono Medina recuerda milagrosamente la ubicación de la llave, y manda abrir los batientes.

Acuña y el canónigo Acevedo registran con avidez el cofre de los ornamentos. Al no encontrar en él dinero contante, su decepción resulta evidente. Reparan entonces en que la sala contiene otras arcas, depositadas allí por los vecinos pudientes, en la convicción de que sus posesiones más preciadas se encontrarán seguras en suelo sagrado. Fuerzan las cerraduras a martillazos. Pero, de nuevo, sus esperanzas se ven defraudadas. Los arcones no contienen sino papeles carentes de valor.

Mientras tanto, los capitulares han quedado a solas con los soldados. Estos se lanzan a insultarlos del peor modo posible. Los acusan, con saña creciente, de corruptos y criminales, les imputan todo tipo de vicios y pecados mortales.

—¿A qué malgastar saliva con estos miserables? —exclama uno de ellos, al tiempo que saca su cuchillo—. Yo digo que los ajusticiemos aquí y ahora, y veamos si los espera el cielo o el infierno.

En ese instante reaparece Acuña. Su disgusto resulta patente. Da orden a las tropas de retirarse a la sala contigua. Y, sin andarse con rodeos, aborda la cuestión:

—Venerables señores, me presento ante vosotros para reclamar el título de arzobispo de Toledo. No necesito explicaros que no os conviene negarme ese nombramiento. Y, una vez, me lo otorguéis, me haréis entrega de todo el oro contenido en esta santa catedral.

Los canónigos callan amedrentados. Hasta que el maestrescuela Francisco Álvarez Zapata se adelanta y toma la palabra.

—No estamos en condiciones de otorgaros lo que pedís, reverendo señor. Como bien sabéis, nuestro Santo Padre León X nos ha negado la potestad de elegir al primado de España. Si eso es lo que deseáis, habréis de rogar el nombramiento a Su Majestad y al propio Vaticano.

Dicho lo cual, abre su breviario y muestra ante todos los presentes el documento papal. Ha tenido gran cuidado en mantenerlo a salvo y oculto, consciente de que representa la única salvaguarda posible para él y los canónigos que lo acompañan. De sobra sabe que Acuña lo ha estado buscando con intención de destruirlo.

Cuando el obispo de Zamora se dispone a responder, el regidor Dávalos lo llama aparte.

—Reverendo señor —le dice en voz baja—. Mis oficiales me comentan que los vecinos están acudiendo en masa a las parroquias para rezar por el alma de mi buen sobrino. Que, allí, en las iglesias, reciben la noticia de que los canónigos llevan más de un día presos en la catedral. Y de que vuestros hombres les niegan la salida.

Acuña no responde. Es hombre con gran habilidad para sopesar al prójimo y calibrar sus lealtades. Por el modo en que su interlocutor se inclinaba hace poco sobre el hombro de doña María de Padilla, intuye que este ha tomado la decisión de volver a alinearse junto a la viuda.

Hace un mes pudo convencerlo de que la abandonase y atraérselo junto a sí. Pero la muerte de Padilla amenaza con cambiar esta y muchas otras cosas.

—Permitidme deciros algo, don Antonio —añade el regidor—. El pueblo de Toledo pronto acudirá a las puertas de Santa María para exigiros que liberéis a esos clérigos. Por mucho que os pese, son los prebendados de *nuestra* catedral. —Se aproxima aún más al obispo—. Intentad pensar como lo hace un vecino de esta ciudad. Nuestro capitán Padilla acaba de morir lejos de aquí, defendiendo la Castilla vieja. Y a cambio vos, que llegáis casi de esas mismas tierras en las que él ha sido ajusticiado, os dedicáis a aprisionar a nuestro cabildo toledano. Decidme si esa es la imagen que os conviene transmitir en un momento como este.

Acuña levanta la frente. Insinúa una sonrisa. Luego, con pasos lentos y elegantes regresa a la sala capitular y da instrucciones para liberar a los canónigos, no sin antes hacerles prometer que mañana regresarán para proseguir con las deliberaciones.

Tras asegurarse de que todos ellos han abandonado el recinto, se dirige a la torre. Y ordena que las campanas repiquen con el toque fúnebre reservado a las más altas dignidades. Pues aquí, en Toledo, es justo que don Juan de Padilla reciba honores de príncipe.

—Tu padre ya no estará aquí para darte ejemplo, Pedro. Pero te prometo que en tu madre tendrás un espejo en el que mirarte.

Así susurra María Pacheco a oídos de su hijo dormido. El pequeño, a sus apenas cinco años de edad, se estremece en sueños. Lo besa en la frente antes de dejarlo al cuidado del aya. Luego se dirige a su habitación, despide a sus sirvientas y les ordena que cierren la puerta.

Cuando queda a solas, deja que el dolor la atenace. Cierra los ojos y rememora la carta de despedida de su esposo. Imagina su mano, firme y áspera, tan habituada al roce de la espada, aferrando la pluma por última vez. Imagina su voz, susurrándole al oído algunas de aquellas frases que ya ha aprendido de memoria:

«Mi señora: me tendría por bienaventurado si vuestra pena

no me afligiera más que mi muerte. Entrego en vuestras manos mi ánima, pues otra cosa ya no tengo. Haced con ella como os plazca, sabiendo que es aquello que más os quiso en este mundo.»

El asistente personal de Juan ha traído la carta desde Villalar. Y con ella, otras palabras más íntimas, más secretas, que no pueden consignarse en papel.

María abre los párpados, mira a su alrededor. Está en su dormitorio. Y, sin embargo, no lo siente así. Los espejos tapados, el dosel negro, los paños de luto, las espesas cortinas de color azabache...

Fuera, resuenan las campanas. Todas las iglesias de Toledo repican a la vez, inundando la ciudad con un ronco llanto de bronce, cargado de dolor e indignación.

Se enjuga las lágrimas. Se yergue. Ya ha llorado lo bastante. Es hora de confinar el dolor donde nadie más pueda verlo.

Bien sabe que el destino que se abre ante ella requerirá de toda su fortaleza de espíritu. No ha de resultar fácil, por Dios que no. Pero al menos no tiene dudas sobre qué senda seguir.

Toledo empezó esta lucha. Y Toledo la terminará.

Poco importa que el resto de Castilla incline la cerviz, que acepte el yugo de aquellos que han dado muerte a su esposo. Ella no tiene intención de doblegarse.

SÉPTIMA PARTE:

PROCESO DE CURACIÓN

Mayo-junio de 1521

... Diréis a Su Majestad que Madrid envió aquí al alcalde; que (a Madrid) la tenemos por reducida, aunque la mudanza destas ciudades es mucha por no estar sanas de todo punto ni curadas...

Creencia del almirante de Castilla a Ángelo de Bursa, para su embajada ante el emperador
11 de mayo de 1521

37

Se dice que Valladolid, sede de la Junta, se rindió a los Grandes dos días después de que Padilla, Bravo y Maldonado fueran ejecutados en Villalar. Que el resto de las ciudades castellanas del norte hará lo mismo muy pronto. Que el ejército realista avanza hacia el sur dispuesto a arrasar cualquier villa que no se le doblegue. Que la Castilla vieja está vencida.

Pero aquí, en el arzobispado de Toledo, aún se habla de luchar. La sede primada no tiene intención de rendirse. Madrid y Alcalá, sus más cercanos aliados, han asegurado que se mantendrán a su lado.

—Que se rindan los cobardes del norte —declara el sastre Pedro de León ante los visitantes que acuden a conversar a su taller—. Nosotros seguiremos adelante con esta santa lucha, pues Dios así lo quiere.

La villa de Alcalá atraviesa días agitados, noches inquietas. Las calles son testigos de frecuentes alterados. Los defensores más fervientes de la Comunidad no dudan en asaltar a aquellos a quienes consideran sospechosos de traición y de prestar servicios al Infantado. Entre estos se cuentan todos aquellos a favor de negociar una rendición.

—No es mal sitio este, compañero, a fe que no —comenta uno de los hombres asignados a la puerta del pañero Deza. Tienen órdenes de acompañar al bachiller Uceda cuando salga a la calle. Pero, como el condenado arriacense no asoma la nariz fuera de la casa, aquel destino parece una jornada de asueto. El señor de la casa incluso ha mandado que les pongan banquetas en el patio, en las que pueden repantigarse bajo el sol primaveral, y de vez en cuando les acercan un cuartillo de vino para combatir la sed.

Por eso, cuando hoy el alcarreño se aproxima a ellos, los milicianos se miran con gesto de fastidio. Martín de Uceda lleva bonete, sayo y alforjas al hombro. También trae ceñida la daga.

—Volveos dentro, señor bachiller —espeta uno de ellos—. No es buen momento para que salgáis a las calles.

—Bien lo sé —responde el interpelado—. Pero tengo asuntos que atender. Vuestras mercedes verán si me acompañan o no.

Así diciendo, les muestra el contenido de las alforjas; en su interior hay panes, tocino, queso y cebollas.

—¿A qué vienen las provisiones? —pregunta uno de los escoltas—. ¿Salís de viaje?

—Salgo a ejercer la cristiana caridad. —Es la respuesta—. Es menester practicarla mientras haya gente necesitada de ella.

Los guardas le registran también escarcela, zapatos, sombrero, sayo, la vaina de la daga y los bolsillos externos del jubón. Después lo siguen de mala gana. Pronto resulta evidente que aquel paseo puede traerles serios problemas.

Mientras avanzan por la calle Mayor varios vecinos vomitan improperios sobre el arriacense. Algunos comienzan a seguirlo, formando a su estela un grupo creciente. Sus custodios comienzan a lanzar miradas nerviosas a sus espaldas. La casa del pañero no está lejos, pero no se atreven a dar media vuelta.

—Será mejor seguir adelante —comenta el alcarreño. Ignora cómo ha conseguido que su voz suene tan firme, cuando nota todo el cuerpo cubierto de sudor y el corazón le galopa en el pecho.

Maldice en silencio el papel que lleva escondido en el interior del jubón y que lo ha impulsado a cometer esta locura. Era consciente de que salir a la calle implicaba sus riesgos. Pero Dios sabe que no esperaba algo como esto.

Aunque el trayecto recorrido no es largo, resulta demasiado peligroso dar media vuelta. A todas luces, la turba que los sigue no les permitirá regresar sobre sus pasos. Y la situación se complica al llegar a la plaza del Mercado.

Una vez allí, los vecinos rodean al bachiller y a sus escoltas. De nada sirve que estos intenten apartar a los vecinos.

—Alejaos de él, muchachos, que a vosotros no os va nada en este negocio —les grita uno de los asaltantes, con trazas de ser el cabecilla; un carpintero, a juzgar por la azuela que blande en la mano—. Ese perro es un sirviente del Infantado, un traidor a esta villa y a las Comunidades. ¿De verdad defenderéis a semejante basura?

Los soldados lo meditan. Uno de ellos baja la vista al suelo. Y, mordiéndose los labios, se hace a un lado. El otro no se resiste cuando un grupo de vecinos lo aparta hacia los soportales. Ninguno de los dos ha desenvainado el arma.

Martín queda solo frente a la turba. Lanza una rápida mirada de soslayo a su espalda. No está lejos de las cadenas que marcan el límite del recinto universitario. Podría intentar correr hacia allí y acogerse al fuero del Colegio, como antiguo estudiante. Pero los asaltantes adivinan su intención y le cierran el paso.

Blanden mazos, piedras, palos, martillos. Él lleva la daga al cinto. Pero sabe que al sacarla firmaría su sentencia de muerte. Si el gentío se abalanza sobre él, será su fin. Aun si lo dejan con vida, el mensaje que guarda en el jubón saldrá a la luz. Y nada podrá librarlo de la horca.

Debe intentar aplacar a la muchedumbre, mantenerla alejada. Y rogar que Dios lo asista en aquel acto desesperado.

—Escuchadme, vecinos... —suplica. Deja las alforjas en el
suelo y extiende hacia arriba las manos desnudas.

No le dejan proseguir. Le llueven insultos, palos, piedras,
inmundicias. «¡Gusano!» «¡Barrabás!» «¡Traidor!» «¡Hideputa!»,
aúllan los agresores.

Martín mira en derredor, presa de la desesperación. Implora
en silencio el socorro de las alturas. Y los cielos responden. Un
grupo de estudiantes está saliendo del recinto universitario. Van
armados, como la prudencia aconseja en los tiempos que corren.

—¡Favor! —grita en latín—. ¡Favor al Colegio!

Los estudiantes acuden de inmediato. Uno de ellos se adelanta al resto.

—¿Qué está ocurriendo aquí? —clama. Su acento delata que
proviene de las regiones más septentrionales de Castilla. Se nota
que es persona de porte noble, acostumbrado a hacerse obedecer.

—Seguid andando, capitán, que este renegado no pertenece
a los vuestros —responde el carpintero—. No es más que un malnacido al servicio del duque del Infantado.

—Es un canalla, espía y traidor —añade otro de los asaltantes—. Y ha de pagar por eso.

—Se equivocan —exclama el agredido. Sigue expresándose
en lengua latina, en dirección al cabecilla de los universitarios—.
Me llamo Martín de Uceda. Soy caracense, cierto, pero que Dios
me fulmine aquí mismo si jamás he estado a las órdenes del duque. Sirvo a Castilla y a la Comunidad.

—Capitán Guzmán —insiste el carpintero—, no prestéis
oídos a este perjuro...

—Tenéis buen latín, a fe mía —comenta el hidalgo en dirección al forastero, ignorando las frases del vecino—. ¿Dónde lo
aprendisteis?

—En San Isidoro. Estudié allí en sus primeros tiempos. Luego cursé Súmulas, Lógica y Física. Soy bachiller por esta universidad.

—Así que estuvisteis en los Gramáticos. —El capitán Guzmán se sonríe—. Os confesaré que nunca he pisado ese colegio. Es ese al que llaman «de Pobres», ¿cierto? ¿Es verdad lo que se cuenta, sobre el hambre que pasan allí los estudiantes?

Martín comprende que su interlocutor lo está interrogando para comprobar si dice la verdad. Pero lo hace como quien mantuviera una amigable conversación en su salón de recibir. Y aunque esa actitud no está exenta de altanería, obra el milagro de aplacar los ánimos de los vecinos presentes.

—Es cierto, sí. O, al menos, lo era en mis tiempos. —En el refectorio de San Ildefonso sobra la comida. No puede decirse lo mismo de otros colegios menores de la universidad—. En ocasiones, toda la dieta del día consistía en un simple panecillo. Puedo dar fe de ello.

De ahí las alforjas que lleva consigo. En San Isidoro —su antiguo colegio de Gramáticos— no hacen ascos a enviar su «correspondencia personal» a cambio de algunos maravedís y de provisiones que complementen la ración diaria.

—Tengo una curiosidad —prosigue el gentilhombre—: ¿disfrutasteis con las *Introducciones* de nuestro buen Nebrija?

—No tanto como con los *Adagios* de Erasmo.

El porcionista parece satisfecho ante esa respuesta. Pero entonces uno de sus acompañantes se acerca a él y le comenta algo al oído, sin dejar de mirar de reojo al arriacense. Su expresión muestra signos de enojo.

Martín inspira hondo. Se encomienda al Altísimo. El individuo en cuestión resulta ser el estudiante al que él se enfrentó en aquel sucio callejón el día que acudió en auxilio de Leonor.

El capitán despide a su acólito con un gesto. Su expresión ha cambiado. En ella ya no hay rastro de cordialidad.

—¿Habéis oído hablar del callejón del Peligro? —pregunta—. Dicen que es un lugar lleno de amenazas. Que un hombre puede perder la vida si se aventura a pasar por allí. Sobre todo, si lo hace en mal momento y se inmiscuye en los asuntos de la gente equivocada.

Se vuelve hacia el carpintero.

—¿Me equivoco, buen hombre? ¿No es eso lo que dicen de ese lugar?

—Eso y más cosas, capitán.

La expresión de este parece indicar que está a punto de dar por terminada la conversación, dejando a Martín en manos de la turba.

—Capitán Guzmán —interviene el arriacense, rezando por que los cielos inspiren algo de misericordia en el corazón del hidalgo—. ¿Sois por ventura pariente de los Guzmanes de León? ¿De la familia del señor de Toral?

—No es asunto de vuestra incumbencia.

—Si fueseis leonés, señor —pues tal es lo que su acento sugiere—, tal vez conoceríais al canónigo don Juan de Benavente, diputado de la ciudad y procurador en la Junta, que fue hecho prisionero cuando las huestes del conde de Haro tomaron Tordesillas.

El interpelado no responde. De cierto, conoce bien al canónigo. Defendió con gran valentía aquella plaza, junto al resto de los procuradores leoneses. Fue el único de estos que no consiguió escapar. A día de hoy, sigue encarcelado en Briviesca, con la condena real pendiendo sobre su cabeza.

—Durante el tiempo en que estuvo en Tordesillas, don Juan de Benavente acostumbraba a decir que se sentía orgulloso de León y de los Guzmanes que la lideraban. «En nuestra ciudad no ha habido saqueos, ni incendios, ni muertes a causa de la Comunidad —así lo repetía—, no ha habido violencia ni injusticia. Eso es lo que nos hace grandes.»

—¿Cómo sabéis esas cosas? —inquiere el porcionista. Su voz no reviste la misma dureza que hace unos instantes.

—Porque el canónigo Benavente hizo gran amistad con un

procurador de mi ciudad, don Diego de Esquivel. También él fue capturado cuando los realistas tomaron la plaza. No he vuelto a verlo desde entonces.

—Ese don Diego, ¿era vuestro padre?

—Siempre me trató como si lo fuera.

El hidalgo leonés se acaricia el mentón con el pulgar, repasando el hoyuelo de la barbilla oculto bajo la barba.

—¿Sabéis, buen hombre? Os equivocáis —comenta al carpintero, tras meditarlo durante unos instantes—. El bachiller Uceda sí pertenece a los míos.

Todos los vecinos comprenden lo que eso significa. El arriacense está ahora bajo la protección de la Comunidad universitaria, de su capitán y de los hombres que lo acompañan. Y no resulta aconsejable enfrentarse a ellos.

Cuando sus asaltantes le abren paso, Martín bendice al Todopoderoso. Se carga la alforja al hombro y se acerca a los estudiantes con el corazón aún estremecido. Siente el pecho jadeante, el cuerpo y las ropas bañados en sudor.

—Vamos a oír misa a la magistral de San Justo —comenta el porcionista—. Podéis caminar con nosotros, mientras no nos retraséis.

El arriacense mira sobre su hombro. Su destino queda justo en sentido contrario.

—Iba a San Isidoro. Tengo negocios allí.

—Marchaos a atenderlos, si así os place. Pero lo haréis solo. Ya os he dicho adónde nos dirigimos nosotros.

Martín levanta la mirada a las alturas. El camino seguido por los estudiantes le llevará de vuelta a la puerta de su patrono. Los cielos le ordenan regresar a casa.

—Virgen santa, ¿cómo se le ha ocurrido tal insensatez? —Leonor no da crédito. El bachiller Uceda es el hombre más juicioso que jamás haya pisado la tierra. No hay explicación posible para la locura que acaba de cometer.

—Pero él está bien, ¿verdad? —insiste Lucía, que ha realizado esa misma pregunta varias veces. Ella y su acompañante cuchichean, sentadas en el zaguán que da acceso al patio.

—Lo está, ya te lo he dicho. Aunque de milagro. —El doctor Vega, el físico que atiende a la familia, los ha tranquilizado a ese respecto. El joven no ha sufrido daños de gravedad; con todo, don Justo sigue en el estudio ahora mismo, examinando el estado del arriacense.

—La casa entera anda revuelta con la noticia. Y padre está furioso —añade Leonor—. Apuesto a que nuestro buen Martín tendrá prohibido volver a poner un pie en la calle durante mucho mucho tiempo.

Lucía no responde. Ella es la única que sabe adónde se dirigía su esposo y por qué razón. La carta que llevaba oculta en el jubón, dirigida al conde de Saldaña, tiene por objeto limpiar su buen nombre. Un hombre marcado por la infamia es un hombre sin honor ni futuro.

Ahora, ese escrito podrá seguir su camino, cumplir su misión. Dentro de pocos días, todo se habrá aclarado. Martín dejará de estar bajo sospecha. Aunque en estos momentos, la muchacha solo puede pensar en el presente y agradecer a los cielos que su marido haya salido con bien de aquel trance.

—Parece que iba hacia la universidad, ¿puedes creerlo? —comenta la joven Deza—. Aunque ni siquiera le dejaron llegar hasta allí...

—¿Qué quieres decir? —la interrumpe Lucía—. Pensaba que lo habían atacado a la vuelta de su paseo.

Su expresión ha cambiado. Por alguna razón que Leonor no comprende, aquel detalle parece provocarle una angustia aún mayor.

—No, querida. Los buenos vecinos de la villa se armaron

rápido. Si de verdad iba al Colegio, no le dejaron ni acercarse.

Lucía se ha puesto en pie. Se aprieta el pecho con las manos, como para contener con ellas el pálpito de su corazón.

—La ropa de Martín... —balbucea—. Tengo que conseguirla...

Eso significa que él no ha podido entregar la carta. Es más, que esta sigue en el bolsillo oculto de su jubón. Y quienquiera que se haga cargo de sus ropas la descubrirá de un momento a otro.

—Lucía, por todos los santos, ¿qué disparate es ese?

También Leonor se ha incorporado. Su preocupación es más que evidente. Que su amiga se considere con derecho a reclamar la vestimenta del bachiller... Que se refiera a él con tanta familiaridad... Son signos que no presagian nada bueno.

Lucía la toma de las manos. Se las aprieta en gesto de súplica.

—Leonor, escucha. Tienes que ayudarme a conseguir sus ropas. Es muy importante...

—¿Por qué? —pregunta la aludida. En su ceño, la inquietud va dejando paso a la sospecha y al disgusto.

La hija del sastre se encomienda a los cielos. Necesita el favor de su amiga. A fin de conseguirlo, no le queda otro remedio que revelarle parte de la verdad, aquella que no pone en peligro a su esposo.

—Martín y yo estamos casados. Nos hemos unido en matrimonio secreto. Esas ropas son cosa mía, ¿lo entiendes? No puedo consentir que las palpe otra mujer.

Ignora si aquella explicación basta para justificar sus ansias. Pero su amiga se encuentra demasiado conmocionada para reparar en nimiedades.

—Que tú y él... ¿qué?

Es lo único que acierta a balbucir. Ha quedado inmóvil, no parpadea. Hasta parece haber dejado de respirar.

—Leonor, tienes que ayudarme. Es urgente.

Sin tiempo para más explicaciones, Lucía la toma de la mano y tira de ella hacia el interior de la vivienda. Aunque de ordinario es la hija del pañero la que obliga a su amiga a participar en sus despropósitos, en esta ocasión se deja arrastrar por ella sin oponer resistencia.

Llegan ambas a la antesala del estudio justo a tiempo. Una de las sirvientas de la casa está sacando las prendas de Martín. Lucía se interpone en su camino.

—Dame esa ropa —exige—. Me han dicho que está abierta por algunos sitios y que necesita zurcido.

—¿Quién manda tal cosa? —protesta la criada, que no parece dispuesta a soltar los paños—. A mí me han dado orden de llevarla a lavar.

—De eso nada. Me la quedo yo porque lo manda tu señora —replica Lucía, señalando a Leonor.

Esta, que hasta ahora ha permanecido demasiado aturdida para intervenir, al fin acierta a reaccionar.

—Sí, es cierto. Dásela.

Cuando la sirvienta se marcha, la joven Deza se deja caer sobre una de las sillas. Parece abrumada.

—Lucía... En nombre del cielo... ¿qué has hecho?

La aludida no tiene tiempo para más explicaciones. Se encamina a la puerta, aferrada a su botín.

—Te lo explicaré despacio, lo prometo. Pero ahora mismo tengo algo urgente que hacer.

Frente al cercano Colegio Mayor, el de San Isidoro resulta sobrio y humilde. Lucía permanece frente a la entrada, esperando. Sabe que, cuando viene aquí, Martín entra en el segundo patio, el de la cocina, y que se encuentra con alguien llamado Agustín de Soto en una de las cámaras del piso superior. Pero ella es mujer, por lo que no se le permite acceder al recinto. Así pues, no le ha quedado otro remedio que preguntar en la puerta y esperar a que el estudiante baje a buscarla.

Mientras aguarda, lanza frecuentes miradas en derredor, rezando por que ninguno de los viandantes advierta su nerviosismo. La desasosiega tener que entrar en el recinto estudiantil, donde se siente a expensas de las groserías de los universitarios, de su desfachatez e insolencia. Pero los cielos han querido traerla hasta aquí. Le han concedido recuperar milagrosamente la carta del jubón de su esposo. Y solo entonces le ha sido dado comprender, como en una revelación, que ella es la única capaz de conseguir que llegue a su destino. De inmediato se ha enfundado su manto y calzado sus chapines. Ha salido de la casa sin avisar a nadie, sin consultarlo siquiera con Martín. La Providencia ha decretado que el futuro de este quede en sus manos. Solo espera estar a la altura de tan gran responsabilidad.

—¿Para qué me buscáis, muchacha? ¿Qué me queréis?

Aquella voz hosca la sobresalta. Ante ella ha aparecido un joven de escasa estatura y boca fruncida, que viste la clámide morada de los gramáticos.

—¿Sois vos Agustín de Soto? —pregunta ella. Ante el asentimiento de su interlocutor, baja la voz y añade—: Vengo de parte del bachiller Uceda. Me ha dicho que vos os encargáis de enviar la correspondencia a su familia.

—Creo que os equivocáis —responde el interpelado, cuya desconfianza se ha acrecentado tras aquellas palabras. Da media vuelta, dispuesto a regresar al interior.

En ese instante, Lucía cae en la cuenta. Virgen santa, lo había olvidado. Hay una fórmula, unas palabras concretas que debería haber recitado a guisa de saludo.

—Esperad, señor. Antes quiero desearos «que Dios os guíe por buenos caminos».

El estudiante se gira de nuevo hacia ella. La examina de arriba abajo, con un descaro que la hace enrojecer.

—¿Decís que ese bachiller quiere enviar carta a su familia? ¿A la de Guadalajara o a la de Tendilla?

La joven queda sin saber qué responder a tal pregunta. Se siente estúpida, zafia y torpe. Por los cielos, ¿cómo ha podido pensar que sería capaz de hacer esto por sí sola? Sin duda su interlocutor pensará que no es más que una pueblerina ignorante. Y con razón.

—No resulta fácil saberlo, ¿verdad? —apunta él, con evidente malicia—. Es lo que ocurre cuando una moza trata con un hombre de muchas familias.

Deja que su interlocutora luche un rato más contra la turbación, antes de preguntar:

—Respondedme a una cosa, si sois capaz. Esa carta ¿de qué color lleva el lacre? ¿Rojo o negro?

—Rojo, señor.

—Para Tendilla, entonces. —Examina con mirada crítica el fardo que la joven lleva bajo el brazo—. ¿Traéis algo más para mí?

Ella se lo entrega. El estudiante despliega el lienzo y analiza el contenido, con el ceño nublado.

—No parece suficiente. Vuestro bachiller acostumbra a ser algo más generoso.

—Es todo lo que he podido conseguir hoy. —En su urgencia, Lucía no ha logrado agenciarse más que un poco de pan y tocino—. Aceptadlo, os lo ruego. Mañana os traeré el resto.

Su interlocutor parece meditar el asunto.

—Os diré qué podemos hacer. ¿Por qué no entráis un momento y vemos si podemos llegar a un acuerdo? Estoy seguro de que lleváis algo de valor encima... o debajo, según se mire.

Ha alargado el brazo hacia ella. La agarra de la muñeca e intenta atraerla al patio del colegio. Lucía reacciona por puro instinto. Lanza un grito involuntario y golpea al joven en el dorso de la mano. Lo hace con una fuerza inesperada, nacida de la indignación.

—Apartad esos dedos, señor estudiante —exclama ofendida—, o corréis el riesgo de lastimároslos.

Resulta evidente que el gramático no esperaba aquella reacción. Pero, antes de que pueda reponerse, una voz clama:

—Señor Agustín de Soto, no estaréis intentando traer una hembra a nuestro recinto, ¿verdad?

El interpelado se aparta de la muchacha como si estuviera apestada.

—No, claro que no, maestro Angulo —responde—. No se me ocurriría...

El recién llegado no es otro que su lector de Gramática, quien, al parecer, ha acudido a la puerta al oír el grito de la moza.

—Eso espero. Por vuestro bien y por el de esa... criatura.

Aguardan ambos a que el profesor desaparezca, de camino al general del segundo patio. Cuando lo hace, el estudiante agarra con brusquedad el fardo que Lucía aún sostiene y el documento contenido en el interior.

—Mandaré la condenada carta. Pero os tomo la palabra —gruñe—: espero que mañana alguien me traiga el resto del pago. Y más vale que sea un varón. No quiero volver a veros por aquí.

Vuelve a su cámara sin despedirse. La moza ha estado a punto de estropearlo todo. Está visto que las malditas hembras no traen más que problemas.

A día primero de mayo, Antonio de Acuña ha visto desvanecerse sus esperanzas de convertirse en arzobispo de Toledo a través del cabildo catedralicio. Después del encierro a que los sometió hace unos días, los canónigos se niegan a tratar siquiera aquel tema. Tan solo consienten en nombrar a dos de ellos para negociar si la sede primada debe aportar fondos al mantenimiento de las tropas de la Comunidad.

Ahora que saben que el capitán Padilla ha caído en Villalar y que los Grandes avanzan hacia el sur con un formidable ejército, se muestran aún más inflexibles que antes. Resulta evidente que ya no cederán a las amenazas. No tiene sentido seguir presionándolos.

Mientras el obispo de Zamora medita sobre el modo más conveniente de abordar aquel problema, uno de sus asistentes se presenta ante él.

—Reverendo señor —le dice—, están intentando echar abajo las casas de don Pedro Laso de la Vega.

Acuña se persona de inmediato en el lugar. Sabe que los ánimos del pueblo toledano siguen afectados tras la reciente muerte de Padilla. Que la Comunidad está cerrando filas en torno a su viuda. Que él está perdiendo a sus aliados y partidarios. Y que necesita remediar con urgencia aquella situación.

Debe mostrarse firme, probar ante todos que su autoridad no ha disminuido ni un ápice. Solo así logrará que lo reconozcan como lo que es: el defensor incontestable de la causa, su verdadero baluarte.

Estos son momentos de crisis. Si quiere sobrevivir, la Comunidad toledana no puede debilitarse dudando entre facciones. Debe quedar sujeta a la supremacía de un solo dirigente: él.

Los gritos de los asaltantes se oyen aun antes de avistar las casas del antiguo presidente de la Junta. El grupo, no demasiado numeroso, comienza a acrecentarse con la llegada de nuevos vecinos, que enseguida se contagian de la furia de los primeros instigadores.

—Teneos, hermanos —les ordena. Se yergue sobre la silla de su montura, alzando hacia los cielos su bonete episcopal—. Dad media vuelta y regresad a vuestras casas y negocios.

Ha venido acompañado de numerosa escolta militar. No en vano sigue siendo el capitán general de las fuerzas toledanas y gobernador del arzobispado.

Pero la turba no parece dispuesta a obedecer.

—Estamos aquí para hacer justicia —grita alguien—. ¡No nos marcharemos hasta conseguirla!

Los gritos arrecian tras aquella declaración. Llueven los peores insultos sobre el regidor Laso de la Vega. Lo acusan de ser «el mayor traidor que haya parido esta ciudad», de «merecer la muerte por degüello». Afirman que no solo vendió a las Comunidades para «arrastrarse como un perro ante los Grandes», sino que también aprobó la ejecución de Padilla, que estuvo presente en ella y aplaudió la actuación del verdugo.

—Don Pedro aún no ha sido juzgado. —Acuña alza la voz, inflexible—. Todos sabemos que las acciones de nuestros enemigos ofenden a los cielos. Que, alegando servir al reino, condenan a los castellanos sin mediar el juicio debido. Pero nosotros no lo haremos.

Ordena a sus hombres que dispersen a los asaltantes. Y, antes de retirarse, deja apostados a veinte ballesteros para proteger la propiedad del regidor.

—Habéis de saber —añade— que, desde este mismo instante, todo aquel que participe en la destrucción de una casa cuyo propietario no haya sido debidamente juzgado, será reo de muerte. Así lo decreto, por la autoridad que me han concedido el cabildo, el concejo y el pueblo toledanos.

Tales acciones son acogidas con evidentes muestras de enojo. En el clamor que se desata hay tantas protestas como vituperios.

—Que la vergüenza caiga sobre vos —se oye gritar a alguien—. Lo que acabáis de hacer ofende a Padilla y a Toledo.

38

«Si las mujeres hubiéramos de estar siempre obligadas a callar, decidme, ¿para qué nos ha dotado la naturaleza de una lengua, no menos rápida que la de los varones, y de una voz mucho más armoniosa? Pues la suya, al ser bronca, guarda cierta similitud con un rebuzno.

»Los hombres, como todas sabéis, suelen ser sumamente mordaces cuando hablan de nosotras y nuestras reuniones. Aunque si fuéramos a calificar sus juntas como se merecen, cualquiera diría que, más que asambleas de sesudos varones, parecen mentideros de comadres. Allí donde los hombres se reúnen, surgen tantos pareceres como personas. Adviértese en todos ellos una veleidad mil veces mayor que la que nos echan en cara a las mujeres...»

Leonor hace una pausa. Está leyendo en voz alta las correcciones de Martín a su última traducción: fragmentos de *La asamblea de las mujeres*, uno de los *Coloquios* del maestro Erasmo de Róterdam. El arriacense la va instruyendo en el conocimiento de la lengua latina por medio de textos que elige y adapta para ella. Asegura que el mejor modo de inculcar el amor al estudio es haciéndolo de forma amena, tratando temas que resulten de interés para los pupilos.

Según dice, eso es lo que argumenta hacer Erasmo en sus *Diá-*

logos; aunque, en realidad, sus obras van mucho más allá. Pues, en su opinión, el maestro de Róterdam es «el mayor crítico de las personas, de las costumbres, de las doctrinas e instituciones de nuestro tiempo»; un hombre que fustiga la ignorancia, la superstición y los malos hábitos allá donde se encuentren, incluso en las cortes reales, las iglesias o la curia pontificia.

Pero hoy Martín parece preocupado y distraído. No presta la atención acostumbrada a las palabras de su pupila. Resulta comprensible, habida cuenta del incidente que ha sufrido esta misma mañana en la plaza del Mercado.

Aun así, ella no está dispuesta a tolerar tal desplante. Da una palmada en el aire para reclamarlo.

—Decidme —lo acicatea—: ¿cómo es posible relacionar este texto con ese otro que tradujimos hace poco, en que decía «la mujer es un animal estulto y necio, pero gracioso y placentero» y que «si por casualidad alguna mujer quisiese ser tenida por sabia, no conseguiría sino ser doblemente necia»?

—Ese pertenece al *Elogio de la locura*, una sátira. *La asamblea de mujeres* está escrita más bien como un diálogo cómico. No sería justo leerlos, ni interpretarlos, según los mismos parámetros.

De ordinario, Leonor saborea las lecciones del bachiller y su particular forma de expresarse. Pero algo ha cambiado ahora que sabe cómo el arriacense se está aprovechando de Lucía. Cada palabra que él pronuncia trae tintes de hipocresía y traición.

—Según eso, ¿escribir una sátira justifica insultar a las hembras por el mero hecho de serlo?

—La sátira se escribe para fustigar con dureza los caracteres y costumbres. No pretende insultar a las mujeres. O, al menos, no solo a ellas. Los varones tampoco salen bien parados.

Pero no es cierto. En la vida real, los varones siempre salen bien parados. Por ejemplo, cuando conciertan uno de esos famosos «matrimonios secretos». Engañan con falsas promesas a una joven ingenua, convenciéndola de que sus palabras vacías tienen valor de sacramento; de que la han tomado por esposa legítima y, andando el tiempo, pasarán por la iglesia para proclamar el vínculo ante familiares y vecinos.

Aunque eso rara vez sucede. En la inmensa mayoría de los casos, el pretendido esposo acaba abandonando a la víctima. En ocasiones se esfuma sin previo aviso. En otras, consiente en indemnizar a la ofendida a cuenta de la pérdida de su honor; y, con suerte, a reconocer como suyos los hijos habidos en la unión.

Tales son las costumbres del mundo. Un hombre de estudios, todo un bachiller, no desposa a la hija de un sastre. Se servirá de ella mientras la muchacha resulte de su agrado. Luego buscará por esposa a una doncella de su misma condición. A alguien que, con su dote y sus contactos familiares, le permita asegurar su posición y hacer carrera.

Lucía debería saberlo. No tendría que haberse dejado atraer a esa trampa. Ni siquiera por alguien como Martín; que, con su labia y su aspecto, bien puede encandilar a más de una muchacha.

—¿Y qué opina el maestro Erasmo sobre ciertas costumbres deplorables, pero muy practicadas? ¿Sobre los matrimonios secretos, por ejemplo?

El bachiller la estudia con atención. Se diría que intenta discernir si su pupila alberga segundas intenciones al plantear aquella pregunta.

—Opina que son una de las grandes lacras de nuestro tiempo. Como lo son los casamientos forzados y mal establecidos que algunos padres decretan para sus hijas, por interés o codicia; o esas vocaciones forzosas que, por presión de la familia, obligan a una muchacha a entrar en el convento en contra de sus deseos. De ahí que dedique varios *Coloquios* a las mujeres y a su situación. Vuestro padre, ya lo sabéis, también se muestra de acuerdo con tales ideas.

—Entonces, ¿predica la soltería?

—Al contrario. Considera que el matrimonio es el estado más deseable, tanto para hombres como para mujeres.

—¿El maestro Erasmo está casado?

—No, por cierto.

—¿Y qué opinión os merece alguien que no se aplica a sí mismo lo que predica a los demás?

Martín apunta una sonrisa.

—A veces aprovecha más juzgar a un hombre por sus palabras que por sus actos, Leonor. De todos modos, ya entenderéis mejor su razonamiento cuando traduzcáis algunos fragmentos de su *Apología del matrimonio*. Defiende que el estado marital es el más conveniente para casi todos los individuos, pero que algunos, muy pocos, han sido creados para el celibato. —Alcanza uno de los libros y lo abre ante ella—. Aunque os advierto que el texto ha generado grandes protestas en la curia y las universidades, pues argumenta que, contra lo que defiende nuestra Iglesia, el celibato y la virginidad no son formas de vida más perfectas ni más santas que la convivencia y la unión conyugales. La pérdida de eso que acostumbramos a denominar «pureza» no supone un menoscabo de la persona y, mucho menos, una mancha indeleble.

La alumna aprieta la mandíbula. Tiene las mejillas y los ojos encendidos.

—¿Es eso lo que pensáis? ¿Que aprovecha más juzgar a un hombre por sus palabras que por sus actos? ¿Que la pérdida de la «pureza» no trae consigo una mancha indeleble?

Antes de que su interlocutor acierte a responder, la joven alarga el brazo. Vuelca el tintero con brusquedad, salpicando el texto y al profesor.

—¡Leonor! ¡Por Dios santo! —exclama Martín, poniéndose en pie de un salto.

No parece preocuparse tanto por su rostro y por su atuendo. En vez de eso, se lanza sobre el libro y ataca los borrones de tinta con el secante.

—Hablar es bien fácil —aduce la joven—. Pero, como veis, no resulta igual de sencillo quitarse de encima una mancha indeleble.

La misma tarde del incidente ocurrido ante las casas de Laso de la Vega, Acuña convoca una asamblea general. Lo sucedido esta mañana le ha demostrado que la situación es más grave de lo que imaginaba. Los que ahora se muestran en su contra son aquellos mismos que hace un mes lo vitoreaban en la plaza de Zocodover, lo introducían en la catedral y lo sentaban sobre la silla arzobispal. La voluntad del individuo es voluble. La del pueblo, cien veces mudable.

Pero todo podría arreglarse recurriendo a la debida persuasión, si actúa con presteza.

—Dios Nuestro Señor ha llamado a Su lado al mejor de los nuestros —declara ante la concurrencia—. Por doloroso que resulte, hemos de aceptar que el gran Juan de Padilla, nuestro héroe, nuestro capitán invencible, ya no está con nosotros. No lo olvidemos nunca. Porque ese pensamiento ha de ayudarnos a mantener viva esta santa lucha. Juan de Padilla murió por el bien de Castilla, por el de Toledo. Por el nuestro. Y a nosotros nos corresponde vengar su muerte.

Todos los asistentes aplauden, aun aquellos más contrarios al orador. Sin duda el obispo de Zamora sabe cautivar el corazón de sus oyentes.

Pero aquello no es más que el principio.

—Yo os prometo, a vosotros y al pueblo de Toledo, que no descansaré hasta haber hecho justicia. Dios es testigo de que he de vengar a nuestro valeroso capitán, o morir en el intento. A mí me corresponde llevar esa carga, que acepto con toda modestia, pues me ha sido confiada por Nuestro Señor Jesucristo y por el pueblo de Toledo. —Hace una larga pausa, en la que los escudriña uno a uno. Cuarenta y dos oyentes, cada uno de ellos, con una voluntad que doblegar—. Es una pesada cruz la que ahora cargo sobre los hombros, señores míos. Demasiado para mis pobres fuerzas. Necesito ayuda para soportarla. No podré hacerlo sin vosotros.

La asamblea lo escucha con atención. Es momento de aprovechar su interés.

—Para vengar a nuestro amado Padilla, para hacer justicia a nuestra ciudad y a nuestro reino, hay que ser capaces de actuar con vigor. Y eso es algo que la Comunidad toledana ha demostrado con creces saber hacer, hasta convertirse en modelo para el resto de Castilla. —Dicho esto, realiza un sutil cambio de inflexión antes de añadir—: Pero en los tiempos que corren eso ya no es suficiente. No solo necesitamos actuar con firmeza, sino también con rapidez y eficacia. Me temo, caballeros y vecinos, que no es posible hacerlo si los cuarenta y dos miembros de esta junta han de reunirse para votar cada decisión.

Señala al exterior, a las tierras más allá del Tajo.

—Las fuerzas del prior de San Juan nos acechan. Las hordas de los virreyes se dirigen hacia nosotros. Se avecinan tiempos duros para Toledo, los más duros desde el inicio del conflicto. Ahora, más que nunca, esta Comunidad debe mostrarse a la altura de las circunstancias. Necesita concentrar su poder de decisión en unas pocas manos.

Se alzan murmullos, reparos, protestas. El orador las acalla con un gesto apaciguador.

—Hermanos míos, escuchad mi proyecto. No pretendo erigirme en defensor único de esta ciudad. Eso sería contrario al espíritu que inspira nuestra lucha. Os propongo crear un comité de cinco miembros. —Realiza un movimiento circular con las manos, lento y elegante, para englobarlos a todos—. Votadlos vosotros mismos. Escoged a aquellos de entre vosotros que ya hayan ofrecido muestras de dedicación a nuestra causa, a aquellos cuyos corazones os parezcan más leales y honestos. Dios, no lo dudéis, habrá de guiaros en vuestra elección.

Tal y como esperaba, aquellas frases logran el prodigio de apaciguar incluso los ánimos más reluctantes. Es el momento propicio para asestar el golpe de gracia.

—Meditad mis palabras, os lo ruego. Pues os aseguro que no os las presento sin haber realizado yo mismo una ardua reflexión. Dios sabe que no he encontrado otro modo de enmendar el actual estado de cosas. —Eleva la mirada a las alturas, como poniendo a los cielos por testigos de sus afirmaciones—. Todos, hermanos míos, sois conscientes de lo mucho que he sacrificado por nuestra causa común; por ella entrego mi sosiego, mis riquezas... incluso arriesgo mi vida. Creedme cuando os digo que tras mi propuesta no acecha ningún tipo de ambición personal.

Concluido su discurso, Antonio de Acuña vuelve a tomar asiento. Los rostros de los asistentes le confirman su triunfo. La mayoría de la asamblea ha quedado convencida.

No solo eso. Tras aprobar por votación la propuesta del obispo de Zamora, le confían que sea él quien elija a los miembros del dicho comité. El designado acepta el encargo con gesto de humildad.

En su fuero interno se siente exultante. A partir de ahora, todo le resultará mucho más sencillo. Conseguir el consenso de cuarenta y dos delegados supone un arduo esfuerzo. Cinco voluntades son mucho más fáciles de encauzar.

—Buenos días, don Martín. Mucho madrugáis últimamente.

La sirvienta dedica una sonrisa maliciosa al bachiller, que se limita a responder con un leve movimiento de cabeza. Ha entrado en casa del patrono por el zaguán del patio. Viene del almacén de la torrecilla, donde acaba de encontrarse con Lucía.

Esta le ha revelado ciertas cosas que lo han dejado anonadado. Ella sola se las ha arreglado para entregar el mensaje dirigido al conde de Saldaña.

Y él no ha tenido más remedio que revelarle que sus esfuerzos han sido en vano. De nada sirve que la carta haya llegado a su destino si resulta imposible ejecutar la segunda parte del plan. Toda la idea radicaba en enviar un informe sobre una operación ficticia y comprobar si el duque o el alcaide de Santorcaz reaccionaban en consecuencia.

Martín ha revelado que, en el plazo de dos días, la Comunidad volverá a los graneros de Los Santos de la Humosa. Algo que, aun siendo falso, resulta coherente con los esfuerzos que tanto Alcalá como Madrid están realizando para preparar sus defensas.

Pronto, muy pronto, tendrán que hacer frente al duque del Infantado. Este ya ha mandado sendas comunicaciones a las dos villas, conminándolas a rendirse. Madrid ha respondido suministrando armamento a los pueblos de su alfoz. Ha distribuido casi trescientas picas «con sus hierros» entre Vallecas, Rejas, Canillejas, Hortaleza, Coslada y Fuencarral.

También ha reclutado a mil hombres de su villa y tierra, que se están reuniendo en Rejas «y que, si es menester socorrer a Alcalá, se enviarán allá; y otros dos mil más que también se mandarán habiendo necesidad». Ambas villas están concentrando su artillería en los accesos por los que, previsiblemente, ha de llegar el invasor; Alcalá, en la puerta de Guadalajara; Madrid, en el camino de Toledo.

En tales circunstancias, resulta más que creíble la visita aducida a los graneros arzobispales, a fin de recoger más cereal con vistas a un posible asedio.

El plan consistía en que el propio Martín vigilase si en Santorcaz o en Los Santos de la Humosa se producían movimientos sospechosos que pudieran relacionarse con la falsa información. Por desgracia, ya no es posible llevar a cabo esa parte del proyecto.

—No puedo salir de esta casa, Lucía, ya lo has visto. Y, mucho menos, de la villa. Así que no hay modo de comprobarlo.

—Podría hacerse —lo rebate su acompañante— si no fueses tú el encargado de llevar a cabo esa comprobación.

—Por Dios que no —replica él, categórico. Aquella es una posibilidad que ni siquiera está dispuesto a plantearse—. ¿Has pensado en lo que eso implicaría?

—Desvelar el secreto a alguien más. Y ponerte en grave riesgo al hacerlo —contesta la joven. Parece que sí lo ha meditado bien—. Y, si ese alguien resulta ser de confianza y accede a ayudarte, ponerlo en grave riesgo a él.

Razones suficientes para que él reitere su negativa. Pero su interlocutora sigue insistiendo.

—Martín, ¿de verdad crees que yo soy la única dispuesta a creer en tu inocencia? Mira a tu alrededor. ¿Piensas que nadie más se prestará a ayudarte? —Lo toma de los dedos, le repasa el dorso de las manos con los pulgares. Su tono es firme; sus caricias, delicadas—. Los cielos han querido que esa carta se haya enviado, pese a todas las dificultades. ¿No crees que la Providencia lo ha hecho así por una razón? Siempre me dices que todo buen cristiano debe aceptar los designios del Altísimo.

Ahora el arriacense se encuentra de nuevo en su dormitorio. Desde el ventanuco observa el patio, el pozo, la torrecilla. Los gallos de la vecindad saludan la inminente llegada del alba.

Cierra los ojos. Lo martillea una pregunta para la que no encuentra respuesta. Dios sabe que las razones de Lucía resultan convincentes. Aun así...

Mira el crucifijo, se santigua. Si pudiera estar seguro de no equivocarse... Al fin, inspira profundamente y se encomienda a las alturas.

Cuando pregunta por el joven Deza, le indican que también él se ha levantado temprano. Está en los establos repasando el estado de su montura. Por cuanto parece, se encuentra a punto de salir de viaje.

—Señor Juan —le dice el bachiller—. Disculpad que os aborde en un momento como este, pero lo cierto es que necesito de vuestra ayuda. Se trata de un caso urgente.

—Confío en que no tanto que no pueda esperar un par de días —responde el interpelado sin mirarlo, mientras repasa las bridas y las cinchas del caballo—. Tengo negocios que atender en Madrid.

Martín aprieta los labios. Duda de si debe interpretar aquello como una señal de los cielos. ¿Intentan estos avisarle de que Juan no es la persona idónea? ¿O tal vez lo están poniendo a prueba a él, para comprobar si confía en los dictados de su conciencia?

Queda en silencio unos instantes, luchando contra la indecisión. Dios sabe que no siempre resulta sencillo interpretar los designios de la Providencia.

—Permitidme que os explique la situación —insiste, al cabo—. Después, vos mismo decidiréis si puede esperar o no.

En el Colegio de San Ildefonso es día de celebración. Tras superar el debido concurso, el doctor Juan de Medina ha obtenido la cátedra de Teología. A la salida del paraninfo lo esperan sus partidarios. La mayoría son, como el propio homenajeado, integrantes de la facción castellana.

—A hombros con él, muchachos —ordena el capitán Guzmán, que se cuenta entre los celebrantes—. Y que se oigan bien las ovaciones.

Hay aclamaciones, estrechamientos de manos, aplausos. Las campanas de la capilla proclaman la celebración. El cortejo, entre gritos y risas, se dirige a la puerta occidental del recinto, la que da a la plaza del Mercado, para salir a desfilar por las calles de la villa.

En llegando al lugar, se topan con un grupo de estudiantes béticos que los esperan allí.

—No saldrán de aquí vuestras mercedes —les dicen estos—, que la villa ya anda bastante alborotada y no es cosa de revolverla aún más.

En realidad, su enfado obedece a que la cátedra no se ha fallado a favor del aspirante de la facción andaluza. La facultad de Teología está en manos de los castellanos, cuya supremacía se refuerza cada vez más.

—Y tanto que saldremos —responde el capitán Guzmán—. Apartad de ahí si no queréis que os llevemos por delante.

Por respuesta, los béticos comienzan a arrojarles piedras e insultos.

—¡Abajo los renegados! —aúllan—. ¡Muerte a los traidores y los enemigos del rey!

Los agredidos responden. Se lanzan sobre los atacantes con igual saña. Pronto la celebración se transforma en una refriega. Se intercambian ataques con palos, puños y piedras.

En medio de la riña, la campana de la capilla comienza a tañer de forma bien distinta. No es la única. Las torres y espadañas de las iglesias cercanas también tocan a rebato.

Los estudiantes interrumpen la refriega. Aquellos sonidos son señal de que un gran peligro se cierne sobre la villa.

—¡Vecinos de Alcalá, tomad las armas! ¡El duque del Infantado nos ataca!

Las campanas tañen. Los gritos se extienden de calle en calle. El rector Hontañón, armado y a lomos de su mula, sale de la universidad, seguido de buen número de estudiantes.

Se dirige a la puerta de Guadalajara. Allí se encuentran ya los capitanes Zúñiga y Herrera. El primero está organizando a las milicias. El segundo, a los vecinos que han acudido a defender la cerca.

—Un acemilero recién llegado a la villa afirma haber visto lo que parece ser la avanzadilla del duque —informa Zúñiga al maestro Hontañón—. ¿Venís a convencerlo de que no nos ataque, reverendo señor?

—Dudo que tal cosa sea posible, capitán, a menos que accedáis a rendiros —responde el interpelado—. Si queréis mi consejo, no sería mala idea hacerlo así.

De sobra sabe que la villa alcalaína se encuentra dividida. Son cada vez más los que insisten en aceptar las condiciones del duque del Infantado y entregar Alcalá de forma pacífica. Otros se obstinan en luchar hasta las últimas consecuencias.

El capitán Zúñiga pertenece a estos últimos. Cierto es que en el pasado ha realizado grandes acciones a favor del concejo y los vecinos. Pero si quiere seguir defendiendo a sus buenos compaisanos complutenses, tal vez debería plantearse si para ellos es preferible una resistencia ciega e irracional o una honrosa capitulación.

El rector Hontañón siente a su espalda la presencia de los estudiantes que lo escoltan. Hace poco, el claustro votó defender la cerca y las calles, y así lo harán. Se mantendrán fieles a su palabra, por mucho que eso implique abrazar una causa perdida. Y que Dios, en Su misericordia, decida el futuro de la universidad.

—Si llega el caso, el Colegio luchará junto a la villa —declara—. Pero sería preferible para todos que no hubiésemos de medirnos con los ejércitos del duque.

Según pasa el tiempo y los ojeadores enviados a evaluar la situación regresan, la conmoción inicial se calma. Al parecer, las tropas que el acemilero ha divisado no representan la avanzadilla de las huestes ducales, sino un pequeño destacamento que se ha apostado frente a los graneros de Los Santos de la Humosa. Allí se les han unido tropas enviadas por el alcaide de Santorcaz.

Esta noticia, ya apuntada por los batidores, queda confirmada cuando Juan de Deza se presenta en la puerta, procedente del camino a Guadalajara. Según dice, viene de atender ciertos negocios por la zona, y puede dar testimonio de que tal información es cierta.

—Hay hombres del duque y del alcaide frente a los graneros de Los Santos —comunica al capitán Zúñiga, que le ha ordenado desmontar y dirigirse con él al cuerpo de guardia—. No son número suficiente para venir a atacar la villa, pero sí para defender el lugar.

—¿Y qué pensáis que están haciendo allí?

El interpelado vacila un instante.

—¿Quién sabe? —responde al fin—. Tal vez planean asediarnos y desean asegurarse para sí el suministro de cereal. En cualquier caso, no parecen tener intención de moverse del lugar.

Recibida la noticia, Martín cierra los ojos. Se deja caer sobre una silla, deshecho, y entierra el rostro entre las manos.

Juan lo observa durante unos momentos. Luego se gira para darle la espalda.

—Sois un traidor, aun sin pretenderlo —afirma—. Y podéis tener por cierto que no volveré a mentir para protegeros.

El interpelado no reacciona. Se diría que aquella revelación lo haya dejado vacío, sin fuerzas ni voluntad.

—Habéis puesto en peligro esta villa, a sus vecinos... Por Dios santo... Sufríamos de hambruna, y casi perdemos el trigo de los graneros arzobispales por vuestra culpa. Y la batalla de Santorcaz... Que todos los heridos de Valdenegras caigan sobre vuestra conciencia.

—Creedme, ya lo hacen...

Juan mantiene los brazos cruzados sobre el pecho. Pero aquel gesto no le proporciona abrigo ni protección.

—La ingratitud es prenda de almas indignas. Por eso no voy a denunciaros al concejo. Soy consciente de lo mucho que habéis hecho por mí, por mi hermana, por mi familia —reconoce—. Pero, os lo advierto: debéis marcharos. Ahora. No consentiré que paséis un solo día más en esta casa.

Don Diego Hurtado de Mendoza, tercer duque del Infantado, contempla la vega verdecida del Henares desde los balcones superiores de su palacio. Mañana sus huestes partirán de camino a Alcalá. Aunque la villa complutense aún no ha aceptado sus términos de rendición, no le cabe duda de que lo hará cuando se presenten a sus puertas cuatro mil infantes, quinientas lanzas y veinte piezas de artillería gruesa.

Toda la Castilla vieja se ha rendido sin oponer resistencia ante el avance de los ejércitos realistas. Valladolid, Segovia, Salamanca, Ávila, Medina del Campo, León, Palencia... Las ciudades norteñas han agachado la cerviz y suplicado clemencia.

Solo quedan por doblegarse las que se hallan al otro lado de la sierra de Guadarrama. Madrid, Alcalá, Toledo, Murcia... Es el momento de aplicar, también aquí, un proceso de curación; la ocasión perfecta para que la Casa del Infantado intervenga y reclame ante el rey una victoria que, en estos momentos, ha de resultar ya cosa sencilla.

Pero tiene que actuar con presteza. Debe lograr la rendición de las villas más cercanas a sus dominios antes que se presenten aquí el conde de Haro, su padre el condestable y el resto de los Grandes que los acompañan.

De momento, mantiene bien protegidos los graneros de Los Santos de la Humosa, pues ha recibido información de que la Comunidad complutense se dispone a abastecerse de ellos con miras a soportar un asedio. Y al señor del Infantado no le agrada la idea de poner cerco a la villa. Acabaría venciéndola de todos modos, pero tal vez no le diera tiempo a hacerlo antes de la llegada de los ejércitos norteños, lo que iría en detrimento de sus intereses.

Por desgracia, no logró organizarse a tiempo de evitar que los alcalaínos saquearan por primera vez los silos. Aunque sí pudo avisar al alcaide Tapia del ataque previsto a la fortaleza de Santorcaz. De cierto, los últimos mensajes enviados por el informante que su hijo Íñigo mantiene en la villa le han servido de gran ayuda.

De hecho, el conde de Saldaña, su familia y su séquito se encuentran ya de camino a Guadalajara. Su padre ha levantado oficialmente el destierro que pesaba sobre él. Íñigo ha tenido tiempo de sobra para comprender lo desatinadas que resultan sus acciones del pasado.

Gracias a Dios, el duque ha podido convertir la absurda rebelión de su heredero en una circunstancia beneficiosa para la familia. Su hijo no tardó mucho en entrar en razón. Es hombre juicioso, y acabó aceptando la gran verdad contenida en las enseñanzas de su padre: no debe ponerse en primer lugar el bien del rey, ni el de Castilla, sino el de la Casa del Infantado.

Así pues, decidió sumarse al plan de su progenitor y aprovechar la situación. Con el duque a favor de la Corona y el conde de Saldaña apoyando a las Comunidades, la familia podría beneficiarse sin importar quien venciese. Si el triunfo final se inclinaba hacia los Grandes, el duque intervendría atacando a las fuerzas rebeldes de la región. Si ocurría lo contrario, sería su hijo quien movilizase a sus partidarios y retomase Guadalajara, teniendo por seguro que sus defensores no habrían de presentarle una vigorosa oposición.

De cierto, Íñigo ha cumplido su parte del trato, poniéndose al servicio de su padre y haciéndole llegar los mensajes de sus informantes. Así, entre ambos, han logrado proteger lo que realmente importa: la corona ducal y el futuro de la Casa del Infantado.

39

—Señor Juan, me dijisteis que os avisara si don Martín me daba algo al marcharse. —Beltrán se acerca al hijo del patrono portando unas cartas lacradas—. Ha dejado esto. Una es para vuestro padre. Otra, para vuestra hermana.

—Dámelas. Yo se las entregaré.

Una vez a solas en su habitación, el joven Deza examina los documentos: el papel de calidad, doblado con esmero; la escritura pulcra y elegante que traza los nombres de los destinatarios...

Abre con cuidado el dirigido a su padre, usando un cuchillo para levantar el sello sin romperlo. La lee, la dobla de nuevo, enciende una vela y calienta ligeramente el lacre. Vuelve a cerrar con él la carta y la deja sobre el escritorio.

Luego sopesa la destinada a Leonor. Se diría que contuviera más de un pliego en su interior. De cierto, a Juan no le agrada que el bachiller Uceda tenga tanto que decir a su hermana. Y él se debe a protegerla de cualquier posible daño. Dadas las circunstancias, cualquier mensaje del arriacense resultaría perjudicial para ella.

Acerca el papel a la vela, lo sujeta sobre ella y lo entrega a la llama. No se detiene hasta verlo reducido a cenizas.

—Con esto serás bien recibido en nuestra casa de Toledo. —El doctor Francisco de Vergara espolvorea la carta con polvo secante y la sacude. La dobla, derrite el lacre, lo sella. Luego tiende el documento al bachiller Uceda—. Reza por que los problemas que te obligan a huir de estas calles no te persigan hasta allá.

—Os lo agradezco de veras, mi señor. —El arriacense realiza una sentida reverencia. Fiel a la palabra dada, su antiguo protector ha aceptado ayudarlo en este trance. No muchos otros gentileshombres (menos aún, de la posición y el prestigio de su anfitrión) se hubieran prestado a correr tal riesgo.

El doctor Vergara se dispone a replicar, pero lo interrumpe un repentino ataque de tos, que lo deja exhausto. Se recuesta sobre el respaldo de su silla con el aliento entrecortado, cerrados los párpados.

—Permitidme, mi señor. —Martín se aproxima. Se arrodilla ante él y le recoloca la manta sobre el regazo.

Cuando la respiración de su anfitrión se serena, este abre los ojos y lo contempla, con ese mirar dulce que, por su intensidad, suele incitar a sus interlocutores a bajar la vista.

—¿Comprendes bien lo que debes hacer allí?

El bachiller realiza un gesto afirmativo. Por cuanto parece, Su Majestad está a punto de publicar un edicto imperial contra los libros de Lutero. Sus publicaciones serán confiscadas, y se abrirá investigación contra todos aquellos que posean obras del renegado agustino, o afines a su doctrina.

Es de prever que en Castilla las perquisiciones resulten más duras que en otros lugares. Pues el cardenal Adriano sospecha que el ideario de las Comunidades bebe de las mismas fuentes que la herejía tudesca. Y, como inquisidor general, se apresta a purificar las aguas contaminadas. El reino se enfrenta a un complicado proceso de curación. Es menester erradicar de raíz cualquier posible foco infeccioso.

—Revisaré la biblioteca de vuestra casa familiar, y me aseguraré de que ninguno de sus volúmenes albergue contenidos que puedan tomarse por heréticos —responde Martín—, tal y como os ha encargado hacer vuestro hermano.

En efecto, don Juan de Vergara, que sigue en Worms como integrante del séquito imperial, ha escrito dando cuenta de cómo Lutero se ha negado a retractarse de sus doctrinas. El rey Carlos se dispone a condenarlo por herejía, a ordenar su detención y la persecución de su obra.

—Te aconsejo que partas ahora mismo —sugiere el anfitrión—. Si resulta cierto que el duque del Infantado se dispone a tomar la villa, las puertas podrían cerrarse en cualquier momento.

El arriacense vuelve a asentir. Pero hay algo que necesita aclarar antes de despedirse.

—Perdonad que os lo pregunte, señor, pero me cuesta comprenderlo: ¿por qué piensa vuestro hermano que la condena a Lutero puede resultar perjudicial para el maestro Erasmo y sus escritos?

—Bien conoces su pensamiento, Martín. Sabes que cuenta con numerosos detractores, y que muchos de ellos lo atacan desde las iglesias y universidades. —El doctor Vergara alisa la manta con sus manos delicadas, hoy más lívidas de lo normal—. Al parecer, ciertas personas cercanas al entorno del rey han llegado a decir que «sus ideas alimentan la herejía» y que «todo Lutero se halla contenido en los libros de Erasmo».

—Esas palabras son un desatino. Nada de lo que ha escrito el maestro de Róterdam atenta contra el espíritu cristiano. Nunca ha atacado la doctrina que predican nuestros sacerdotes, sino solo sus costumbres. Un buen creyente puede mostrarse crítico y dudar de los hombres que integran la Iglesia, sin que eso implique dudar de Dios.

—Lo sabes tú, lo sé yo, lo sabe mi hermano —concede don Francisco—. Esperemos que Su Majestad también lo sepa.

Antes de abandonar la casa, Martín se detiene en la pequeña capilla. Se arrodilla y reza, con la angustia del pecador que se sabe culpable y duda de merecer la absolución.

Ha salido de la casa del pañero Deza sin avisar, sin despedirse. Así lo ha exigido Juan. «Buscad el modo de redimiros —le ha indicado—. Entonces podréis volver con la cabeza alta.» Pero él duda de que la redención sea posible.

Mucho le pesa haberse marchado así. Pero nada lo atormenta tanto como no haber podido decir adiós a Lucía. Le ha dejado una carta, doblada junto a otra dirigida a Leonor, a la que encomienda que se la entregue a su amiga. Suplica a los cielos que ella la reciba. Y que aquellas pocas líneas no la abrumen tanto como lo mortifican a él.

«He de compartir contigo un último secreto. Ignoro si después querrás aún acompañarme; pues se trata de algo que, de conocerse, arrojaría sobre ti la deshonra —le dice. Y, tras confesarse, concluye—: Ahora he de marcharme, aunque no sé adónde. Volveré a escribirte pronto. Y, si así lo deseas, a buscarte. No me importa dejarlo todo atrás, si es que tú me acompañas. Nos iríamos lejos, allá donde podamos mantener este secreto entre nosotros. Si prefieres no hacerlo, lo entenderé. De cualquier modo, sabe que nunca dejaré de pensar en ti y de rogar a Dios que te guíe y proteja.»

Hoy, en contra de lo habitual, no siente el alma más ligera al salir de la capilla. Nota las fuerzas menguadas, vencido el ánimo. Pero los cielos han dispuesto que aún haya de pasar una última prueba antes de abandonar la villa.

Ya en el vestíbulo, se topa con una visitante que acaba de llegar a la casa. La joven, que revela en su actitud y vestimenta su alta alcurnia, viene flanqueada por dos dueñas. Se detiene al encontrarse frente al arriacense. También él ha quedado paralizado al verla.

—Mi señora doña Isabel... —Se inclina ante ella, luchando por contener la turbación—. Vos... estáis aquí...

La recién llegada aprieta contra el regazo el libro que trae en las manos: la última edición de los *Colloquia* del maestro Erasmo.

—¿Tan pobre saludo os gastáis en estos tiempos? Os recordaba más elocuente, Martín.

Aunque sus palabras parezcan contener un reproche, la ironía de su tono desmiente tal impresión.

—Mi hermano me ha dicho que os ha vuelto a tomar a su servicio —añade, pues el arriacense espera a que ella continúe—. Pero no que os mandaría partir de viaje tan pronto.

—Para mí es un honor servir a don Francisco en lo que quiera que tenga a bien ordenarme. —Es la respuesta de su interlocutor. Ni sus palabras ni sus gestos parecen contener rastro de aquel muchacho vivo, ingenioso y desafiante que antaño insistiera en visitar en plena noche los aposentos privados de una dama.

Tal recuerdo provoca que el pulso de Isabel se acelere. Pero se obliga a serenarse. No resulta apropiado que una Vergara muestre la respiración desordenada.

Le resulta muy difícil fingir serenidad frente a Martín. Su cercanía trae recuerdos dolorosos, que ella se ha esforzado por dejar atrás. Los de aquella noche, en la que bien podría haber perdido la honra entre los mismos brazos que acabaron rescatándola de las llamas. Los del día en que se despidió de él, dejándolo convaleciente, malherido en cuerpo y alma; indigno pago para el hombre que acababa de salvarle la vida.

«Isabel, te lo ruego... Sabes que no es justo...», le reprochó el joven, no sin razón. A lo que ella tuvo que responder: «Nada de lo que atañe al honor femenino es justo».

—¿Aún seguís entregado a vuestros dibujos? —pregunta ahora, al comprobar que el bachiller lleva en la mano un cartapacio. Ante la respuesta afirmativa de este, ordena—: Mostradme alguno.

El arriacense deshace el lazo, selecciona un boceto. Se lo tiende a una de las integrantes del séquito, quien, a su vez, lo entrega a la señora.

—Ya os hablé de Magdalena —señala él. La dama asiente—. Y ese es el pequeño Martín.

Doña Isabel contempla el dibujo durante algunos instantes. En él aparece una muchacha de grandes ojos oscuros, que sostiene en brazos a un bebé de corta edad.

—¿Los echáis de menos?

—Cada día, cada hora. Un hombre que se precie de serlo nunca olvida a la sangre de su sangre.

La dama devuelve el dibujo a su camarera para que ella se lo entregue al bachiller. En aquellos trazos, en aquellas últimas palabras, se ha reencontrado con el Martín de hace tres años. Tal vez resulte preferible no volver a invocarlo.

—A veces la vida nos obliga a vivir separados de nuestros seres amados —le dice—. Ojalá Dios os conceda volver a verlos pronto.

—Os deseo lo mismo, mi señora.

La joven Vergara realiza un gesto de despedida que da por concluida la conversación. Pero antes de que ella reinicie la marcha, el arriacense pronuncia su nombre.

—Mi señora doña Isabel, os ruego que disculpéis mi osadía; pero ya que los cielos me conceden el privilegio de encontraros hoy aquí... —Hace una pausa, como si necesitase reunir aliento para las palabras que vienen a continuación—... desearía suplicar de vuestra generosidad una humilde merced, con la que me tendría por muy honrado.

La dama inspira en silencio. Sus dudas se han disipado por completo. Aun hallándose en gran deuda con él, ahora sabe a ciencia cierta que resulta preferible no volver a tratar con el Martín de hace tres años. Como estudiosa, se lo debe a la tranquilidad de su espíritu; como mujer, al bien de su honra.

Las calles de Toledo están en pie de guerra. Los vecinos se han armado, se han levantado barricadas. Pero las picas y espadas no apuntan al prior de San Juan ni a los virreyes ni al exterior de la ciudad.

«¡Padilla!», gritan unos; «¡Acuña!», lanzan otros. «¡Justicia!», claman algunos, sin decidirse por ninguno de los bandos.

Esta misma mañana, don Juan de Ayala, uno de los principales defensores de la causa, se ha presentado ante los delegados de la Comunidad para lanzar una airada protesta contra el obispo de Zamora.

—¿De veras le creéis, señores míos, cuando afirma haber sacrificado tanto por nuestra lucha? ¿No es acaso cierto que antepone sus propios intereses a los de Toledo, y aun a los de Castilla? ¿Ignoráis cómo ha maltratado y humillado a nuestro cabildo en su afán de proclamarse arzobispo? ¿O que se rodea de gente que ha traído consigo de afuera, en detrimento de los de nuestra ciudad? ¿Y alguien negará que, pese a afirmar él lo contrario, se ha enriquecido, y mucho, con nuestra guerra, mientras nosotros sí sufrimos sus efectos? —Señala como evidencia sus propias ropas, de rica factura, pero gastadas por el uso—. Yo mismo he perdido hasta el último maravedí. Mi propio padre, don Pedro de Ayala, a quien todos conocéis por ser uno de los primeros en alzarse a grito de Comunidad y por haber servido como diputado en la Junta desde sus inicios, está a punto de perder toda su fortuna por haber auxiliado a la ciudad y al reino. En estos momentos, ni a él ni a mí nos queda otra cosa que ofrecer salvo nuestras propias vidas; y estamos dispuestos a ofrendarlas de buen grado por la salvación de Toledo. Pero ¿qué hace Acuña mientras tanto? Su único afán es el de ayudarse a sí mismo. Y, a fin de lograrlo, no duda en engañar a nuestros buenos vecinos.

Tales argumentos han movido los ánimos de los delegados, que al punto se han presentado en la residencia del obispo de Zamora. Lejos de calmarse, las tensiones se han recrudecido. El séquito de Acuña —a estas alturas, integrado en gran parte por forasteros— responde con dureza a las recriminaciones de los toledanos.

—¿A qué vienen a pedirnos pruebas de lealtad? Más valdría que las dieran ellos primero. Todos sabemos lo que ha hecho ese perro de Laso de la Vega. Igual podría decirse que todos los de Toledo son tan traidores como él.

Aquella chispa ha hecho estallar el polvorín. Buena parte de la Comunidad se reúne en casa de doña María Pacheco, dispuesta a manifestar su indignación incluso a través de las armas. En las parroquias, los partidarios de Acuña hacen correr la voz de que unos traidores planean expulsar de la ciudad al buen obispo de Zamora.

Las calles se levantan, vecinos contra vecinos. Al cabo, el propio Acuña abandona su residencia, bien atrincherada, para dirigirse a casa de la viuda de Padilla.

—Mi señora —le dice, sin ahorrar severidad en su tono—, hemos de unir nuestras fuerzas. De seguir así, no será necesario que el prior de San Juan haya de rendir la ciudad. Toledo se desgarrará a sí misma y quedará indefensa a merced del enemigo.

La interpelada no se digna responder. En su lugar, contesta Juan de Ayala, en términos aún más duros de los que ha empleado esta mañana ante la asamblea.

—Bien entendemos lo que eso significa. Cuando decís que «unamos nuestras fuerzas», en realidad exigís que todos nos pongamos a vuestras órdenes —lo acusa—. Sabed que, si hoy nos encontramos divididos, es por culpa vuestra; porque, con vuestras intrigas y engaños, en nuestra ciudad habéis creado una Comunidad buena y una mala. Yo pertenezco a la primera, señor mío; estoy unido a Toledo, más que nadie. No puedo afirmar lo mismo de vos.

La discusión se prolonga a lo largo de la tarde y hasta bien entrada la noche. Mientras tanto, la ciudad sigue bullendo. Frente al palacete de doña María se concentran más y más vecinos.

Unos claman a favor de Padilla; otros, de Acuña. Los vítores a favor de los líderes dan paso a insultos entre los miembros de una y otra facción, cuyos integrantes acaban llegando a las manos.

En el interior, los ánimos tampoco se calman. Tras arduas discusiones, los dirigentes de la Comunidad se avienen a volver a confiar en el obispo a cambio de que este expulse de su séquito a los forasteros.

—¿Pretendéis que eche de mi lado a estos hombres, que ya me han dado pruebas de cumplida lealtad? —protesta Acuña—. Cuando llega el momento de combatir, los toledanos me dejan solo. Pero esos clérigos zamoranos me siguen desde el principio. Acatan mis órdenes sin la menor protesta, dispuestos a dejar sus vidas en el campo de batalla.

Doña María responde con una sonrisa. Aquel gesto, desprovisto de toda afabilidad, resulta tan contundente como un mazazo.

—Si tanto desconfiáis de los toledanos, don Antonio, decidme: ¿por qué seguís aquí?

El interpelado no replica. Es hombre reacio a aceptar la derrota; y, cuando esta se produce, suele disfrazarla a su conveniencia. Pero también sabe reconocer cuándo un camino ha llegado a su fin y resulta preferible escoger otra vía.

Ha entrado en Toledo a escondidas, contra los deseos de María Pacheco. Ha logrado hacerse con las riendas de la ciudad durante un mes. Pero ahora el caballo se ha desbocado por completo, y ya no obedece a las bridas.

La muerte de Padilla y las celebraciones en su honor han suscitado hondas emociones en los toledanos, que han cerrado filas alrededor de su viuda. Y esta, tras recuperar su posición de poder, no se mostrará clemente con el forastero que ha osado venir a su feudo para desafiarla.

Acuña abandona la casa de su adversaria con un solo pensamiento. Ha llegado el momento de marcharse de Toledo. Y debe

hacerlo de forma tan anónima y secreta como cuando llegó a
ella.

—No logro entenderlo, a fe mía. —El pañero Alonso de Deza
vuelve a sacudir la cabeza. Cuanto más lo medita, más aprieta el
ceño—. ¿Cómo es posible que haya desaparecido de tal modo?
Dios sabe que no resulta propio de él.

—Ya habéis leído su nota, padre. El bachiller Uceda se ha
marchado —replica Juan. Se ve a las claras lo incómodo que lo
hace sentir aquella conversación—. No tiene sentido dar más
vueltas a ese molino.

Martín ni siquiera se ha despedido en persona. Ha dejado una
carta, en la que manifiesta lo agradecido que se siente por cómo
ha sido tratado en la casa, y lo mucho que lamenta deber ausen-
tarse de ella. Aduce que por ahora no puede revelar los motivos
de su partida, pero que estos obedecen a un compromiso de honor contraído hace tiempo y del que, bien a su pesar, no puede
sustraerse; que la urgencia del caso lo obliga a partir de inmediato; que en el futuro, si Dios así lo quiere, dará más explicaciones, tan pronto como las circunstancias se lo permitan.

—Me pregunto si su marcha guarda relación con el duque
del Infantado...

Juan aprieta los labios. Se limita a señalar a su alrededor.

—Creo, padre, que es momento de ocuparnos de lo que nos
viene, no de lo que se nos fue.

Se encuentran a las puertas del ayuntamiento. Hoy el edificio no da cabida a todos los vecinos congregados. Mas, pese a la
numerosa concurrencia, no se escucha la algarabía propia de
otras jornadas.

Hay muchas gargantas en silencio; muchos hombres hundidos, frentes abatidas, rostros cabizbajos. El aire huele a derrota.

Los ejércitos del duque están saliendo de Guadalajara. Llegarán hoy mismo a las puertas de la villa. Y el concejo debe votar cómo recibirlos.

Los propios capitanes de la Comunidad se hallan enfrentados. Mientras Zúñiga insiste en defender la cerca y las calles, Guzmán de Herrera predica la rendición.

Se dice también que el rector Hontañón se dirige al ayuntamiento para hablar ante los diputados y vecinos. Toda la villa comenta las palabras que dirigió hace unos días al capitán Zúñiga: que convendría someterse a las fuerzas del duque; que Alcalá ha de sufrir mucho si insiste en medirse con él. Y parece que muchos de los buenos pecheros complutenses se muestran de acuerdo.

—Apenas se ven picas en la plaza —observa Juan. Intenta no mostrarse desalentado. Pero lo cierto es que en el ambiente se respira el desánimo.

—No hay armas ni deseos de empuñarlas —corrobora su padre.

El capitán Zúñiga se ha abierto paso hasta ellos. Él sí lleva su espada al cinto.

—No digáis tales cosas, diputado Deza. El pueblo de Alcalá no se rendirá sin luchar.

—Me temo que el pueblo de Alcalá ya se ha rendido, don Íñigo —replica el aludido. Su voz suena apesadumbrada—. Mirad a vuestro alrededor.

—Señor Alonso, vuestras palabras son indignas de un delegado de la Comunidad —vuelve a reconvenirlo el oficial—. Nuestros buenos vecinos son hombres leales, honorables, valerosos. Hablaré ante ellos, y estoy seguro de que sus espíritus volverán a inflamarse. Tomarán las armas y reclamarán justicia, como tantas otras veces.

—Los hombres no os seguirán esta vez, capitán. Todo ha cambiado, por mucho que os pese.

El aludido aprieta los dientes. La indignación le contrae el rostro, tiñéndolo de grana.

—¿Que todo ha cambiado, decís? ¡Vive Dios que os equivocáis! La nuestra sigue siendo una lucha santa, igual que el primer día. Defendemos la más justa de las causas. ¿Acaso lo habéis olvidado?

—Ni lo he olvidado ni lo olvidaré, tenedlo por seguro. Aunque temo que muchos otros sí lo hagan.

Juan, que ha permanecido en silencio durante la conversación, toma la palabra:

—Tenéis razón, don Íñigo: la nuestra es la más justa de las causas. Pero poco importa eso ahora. De nada sirven razones, armas ni arengas cuando el pueblo no desea luchar.

Un discreto grupo de monjes hace alto en una venta no menos discreta, en las cercanías de Arganda. Al entrar se topan con un joven que en esos momentos sale del establecimiento.

—Dios guarde a vuestras paternidades —dice este, cediéndoles el paso.

Su mirada, profunda e inquisitiva, se detiene un instante más de lo aconsejable en el cabecilla de aquel pequeño séquito. El religioso, de elevada estatura y porte recio, oculta las facciones bajo la capucha de su hábito.

Ya en el patio, este hace una seña a dos de sus acompañantes, que de inmediato salen en pos del viajero. Lo alcanzan a poca distancia de allí. Y, sin muchos miramientos, le ordenan que desmote de su acémila.

El interpelado obedece sin oponer la menor resistencia, lo que incrementa aún más la suspicacia de sus perseguidores. No muchos se avendrían a aceptar sin réplica tal exigencia, viniendo esta de lo que —en apariencia— no son sino un par de clérigos pacíficos e inofensivos.

—¿Quién sois y adónde os dirigís? —le pregunta uno de ellos. El segundo registra al viajero, que se deja hacer sin protestas. No parece sorprenderse de que su interrogador haya sacado una espada de las alforjas.

—Soy el bachiller don Martín de Uceda. Vengo de Alcalá de Henares y me dirijo a Toledo.

—¿No habéis oído las nuevas? Se dice que no son buenos tiempos para entrar en esa ciudad.

—También se dice que no son buenos tiempos para salir de ella —responde el interpelado.

Su interlocutor arruga el entrecejo, como si intentase discernir si tales palabras guardan un sentido oculto.

—¿Sois hombre del prior de San Juan o de doña María Pacheco? —pregunta entonces.

—Ni lo uno ni lo otro. Estoy al servicio de la familia Vergara.

—Dice verdad —apunta el segundo monje. Ha sacado de la faltriquera del joven un documento lacrado. Tras abrirlo y leerlo, se lo tiende a su compañero, que también lo inspecciona.

—¿Y por qué nos habéis observado de tal guisa a las puertas de la venta? Esos ojos vuestros parecen más propios de un espía que de un viajero.

—No puedo observaros con otros ojos sino con los que Dios tuvo a bien concederme —responde el joven, aun consciente de que su interrogador se halla en lo cierto—. Lamento que no sean del agrado de vuestras paternidades.

Tras consultarse con la mirada, los religiosos optan por devolver al viajero su carta y dejarle seguir su camino. El bachiller monta y se aleja, sin volver la vista atrás.

De sobra sabe que acaba de escapar de un grave peligro. Sus asaltantes no hubieran dudado en darle muerte allí mismo de sospechar que el viajero los había identificado y se disponía a informar de su paradero.

Y aunque Martín no albergue intención de hacer esto último, sí es cierto que los ha reconocido. En aquel grupo se encuentran el obispo Antonio de Acuña y los más cercanos miembros de su séquito. Unos pocos instantes le han bastado para distinguirlos, aunque su paso por Alcalá se produjera hace dos meses.

Los recuerda. Dios ha querido concederle aquel regalo: la capacidad de reproducir la vida ante sus ojos, de rememorar hasta el menor detalle. Aún es joven, pero el don ya le pesa como una maldición. Hay demasiadas cosas que desearía ser capaz de olvidar.

—Ya sé que ese arriacense tenía engañados a todos. —Andrés pronuncia estas palabras con pretendida seguridad, intentando mantener ese porte marcial que ahora todos esperan de él—. Pero a mí no se me engatusa con tanta facilidad.

Ninguna de sus interlocutoras da muestras de prestar oído a tales declaraciones. Lucía parece concentrada en su labor de costura. Pese a no tratarse de un trabajo complicado, se diría que le supone un esfuerzo arduo, pues le tiembla el pulso y tiene la cara enrojecida.

Leonor, por su parte, mantiene la vista en un librito abierto sobre el regazo. En realidad, no lo lee. También ella piensa en Martín; en lo mucho que la indigna cómo ha seducido y luego abandonado a Lucía; y en lo irritante que resulta su desaparición, sin despedirse ni dejar mensaje alguno.

—Lo tenía calado desde el principio y sabía que no era persona de fiar —insiste el hijo del sastre. Se acerca más a la joven Deza, colocándose de modo que ella advierta bien el parche sobre su ojo. Mateo Atienza le ha asegurado que las hembras resultan muy sensibles a tales cosas—. Os lo dije, ¿recordáis?

—Nada de eso es novedad, Andrés —replica Leonor sin alzar la vista—. Si todas tus sospechas se basan en el hecho de que hace nueve meses le registraras las alforjas...

—¡De eso nada, pardiez! —responde el aludido, picado en su amor propio. Resulta evidente que la joven Deza no deja de pensar en el bachiller, por mucho que este haya puesto pies en polvorosa como el más infame de los cobardes—. Durante estos últimos tiempos he estado indagando un poco. Y he descubierto que ha ocultado cosas de su pasado. Cosas importantes. ¿Sabíais, por ejemplo, que tiene esposa en Guadalajara?

Ahora sí. Aquella información sacude a ambas muchachas. Lucía deja escapar la labor de costura de entre las manos y mira a su hermano con los ojos abiertos como ruedas de molino. Tiene la color desvaída de un cadáver.

—¿Esposa? —repite Leonor, puesto que su amiga parece incapaz de articular palabra. Por su tono, se diría que aquellas palabras contuviesen la mayor de las ofensas—. ¿Estás seguro?

—Y tanto que sí —responde su interlocutor, hinchando el pecho. No le cabe duda de que, ahora que la joven Deza conoce aquel dato, tardará poco en apartar al secretario Uceda de su pensamiento.

—Pero... ¿cómo...? —pregunta Lucía, pronunciando con gran esfuerzo y sin apenas voz aquellas palabras deshilachadas.

—Me lo ha dicho Beltrán —aclara su hermano, sonriente y orgulloso—. ¿Recuerdas, Leonor, que fue él quien llevó a Guadalajara la carta en que tu padre invitaba al bachiller a venir aquí? Corría el mes de julio, creo.

—Lo recuerdo —confirma la interpelada.

—Pues allí conoció a la esposa de don Martín. Por entonces tenía un bebé de pocos meses.

En efecto, la joven había salido a despedirlos cuando Beltrán y el arriacense se marchaban a casa del caballero Diego de Esquivel. El bachiller había vuelto sobre sus pasos para abrazarla, besarla en la frente y hacer lo mismo con la criatura que ella sostenía en brazos.

Lucía se ha puesto en pie. Parece conmocionada.

—Casi se me olvida... —jadea. Se diría que le cuesta respirar—. Tengo que ir a... —Mira a su alrededor desorientada, como si hubiera perdido la conciencia del lugar en que se halla—. Sí, tengo que ir ahí ahora mismo...

Atraviesa el patio a grandes zancadas, sin prestar atención a dónde pisa. Entra en casa. Pasa por la trastienda, la cocina, el vestíbulo, sube las escaleras...

No se detiene hasta asegurarse de que se encuentra a solas. Entonces, sin poder contenerse más, se encoge sobre sí misma y estalla en sollozos.

El mes de mayo acumula derrotas. A día siete, el duque del Infantado entra triunfante en Alcalá para restaurar el antiguo regimiento. Lo saludan los vítores de una población en cuyas voces, más que el entusiasmo, se adivina el temor a las represalias. Los diputados de la Comunidad vencida esperan a la puerta del ayuntamiento. Se postran de hinojos, le presentan las varas de justicia y las llaves del palacio arzobispal.

Madrid es la siguiente. Derrotada Alcalá y con las fuerzas del Infantado casi a sus puertas, su alcalde, el bachiller Gregorio del Castillo, se aviene a negociar la entrega de la villa. Primero se dirige a Guadalajara para pactar con el duque; el heredero de este, el conde de Saldaña, lo acompaña después a Segovia, donde presentan las capitulaciones a los virreyes y firman la rendición.

El almirante de Castilla ha escrito al rey para que este reconozca los servicios del Grande y lo recompense en consecuencia. «El duque del Infantado ha rendido Alcalá de Henares —le dice—, y también entiende en lo de Madrid. Tiene muy buena gente suya en el campo. Vuestra Alteza se lo debe agradecer con las mercedes que corresponden.»

Toledo es la única ciudad que aún se declara en rebeldía. Y pronto, muy pronto, habrá de pagar por ello. Las tropas del prior de San Juan están deseosas de atravesar el Tajo y someterla a sangre y fuego. A ellos se unirá en breve el gigantesco ejército que el condestable está conduciendo hacia el sur, y ante el que ya no se interpone ningún otro de los antiguos aliados de la Comunidad.

«No me cabe duda de que la viuda de Padilla se rendirá en cuanto atravesemos la sierra de Guadarrama —escribe don Íñigo Fernández de Velasco al emperador—, y entonces toda Castilla habrá quedado reducida a vuestro servicio.»

40

—Estamos solos, señora. —El regidor Dávalos, tío del difunto capitán Padilla, no oculta su inquietud—. El prior de San Juan y el condestable caerán sobre nosotros con toda su furia. Y no nos quedan aliados para frenarlos.

—Serenaos, don Hernando. —Doña María Pacheco mantiene la mirada de su interlocutor sin pestañear—. Tal vez los aliados lleguen de donde menos lo esperáis.

El interpelado aparta la vista. Aquellas palabras le resultan incomprensibles. Y, de cierto, no ayudan a infundirle calma.

—Os recuerdo que Toledo fue la primera ciudad en iniciar la lucha, y la última en abandonarla. Nos castigarán con la mayor crueldad, de forma que sirva de escarmiento a toda Castilla. —Toma aire. Las frases que está a punto de pronunciar se le antojan desgarradoras. Siempre causa dolor rendirse a la injusticia—. Debemos capitular, señora. Es el único modo de proteger a nuestro pueblo de la ferocidad del enemigo.

Le reacción de su anfitriona le sorprende: parece estar sopesando aquella opción. De cierto, el regidor esperaba mayor resistencia. Desde la desaparición del obispo Acuña, que abandonó la ciudad de incógnito y sin previo aviso, doña María Pacheco ha recuperado su puesto como dirigente indiscutible de la Comunidad. Y no deja de repetir que Toledo debe seguir luchando.

—No os falta razón, don Hernando —reconoce—. Mi esposo, a quien Dios tenga en Su gloria, nos enseñó que no hay mejor estrategia que sorprender al enemigo. Debemos actuar de forma que no se esperen.

En efecto, la propuesta de doña María causa hondo desconcierto entre los virreyes: acepta negociar los términos de la rendición toledana, pero a través de su tío, el marqués de Villena.

—¿Qué pretende esta mujer? —se maravilla el almirante en conversación con el cardenal Adriano—. Todas las villas y ciudades del reino han pactado por sí mismas. Ninguna ha usado de un intermediario.

—Toledo no es como las demás ciudades —reconoce su interlocutor. Y la dama que la dirige es nieta, hija y hermana de marqueses y condes, tanto por vía paterna como materna. Tiene sangre de Villena, de Mondéjar y Tendilla. No es de esperar que actúe siguiendo la estela común.

Por de pronto, aquella maniobra ha provocado que la confusión de los virreyes demore su respuesta. Y la intermediación del marqués hará, sin duda, que las negociaciones se dilaten más de lo habitual.

Para acabar de complicar la situación, las proposiciones presentadas por Toledo resultan de todo punto inaceptables.

—Reclaman una amnistía total, sin penas de muerte, confiscaciones ni exilios —exclama el almirante, indignado ante tales exigencias—. Y que se le restituya a Juan de Padilla su honra y fama, levantándole un monumento conmemorativo en la ciudad. Y que el concejo no devuelva las alcabalas, encabezamientos ni rentas incautadas durante la rebelión. Y no regresar al regimiento, sino mantener a esos representantes elegidos por los barrios; diputados, jurados... da igual como quiera que los llamen. ¡Por Dios santo! Como si el gobierno de las Comunidades no fuera lo más odioso que ha sucedido nunca en estos reinos.

De cierto, parece imposible llegar a un convenio partiendo

de tales términos. Tanto es así que cabe incluso sospechar que la viuda de Padilla no tenga intención real de alcanzar un acuerdo.

—Por ahora, necesitamos tiempo —reconoció doña María al plantear su estrategia al regidor Dávalos—. Hagamos lo necesario para conseguirlo.

—¿Tiempo? ¿Para qué? —preguntó este.

No obtuvo respuesta ese día. Pero hoy, una noticia inesperada llega a la ciudad.

El condestable ha dado media vuelta. Su gigantesco ejército ya no se dirige a Toledo. Otra amenaza aún más terrible se abate sobre los reinos hispánicos. Los franceses han invadido Navarra.

—Como ya sabréis, reverendo señor, algunos de vuestros colegiales han reclamado justicia al rey. Y estoy aquí para asegurarme de que la consiguen.

El canónigo Diego de Avellaneda recurre a su tono más soberbio para dirigirse al rector. No olvida que, cuando hace dos meses acudió al claustro universitario, el maestro Hontañón y los colegiales lo despidieron sin atender a sus demandas. Y, lo que es peor, sin mostrar la cortesía y el respeto debidos a su persona; pues en aquel entonces actuaba en calidad de vicario arzobispal.

—Si os referís a los maestros Cueto y Lizona, habéis de saber que fueron expulsados con sobradas razones —responde su interlocutor—. Su proceso se realizó según nuestras constituciones, tras la debida investigación de los hechos y por votación del claustro. De hecho, Su Santidad León X ha confirmado la sentencia; incluso ha enviado un breve a la colegiata de San Justo para que esta apoye al Colegio y no abra sus puertas a ninguno de los cuatro condenados.

El prebendado Avellaneda bien lo sabe. Pero su misión consiste en imponer la autoridad real por encima de la pontificia.

Y es un cometido que realiza con agrado. Ha regresado a Alcalá hace poco, acompañando al duque del Infantado en su entrada triunfal. Ha vivido varias semanas exiliado en Guadalajara; una ciudad odiosa, llena de terribles cuestas que ponían a prueba su voluminosa complexión, tan poco dada a semejantes esfuerzos. Cuánto ha añorado las calles y plazas complutenses, asentadas en llano...

—Los maestros Cueto y Lizona, en efecto, han remitido sendas súplicas a Su Majestad. Ambos dicen que les «sacaron del Colegio a medianoche, con violencia, por la fuerza de las armas y con ayuda de la Comunidad».

—Puedo aseguraros que nada de eso responde a la realidad —replica el rector Hontañón con aparente entereza. En su fuero interno, vuelve a preguntarse por qué los cielos insisten en someterlo, una y otra vez, a la misma ordalía. Ha rezado por que el fin de la guerra que ha asolado Castilla trajese también la paz al Colegio. Pero ahora comienza a temer que la amenaza que se cierne sobre su universidad no solo no acabará, sino que, de hecho, se volverá cada vez más angustiosa.

Los colegiales béticos, además de negarse a admitir sus atrocidades pasadas, ahora pretenden disfrazarlas y presentar la rivalidad interna entre las dos facciones estudiantiles como el mismo conflicto que ha desgarrado al reino: la guerra entre los defensores de la alta nobleza y los de las Comunidades.

Todos los esfuerzos que el maestro Hontañón ha realizado desde el inicio de su rectorado, sus desvelos por conseguir que la universidad sobreviva manteniéndose al margen de tales luchas, caerán en saco roto si las mentiras de aquellos dos miserables llegan a oídos dispuestos a creerlas.

En los tiempos que corren, no son pocos los que acusan a sus vecinos de haber luchado en el bando rebelde, con o sin razón, para saldar viejas cuentas, odios pendientes. Y no son pocos los justicias dispuestos a creer tales denuncias, con o sin razón, en su afán por cauterizar heridas pasadas. El reino está enfermo, infectado de pústulas que en cualquier momento podrían volver a abrirse. Y el proceso de curación consiste, a veces, en cortar por lo sano.

—¿Negáis entonces que vos y vuestro claustro obedecierais a la Comunidad? ¿Que salierais a recibir al obispo Acuña a su llegada a la villa y luego lo visitarais en sus aposentos? ¿Que protegierais, repetidamente y de forma evidente, a los colegiales adeptos a la insurrección y persiguierais con saña a aquellos que se atrevían a defender la causa del rey y los nobles?

—Lo niego, sí. Consultad las actas del proceso. Os demostrarán que las alegaciones de los maestros Cueto y Lizona son un cúmulo de falsedades. Preguntad al resto de los colegiales, si así os place. Sus respuestas corroborarán el contenido de los documentos.

—Preguntaremos, cierto. No os quepa duda.

El canónigo Avellaneda se acaricia la papada. Sonríe. El suyo es un gesto lleno de provocación y amenazas.

A continuación, extrae un documento, una carta oficial con firma y sello de los virreyes.

—Los maestros Cueto y Lizona han recurrido a la justicia de Su Majestad. Y nuestros gobernadores han encargado a don Francisco de Mendoza que lleve a cabo la investigación pertinente —revela, mientras tiende el papel a su interlocutor. Su voz denota ecos de triunfo y, por debajo, ribetes de rencor y deseo de venganza—. ¿Recordáis a Su Ilustrísima, nuestro buen vicario Mendoza? Porque, de cierto, él sí os recuerda a vos, rector Hontañón.

El aludido no responde. Ignora qué significan tales palabras. Pero sin duda traen consigo una grave advertencia.

Don Francisco de Mendoza regresó a la villa en compañía de su primo, el duque del Infantado, que lo ha repuesto en su cargo de vicario arzobispal. Se dice que ahora ha comenzado una campaña contra todos aquellos que propiciaron su expulsión.

—La universidad no tomó parte en el alzamiento que llevó al destierro de Su Ilustrísima. La misión de este Colegio es espiritual. Por eso se ha mantenido al margen de las luchas políticas, sin tomar parte en ellas.

—Pues debiera haber tomado parte, reverendo señor. —Es la respuesta del canónigo Avellaneda—. Debierais haber defendido al vicario Mendoza, en su momento. Si así lo hubierais hecho, ahora no os encontraríais en este trance.

El maestro Hontañón comienza a comprender. De cierto, la situación resulta aún más grave de lo que había temido al principio.

—Su Ilustrísima, don Francisco de Mendoza, me ha encargado que os transmita que dedicará a este asunto su completa atención. Y que está seguro de poder demostrar, sin lugar a dudas, que las acusaciones de los maestros Cueto y Lizona responden a la verdad. —El canónigo recupera el documento y recita parte de su contenido—: ... que «el rector del dicho Colegio estaba a favor de la Comunidad de la dicha villa; y que él y otras personas del claustro han hecho muchas cosas contra el servicio de Su Majestad».

Cuando el prebendado Avellaneda se marcha, don Alonso de Guzmán, que durante toda la entrevista ha permanecido en silencio a espaldas del rector, se adelanta.

—Esta es la mayor bellaquería que hubieran podido cometer esos miserables —estalla, sin poder contener la indignación—. Cueto intentó mataros, reverendo señor. Lizona rompió las paredes del Colegio para escapar de su habitación. Ambos son criminales de la peor calaña. Perjuros, homicidas, delincuentes y traidores. Debierais habérselo dicho a ese canónigo.

—Sospecho que ya lo sabe. Y que no le importa en absoluto. Ni a él ni al vicario Mendoza les preocupa la verdad ni la justicia. Utilizarán el proceso para conseguir esa venganza que ambos persiguen. La guerra ha terminado. Es tiempo de que los vencedores utilicen el poder recién recuperado para buscar reparaciones y desagravios.

—¿Qué me decís vos, señor don Alonso de Guzmán? —prosigue el rector, dirigiéndose al antiguo capitán de la Comunidad estudiantil—. ¿No regresaréis a casa? Por lo que he oído, las cosas andan muy revueltas en León.

—No sé si tengo casa a la que regresar, reverendo señor.

—En efecto, su padre y sus hermanos han debido huir a Portugal para escapar de las condenas a muerte que penden sobre sus cabezas. Y el corregidor de la villa ha dado orden de destruir hasta los cimientos la residencia familiar. Don Ramiro Núñez de Guzmán habrá de pagar muy caro el haberse alzado como instigador y capitán de la Comunidad leonesa—. Además, el día de San Lucas juré permanecer junto a vos y defenderos hasta el término de vuestro rectorado. Pienso cumplir mi promesa.

—Doce mil infantes, ochocientos caballeros, veintinueve piezas de artillería... No es pequeño ejército el que se ha lanzado a tomar Navarra. —Pedro de Madrid tamborilea con sus dedos de uñas carcomidas sobre el vaso de vino. Ha traído a su acompañante a su taberna favorita, en la Cava de San Miguel. Pero ahora el ambiente no parece tan festivo como antaño—. Dicen que han atravesado los Pirineos por Roncesvalles; que los dirige Andrés de Foix, el señor de Esparre; y que quieren sentar en el trono a Enrique de Albret.

—Navarra está lejos de aquí —responde Juan de Deza—. Hay otras cosas de las que preocuparse. Y esas sí las tenemos a las puertas de casa.

La represión ha comenzado, tanto en Alcalá como en Madrid. Durante el auge del movimiento, ambos concejos expulsaron a los principales enemigos de la Comunidad. Ahora estos han regresado, ansiosos de cobrarse venganza.

Hace apenas un par de días, don Pedro de Tapia, el alcaide de la fortaleza de Santorcaz, se personaba en casa del pañero Deza acompañado por una escolta de hombres de su guarnición.

—Disfrutad de estos lujos mientras podáis, señor Alonso —lo amenazó, paseando con desdén la mirada sobre el espléndido mobiliario que decora el salón del pañero, con sus candelabros de plata y sus refinados tapices y antepuertas—. Bien sé que fuisteis vos quien incitó el derribo de mis casas; que animasteis a esos demonios que tenéis por vecinos a que las saquearan; que dirigisteis la expedición que robó mi grano de Los Santos de la Humosa, sin importaros que se hallase bajo la sagrada protección del arzobispo de Toledo; que os quedasteis con parte de él para vuestros hediondos almacenes. Pero os juro por Cristo que habréis de pagarlo con creces. —Se persignó al pronunciar estas palabras, para sellar la solemnidad de tal promesa—. No sois más que un miserable pechero con ínfulas de grandeza. Mas yo me encargaré de poneros en el lugar que os corresponde. Os llevaré ante la justicia de Su Majestad. Y, si no logro cargaros de grilletes, como poco me aseguraré de arrebataros hasta el último maravedí. Vos y vuestros hijos acabaréis mendigando en las calles.

Madrid se halla en situación no menos preocupante. La villa cuenta con un nuevo corregidor nombrado por los virreyes, don Martín de Acuña. Tras tomar posesión de su cargo, ha comenzado a actuar con mano de hierro.

—Ni mi padre ni los principales valedores de la Comunidad acudieron a su sesión de investidura —musita Pedro—. Su respuesta no se ha hecho esperar.

Por ejemplo, ha ordenado que se cierren los fosos abiertos en los arrabales para defensa de la villa. Y que han de llenarlos los mismos hombres que los hubieran excavado.

De seguido, ha abierto procesos contra los principales instigadores del movimiento. El alcalde Castillo, el capitán Negrete... y Fernando de Madrid, cambiador de la Comunidad, el progenitor de Pedro.

—Le ha quitado los libros contables, aduciendo que «él ya no está en condiciones de hacer números para la villa». Y ha nombrado una comisión de cinco miembros para estudiar las sisas y los préstamos de los que mi padre se encargó.

Dos de ellos, Antonio de Luzón y Francisco del Prado, se encontraban entre los más acérrimos defensores de la causa. El corregidor los ha escogido a ellos porque sabe que están ansiosos por expiar sus «pecados», y que actuarán con mayor rigor que nadie a la hora de juzgar a sus antiguos correligionarios.

El temor se ha apoderado de muchos de aquellos que antaño lucharan por las Comunidades. Ahora se muestran deseosos de cooperar con los vencedores, esperando que, cuando Su Majestad regrese y se inicien los juicios, se les apliquen penas menos severas en virtud de su colaboración.

Lo mismo ocurre en lo referente a Navarra. Los gobernadores de Castilla culpan de la invasión francesa a las Comunidades. Y sugieren que quienes las fomentaron harían bien en unirse a los ejércitos que ahora marchan al norte para luchar contra el extranjero. Pues tal vez así puedan purgar parte de sus «culpas» y merecer una condena menos gravosa.

Lo cierto es que, como virrey de Navarra, el duque de Nájera ya había alertado de que los franceses estaban realizando una peligrosa concentración de fuerzas cerca de las fronteras. Pero los gobernadores, deseosos de aplastar la sublevación comunera, ignoraron sus advertencias. Desde Burgos, el condestable le exigió un ingente número de tropas y piezas de artillería que luego dirigió en su avance contra los rebeldes castellanos, dejando el reino navarro casi desguarnecido.

—Ahora el condestable es el primero en decir que la invasión se ha producido por culpa de las Comunidades. Que si la

Junta se hubiese rendido antes, Navarra seguiría siendo española —cuchichea Pedro—. Ha llegado incluso a afirmar que nuestros diputados estaban en connivencia con el rey francés, lo que prueba su deslealtad hacia Castilla. Y que la propia María Pacheco se ha aliado con él, indicándole cuándo y dónde atacar.

Juan vacía su vaso de un trago. Sabe que se trata de vino de una oreja, que merece una degustación más pausada. Pero hoy no tiene el cuerpo para andarse con delicadezas.

—Vive Dios que nunca había oído tal retahíla de disparates. Un buen castellano nunca haría alianza con el francés para luchar contra un compatriota. El condestable debería pensárselo antes de escupir semejantes sandeces.

Pese a hallarse en un lugar público, ni siquiera ha intentado bajar la voz. De hecho, uno de los parroquianos de la mesa colindante se acerca y le propina una palmada en el hombro.

—Bien dicho, señor mío —exclama. Tiene la voz turbia, avinagrado el aliento—. Vaya esto de aquí para los buenos castellanos. —Alza su vaso en un brindis, con pulso no demasiado firme—. Y esto otro para el señor condestable.

Levanta el puño izquierdo en forma de higa. Luego vuelve a su asiento, entre las risotadas de sus acompañantes.

—Se rumorea que en estos momentos la villa está poblada de espías y delatores —comenta Pedro con cautela. Él sí se expresa en voz baja—. Ya sabes: buenos vecinos que buscan «expiar sus pecados» denunciando a «renegados» y «traidores». Tal vez este no sea el mejor lugar para airear ciertos temas; y menos, a pleno pulmón.

Juan vuelve a llenarse el vaso, casi hasta rebosarlo.

—Tan solo digo que un verdadero castellano no necesita que lo amenacen para acudir a defender su reino —insiste—. Combatir a un invasor extranjero no es una deshonra, sino todo lo contrario.

—Ahora hablas como Teresa.

El aludido sonríe. Ya le ha quedado claro que su amigo prefiere mudar de tema. Y este, por cierto, no le desagrada en absoluto.

—Tu hermana es una mujer muy especial. Ya debieras saberlo.

—Lo sé bien, no te quepa duda. —El caballero de alarde vuelve a tamborilear con los dedos sobre el vaso—. Por eso ahora te hablo de hermano a hermano: no es buena cosa fundar tu casa sobre una renuncia.

La familia de Fernando de Madrid ha aceptado con agrado la noticia del compromiso entre Juan y Teresa. Ella aceptó hacerlo público hace unas semanas, una vez que ambos llegaron a un acuerdo sobre los términos fundamentales del acuerdo nupcial. La novia rehúsa renunciar a ciertas libertades que le concede su posición de viuda, y que toda hembra pierde al volver a desposarse y quedar bajo la tutela de un nuevo marido.

Así pues, Juan ha aceptado conceder licencia general a su futura cónyuge, a fin de que ella pueda realizar contratos, gestionar su negocio y obrar tal y como viene haciendo hasta ahora; cosas que ninguna mujer casada puede llevar a cabo sin el permiso expreso de su consorte y tutor.

—A fe mía, Pedro, que tampoco es para rasgarse las vestiduras. Y no me negarás que, desde que enviudó, Teresa ha demostrado que sabe comerciar sacando buenas ganancias.

El madrileño sacude la cabeza, nada convencido.

—Aun así... —Da un sorbo a su vino, dubitativo—. Me agrada tenerte como cuñado, Juan, bien lo sabes. Aunque, si lo que quieres es entroncar con la familia, harías bien en recordar que también tengo otra hermana disponible.

El aludido suelta una carcajada. Luego se inclina y posa una mano en el hombro de su amigo.

—Y tú sabes lo mucho que te aprecio, Pedro. Pero te lo advierto: harás bien en dejar de decir cosas tales sobre mi futura esposa.

Parte de la familia Deza también reaccionó con renuencia al conocer la noticia. La madre de Juan no ahorró recriminaciones:

—¿Cómo se te ocurre, hijo mío? Una mujer viuda, con una hija a cuestas... y de mayor edad que tú. A tus veinticuatro años, debieras buscarte una esposa ocho o diez años más joven. ¿Has perdido la cabeza?

Sin embargo, su actitud cambió al saber que la fortuna de la prometida superaba a la del pretendiente, y que el matrimonio le abre a este las puertas para convertirse en caballero de alarde; lo que de hecho, le proporcionaría muchos de esos privilegios nobiliarios que la señora Marta Zurita ansía para sus vástagos.

—No es mala cosa, si lo piensas bien —concedió entonces, mudando de discurso—. Al fin y al cabo, aún está en edad de concebir. Y además, solo tiene una hija. Lo importante es que tú sí le des un varón, para que él herede el patrimonio familiar.

Incluso ha llegado a apreciar las ventajas de que la prometida de su hijo sea viuda. Pues así este tendrá que entregar unas arras mucho más exiguas de lo habitual, al no tener que compensar por «la honra y limpieza de la virginidad» de la futura esposa.

El padre de Juan, sin embargo, se mostró favorable desde el principio.

—Has hecho buen negocio, hijo mío —se limitó a decir—. Te felicito.

Hoy Teresa lo espera. Y deja que Juan vuelva a entrar en su dormitorio. Con las manos encendidas, él la despoja de sus ropas negras. Esos paños la revisten de una frialdad y una rigidez que no se encuentran en su carne desnuda.

Tras el encuentro de los cuerpos, quedan ambos recuperando el resuello. Al cabo, Teresa se alza del lecho, se estira la camisa y comienza a trenzarse el cabello.

—Algo te preocupa —comenta Juan—. Puedo notarlo.

—Así es. He estado pensando en el débito conyugal.

—Querida, por Dios santo... No puedo creer que eso te suponga un problema.

De cierto, la aludida no espera que su prometido lo entienda. Ahora mismo, es ella quien lo admite en su lecho, y solo cuando así lo desea. Tras el enlace, estará obligada a recibirlo cada vez que él lo exija, quiéralo ella o no; el débito conyugal obliga a la esposa a entregarse al marido siempre que este lo pida.

—Nuestros buenos párrocos y confesores, que tanto saben de las tareas maritales —replica, con ese sarcasmo que le es tan propio—, dicen que toda esposa debe aceptarlo, pues su marido lo hace por santos motivos y a fin de propagar el género humano. Pero tú y yo sabemos que al hombre suelen arrastrarlo otros impulsos.

Juan aprieta la mandíbula.

—Teresa, seamos serios. Ya he aceptado concederte licencia general; dejarte gestionar tus negocios; trasladarme a esta casa en lugar de que tú me sigas a la mía; estoy dispuesto a vivir a caballo entre Alcalá y Madrid. Pero no voy a firmar una renuncia al débito conyugal.

—Ni yo te pediría que lo hicieras. Bien entiendo que un hombre que se precie de serlo no puede dejar tales cosas por escrito. Quiero que sea algo establecido en privado, entre nosotros. —Se gira hacia él. Sus dedos pálidos siguen entreverando, veloces y sin vacilación, aquella trenza que parece tejida de sombras—. Me gusta que vengas a mí, Juan. Y me gusta recibirte, bien lo sabes. Pero eso no significa que puedas disponer de mí a tu entero antojo. Necesito saber que nunca intentarás obligarme. En lo que a esto se refiere, no aceptaré otros términos.

Él la observa. Sus ojos, normalmente del color del cielo raso, parecen ensombrecidos, como si los sacudiera una tormenta interior. Aunque el efecto también pudiera deberse a que los postigos entornados dejan la estancia sumida en penumbra.

—Tienes mi promesa —dice al fin—. Aunque dudo que sea eso lo que tanto te preocupa.

Teresa le ofrece una leve sonrisa. Trepa de nuevo a la cama y toma asiento junto a él.

—Bien dices. Hay otra cosa. Algo que me inquieta de veras; hasta el punto de que, a veces, me impide dormir.

La situación de su familia resulta más que preocupante. El corregidor ha ordenado investigar los libros contables de su padre. Solo Dios sabe el precio que habrá de pagar por haber actuado como cambiador de la Comunidad. Su hermano Pedro ha sido cabo de escuadra de las milicias rebeldes; otros hermanos, primos y allegados, han actuado como diputados por sus colaciones, o como oficiales al mando del capitán Zapata; han tomado parte en las guerras contra los Grandes, han colaborado en la conquista de Torrelobatón...

—Toda la familia corre grave peligro. También yo, aunque no haya contribuido a ninguna de esas cosas. Pero son mis parientes más cercanos. Y si la justicia del rey decide que han de pagar, también yo podría perderlo todo. Mi negocio, mi casa...

—Lo entiendo, Teresa, créeme. También a mí me preocupa. Mucho.

—He intentado hablar con ellos. Han luchado con todas sus fuerzas por el bien del reino; y su celo es digno de encomio. Pero ahora es el momento de luchar con el mismo ahínco por el bien de la familia. —Aprieta los labios con firmeza—. Estamos a tiempo de remediar el pasado y conseguir un mejor futuro para todos nosotros.

Su interlocutor no responde. En los tiempos que corren, son muchos los que traicionan sus principios, los que cambian de bando fiando el porvenir a promesas dudosas. El mañana es incierto; el ayer, no. No hay orgullo, ni honor, en renegar del pasado.

—Ya has oído las proclamas de los virreyes: los antiguos rebeldes que acudan a la guerra de Navarra merecerán sentencias menos severas —añade Teresa—; incluso podrían conseguir una total amnistía, dependiendo de su valor y sus servicios. Sin embargo, Pedro se niega. Repite que es gran indignidad ponerse a las órdenes de aquellos que dieron muerte a los capitanes de la Comunidad en Villalar, los que acabaron con la Junta y traicionaron al reino. No me escucha cuando digo que acudir a su llamado no significa luchar para ellos. La liberación de Navarra no redunda en el bien de los Grandes, sino en beneficio de toda Castilla.

Juan se sonríe; aunque en su gesto no hay alegría, sino sombras de amargura.

—Bien dices. Un verdadero castellano no debiera dudar cuando se trata de defender el reino —replica, repitiendo los mismos argumentos que, poco antes, ha exhibido ante Pedro—. Combatir a un invasor extranjero no es deshonor, sino todo lo contrario.

Teresa deposita sus manos sobre las mejillas de su prometido. Sus yemas están frías.

—Entonces, ¿tú sí irás a luchar a Navarra? —repasa la barba masculina, los labios tibios—. Por ti, por tu familia, por la nuestra... ¿Lo harás?

—Lo haré, sí —responde Juan—. Por Castilla. Por nosotros.

Ella lo besa. Su boca atesora un ardor profundo. Lo contrario a esa intensa gelidez que suelen transmitir sus palabras y sus gestos.

El avance de los invasores franceses resulta imparable. En apenas quince días se han apoderado de toda Navarra. Pamplona,

Tafalla, Olite, Tudela, Estella... Las principales villas del reino juran fidelidad a Enrique de Albret. Algunas han sido conquistadas por la fuerza de las armas. Otras se han alzado por su propia iniciativa, rechazando la soberanía del emperador Carlos para abrazar al pretendiente traído por el rey Francisco I de Francia.

Unos treinta mil combatientes, procedentes de toda Castilla, se dirigen ya hacia el campo de batalla. Más de la mitad de ellos han sido reclutados en las ciudades vencidas en la guerra de Castilla, las que antaño se unieran a grito de Comunidad.

Pero no son estas las únicas noticias que llegan procedentes de esas tierras. Don Antonio de Acuña, el obispo de Zamora, ha sido detenido allí. Intentaba adentrarse en el reino navarro sin ser reconocido. Se rumorea que iba disfrazado de monje, acompañado de una pequeña escolta y con un cofre lleno de grandes riquezas; que pretendía aliarse con los franceses y ayudarlos a luchar contra el condestable y los Grandes castellanos.

El mayor enemigo del reino, el más odiado por el rey Carlos, se encuentra ya en la prisión del castillo de Navarrete, de donde, Dios mediante, solo saldrá para ser ajusticiado.

41

Los nuevos corregidores aseguran a los virreyes que, a excepción de Toledo, toda Castilla está pacificada y en proceso de curación. Pero aquí y allá se producen episodios que desmienten tales afirmaciones.

A principios de junio, cuando el cuerpo de Juan Bravo llega a Segovia, la indignación de los vecinos se desborda. El pueblo se lanza a las calles; por doquier se oyen gritos de: «¡Viva nuestro capitán!», «¡Viva la Comunidad!» Las autoridades logran disolver el tumulto recurriendo a la violencia. Aunque el capitán Bravo ha muerto en Villalar, su espíritu sigue vivo en la ciudad del Eresma.

En León, los hombres del corregidor acuden a demoler la casa de don Ramiro Núñez de Guzmán. Pero los vecinos les plantan cara e impiden la destrucción del edificio. Otro tanto ocurre en la fortaleza de Toral, donde se refugia su esposa, María de Quiñones. También allí el pueblo logra expulsar a los encargados de derruir el baluarte. Las propiedades de los Guzmán siguen en pie, erguidas y orgullosas, pese a la ausencia de sus dueños.

Madrid tampoco vive tiempos de sosiego. El corregidor ha ordenado tomar medidas contra cierto labrador de Leganés que aduce ser testigo de un milagro; pues «andando por el campo,

Nuestra Señora se le había asentado en el hombro y ordenado que se volviese a su casa y se subiese en ella a predicar»; en sus discursos lanza arengas a favor de la Comunidad que tienen revueltos a los lugareños.

—Dicen que las gentes aún andan muy alborotadas por todo el arzobispado de Toledo. Quién sabe si uno de estos días volverán a alzarse en armas y los tendremos a nuestras puertas.

Cada vez que don Gonzalo de Valdivieso, el anciano gentilhombre toledano encargado de custodiar la casa familiar de los Vergara, pronuncia estas palabras, la esperanza florece en su voz.

—Con o sin ellos, debemos seguir adelante. —Es la respuesta que siempre da Martín de Uceda a su interlocutor—. Y no olvidar aquello por lo que luchamos, aunque los que antes nos acompañaran hayan caído en el camino. Aunque os lo concedo: es difícil volver a vivir y soñar solos, después de haberlo hecho en compañía durante tanto tiempo.

El resto de Castilla se ha volcado en la invasión de Navarra. El condestable ha llevado hacia el norte su ejército de siete mil hombres, dejando la guerra contra Toledo a cargo del prior de San Juan, que sigue azotando la región con sus mesnadas.

—No os llaméis a engaño, muchacho. Vuestra juventud os impide ver la situación en perspectiva. Tal vez en estos momentos Toledo viva sola. Pero Castilla sigue soñando junta.

—Creedme, don Gonzalo: rezo por que así sea.

A decir verdad, el sentimiento de derrota que pesa sobre Martín no nace solo de la desdichada situación del reino; también lo angustia que Lucía no haya respondido a ninguna de sus cartas. De sobra sabe que la región es insegura. Las fuerzas del prior de San Juan patrullan y atacan sin previo aviso. Las comunicaciones con el exterior dependen de que los cielos favorezcan a los mensajeros y estos logren eludir a los exploradores enemigos.

Se aferra a esta idea para justificarse a sí mismo el no haber recibido contestación. Pues el pensamiento de que ella se niegue a responder, de que prefiera incluso no recibir las noticias que él le envía, le resulta desolador.

Pero su interlocutor, por supuesto, ignora esto último. El anciano hidalgo, como deudo de la familia, se presenta cada día en la casa de los Vergara, con excusa de cerciorarse de que el joven bachiller enviado de Alcalá desempeña bien sus funciones. Pero, en realidad, hay otro motivo para tales visitas: le permiten entregarse a un ameno entretenimiento.

Ha sido una grata sorpresa comprobar que el recién llegado comparte con él un gran interés por la criptología. Entre ambos han establecido las reglas de un desafío mutuo, al que don Gonzalo se entrega con auténtica pasión. Cada uno se encarga de cifrar un texto que el otro debe desentrañar dentro de un plazo dado.

—¿Y bien, muchacho? —dice hoy el toledano—. Reconoceréis que esta vez no os lo he puesto nada sencillo.

El bachiller se limita a sacar un papel de su portafolios.

—Aquí lo tenéis. He descubierto que el texto que me entregasteis corresponde a un fragmento del *Scriptum super Sententias*, de santo Tomás.

El hidalgo se cala los anteojos y comprueba que, una vez más, su rival ha superado la prueba con sorprendente facilidad. En cambio, él suele tener serios problemas para descifrar los textos que aquel codifica; de hecho, rara vez lo logra.

—Si aceptáis mi modesto consejo, don Gonzalo, tal vez debierais probar con algo que no pertenezca al maestro de Aquino. El elegir siempre al mismo autor no os favorece.

—Extrañas palabras son esas, a fe mía; sobre todo viniendo de alguien que hace justo lo que desaconseja a los demás. ¿Acaso no citáis vos siempre a Erasmo de Róterdam? Se diría que en toda vuestra vida no hubierais leído más que libros de ese condenado flamenco.

Pronuncia estas últimas palabras en un tono agrio, que su interlocutor parece no acusar.

—¿Significa eso que habéis descifrado mi último texto? Porque, si me permitís recordároslo, vuestro plazo vencía anoche.

Por toda respuesta, el anciano hidalgo entrega intacto el último reto de su rival. Debe admitir, una vez más, su derrota.

—Enseñadme qué dice ese maldito fragmento —rezonga—. Seguro que tampoco es nada de lo que maravillarse. Para seros sincero, no entiendo por qué media Europa admira tanto a ese individuo.

Pese a su pretendido desinterés, presta enorme atención a las explicaciones del arriacense; que, paso a paso y letra a letra, va desvelando ante sus ojos el texto original. Concluido el proceso, don Gonzalo de Valdivieso queda unos instantes sumido en profunda reflexión.

—¿Sabéis, muchacho? Creo que haríais bien en venir conmigo esta tarde. Tengo que encontrarme con alguien a quien me gustaría presentaros.

—Siempre es un honor acompañaros, don Gonzalo—replica su interlocutor, mientras recoge los papeles esparcidos sobre la mesa—. ¿Quién es la persona a quien vais a visitar?

El interpelado duda entre conservar el secreto hasta el último instante o desvelarlo ya. Al fin, se decide por esto último. Prefiere deleitarse ahora mismo en la expresión de pasmo que, sin duda, mostrará su interlocutor.

—Al bachiller Juan de Sosa, el capellán de doña María Pacheco. Él es quien se encarga de cifrar los mensajes que nuestra señora envía al exterior.

—Tengo que decirte algo, querida. —Leonor toma a su amiga de la mano, la guía hacia el zaguán y la sienta sobre el banco; ha dudado, y mucho, antes de decidirse a contarle la verdad—: Ha venido una carta de Martín.

Es la primera que recibe desde que él desapareció. Sin embargo, su contenido deja claro que ha habido otras; las cuales, sin embargo, no han llegado hasta sus manos.

Lucía lanza un grito para, de inmediato, taparse la boca con las manos. Aquellas palabras la han conmocionado. Tanto que tarda un tiempo en responder.

—Te lo dije, ¿verdad? —Su voz tiembla, sofocada por una marea de emociones intensas, aunque resulta difícil precisar cuáles. Tal vez ni ella misma lo sepa—. Te dije que pronto tendríamos noticias suyas... —Se interrumpe, alarmada, como si de repente la hubiese golpeado una terrible sospecha—. ¿Está a salvo? ¿Se encuentra bien?

—Bien y a salvo. Está en Toledo. Parece que tuvo que marcharse en secreto y con gran urgencia, por un asunto relacionado con la familia Vergara.

—¿Y qué más dice? —insiste su amiga, agitada y febril; su actitud revela un cambio drástico respecto a su talante habitual. Desde que el bachiller desapareció, se diría que a la pobre apenas le quedase un soplo de vida; de ordinario, se mueve de un lado a otro con el cuerpo y el ánimo desfallecidos.

—Quiere saber si he ido a visitar a la señora doña Isabel de Vergara, como me sugirió hacer en sus cartas anteriores; pues le ha hablado de mí y ella está dispuesta a recibirme. Y añade que la compañía de una dama tan excelente, insigne e instruida como ella sin duda me aportaría grandes beneficios.

Son notorios el interés y la consideración que el redactor muestra por ella, como si velase por su bien aun desde la distancia; la estima, la cortesía y la atención que destilan sus palabras... Al leer esas líneas, Leonor no ha podido evitar algo inesperado: un arranque de agradecimiento y afecto hacia Martín. Eso ha provocado que, por un momento, desaparezca la inquina que siente por él... Hasta que ha recordado su despreciable comportamiento para con Lucía.

—¿Eso es todo? ¿No dice más?

El desconsuelo de su amiga resulta demoledor. Leonor aprieta los labios.

—No, no es todo. También envía una carta para ti, pidiéndome que te la lea.

Lucía se lleva ambas manos al pecho, que se agita como si estuviera a punto de sufrir un vahído.

—¡Virgen santísima! ¿Y a qué esperas? Léela ya, por favor.

También aquí Martín hace referencia a misivas anteriores. Declara pensar en Lucía cada día, cada noche. Se duele de estar alejado de ella, en una separación que se le antoja insoportable. Y vuelve a pedirle una respuesta. Necesita saber, dice, si «ese secreto» que le reveló en su primera carta es la razón de que ella se niegue a escribirle; y si eso significa que la joven no desea volver a tener contacto con él.

La destinataria se ha puesto en pie, absolutamente anonadada. Mira a su alrededor, como si aquel espacio de paso, testigo de tantas andanzas, pudiese dar sentido a un misterio que ella no sabe resolver.

—¿Su primera carta? ¿Cuándo? ¿Cómo? —balbucea—. ¿Y qué secreto es ese? ¡Cielo santo...! —Vuelve a sentarse, toma a su amiga de las manos. Está temblando—. Leonor... ¿a qué piensas tú que se refiere?

La interpelada le aprieta los dedos con más fuerza de la debida. La cólera llamea en sus ojos de vigoroso azul.

—¿A qué crees tú, querida? ¿Tal vez al hecho de que es un hombre casado, con un hijo y una esposa que lo esperan, y a los que él ignora cuando así le conviene?

Lucía se aparta. Ni siquiera intenta ocultar el dolor que le producen aquellas frases.

—No, no... —protesta, casi sin voz—. Él es honesto. Si tú supieras...

—¿Honesto? A fe mía que sí. Tanto como para confiarte su

«secreto» por carta, y después de haber conseguido de ti lo que quería. ¿Acaso cabe esperar mayor prueba de honradez? No, por cierto. ¿De qué hubiera servido decírtelo antes de atropellar tu virtud?

—¿Atropellar? Eso no fue lo que ocurrió. Él nunca...

—¡Basta, Lucía, por Dios santo! —Ahora es Leonor quien se ha alzado—. Lo que te hizo es una indignidad. El intentar defenderlo no te honra. Todo lo contrario.

Por toda respuesta, la aludida estalla en sollozos. Todo su cuerpo se convulsiona. Se encoge sobre sí misma y entierra el rostro en las manos.

—Querida mía... —Leonor ha vuelto a sentarse a su lado. La abraza con fuerza, la acuna. Y su amiga se deja hacer, como una criatura sin fuerzas ni voluntad—. Olvídate de él. Es un miserable. No vale nada. Y los cielos saben que no se merece tus desvelos, ni tus lágrimas.

Por mucho que las apariencias parezcan indicar lo contrario, Martín no es diferente a tantos otros. Ha demostrado pertenecer a ese gran círculo de infames que burlan a mujeres inocentes y quedan impunes tras su crimen. Y lo peor es que las leyes y las costumbres del mundo les ayudan a salir airosos.

—No lo entiendes... —gime Lucía, ahogada en llanto—. Lo echo tanto de menos... Lo necesito más que nada... Más que a nadie...

—Estoy segura de que a él no le ocurre lo mismo, querida.

Sus palabras son cortantes como cuchillos. Pero su tono encierra un afecto profundo y sincero, capaz de cerrar las heridas más profundas.

—Duele tanto... Y estoy tan avergonzada... No quiero sentirme así...

Leonor asiente. Enjuga las lágrimas de su amiga con las yemas de los dedos.

—Has de ser fuerte, Luci. No será fácil. Pero yo te ayudaré.

Ante la llegada de los ejércitos dirigidos por el duque de Nájera, los franceses levantan el cerco que mantienen sobre Logroño y se baten en retirada hacia el norte.

—Hay tres de los nuestros por cada uno de esos bastardos de Esparre —arenga Juan de Deza a la escuadra de alcalaínos que tiene bajo su mando—. Mañana iniciaremos su persecución. Y, cuando los alcancemos, los aplastaremos como a gusanos. Como hay Dios que esos extranjeros van a arrepentirse de haber pisado suelo español.

Hoy la ciudad celebra su liberación de un sitio que se ha prolongado durante tres semanas. Las calles corean una cantinela popular que se ha extendido por las casas y plazas durante el asedio; repite el mensaje que enviaron al francés cuando este exigió la rendición de la plaza: «Logroño no abrirá sus puertas al enemigo mientras uno solo de sus habitantes tenga vida para combatir. Nos defenderemos hasta la muerte».

Esa tarde, el joven Deza visita al principal pañero del lugar. Cierto, las telas locales no pueden compararse a las de Burgos o Toledo. Pero, aun así, merece la pena dedicarles un tiempo.

—Así que este es vuestro mejor paño veinteno; y decís que está tejido con lana entrefina... —Juan palpa el género y lo observa con detenimiento frente a la ventana. Tiene sus dudas respecto a la urdimbre, que se le antoja de menor calidad de lo que predica el mercader—. Quisiera haber traído mi lupa para observarlo mejor...

—Podéis usar la mía, señor Deza, si así os place.

El aludido se gira al escuchar aquella voz a su espalda. Sabe Dios que no esperaba oír pronunciar su nombre en aquella tierra extraña, tan lejana a la suya.

El rostro del hombre que así ha hablado se le antoja conocido. Tarda unos momentos en ubicarlo.

—Sois pañero, de Burgos; el señor Juan de Córdoba… —va añadiendo, a medida que los recuerdos acuden a su mente—. Por Cristo, que me lanzasteis muy gruesas palabras esa vez que nos cruzamos en vuestra ciudad.

—¿Qué esperabais? Me robasteis a unos arrieros que ya me habían dado palabra de atender un negocio mío en Bilbao. Los muy miserables se desdijeron del trato cuando les asegurasteis que la caravana corría peligro de sufrir los ataques del conde de Salvatierra. En aquellos instantes os tuve por pícaro, mentiroso e impostor.

—Lo sé. Bien os encargasteis de decírmelo. Eso y algunas otras cosas de propina.

—Entonces pensaba que os lo merecíais. Pero han pasado cuatro meses de aquello; muchas cosas han cambiado. —Esboza una sonrisa torcida y, aun así, extrañamente amistosa—. Ahora sé que teníais razón. Voto a bríos que esos arrieros aún agradecen que les dierais el aviso. Os tienen casi por un profeta de Nuestro Señor. Decidme, ¿cómo sabíais que el conde de Salvatierra atacaría esa ruta? Había firmado la paz con nuestro buen condestable, y todos creíamos que se disponía a retirarse a sus tierras.

—Os seré sincero: no lo sabía. Lo inventé todo. Como dijisteis en su momento, era un engaño; la obra de un pícaro, mentiroso e impostor.

El burgalés se echa a reír.

—¡Qué diantres! —exclama—. Aun así, me hicisteis un gran favor con vuestra bellaquería. Si hubiéramos perdido esa remesa por el camino, el negocio de mi familia se habría encontrado en serios problemas.

Tiende la mano al complutense. Juan se la estrecha.

—Y ahora estáis aquí, como voluntario —observa el joven Deza, a la vista del atuendo militar de su interlocutor—. Veo que venís con los hombres de Burgos.

—Sí, señor. Formo parte de esos a los que vosotros llamáis «los perros del condestable».

—No os equivocáis. Y yo formo parte de esos a los que vosotros llamáis «carne de cañón».

Juan de Córdoba vuelve a reír.

—Tampoco vos os equivocáis, a fe mía. —En efecto, los contingentes de las ciudades que se alzaron en Comunidad ocupan las posiciones de combate más peligrosas, aquellas en las que siempre se producen las mayores bajas—. Y decidme: ¿cómo sienta que os hayan puesto a las órdenes de don Pedro Laso de la Vega, «el mayor traidor del reino», como lo llamó la Junta en su momento? ¿Qué opinión os merece ese buen regidor toledano, que primero inició las protestas contra Su Majestad y luego vendió a sus antiguos compañeros para negociar con los virreyes su salvación personal?

Tras un momento de duda, el interpelado confiesa la verdad.

—La misma opinión que me merecería un escorpión —reconoce, sosteniendo la mirada del burgalés con gesto retador.

—¡Que me aspen! —exclama este. Sus carcajadas arrecian. Contra todo pronóstico, parece complacido con la respuesta—. Os propongo algo. Los paños de la región pueden no ser nada extraordinario, pero sus vinos... Ah, amigo mío... Eso ya es otro cantar. Venid a probadlos conmigo. Creo que tenemos algunas cosas de las que hablar.

Un par de jarras después, llega el momento de las confidencias. El espíritu asciende a ese limbo en el que las preocupaciones se desdibujan y el mundo parece un lugar menos amargo.

—Bien se ve que no os place estar bajo las órdenes de Laso de la Vega —comenta el burgalés—. Mas, ya que habéis tenido el coraje de decírmelo, os revelaré una cosa: tampoco para mí es motivo de orgullo combatir bajo la enseña del condestable.

Declara entonces que se ha alistado para acallar los rumores que pesan sobre su familia, la cual se halla «bajo sospecha». No solo abrazó en un principio la causa de las Comunidades, sino que después participó en el alzamiento frustrado que, hará unos cinco meses, quiso que la ciudad regresara a la Junta y planeó entregársela a Padilla.

—Y os diré algo más. Cuando todo esto acabe y hayamos mandado a esos malditos franceses de vuelta a su tierra, no pienso quedarme aquí. Iré a la Castilla nueva, a ponerme bajo las órdenes de doña María Pacheco. Mientras Toledo resista, aún hay esperanza.

Juan levanta su vaso.

—Brindo por eso —dice. Hablan ambos en voz baja, como todos aquellos que conspiran contra el mundo que los rodea—. Por Toledo. Por la esperanza.

Doña María Pacheco ha cortado de raíz las negociaciones que llevaba a cabo con los virreyes por mediación del marqués de Villena. Ya no quiere oír hablar de paz, ni de rendición. Tal es su vehemencia que, de hecho, da la impresión de no haber deseado nunca semejantes cosas.

—Os dije que necesitábamos tiempo, y que debíamos hacer lo necesario para conseguirlo —declara ante el regidor Dávalos—. Lo hemos logrado, don Hernando. La ocupación de Navarra trae consigo una seria amenaza para los Grandes y sus ejércitos. Toledo vuelve a encontrarse en posición de fuerza.

Su interlocutor se repasa la barba con la mano. Al fin, se decide a plantear la pregunta que le quema la garganta.

—Decidme, señora: ¿sabíais por ventura que el rey Francisco de Francia planeaba invadir Navarra?

Tal es la sospecha que ha inundado el reino. Los virreyes van incluso más lejos. Declaran que la viuda de Padilla no solo tenía conocimiento de tal hecho; además, están convencidos de que fue ella quien instigó al soberano adversario a ocupar el reino, fomentando el levantamiento de las ciudades navarras e informando al invasor de cuándo y dónde atacar.

—Don Hernando, ¿desde cuándo prestáis oídos a las maledicencias del enemigo? —replica doña María. En su tono hay algo extraño, una especie de ironía que parece desmentir la seriedad de sus palabras—. Tal desatino no parece propio de vos.

El regidor realiza una reverencia a modo de disculpa. Al despedirse, advierte la sonrisa socarrona que le dirige don Gutierre López de Padilla, cuñado de su anfitriona. Este, que permanece siempre al lado de la dama, se ha convertido en su más fiel valedor.

«Vuestro tiempo toca a su fin», parece decirle con la mirada su sobrino, el hermano del difunto capitán Padilla. Don Hernando Dávalos intuye que hay gran verdad en ello: sus días como consejero de confianza de la viuda han concluido.

Poco después, doña María reafirma sus intenciones: abandona su casa y se instala en el alcázar. Desde allí dirigirá la vida de la ciudad y el destino de sus tropas, que siguen batallando contra el prior de San Juan. La guerra continúa. Y Toledo no piensa rendirse.

—Señor bachiller, os ha llegado carta. Viene de Alcalá.

Martín paga tan generosa retribución al mensajero que este se deshace en mil muestras de agradecimiento. Tras despedirlo, queda en posesión de aquel documento, cuyo contacto parece encenderle las yemas de los dedos.

Nota el estómago encogido, la respiración acelerada. Lo abre con manos nerviosas. La caligrafía pertenece a Leonor, pero el encabezamiento aclara que el texto está dictado por Lucía.

El arriacense devora aquellas breves líneas con ansiedad. Al concluir la lectura, se deja caer en una silla, destrozado. Apoya la frente sobre las manos, cierra los ojos. Ni siquiera intenta contener las lágrimas que se le escapan de entre los párpados apretados.

«Agradecería que no volvieras a escribirme; tampoco yo lo haré más —declara la redactora. Y añade—: No quiero que cargues sobre mí tus culpas. Déjame a solas con las mías.»

Martín nota que le falta el aire. Dios sabe que no cabe censurarla por haber tomado esa decisión; ni él ni nadie podría plantearle un solo reproche. Si debe condenar a alguien, es a sí mismo. Esperaba de ella una expiación que —ahora lo reconoce— no tenía derecho a pedirle.

«He de compartir contigo un último secreto», dijo a Lucía en la misiva que le escribió antes de marcharse. Allí le confesó que, aun sin saberlo, él había sido quien revelara los secretos de la villa al duque del Infantado. Eso lo convertía en un traidor, con la marca de infamia que tal crimen conlleva. De descubrirse lo ocurrido, la ignominia no solo caería sobre él, sino también sobre su familia. Por eso preguntaba a Lucía si aún deseaba acompañarlo. Pues al aceptarlo como esposo se arriesgaba a que, en un futuro, la deshonra pudiese alcanzarla también a ella.

«Todos los infortunios de los últimos tiempos han sucedido por mi causa», continuaba. Y añadía que llevaba sobre la conciencia a todos los que habían sufrido daños en Valdenegras, incluyendo a Andrés, herido de gravedad por un proyectil disparado desde la fortaleza de Santorcaz, y que había perdido un ojo a resultas de lo ocurrido.

No es de extrañar que Lucía prefiera apartarse de él. Pocas mujeres aceptarían al responsable de haber causado semejantes estragos; de haber perjudicado de tal modo a sus parientes, amigos, vecinos... a su hermano.

—Dios Todopoderoso... —musita para sí. La oración es lo

único que le queda ahora. Suplica a Dios que lo perdone y, sobre todo, que la proteja a ella.

El ejército castellano, liderado por el condestable y el duque de Nájera, alcanza a los franceses en Noáin, cerca de las salinas de Pamplona. Al estar ya avanzada la tarde, los oficiales calculan que el combate se iniciará a la mañana siguiente.

Pero el señor de Esparre no es de la misma opinión. En contra de todo pronóstico, no opta por replegarse, ni por esperar refuerzos. Decide tomar la iniciativa, pese a la aplastante superioridad de sus perseguidores y a lo tardío de la hora.

Su artillería comienza a bombardear al enemigo cuando este menos se lo espera. La infantería sufre severas bajas. Pero la caballería, guiada por el condestable y el duque de Nájera, reacciona con rapidez. Tras travesar la sierra, se abate sobre la retaguardia y el flanco del invasor.

Sigue un combate largo y sangriento, reñido con ferocidad por ambos bandos. Al cabo, la abrumadora superioridad numérica de los castellanos acaba imponiéndose, dejando más de cinco mil cadáveres enemigos sobre el campo de batalla.

Tras luchar con gran ímpetu y valor, el propio señor de Esparre ha de rendirse y entregar su espada. Ha quedado ciego al recibir en la frente un lanzazo enemigo.

—¡Caballeros de Castilla! —felicita el condestable a sus oficiales, concluida la contienda—. ¡Celebradlo! El usurpador ya no volverá a reclamar vasallaje a estas gentes. Hoy hemos recuperado para nuestro rey las tierras que el extranjero le arrebató.

En efecto; tras aquel triunfo, los vencedores recorren el reino sin apenas encontrar resistencia. Navarra tardó menos de un mes en caer bajo el asalto francés. Los castellanos la han recuperado con la misma rapidez.

Don Alonso de Guzmán, el antiguo capitán de la Comunidad universitaria, abre la ventana central de la biblioteca. Desde su posición elevada se encara con los hombres de armas reunidos en la plaza.

—Acercaos más, señores, que estamos deseosos de recibiros como os merecéis.

Los soldados enviados por don Francisco de Mendoza, el vicario del arzobispado toledano, no parecen dispuestos a seguir tales instrucciones. Antes bien, retroceden unos pasos, alejándose de la fachada del Colegio de San Ildefonso.

Cierto número de estudiantes se han apostado en las ventanas y techos, armados de escopetas y ballestas que apuntan a la plaza. Incluso han abierto alguna que otra tronera en los muros del edificio para cubrir bien todo el perímetro.

—En nombre de Su Ilustrísima, don Francisco de Mendoza, gobernador arzobispal y juez comisionado por el almirante y el condestable de Castilla —grita el oficial al mando—, venimos a prender a don Juan de Hontañón, rector de esta universidad, que ha sido hallado culpable de cargos de alevosía y traición, y a otras varias personas que lo ayudaron a cometer sus villanías y crímenes contra el gobierno de Su Majestad.

Los defensores del Colegio no se muestran persuadidos por tales palabras. De hecho, estas parecen provocar el efecto contrario. Las puertas del edificio permanecen cerradas. Pero las campanas de la capilla se han lanzado a repicar. Pronto comienzan a aparecer más estudiantes armados en ventanas y techos.

De sobra saben todos ellos que la famosa «información» del vicario arzobispal compone un expediente de mil folios repletos de tergiversaciones y falsedades. Por medio de manipulaciones y declaraciones forzadas, ha logrado que los testigos parezcan referir lo contrario de lo que habían respondido en el proceso original, el llevado a cabo por el propio rector.

Resulta evidente que don Francisco de Mendoza desea impresionar a los virreyes. Y su informe no solo provocará tal efecto, sino que también le permitirá sacar beneficio personal de la situación; su poder en el arzobispado y en la villa aumentarán tras reducir a cenizas los privilegios de la universidad.

—Decid al vicario arzobispal de Toledo, y al almirante y el condestable de Castilla, que nuestro señor rector, el reverendo don Juan de Hontañón, se declara inocente de tales cargos —replica el porcionista leonés Alonso de Guzmán—; que este Colegio ya ha remitido su propio informe al cardenal Adriano; y que aquí quedamos a la espera de su respuesta. Hasta que esta no llegue, señores míos, defenderemos la plaza de cualquiera que intente penetrar en ella sin autorización expresa del rector y su claustro.

A los soldados no les queda sino retirarse con las manos vacías. No les cabe duda de que el señor vicario no reaccionará con agrado al recibir la noticia.

El rey de Francia ya no supone una amenaza. Pero los virreyes no consideran que los servicios prestados a la Corona en tierras navarras hayan sido suficientes.

Las antiguas ciudades comuneras de la Castilla nueva han enviado hombres a combatir en las guerras del norte. Ahora, si de veras quieren mostrar su lealtad al rey, han de mandar nuevas tropas al sur. Esta vez, no para expulsar a un invasor extranjero, sino para alzar las armas contra sus hermanos toledanos.

—Poco importa que lo haya ordenado el maldito corregidor. —El caballero de alarde Pedro de Madrid exhorta con vehemencia a sus oyentes—. No lucharemos contra Toledo, ¡por Dios que no!

—Bien decís, señor mío —confirma otro de los asistentes; todos ellos, vecinos madrileños, se han reunido en una capilla, pues no tienen otro lugar en el que expresar sus quejas—: que el susodicho usa contra nosotros gran saña y violencia. Parece que no haya venido acá para gobernarnos, sino para aplastarnos con su vara.

Don Martín de Acuña, el corregidor nombrado por los virreyes, ha iniciado su mandato dando muestras de rigor y crueldad. Está dispuesto a tratar con la mayor dureza a todo aquel que no agache la cabeza. Como muestra y para escarmiento de todos, ha encarcelado al alcalde Castillo y al capitán Negrete, los principales dirigentes de la antigua Comunidad, sin mediar juicio previo.

—Y ahora exige que vayamos contra Toledo «para que así sea notorio en estas comarcas el placer con que esta villa sirve a Su Majestad». —Pedro de Madrid clama al cielo, alzando sus manos de uñas carcomidas—. Por Cristo, que yo no pienso consentir tal bajeza. Es una traición hacia ellos, y una deshonra para nosotros.

Hasta ayer mismo los madrileños y los toledanos caminaban juntos, como compañeros inseparables. Han sido mucho más que aliados. Levantarse contra ellos equivale a atacar a un hermano.

Muchos son los que piensan así. Si el concejo de la villa se ve obligado a aceptar la tiranía del representante de la Corona, los caballeros y vecinos no ceden con tanta facilidad. Los reclutadores están encontrando problemas para alistar a esos trescientos cincuenta hombres que el capitán Juan de Ribera ha solicitado. Sin embargo, son más —muchos más— los que se han marchado por propia iniciativa a Toledo para luchar bajo las órdenes de doña María Pacheco.

—Dicen que el corregidor está furioso —declara otro de los allí presentes, un tonelero de panza tan combada como sus barriles—. Se rumorea que va a sacar una ordenanza para que todos los madrileños que hayan ido a Toledo regresen de inmediato, so pretexto de que quedarse allá es deservir a Su Majestad. Y para que sus esposas, vecinos y parientes los avisen de urgencia, mandará que, si no han regresado en el plazo de tres días, se derriben sus casas y se les confisquen los bienes.

—Más aún —añade otro, un escribano que sabe bien lo que se cuece en el regimiento—: si alguien sabe quiénes han ido a Toledo y no los denuncia, le castigarán con cien azotes si es oficial o labrador; y con multa de cincuenta mil maravedís y un año y medio de destierro si es caballero o escudero.

Las quejas arrecian. Ni siquiera la mirada dulce y dolida de la Virgen de la Soledad logra serenar los ánimos.

—¡Esto tiene que acabar! —protesta Pedro de Madrid—. Todos los que estamos aquí nos hemos alzado contra la injusticia, contra la tiranía y los abusos de los poderosos. ¿Acaso nuestro corregidor no representa todo aquello contra lo que hemos luchado?

—¡Vive Dios que sí! —responde el tonelero—. Ha de haber algo que podamos hacer...

—Y lo hay, amigos míos. Pero debemos actuar rápido. Golpear con fuerza, repetidamente, en una sola noche. —El escribano levanta la mirada hacia la sagrada imagen y se persigna. Luego hace una seña para que sus interlocutores se aproximen más. Cuando estos lo hacen, baja la voz—. Tengo un plan: primero incendiaremos la casa del corregidor; después liberaremos de su prisión a don Juan de Negrete; lo aclamaremos de nuevo como nuestro capitán y volveremos a alzarnos en Comunidad.

OCTAVA PARTE

AL SERVICIO DE DIOS Y DE SU MAJESTAD

Julio-octubre de 1521

... Los levantamientos pasados fueron contra el servicio de Dios y de Su Majestad y de la paz y sosiego destos Reinos... Y como esta Ciudad tenga tanta experiencia del daño que le vino por aquellos [...] está deseosa de ponerse al servicio de Su Majestad...

Carta de la ciudad de Salamanca
al cardenal Adriano
13 de septiembre de 1521

42

El bachiller Juan de Sosa, capellán de doña María Pacheco, indica a sus visitantes que tomen asiento. Fuera, en las calles toledanas, la ardiente atmósfera vespertina vibra sacudida por las campanas de la catedral, que llaman a los fieles a la oración.

De cierto, agradece que el caballero Gonzalo de Valdivieso le haya traído a aquel joven arriacense puesto al servicio de la familia Vergara. El tal Martín de Uceda parece ser el hombre que doña María necesita para llevar a cabo una delicada misión, que ha de realizarse en secreto y lleva asociados enormes riesgos.

Pero antes de asignarle tal cometido, el capellán Juan de Sosa necesita una última comprobación.

—Diría, don Gonzalo, que vuestro joven amigo guarda en el pecho alguna preocupación. —Y, volviéndose hacia el aludido, añade—: ¿Desearíais que os oyera en confesión, Martín?

El bachiller Uceda asiente, consciente de lo mucho que representa semejante ofrecimiento. Supone un inmenso honor recibir el sacramento del propio confesor de la señora María Pacheco. Aunque no se le escapa que el eclesiástico alberga una segunda intención.

Cuando el caballero Valdivieso abandona la estancia, el joven se postra de hinojos ante la silla del sacerdote. Este saca una estola, la besa y se la coloca alrededor del cuello.

—Contadme sobre vos, hijo mío —dice entonces—; habladme de vuestra vida, declaradme sin pudor vuestros pecados. El Señor os escucha. Recordad que Él os otorga este santo sacramento.

Martín entrecruza los dedos bajo la barbilla, cierra los ojos, se concentra. Bien entiende que junto a la confesión que está a punto de realizar, también se enfrenta a una evaluación.

—¡Ah de la casa! ¡Abrid a la justicia! ¡Abrid, por orden del rey!

Los gritos del alguacil despiertan a toda la vivienda. La conmoción poco tarda en extenderse por la calleja. Los vecinos madrileños se asoman a las ventanas y puertas, espantados por las voces. Muy grave ha de ser la causa que trae hasta aquí a tantos corchetes. Muchas espadas y muchas luces son estas para una simple detención.

—¡Señor! ¡Mirad ahí! —Uno de los hombres señala al tejado. Un individuo ha trepado hasta allí y ahora se descuelga por la pared contraria del edificio.

—¡Es él! —aúlla el oficial al mando—. ¡Atrapadlo, maldita sea!

La persecución no dura mucho. El vecino sabe moverse bien por esas calles, aun en plena madrugada, y enseguida llama a las puertas de una iglesia cercana, que se le abre y le ofrece asilo. Los hombres del alguacil quedan ante los batientes, chasqueados. La justicia del rey no tiene potestad para irrumpir en un templo y sacar de él a un criminal acogido a sagrado.

Cuando el corregidor de Madrid, Martín de Acuña, recibe la noticia, su rostro se cubre de nubes de tormenta. Manda que le traigan capa, sombrero, su espada y su vara de justicia, y se lanza a la calle. En llegando a la iglesia, se topa con los perseguidores, que siguen a las puertas, zumbando como un enjambre de moscas alrededor de una boñiga.

—¡Don Juan de Salcedo! ¿A qué demonios esperan vuestros hombres? —le grita al alguacil—. Ordenad que entren y saquen de ahí a ese traidor. ¡Ahora mismo!

No piensa mostrar la menor consideración a ese renegado ni al resto de los criminales de su misma calaña. Gracias a un mensaje recibido esta misma tarde, ha podido actuar a tiempo y desbaratar la conjura de esos indeseables. Estos tramaban atentar contra su vida, liberar a ese desertor de Negrete y volver a traer a la villa suprimir el caos y las atrocidades de la Comunidad.

Así pues, ha ordenado que saquen de la cárcel al antiguo capitán comunero y lo trasladen al alcázar, al amparo de la medianoche; custodiado allí, nadie intentará ir a quitarle los grilletes. Luego ha mandado prender a los cabecillas de la conspiración. No está dispuesto a permitir que ninguno de ellos escape al látigo de la justicia.

—¡Obedeced, don Juan! —insiste, al comprobar que el alguacil parece reacio a acatar sus órdenes—. O, por Cristo bendito, que ahora mismo os quito el mando y se lo entrego a quien sepa mostrar respeto a un superior.

El párroco, que ha abierto la puerta del templo al comprobar que los perseguidores se disponían a echarla abajo, intenta impedir que los corchetes cometan tal sacrilegio. Pero estos lo apartan a un lado —persignándose al hacerlo— y sacan a rastras al detenido.

—¡Deteneos, señor corregidor, o habréis de pagar por esta profanación! —amenaza el sacerdote—. La justicia del rey no puede ignorar las leyes divinas. ¡Caiga sobre vos la ira de Dios y la excomunión de su santa Iglesia!

—Ya podéis tratarme de excomulgado, padre, que yo no me tengo por tal. —Es la respuesta del aludido. Y luego, inclinándose sobre el reo, le espeta—: Buena la habéis armado, hijo de las mil putas; pero, como hay Dios, que habéis de pagármelo. A vuestros cómplices les espera la horca o el látigo. Pero a vos os reservo el descuartizamiento.

Mientras se investiga la conspiración, el corregidor de Madrid se asegura de seguir gobernando la villa con mano de hierro. A aquellos que se comportan igual que perros hay que tratarlos como a tales.

Tras hacer confesar a uno de los cabecillas de la conjura, ordena ahorcarlo sin necesidad de juicio, para servir de advertencia y escarmiento a todos los vecinos. Otros dos responsables son azotados en la plaza pública; y el bellaco que se había refugiado en la iglesia, condenado a morir desmembrado. Pero, como el cabildo eclesiástico ha exigido que sea devuelto al templo y se le aplique el derecho de asilo, los jueces están examinando los hechos; y la sentencia ha quedado en suspenso a la espera de su decisión.

Cuando se descubra el verdadero alcance del complot, mandará confiscar los bienes de todos los implicados y derribar tantas casas como sea necesario. A la espera de ese momento, tampoco descuida sus obligaciones en lo que respecta a los rebeldes toledanos. A fuerza de presiones y amenazas, ha logrado reclutar los trescientos cincuenta hombres que el capitán Ribera había solicitado.

Tantos esfuerzos reciben su fruto. Pronto llega a la villa el anuncio de dos triunfos para Su Majestad: los franceses han sido vencidos en Ezquirós; los toledanos, en Almonacid. Las tropas madrileñas han participado en ambas batallas.

Para celebrarlo, el corregidor fuerza al concejo a aprobar una serie de medidas: los monasterios elevarán oraciones de agradecimiento; el cabildo de clérigos organizará una procesión solemne para el próximo domingo; se correrán tres toros y los caballeros jugarán cañas, todo ello para regocijo de la población. Así se dará testimonio de que los madrileños, tan hermanados antaño a los toledanos, ahora los tienen por enemigos y se gozan derrotándolos.

«Que se sepa en las comarcas lo que acá se hace —ordena plasmar en las actas de la sesión concejil— y sea notorio el placer que esta villa siente por la victoria que Dios ha concedido al rey nuestro señor.»

Los hombres que partieron a la guerra de Navarra están regresando a sus hogares. Entre ellos se cuenta el joven Deza. Viene acompañado del burgalés Juan de Córdoba, que, fiel a su palabra, se dirige a Toledo para ponerse al servicio de doña María Pacheco.

El complutense trae consigo relatos que compartir, pero también ciertos recuerdos que prefiere callar; y una herida ya cicatrizada bajo el hombro derecho, obsequio de la batalla de Noáin. En esa jornada otros sufrieron peor fortuna. No pocos quedaron tendidos en el campo navarro, destrozados por la artillería enemiga.

Tras reposar un día en Alcalá, Juan se dirige a Madrid. Su prometida baja a recibirlo, regia y digna, en la casapuerta. Ya en el dormitorio, su aparente frialdad se troca en ardor.

Después de entregarse al placer, Teresa se alza del lecho. Llena la jofaina de agua y, tras mojar una toalla, se enjuga el rostro y el cuello empapados en sudor.

—Veo que esta guerra te ha dejado marca —comenta, en referencia a la cicatriz que ha descubierto bajo el hombro de su futuro esposo.

—La guerra siempre deja marca; aun cuando no siempre se vea.

Ella se aparta la camisa desatada. Se enjuga la nuca, el escote, un hombro, luego el otro.

—Has combatido por el rey. Has recibido heridas mientras luchabas a su servicio. Eso es bueno para ti; para nosotros. Nos encargaremos de recordarlo cuando se esté juzgando tu participación en la Comunidad.

Juan cierra los ojos. Se concentra en el tacto de las sábanas y almohadas. Hace once meses dormía a cielo raso, al regresar del ataque a Torrejón de Velasco. El capitán Zúñiga le advertía que para mantener la lucha sería necesario mucho sudor y no poca sangre. Ya entonces sabía que verter ambas cosas no garantiza la victoria.

—Los reclutadores ofrecen a los hombres que regresan de Navarra volver a alistarse para marchar contra Toledo —añade la señora de la casa—. Dicen que, si lo hacen así, sus futuros jueces se mostrarán aún más clementes para con ellos.

—No, Teresa —replica él, cortante—. Se trata de cosas muy distintas. Hay honor en combatir a un invasor extranjero que ataca nuestros reinos. Pero no lucharé contra nuestros hermanos toledanos. Levantar las armas contra ellos es una infamia.

—Hablas igual que mi hermano.

Juan prefiere no responder. Sabe que no es el único en pensar así. De hecho, si ya hubo dificultades para reclutar a esos trescientos cincuenta combatientes solicitados hace poco, ahora el problema ha aumentado. El mismo capitán Ribera ha pedido doscientos hombres más. Pero los caballeros seleccionados no parecen dispuestos a ponerse en camino. El corregidor los ha amenazado con severísimas penas: mil ducados de multa y destierro de la villa si persisten en su desobediencia.

—Sabes lo que ha hecho Pedro, ¿cierto? —prosigue Teresa, seca e implacable—. ¿Cómo se le ocurre participar en esa absurda conspiración? Si supieras cómo nuestro padre se disgustó al enterarse...

El corregidor ya había mandado abrir una investigación sobre las gestiones del antiguo cambiador Fernando de Madrid. Si se descubriera que uno de sus hijos formaba parte de la frustrada conjura, las consecuencias resultarían fatales para toda su parentela.

—Tanto predicar sobre que hay que anteponer el bien de la

familia a los sentimientos personales... Eso me decía, cuando me obligaron a casarme. —Arroja la toalla sobre la jofaina, con tal rabia que derrama buena parte de su contenido sobre el suelo—. ¿Y qué hace él, llegado el momento de la verdad? ¿Crees que pensaba en mi padre, en mis hermanos, en mí? ¿En la ruina que caerá sobre el resto de nosotros?

—Teresa, estás siendo injusta. Pedro no obró por egoísmo, sino pensando en el bien de la villa. Si yo hubiera estado aquí...

—¡Tú no estabas aquí! —lo interrumpe su prometida, encarándose con él. Sus ojos parecen más oscuros, más profundos que nunca—. Estabas lejos, luchando por nosotros; haciendo lo que un hombre de verdad debe hacer por su familia.

Sigue un silencio largo, teñido de sombras. En el mutismo, los sonidos de la plazuela se filtran a través de los postigos abiertos a la noche.

Teresa no se mueve. Ha cruzado los brazos sobre el torso. Mantiene la mandíbula apretada y los ojos fijos en algo que solo ella puede ver.

—Tú no estabas aquí, Juan —rubrica—. Eso es importante; mucho más de lo que crees.

Se acerca de nuevo a la cama para quedarse de pie junto al dosel, rígida y pálida como una aparición.

—No alzarás las armas contra los toledanos, pero tampoco su favor, ¿cierto? —Su interlocutor no responde. Pero ella ya sabe que debe interpretar aquel silencio como un asentimiento—. Bien. Supongo que tendremos que conformarnos con eso.

—Así que habéis luchado en Noáin. —Martín tasa con la mirada a su interlocutor. El burgalés ha llegado hoy mismo a Toledo, y se ha presentado ante él con un mensaje firmado por Juan de Deza.

«Espero que allí hayáis encontrado la redención que buscabais.

Pues dudo que sea posible hallarla en ningún otro lugar del reino»,
escribe este. Luego recomienda al portador de la misiva por sus
«muchas virtudes y elevados principios, de los que él mismo os
dará cuenta mejor que yo»; y se pregunta si Martín podría «enca-
minarlo en la dirección de aquellos a quienes tanto desea servir».

Aunque, a primera vista, Juan de Córdoba no parece merecedor del crédito que su carta de presentación le atribuye...

—Ha luchado en Noáin, ya lo creo que sí. Hice morder el
polvo a un buen puñado de esos malditos gabachos.

—¿Odiáis a los franceses?

—En realidad no. Me llevo bastante bien con ellos cuando
no intentan meterme un trozo de acero en las tripas.

—¿Alguna vez habéis pensado en viajar hasta allí?

Juan de Córdoba juguetea con el lóbulo de su oreja derecha.

—No solo lo he pensado. Lo he hecho; en dos ocasiones.

—¿En qué sitios habéis estado?

—En Guyena, sobre todo. Sabrosos vinos, sabrosas mujeres. Apuesto a que os gustaría.

—¿Conocéis Bayona?

El interpelado realiza un gesto burlón.

—¿Por qué? ¿Estáis planeando una visita? No es la mejor
época del año para hacerlo, os lo advierto.

—¿La conocéis, sí o no?

El burgalés insinúa un asentimiento. A fe que el famoso bachiller Uceda parece obcecado con todo lo que huela a francés.

—Voto a tal, que sois hombre entremetido —apunta—. ¿Por
qué os interesa tanto el tema?

Martín sigue escrutándolo. Su interlocutor solo recibirá esa
respuesta si demuestra merecerla. Y, por cierto, que no va por
mal camino.

Doña María Pacheco desea contactar con los franceses. Está
organizando un envío de dos embajadas, que atravesarán los Pirineos por diferentes puntos y se reunirán en Bayona.

—Vuestro cometido es entrevistaros con el gobernador de Guyena, el señor Destissac, entregarle una carta e informarle en persona de que Toledo no se rinde —le ha informado el bachiller don Juan de Sosa—. Convencedle de que es el momento de lanzar un ataque común.

Además de eso, debe dirigirse al señor de Esparre, que ha sido liberado tras su captura en Noáin, interesarse por su estado de salud y entregarle una segunda misiva. En esta, la remitente solicita dinero y letras de cambio para organizar un ejército de dos o tres mil hombres.

Este encargo ha de realizarse en el mayor de los secretos. Nadie en Toledo sabe nada al respecto, a excepción de la propia doña María y de su confesor, que se encarga de codificar los mensajes. Por eso aquellos a los que se confíe tan arriesgada misión deben ser forasteros. Y tan leales a la causa como para prestarse a sacrificar sus vidas, pues, de ser descubiertos, serán acusados de traición y condenados a la horca.

—El itinerario está preparado —le ha dicho don Juan de Sosa. Llegado el momento, ya le informará de dónde encontrar a los contactos. Estos se encargarán de ocultarlos y guiarlos, sobre todo en las últimas etapas, las más peligrosas—. Es un viaje largo y difícil, Martín. Buscad a alguien que os acompañe.

Así ha prometido hacerlo el arriacense. Se diría que la Providencia, por mediación de Juan de Deza, le haya enviado a la persona adecuada.

—Dejadme que os cuente un secreto, señor bachiller —añade el burgalés—. Resulta más sencillo interrogar a un invitado tras haberle dado a beber una jarra de buen tinto; mejor aún si son dos.

—Si es vino lo que queréis, señor Córdoba, mala idea ha sido venir a buscarlo a una ciudad bajo asedio. El buen tinto no casa bien con el racionamiento y la escasez de víveres.

El aludido sigue acariciándose el lóbulo de la oreja derecha, ahora con los ojos entrecerrados.

—Si no vais a darme algo de alcohol, mejor será que abreviemos el trámite. Tengo la garganta reseca —rezonga—. Aunque estoy seguro de que podríais encontrar algo de ese tinto si supierais dónde buscarlo.

—Tengo entendido que en Burgos servisteis a la Junta.

—Digamos que lo intenté. Es difícil servir a la Comunidad en una ciudad que no entiende de ideales. ¿Habéis estado allí alguna vez, señor bachiller? —Ante la negativa de su interlocutor, prosigue—: Dejadme explicároslo entonces: Burgos no solo es la cuna de los condestables. También es el cofre que encierra el mayor tesoro de Castilla: el corazón de la mercadería de la lana. Si la herís, comprobaréis que por sus venas no corre sangre, sino oro. Y eso mismo es lo que da de mamar a sus hijos. Siempre ha sido, y siempre será, una ciudad de comerciantes; una ramera dispuesta a venderse al mejor postor.

El arriacense sigue manteniendo serio el semblante. Aunque su porte parece menos rígido que al principio de la entrevista.

—Vos y yo deberíamos conversar algo más, señor Juan de Córdoba. Tengo la impresión de que nos hará bien a ambos —comenta—. Después, tal vez os lleve a conocer a alguien.

—Decidme: ¿creéis que ese alguien me invitará a un trago de vino?

—Me maravillaría que lo hiciera. Aunque sí estoy seguro de que querrá escucharos en confesión.

Toledo está furiosa, agotada y hambrienta. Las tierras se han cuarteado por la falta de lluvia, la sequía azota los campos de cultivo. Y el calor asfixia la ciudad, como si el ángel del Señor la golpease con su espada flamígera.

Aun en tiempos de paz, este habría sido un año de hambre. Pero es época de guerra. Y el prior de San Juan sigue empeñado en demostrarlo.

De hecho, ha cambiado de estrategia. Su nueva táctica consiste en aislar la ciudad. Ha traído a sus tropas para que patrullen las zonas circundantes e impidan el avituallamiento de los rebeldes. Estos han debido adaptarse a la nueva situación. En lugar de movilizar ejércitos para combatir a campo abierto, emplean pequeños destacamentos que atacan por sorpresa las aldeas enemigas, les arrebatan su trigo y su ganado y regresan antes de que el adversario acierte a reaccionar. Si este los alcanza, la expedición se convierte en una batalla campal, en la que las fuerzas de la Comunidad rara vez tienen las de ganar.

Al principio las tropas del prior se encontraban diseminadas, cubriendo un área extensa a ambos lados del Tajo. Pero van reduciendo el cerco poco a poco, y el avituallamiento resulta cada vez más complicado.

Han comenzado a alzarse voces a favor de la capitulación. Y su número aumenta cada día. En ciertos barrios, las asambleas han llegado a elegir representantes para entrevistarse con el prior de San Juan y negociar.

Ante este estado cosas, doña María Pacheco reacciona con energía. Entre otras medidas, ordena encarcelar a los hermanos Aguirre, que actuaban como portavoces del enemigo. Tan drástica respuesta provoca no poco resquemor en la ciudad.

—Que nadie se llame a engaño, señores. Toledo no se someterá —ha asegurado ante la asamblea don Gutierre López de Padilla, hermano del difunto capitán.

Pero no todos los dirigentes de la Comunidad están de acuerdo. Y algunos de ellos se disponen a demostrarlo. Para ello convocan al pueblo toledano, el único que podría doblegar la pertinacia de doña María, y lo incitan a lanzarse contra ella.

—Presentaos allí, vecinos —arenga el capitán Juan de Gaitán a la marea que ha acudido al llamado y se congrega frente al ayuntamiento—. Id al alcázar, alzad vuestras voces. Gritadle a doña María Pacheco que os morís de hambre; que tenga a bien procurar la paz, porque esta ciudad está a punto de perderse.

La masa, así enardecida, asciende las cuestas que trepan hacia la fortaleza. En el calor irrespirable que azota las calles a finales de julio, el trayecto resulta lento y penoso. Cuando la multitud alcanza su destino, su rabia se ha multiplicado.

La viuda de Padilla no es mujer dada a ocultarse. Se presenta ante los manifestantes erguida e indómita, vestida de un negro implacable que desafía la ferocidad del sol de primeras horas de la tarde. Tras escuchar las protestas de los manifestantes, responde:

—Entiendo vuestro dolor. Decís que en este conflicto ya han muerto muchos de los nuestros, y que no hay razón para que perezcan más. También yo he sido privada de un esposo que me era muy querido; también mi hijo ha quedado sin padre. —Los mira sin pestañear, obligando a que muchos de ellos bajen la mirada—. La pérdida de los seres amados pesa en todos nuestros corazones. Razón de más para no rendirnos ahora. Si lo hacemos, todos ellos habrán muerto en vano.

Nadie responde a aquellas palabras; nadie protesta. La multitud ha quedado en suspenso, pendiente de la voz y las palabras de la señora:

—Decís también que pasáis hambre. De sobra lo sé, pues todos estamos en la misma situación; Dios nos ha enviado tiempos de sequía. Pero miente quien diga que Toledo se muere por falta de víveres. ¿O es que acaso habéis llegado al punto de comer ratones? —pregunta, sin dejar de observarlos. Sus ojos son tan inflexibles como su voz—. Pues, no siendo así, ¿a qué tanto alborotarse? Es señal de que aún queda pan y vino por la ciudad. Y no poco, que harto trigo hay en algunas alhóndigas. Suficiente para resistir un asedio. Pues no dudéis que el enemigo rinde las plazas tanto con armas como con mentiras.

Tras aquel encuentro, el pueblo toledano regresa del alcázar con muy distinto talante.

—¡Mueran los traidores que piden la paz! —gritan ahora—. ¡Padilla! ¡Padilla!

Al cabo de la jornada, el capitán Gaitán y el resto de los miembros de la Comunidad que han propiciado el levantamiento quedan señalados como sospechosos de traición. No les queda otro remedio que huir de sus casas y refugiarse en los conventos de la ciudad. Son los únicos lugares en que podrán hallarse a salvo de la venganza de doña María.

—Leonor, ha ocurrido algo grave... Debemos avisar a Martín.

La interpelada levanta la vista de su libro. Lucía parece más pálida y agitada de lo normal. Pero ella se muestra taxativa:

—De ningún modo. No podrás convencerme para que vuelva a escribir una sola línea a ese miserable. Ya te lo he dicho: olvídate de él.

—Ojalá pudiera...

La angustia de su amiga es tan palpable que resulta abrumadora. Leonor comienza a alarmarse:

—Querida, ¿qué ocurre?

—Ahora no se trata solo de mí, ¿entiendes? Tenía mis dudas, pero ya no...

Mientras así dice, posa ambas manos sobre su vientre.

Leonor deja escapar una exclamación. El libro resbala de entre sus manos y se desploma dislocado sobre el suelo, como un pájaro herido de muerte.

—Luci, no... —implora, aun consciente de que la súplica llega demasiado tarde—. Virgen santa...

No hay remedio para tan gran infortunio, el mayor que pueda esperar una mujer. Que los cielos se apiaden de su amiga y de la criatura que porta en su seno.

43

—¡Desvergonzada! ¡Perdida! ¡Mujerzuela! —El sastre Pedro de León aúlla como un poseído. Ninguno de sus anteriores ataques de ira había estallado con tal furia—. ¡Que el diablo te lleve por traer la deshonra a esta casa!

La indecente de su hija le ha confesado que está encinta. Y además se niega a desvelar la identidad del maldito canalla que la ha estuprado.

—Vas a decirme quién es ese criminal. ¡Bastardo miserable...! Como hay Dios que me darás su nombre, aunque tenga que sacártelo a palos.

Agarra la vara y se dirige a la pecadora. Pero entonces ocurre algo inesperado. Andrés se interpone. Es la primera vez que reacciona contra su progenitor.

—No, padre. ¡Así no!

Intenta arrancarle el arma. Forcejean los dos hasta que, al fin, el joven queda en posesión de la vara.

—Padre mío, no hagáis nada de lo que podáis arrepentiros —jadea—. Pensad que podéis dañar una vida inocente.

—¡¿Inocente, dices?! ¡Ese engendro es un hijo del pecado!

—Un hijo del pecado sigue siendo una criatura de Dios.

El interpelado responde con un rugido. Agarra una silla, azota con ella la mesa, la destroza contra la pared; golpea, brama, vapulea cuanto lo rodea, hasta descargar su ira; lo bastante, al menos, para recobrar cierto control sobre sus acciones.

—¡Malditos seáis mil veces! ¡Tú y el engendro que crece en ese vientre podrido! —truena, señalando a Lucía—. ¡Desaparece de mi vista! Te quedarás encerrada hasta que expulses a esa cosa... Y una vez que lo hagas... Ten por seguro que no hay lugar para una criatura así en esta casa.

Una mañana el hogar de Pedro de León despierta conmocionado. Lucía ha desaparecido.

La partida de búsqueda se organiza de inmediato. Andrés se apresta. Juan se brinda a acompañarlo. Ofrece llevar consigo a cuantos hombres de su casa sean precisos, e incluso recabar a algunos más entre los vecinos.

—No será necesario —responde Andrés. Por el bien de la familia, es preferible que el asunto se maneje con la mayor discreción posible—. Si salimos ahora, la encontraremos antes de que llegue demasiado lejos.

—Siempre que sepamos por dónde buscarla. ¿Tienes alguna idea?

—Tal vez yo sí.

Quien así ha hablado es Leonor. Se ha acercado a ellos en silencio.

—¡Voto a tal! —Andrés clava en ella su único ojo visible. Tiene el rostro encrespado—. ¿Sabes acaso adónde ha ido?

—No con certeza, pero tengo mis sospechas.

Sus oyentes quedan estupefactos ante la respuesta.

—¡¿A Toledo?! —exclama el hijo del sastre—. Por Cristo, que eso sería la mayor locura que cabe en el seso de una hembra. ¿Por qué huir de la paz para ir al único lugar de Castilla que aún sigue en guerra?

Leonor mantiene el escrutinio con sus fríos ojos de azul acerado. Ha revelado aquel detalle porque teme —y mucho— que su amiga no sea capaz de llegar sana y salva a su destino. Pero es todo cuanto está dispuesta a confesar.

—Eso, Andrés, tendrás que preguntárselo a ella.

La necedad de los varones le revuelve las entrañas. En nombre de Dios, ¿cómo puede su interlocutor creer que su hermana se sintiera «en paz» allí donde la han amenazado con arrebatarle a la criatura que crece en su vientre? Su «locura» no es sino el fruto de la desesperación. Ha huido en busca del único hombre capaz de proteger al hijo que espera.

Martín se inclina sobre la mesa. Ya ha escrito a su patrono, don Francisco de Vergara, para informarle de que ha completado el encargo que motivó su envío a Toledo. Y para suplicarle que le conceda licencia de unas semanas, pues debe abandonar la ciudad por exigencias ineludibles. Ha obviado decirle que se dispone a correr enormes riesgos; hasta el punto de que tal vez no le sea dado regresar jamás.

—Nuestro primer desafío consiste en llegar a Madrid. —El arriacense señala sobre el mapa, bajo la atenta mirada de su compañero—. Si tomamos la ruta más corta...

—Alto ahí, señor mío —protesta el burgalés Juan de Córdoba—. No estaréis proponiendo pasar por Illescas. ¿Ya habéis olvidado lo que sucedió hace unos días?

En efecto, las fuerzas del prior de San Juan sorprendieron allí a un destacamento toledano, que intentó refugiarse en el castillo de Canales. Tras ser derrotadas, las tropas de la Comunidad lograron retirarse gracias a que el enemigo no contaba con efectivos suficientes para salir en su persecución.

—No lo olvido —responde Martín—, pero el último enfrentamiento se ha producido aquí. —Apunta hacia Orgaz, al sur de Toledo. En esta ocasión, las tropas de la ciudad sufrieron treinta bajas antes de conseguir replegarse—. Y todo parece indicar que el prior se encuentra cerca de Yepes, al otro lado del Tajo. —Mueve el dedo en dirección este—. Ahora mismo el grueso de las fuerzas enemigas está apartado de nuestra ruta. Si los cielos nos son propicios, atravesaremos sus líneas sin problemas.

—A fe mía, que eso es mucho fiar a los cielos —rezonga el pañero burgalés—. Yo os digo que la zona de Illescas no es segura, por mucho que afirméis lo contrario.

—Afirmar tal cosa sería necedad. A día de hoy no hay lugar seguro en toda la región toledana.

De hecho, las primeras etapas de su viaje entrañan enormes riesgos. No volverán a atravesar zonas tan peligrosas hasta hallarse cerca de los Pirineos. El cerco creado por el prior de San Juan alrededor de la ciudad se cierra cada día más. La lucha por conseguir traer suministros se ha recrudecido. Resulta imposible prever qué tierras atacarán mañana los toledanos, ni adónde se moverán las tropas enemigas.

—Solo cabe rezar por que la Providencia nos proteja —añade Martín— y guíe nuestros pasos en la dirección correcta.

Juan de Córdoba responde a estas palabras con una mueca.

—Hacedlo vos, señor bachiller. Y cercioraos de rogar a cuenta de los dos. Os aseguro que los cielos no suelen escuchar mis plegarias.

Leonor pasea la mirada en derredor, deslumbrada. Aquella estancia le suscita una profunda admiración. Hay sillas de estilo flamenco, un cofre alemán, un bargueño taraceado, atril y escribanía de nogal... No faltan brocados, damascos, cordobanes ni guadamecís. Mas ninguna de esas cosas la maravilla tanto como los libros.

En la pared opuesta se alza toda una estantería repleta de ellos;

en varios formatos, de diversas materias, en rama o encuadernados. Tesoros de gran valor, que encierran entre sus páginas el más precioso caudal del intelecto humano: la luz de las mejores mentes, atesorada en tinta y papel.

Devora aquellos anaqueles con ojos hambrientos. Ha dudado largo tiempo antes de decidirse a seguir el consejo de Martín y pedir audiencia a doña Isabel de Vergara. Por mucho que ansiara hacerlo, se negaba a ceder a tal deseo. Pues sentía que aceptar aquel último favor del bachiller equivalía a traicionar a Lucía, tan vilmente ultrajada por aquel canalla.

Ahora, sin embargo, la situación es muy distinta. Su amiga ha huido para ir a buscarlo. Pero hace tiempo que en casa no reciben noticias del arriacense. Tal vez sus nuevos patronos sí sepan dónde se halla y cómo encontrarlo.

La puerta se abre. Una joven ingresa en la estancia, seguida de dos damas de compañía. Trae camisa de Holanda, con puños y cabezón de finísimo encaje, y, sobre ella, un delicado hábito añil y carmesí de paño brocado; la suave gasa de su toca de seda acompaña sus movimientos. Es pálida y grácil, tanto que parece tener algo de etéreo.

No podría describírsela como una mujer de gran hermosura. Con todo, posee una prestancia especial; diríase que encierra la promesa de mil melodías, como el corazón una refinadísima vihuela.

La visitante realiza una reverencia. Y aguarda de pie a que su anfitriona la invite a tomar asiento.

—De modo que vos sois Leonor de Deza. —La dama se expresa con la mayor suavidad; estudia a la hija del pañero, sin que ninguno de sus gestos permita apreciar la opinión que esta le merece—. Martín de Uceda me habló de vos. Decidme, ¿no tendréis por ventura noticias suyas?

—Me temo que no, señora. De hecho, albergaba la esperanza de que vos sí las tuvierais.

La decepción de la joven Deza resulta patente. Lo que, de cierto, no pasa desapercibido a la dama.

—Tengo entendido que era preceptor vuestro. Diría que sus enseñanzas han dejado huella, a juzgar por lo mucho que notáis su ausencia.

Leonor vacila. No sabe bien cómo interpretar tales palabras. Pero, en cualquier caso, no está dispuesta a amedrentarse.

—No os falta razón, señora: fue mi preceptor. Y su marcha ha dejado un vacío en nuestra casa. Todos lo recuerdan como un hombre de valía excepcional.

Duda un último instante, antes de decidirse. Pues allí, en presencia de doña Isabel, siente el deseo de confesar algo que nunca ha revelado a nadie.

—No negaré que lo admiro y añoro como maestro; pero, como hombre, me resulta tan indiferente como cualquier otro. —A decir verdad, nunca ha entendido por qué ciertos varones resultan tan cautivadores a ojos de las demás mujeres—. Sabréis, por cierto, que está casado...

—No tenía noticia de eso —replica su interlocutora. Y muda de conversación con la soltura de quien pasa la página de un libro—. ¿Os gusta la poesía? Don Martín me dijo que poseéis un gran talento para recitar. Mucho me placería comprobarlo.

Los cielos saben que Leonor no es dada a turbarse. Pero ahora siente que el rubor le inunda las mejillas. Hay algo en la delicada voz de su anfitriona, en la gracia de sus gestos, que le provoca un extraño azoramiento.

—Sería un honor, mi señora. Aunque temo que mis capacidades no están a la altura del auditorio.

Se alza y comienza a declamar el primer poema que le viene a la mente.

Cuidado nuevo venido
me da de nueva manera

pena la más verdadera
que jamás he padecido.
Yo ardo, sin ser quemado,
en vivas llamas de amor;
peno sin haber dolor,
muero sin ser visitado
de quien con beldad vencido
me tiene so su bandera.
¡Oh mi pena postrimera,
secreto fuego encendido!

—Versos hermosos y bien compuestos —comenta doña Isabel. Una arruga se ha formado en su suave frente—. Pero el refinamiento no excluye la frivolidad.

—Dudo que pueda acusarse al autor de ser hombre frívolo —replica Leonor—. Pues se trata de Juan Rodríguez del Padrón, quien, según se dice, era fraile franciscano. Y compuso muchas obras dignas de leerse, entre ellas, el *Triunfo de las donas.*

—¿Y por qué, según vos, es un libro digno de leerse?

—Porque ahí expone muchas razones sobre por qué la mujer debiera tenerse en mayor consideración y recibir mejor trato. Pues supera al hombre en ciertos aspectos. Por ejemplo, en su fortaleza; no en la corporal, sino en la de ánimo, que es virtud cardinal. Así, acaba concluyendo que las mujeres debieran gobernar y batallar cuando convenga, aunque ahora los hombres tengan ocupado el regimiento por tiranía. Y, que, de administrarlo ellas, sin duda el mundo sería un lugar con menos vicios.

La dama medita tales palabras. De cierto, la muchacha le place. Pero sus formas e ideas le recuerdan demasiado a las de Martín. Y esa es una evocación que no puede permitirse.

Encontrar a Lucía no resulta tan sencillo como Andrés imaginaba. Cada vez que localizan su rastro, vuelven a perderlo. Y así, legua a legua, se van adentrando en el arzobispado toledano.

—Tu hermana nos está metiendo en la boca del lobo —comenta Juan al término de la segunda jornada, mientras reponen fuerzas en un grasiento figón de Illescas. Según la información de que disponen, la muchacha ha pedido indicaciones para hacer noche en la localidad. Pero, tras recorrer los mesones, posadas y fondas, no logran encontrarla.

—Vive Dios que no pensaba que la muy condenada fuese tan escurridiza. Debe de haberse hospedado en alguna venta, fuera de la villa —rezonga Andrés, limpiándose los dedos en el tablero de la mesa. Ha vaciado su escudilla con el ansia del soldado que no hubiese probado bocado en varios días; aunque, de cierto, la pobre calidad del guiso no justifica tal voracidad—. ¿Y para qué demonios querrá ir a Toledo?

Juan calla. Tiene sus sospechas, aunque preferiría que estas no se vieran confirmadas. Por cuanto sabe, Lucía solo conoce a una persona en aquella ciudad.

Reemprenden la búsqueda con las primeras luces del alba. Pero no localizan el rastro hasta mediada la mañana. Según parece, cierto carretero ha aceptado llevar consigo a la muchacha a cambio de que ella le amenice el viaje con sus canciones. Van ambos camino de Olías.

—Más vale que la alcancemos cuanto antes. —Juan da un largo trago a su bota, para luego ofrecérsela a Andrés. A aquellas horas de la mañana, la jornada ya se anuncia bochornosa—. A partir de aquí, cada legua puede convertirse en un campo de batalla.

—¡Ayúdenme vuestras mercedes, por amor de Dios!

Martín tira de las riendas para detener su montura. Se apea frente a aquel desdichado que, maltrecho y ensangrentado, gime a la vera del camino. A su espalda, el burgalés Juan de Córdoba lanza una sonora imprecación.

—¿Qué diablos hacéis, señor bachiller? —Mira a su alrededor, con el temor reflejado en el semblante—. No podemos detenernos, maldita sea.

Se encuentran cerca de Olías. Toledo aún se apercibe, dominando el paisaje con su imponente presencia, a poco más de dos horas de marcha.

La inmensa llanura revela la cercanía de un formidable contingente que avanza hacia el sur. Estará integrado por unos mil quinientos hombres. Levanta una gran tolvanera sobre los caminos polvorientos, visible a varias leguas de distancia.

El arriacense se ha inclinado sobre el desconocido, sin atender a los reniegos de su acompañante.

—¿Estáis herido, buen hombre? ¿Qué os ha ocurrido?

—Esos bastardos... Los malditos toledanos. Me han robado el carro, la mercancía... Saquean todo lo que encuentran a su paso. Bestias malnacidas... ¡Que el diablo se los lleve!

—¿E intentasteis resistiros? —interviene el burgalés, desde lo alto de su montura—. Vive Dios que ha sido una gran estupidez.

Martín examina al agredido. Lo han apaleado a base de bien. Pero las heridas parecen superficiales; y, más allá de sus muchas marcas y contusiones, no muestra lesiones de gravedad.

—Marchaos de aquí, buen hombre —le dice, tras ayudarlo a incorporarse—. Las cosas aún pueden ir a peor.

Como para corroborar tan oscuros presentimientos, Juan de Córdoba vuelve a renegar.

—¡Lo sabía, por Cristo que sí! ¡Tenemos compañía!

En efecto, sobre el camino han aparecido unos jinetes que se acercan a gran velocidad.

—¡Nos han visto! ¡Y no hay sitio donde esconderse, maldita sea!

Martín se ha izado de nuevo sobre su montura. Dios sabe

que comparte la aprensión de su compañero. Probablemente se trate de exploradores del destacamento toledano.

No pueden permitirse caer en sus manos. La misión que doña María les ha encomendado debe realizarse en el mayor secreto. Ni siquiera otros miembros de la Comunidad deben tener noticia de ella. Si los rastreadores los apresan, los registrarán y encontrarán las cartas. Eso no debe ocurrir.

Pero la llanura no les ofrece sitio en el que ocultarse. Y para huir de los hombres que llegan, tendrían que cabalgar en dirección al grueso del destacamento. No hay vía de escape.

A no ser que...

—¡Huid vos! —Martín se despoja de la talega en que guarda las cartas y se la entrega a su compañero—. Sois el más rápido de los dos. Yo me quedaré a entretenerlos. Esperadme en el aposentamiento previsto. Me reuniré allí con vos esta noche, si Dios así lo quiere.

—¿Y si no venís?

—Continuad el viaje. Conocéis el itinerario, los puntos de encuentro, el nombre de los contactos. No me necesitáis.

El burgalés dirige una última mirada a los jinetes, que avanzan al galope. Como hay Dios que aquel plan huele a desastre. Pero no hay tiempo para pensar en otra cosa.

—¡Buena suerte, bachiller! —grita, mientras pica espuelas—. ¡Que Dios os acompañe!

—También a vos —responde el arriacense; aunque Juan de Córdoba ya no alcanza a oírlo.

Ahora que los jinetes están más cerca, Martín comprueba que se trata de un grupo menos numeroso de lo que pensaba. De hecho, no pasarán de dos o tres. El bochorno de la jornada y la aridez acumulada tras un largo periodo de sequía multiplican el polvo levantado por las monturas.

El desdichado carretero, lejos de huir e intentar ponerse a salvo, se ha quedado allí. Tal vez se sienta más protegido en compañía, o piense que el acero que el desconocido porta al cinto es garantía de su destreza en combate. Si así lo cree, yerra por completo.

Pero el bachiller intuye que los hombres que se aproximan sí saben hacer uso de las armas. Y que vienen dispuestos a demostrarlo. Poco tardará en comprobar que no se equivoca.

Hoy los colegiales de San Ildefonso se reúnen en claustro. De cierto, tienen motivos para celebrar. El cardenal Adriano ha respondido favorablemente a la petición del maestro Hontañón. Este había solicitado que el propio virrey actúe como árbitro en el proceso que los béticos expulsados han abierto contra la universidad.

—Esos miserables de Cueto y Lizona pretenden negar sus delitos presentándose como víctimas —estalló don Alonso Pérez de Guzmán al escuchar la noticia. En efecto, los susodichos aducen que ellos, por su probada fidelidad a Su Majestad, fueron injustamente perseguidos por el rector y la facultad de Teología, que actuaban en connivencia con los rebeldes de las Comunidades, en deservicio de Dios y del rey.

El vicario arzobispal, don Francisco de Mendoza, recibió orden de investigar tales imputaciones. Pero, lejos de actuar con justicia, aprovechó el proceso para llevar a cabo su particular venganza contra la universidad. Por medio de tergiversaciones y mentiras, concluyó que «el rector y otros colegiales estaban en voz y apellido de la Comunidad», y mandó prender a los «traidores». Estos respondieron atrincherándose en el edificio.

—Decid al vicario arzobispal y a los señores condestable y almirante de Castilla que no aceptamos tal veredicto —respondió don Alonso de Guzmán a los soldados que acudieron con intención de llevar a cabo el prendimiento—. Quedamos a la espera de una decisión por parte del cardenal Adriano, a cuyo fallo nos sometemos.

Hoy, al fin, la respuesta ha llegado. El virrey acusa a don Francisco de Mendoza de haber actuado de forma ilícita y contraria a la justicia. Se le ordena, por tanto, que olvide la investigación y deje de acosar a los colegiales. Su falaz proceso de mil páginas se ha convertido en papel mojado.

—Nuestro reverendo cardenal actuará como juez en este pleito —informa hoy el rector a los colegiales reunidos en capilla—. Demos gracias a Dios por ello.

San Ildefonso puede volver a abrir sus puertas, guardar las escopetas y ballestas con las que vigilaban el perímetro y cerrar las troneras.

—Mucho ha sufrido este Colegio en los últimos tiempos —continúa—. Pero no a causa de esa terrible guerra que ha asolado el reino, sino por nuestras disputas intestinas.

Observa a los béticos y a los castellanos, sin que su mirada establezca distinciones entre unos y otros.

—Todas nuestras desgracias nacen de ese enfrentamiento —afirma—. Por culpa de esas luchas hemos encarcelado a compañeros, hemos llamado a penetrar entre nuestros muros a la justicia del rey, a la del papa de Roma. Hemos difamado a los nuestros, propiciado su excomunión, traicionado al Colegio, insultado la memoria de nuestro fundador. Que Dios nos perdone por ello.

Algunos de los presentes soportan el escrutinio de su rector con la frente alta. Otros bajan los ojos al suelo.

—Sois todos conscientes de lo que eso supone. Aún nos hallamos en peligro. Nuestro futuro está en manos del reverendo cardenal Adriano. Dependemos ahora de su juicio y de lo que él aconseje a Su Majestad. Recemos por que los cielos guíen a ambos y los lleven a obrar con justicia.

—Amén —responden sus oyentes. Muchos de los claustrales se santiguan al pronunciar la santa interjección.

—Pero nosotros, hermanos, también debemos hacer examen de conciencia. —El maestro Hontañón señala hacia la puerta de la capilla—. Ahí fuera, los vencedores de la guerra exigen tributo y toda Castilla está consumida por el deseo de venganza. Pero yo os digo que, aquí dentro, debemos demostrar que estamos por encima de tales mezquindades. Olvidémonos de buscar represalias, de exigir reparaciones. Demostremos que para nosotros este no es tiempo de odios, sino de paz y perdón.

Siguen unos instantes de silencio. A la postre, el consiliario Francisco Morilla interviene:

—Nuestro rector dice bien. Con estas pasiones que sacuden el Colegio no podemos comportarnos bien los unos con los otros, ni los otros con los unos. Hemos de buscar una solución.

Las palabras del susodicho suscitan murmullos de asentimiento. Satisfecho, el maestro Hontañón levanta las manos.

—Votemos, colegiales. Designemos a uno de nosotros para que actúe de juez en el conflicto. Poco importa lo que venga a decidir el visitador real. —Pues fray Miguel Ramírez, el inspector enviado por Su Majestad, aún no ha concluido su investigación—. Esto es algo que necesitamos resolver entre nosotros.

El claustro en pleno aprueba la propuesta. Tras la votación pertinente, se nombra como árbitro de la disputa a Pedro Ciruelo, catedrático de Teología y actual visitador ordinario de la universidad. Aun formando parte de la facción castellana, es reputado como hombre recto e íntegro.

Muchos de los allí presentes lo consideran como un padre espiritual. Y de todos es conocida esa máxima que repite con frecuencia, tanto en sus clases como fuera de ellas: «Es propio del ánimo libre interpretar y corregir a los demás; y buscar siempre la verdad, con todas sus fuerzas».

—Confiamos en vuestro criterio, maestro —declara el rector—. Todos nos comprometemos a acatar vuestra decisión. Sabemos que abordaréis el problema con la honradez que os caracteriza. Y que, por encima de vuestras preferencias personales, tomaréis la decisión que mejor conviene al Colegio.

44

Andrés espolea su montura. Rechina los dientes, con el cuerpo empapado en sudor y los puños crispados alrededor de las riendas. Las fuerzas del prior de San Juan pronto se les echarán encima. Y el maldito carretero sigue sin aparecer.

Haciendo pantalla con la mano sobre la frente, el joven Deza ha visto al enemigo cruzar el Tajo. Vienen en gran número, furiosos y veloces, ondeando sus cruces blancas.

—Han debido recibir noticia de que los toledanos están saqueando estas tierras —ha deducido Juan, mientras oteaba la llanura. También ha divisado al enorme contingente de la Comunidad, que avanza con mayor lentitud, custodiando un largo convoy de ganado y carros de provisiones—. Dentro de poco, esta zona se convertirá en un campo de batalla. Mejor será que estemos lejos de aquí para entonces.

Han apretado el paso, rezando por encontrar a la fugitiva antes de que sea demasiado tarde; esperanza más bien vana, pues no se divisa rastro de carreta alguna.

Sin embargo, pocas millas más adelante han avistado a unas figuras junto al camino. Galopan hacia allí, rogando a los cielos que una de ellas sea Lucía. Pero hoy los astros no parecen favorables a facilitar tal encuentro, y sí a propiciar otras sorpresas, del todo inesperadas.

Llegado ya junto a los viajeros, Andrés tira de las riendas, anonadado.

—¡Bachiller Uceda! —exclama, sin dar crédito—. Por Cristo, ¿qué estáis haciendo aquí?

—Ayudar a este buen hombre, al que han robado la carreta —responde el aludido, aún más estupefacto que él, y con razón—. ¿Qué estáis haciendo *vos* aquí?

Juan, que se ha detenido junto a su vecino, no pierde el tiempo en saludos ni preguntas vanas.

—¿Decís que conducíais una carreta, señor mío? —espeta al desconocido—. ¿Por ventura viajaba con vos una muchacha?

—A fe que sí —replica el interpelado—. Le dije que saliera corriendo cuando vimos acercarse a esos malnacidos. Se fue por allá.

Juan sigue con la mirada el brazo del carretero, que señala en dirección sur.

—¿La siguieron? —inquiere.

—No estaban interesados en sayas —rezonga su interlocutor—. Querían comida, los muy bastardos. Se llevaron mi mercancía, y mi carreta... ¡Así ardan todos en el infierno!

Repuesto de su pasmo inicial, Martín se encara con el hijo del pañero.

—¿Qué significa eso? ¿A quién buscáis?

—No es asunto vuestro, señor Uceda —gruñe Andrés, que lanza una mirada displicente a las ropas de viaje del arriacense—. Seguid vuestro camino y dejadnos tranquilos.

Juan se enjuga la frente con la manga. O mucho se equivoca o el asunto concierne al bachiller mucho más de lo que su vecino imagina.

—Buscamos a Lucía —responde—. Ha escapado de casa y parece que huye hacia Toledo.

Andrés toma la delantera y guía a sus acompañantes en la búsqueda. Lo incomoda que el bachiller Uceda se haya unido a ellos, pero Juan insiste en que su ayuda podría serles de utilidad.

Martín y el joven Deza han quedado algo rezagados. Cuando el arriacense calcula encontrarse a distancia suficiente para que el hijo del sastre no escuche su conversación, inquiere:

—¿Qué le ocurre a Lucía? ¿Por qué ha huido?

—Ya conocéis a maese Pedro —responde el interpelado, que estudia con interés la reacción de su interlocutor ante la revelación que ha de venir—. No le agrada demasiado que su hija soltera vaya a darle un nieto. Ha amenazado con encerrarla y quitarle a la criatura en cuanto nazca.

Martín, normalmente tan impasible, palidece. Tira de las riendas con tal fuerza que su montura lanza un bufido de protesta.

—¿Cómo? —balbucea, aturdido. Parece tener dificultad para encontrar términos con los que expresarse—. Lucía encinta... ¿es eso posible?

—Y tanto que sí. Aunque, si me preguntáis cómo, os confieso que no alcanzo a saberlo. De hecho, esperaba que vos pudierais ilustrarme al respecto.

El arriacense no replica. No con palabras, al menos. Aunque su rostro habla por sí mismo.

—¿Se sabe quién es el padre de la criatura?

—Si se supiera, os aseguro que Andrés os habría saludado de forma muy distinta.

Tampoco esta vez hay respuesta. El bachiller mira al frente. El hijo del sastre se ha apeado del caballo y parece estar inspeccionando algo entre el polvo del camino.

—Dejemos las cosas claras —añade Juan—. Conozco a esa chiquilla desde que nació. La he visto gatear, crecer, convertirse en mujer. Es poco menos que una hermana para mí. —Su tono se ha endurecido—. Esto no quedará así, Martín. Ya ajustaremos cuentas luego.

Se dirige junto a Andrés, intercambia con él unas palabras, vuelve a otear la llanura. Señala entonces hacia una alquería, distante una legua corta.

—Démonos prisa —exclama. La cercanía de los ejércitos es ya audible. Las fuerzas del prior de San Juan se acercan a velocidad pavorosa—. Dios quiera que aún estemos a tiempo de escapar de la masacre.

—¡Lucía, por amor de Dios! ¡Sal de dónde estés! —Juan golpea sin la menor consideración paredes, puertas, tinajas, toneles—. ¡Tenemos que marcharnos!

Los habitantes de la alquería han abandonado el lugar a toda prisa y han dejado atrás a los animales, que ahora arman gran revuelo. Ambos ejércitos están ya muy próximos. El fragor resulta enloquecedor.

Pero la muchacha no se muestra. Y, sin embargo, tiene que estar allí, muy cerca, encogida y temblorosa.

—¡Sal ahora mismo, maldita sea! —ruge Andrés—. ¡No empeores más las cosas!

Martín se ha apartado de ellos. Intuye que la joven debe de haberse ocultado lejos de la casa principal, y de los silos, corrales, establos o almacenes; lejos de todo aquello que pueda suscitar la codicia de un saqueador. Se dirige a las barracas de los labradores, la zona más miserable del complejo.

—¡Lucía! —llama entonces—. ¿Me oyes? ¡Sal, por favor!

En respuesta, una puerta se entreabre y la interpelada asoma la cabeza. Está temblando. En sus ojos desorbitados se refleja una mezcla de asombro, júbilo y pavor.

—¡Martín! ¡Martín! ¿Eres tú?

Sin esperar respuesta, corre a refugiarse en los brazos masculinos. Él la recibe, la aprieta contra sí.

—Ángel mío —musita—, estás a salvo. Loados sean los cielos.

Pese al rechazo que ha expresado en su última carta, la joven no se resiste a que él la bese en la frente.

—Tengo que contarte algo... —comienza, angustiada.

—Lo sé —la interrumpe el bachiller. Rompe el abrazo y la toma de la mano—. Pero no es momento de hablar de eso. Tenemos que salir de aquí.

Cuando Martín intenta arrastrarla hacia el caballo, ella se resiste.

—¡No! —protesta—. Hablemos de eso ahora. Tengo que saberlo. Dime que reconocerás a mi hijo como tuyo. Que no dejarás que se lo lleven.

—Lucía, por Dios... —responde él, dolido y anonadado—. Por supuesto que lo haré. ¿De veras necesitas preguntarlo?

Ninguno de los dos advierte que Juan y Andrés se han aproximado a ellos. Este los observa con las facciones desencajadas.

—¡Vos! —ruge—. ¡VOS! ¡HIJO DE PERRA...!

Antes de que ningún otro de los presentes acierte a reaccionar, desenvaina la daga y la hunde en el vientre del arriacense.

Lucía lanza un grito descarnado, que acompaña el aullido de dolor de Martín. Este se tambalea hacia atrás en busca de apoyo, llevándose ambas manos a la herida que empieza a manchar sus ropas.

Juan se interpone y arranca el acero al agresor antes de que pueda asestar una segunda puñalada. Lo aparta a empellones y se encara con él.

—¡Por todos los demonios! ¿Has perdido el seso? ¿Intentas matar al hombre que debe desposar a tu hermana?

—¿Desposarla? Vive Dios que no. El muy bastardo ya está casado.

El joven Deza vuelve la mirada al bachiller. Este ha apoyado la espalda contra una pared e intenta contener la sangre presionando con las manos. Lucía no pierde el tiempo en lamentaciones inútiles. Ha abierto su bolsa de viaje para sacar de ella sus utensilios de costura.

—¡No seas majadera! —gruñe Andrés—. ¡No hay tiempo para eso!

—Pues márchate, hermano, y que Dios te acompañe —responde ella, al tiempo que enhebra la aguja—. Vete y déjanos tranquilos.

Aunque su voz tiembla, cose la herida con puntadas firmes. Y, tras hacer trizas su camisa de repuesto, venda el vientre acuchillado. No se molesta en levantar la vista hasta haber concluido la labor; ni siquiera para comprobar si el interpelado se ha marchado o sigue allí.

Juan se acerca a sostener a Martín, que ha soportado la operación con la mandíbula apretada como un cepo de caza.

—¿Podéis cabalgar? —le pregunta.

—Pueda o no, tendré que hacerlo.

Ambos ejércitos se encuentran ya a un par de millas. Su choque parece inminente. Pese a las protestas de Lucía, Andrés la ha obligado a subir a la grupa de su montura, y ahora se está izando sobre la silla. Si quieren sobrevivir a la contienda, deben abandonar aquel lugar de inmediato.

Logran escapar a duras penas de la trampa que se cierra sobre ellos. La Providencia los guía fuera del alcance de las armas enemigas. Y, tras cabalgar un par de leguas, logran ponerse a salvo en una aldea cercana.

Llegados allí, Lucía desmonta de un salto, sin esperar a que su hermano la asista, y corre hacia la montura del bachiller. Antes de que pueda alcanzarlo, Martín cae al suelo, desmadejado como un muñeco de trapo. Su ropa ha llegado empapada en sangre. Muestra en sus carnes la color desvaída de la muerte.

Esa jornada, en las proximidades de Olías, se produce el choque más sangriento que haya tenido lugar entre los toledanos y las huestes enemigas. Mil quinientos milicianos de la Comunidad custodian un enorme convoy de provisiones con destino a la ciudad hambrienta.

El prior de San Juan, que ha asentado sus reales en Yepes, recibe noticia del avance, cruza el Tajo y se abate a sangre y fuego sobre los defensores. Aunque estos combaten con ferocidad, acaban aniquilados; sufren un total de mil bajas entre muertos y prisioneros.

Los vencedores se repliegan a su posición, llevándose consigo las vituallas, a los cautivos y a sus heridos. Entre estos se cuenta Garcilaso de la Vega, hermano de don Pedro Laso, el traidor más odiado por los toledanos.

—Alto precio estamos pagando en esta guerra, señora mía —reconoce esa noche don Gutierre López de Padilla ante la viuda de su hermano.

—Hemos de estimar cada cosa en lo que vale —responde doña María—. Cuando se lucha por una gran causa, se ha de pagar un gran precio.

«Los pueblos de Madrid, Talavera y Alcalá de Henares andan muy alborotados. Podrían volver a levantarse otra vez, si antes no se remedia.»

Así lo ha escrito el corregidor de Madrid en una carta dirigida al condestable de Castilla; aunque él, por su parte, está decidido a evitar que esos malditos rebeldes vuelvan a traer el caos a su villa. Y no dudará en hacer lo necesario a fin de conseguirlo.

Poco importa que sus métodos le estén granjeando el rencor del pueblo madrileño. Aunque, consciente de ello, ha solicitado al señor condestable que le autorice una guardia permanente de treinta hombres, encargados de protegerlo de las iras de la chusma.

Bien sabe que los virreyes están de su parte. De hecho, el arcipreste y vicario de Madrid ya ha recibido una real cédula en la que se le ordena «alzar el entredicho y excomunión que pesan sobre don Martín de Acuña, el señor corregidor de la dicha villa», a cuenta de haber ordenado la detención de ese maldito conspirador refugiado en una iglesia.

Este asunto, sin embargo, está poniendo a prueba su paciencia. Pues el arciprestazgo ha exigido que el culpable —pese a la pena de muerte por descuartizamiento que ya ha sido decretada sobre él— se devuelva al templo y quede acogido a sagrado. Y los dos jueces encargados de dirimir el caso han dado la razón al cabildo eclesiástico.

Así pues, no le ha quedado otro remedio que mantener al reo en prisión, ordenar al alguacil fiscal que apele el veredicto y remitir todo el caso al Consejo de Castilla. No le cabe duda de que este confirmará la validez de la sentencia de muerte original. Y que el inmundo traidor acabará como merece: atado a cuatro caballos y desmembrado en la plaza, a la vista de todos sus convecinos.

—Esta villa ha olvidado a qué sabe la justicia. Pero yo me encargaré de recordárselo —afirma en su última comparecencia en el ayuntamiento, sintiendo gran complacencia al comprobar que los regidores agachan la cabeza ante tales palabras.

Pero las gentes de Madrid son testarudas, y reacias a aprender de las lecciones pasadas. Peor para ellas. El perro que se niega a someterse por las buenas ha de domarse a base de golpes.

Sus investigaciones le han llevado a detener a otro de los traidores implicados en la conspiración. Pero, al demorarse los jueces en dictar sentencia, el muy bellaco escapa de la cárcel y se refugia en otra iglesia. Esta vez, el gobernador se muestra aún más implacable que antes.

—No tengáis miramientos —ordena a los hombres del alguacil—. Echad abajo la puerta del templo y prended a todos los clérigos que se resistan al arresto.

Al término de la jornada, el corregidor de Madrid vuelve a estar cargado de excomuniones y entredichos. No le queda sino esperar a que los virreyes manden provisiones favorables a su conducta y ordenen al arcipreste levantárselos de nuevo.

Además, solicita a los ilustrísimos gobernadores que el cobijo de las iglesias y monasterios no pueda aplicarse a los sospechosos de traición. Pues la justicia del rey debe ejercerse con todo rigor en tales casos, aun por encima de los privilegios eclesiásticos.

Aquel que se levanta contra su legítimo señor comete la mayor alevosía concebible. Bien está que reciba el castigo que merece por ir contra el servicio de Dios y de Su Majestad.

El emperador Carlos ha dictado sentencia. Por medio de una cédula real se confirma como patrón del Colegio de San Ildefonso. «Y como cosa que a Nos pertenece —añade— es competencia Nuestra remediar cuanto en él sucede.»

Así pues, ordena que se respeten los fueros y privilegios originales que el fundador Cisneros estableciera para su universidad; esta conservará su independencia, tanto frente al concejo municipal como frente al arzobispado de Toledo. Para ello remite una provisión «al alcalde mayor y otros justicias de la villa de Alcalá», y una segunda a don Carlos de Mendoza, maestrescuela de la colegiata complutense y deán de la catedral de Toledo, decretando que deje de hostigar a los colegiales castellanos y retire la excomunión lanzada sobre ellos.

—A fe mía, que los malditos béticos han salido bien escaldados —se congratula el leonés Alonso Pérez de Guzmán al recibir la noticia—. Así aprenderán la lección de una vez por todas.

En efecto, al desautorizar al maestrescuela Mendoza, Su Majestad y el cardenal Adriano están acallando al representante de la facción andaluza en la corte. Esta, además, tampoco sale bien parada en el informe que el visitador real, fray Miguel Ramírez, está redactando.

Y, junto a todo lo anterior, la memoria remitida por el rector Hontañón ha probado de forma fehaciente que el Colegio ha actuado con justicia en el caso de los estudiantes andaluces destituidos: Cueto se ha rebelado contra su rector y ha sido expulsado por ello, según los poderes disciplinarios que las leyes conceden al visitador Pedro Ciruelo; también Carvajal ha violado las constituciones del Colegio al solicitar al papado un breve contra las autoridades del mismo; en cuanto a Lizona, ha incurrido en una grave falta al perforar los muros de la universidad para escapar. Así pues, las sentencias contra todos ellos están justificadas.

Las mentiras que los béticos usaron para defender su causa han quedado expuestas. Nadie volverá a afirmar que el rector y su claustro han actuado con atropello, iniquidad y cometiendo desafuero, ni que se les pueda acusar de traidores y seguidores de la Comunidad.

—Muy cierto, don Alonso —se sonríe el catedrático de griego Hernán Núñez, con la vista fija en su encomienda de la orden de Santiago—. Su Majestad ha puesto en su lugar a los béticos. Ahora queda que también lo haga nuestro buen maestro Ciruelo.

En el último claustro se aprobó que este emitiese sentencia con respecto a las infracciones cometidas por ambos bandos. Pero, al ser el juez adepto a la facción castellana, el comendador griego está persuadido de que absolverá a esta y condenará con gran dureza a sus antagonistas. Aún se admira de la ingenuidad demostrada por los andaluces al admitir como árbitro a un adversario.

El dictamen, sin embargo, dista mucho de lo previsto por el Pinciano. Convocado el claustro a día veintiocho de agosto, el visitador Ciruelo expone sus conclusiones.

Ha dirimido la causa con imparcialidad, respetando la confianza depositada en él por los colegiales de ambos bandos. Así, ha encontrado que las dos facciones son responsables por igual de los desmanes, vejaciones, ilegalidades y atropellos cometidos en los últimos tiempos.

—Muchas son las ofensas acumuladas —dictamina—. Unos y otros pueden, en verdad, exigir reparaciones. Pero, como bien dice nuestro rector, el futuro del Colegio depende de que seamos capaces de mantener la paz. Así pues, decreto que todos dejen de lado los agravios pasados y hagan pública promesa de olvidarlos, jurándolo por Dios Nuestro Señor y sobre la santa cruz. La capacidad de perdonar es una de las más excelentes virtudes cristianas, instituida por nuestro Señor Jesucristo. Ennoblece el alma y trae a quien la practica sosiego y paz de espíritu.

Dicho lo cual, lee la redacción del veredicto que todos habrán de acatar.

—«Que los unos a los otros y los otros a los unos se demanden perdón. Y así borren todas las pasiones, injurias y enojos habidos en el pasado, tanto de palabra como de obra. Según el tenor y forma del presente compromiso, todos y cada uno de ellos habrán de hacer juramento de mantener verdadera paz y amistad. Y se hará de esta forma: "Yo, fulano, pido perdón y perdono a cualquiera de los señores colegiales y capellanes de este Colegio por cualquier injuria que haya tenido lugar entre él y yo, así en público como en secreto, ya sea que la dicha injuria esté presente o ausente de lo que se menciona en este compromiso. Juro por Dios, por Santa María, por las palabras de los Santos Evangelios y por la señal de la Cruz, semejante a esta en la que pongo mi mano derecha, que no procuraré cobrarme venganza contra el dicho colegial o capellán por los dichos enojos e injurias; ni en persona ni a través de otros, ni en juicio, ni en público ni en secreto, so pena de perjurio y de incurrir en las penas contenidas en este compromiso".»

Dos días después, en solemne ceremonia, se ejecuta el juramento. Los participantes desfilan ante el resto de sus compañeros. Prometen, con la mano sobre la Biblia, olvidar los agravios pasados y procurar la paz futura. Luego se abrazan entre ellos para sellar el pacto.

Pero no todos los corazones humanos son propensos al perdón. El consiliario Pedro de Lagasca y el bachiller Luis de Murcia, béticos acérrimos, se niegan a prestar juramento. También el catedrático de griego Hernán Núñez, uno de los más vehementes miembros del bando castellano.

—No resulta fácil olvidar, reverendo señor, cuando se sufre el puñal en carne propia —aduce ante Juan de Hontañón.

Cierto es que el comendador griego recibió heridas en el ataque nocturno perpetrado por los andaluces. Aunque no fue el único, ni el más seriamente afectado. De hecho, el propio rector padeció mayores daños que él. Y, con todo, ha prometido el perdón a los asaltantes.

—Siento que así sea, don Hernán. Y aún lamento más que lo ocurrido os lleve a marcharos —responde el maestro Hontañón. Nadie hay en todo el reino que domine la lengua de los antiguos como su interlocutor—. Vuestra presencia ha sido adorno de nuestra universidad.

Tras los últimos eventos, el Pinciano ha decidido abandonar su cátedra y trasladarse a Salamanca. Atrás quedan para siempre los recuerdos de una Alcalá a la que no mirará con nostalgia.

—¿Sabéis, reverendo señor? Por mucho que lo intentéis, no podréis acabar con las facciones. Ya había béticos y castellanos antes de vuestra llegada y seguirán luchando tras vuestra marcha, como adversarios irreconciliables.

—De cierto, los bandos seguirán existiendo, don Hernán.

Gran simpleza sería pretender lo contrario. Pero os equivocáis pensando que resulta imposible reconciliarlos. Y el juramento que acabamos de prestar así lo prueba. —El rector levanta la vista hacia el retrato del fundador, colgado en la pared—. Tan solo necesitamos que béticos y castellanos sigan recordando que sus enfrentamientos nunca deben redundar en perjuicio de nuestra universidad, que es protectora y madre nutricia de todos nosotros.

El comendador griego responde con una elegante sonrisa, en la que hay más escepticismo que alegría.

—La Historia está llena de paradojas, reverendo señor; tanto la de los tiempos ancestrales como la de los recientes. Bien podría decirse que habéis salvado este Colegio. Tal vez el Señor os concediera este rectorado porque erais el único capaz de protegerlo. Sin embargo, en el futuro vuestro tiempo será recordado como época de desórdenes. Y pocos reputarán que habéis obrado con ecuanimidad y justicia.

—No me importa tanto el juicio de la Historia como el de mi conciencia, don Hernán. Ese será el que lleve conmigo el día en que me presente ante Dios Nuestro Señor.

Se alza de la silla y se asoma al patio, cuyas cicatrices resaltan bajo el sol cenital del mediodía. Sin duda, los presupuestos de la próxima rectoría habrán de incluir cuantiosas partidas para la reparación de puertas, muros y ventanas.

—Si la mayoría pensara como vos, el mundo sería muy otro —admite el Pinciano, mientras repasa con los dedos la venera bordada en su jubón—. Pero, querámoslo o no, nuestro mundo es el que es.

En este reino, en estos tiempos, la voz de la conciencia no es buena consejera. Sus dictados no solo pueden resultar dañinos, sino también muy peligrosos.

A día primero de septiembre, el prior de San Juan cierra por completo el cerco sobre Toledo. Instala sus reales a las puertas de la ciudad y ordena que su artillería la bombardee sin conmiseración.

—Ha apostado cuatro mil infantes y quinientas lanzas cerca de San Felices —informa don Gutierre López de Padilla a la viuda de su hermano, que sigue atrincherada en el alcázar—. Estamos confinados, señora. No hay modo de que podamos atravesar sus líneas.

—No os preocupéis de que los nuestros salgan —responde doña María—, sino de que los suyos no logren entrar.

El prior de San Juan levanta la vista hacia la ciudad enemiga; que, sola y encaramada en su atalaya, se obstina en su arrogante rebeldía.

—Desde hoy los toledanos ya no saldrán a abastecerse —comenta—. Cuando no les quede pan, ya veremos si pueden seguir alimentándose de orgullo.

45

Toda criatura de Dios dispone de un tiempo de existencia, tras el cual llega la hora de rendir cuentas al Creador. A ningún hombre le es dado calcular la cantidad de sus días, ni alargarlos cuando estos llegan a su fin. Ha de vivir en la conciencia de que cada amanecer puede ser el último. Por eso conviene no arrastrar deudas ni culpas. Pues mañana la visita de la parca impedirá enmendar los errores de ayer.

Mientras Martín se debate en el umbral de la muerte, suplica a los cielos que le permitan vivir para compensar el daño causado a Lucía; que no se lo lleven ahora, cuando le quedan tan graves cuentas que saldar.

Y el Todopoderoso presta oído a sus ruegos. Poco o poco, día a día, el mundo va cobrando consistencia. Primero un carro, que lo transporta entre sacudidas por caminos polvorientos, bajo cielos de una claridad deslumbrante. Luego, la penumbra; un pequeño ventanuco, el camastro de un modesto dormitorio; escribanía, taburete, un viejo baúl con refuerzos de hierro, un crucifijo con reclinatorio...

Vuelve a estar en casa del pañero Deza, en su antigua habitación. Y Lucía viene a visitarlo. Siempre trae ese halo de ángel callado y triste, esa suave luz que su alma irradia sobre cuanto la rodea.

Hoy, cuando la joven se levanta para marcharse, el arriacense la toma de la mano. Al fin se siente lo bastante fuerte. Ahora que la herida de la carne está casi cerrada, necesita restañar la que le sangra en el alma.

Pero antes de que él pueda decir algo, la muchacha se apresura a comentar:

—Cuando mi hermano sacó la daga... Ninguno de nosotros lo esperaba. Por eso no pudimos reaccionar. —Se muerde los labios—. Andrés no es así. Te aseguro que él no quería...

—Sí quería. Pero no lo culpo por eso. Y espero que tampoco tú lo hagas.

Su interlocutora no retira la mano que Martín sostiene en la suya, pero tampoco muestra intención de volver a sentarse junto al jergón.

—Lucía, necesito decírtelo... Dios sabe que nunca he tenido intención de hacerte daño.

Parece tan sincero, tan dolido, que ella no tiene más remedio que creer que tales palabras responden a la verdad. Cielo santo, daría crédito a cualquier cosa que Martín le contase. Incluso ahora, cuando, según todos los indicios, miente. Igual que hizo cuando la sedujo bajo falsa promesa de matrimonio, teniendo ya una esposa legítima.

Sin embargo, lo creyó entonces. Igual que lo cree ahora. ¿En qué la convierte eso?

—¿Por qué no me lo dijiste? —pregunta. No hay recriminación ni rencor en su tono. En el fondo, prefiere no preguntarse a sí misma si habría obrado de modo distinto sabiendo que él es un hombre casado; teme enfrentarse a la respuesta.

—Te lo conté en cuanto lo supe. Recibiste mi carta, ¿cierto?

—¿En cuanto lo supiste? —Lucía retira la mano con brusquedad. Virgen santa, ¿qué tipo de excusa es esa?—. ¿Acaso tomaste esposa sin darte cuenta?

Martín reacciona con genuino desconcierto. Su expresión

evidencia que está intentando encontrar sentido a aquellas frases.

—Por supuesto que no. ¿Cómo puedes pensar eso? —responde—. Aunque tú no tuviste nada que ver con lo que hice, y comprendo que decidieras apartarte. El mundo juzga también a la mujer por los crímenes de su marido. Y no es justo que hayas de vivir tu existencia como esposa de un traidor.

Lucía está tan anonadada que vuelve a tomar asiento, aun sin tener conciencia de hacerlo.

—Martín... ¿de qué hablas? Tú no eres un traidor.

—Lo soy, ¿no leíste la carta? Fui yo quien informaba al duque del Infantado, aun sin saberlo. Puse en peligro a la villa y a todos sus vecinos. Y soy el responsable de lo que le ocurrió a tu hermano en Valdenegras. Fue herido, perdió el ojo por mi culpa...

—¿Por tu culpa? —exclama ella. Comienza a atar los cabos de aquel sinsentido—. ¿Cómo? ¿Disparaste el cañón que lo hirió? ¿Decidiste tú lanzar ese ataque a Santorcaz? ¿Obligaste a mi hermano a tomar parte en él? Si hubiera que buscar culpables, podrían encontrarse muchos. Pero tú ni siquiera estarías entre ellos.

—No lo entiendes, Lucía. Yo envié esos informes. Eso me convierte...

—Te convierte en alguien que intenta hacer lo correcto —vuelve a interrumpirlo su interlocutora—; que se arriesga y se sacrifica por el bien de los demás. No obraste mal, Martín. Los traidores fueron otros, los que se aprovecharon de tus acciones y tu buena fe, los que convirtieron tus esfuerzos en lo contrario de aquello que tú pretendías. —Ahora es ella quien lo toma de la mano—. Si quieres responsables, señálalos a ellos.

El bachiller aprieta con los suyos los dedos de la muchacha. También él está intentando encontrar un cabo del que tirar en aquella maraña carente de lógica.

—¿Significa eso que no me culpas? —deduce, al fin—. Entonces, ¿por qué me pediste que te dejara a solas?

—Pregunta eso a tu esposa y a tu hijo; los que te esperan en Guadalajara.

El pasmo de Martín no tiene límites. Tanto es así que, durante unos instantes, no acierta a pronunciar palabra.

—¿Que pregunte *a quién*? Por todos los santos, Lucía, te aseguro que no entiendo de qué me hablas...

La joven lo mira con ojos desmesurados. Dios sabe que tampoco ella comprende nada.

—Pero te vieron con ella, y con el niño. Los besaste a ambos a la puerta de tu casa.

Martín cierra los párpados. La escena se le presenta con toda viveza. Siente el tacto tibio de la frente femenina bajo sus labios. Vuelve a oír los gemidos del bebé en los brazos maternos; nota aquellos deditos aferrados a su sayo, como si la pobre criatura intuyera que se acerca una despedida larga y penosa.

—Magdalena es mi hermana, y el pequeño, mi sobrino. Viven conmigo, junto a nuestra madre, desde que su esposo falleció. —El bachiller clava en ella sus grandes ojos pardos, incrédulos y dolidos—. Dios santo, Lucía, no pensarías...

La interpelada baja los párpados, incapaz de soportar la mirada masculina. Está temblando.

—Dime que no es cierto —protesta él—; que no creías que yo pudiera cometer tal villanía. ¿Engañarte así, estando ya casado?

Ella insinúa una débil negativa, con la cabeza gacha.

—Todos insistían tanto... Y parecían tan convencidos que yo... —musita—. Pero, de algún modo, yo *sentía* que decías la verdad, aun cuando *pensaba* que mentías.

Martín repasa con los dedos las mejillas de la muchacha.

—Olvida lo que he dicho. No ha sido fácil para ti, y Dios sabe cuánto lo lamento. Pero dejemos las cosas claras, de ahora en adelante.

Toma a su interlocutora por el mentón y la induce a levantar la vista hacia él.

—Esa mañana, en ese almacén, te tomé por esposa, Lucía. Por legítima y única esposa, en esta vida y en la siguiente. Y, si tú estás dispuesta, me encargaré de que todos lo sepan.

La acerca hacia sí. Ella se deja atraer hasta el camastro.

—Ya eres mi mujer ante Dios. Quiero que ahora lo seas también ante los hombres.

La joven se inclina sobre él. Le aparta de la frente el cabello, le repasa con los dedos la mandíbula, áspera tras varios días sin la visita de la navaja.

—Pues, como tu esposa, hoy mismo me encargaré de afeitarte esta barba —bromea—. Sabes que no te favorece.

Lo ha echado tanto de menos, tanto... Necesitaba su presencia, su conversación, el timbre calmado y firme de su voz. Incluso ahora, teniéndolo ante sí, sigue anhelándolo...

Lo besa, con una suavidad que encubre un océano de avidez. Sabe que no ha de perturbarlo, que Martín aún debe recuperarse, reposar... Y ella se encargará de que así sea. Esperará, por mucho que ansíe sus manos, su boca, su cuerpo entero.

Y, cuando su marido se haya recobrado, se le entregará de nuevo; una y mil veces, para que él la arrastre a ese paraíso que estremece su carne y su espíritu.

Con el paso de los días, la situación de Toledo se vuelve insostenible. Pero doña María Pacheco aún se resiste a ceder.

—Nuestros enemigos nos creen ya vencidos —proclama—. Demostrémosles que se equivocan.

Lejos de mostrarse debilitada, la Comunidad proclama pública venganza contra los traidores a la ciudad: Juan de Ribera, Hernando de Silva, Antonio de Zúñiga, Juan Arias, el conde de Chinchón, el de Orgaz... Integran la lista los hidalgos toledanos y señores de la zona aliados con el prior de San Juan.

Durante el acto público, don Gutierre López de Padilla arenga a la multitud allí congregada:

—¡Sabedlo, vecinos: estos son vuestros enemigos! —exclama—. ¡Obrad en consecuencia! ¡Derribad sus casas, quemad sus haciendas, despojadlos de sus bienes! ¡Quien lo haga, estará impartiendo justicia! —Desenvaina la espada y la alza al cielo, provocando el clamor de los presentes—. ¡Por Padilla! ¡Por Toledo!

La reacción del pueblo resulta devastadora. Destruyen molinos, asaltan solares, saquean sin miramientos. El marqués de San Juan de los Reyes, el más afectado por la revuelta, pierde nada menos que tres mil maravedís.

Pero no es suficiente. La hambruna ya galopa por las calles sobre su caballo negro, balanza en mano, anunciando la llegada del apocalipsis para la ciudad.

—Los graneros están vacíos a causa de la sequía —informa don Gutierre—. Y el enemigo impide que salgamos a abastecernos. No podremos resistir mucho, señora. Quizá debiéramos pensar en negociar.

—Os equivocáis. Aún no es tiempo de pensar en eso —replica doña María, con firmeza—; hemos de aguantar hasta el momento propicio.

Las alturas del alcázar permiten avistar el inmenso ejército enemigo, acuartelado a las mismas puertas de la ciudad.

—¿Y qué momento sería ese, si puedo preguntarlo?

—He escrito cartas a Francia; espero recibir respuesta —reconoce la dama, para gran asombro de su interlocutor—. Pero todavía es pronto para tener noticias. La ayuda aún no ha tenido tiempo de llegar.

El hidalgo, ya admirado por aquellas palabras, queda aún más impresionado cuando doña María le expone los detalles de su plan.

—¿Pensáis que el rey Francisco de Francia se avendría a atacar Castilla y a sus Grandes? Sería muy gran osadía, incluso para él.

—Dudo que se atreva a adentrarse en nuestro reino. Pero tengo por cierto que intentará recuperar Navarra. Le expliqué que haciéndolo ahora y enviando a Toledo una pequeña ayuda, podríamos lanzar un ataque combinado desde ambos frentes. El pacto resultaría tan beneficioso para ellos como para nosotros.

El caballero se repasa la barba, manteniendo los brazos cruzados sobre el pecho. Por Cristo, que un plan semejante requiere de gran audacia.

—¿Creéis que una alianza con el rey de Francia pueda llevarnos a la victoria?

—Así es, don Gutierre. Y vos también habéis de creerlo.

La dama otea el horizonte, erguida sobre las altas murallas del alcázar. Desde allí se observa el curso del Tajo, que baja cansado y consumido.

—¿Qué haremos hasta entonces, señora?

—Lo que siempre hemos hecho. Luchar. —Doña María se vuelve hacia su interlocutor—. Toda Castilla nos contempla. Mientras Toledo resista, aún hay esperanza.

Desde que visitó a doña Isabel, Leonor siente una extraña desazón. No hay día en que no piense en la dama; y no concibe otro deseo que volver a verla. El regresar a aquella casa se ha convertido en el mayor de sus anhelos.

—Tantos libros, Martín... —confiesa al arriacense, el único capaz de entenderla.

Ahora que el bueno del bachiller ha desposado a Lucía, la joven Deza vuelve a confiar en él como antaño. Admite lo mucho que se había equivocado al juzgarlo. Pero ¿qué otra cosa podía esperarse? Toda hembra aprende desde la infancia a desconfiar de las palabras de los varones, que, por lo común, poco se conciertan con sus actos. Para alcanzar a la mujer, todo son discursos de miramiento y dulzura, a fin de atraerla a la trampa. Pero, una vez obtienen la presa, llega el momento de desollarla. Entonces despliegan todo su desprecio y brutalidad, pues no cabe gentileza en el manejo del cuchillo.

Bien lo sabe ella, por propia experiencia. La vida, siempre inclemente, se ha encargado de demostrárselo.

Ignora si Lucía es consciente de la gran ventura que le han dispensado los cielos, al entregarla a un varón dispuesto a cumplir sus promesas. Martín es hombre de palabra. Y en eso estriba el verdadero honor; no en títulos, posesiones ni señoríos, como muchos se empeñan en creer.

En estos tiempos, el alcarreño está ayudando a Leonor a elegir a un preceptor adecuado. Él no puede ocupar tal puesto, empleado como está al servicio de don Francisco de Vergara.

—¿Y doña Isabel? —inquiere su interlocutor—. ¿Qué opinión os merece?

—No es solo una gran señora, también tiene algo de musa. No sabría explicarlo... —En la voz de la joven hay una nota melancólica, que no casa en absoluto con su habitual carácter—. *Necesito* volver allí, ¿sabéis? Pero ella no ha vuelto a invitarme.

—En tal caso, solo hay una cosa que podáis hacer. Buscad la forma de llamar su atención, Leonor. Estoy convencido de que hallaréis el modo.

Pocos días después, la joven Vergara recibe una misiva anónima. Contiene por texto un poema.

Algo de poetisa
y algo de beldad:
receta concisa
de ejemplaridad.

La receptora esboza un gesto de satisfacción al detectar el mensaje oculto en la primera estrofa. Y su sonrisa se ensancha al concluir la lectura de la poesía.

Aunque la carta no viene firmada, la autora de aquellos versos ha escondido en ellos su nombre; aunque solo para quien posea suficiente ingenio para descifrar la clave.

Lee el poema a sus damas de compañía, por ver si ellas aciertan a desentrañar el misterio.

—Decidme, ¿sabéis a quién está dedicado el poema?

Las interpeladas se miran entre sí.

—A vos, señora.

—¿Y cómo habéis deducido eso?

Sus interlocutoras quedan perplejas. ¿A qué viene preguntar tal obviedad?

—Porque lo tenéis en la mano, señal de que os lo han enviado a vos.

Doña Isabel parece algo decepcionada. Es evidente que no ha obtenido la respuesta que buscaba.

—Volveré a leerlo desde el principio. Esta vez, prestad más atención. —Ahora exagera la dicción para resaltar las sílabas que forman su nombre—: «Algo de poet-*isa* y algo del *bel*-dad...».

Tampoco ahora sus oyentes parecen captar la totalidad del mensaje:

—De cierto, parece referirse a vos —admiten—. Pues habla de una dama hermosa y ejemplar; y que, además, escribe poesía.

De nada sirve releerles el resto de la composición. Tampoco son capaces de encontrar entre los versos la identidad de la autora. Cuando, al fin, la señora descubre que se trata de Leonor de Deza, sus interlocutoras interpretan que es llegado el momento de dar rienda suelta a su indignación:

—Ya decía yo... Ahora cualquier pechera cree tener gusto suficiente para escribir poesía. Fijaos en la torpeza de la rima...

—¿Y qué me decís de la estrofa? Versos de arte menor, como

los de esos trovos de medio pelo que van mendigando monedas por las plazas.

—Por cierto que sí. Un poeta cultivado compondría en estrofas más dignas y elegantes; en octava real, tal vez.

Doña Isabel frunce el ceño; algo que sus acompañantes toman por gesto de aquiescencia, entendiendo que el poema le provoca tanto desagrado como a ellas.

Nada más lejos de la realidad. Su disgusto nace de tales comentarios. Sin duda la autora aún tiene imperfecciones que pulir. Pero, de cierto, Dios le ha concedido mucho mayor talento que a las mujeres que tanto le reprochan, por el hecho de que las dos han nacido en cuna de hidalguía. Aunque los cielos saben que ninguna de ellas posee el ingenio ni la intrepidez de la joven pañera.

—Audaz crítica es esa, señoras, viniendo de quien es incapaz de rimar ni en octava real ni en simple redondilla —replica—. Invitaré a la autora a leeros el poema en persona. Veamos si entonces cambiáis de opinión.

Sus interlocutoras quedan espantadas por tales palabras. Bien se ve que no las esperaban; ni esas ni, mucho menos, las que están por venir.

—De hecho, tal vez convendría que Leonor de Deza nos visitara con frecuencia. No me cabe duda de que es una joven de lo más interesante, y de que su compañía resultaría muy beneficiosa para esta casa.

Abandona la sala, dejando anonadadas a sus damas de compañía. Sabe Dios que a veces les cuesta comprender los arrebatos de la patrona.

—¿Creéis que habla en serio? Solo nos faltaría que la señora se encaprichara de una simple pechera. ¿Imagináis a esa plebeya interviniendo en las tertulias? O, aún peor... ¿formando parte del séquito de doña Isabel?

—Por supuesto que no —la tranquiliza su interlocutora—.

Nuestra señora es dona de gran juicio y sagacidad. No cometerá la torpeza de hacerse acompañar a todas partes por otra más hermosa que ella. Incluso la más necia de las mujeres sabe que eso es gran desatino.

Doña Isabel ha vuelto sobre sus pasos en silencio, al constatar que ha olvidado el poema sobre la mesilla. Llegada casi a la puerta de la estancia, escucha a su pesar tal conversación. Sin dignarse siquiera advertir a las dueñas de su presencia, da media vuelta y se aleja hacia su despacho.

Debe escribir una carta de invitación. Ahora posee aún más motivos que antes para admitir a la joven Leonor entre los miembros de su casa.

46

Las tropas del prior de San Juan bloquean los accesos. Sin recibir vituallas, Toledo desfallece. Pero sigue empeñada en resistir.

Desde Burgos, los virreyes redactan una provisión. Prometen que todos aquellos que dejen la ciudad serán considerados leales súbditos de Su Majestad y recibirán plena amnistía. Intentan convencer al pueblo para que abandone a los «traidores», a los defensores de la Comunidad. Ni un solo vecino responde al llamamiento.

—¡Por Padilla! —Es la contraseña que resuena en las calles, plazas y parroquias—. ¡Toledo empezó esta lucha. Y Toledo la terminará!

Aun así, la situación resulta desesperada. Las tropas de la Comunidad necesitan romper el cerco para alimentar a la población. Cada jornada se producen escaramuzas. Pero el gran número de los asediadores impide la salida. Día a día, el hambre aumenta. Los cuerpos se debilitan; las esperanzas flaquean.

—Han pasado semanas, mi señora. Y la respuesta del francés sigue sin llegar —comenta Gutierre López de Padilla a doña María—. Aun si la ayuda viniese ahora, ¿seguís pensando que nos permitirá ganar esta guerra?

—Lo creí en su momento —reconoce su interlocutora—. Pero ya es demasiado tarde para eso.

Quedan ambos en silencio. La dama repasa con las yemas de los dedos un camafeo que lleva prendido al pecho. Representa a Minerva, diosa de la sabiduría y las artes militares.

—Mi esposo, vuestro hermano, me lo ofreció como regalo de bodas —comenta—. Juan no era partidario de capitular.

—Muy cierto. Pero incluso él aceptaba que una rendición honrosa resulta preferible a una resistencia inútil.

—La resistencia no es inútil cuando sirve a un propósito, mi buen Gutierre. —La dama alza la vista hacia él. Sus ojos se han endurecido; ya no miran al pasado, sino al futuro—. La respuesta del francés aún puede llegar. Y, si no ha de traernos un triunfo por las armas, sí nos permitirá negociar desde una posición de mayor fuerza.

Durante el verano, la mayoría de los estudiantes regresan a sus hogares. Pero ahora que se acerca el inicio del curso, es tiempo de volver a la universidad. Y tiempo también de que el claustro elija nuevo rector, que regirá el destino de todos durante el próximo año.

—¿Os apena pensar que dentro de poco otro colegial ocupará vuestro puesto, reverendo señor? —pregunta don Alonso de Guzmán. Acompaña al maestro Hontañón en un paseo por el patio mayor.

—Muy al contrario. Para mí será un alivio, os lo aseguro. De hecho, doy gracias a Dios por que nuestras constituciones impidan la reelección.

El porcionista es uno de los pocos que no han abandonado la villa complutense durante el verano. Aquí, en el recinto de su *alma mater*, se encuentra protegido. Su padre y hermanos se han refugiado en Portugal para escapar a la persecución del nuevo corregidor de León, decidido a castigar a los Guzmán. Su madre, María Juana de Quiñones, es la única que permanece en el palacio de Toral, desde donde lucha en los tribunales por la salvaguarda del linaje y sus bienes.

Ahora, con la fortuna familiar en litigio, se acercan para don Alonso tiempos de austeridad. Dios dirá si podrá conservar sus lujosas ropas, su costosa vivienda de alquiler, a todos sus sirvientes... Tal vez ni siquiera le sea dado mantener el vaso de plata que lleva al refectorio, imitando en forma y tamaño a los de los colegiales, realizados en cerámica de Talavera.

—Sois hombre de muchas virtudes, don Alonso —reconoce el rector. Durante el verano, tan propicio al descanso y a las largas conversaciones, ha aprendido a valorar al antiguo capitán de la Comunidad estudiantil—. Pero no estaría de más que pidierais a los cielos algo más de humildad.

—No os falta razón, reverendo señor —admite el aludido—. Aunque no dudéis que los meses venideros habré de llevarlos con mayor modestia.

El maestro Hontañón se sonríe.

—¿Y qué opináis de la última provisión enviada por Su Majestad? —pregunta, mudando de conversación.

En efecto, si hace poco el emperador se erigía en protector del Colegio y defendía su independencia frente a las autoridades que lo hostigaban, ahora contraviene las leyes universitarias para imponer la readmisión de Cueto y Lizona, que tanto daño han hecho con sus delitos y falsas acusaciones. El día de inicio de la nueva rectoría ambos recuperarán sus prebendas de colegiales de San Ildefonso, y, además, las de racioneros del cabildo de San Justo.

El mismo cardenal Adriano reconoce que la decisión va en contra de las constituciones universitarias; aunque añade que «por el bien y la paz comunes, tras estos tiempos de turbaciones muchas causas se toleran contra derecho».

—Bien sé que lo que Su Majestad nos exige no es sino lo que nosotros ya hemos jurado: perdonarnos los unos a los otros y olvidar el pasado —reconoce el porcionista leonés. Alza la mirada hacia el cielo terso y tibio, que se extiende sobre todo el Colegio como una égida benevolente—. Pero Dios sabe que a veces conceder el perdón está por encima de nuestras fuerzas.

A día dieciséis de octubre, la Comunidad toledana sufre una dolorosa derrota. Quinientos hombres quedan muertos en el campo de batalla, a las mismas puertas de la ciudad.

Las fuerzas defensoras van mermando cada jornada en continuos ataques y refriegas. Pero la situación de los sitiadores tampoco resulta halagüeña. Todos los días se producen deserciones entre sus filas.

El prior de San Juan debe mantener sobre el campo una fuerza de cuatro mil infantes y quinientos caballeros. A fin de alimentarlos, se ve obligado a autorizar el saqueo de las aldeas cercanas, tanto enemigas como aliadas. Por otra parte, las soldadas resultan exorbitantes. Y él no dispone de dinero suficiente para mantener a tal cantidad de efectivos.

—Las tropas están alteradas, señor —le informan sus oficiales—. Si no reciben su paga se amotinarán en cualquier momento.

A eso se suma una nueva causa de preocupación. El otoño avanza, y el Tajo comienza crecer, como siempre sucede en esta época del año. Pronto resultará imposible vadearlo. Entonces habrá que mantener dos ejércitos en vez de uno y los gastos se dispararán aún más.

Los asaltantes, pese a su aplastante superioridad, necesitan poner fin a la contienda tanto como los propios toledanos. Ahora, más que nunca, les urge obtener una capitulación rápida, aunque eso signifique ceder ante ciertas exigencias que no hubieran aceptado semanas atrás.

—¿Los veis, mi buen Gutierre? —comenta doña María a su cuñado—. Os dije que debíamos esperar al momento propicio.

Aunque la respuesta de los franceses sigue sin llegar, las circunstancias actuales permiten que Toledo pueda pactar desde una posición de relativa fuerza.

—Aún habremos de luchar, señora. Dudo que el prior de San Juan y el arzobispo de Bari reciban con los brazos abiertos a nuestros diputados en la mesa de negociaciones.

—Seguiremos luchando, por Dios que sí —concede su interlocutora—. Hemos de conseguir para Toledo una capitulación que sepa casi a victoria.

—No puedo creer que hayas sido capaz de tal desatino. —De pie frente a Juan, Teresa lo azota con la mirada—. Has estado a punto de echarlo todo a perder.

—¿No exageras un poco, querida? —replica su prometido, cómodamente instalado en un sillón frailero—. ¿Tanto enojo por una excursión a Toledo?

—No te hagas el ingenuo. Ni es propio de ti ni te conviene. Tu pequeña «excursión» pudo haber tenido muy serias consecuencias. ¿Y si los hombres del prior de San Juan te hubieran prendido, sospechando que espiabas para los rebeldes? Con tu pasado, ¿cómo hubieras podido refutar tal imputación? ¿Y si por defenderte hubieras tenido que cruzar armas con ellos? Te acusarían de luchar a favor de los toledanos. ¿Tienes idea de lo que eso habría podido costarte en el futuro?

—Nada de lo que dices ha ocurrido. ¿A qué alborotarse por percances ficticios?

Ella lo devora con ojos de Furia vengativa.

—No sigas provocándome, Juan. Al menos, ten la decencia de mostrarte arrepentido.

—No lo estoy. Lo hice y volvería a hacerlo.

Su interlocutora niega, con altivez.

—¿Crees que todo es tan fácil? ¿Que puedes hacer lo que te

venga en gana y salirte con la tuya? Te lo advierto: en esta casa las cosas no funcionan así.

Juan no parece dispuesto a dejarse afectar por la reprimenda. Cambia de postura para acomodarse más en la silla.

Lo cierto es que no esperaba tomar parte en una discusión semejante. Ha acudido a casa de su futura esposa para la última revisión de los documentos matrimoniales. Tras largo tiempo de negociaciones, por fin han dado forma definitiva a la escritura de arras y la manda dotal.

Pero los papeles aún esperan desatendidos sobre el bufete, al otro lado de la habitación.

—No todos los días me apetecerá discutir contigo, Teresa. Tendrás que acostumbrarte.

—No, *querido mío*. —Su interlocutora pronuncia estas palabras con una frialdad capaz de congelar el mismo infierno—. Acostúmbrate tú: no toleraré comportamientos que perjudiquen a esta familia.

—A fe mía que no te falta insolencia. ¿Te atreves a decir que *yo* actúo en perjuicio nuestro? ¿Por qué razón crees que fui a Navarra y expuse la vida? ¿Ya has olvidado que luché allí, que regresé herido? Y todo porque tú me lo pediste. No lo hice por Castilla ni por el rey, sino por un mejor futuro para nosotros. —Desafía la mirada femenina con sus ojos de azul provocador—. ¿Y qué hay de ti? No te cansas de decir lo mucho que te esfuerzas por nuestra familia. Pero, para ser sincero, no veo que hagas nada.

Su futura esposa le lanza una sonrisa cortante.

—Muy cierto. *Tú* no lo ves. Porque prefieres mirar hacia otro lado.

—No me vengas con esas, querida. Ya sabes que no soy de los que apartan la vista. Si aprovechas mi ausencia para actuar a escondidas, no me lo eches en cara a mí.

Teresa permanece erguida.

—Te equivocas, Juan. Y no sabes hasta qué punto. ¿Quieres que te explique qué he hecho? Sea. Pero no te atrevas a reprochármelo. —Lo observa con esos ojos profundos, oscuros y fríos como las simas del Tártaro—. ¿Recuerdas cuando mi hermano nos contó que planeaban quemar la casa del nuevo corregidor y liberar al capitán Negrete?

Juan no responde. Ha abierto los ojos sobresaltado, presintiendo la revelación que está por llegar.

—¿Quién crees que dio noticia al corregidor? —prosigue ella, implacable—. ¿Te lo has planteado alguna vez?

Tan grande es el pasmo de su interlocutor que no acierta a reaccionar. Pasados unos instantes, su cabeza niega en un gesto involuntario.

—Teresa, no... No es posible...

—¿No es posible? ¿Por qué? ¿Por qué tú no hubieras tenido el valor de hacerlo? Por suerte para todos, tú no estabas aquí, querido. Yo sí.

Él se pone en pie, con violencia. Al hacerlo, empuja la silla, que se desploma sobre el suelo.

—¡Por vida de Cristo! ¿Te estás oyendo? —exclama—. ¿Denunciar algo que implica a tu propio hermano? ¿Y si lo hubieran descubierto? Ahora mismo, Pedro podría estar muerto...

—Pero no ha sido así. —Su interlocutora se mantiene erguida, sin retroceder—. Dime, ¿quién se alborota ahora por percances ficticios?

Juan ha comenzado a caminar de un lado a otro de la estancia. No... No... Le falta la respiración...

—No hay de qué preocuparse —agrega ella—. Nuestro corregidor ya ha dado la investigación por concluida. Si acaso sospecha que hay más implicados, ha desistido de seguir buscándolos. Pedro está a salvo.

—¿Y qué hay de los que no lo están? —lanza él. Siente la cabeza a punto de estallar—. ¡Un hombre ha muerto ahorcado!

¡Dos han sido azotados en público! Hay uno pendiente de juicio... ¡y otro condenado a descuartizamiento, por amor de Dios!

—No me culpes de eso a mí. No soy yo quien ha dictado sentencia —replica su interlocutora, imperturbable y glacial—. Y aunque así hubiera sido, ¿por qué habría de sentir remordimiento? ¡Son criminales!

Su prometido se encara con ella.

—¡Dios santo! Ni siquiera pareces arrepentida.

—Porque no lo estoy. Lo hice y volvería a hacerlo.

Juan no puede creer lo que está oyendo.

—¿Por qué?

—¿De verdad necesitas preguntarlo? Por nosotros —responde ella, tajante—. ¿Es que no lo ves? Pedro estaba a punto de condenarnos. Iba a sentenciar el destino de toda la familia. Su plan estaba condenado al fracaso...

—Eso no lo sabes —interrumpe su interlocutor.

—Sí lo sé. Y tú también. Ten al menos el valor de reconocerlo —le recrimina ella—. Aun si hubieran logrado su propósito... ¿de qué hubiera servido? Ahora mismo Toledo está negociando su rendición. ¿De veras crees que a Madrid le hubiera esperado un destino mejor? ¿Y qué hay de mi padre? ¿De mis hermanos? ¿De nosotros? ¿Acaso piensas que no hubiéramos sufrido las consecuencias? Lo sabes tan bien como yo: es mejor que haya sido así.

—Por vida de Cristo, no puedes hablar en serio...

—Ahora mismo, nuestra casa está congraciada con el corregidor. Eso nos será de gran ayuda en el futuro —recalca ella, en tono impasible—. En cuanto a Pedro... Si al final su nombre hubiera salido a la luz, tal vez yo habría podido interceder por él.

—¿De veras? ¿Quién se hace la ingenua ahora?

—Calma, Juan. Te vendría bien sosegarte un poco. Era lo mejor para todos. Y, aunque de momento te empeñes en no admitirlo, te aseguro que acabarás agradeciéndomelo.

Eso nunca; por Dios que no. El joven Deza se dirige al bufete donde se encuentran los documentos matrimoniales.

—No. Ahora eres tú quien se equivoca.

Agarra los papeles y los rompe. Una vez; otra y otra. Teresa ni siquiera intenta impedírselo.

—Eso ha sido una completa insensatez —se limita a comentar. Está más pálida, más rígida que de costumbre—. Sin mí, tú y tu familia sufriréis mucho en los ajustes de cuentas que han de venir. Este matrimonio te hubiera facilitado mucho el futuro.

Juan es bien consciente de eso. Pero, pese a todo su alcance, ese detalle ha dejado de tener importancia.

—Sé lo que vas decirme: que, si me voy así, no se me ocurra volver a llamar a tu puerta —declara, con voz ronca—. Ya pronunciaste esas mismas palabras una vez. Ojalá las hubiera escuchado entonces.

—Pues espero, por tu bien, que sí las obedezcas ahora —contesta ella—. Esta casa ya no es lugar para ti.

Al abandonar el hogar de Teresa, Juan siente el impulso de volverse y contemplarlo por última vez. No lo hace. Sabe que debe alejarse sin mirar atrás.

Que Dios la perdone. Porque él no es capaz de hacerlo.

A día veinticinco de octubre se firman las capitulaciones en el monasterio de La Sisla. Tras cuatro meses de lucha en solitario, Toledo se rinde. Y, en virtud de las condiciones pactadas, acepta entregarse a los representantes de Su Majestad.

El arzobispo de Bari ingresa triunfalmente en la ciudad el día último del mes. Recobra el alcázar y nombra a los nuevos representantes del concejo local. El antiguo regimiento vuelve a ocupar el lugar que le corresponde. Los logros alcanzados por los rebeldes de las Comunidades desaparecerán como si nunca hubieran existido.

Juan de Córdoba se frota los brazos para entrar en calor, aunque sabe que en nada ha de aprovecharle. En aquel agujero inmundo que le sirve de prisión puede espantar las ratas que acuden a roerle la carne, pero no el frío y la humedad que le roen los huesos.

«Rezad vos a Dios, señor bachiller —recuerda haber dicho a Martín de Uceda, cuando ambos se disponían a emprender aquel funesto viaje—. Y cercioraos de rogar a cuenta de los dos. Os aseguro que los cielos no suelen escuchar mis plegarias.»

El tiempo le ha dado la razón; aunque, hasta hace bien poco, todos los augurios parecían favorables. De hecho, el pañero burgalés consiguió llegar a Francia y entregar los mensajes que doña María Pacheco les había encomendado. Como respuesta, recibió dos cartas cifradas para llevar a Toledo. Además, le habían transmitido un mensaje que debía comunicar de viva voz:

—Decid a vuestra señora que el mayor servicio que puede hacernos es lanzarse al campo junto a su gente y venir a reunirse con el ejército francés.

Pero en el camino de vuelta, la Fortuna, impredecible y traicionera como toda hembra, decidió mudar de rostro.

En Bayona, Juan de Córdoba se había reunido con los miembros de una segunda expedición enviada allí por doña María. Los convenció de realizar todos juntos las primeras etapas del viaje de regreso. Y de que, al separarse, sus compañeros acudieran a visitar en prisión a don Antonio Acuña, el obispo de Zamora.

—Decidle que Castilla no le olvida —los instruyó—. Y que ahora tiene en Francia a un nuevo aliado. Que los ejércitos del rey Francisco atacarán Fuenterrabía, luego Logroño, y que después irán a liberarlo de sus grilletes.

Mas ninguno de estos planes había de cumplirse. Mientras atravesaban las Vascongadas, les llegó noticia de que Toledo había negociado entregarse al prior de San Juan. Al oírlo, Juan de Córdoba se apresuró a destruir las cartas que debía entregar a doña María. Pensaba que aquel gesto lo salvaría, en el caso de que él aún cayese en manos enemigas.

Se equivocaba. El pañero burgalés y sus dos acompañantes fueron detenidos poco después. Durante el interrogatorio acabó confesándolo todo. Los tres mensajeros, declarados culpables de inteligencia con el francés, esperan ahora su ejecución.

Juan de Córdoba ignora qué habrá sido del bachiller Uceda, de quien se separó al principio del viaje y a quien no ha vuelto a ver desde entonces. De lo que no le cabe duda es de que, si el arriacense hubiese venido con él, hoy estaría acompañándolo en esta prisión nauseabunda, esperando la horca.

Epílogo

Febrero de 1522

Toledo está de celebración. Tras la muerte del papa León X, el cardenal Adriano acaba de ser nombrado Sumo Pontífice por el cónclave romano.

«Buen pago da el rey don Carlos / a su antiguo preceptor: de gobierno de Castilla / a anillo de pescador.» Así canta una tonada maliciosa, que corre furtiva de esquina en esquina.

El capítulo de la catedral toledana, sede primada de las Españas, ha organizado grandes festividades para conmemorar el evento. De día, hay festejos en las plazas para regocijo del pueblo. De noche, caballeros enmascarados recorren las calles con tambores y antorchas.

En medio del alboroto, se oye una voz que grita:

—¡Padilla! ¡Padilla!

De inmediato, un grupo rodea y empieza a golpear al culpable. Este no es sino un chiquillo de corta edad, vástago de un artesano. En vano intenta el progenitor interponerse, explicar que su hijo ha obrado sin intención, imitando, en su inconsciencia, las aclamaciones que ha oído en actos similares del pasado. El padre es arrastrado a prisión. Pronto corre el rumor de que ha sido sentenciado a morir en la horca al día siguiente.

—El doctor Zumel vuelve a obrar con excesiva dureza, reverendo señor —protesta don Gutierre López de Padilla ante el arzobispo de Bari—. El pueblo toledano no puede seguir soportando tal violencia ni tan terribles ultrajes.

El interpelado realiza un gesto que pretende restar importancia a las palabras del caballero. Pero no ignora que este se halla en lo cierto. El nuevo corregidor, el doctor Juan Zumel, llegó a la ciudad hace cinco semanas, con órdenes de actuar «de forma contundente». Se rumorea que fue elegido para el cargo por ser hombre de métodos despiadados. Y su actuación ha hecho honor a tal fama: derribos de casas, embargos, arrestos, ejecuciones...

El arzobispo de Bari bien lo sabe; a él, como administrador provisional de la villa, también se le ha ordenado actuar «sin concesiones». Lo cierto es que ahora los virreyes lo colman de reproches, reputando de «inaceptables» las condiciones del acuerdo que él y el prior de San Juan alcanzaron con los toledanos en el mes de octubre.

«Obtuvieron condiciones fuera de toda razón. Más parece que, en lugar de rendición, hayan pactado una tregua, para así poder proveerse de lo que han menester. Pues no muestran ni signos de obediencia ni de arrepentimiento por su traición —escribieron hace poco—. Quedamos muy espantados al saber que se había hecho sin necesidad una capitulación tan recia y vergonzosa, que ofende a todos los que hemos permanecido siempre al servicio de Su Majestad; pues parece aprobar las acciones de los rebeldes como buenas; y, por tanto, las nuestras pasan por malas. Y eso hace que todo el reino se sienta facultado a cometer los mismos yerros, sin temer ser castigado por ello.»

En realidad, los gobernadores nunca han estado dispuestos a respetar las condiciones firmadas con los toledanos. Las aceptaron en su momento, debido a que los franceses seguían amenazando Navarra. Por entonces, los regentes deseaban cerrar cuanto antes el frente que seguía abierto en el corazón de la Castilla nueva.

«Pero ahora que, a Dios gracias, el ejército del rey de Francia se ha deshecho, desaparece el motivo de aceptar todo lo que se concedió a la dicha ciudad —añaden—, y debéis procurar por todas las vías y maneras posibles disminuir las concesiones que Toledo obtuvo en la negociación, de forma que la autoridad de Su Majestad se guarde.»

Pues no cabe duda de que los sitiados obtuvieron condiciones muy honrosas; aun a pesar de ser ellos los iniciadores de la rebelión y los últimos en deponer las armas. De hecho, lejos de ser castigados, los antiguos cabecillas de la Comunidad toledana conservan posiciones de gran poder y prestigio en la ciudad. Y seguirán manteniéndolas... a menos que ellos mismos rompan el acuerdo.

Aunque las actuaciones del corregidor Zumel han enardecido tanto los ánimos que cada día parece más probable que los toledanos vuelvan a alzar las armas contra Su Majestad; lo que anularía los pactos vigentes y permitiría que los virreyes impusieran, por fin, las durísimas condiciones que buscan.

—Decidme, don Gutierre —replica el arzobispo al hermano del difunto capitán Padilla—, ¿no es acaso cierto que vuestra cuñada, doña María, se empeña en desafiar la autoridad de nuestro corregidor? ¿Negaréis que ha convertido su casa en un baluarte, que la ha reforzado con artillería, y que guarda en sus almacenes un arsenal, a pesar de que el acuerdo que firmasteis conmigo estipula que debería haber entregado todas las armas?

—Doña María respetará las condiciones del acuerdo toda vez que este haya sido firmado por Su Majestad, cuando regrese a Castilla. Hasta entonces, entiende que carece de validez.

Pues, a día de hoy, el castellano sigue siendo un pueblo sin rey, a la espera de un monarca que no se digna escuchar la llamada de sus súbditos ni permanecer junto a ellos. Para don Carlos, los asuntos de Europa siempre serán más importantes que los de las Españas.

—Gruesas palabras son esas, señor mío —responde el prelado—. ¿Os extrañáis de que el doctor Zumel pueda tomarlas por síntoma de traición?

Se interrumpe. Uno de los sirvientes ha ingresado en la estancia para asegurarse de que las lámparas no necesitan recambio. La entrevista, que ha comenzado a mediados de la tarde, se está prolongando hasta bien entrada la noche. Y no tiene visos de llegar a un mutuo entendimiento.

—¿Negaréis, don Gutierre —prosigue el arzobispo de Bari, cuando el doméstico sale de la cámara—, que hace poco uno de los partidarios de vuestra cuñada dijo en la iglesia que «no habrá paz en estos tiempos» y que «toda la carne acabará cocinándose en un solo asador»? ¿No os parecen indicios suficientes de que se está preparando otro alzamiento?

—El que mi tío, don Hernando Dávalos, profiriera tales palabras no es sino un rumor. Os aseguro que nunca las ha dicho en mi presencia. Y solo quien no conozca bien esta ciudad, reverendo señor, podría considerarlo un partidario de doña María.

—¿De veras? ¿Y qué me decís de esa vez en que los canónigos de la catedral mandaron arrestar a cierto clérigo y lo confinaron en las mazmorras del arzobispado? ¿No es cierto que una patrulla intentó forzar la puerta de la prisión para liberarlo? ¿Y que esos hombres venían de casa de vuestra cuñada? —Hace una pausa—. ¿Y qué hay de esa ocasión en que el doctor Zumel acudió al anochecer a casa de doña María? Sin duda recordaréis que a la salida lo esperaban más de cien alborotadores, y que uno de ellos le gritó: «Guárdese lo capitulado; si no, ¡juro a Dios que de una almena quedaréis colgado!».

—Todo cuanto habéis dicho no son sino especulaciones, reverendo señor. ¿Tenéis pruebas reales que demuestren que doña María está detrás de tales hechos?

El arzobispo de Bari niega con la cabeza, apesadumbrado.

—Mucho me temo que no lo entendéis, don Gutierre. Tengo

a vuestra cuñada por mujer de enorme valía, y capaz de hacer grandes cosas en servicio de Sus Majestades. Pero nuestro corregidor no es de la misma opinión. Y, según declara, los últimos sucesos así lo demuestran. ¿Acaso no intentasteis impedir esta misma mañana que las autoridades prendieran a un traidor manifiesto?

—¿«Un traidor manifiesto»? Por Cristo, que afirmar eso es gran villanía —estalla su interlocutor, cuyo juramento espontáneo ignora el respeto debido a un hombre de Iglesia—. No era más que un pobre hombre; un padre intentando defender a su hijo. Mejor haría la justicia en prender a los miserables que arremetieron contra esa criatura inocente, cuyos gritos no eran otra cosa que muestra de mocedad e ignorancia.

—El doctor Zumel no lo ve así. Asegura que lo ocurrido ha acabado con su último rastro de paciencia. Ahora ya no se conforma con que doña María entregue las armas.

Al resplandor de las lámparas, el rostro de su interlocutor se llena de sombras.

—¡Reverendo, señor...! —exclama, escandalizado—. No estaréis sugiriendo...

—Vuestra cuñada es la causa de todos los alborotos, de todos los escándalos y traiciones que ensucian esta ciudad. Así lo afirma el corregidor. Por tanto, deberéis entregarla, o ateneos a las consecuencias.

Cuando don Gutierre abandona la casa, su expresión ha cambiado. El espanto ha dado paso a la determinación.

Son las tres de la madrugada. Un frío glacial congela el aliento y las barbas. Aun así, todas las calles cercanas a la residencia del arzobispo están ocupadas por soldados, ateridos pero en alerta.

Al exigir la entrega de la viuda de Padilla, el doctor Zumel ha insultado de modo inaceptable el honor de los toledanos.

El recurso a las armas es inevitable, por mucho que el alzamiento haya de conducirlos a una derrota segura. Pues el pueblo que se niega a luchar al ver afrentada su dignidad merece todas las injurias posibles.

A la mañana siguiente, cuando el prelado solicita una respuesta por escrito a sus peticiones, recibe la siguiente contestación:

«Decid al señor arzobispo que, como él ya sabe, hemos derramado nuestra sangre al servicio de Sus Majestades. Y que obedeceremos con prontitud cualquiera de sus órdenes, mientras no nos llame para actuar contra doña María. Suplicamos a su señoría que no nos mande cosa ninguna contra ella. En todo lo demás, bien sabe él que le hemos de escuchar y seguir.»

El receptor comunica el mensaje al corregidor Zumel. Y este, considerando que la negativa a acatar las órdenes directas del representante de la Corona constituye motivo de anulación del acuerdo, se apresura a redactar un nuevo documento.

A media mañana, el arzobispo de Bari sale de su residencia acompañado de una numerosa escolta. Se presenta en el ayuntamiento y, como gobernador de la ciudad, lee el texto y ordena que se proclame por las calles y plazas.

Doña María Pacheco escucha la promulgación desde la ventana de su residencia. Su rostro se contrae de furia.

—¿Qué son esos falsos papeles que proclaman? —se escandaliza, girándose hacia Gutierre López de Padilla, que la acompaña—. ¿Acaso creen que vamos a tomarlos por auténticos? Puesto que pregonan vino, quiera Dios que no se les torne vinagre.

Enseguida comienza a arengar a la multitud congregada en la plaza.

—Mirad, hermanos —grita—, que este perdón que el arzobispo promulga no es el verdadero. ¡Ved que quieren cobrarnos las alcabalas, y otras injurias que no figuran en el acuerdo original! Preguntad en las parroquias, comparadlo con lo que dejó escrito el prior de San Juan. ¡No os dejéis engañar!

El pueblo, ya exacerbado por la lectura del documento, ve ahora confirmadas sus sospechas. Comienza a lanzar gritos y denuestos contra la autoridad. Del clamor se pasa a los puños. Y, cuando los hombres del corregidor prenden a uno de los agitadores, la furia se desata. Los antiguos defensores de la Comunidad, preparados ya para la inevitable contienda, desenvainan las armas.

Se lanzan contra la prisión, exigiendo la puesta en libertad del recluso. Los soldados, también prevenidos, les cierran el camino.

A los gritos de «¡Padilla!, ¡Padilla!» responden los de «¡Muerte a los traidores!». Durante más de tres horas, las calles de Toledo quedan invadidas por feroces combates. Hay luchas en las plazas, en casa de doña María, en la de Pedro Laso de la Vega. Incluso parte de los párrocos y miembros del cabildo toman parte en las refriegas, a favor del corregidor.

«¡Tregua!, ¡tregua!», se oye mediada la tarde, cuando los combatientes de ambos bandos están exhaustos y es mucha la sangre derramada ya en las calles. El armisticio ha sido solicitado por la condesa de Monteagudo, hermana de doña María. Al punto es aceptado por ambos bandos.

Los antiguos miembros de la Comunidad han sufrido una derrota aplastante. Los supervivientes pronto serán perseguidos sin misericordia. Toledo ha perdido todos los privilegios que en su día consiguiera pactar.

Poco después, en conmemoración de tales sucesos, el cabildo ordenará grabar una inscripción en el claustro de la catedral:

«El lunes tres de febrero de mil quinientos veintidós, día de San Blas, por los méritos de Nuestra Señora la Santa Virgen, el deán, el cabildo y todo el clero de esta santa iglesia, con caballeros, buenos ciudadanos y mano armada, junto al arzobispo de Bari, que a la sazón tenía la justicia, vencieron a todos los que mantenían tiranizada esta ciudad so color de comunidad. Y plugo a Dios que así se hiciese en recompensa de las muchas injurias que a esta santa iglesia y a sus ministros habían hecho. Y esta divina Victoria logró la total pacificación de la ciudad y de todo el reino. Por medio de la cual, con mucha lealtad por mano de los dichos señores, fueron servidos Dios y la Virgen Nuestra Señora, y la majestad del emperador don Carlos *semper* augusto, rey y señor nuestro».

Así quedará cincelado en soporte eterno, para que el significado de aquella jornada no se olvide en los tiempos presentes ni en los venideros.

Esa misma noche, en la tensa calma que mantiene despierta a la ciudad, don Gutierre recorre las calles heladas. Acude de nuevo a la residencia del arzobispo de Bari. La conversación de hoy será de tenor muy distinto a la de ayer. Aunque, por supuesto, el gobernador vuelve a pedir a su visitante que entregue a la viuda de Padilla.

El interpelado niega, tajante aun en la derrota.

—Pensad en otra cosa, reverendo señor. Porque a doña María no habéis de tenerla.

En efecto, la dama ha logrado huir de la ciudad. Disfrazada de aldeana, ha eludido la vigilancia de los guardas. Proscrita del reino por el que tanto ha luchado, no le queda sino refugiarse en tierras extranjeras. Quiera Dios que Portugal le muestre más misericordia que Castilla.

—Tened paciencia, Martín. Las mujeres siempre se toman su tiempo para estas cosas.

La broma de Juan no surte efecto. El arriacense, casi siempre inalterable, hoy muestra claros signos de inquietud. Lanza frecuentes miradas a la puerta de la estancia, como si su insistencia pudiese conjurar a la ansiada visitante.

El joven Deza pasea la mirada en derredor. No es mal negocio el que ha hecho el bachiller Uceda al alquilar esta casa, amplia y bien ubicada. La ha arrendado a censo perpetuo por un excelente precio, conseguido gracias a la influencia de su patrono, el doctor don Francisco de Vergara.

—Tengo entendido que vuestra madre, vuestra hermana y vuestro sobrino ya están instalados aquí —comenta. No puede ni imaginar lo que supone vivir en una casa con tal cantidad de mujeres. Aunque, a decir verdad, su interlocutor no parece incomodado por la situación.

—Llegaron hace dos semanas —responde Martín—. A Dios gracias, he podido reunir aquí a toda la familia. No corren buenos tiempos para quedarse en Guadalajara.

El duque del Infantado ha prendido y condenado a varios de los «traidores» que conspiraban para volver a traer la Comunidad a la villa, denunciados por su hijo, el conde de Saldaña. Se diría que en la Castilla nueva la justicia del rey guste de actuar con mano dura so pretexto de mantener la paz.

Por todas partes se comenta la ferocidad que el alcalde Ronquillo despliega en Cuenca, el doctor Zumel en Toledo o el corregidor Guzmán en Chinchilla. Penas de horca, desmembramientos, azotes, prisión, destierros, suspensión de oficios...

La mayoría de las villas no sufren una represión tan sangrienta. Pero en todas ellas los antiguos comuneros han de enfrentarse a terribles penas económicas, que amenazan con llevar a muchas familias a la quiebra.

—No corren buenos tiempos para los que antaño luchamos por el reino, cierto —replica Juan—. Al menos, no en esta región.

En Alcalá, el alcaide Pedro de Tapia ha abierto un proceso contra ciento veintiocho vecinos; los acusa del saqueo y derribo de su casa, «movidos por espíritu diabólico y olvidado el temor de Dios». También llevará a pleito a todos los oficiales del concejo que autorizaron la expropiación a los graneros arzobispales, por haberle «robado» dos mil ochocientas ocho fanegas de cereal.

Si el juez aplica las penas íntegras solicitadas por el alcaide de Santorcaz, la familia Deza sufrirá un severísimo revés económico. Dios quiera que no haya de acabar en la ruina.

—Tal vez los cielos se muestren magnánimos —manifiesta el arriacense, como si adivinase las reflexiones de Juan—. Pensad en lo ocurrido a vuestro amigo madrileño.

En efecto, el caso del antiguo cambiador de la Comunidad vecina, Fernando de Madrid, llama a la esperanza. Hace meses, el corregidor de la villa le retiró los libros de cuentas y ordenó investigarlos; ardua labor, para la que los regidores se reunían todos los días a las dos de la tarde. Parece que el dinero requisado durante los once meses que duró el levantamiento —entre sisas, repartimientos y secuestros a particulares— podría ascender a unos cuatro millones y medio de maravedís; el doble de los ingresos anuales de la villa y tierra por rentas de la Corona y el concejo.

Durante ese periodo de alteraciones, la mayoría de las transacciones se realizaban de palabra, sin que mediasen mandamientos oficiales de los justicias y regidores, del alcalde o el ayuntamiento. Así pues, el corregidor opta por declarar culpable de todo al único cuya firma ha quedado registrada: Fernando de Madrid, el responsable de los libros de cuentas.

Al tener noticia, el antiguo cambiador intenta huir de la villa, pero es denunciado, detenido y encarcelado. Al mismo tiempo, se procede al recuento y embargo de todos sus bienes, para proceder con ellos a las indemnizaciones a que haya lugar.

Pero los buenos vecinos madrileños reaccionan ante tal injusticia. No solo aparecen testigos dispuestos a declarar que el imputado actuaba por órdenes ajenas; además, un buen número de personas se reúnen y otorgan obligaciones en favor del acusado, para liberarlo de prisión y satisfacer las deudas de las que se le declare responsable.

—Es buena cosa que vuestra familia y la suya sigan manteniendo amistad, aun tras desbaratarse vuestro compromiso con su hija.

—Somos hombres de negocios. Todos sabemos que no siempre es posible llegar a un acuerdo —replica Juan, lacónico. Es todo cuanto está dispuesto a comentar sobre su ruptura con Teresa. Al punto muda de conversación—. He oído decir que cuando vuestro patrono ganó su puesto en la universidad recibió muchos vítores y aclamaciones por parte de los alumnos.

En efecto, don Francisco de Vergara ocupa ahora la cátedra de griego que su antiguo maestro, el Pinciano, dejara libre al marcharse a Salamanca.

—¿Es cierto que insistió en que debíais seguir estudiando? —añade el joven Deza, posando la mirada sobre los libros que el bachiller amontona sobre la escribanía.

—Lo es —responde el aludido—. Y no resulta fácil, os lo puedo asegurar.

También él desvía la vista hacia la mesa: sobre los tratados de filosofía moral y ética se acumulan la *Metafísica* de Aristóteles, el *Tractatus spherae* y el *De perspectiva* de Juan Peckham, la *Arithmetica speculativa* y la *Geometria speculativa* de Tomás Bradwardine... Todos ellos, acompañados de sus correspondientes reparaciones y conclusiones, que ha de presentar en público junto a los restantes alumnos y la temida *Responsion magna*, sostenida a final de curso en la magistral de San Justo.

«Un solo año más, Martín. Complétalo y obtén la licenciatura —le ha exigido su patrono—. ¿Y quién dice que después no podrías optar al título de maestro en Artes?»

—Dios sabe que estos estudios ya resultan arduos para hombres más jóvenes, solteros y sin compromisos...

—Eso he oído —replica Juan—. Y también que, con el nuevo título, vuestro patrono os pagaría más por el mismo trabajo que ahora realizáis. Toda inversión, por dura que sea, merece la pena si genera tan grandes beneficios.

Lo cierto es que se admira del trato que don Francisco dispensa a su secretario, al que trata como a un favorito merecedor de toda estima. Y no es el único miembro de la familia Vergara que parece valorar las recomendaciones del bachiller Uceda.

—¿Cómo se encuentra vuestra hermana? —pregunta el arriacense, como si, de nuevo, pudiese rastrear por qué terreno discurren las cavilaciones de su interlocutor—. Os confesaré que me alegra que doña Isabel la tenga en tan gran consideración y aprecio.

—Es un honor, en efecto. —Juan se toma un momento antes de añadir, en son de chanza—: Supongo que estaréis al tanto de que, en los últimos tiempos, Leonor ya no se contenta con leer libros. Ahora le ha dado por escribir poemas. Una hermana bachillera y poetisa... Por Cristo, que no sé si eso es algo por lo que debiera daros las gracias.

Martín deja escapar una ligera sonrisa; un gesto que ahora realiza con mucha más frecuencia que antaño.

—Los cielos han concedido a vuestra hermana enorme inteligencia e inmenso talento. Agradezcamos que además le ofrezcan el patronazgo de alguien capaz de apreciarlo.

Las campanas del cercano monasterio de Santa Clara llaman al rezo vespertino. Juan se alza de la silla. Y, ya en pie, estira el jubón para alisarlo.

—Es tiempo de despedirme —declara—. Os deseo que vuestra espera llegue pronto a buen fin.

Tras la marcha del visitante, Martín intenta volver a sumirse en sus libros. No hay caso. Ni siquiera armado de compás, regla, cartabón y su mejor voluntad logra asimilar un solo principio geométrico del buen arzobispo de Canterbury.

Tras un largo rato, la sirvienta asoma por la puerta para poner fin a su ansiedad.

—¡Albricias, señor! —exclama—. Los cielos han bendecido vuestra casa.

—¿Y Lucía? ¿Cómo se encuentra? —pregunta él, casi antes de que la moza haya acabado de hablar.

—La señora está bien, gracias sean dadas a los cielos. Y también la criatura... —Al comprobar que el patrono se ha puesto en pie y hace ademán de salir, protesta—. Pero, señor, aún no es momento...

Martín no la escucha. Abandona el despacho y sube al primer piso. Su madre, a la puerta de la estancia, se gira hacia él.

—Hijo mío, ten un poco de paciencia. No resulta decoroso que veas a tu esposa antes de que se haya adecentado.

Pero no hace ademán de interponerse al comprobar que él se muestra decidido a entrar en el dormitorio. De sobra sabe que no hay modo de contenerlo cuando ha tomado una resolución.

Al verlo llegar, su hermana y la matrona lanzan una exclamación de protesta. Él las ignora y se dirige hacia la cama. Lucía, exhausta y empapada en sudor, sonríe a su bebé.

—Es una niña —anuncia, cuando su esposo toma asiento junto a ella—. ¿Estás contento?

—¿Cómo podría no estarlo? —responde él con una sonrisa, mientras observa a la criatura que, bien fajada entre los brazos maternos, lanza débiles vagidos.

—No quiero entregársela a una nodriza —comenta ella, en tono retador—. Yo me encargaré de alimentarla.

—Si es lo que prefieres, así se hará.

—En cuanto al nombre... Sé que te gustaría ponerle María, como tu madre. Pero he estado pensando...

—¿Sí?

—Me gustaría llamarla Leonor.

La sonrisa de Martín se ensancha. Difícilmente podría imaginar un nombre mejor.

—Sea Leonor, pues —concede de nuevo.

—Ea, ya está. —Magdalena se planta ante él con los brazos en jarras y el ceño fruncido—. Basta de visita, que aún tenemos mucho que limpiar. Y tu esposa debe descansar un rato. A ver si te crees que lo de traer hijos al mundo es tan fácil como sentarse a una mesa a escribir papeles.

El aludido besa la frente de Lucía. Luego realiza la señal de la cruz sobre la criatura. Reza por que los cielos no le tengan reservados infortunios y aflicciones, aunque tal cosa parezca imposible en este valle de lágrimas.

Tan solo anhela que, pese a las despiadadas lecciones heredadas del presente y el pasado, la pequeña Leonor nunca deje de tener esperanza en el futuro. Que, pese a todos los reveses y sinsabores, la vida no le arranque la sonrisa. Que, con la ayuda de Dios, conserve la confianza en que siempre es posible un mañana mejor.

APÉNDICES

Apuntes históricos
sobre las comunidades

El movimiento de las Comunidades de Castilla (1520-1522) se desarrolló en paralelo al de las Germanías de Mallorca y Valencia (1519-1523). En ambos casos, el joven rey Carlos I, ausente de los reinos peninsulares, ordenó reaccionar con gran dureza contra los sublevados, negándose a prestar oídos a las peticiones de sus súbditos hispánicos.

Es cierto que la revuelta de las Comunidades acabó sofocada por completo. El bando vencedor se encargó de que las pretensiones de los rebeldes desaparecieran sin dejar huella en la historia. Aun así, podemos considerarla una de las grandes revoluciones de la Edad Moderna; si no por sus logros (que fueron temporales y limitados a los territorios participantes en el alzamiento), sí por los ideales que defiende.

Su programa político abraza formulaciones visionarias y muy adelantadas a su época. Tanto es así que podría considerarse como antecedente del principio de la soberanía popular. Sus oponentes, conscientes de las graves amenazas que entrañaba, lo consideraron inaceptable y hasta «diabólico», pues atentaba contra los principios sociales e ideológicos que sustentaban los estados europeos de la Edad Moderna.

En ciertos aspectos, resulta tan renovador como lo sería, más de dos siglos y medio después, la Revolución francesa. Pero, a diferencia de esta, no triunfó, por lo que su programa quedó limitado al marco temporal del propio conflicto, y a las villas y ciudades que se adhirieron al movimiento.

La derrota de los comuneros no solo supuso la aniquilación de sus ideales. De hecho, su aplastamiento provocó una reacción de signo contrario al que ellos pretendían, ya que logró el reforzamiento de los señoríos y la autoridad de la Corona española, que, a lo largo de la Edad Moderna, se consolidaría como una más de las monarquías absolutistas vigentes en Europa.

Un episodio complejo

El de las Comunidades castellanas es un suceso histórico tremendamente complicado, pues una de sus características es la atomización que constatamos al estudiarlo a nivel local. En efecto, entre los principios del movimiento encontramos el de la autonomía en la dirección administrativa y política. Pese a contar con una Junta central, las villas y ciudades comuneras se gestionaban a través del concejo local. Cada ayuntamiento se encargaba de emanar sus propias leyes y reglamentos.

Incluso en el seno de la propia Junta asistimos a conflictos, ya presentes desde el principio del movimiento, y que se van acentuando a medida que este se desarrolla. Las discrepancias obedecen a los distintos posicionamientos de los procuradores e ideólogos, que abarcan desde los más radicales hasta los más moderados, mucho más tendentes a la renuncia a ciertos principios a cambio de llegar a un entendimiento con el adversario.

Además de eso, la propia ideología del movimiento va evolucionando a lo largo del conflicto. De las reivindicaciones iniciales, de tenor fundamentalmente político, pasó a un movimiento antiseñorial, más drástico y con marcadas connotaciones sociales, evidente, sobre todo, a partir de la toma de Tordesillas.

Por esta razón, pueden realizarse diversas lecturas sobre el significado y el alcance del hecho histórico, dependiendo de la fase del enfrentamiento en la que nos encontremos.

Junto a lo anterior, no debemos olvidar que, a lo largo del tiempo, la historiografía también ha ido dispensando muy distinto tratamiento al fenómeno de las Comunidades, interpretándolas de formas divergentes y hasta opuestas; de traidores fanáticos a defensores de la libertad; de revolucionarios y destructores de las buenas costumbres a custodios de las verdaderas tradiciones castellanas, en lucha contra la opresión extranjera. Lecturas muy variadas, que dependen menos del mero hecho histórico que de los valores y las necesidades de la época que lo enjuicia.

La represión tras el movimiento

Carlos I regresa a España en julio de 1522. En octubre de ese mismo año proclama en Valladolid el *Perdón General,* por el que amnistía a casi todos los implicados en la revuelta. Quedan fuera de la indulgencia real doscientos noventa y tres comuneros, los llamados «exceptuados»; entre estos se cuentan los líderes militares, los diputados y funcionarios de la Junta, los procuradores de las ciudades y los religiosos que sustentaron la rebelión.

Puede pensarse que el hecho de que un movimiento tan vasto (que implica a buena parte de la población castellana) se saldara con la condena oficial de tan solo doscientos noventa y tres personas es una muestra de la clemencia con la que el monarca respondió a la sublevación; de hecho, hay historiadores que así lo defienden. Otros, en cambio, insisten en que la represión fue mucho más feroz de lo que parece sugerir ese mero dato.

En efecto, los exceptuados, como cabezas visibles de la revuelta, fueron blanco de las más graves represalias políticas (que incluyen penas de muerte, confiscación de propiedades, pérdida de cargos oficiales, prisión o destierro). Pero, aparte de estas, tenemos una serie de represalias legales y económicas que afectaron a quienes encabezaron el movimiento no a nivel general del reino, sino en el ámbito local.

En general, aquellos que participaron de forma más activa en las Comunidades de sus villas y ciudades (como los diputados de los ayuntamientos y aquellos cuyos nombres aparecen reiteradamente en las actas concejiles) sufrieron gravísimas sanciones legales y económicas, que, en algunos casos, llegaron a producir su ruina personal y la de sus familias.

Así, los corregidores nombrados por la Corona se encargaron de destruir el tejido social que había liderado el alzamiento a nivel local (integrado, sobre todo, por comerciantes y artesanos más o menos acomodados y miembros de las profesiones liberales).

Solo la masa del pueblo, aquellos pecheros pobres y anónimos que apoyaron el movimiento sin dejar que sus nombres trascendieran, escaparon de las represalias económicas; aunque no a las políticas, pues sus representantes quedaron excluidos definitivamente de toda participación en la toma de decisiones y los mecanismos de poder locales.

Algunos ejemplos

Como muestra, citaremos el destino de algunos de los personajes históricos que intervienen en la novela, tal y como lo narran las fuentes que han llegado hasta nosotros.

María Pacheco: consiguió huir a Portugal, donde vivió el resto de sus días. Carlos I la condenó a muerte por traición, rebeldía y contumacia. La dama nunca regresó a Castilla. Pasó sus últimos años bajo la protección del obispo de Braga y murió en 1531, con treinta y cinco años de edad. El pequeño Pedro, hijo suyo y de Juan de Padilla, había fallecido antes que su madre.

Antonio de Acuña: el obispo de Zamora fue recluido en el castillo de Simancas. Allí, con ayuda de una sirvienta y del capellán, consiguió un puñal, con el que dio muerte al alcaide de la fortaleza e intentó escapar. Sin embargo, fue detenido antes de conseguir huir. En su posterior proceso, instruido por el alcalde Ronquillo, se le sometió a tormento y fue condenado a muerte por ahorcamiento; cosas, todas ellas, prohibidas en el caso de los prelados. Carlos I se consideró a sí mismo excomulgado por tal acción, y se abstuvo de ir a la iglesia hasta que le llegó la absolución papal.

Juan de Zapata: el capitán de la Comunidad madrileña, que acompañó al toledano Padilla durante casi todo el conflicto, fue hecho prisionero en Montealegre, en abril de 1521, donde fue herido de gravedad. Sin embargo, consiguió sobrevivir y escapar de su prisión, pues en diciembre de 1522 se le condena en rebeldía junto a otros exceptuados, ordenando que todos ellos «sean degollados por el pescuezo con un cuchillo de hierro, hasta tanto que mueran su muerte natural y den el espíritu vital». Otro documento nos indica que en agosto de 1523 aún seguía en paradero desconocido. No hay registros posteriores referentes a su persona.

Ramiro Núñez de Guzmán: el dirigente de la Comunidad leonesa (al que una fuente histórica identifica como padre del porcionista Alonso Pérez de Guzmán, capitán de la Comunidad universitaria alcalaína) y sus hijos huyeron a Portugal para escapar de la condena a muerte. Su esposa, María de Quiñones, permaneció en el castillo de Toral, luchando por mantener las propiedades familiares. Pero no pudo evitar que estas fueran confiscadas y vendidas. Años después, en 1532, Carlos V decreta la devolución de los bienes a Martín Núñez de Guzmán, hijo de Ramiro, previo pago de las correspondientes indemnizaciones debidas a los antiguos compradores.

Alonso de Deza: el diputado de la Comunidad alcalaína sufrió un durísimo revés a causa del pleito abierto por Pedro de Tapia, el alcaide de la fortaleza de Santorcaz. Este elevó sendas acusaciones contra ciento veintiocho vecinos por el saqueo y derribo de sus casas en la villa; y contra los oficiales del concejo y los diputados de la Comunidad locales por haberle requisado cereal guardado en los graneros de Los Santos de la Humosa. El encargado de instruir ambos procesos fue el licenciado Pedro de Adaza, comisionado por el rey para juzgar los daños sufridos en el reino de Toledo durante el levantamiento, que dictó sentencia en 1525. El magistrado actuó con suma dureza en ambos casos, aunque los miembros del ayuntamiento adujeron en su defensa que el cereal se había incautado de manera legal, pagando el precio estipulado en la legislación y por un caso de hambruna extrema, «porque había mucha necesidad de pan en la dicha villa de Alcalá y su tierra... pudieron por derecho tomar dicho pan para utilidad y provecho de la república... y pagarlo a los señores (propietarios del cereal) a su justo precio de entonces». Por mandato del rey, las condenas económicas decretadas en sentencias comunes se distribuían en función de la responsabilidad y la riqueza de los condenados. Así pues, Alonso de Deza, en virtud de su patrimonio, fue uno de los más duramente castigados. Se dictaminó que debía pagar la enorme suma de 61.200 maravedís, tanto por haber sido uno de los dirigentes de la expropiación como por haber almacenado en su casa 573 fanegas de cereal. Con posterioridad, los multados en primera instancia recurrieron ante los oidores de la Real Chancillería de Valladolid, que rebajaron las penas.

Francisco de Baena: el anciano regidor del ayuntamiento alcalaíno murió mientras se realizaba el proceso, por lo que el recurso final hubo de ser interpuesto por su esposa y sus hijos. También él fue condenado en primera instancia a pagar 48.552 maravedís por haber participado en la requisa de cereal y haber almacenado 663 fanegas en su casa. Nótese que, pese a que la cantidad guardada en su vivienda es mayor que la de Alonso de Deza, la multa resulta mucho menor que la de este. Como hidalgo y antiguo miembro del gobierno real, pudo convencer al juez de que había actuado no por convicción, sino bajo coacción y obligado por las circunstancias. De hecho (y también a diferencia de la familia Deza), sus descendientes siguen apareciendo en la nómina de cargos del regimiento en los años sucesivos.

Fernando de Madrid: el cambiador de la Comunidad madrileña fue encarcelado y sufrió la confiscación de sus bienes, con los que el corregidor de la villa decretó que habían de pagarse las exacciones cometidas en los tiempos de la revuelta. No obstante, el imputado recibió la ayuda de varios vecinos, que llegaron a arriesgar sus propias haciendas para pagar su fianza y satisfacer las deudas de las que se le acusó. Varios otros, que se presentan como testigos, consiguen demostrar que el antiguo cambiador, pese a llevar los libros de cuentas, no fue el responsable último de las disposiciones económicas que él firmó, aun a falta de documentos escritos que así lo prueben. Como consecuencia, su condena final queda muy alejada de las cantidades exorbitantes que se le imputaban en principio.

Rodrigo de Cueto y Blas de Lizona: durante el curso de 1521-1522, el rector Ramírez de Arellano y el canciller Pedro de Lerma (abad de la magistral) restablecen a ambos estudiantes en sus puestos de colegiales de San Ildefonso. Estos recuperan también las prebendas de que gozaban como racioneros vitalicios en la iglesia de San Justo; todo ello, en virtud de la sentencia del cardenal Adriano. Cueto y Lizona, tras delinquir y ser expulsados de forma legítima, apelaron a la Corona tergiversando gravemente los hechos. Presentaron su sentencia como resultado de un enfrentamiento de comuneros contra realistas en el seno de la universidad, cuando en realidad estaba enraizado en el conflicto entre las facciones de béticos y castellanos. Es un ejemplo de cómo, en los tiempos que siguieron a la derrota de las Comunidades, se recurrió a estas para disfrazar pleitos más antiguos, y que no guardaban relación alguna con la rebelión. Durante mucho tiempo los documentos presentados por Cueto y Lizona fueron la única fuente histórica sobre las hostilidades que sacudieron la universidad complutense durante el rectorado de Juan de Hontañón, lo que proporcionaba una visión tremendamente distorsionada de los hechos. Con posterioridad se descubrió la documentación que el rector y el claustro aportaron al cardenal Adriano sobre la investigación y condena de Cueto, Lizona, Carvajal y Arabo, lo que permitió establecer una interpretación completamente distinta de lo ocurrido. Blas de Lizona fallecerá poco después, en 1523. Ciertos historiadores sostienen la tesis de que pudo haber muerto envenenado.

Personajes y protagonistas

El movimiento de las Comunidades resulta mucho más complejo y polifacético de lo que suelen reflejar los manuales generales de historia. A fin de abordarlo desde sus múltiples aspectos, esta novela opta por un particular enfoque narrativo.

Al principio, los hechos son presentados y analizados por unos personajes principales, caracteres ficticios encargados de llevar el peso de la trama, pero alejados de los escenarios en los que se desarrolla el conflicto histórico «central» (entendiendo como tal el que suele aparecer en los libros de texto). Así, se da cabida al impacto real que el movimiento tuvo en la masa de los habitantes del reino, cuyas voces y perspectivas suelen quedar ignoradas en las fuentes, y que solo pueden reconstruirse tras un arduo trabajo de investigación.

A medida que avanza la narración (y nos familiarizamos con el entorno y sus actores) se abre el foco y comienzan a aparecer los personajes reales, cuyos nombres asociamos al conflicto. Estos comparecen no para llevar el peso de la trama general, sino para presentar, en determinados momentos y en circunstancias puntuales, las perspectivas de los respectivos protagonistas del hecho histórico.

El resultado final es una visión caleidoscópica que pretende dar cabida a toda la diversidad (e incluso las contradicciones) de un episodio de nuestro pasado que resulta fascinante por muchos factores; uno de los cuales es, precisamente, esa riqueza y complejidad que lo caracteriza.

En el siguiente listado aparecen todos los caracteres que en algún momento se asoman a las páginas de la novela. Presentamos en redondilla a los personajes históricos, que tomaron parte constatable en el conflicto y son mencionados en las fuentes, y en cursiva a los ficticios, creados íntegramente por la imaginación de la autora, aunque siempre cuidando de respetar la mentalidad que nos transmiten los textos de la época.

Para mayor comodidad del lector, los más recurrentes aparecen en versales, y en minúscula aquellos limitados a algún episodio concreto.

Acevedo, Rodrigo: canónigo de la catedral primada de Toledo. Fue uno de los más firmes defensores de los comuneros en el seno del cabildo.

Acuña, Antonio de: obispo de Zamora. Uno de los más activos y temidos capitanes comuneros. Reclutó a trescientos clérigos de su diócesis, a quienes convirtió en soldados y confió la defensa de Tordesillas frente a las tropas reales. Más tarde, sus feroces campañas en Tierra de Campos iniciarían la segunda fase del movimiento, de carácter marcadamente antiseñorial.

Acuña, Martín de: corregidor de Madrid, nombrado en mayo de 1521.

Adriano de Utrecht: hijo de un modesto carpintero. La gobernadora de Flandes, la princesa Margarita de Austria, le pagó los estudios en el monasterio agustino de Windesheim, cerca de Amberes. Después cursó Artes y Teología en la Universidad de Lovaina, donde se graduó como maestro en Artes y doctor en Teología y fue profesor. Nombrado tutor del príncipe Carlos cuando este tenía siete años, lo educó hasta su mayoría de edad. Luego, este lo mandó como embajador a España, donde le fue otorgando los títulos de obispo de Tortosa, inquisidor general de los reinos de Aragón y de Castilla, y cardenal de la santa Iglesia católica. El rey Carlos lo nombró gobernador (o virrey), cuando salió de los reinos hispánicos en 1520. También propició su elección como papa (Adriano VI) en 1522.

Almirante de Castilla: (Fadrique Enríquez de Velasco): Grande de Castilla, nombrado gobernador de Castilla (virrey) por Carlos I para apoyar al cardenal Adriano. Entre sus muchos títulos destacan los de IV almirante de Castilla, IV señor de Medina de Rioseco y III conde de Melgar. Su posicionamiento frente a los comuneros fue mucho más conciliador y moderado que el del condestable de Castilla.

Álvarez Zapata, Francisco: maestrescuela de la catedral de Toledo. Al principio del movimiento se mostró como defensor y simpatizante de los comuneros, pero las actuaciones de estos acabaron llevándolo a la postura contraria, hasta convertirlo en uno de sus más firmes opositores.

Arabo, Juan de: capellán del Colegio de San Ildefonso y uno de los principales miembros de la facción bética.

Arias de Ávila, Juan: señor de Torrejón de Velasco, de Alcobendas y Puñonrostro. Al principio de la contienda intentó ayudar a los realistas y acudir en auxilio del alcázar de Madrid. Luego acabó prestando hombres y armas a la Comunidad madrileña para, finalmente, volverse de nuevo en su contra.

Arzobispo de Bari y obispo de León: (don Gabriel Merino): representante del poder real, en tanto que encargado de las negociaciones llevadas a cabo con la ciudad de Toledo.

Atienza, Mateo: *hijo del tejedor Atienza (que aparece en las fuentes como defensor de la Comunidad alcalaína). Miembro de las milicias locales y hombre de armas al servicio ocasional de Juan de Deza.*

Ivellaneda, Diego de: canónigo de la magistral alcalaína de San Justo. En 1517 fue visitador de la universidad, y uno de los encargados de negociar con el rey Carlos I la entrega del tesoro que el cardenal Cisneros había guardado para el Colegio de San Ildefonso.

Baena, Cristóbal de: hijo del regidor alcalaíno Francisco de Baena.

Baena, Diego de: clérigo y canónigo de San Justo, hijo del regidor Francisco de Baena.

Baena, Francisco de: regidor en el ayuntamiento alcalaíno, de avanzada edad.

Beltrán: *mozo que sirve en casa del pañero Alonso de Deza.*

Bravo, Juan: uno de los más destacados oficiales comuneros, firme opositor al rey y a los Grandes. Fue nombrado capitán de las milicias segovianas. Encabezó la revuelta contra el procurador de la ciudad, se apoderó del alcázar y se negó a entregar la plaza a Ronquillo. El asedio de Segovia, y la posterior quema de Medina del Campo, fueron los grandes detonantes de la guerra de las Comunidades. Era primo, por vía materna, de María Pacheco, la esposa de Juan de Padilla.

Campos, Miguel: *prometido de Lucía y amigo de Andrés de León. Hijo y aprendiz del zapatero Campos (que aparece en las fuentes como integrante de la Comunidad alcalaína). Miembro de las milicias locales.*

Carvajal, Gonzalo de: maestro en Artes y consiliario del rector Juan de Hontañón en el curso escolar de 1520-1521. Fue uno de los más belicosos integrantes del bando bético.

Castilla, Alonso de: capitán de la Comunidad alcalaína. Hombre principal de la villa, de noble linaje, pero sin formación.

Castillo, Gregorio del: bachiller y letrado del concejo madrileño. Elegido alcalde mayor y justicia de la villa por la Comunidad, mantuvo la custodia del alcázar durante el conflicto. Cuñado de Juan de Negrete.

Castro, Justina: *hija del librero alcalaíno Baltasar de Castro (que, según las fuentes, fue uno de los más activos defensores del movimiento comunero en la villa).*

Cereceda: vecino de Alcalá, acérrimo miembro de la Comunidad y defensor de sus posiciones más extremas. Protagonizó varios incidentes en la villa.

Cevallos, Baltasar: *hijo del sastre Diego Cevallos (que aparece en las fuentes como integrante de la Comunidad alcalaína y fue nombrado alguacil). Miembro de las milicias locales.*

Cigales, Alonso de: bachiller, criado y asistente de don Alonso Pérez de Guzmán, el capitán de la Comunidad universitaria alcalaína.

Ciruelo, Pedro: uno de los profesores más prestigiosos de la universidad alcalaína, donde regía la cátedra de Santo Tomás. Gran figura intelectual del periodo, como teólogo y matemático, su saber enciclopédico dio lugar al dicho popular «saber más que el maestro Ciruelo». Condenó desde el púlpito a los «flamencos» de Carlos I y elogió el alzamiento de las Comunidades. Fue uno de los más notorios integrantes del bando castellano.

Coca, Pedro de: carpintero de Guadalajara, elegido representante de la Comunidad local durante el alzamiento. Lideró el asalto al palacio del Infantado, tras lo cual el duque le mandó ahorcar y colgar en la plaza del concejo.

Conde de Haro: hijo y heredero del condestable de Castilla; nombrado, a instancias de su padre, general en jefe de las tropas imperiales durante la guerra de las Comunidades.

Conde de Saldaña: (Íñigo López de Mendoza y Pimentel): hijo y heredero del duque del Infantado, aclamado como capitán de la Comunidad de Guadalajara en el levantamiento de la plaza de San Gil.

Conde de Salvatierra (Pedro López de Ayala): noble alavés, designado capitán general de las Merindades y las Vascongadas por la Junta. Fue el comunero de mayor rango nobiliario, después de Pedro Girón.

Condestable de Castilla (Íñigo Fernández de Velasco y Mendoza): Grande de Castilla, nombrado gobernador de Castilla (virrey) por Carlos I para apoyar al cardenal Adriano. Fue camarero y copero mayor del rey, y condecorado con el Toisón de Oro. Entre sus muchos títulos, destacan los de III condestable de Castilla y II duque de Frías. Se mostró partidario de tratar a los comuneros con la mayor dureza.

Córdoba, Juan de: burgalés, luchó contra los franceses en la batalla de Noáin y posteriormente se dirigió a Francia como emisario.

Cueto, Rodrigo de: colegial de San Ildefonso y racionero de la magistral de San Justo. Natural de Córdoba, es uno de los más belicosos integrantes del bando bético, junto a Blas de Lizona.

Dávalos, Hernando: regidor toledano, señor de Totanés e importante jefe comunero. Fray Antonio de Guevara lo identifica como tío de Juan de Padilla.

Deza, Alonso de: diputado en el concejo de Alcalá de Henares. Es uno de los vecinos más pudientes de la villa, y aparece ya como testigo en la firma de la concordia de Santa Lucía, en 1515.

Deza, Damián de: *hijo primogénito del pañero Alonso de Deza, heredero del negocio familiar.*

Deza, Juan de: *hijo menor de Alonso de Deza, con formación académica y militar.*

Deza, Leonor de: *hija menor del pañero Alonso de Deza.*

Duque del infantado (Diego Hurtado de Mendoza de la Vega y Luna): señor de Guadalajara y III duque del Infantado, apodado «El Grande». Participó en la conquista de Granada, y se distinguió en la conquista de Loja. Era un fuerte opositor a la política del cardenal Cisneros y defensor de los derechos de la alta nobleza. En 1519 se convirtió en caballero de la orden del Toisón de Oro, a propuesta del rey Carlos I de España.

Esquivel, Diego de: alcalde de padrones, hidalgo al servicio de la Casa del Infantado, enviado a la Junta de Comunidades por Guadalajara. Protector del bachiller Martín de Uceda.

Fuente, Antonio de la: miembro de la facultad de Teología alcalaína y canónigo de la magistral de San Justo, perteneciente al bando castellano. Había sido colaborador personal de Cisneros, discípulo del cardenal Adriano en Lovaina y confesor de la reina Germana de Foix. Nombrado visitador universitario, usó del poder de su cargo para intentar deponer al rector Jerónimo Ruiz, del bando andaluz, que lo mandó encarcelar. El suceso elevó hasta nuevas cotas la inquina entre béticos y castellanos.

Gaitán, Juan: hidalgo, contino real y comendador de la orden de Santiago. Desposeído del cargo de corregidor de Málaga por los flamencos llegados con Carlos I, se unió a la Comunidad. Vivió en Toledo, en unas casas colindantes con el monasterio de la Trinidad. Allí fue un activo colaborador en el levantamiento de la ciudad y en la subsiguiente rebelión de la ciudad, junto a su hermano, el regidor Gonzalo Gaitán.

«Gigante», el: albardero de Guadalajara, elegido diputado de la Comunidad local durante el alzamiento.

Girón y Velasco, Pedro: futuro III conde de Ureña y grande de España. Militó en las filas comuneras. La Junta lo nombró capitán general de sus ejércitos, en detrimento de Juan de Padilla.

Herrera, Guzmán de: hidalgo alcalaíno, nombrado capitán de la Comunidad. Pariente lejano de una rama local de los Mendoza.

Hoces, Melchor: *cabo de escuadra de las tropas comuneras, al mando de los reclutas alcalaínos.*

Hontañón, Juan de: maestro en Artes y rector del Colegio de San Ildefonso en el curso escolar de 1520-1521. No pertenece a ninguno de los bandos estudiantiles, y defiende con todas sus fuerzas la neutralidad de la universidad en el conflicto de las Comunidades.

Jiménez de Cisneros, Bernardino: hermano del difunto cardenal Cisneros. En su casa de Alcalá se reunían los más acérrimos estudiantes y profesores del bando castellano. De temperamento vehemente y violento, fue hombre de armas antes de ordenarse fraile y convertirse en mayordomo arzobispal.

Lagasca, Pedro de: maestro en Artes y consiliario del rector Juan de Hontañón en el curso escolar de 1520-1521. Aun siendo natural de Ávila, fue el cabecilla del bando bético. Se rumoreaba que, además, era familiar de la Inquisición.

Lago, María de: esposa del alcaide Vargas. Según la tradición, quedó a cargo del alcázar madrileño en ausencia de su marido, y organizó su defensa con gran coraje y fortaleza de carácter.

Laso de la Vega, Pedro: regidor de Toledo, señor de Los Arcos y Cuerva y caballero de la orden de Santiago. Fue elegido por los toledanos para presentar las reivindicaciones de la ciudad en Cortes ante el rey Carlos I, que, enojado por la actitud del procurador, lo mandó desterrar. Pero este incumplió la orden y regresó a Toledo. Fue iniciador del alzamiento de las Comunidades y presidente de la Junta.

León, Andrés de: *hijo del sastre Pedro de León, aprendiz en el taller familiar.*

León, Lucía de: *hija de Pedro de León. Trabaja como costurera en la sastrería paterna.*

León, Pedro de: sastre y vecino de Alcalá de Henares.

Lerma, Pedro de: abad de la colegiata de San Justo y canciller de la universidad, dirigente de la facción castellana. En su juventud fue catedrático de Ética de Aristóteles en la Sorbona de París.

Lizona, Blas de: colegial de San Ildefonso y racionero de la magistral de San Justo. Junto a Rodrigo de Cueto, es uno de los más belicosos integrantes del bando bético.

Ocampo, Florián de: destacado humanista, maestro en Artes y racionero de la magistral alcalaína. Fue discípulo de Antonio de Nebrija y amigo del comendador griego y Juan de Vergara. Uno de los más activos defensores del bando castellano, no dudó en defender con vehemencia a las Comunidades. Posteriormente llegaría a ser cronista oficial de Carlos I.

***Osuna, Cosme**: fámulo de procedencia abulense que el rector Hontañón toma como su asistente personal. Primo lejano del consiliario Pedro de Lagasca.*

Madrid, Fernando de: mercader madrileño, caballero de alarde y diputado comunero por la colación de Santa Cruz. Fue nombrado cambiador, encargado de recaudar fondos y pagar los gastos de la Comunidad local.

Madrid, Pedro de: lencero y sombrerero madrileño, caballero de alarde y cabo de escuadra comunero. Hijo de Fernando de Madrid.

***Madrid, Teresa de**: viuda de un acaudalado mercader y caballero de alarde, gestora de los negocios familiares. Hermana de Pedro de Madrid.*

Maldonado, Francisco: uno de los más destacados oficiales comuneros capitán general de las milicias salmantinas. Compartía este cargo con su primo, Pedro Maldonado.

Maldonado Pimentel, Pedro: regidor de Salamanca y señor de Babilafuente. Apoyó a los comuneros desde el principio y fue elegido delegado de la ciudad en la Junta y capitán de las tropas salmantinas. Sin embargo, su nombramiento suscitó ciertos recelos, pues su esposa era sobrina del conde de Benavente, uno de los más próximos colaboradores del rey Carlos I. Así pues, optó por compartir la capitanía con su primo Francisco Maldonado.

Medina, Diego de: solador y albañil de Guadalajara, elegido diputado de la Comunidad local durante el alzamiento.

Medina, Francisco de: prestigioso abogado arriacense al servicio de la Casa del Infantado. Fue responsable de que Guadalajara se alzase y uniese a las Comunidades en la plaza de San Gil, en junio de 1520.

Mendoza, Carlos de: maestrescuela de la magistral de Alcalá de Henares y deán de la catedral de Toledo. Principal defensor del bando universitario de los béticos, y su valedor en la corte.

Mendoza, Francisco Fernández de Córdoba y de: administrador y posterior vicario del arzobispado de Toledo, en representación del ausente Guillermo de Croy. Era hijo del conde de Cabra y hermano del marqués de Mondéjar.

Morilla, Francisco: consiliario del rector Juan de Hontañón en el curso escolar de 1520-1521, integrante del bando bético.

Negrete, Juan de: miembro del estado de caballeros y escuderos, diputado comunero por la colación de San Ginés, alcaide de la fortaleza de El Pardo. Actuó de forma puntual como capitán de las tropas madrileñas y como alcalde sustituto de la villa. Cuñado del alcalde mayor de Madrid, Gregorio del Castillo.

Núñez de Toledo y Guzmán, Hernán: apodado el COMENDADOR GRIEGO o el PINCIANO, fue catedrático de griego en la universidad alcalaína y, posteriormente, en la de Salamanca. Notable humanista y uno de los intelectuales más sobresalientes de la época, se le considera el patriarca de los helenistas españoles. A los quince años ingresó en la orden de Santiago, de la que llegó a ser comendador. Fue uno de los más notorios integrantes del bando castellano.

Pacheco, María: hija del I marqués de Mondéjar (el «Gran Tendilla»), nació en Granada y fue educada en un ambiente culto y refinado, en el que aprendió lenguas clásicas, matemáticas e historia. Casada con Juan de Padilla, siguió a su esposo a Toledo. Durante el periodo de las Comunidades, se hace *de facto* con el mando de la ciudad, por su influencia sobre el ayuntamiento, la Comunidad y el cabildo, y organiza la resistencia contra las tropas reales.

Padilla, Gutierre López de: hermano menor del capitán toledano Juan de Padilla, y firme defensor de la esposa de este, María Pacheco.

Padilla, Juan de: regidor toledano, capitán general del reino de Toledo. Tras el alzamiento de las Comunidades, fue nombrado capitán de las milicias de su ciudad y se mostró como uno de los más activos y audaces oficiales comuneros. El pueblo castellano pronto lo elevó a la categoría de héroe, por su gran carisma y por los grandes triunfos militares logrados en la primera fase del conflicto.

Pérez de Guzmán, Alonso: porcionista de origen leonés, nombrado capitán de la Comunidad universitaria con los votos de la facción castellana, a la que él pertenecía. Era hijo de Ramiro Núñez de Guzmán, regidor y cabecilla de la Comunidad leonesa.

Prior de San Juan: Antonio de Zúñiga y Guzmán, gran prior de Castilla de la orden de San Juan de Jerusalén (la actual orden de Malta). Fue nombrado general del ejército imperial para el reino de Toledo, y se convirtió en el principal enemigo de los comuneros en la Castilla nueva.

Ribera, Juan de: hidalgo toledano, señor de Montemayor y defensor de la causa imperial. Expulsado del alcázar y de la ciudad por los comuneros y refugiado en su señorío, fue, junto al prior de San Juan, el principal adversario de las Comunidades en la región. El poeta Garcilaso de la Vega combatió bajo sus órdenes.

Ronquillo, Rodrigo: alcalde de casa y corte, caballero de la orden de Calatrava y feroz enemigo de los comuneros. En los primeros estadios de la contienda fue responsable del infructuoso sitio de Segovia y de la quema de Medina del Campo. Este último episodio provocó la indignación y el posterior levantamiento de la mayoría de las ciudades castellanas.

Ruiz, Jerónimo: rector del Colegio de San Ildefonso anterior a Juan de Hontañón. Miembro de la facción bética, durante su rectorado cometió graves atropellos contra los integrantes del bando castellano.

Ruiz (maese): *maestro carpintero empleado en las obras del palacio arzobispal de Alcalá.*

Sosa, Juan de: bachiller, sacerdote y confesor de María Pacheco. Era el encargado de cifrar la correspondencia secreta que ella enviaba.

Tapia, Pedro de: caballero principal de la villa alcalaína, y alcaide de la cercana fortaleza de Santorcaz.

Tomasa: *cocinera y sirvienta en casa del sastre Pedro de León.*

Torre, Catalina de la: esposa del anciano regidor alcalaíno Francisco de Baena.

Uceda, Martín de: *joven bachiller originario de Guadalajara, secretario del pañero alcalaíno Alonso de Deza y protegido del hidalgo arriacense Diego de Esquivel.*

Vargas, Francisco de: regidor de Madrid y alcaide del alcázar de la villa.

Vergara, Francisco de: eminente humanista y filólogo, originario de Toledo. Sucedió al Pinciano en la cátedra de griego de la universidad de Alcalá. Tuvo cuatro hermanos; entre ellos, Juan e Isabel de Vergara.

Vergara, Isabel de: humanista, poeta y filóloga. Mujer de gran erudición y cultura, llegó a traducir al castellano obras de Erasmo de Róterdam. Tuvo cuatro hermanos; entre ellos, Juan y Francisco de Vergara.

Vergara, Juan de: uno de los más famosos humanistas españoles. Canónigo de la catedral primada y secretario personal de tres sucesivos arzobispos de Toledo: Cisneros, Croy y Fonseca. Gran admirador y amigo de Erasmo de Róterdam, a quien conoció en Flandes y trató epistolarmente. Por su ferviente erasmismo, y por el hecho de que su familia tenía ascendencia judía por parte materna, la inquisición de Toledo lo acabaría acusando de luterano y alumbrado, encarcelándolo en 1533.

Zapata, Juan: contino de la reina Juana. La Comunidad madrileña le nombró justicia mayor y corregidor y, después, capitán general y maestre de campo de las tropas de la villa. Acompañó al toledano Juan de Padilla en sus sucesivas campañas hasta abril de 1521.

Zumel, Juan: hidalgo castellano, comisionado del bando imperial. Fue alcalde y escribano mayor de Burgos y regidor de Valladolid. Logró la sumisión de Burgos, sometió Valencia y luego fue nombrado corregidor y juez pesquisidor de Toledo, donde actuó con enorme dureza contra los antiguos comuneros.

Zúñiga, Íñigo López de: capitán de la Comunidad alcalaína. A pesar de ser hidalgo, es quien defiende los planteamientos más extremos de entre los comuneros complutenses.

Zurita, Marta: esposa del pañero Juan de Deza, madre de Damián, Juan y Leonor.

Agradecimientos

Para un escritor, siempre resulta vivificante aceptar nuevos retos. Y esta novela, sin duda, lo ha sido. Por su planteamiento y temática, es la más complicada de las que he escrito hasta el momento. Por suerte, he contado con mucha ayuda a la hora de afrontar el desafío.

Debo nombrar en primer lugar a mis editoras, Lucía y Clara, que aceptaron el proyecto con gran entusiasmo, y al grupo editorial Penguin Random House, que ha apostado por él desde el principio.

También merecen una mención muy especial Ángel Carrasco, Gonzalo Gómez y Vicente Sánchez Moltó. Con sus ensayos de investigación, todos ellos me han proporcionado información valiosísima para la novela, además del lujo de poder conversar con ellos sobre los comuneros y su tiempo... y de otros temas, siempre interesantes para los que amamos la historia. Y José Manuel Castellanos, por su crónica del Madrid Comunero, que ha sido un placer leer.

Agradezco mucho el interés y la amistad que me han mostrado durante este tiempo otros compañeros escritores, como Luis Zueco, el primero en recalcar la importancia de este año, el 2020, en que se cumple el quinto centenario del levantamiento comunero. Y mis amigos de la asociación Verdeviento, tan comprometidos con la historia y su difusión a través de la escritura.

Por último, vaya mi más sentida gratitud a todas las personas que han estado conmigo en cada jornada, semana a semana, mes a mes. A mi gran familia, que tanto me apoya, y sin la cual los días serían fríos y oscuros. A S., por darme fuerzas e ilusión. Y a R., por todo. Sin él, este proyecto habría sido, simplemente, irrealizable.

Y siempre recordaré a Antonio, mi suegro. Como antiguo profesor de Literatura, repasaba de forma atenta y crítica todos mis manuscritos. El borrador de esta novela fue lo último que pudo leer, antes de que se lo llevara el COVID-19. Las alabanzas que le dedicó quedan para siempre en un lugar muy especial de mi corazón.

ÍNDICE